有爱的青春陪伴者

反咬一口

上

丧丧又浪浪 著

江苏凤凰文艺出版社
JIANGSU PHOENIX LITERATURE AND ART PUBLISHING

图书在版编目（CIP）数据

反咬一口 / 丧丧又浪浪著. —— 南京：江苏凤凰文艺出版社，2023.7
 ISBN 978-7-5594-7698-2

Ⅰ.①反… Ⅱ.①丧… Ⅲ.①长篇小说—中国—当代 Ⅳ.①I247.5

中国国家版本馆CIP数据核字(2023)第075246号

反咬一口（全二册）

丧丧又浪浪 著

责任编辑	王昕宁
特约编辑	廖　妍　文佳慧
责任校对	言　一
出版发行	江苏凤凰文艺出版社
	南京市中央路165号，邮编：210009
网　　址	http://www.jswenyi.com
印　　刷	长沙鸿发印务实业有限公司
开　　本	880mm×1230mm　1/32
印　　张	16
字　　数	487千字
版　　次	2023年7月第1版
印　　次	2023年7月第1次印刷
书　　号	ISBN 978-7-5594-7698-2
定　　价	65.80元

江苏凤凰文艺版图书凡印刷、装订错误，可向出版社调换，联系电话025-83280257

目录 Contents

第一章 · 初次交锋 — 001
妹妹？我妈生的才配叫妹妹。

第二章 · 从天而降的他 — 051
他那么讨厌她，又是不擅人情世故的人，很有可能不愿意向她伸出援助之手，也许他根本乐见其成。

第三章 · 隐瞒与偏袒 — 078
她没发现，原来她需要他的信任和肯定。

第四章 · 再次拯救 — 115
他又变成那个温柔的白捡的哥哥了，跟第一次救她一样。

第五章 · 拉近的距离 — 138
我的命也是你救的，可以定期验收劳动成果吗？

第六章 · 风雨欲来 — 200
少女的心思是七月的天，前一秒瓢泼大雨，后一秒就可以晴空万里。

第七章 · 南柯一梦 — 251
一个坐在豪车中，滴雨未沾；一个浑身的雨水泥垢，狼狈不堪。

第八章 · 拉锯战 — 311
她心里的委屈翻江倒海，再也无法压抑，火山爆发般喷涌而出。

第九章 · 再回首 — 361
云边，我没法忍受被你讨厌，不希望跟你成为陌生人。

第十章 · 告白 — 407
我喜欢云边，云边能做我女朋友吗？

第十一章 · 东窗事发 — 435
她前些日子那信誓旦旦的承诺还历历在耳，
但是他心底的不安被轻轻撬动，开始隐隐作祟。

第十二章 · 婚礼 — 468
从今以后，全世界都不会阻拦他们了。

番外 · 纪念日 — 499
他真的会一直保护她，也会一直宠她。
还有，他会永远爱她。

第一章 · 初次交锋

临城。

七月的天说变就变，成团的乌云笼罩苍穹，电闪雷鸣伴随着滂沱骤雨，奏响盛夏的篇章。

行人四下逃散，司机的视线受到干扰放缓了车速，小心翼翼地蹚过路面积水，整座城市几乎被淹没在暴雨中，触目所及，一片朦胧。

嘉林公馆正在进行一场盛大的婚礼，巨大的落地窗外雨雾氤氲，室内则完全是另一幅景象——十几盏水晶吊灯熠熠生辉，给香槟塔镀了层温润的光泽，钢琴和大提琴悠扬婉转的二重奏伴着衣香鬓影，暴雨败坏不了兴致，宾客往来间，依然推杯换盏，觥筹交错。

宣誓仪式开始，场内的灯在同一时间几乎全灭了，只剩沿路的幽幽地灯和集中在新人身上的聚光灯。

"……下面我宣布，你们正式结为夫妇。现在，新郎可以亲吻你的新娘了。"

随着司仪话落，台下响起掌声和欢呼声。

云边送完戒指便入座主桌席，座位距离舞台很近，但她的眼神莫名有些悠远，像是穿过了一对新人，落进舞台聚光灯之外的暗处，无迹可寻。

台上的新娘是云边的母亲云笑白。

新郎是云笑白的初恋情人边闻，临城首富的次子。多年前，云边和云笑白两人的相恋遭到家庭反对。

云笑白与边闻分手后，经历了一段短暂的失败婚姻，多年来一直独自抚养女儿。

而边闻则娶了家中安排的联姻对象，婚后夫妻俩育有一子。半年前，他的妻子冯越因病过世。

一次出差，边闻与云笑白重逢，二人旧情复燃。如今的边闻不必事事受限于父母，有了自主择偶的自由和底气，终于了却心中的遗憾，娶到了最想娶的女人。

当然，这样的感情必然要饱受一番非议。

云边身为云笑白的女儿，自然也难逃他人的口舌，今日自她现身起，旁人打量的眼神就不曾停歇。

或暗戳戳，或明晃晃。

"四十岁的人了，二婚搞这么大排场，边闻当年一婚都没这么高调吧？"

"毕竟当年是商业联姻，婚礼全程他连笑都没笑一下，现在是自由恋爱，情投意合，意义大不一样。"

"边闻的儿子来了没？我怎么没有看到？"

"没看到，应该没来。"

"换我我也不来，亲妈过世才半年家里就要多个后妈，搁谁谁能受得了啊？"

"主桌坐着的那个丫头就是云笑白的女儿吧，麻雀变凤凰当上了边家的掌上明珠，福气倒是不浅。"

"掌上明珠这些都是虚的，重要的是边家能给一个继女多少家产？"

"继女？这可不一定了……"

在场来宾都是有头有脸的人物，公开场合有些话不便说得太直白，话题到这里，只剩心照不宣的低笑声。

十六岁的云边穿了一身低调的小白裙，乌黑发亮的头发只绑了个简单的低马尾，不是多符合年龄的打扮，但架不住浑身散发的清新气息，像颗青涩的果子嫩生生长在枝头，无需多余的装饰，便自成一景。

微信群开始热闹的时候，边赢正在便利店避雨。

便利店的玻璃反射出可口可乐的红色瓶身和少年坐在高脚椅上的身影，雨势太急,他几乎被淋透了,清爽利落的短发湿成一绺一绺的,雨水顺着清晰的下颌线滑落,宽大灰色T恤衫上全是斑驳的雨点,紧紧贴在身上,勾勒出宽肩窄腰的轮廓。

略显狼狈,但难掩英俊。

两个年轻的营业员互相推搡一会儿,其中一个大着胆子给他递来了一沓纸巾:"擦擦吧。"

闻声,边赢从手机屏幕里抬起头看了她一眼,那眼神没有温度,透着冷漠。

仅此一眼,他重新低下头,没有接纸巾,也没有道谢。

营业员的表情和手一起在僵在那里,半晌,她尴尬地把纸巾放在他面前的桌上,一边冲同事做苦脸一边回了收银台。

"怎么不给我们纸巾?"一旁有别的顾客半开玩笑地抱怨。

营业员被戳穿了心思,窘迫道:"稍等,我这就给你们拿。"

边赢置若罔闻。

微信群之所以热闹,是因为其中一个在婚礼现场的好友发了一张姑娘的照片。

损友1号:【不是我说,你这白捡的妹妹有点好看的@边不输】

损友2号:【这么清纯?】

损友3号:【怎么这么白?照片是不是开美颜了?发个原相机看看。】

损友1号:【滚一边去,我手机里从来不装那种娘了吧唧的软件。】

同在婚礼现场的损友4号做证:【真纯,水灵灵的。】

"边赢白捡的妹妹很漂亮"这个话题,让本就动辄"99+"的群聊跟锅开水似的,彻底烧开了。

边赢看着新的聊天记录不断涌上来,始终没有搭腔。

便利店里的冷气打得很足,吹在他湿润的皮肤上凉飕飕的,不一会儿就把他的头发和衣服吹得半干。

群里唯一的女生戴盼夏出来泼了盆冷水:【有那么夸张吗?】

男生们立马侃上了。

损友1号:【盼夏有危机感了?】

损友2号:【盼夏,虽然你赢哥哥家里马上要住进一个活色生香的妹妹,但我相信,赢哥哥心里最漂亮的人还是你。】

戴盼夏:【什么啊,不要乱说。】

少女的心事藏在心口不一的解释里,跃然屏上。

青春期的男孩子在漂亮女生面前的通病就是喜欢找存在感,有了戴盼夏的加入,群聊越发热络。

损友4号看热闹不嫌事大,点名边赢:【@边不输 凭良心说,你觉得白捡的妹妹和盼夏谁更好看?】

边赢本来已经打算关掉屏幕了,又被@回去。

所有人都以为他此时此刻正待在美国的外祖家。

自边闻与云笑白重逢以来,就三天两头地给儿子做思想工作。上学期期末考一结束,不堪其扰的边赢连家都没回,直奔机场,留下句"随你"就离开了临城。

但即使他人在美国也不得清净,边闻依然时不时地找他"谈谈心",哄他回来参加自己的婚礼。

边闻忙于事业,向来很少管家事,这是边赢生平头一次得到父亲此般耐心的对待。

不过,边赢不吃这一套。

边闻热脸贴冷屁股贴久了,耐心告罄,渐渐恢复本性。三天前,父子俩在一次"最后问你一遍,你到底回不回来""回答过你八百遍了,不来"的对话后,彻底陷入冷战。

"凭良心说,白捡的妹妹和戴盼夏谁更好看"的提议一呼百应,除了戴盼夏,所有人都复制粘贴了一遍。

边赢今天的耐性值为负:

【都丑。】

热火朝天的群聊像被一脚踩下了紧急制动,"都丑"过后,再没人敢发言。

边赢将手机反扣到桌面。

清静了。

外面的雨不知道什么时候停得差不多了，只剩几粒淅淅沥沥的小雨点，投进地面积水，荡起阵阵涟漪。暑期的炎热被瓢泼大雨浇灭，夜风沁凉，携带泥土的腥味和不知名的花香，轻轻拂过这座被洗礼后的潮湿城市。

路上的行人多了起来，便利店躲雨的人也起身离开，继续被打断的行程。

"欢迎光临。"便利店的门感应到人的靠近，时不时自动打开并播报提示音。

身边落座的人来来去去，边赢始终没动，雕塑般维持着原姿势，无所事事地望着窗外的霓虹闪烁。

"你好，这里有人吗？"有道年轻女孩的声音脆生生地在他身后不远处响起。

边赢的视线宛如镜头变焦，从远景切换至近景，还挂着水滴的玻璃倒映出女孩子模糊的身影。

他眼神微凝，扭头望去。

年轻女孩未施粉黛的脸庞把"清纯"二字演绎得淋漓尽致，皮肤和裙子一样都是浓郁的白，这让她漆黑的眉眼和绯红的嘴唇都有了几分浓墨重彩的意味。

不动声色的一眼后，边赢扭回头，摇了下头，态度很敷衍。

便利店座位紧缺，总共就靠窗那么三五个位置，不认识的人挨着坐是很正常的事。

女孩子用一把折叠得整整齐齐的伞占了座，伞柄底部刻着"嘉林公馆"的淡金色字样。

过了会儿，她端着一盘土豆牛腩饭和一杯关东煮入座，食物的香气热滚滚地弥散开来。

边赢一天没吃饭，嗅觉受到刺激，却丝毫没能勾起他的食欲。他单手撑着脑袋，目光落在玻璃上，旁观她用餐。

他的目光虽然淡，但并不含蓄，完全不介意被当事人发现。

但她埋着头，只管自己填饱肚子。

等到另一侧的人起身离开，她第一时间挪了位置。

这代表她并非对他露骨的打量一无所知，仅仅是出于不想理会。

窗外,两个十七八岁的男孩子走过,脚步不动了。

两人在外头站着说了一小会儿话,其中一个进到便利店来,目标明确,径直来到用餐区,轻轻叩了下桌面,问那女孩:"你好,冒昧问下,能不能加你个微信?"

搭讪的开场白异常直白。

女孩子有好一会儿没有说话,眼神里有种惹人怜爱的懵懂和无知。

她沉默太久,对方以为没戏,说一句"打扰了"想走。

她拿过手机,轻描淡写地把人叫住了:"可以啊。"

边赢无声轻哂。

呵,清纯。

未必吧。

第二天中午,边闻带着云笑白和云边回了明湖左岸。

明湖左岸位于市中心寸土寸金的黄金地带,依傍临城的钱明湖而建,"明湖左岸"的名字也正是由此得来,偌大的小区只容纳了二十栋独立别墅,家家户户都有独立泳池、前后花园和独立用人房,最小户型的总占地面积也超过一千五百平方米。

云边是第一次来边家,她来到临城快一周了,一直住在嘉林公馆,大部分时间在置办日常生活用品、陪着云笑白准备婚礼事宜,还没来得及好好逛过这座她即将安家的城市。

她的故乡锦城距离临城非常近,开车不过一小时左右的车程,宏观看来,城市构造风格和人文地理风光几乎寻不出差别,但微观看来,这里的一草一木于她而言都极尽陌生。

就连云笑白也只是陆陆续续往明湖左岸搬过一点行李,这会儿才算是正式入住。

"边边,我们到喽。"边闻的话打断云边的思路。他叫她"边边",比云笑白叫她更亲昵,云笑白向来是连名带姓叫她的。

边闻很疼爱云边,云边前十六年的人生里,父亲的角色一片空白,边闻的到来填补了这个空缺。

其实很少有人知道,云笑白和边闻只举行了婚礼,并没有领结婚证。

边闻的父母二十年前拒绝接纳云笑白,现如今虽然干涉不了儿子的择偶自由,但打心眼里依然不喜欢云笑白,在他们眼里,云笑白图的是边家的家财。

既然如此,云笑白便不要那纸结婚证,以此证明自己图的仅仅是边闻这个人。

经历过一次失败的婚姻,云笑白把结婚证看得很淡:"该散的人迟早会散,法律也绑不住。"

母亲宁为玉碎不为瓦全的性格,很多时候纯属自找麻烦,甚至可以说是自找苦吃,云边始终无法认同。

所有来自边闻的关心,都让云边有种名不副实的怪异感受。

这种微妙的怪异掺杂着背井离乡的未知恐惧,引发少女的青春期叛逆,哪怕只是一点无关紧要的小事,她就是想对着干。

比如,昨晚喜宴结束后,边闻跟她说:"边边,喜宴上看你好像没怎么吃,肚子饿的话可以叫送餐服务。外面在下大雨,你乖乖待在房间里,不要出去。"

她前脚乖巧地应了,后脚就叫了出租车上街觅食。

其实最后只是找了家便利店,因为便利店是唯一一个不必因为单独吃饭而感到尴尬的地方。

还比如,边闻像现在这样叫她"边边"的时候,她会在心里腹诽:叫我"边边",你不会觉得是在叫自己吗?

当然,她也只是想想。

她朝边闻露出一个温顺的笑。

三层欧式别墅深灰色屋瓦,米白灰泥墙,玻璃一尘不染,廊下站了一排穿着统一制服的用人。

身穿笔挺西服的保镖走上前来,毕恭毕敬地拉开车门。

阳光照耀下的玻璃反射出刺目光芒,云边下了车,眯着眼打量她接下来的"家",还没好好看两眼,就见那排管家和用人整齐划一地弯下了腰,异口同声道:"欢迎太太和小姐回家。"

云边觉得惊悚,这么浮夸的吗?天天跟演电视剧似的,不累?

云笑白也被这个阵仗弄得措手不及,她小声跟边闻说:"真的不必这样,弄得人挺不自在的。"

边闻笑着扶住她的肩膀,安抚说:"这是欢迎仪式。你不喜欢的话,以后让他们别叫了就是。"

不是常态就好,云边默默松了一口气,否则她实在无法想象每天出门进门都有一排人问候她,就跟便利店门口那个成天喊着"欢迎光临"的自动装置似的,简直傻得冒泡。

推开雕刻着繁复花纹的大门,入目是挑高的客厅。边家的装修风格走的简约风,考究处都体现在细节里。空气里飘浮着淡不可闻的香气,大面窗的客厅敞亮,采光极佳。

边闻耐心地为云边讲解了房子的大致构造:外头分前后两个花园,前花园有游泳池,后花园的面积占比是整套屋子最大的,精心养殖了花卉植被,种着新鲜的蔬菜,养了家禽,还有大量的果树可供采摘。

旁边的独栋小楼是用人房。

主楼的地下室有车库、健身房、影音室、调酒室,主要供休闲娱乐;一楼有会客厅、客厅、餐厅、中西厨房,是日常生活的活动区域;二楼是卧室区域和书房;三楼目前空着,只打了基础的墙面和地面,连隔断都没做,想等边赢长大了给他当婚房,虽说现在年轻人结了婚大多喜欢搬出去单独住,但家里还是得给预备地方。

介绍完房子的构造,边闻又为云边一一介绍了用人们的身份和称呼:"他们都是我们家的老员工,最短工龄也已经超过五年,最长的李妈已经待了近二十年。"

云边露出招牌式的乖巧笑容,依次问好。

当着男主人的面,大家都对她们母女俩客客气气的,但既然是待了那么久的老员工,想必与前任女主人的感情必定不差,所以他们对新到来的女主人和其女儿究竟存了几分真情、几分假意,就很耐人寻味了。

"我还有个儿子叫边赢,比你大一点点,马上念高三,不过他最近在美国,在他外婆家。他跟他外公外婆感情很好，一放假就跑过去，叫都叫不回来。"边闻脸不红心不跳，为儿子没来参加自己的婚礼找了个蹩脚的理由，"等他回来，你就能见到他了。"

云边对这位继兄没有任何好奇心理，但是既然边闻这么说，她觉得自己应该给他一点积极的反馈。

她看起来特别真诚，乌黑的瞳仁闪烁着憧憬的光："好呀，期待跟哥哥见面。"

云边的卧室被安排在二楼。二楼有三间卧室，东边主卧是边闻和云笑白的房间，已经按着云笑白的喜好重新装修，西边是边赢的房间，中间那间从前空着，现如今是云边的了。

之前边闻问过云边，她喜欢什么风格的房间，云边说随便，于是边闻就按照自己对十几岁小姑娘的理解，差人把她的房间装饰成梦幻的公主风。粉红色为主色，白色为辅色，天花板上悬着羽毛装饰的灯，一顶半透明的、绣了精美花纹的床帷从上至下散开，圆形的床在其中朦朦胧胧。房间里到处都是毛绒玩具和少女手办，几乎叫人看花了眼。独立的衣帽间里，已经装满了各品牌当季的新款。

边闻身为继父，确实做得无可指摘。

"谢谢叔叔，房间我很喜欢。"

房间再用心，归属感这种东西却不是说有就能有的。在边家的第一个夜晚，云边成功失眠，一直到天快亮才有了睡意，幸亏这会儿还是暑假，早上能舒舒服服睡个懒觉。

开学在即，云边在边家住下的第三天，终于见到了自己的继兄。

彼时，她正和云笑白及边闻一起在家吃晚饭。

自与云笑白结婚以来，边闻一改从前的大忙人形象，每天都在家用早饭和晚饭，早早下班，尽可能地抽出时间陪伴云笑白，对待云边更是关怀备至。

李妈似是不经意地念叨："还是云小姐福气好，我们阿赢活了十七年，从来没有享受过这样的待遇。"

云边安静听着,只是乖巧地笑。

她无辜的模样勾起了李妈的恻隐之心,暗骂自己为什么要因为大人的事情迁怒一个小姑娘。

但看见边赢进来家门,眼神扫过玄关处的那一下停顿,李妈觉得自己的话其实还说轻了。

那里原本摆放了一张边闻、冯越和边赢一家三口的合照。

而现在,空空如也。

边家迎来新的女主人,冯越的照片自然是不适合再留,在云笑白母女住进来之前,边闻让用人把冯越的照片撤走了。

不光是玄关,整个家里——除了边赢的房间,都已经很难再找到冯越存在过的痕迹。

客厅中央像生出一条无形的"楚河汉界",把这个重组家庭划分阵营:一边是边闻、云笑白和云边的其乐融融;一边是边赢的形单影只。

"怎么回来了也不提前打个招呼?"边闻太久没见儿子,也不去计较边赢连自己婚礼都不愿参加的往事了,他放下筷子站起来。

明天是暑假的最后一天,边闻原以为边赢会拖到最后才肯回来。

边赢不答,低下头,踢掉鞋子,换上拖鞋进门。

云笑白已经见过继子几次,每一次都遭到冷脸相待。

她完全能理解边赢对她的排斥,她和边闻的婚事很急,并没有给孩子们太多适应的时间,尤其是边赢,他甚至还没来得及走出丧母之痛。

她原本想再缓缓,但边闻说自己经历过冯越的死,深感世事无常,只想珍惜当下,因为谁也不知道明天和意外哪个会先到来。

云笑白妥协了。她和边闻已经错过太久,绕了好大一圈好不容易回到彼此身边,不想再蹉跎光阴。她乐观地想,只要自己把边赢当成亲生孩子去疼爱,边赢迟早有一天会接受她。

"阿赢,还没吃饭吧?我去给你盛饭。"云笑白温和地冲边赢笑。

边家有用人,盛饭这种事本不需要劳烦她亲自动手,只是现在这种特殊关头,亲力亲为才能显出诚意。

边赢没有反应，把云笑白当空气。

云笑白有思想准备，并不介意边赢的不礼貌，兀自站起身，去到厨房帮他盛饭。

"边边，这就是叔叔的儿子边赢，以后在家里在学校有什么需要他帮助的地方尽管找他，他就是有点怕生，其实是个很好相处的男生。"边闻打着圆场给双方做介绍，"阿赢，这是云阿姨的女儿云边，以后就是你妹妹了，她可是一直很期待跟你见面，你多多照顾人家。"

云边没想到自己随口一句客套话，居然被边闻拿出来套近乎。

眼前面无表情的少年很眼熟，云边觉得自己似乎在哪里见过他，但是一时之间，她抓不住头绪。

她能看出边赢对她们母女两个的排斥，她不想委曲求全给他赔笑脸，但她知道，如果自己耍小性子跟他对着干，只会让云笑白夹在中间左右为难。

笑就完事了，她告诉自己：我是一台没有感情的"微笑机器"。

边赢望向她。

眼神交汇的瞬间，云边的嗓子眼仿佛被生生卡住，那声已经到了喉咙口的"哥哥"只来得及发出个"g"的音节就被迫中断。

她倏地记起了一切。

骤雨初歇的夜晚，便利店窗前的男孩扭头看她。

她记得他的眼睛狭长，眼皮懒懒地半耷拉着，双眼皮的褶皱只在眼尾显露。也记得他的眼神，冷漠、直白，浮动着隐隐约约的戾气。

原来那天坐在她身旁的人就是她传说中的"哥哥"，他明明就在临城，待在婚礼举办地点不到两千米的地方，却谎称自己远在美国。

"妹妹？"边赢饶有兴致地上下打量云边几秒，"我妈生的才配叫妹妹，至于别的——"

他面上闪过一丝古怪的讥笑："叫作'小杂种'。"

边闻费尽心力企图打造的和谐，被儿子一句话破坏了个彻底。

边赢完全没留情面，措辞极尽刻薄，"小杂种"三个字，瞬间将客厅的空气冷冻结冰。

一旁浇花的李妈不敢再动,僵着身子,举着水壶停在半空里,密切关注东家的动静。她做好了准备,如果边闻要动手教训边赢,她得第一时间冲上去阻止。

冯越走前最放心不下的就是儿子,李妈答应过她,一定会竭尽自己所能照顾边赢。

云边脸上无辜且柔弱的笑一寸寸散尽,最后变成一片苍白。

忍住！她在心里给自己下达一个简短而有力的命令。此情此景,她不需要亲自出头,叔叔会站在她这一边。

边闻猜到边赢不会有好脸色,但他没想到居然能到这种程度。短暂的愣怔后,他沉下脸,怒道:"你再说一遍？"

来自父亲的威严没能震慑住边赢,他满脸无所谓地扯扯嘴角,反问:"你确定？"

云笑白端着饭碗从厨房出来,看到客厅剑拔弩张,她脚步一顿。

云边注意到母亲出来,她抬起眼眸看边赢,语气里有明显的央求意味:"不要再说了。"

她完全相信,边赢敢再说一遍,并且他很乐意再说一遍。

让云笑白听到,她会难过。

李善均在《我的大叔》里面有这么一段台词:"我也曾下跪过,被人扇过巴掌,被人骂过,那种时候唯一庆幸的就是我的家人不知道这一切,那我就可以假装没发生过什么事,买了好吃的回到家,若无其事地吃晚饭。其实没什么的,不论受到什么样的侮辱,只要我的家人不知道,那就不算事。"

有些难堪自己受了也就受了,但是不能当着家人的面,这是底线。

云笑白就是云边的底线。

边赢也看到云笑白了。

他的嘴唇张了张,那三个字已经滚在喉咙口。

利刃随时可出鞘,但是最终,他依了云边的意思,没有再说。

边闻跟云边抱着同样的想法,不想把云笑白扯进来,所以他不便在这里继续教训儿子。他看看云边,又看看云笑白,尽量让自己心平气和:"你们先吃,我和边赢有点事要说。"

"有什么事非得现在说吗？"云笑白说，"还是先吃饭吧，一会儿该凉了。"

"我们很快，你们先吃。"边闻温和地宽慰她，看向边赢的时候，则换了副严厉的表情，怒气呼之欲出，"边赢跟我上来。"

父子俩的背影消失在楼梯拐角处，云笑白不明所以地问云边："发生什么事了？"

云边的回答模棱两可："他态度不太好，惹叔叔生气了。"

云笑白仔细观察云边的表情，没有发现委屈或愤怒的情绪，这才微微放下心来。她把女儿颊边的头发拨到耳后，斟酌着开口："云边，如果哥哥没有很过分，就不跟他计较了，好吗？"

"好。"云边点头。

"他才十七岁就没了妈妈，我们给他一点适应的时间。妈妈也向你保证，绝对不会因此冷落疏忽你。我无论如何都会站在你这一边保护你，你永远是妈妈最重要的人。"

云边再次乖乖点头："好。"

云笑白半是欣慰半是心疼，摸摸她的头："辛苦你了。"

云边笑笑，将这一页轻描淡写地揭过。

其实不只是边赢，她心里有同样的疑惑，她和边闻到底是什么关系。

云边对自己的父亲几乎一无所知，在她的成长过程中，家里从来没有他的照片和信息，她不知道他叫什么名字，不知道他长什么模样，更不知道他在哪里。语文课上讲《背影》那一课的时候，老师和同学用长篇大论歌颂父爱，只有她茫然无措，为自己的格格不入而感到恐慌，甚至感到自卑。

云笑白从来不和云边提她的亲生父亲，云边小时候还会缠着母亲问有关父亲的行踪，云笑白平日里是一个脾气很温和的人，但一旦涉及云边的生父，便会变得暴躁。云边对父亲的好奇次次遭到母亲的呵斥，甚至有次动了手，后来她就学乖了，不再过问。

亲戚有闲言碎语，但版本众多，有人说他死了，有人说他到国外去了，最可信的版本是，云边还在母亲肚子里的时候，母亲发现了父亲有外遇，不顾旁人劝说执意离婚，可腹中孩子已经足月，只能生下来。

　　生下她以后，母亲让她跟着自己姓，强势拒绝前夫的探视和抚养费，久而久之，双方就彻底失去了联系。

　　这种决绝的方式，确实是云笑白宁为玉碎不为瓦全的风格。

　　但事实真的如此吗？

　　自从边闻出现，云边变得有些不太确定了。

　　她名字里的那个"边"，未免过于微妙。

　　二楼。

　　边赢跟着边闻走进书房，反脚踢上门。

　　随着关门声响起，边闻压抑着的火气再也按捺不住，扭过头骂道："这种话谁教你的？你阿姨和云边从今以后就是我们的家人，你认也好，不认也好，都是无法改变的事实，你下次再敢对她们这么说话就给我滚出去。"

　　边赢眼睛也不抬，从裤袋里摸出一包烟来，抽了一根叼到嘴里，又从另外一只裤袋里摸出打火机点了火，头低下去，凑近打火机。

　　火苗跳跃的光舔亮烟头。

　　烟雾上腾，淡淡烟草味里，边闻的怒气陡然间偃旗息鼓。

　　他伸手夺过那根烟扔到地上，用鞋尖用力研磨几下。

　　烟火熄灭。

　　边闻叹了口气，口吻已经不自觉地软了下来："你什么时候学会的抽烟？"

　　他的儿子学会了抽烟，个头也已经高出他不少，他太少关注儿子了，竟不知道什么时候开始，边赢从一个小男孩长成了男人的模样。

　　"忘了。"边赢说。

　　"以后别抽了。"边闻顿一下，说，"想想你妈是怎么走的。"

　　冯越是因为肺癌过世的。

　　"抽烟有害健康"这句宣传语耳熟能详，边闻从前不当回事，但当噩耗发生在自己或最亲近的人身上，他不得不重新审视。

　　听父亲提到母亲，边赢没忍住，一下笑了出来："不挺好的吗？我妈要是不得肺癌，你怎么换老婆？"

边闻已经忘了边赢上一次好好跟自己说话是什么时候，维持新旧家庭之间的平衡令他心力交瘁。他沉默了很久，说："阿赢，你妈走了，我也很难过。但是人总得向前看的，我不可能一直沉浸在过去。"

边赢发出一声短促的嗤笑。

夫妻近二十年，半年就向前看了，准确地说，是三个月就向前看了，冯越离世三个月，边闻和云笑白陷入热恋，四个月，做出结婚的决定，六个月，把人娶进家门。

娶的还是前任。冯越这十八年被全盘否定，成了一场彻头彻脑的笑话。

边赢问道："你把她的照片弄哪儿去了？"

边闻一时没反应过来："什么？"

"我妈的照片，我妈养的铃兰，所有有关我妈的东西，都扔哪里去了？"边赢的脸在昏暗的书房灯光里显出几分压抑至极的扭曲，他的声音压得极低，"连株铃兰都不放过，你老婆就连一株我妈养的花都容不下？"

"跟你阿姨无关，是我让收的。这些东西你去问问李妈放到哪儿了，她肯定都好好地保管着。"边闻说，"至于铃兰，怕毒着猫，也让收走了。"

云笑白养了一只猫，猫调皮，第一天来边家就因为啃食铃兰导致中毒，被送进医院洗胃。怕猫再出意外，边闻就让用人把花收了起来。

"行，对，应该的，是铃兰错了。"边赢点头，彻底失去继续和边闻说话的欲望。

边闻把他叫住，语重心长道："云阿姨是一个很好的女人，你以后会知道的。我们没有领结婚证，这是她的想法，考虑到你，我也由着她去了，想着多一事不如少一事，万一有那一天，不至于给你带来麻烦，或者蒙受什么损失。"

人年少的时候有一腔不顾一切的孤勇，在爱情面前，物质不值一提。但人到中年，孩子才是生命中最重要的部分，与孩子的利益相比较，爱情得靠边站。

边赢打断他："你和那丫头，是什么关系？"

"你怎么会问这种问题，难道你以为……"边闻诧异，"我只有你一个孩子。但以后云边也是我的孩子。"

边赢没说话，也不知道是信了还是没信。

父子俩两厢无言。

过了会儿，边闻拧起眉心，回到最初的话题："今天念你初犯，你待会儿给人……"他原先想说让边赢去给云边道个歉，但考虑到边赢的配合度，遂摆了摆手，"算了，你离她远点，别去碍人眼。再有下次我绝不轻饶。"

边赢扯扯嘴角，拉开书房的门。外头，李妈正在假装擦扶栏实则关注父子俩的动态，看他平安无事地出来，她满脸的担忧这才散开，比了个口型："没事吧？"

边赢安抚地冲她笑笑，而后回头看边闻："我可以答应你没有下次。让她们离我远点，别再对着我假惺惺，不然难堪的是她们，像今天这样。"

晚上，云边早早洗漱完，躺到了床上。

边闻通过微信给她转了一笔款，并发来一段话：【边边，叔叔再次代替哥哥向你道歉，这样的事情今后不会再发生。以后我会保护好你和妈妈，不管你在哪里，在谁那里受了什么委屈，叔叔都会替你主持公道。】

云边推托几次，最终在边闻的"你就当是买叔叔一个心安"的劝说下收下了钱。

边闻又嘱咐：【不用跟妈妈说，免得她担心。】

云边：【好。】

刚把手机放到一边，锁屏界面又跳出微信新消息。

她以为是边闻还有事要跟她说，结果打开一看，是一个叫"不抽利群"的人发来的信息，没有任何聊天记录。根据最顶上的提醒，她和这个人是三天前成为微信好友的。

谁啊？云边辛苦回忆。她最近加的人挺多的，云笑白的婚庆团队，然后家里的阿姨、司机、厨师……加了一大堆。

想了一会儿，没想出来，她便问：【忘记备注了，你是？】

不抽利群：【等我消息三天了吧？】

云边发完一串问号就把人删了。

这人怕不是有什么毛病。

没一会儿，不抽利群重新发来好友申请：【不是吧，真不记得了？】

云边点击通过：【你到底是谁啊？】

不抽利群：【如果你在玩欲擒故纵的把戏，建议你见好就收。】

云边不耐：【最后给你一次机会说你是谁。】

不抽利群怕真的又被她删好友，一股脑全倒了出来：【8月27号晚上，全家便利店。】

云边记起来了，顺便勾起了一点不太美好的回忆，没办法，便利店那一段回忆，终究绕不过她那个傲慢无礼的白捡的哥哥。

云边后悔加这个"不抽利群"了。

当时她刚刚参加完云笑白的婚礼，有种连唯一的妈妈也不再完全属于自己的失落与惶恐。

她初来乍到临城，没有任何人脉和社交圈子可言。既然扎根临城已经无可避免，那就认清现实，尽快让生活回到正轨。

年龄相仿的男生，长相不错，穿着很时尚，看得出家境不错，问女生要微信的架势，说明社交能力也过关，综合看来，是个适合发展的"人脉"。

谁知道是个上来就尬聊的奇葩。

云边不想跟奇葩浪费时间，回了句"我要去洗澡了"就强行结束了聊天，没管不抽利群后来有没有又给她发了什么奇奇怪怪的消息。

推开卫生间门的瞬间，她听到里头有潺潺水声，瞬间，她意识到了一丝不对劲，但为时已晚，她来不及收回推门的力道，只能眼睁睁看着门在自己面前开启，而她甚至还出于惯性往里迈了一步。

边赢在里面，正弯着腰在洗手台前洗脸。

这不就是巧了嘛，深更半夜两人都想当然了点。

云边看浴室里没什么私人用品，以为边赢的房间里有独立卫生间，而且她在这儿住了三天，这卫生间是她一个人用的，她有点习惯了。

边赢小时候身子骨弱，据说卧室里装卫生间聚阴气，所以他房间里没有独立卫生间，一个男生本来就不需要那么多洗护用品，他又一走两个月，李妈就把他的牙刷和杯子收了起来，免得积灰，导致这个卫生间完完全全是个没什么人用的客卫的模样。

至于他为什么不锁门？

边家搬到明湖左岸已经十多年，他更习惯一个人用这卫生间，比云边习惯多了，根本不记得家里多出个白捡的妹妹要和他共用卫生间。

边赢听到动静，抬头看镜子。

两人在镜中四目相对。

云边穿的是睡衣，她下意识地抬手挡了挡。

边赢注意到她的动作，微微一怔，一改晚饭那会儿的刻薄，什么也没说，头重新低了下去，把脸埋进柔软的毛巾里，继续洗脸。

用力揉了几下脸，却迟迟没听到关门声，他重新抬头看镜子，发现云边还站在门口，一瞬不瞬地望着他，满脸的欲言又止。

他蹙眉，关上水龙头，语气相当不耐："还在看什么？"

云边也想跟他井水不犯河水，但有个事她必须说：

"你洗脸的毛巾，好像是我的。"

云边在自己房间等了一会儿，听到卫生间的门被关上的声音。

她当然不会自恋到认为她那白捡的哥哥是出于好心，给她可以用厕所的信号。

他把门关得那么重，目的只有一个，他在泄愤，表达自己的不满。

云边不想现在出门和他打个照面，她又等了一小会儿，直到听到第二个关门声，她才出去。

寂静的夜，走廊一片漆黑，只有惨淡的月光透过窗户照进来，洒了一地银霜。

边赢没给她留灯。

卫生间亦然。

云边抬手摁亮卫生间的灯，一眼发现毛巾架上少了她那块才用第三天、刚被边赢擦过脸的毛巾，它已经孤零零地躺在垃圾桶里。

云边面无表情地挪开视线，反正就算他不扔，她也得扔。

坐上马桶的第一时间,她发现触感不对劲。

她低头一看,马桶圈是掀着的。

从前她家里没有男人,因此家里从来没有掀起马桶圈的必要,她无需在上厕所前留意这种细节。

虽说边家的卫生打扫得很干净,马桶里里外外擦得锃光瓦亮、一尘不染,但心理作用下,大腿触碰马桶的那圈皮肤像有成千上万只蚂蚁爬过,泛起令人不适的痒意。

云边始终没法过心理那关,半夜三点半,她认命地从床上爬起来,拿上换洗衣服,再次来到卫生间。

这么晚还得重新洗遍澡,她怨念颇深。

脏衣篓里丢着边赢换下来的衣物,其中一只裤腿零乱地挂在外头,云边没把自己换下来的衣物丢进去。

她先前那个澡洗得很早,用人早就把她的换洗衣物拿走了,要不然,边赢应该也不肯把他的衣服跟她的混到一起。

在划清界限这件事上,他们达成了高度共识。

第二天是个无风的高温天,窗外的蝉鸣声嘶力竭。

边闻担心边赢又给云笑白和云边使绊子,专门百忙之中抽空回来吃中饭,目的是镇场子。

中午十一点了,两个孩子都还没起床。

"今天是暑假最后一天,随他们睡个饱吧。"边闻笑道,"明天一开学,他们的好日子又要到头了。"

直到家里用人准备好了午饭,边闻才吩咐用人:"上去叫一下。"

片刻后,用人下来。边闻不担心云边,但他怀疑边赢不肯下来和大家一起用餐,遂问道:"边赢吃吗?"

用人回答:"先生,少爷说他马上就下来。"

这个回答令边闻挺意外:"他真这么说的?"

"是的。"

"算他懂事。"边闻冷哼。

"阿赢肚子该饿坏了。"云笑白说。昨晚她亲自下厨给边赢做了饭，边闻端到边赢房门口，边赢连门都没给开，边闻只得给他放在房门口的矮柜上，今天早上起来，饭菜还在老地方摆着，纹丝未动。

"应该不会。"用人说，"少爷昨天后半夜点了外卖。"

边闻大笑起来，知道儿子没严重到闹绝食，就不禁乐观起来："我就说嘛，不用担心这小子，他有的是办法，绝对饿不死。"

而楼上，共用卫生间的不便再度上演。

云边穿戴完毕从卧室出来，碰上同样刚出门的边赢，他满脸刚睡醒的瞌睡懵懂。

从距离上来说，边赢的房间离卫生间更远。

人在屋檐下不得不低头，云边没想和他抢，她主动停下脚步让出位置，跟他打招呼："边赢哥哥早。"

她叫他"边赢哥哥"，而不是"哥哥"。相较"哥哥"，前面加了名字的叫法要生疏许多，应了他不想随便认妹妹的心态，同时也保持了一个屋檐下的基本礼仪。

毕竟前一天闹得那么难看，云边这声招呼打得边赢始料未及，他偏过头看了她一眼。

云边脸上没有半分屈辱或者勉强的痕迹，好像她说的不过是一句稀松平常的话。

边赢的世界里不存在"伸手不打笑脸人"的人情世故，面对她不计前嫌的示好，他不领情："不用来这套。"说完径直进了卫生间。

门"砰"一声关上，下一秒又开启。

"喂。"

云边一只脚已经踏回房间了，闻声，脚步稍稍一滞，但并没有为此停留。

喂他个头，叫狗呢？

她没有名字吗？

边赢看着她头也不回的后脑勺，不耐地扬高声音："云边。"

云边这才回头。

边赢拎着块毛巾:"这是你的吗?"

云边说:"不是。"

边赢放心了,最后留下一句话:"以后你用右边的洗手盆,毛巾架也是,别碰左边的。"

不等云边说什么,他重新关上门。

卫生间里是双台盆,这会儿跟小学生的课桌似的画上了"三八线",各占一边,谁也别过界。

楼下等了一会儿,边闻突然想起点事来,再度吩咐用人:"他们两个等着用一个卫生间太慢了,你叫其中一个去我们房间洗漱。"

云笑白诧异:"阿赢的房间里没有卫生间吗?"

独卫方便许多,家里主楼够大,多装个卫生间绰绰有余。

"没有。"边闻解释,"我们搬过来的时候他还很小,他小时候三天两头地生病,我们就听了设计师的建议没在他房间里装卫生间。"

"这样啊。"云笑白笑了笑,没让边闻看到自己眼底一闪而过的担忧。

身为女孩的家长,在孩子的成长过程中,总比男孩的家长多出许许多多的操心。自云边进入青春期,云笑白成天担惊受怕,神经绷得紧紧的,一刻都不敢松懈。她知道云边这样长相的女孩子对男孩子而言意味着什么,她怕女儿学坏,怕女儿做出任何不该在这个年龄段发生的事。

两个孩子共用一个卫生间,难免会触及彼此的隐私,一楼和地下层都有空余的客卧,可眼下这个情况,突然说要云边换房间未免过于突兀,而且边家给云边准备房间的过程中着实费了不少心思,她于情于理都不该浪费这番心意。

但愿只是关心则乱,云笑白安慰自己。

边赢动作很快,没一会儿就趿着拖鞋下楼。

"阿赢,早啊。"云笑白跟他打招呼。

边赢对所有人视而不见,兀自在餐桌前坐了下来,拿起筷子就开吃。

"没个规矩。"边闻沉下脸,斥责道,"云边都还没下来,你就这么饿吗?"

经过昨晚的事,边闻没敢再对边赢称云边为"你妹妹",生怕边赢又来"小杂种"那一套。边闻太清楚了,尽管自己已经跟边赢澄清,但边赢叫云边"小杂种"跟她到底是不是边家的孩子没有太大关系,他只是想和大人作对,并从中挑了个最狠准稳的方式。

边赢把筷子搁到桌上,露出个皮笑肉不笑的讥讽表情:"如果你不想我跟你们一块儿吃饭,可以直说,不用拐弯抹角。"

云笑白在桌下踢了边闻一脚示意他闭嘴,然后对边赢说:"没关系阿赢,你饿了就先吃吧,云边很快就下来了,不用等她。"

云边下来的时候,边赢的午饭已经接近尾声。

她依次向餐厅里的人问好,包括边赢。

边闻深知她叫出"边赢哥哥"四个字代表着怎样的忍辱负重和宽宏大度,看她的眼神越发怜爱。

下午,司机带着云笑白和云边四处逛逛,熟悉临城。

边家迎来一群不速之客。

边赢午觉睡到一半,被一个庞然大物生生扑醒。

他睁开眼睛,看到一个人形哈巴狗近距离凑在他眼前——近到他都难以对焦。

"哈巴狗"捧着他的脸左看右看,眼底充满了心疼:"两个月不见居然瘦了这么多,万恶的美帝没点人吃的东西吗?"

边赢额角一跳,干脆利落地把人踹下了床:"滚。"

哈巴就是婚礼上发云边照片的损友1号,大名叫巴度,姓巴是"哈巴"外号的由来。

哈巴被踹下床一点也不生气,一个鲤鱼打滚爬起来,乐呵呵道:"看到我们'不输'的脾气还是这么大,我就放心了。"

边赢撑着身子坐起身来,一一看过围在自己床前的两个脑袋,无精打采地问道:"你们来干吗啊?"

"不放心你，来看看你呗。"哈巴殷勤地说，要不是他没长尾巴，这会儿估计已经把屁股摇下来了。

边赢嗤笑，直接揭穿了他们的目的："不看看我那白捡的妹妹？"

两人一通尬笑。哈巴说："那是顺便的，主要还是来看你。"

边赢再度嗤笑，说："出门右拐，自己去敲门。"

他一吃完中饭就上楼了，那会儿云边才刚开吃，所以他当然不知道云边下午出门了。

"啊？这不太好吧。"哈巴一边这么说着，事实上眼睛一下亮得像装了个激光灯，问题跟雨后春笋似的冒了出来，"我得先了解点基本情况。比如她叫什么名字，你给介绍一下。"

边赢："滚，我哪知道。"

损友2号颜正诚虽然也抱有来看云边的目的，但明显真诚许多："我们还担心你到开学了都不肯回来，没想到你居然提前回来了。"

边闻婚礼当天，边赢从美国外祖家赶回国，但没参加婚礼，过后也没回家，一个人在酒店住了几晚，后来突然就想通了，明明是他自己的家为什么要为了别人腾地方。

于是他就回来了，今天中午下去吃饭也是抱着这个心态。

"我家我想什么时候回就什么时候回。"边赢说。

"不管怎么说，欢迎回来。还是哥几个好吧，一得到消息就过来探望你了。"颜正诚听出他不想聊这个，遂不动声色地转移了话题，"叫了邱洪没来，说是有事。"

边闻说："爱来不来。"

"估计上回那几句话有点伤面子。"颜正诚说。

朋友几个有不少群，其中一个群里是清一色的男生，平日里，大家也都在这个群里聊得最欢，没有女士百无禁忌，谁知道突然某一天就多了个戴盼夏。

边赢都用不着问，就知道戴盼夏是邱洪拉进来的。邱洪喜欢戴盼夏，是每一个人都看得出来的、戴盼夏本人也知晓并多次利用这点接近边赢，只是邱洪不肯承认这个事实。

发完"都丑"的那天晚上,边赢退了群,又创了个新的,只拉了几个男生,并放下狠话:

【最烦群里有女生,下次再拉连拉的人一块儿踢。】

哈巴对云边的兴趣很大,没说几句就又把话题引到了她头上:"她怎么没动静,在睡午觉吗?"

"我又没在她房间装监控,我怎么知道。"边赢不耐烦地答道。

颜正诚好笑道:"她得拆家你才能在这儿听到动静。"

哈巴也觉得自己问了个蠢问题,暂时安静了。

边赢跟颜正诚说起明天报到的事情:"你分在A班?"

颜正诚:"嗯,你呢?"

边赢说:"五班。邱洪在几班?"

"八班。"

边赢、颜正诚、邱洪和哈巴都是临城五中的,平时走得很近。

临城五中高中三年每年都要分一次班,高二是文理科重组,高三是按照学习成绩,分出尖子班、提高班和平行班,方便进行因材施教。

除了哈巴,其他三人是高三生,颜正诚所在的A班就是尖子班,边赢所在的五班是提高班,邱洪的八班是平行班。

巴度之所以能隔年级打入学长阵营,全拜他的死缠烂打所赐。一年前,懵懂的小哈巴以拉胯的成绩和自带图书馆 buff(游戏术语,意为增益效果或强力技能),怀着又紧张又憧憬的心情站到临城五中的校门口,突然油然而生一股为中华之崛起而读书的使命感。

正常情况下,巴度的使命感应该能维持到他翻开书本。

但谁让边赢刚好走过,谁让哈巴是个重度颜控。

"太拉风了。"巴度的使命感被抛到九霄云外,为中华崛起而读书的人那么多,想必也不差他一个,要交就交全校最拉风的朋友,交到拉风的朋友才能让自己身心愉悦,延年益寿。

如果以努力为X轴,成绩为Y轴,那么他们四人刚好位于四个不同的象限,颜正诚在第一象限，一分耕耘一分收获；边赢在第二象限，他很少学习，成绩却始终不错，当然并没有夸张到无师自通拿第一的程度，但至少能在市重点中学混个中上水平；巴度在第三象限，是个典型的混日子型选手；邱洪在第四象限，不过他从不肯承认这一点，他把成绩差归咎于自己不想学，而不是学不好。

没跟任何一个朋友在同个班，边赢有点烦。

"加把油考来 A 班吧，还跟我当同学。"颜正诚提议。

尖子班是走班制度，每次月考都有人员变动。

边赢不为所动："不如你少考几分，来五班陪我。"

颜正诚："能不能有点上进心？"

边赢没有："算了，没缘分。"

哈巴贼心不死，又生生把话题给绕回来了："不知道咱妹妹学习成绩好不好，看面相应该是个品学兼优的好学生。"

边赢和颜正诚都不想理他。

哈巴对云边的好奇心，在边家送来一台"施坦威"三角钢琴时达到顶峰。

这是边闻送给云边的欢迎礼，本来应该在她入住前就送到，但钢琴从国外空运过来，路上发生点事耽搁了，因此晚了几天。

可惜，这天下午哈巴在边家上蹿下跳都没见上云边一面。临城跟锦城很近，她和云笑白回锦城看望外公外婆了。

令边赢意外的是，到了晚饭时间，边闻居然回来了。

边赢已经从用人那里得知云笑白母女俩的行踪，知道她们不回来吃晚饭，他不由得多打量了父亲两眼。

边闻看出他眼神里的疑惑，解释："云阿姨说让我回家陪你一块儿吃饭。"

边赢微微一愣，他站起身，脸上的憎恶不加掩饰："用不着。"

说完他在边闻的诧异里摔筷而去。

破天荒专门陪他吃饭，只因对那个女人言听计从，这不管是对他，还是对他的母亲，都是一种侮辱。

本就是小时候才稀罕的玩意儿，现如今他还真的看不上这点施舍。

今年格外多雨，自入夏以来，毛毛细雨、倾盆大雨交替着进行。

白天还是晴空万里，临近傍晚，淅淅沥沥的雨又下了起来。

第二天还得开学，云笑白和云边没在锦城待到太晚。

晚上九点多的时候，边赢听到窗外院子里的落雨声之中，接连响起两道车门关闭的碰撞声。

再过一会儿，楼下有钢琴声透过隔断，隐隐约约传递上来。

不消多说，是云边在验收边闻送她的礼物。

云边今天穿了白色的裙子，方领泡泡袖，秀气中筒白袜配了双黑色的皮鞋，发丝柔顺地披散，水晶灯在她发顶投上一层亮亮的光圈，随着弹钢琴微微向前倾斜的姿势和手指的施力，一缕又一缕的头发从她后背滑落到胸前，仿佛在跳跃。

墨黑的琴身光可鉴人，纤细的手指在黑白琴键上灵活跑动，指缝里行云流水般地倾泻出音符来。

并不是安静柔和的曲子，她弹的是《克罗地亚狂想曲》，热烈、激昂、悲怆，清瘦的手背因为用力，凸着青筋和指尖肌腱。

这不妨碍她像一幅黑白水墨画，几乎要氤在江南的烟雨中。

一曲完毕，云边松开踏板，放下双手，一抬头，便看到了俯趴在二楼栏杆上的边赢。

他大概刚洗过澡，头发半湿着，像极了第一次在便利店见到他的模样。

他站在那里，不知道已经看了多久。

两人的视线相撞。

云边的嘴唇微微一闭，在她叫出"边赢哥哥"之前，边赢直起身子，头也不回地走开了。

云边亦收回视线，向边闻表达感谢："谢谢叔叔送我钢琴，我很喜欢。"

开学如期而至，昨夜下了一整夜的雨，到这会儿还没停，院子里的花落了满地。

云边从小就有个上学起不来的毛病，每次拖到最后的时间才不情不愿地起来。

来到卫生间门口，她轻敲了两下门。

自从那次的前车之鉴过后，她进厕所前一定会先确认里面有没有人。

门是锁的。

边赢在里面。

云边在外面等了大概两分钟，等到边赢目不斜视地出来。

她唤道："边赢哥哥。"

这次边赢也有话要跟她说："在学校里，你不认识我。"

"啊……"云边意识到他是不想被学校里的同学知道他们的关系，她小声答应，"好。"

边赢一走，她就火急火燎地冲进卫生间，以最快的速度整理好自己，飞奔下楼。

楼下边赢正背上书包走出家门，他在廊下停住，撑开了用人递过来的伞。

"阿赢，这么大雨坐家里的车去吧——"

云笑白对着他雨幕中的背影叫。

边赢没理她，少年腿长步子大，不一会儿就走远了。

云笑白没辙，颇为内疚地看向边闻："他是不是因为不想和云边坐一辆车？你单独派辆车送他或者自己送下他吧，这么大的雨他鞋子都要湿了。"

"别多想。"边闻安抚她，"他以前也不要接送。青春期的男孩子，你根本别想搞懂他在想什么，自尊心来得莫名其妙，他们就觉得高中了还让家里接送丢人。"

应云笑白的要求，送云边去学校的是一辆低调的奥迪A8，全程没有惹人注目。

云边被分到高二（4）班。文理分科将全年级的学生打乱重组，因此她也不算是形单影只融入新集体，不过别的同学多多少少有几个认识的人，而她是全然陌生。

她到得比较晚，教室里人已经差不多到齐了，三三两两凑在一起聊天。

她一进去，里面安静了一小会儿，她是张生面孔，又生得漂亮，一教室的人全在打量她。

后面的座位已经被占满了，只剩最前排还留有空位。坐最前面的位置搞不了小动作，还容易吃粉笔灰和老师讲到激动处横飞的唾沫。云边后悔不迭，暗骂自己为什么贪恋那几分钟的懒觉，这下好了，因小失大。根据她的判断，高中排座位基本按照学生最初的位置固定，只会调整实在不合适的部分。

哈巴没想到自己能在班里碰到边赢家的"纯甄牛奶"，暗掐了自己两把，惊觉疼痛这才相信上天竟如此厚待他。

他毫不犹豫地放弃了自己最后排的"黄金"座位，三下五除二收拾了自己的东西，蹭到了云边身旁。

因为怕别人捷足先登，他一系列动作可谓势如疾风快如闪电。

云边不过低头往桌肚塞了个书包的工夫，抬头发现身边多了个人。

她的脸近距离出现在眼前，如墨眉眼，绯红嘴唇——哈巴嘴一瓢："你好，纯甄……"

云边诧异地看他一眼："你认错人了。"

哈巴哪好意思说"纯甄"是自己在背地里给她起的外号："啊，不好意思。"

哈巴这人一笑，虽然有过分殷勤的嫌疑，但不会显得猥琐，反而有种傻里傻气的真诚和可爱，当时他正是以此博得了边赢小团体的信任，并打入内部，成了他梦寐以求的很拉风的一员。

云边不知道他是从后面窜上来的，以为他也跟自己一样，是来迟了只能坐第一排的懒觉虫，对他有了点惺惺相惜之情，再加上这是她在班里第一个接触的人，便主动跟他自我介绍："我叫云边，刚从锦城转学过来。"

"我叫巴度。"

巴度的姓和名都不常见，云边听到拼音，第一反应是"八肚"，怎么会有这么奇怪的名字？她蹙眉："哪个 bā 哪个 dù 啊？"

哈巴就把自己的微信二维码打开了，他的微信名就是他的大名："这两个字。"

"噢。"云边恍然大悟。

哈巴脸不红心不跳:"那要不顺便加个微信吧?"

云边没和他扭捏,同班同学迟早要加微信,就拿出手机扫了。

哈巴还想套近乎,想跟她说自己是边赢的好朋友,班主任就进来了。

哈巴只得暂时闭嘴。

班主任是个三十出头的男人,叫严律,教数学,名字挺吓人,但看着还算温和。他做了简单的自我介绍,然后进行一些报到的既定流程:公布规章制度、简单调了座位、指定临时班干部、指挥大扫除。

班里男女生都成单,势必有一对要男女混坐,严律看着云边和哈巴,陷入沉思。

哈巴紧张得大气都不敢喘,他刚才急哄哄坐上来没考虑太多,现在想想,云边这种长相的女生,班主任怕是不放心她和男生一块儿坐。

别到时候和云边同桌不成,还把他留在第一排,那就赔了夫人又折兵了。

但令人意外的是,严律没有把他们拆开。

男生们被使唤着去教务处搬书,哈巴一直到下课铃响才有机会告诉云边:"刚才忘了跟你说了,我是你哥哥最好的朋友之一。"

云边眨了两下眼睛,什么哥哥?

鉴于刚才哈巴上来就叫她"纯甄",她觉得哈巴可能还是没搞清楚状况,把她和别人搞混了。

哈巴邀功道:"你放心,边赢的妹妹就是我的妹妹,以后你只管在五中横着走,就算你哥哥毕业了也还有我罩着你,谁也不敢欺负你。"

不知道是不是哈巴的错觉,他似乎觉得云边的表情僵了僵。他定睛一看,云边没有任何异样,甚至还冲他笑了笑。

她一笑,如春风拂面,哈巴心神荡漾。

他快不能承受自己内心的激动,于是急不可耐地跑去高三部找边赢他们。

边赢和颜正诚正在走廊上聊天。

哈巴点开云边的微信,献宝似的把手机递了上去。

边赢看一眼,莫名道:"什么?"

"你妹妹的微信啊。"

边赢反应了一下才意识到哈巴说的是云边。

"真的假的?"颜正诚说,"怎么加到的?看看朋友圈。"

点进去,只有一条直线。

哈巴明明记得自己加云边的时候,看到她朋友圈是有内容的,但当时没来得及看。

他试着给她发了条消息。

一个红色感叹号出现在对话框旁边。

他,莫名其妙被删好友了。

怎么就被删了?打脸来得太快,哈巴怕边赢他们误会他吹牛,解释道:"我刚才真的加到她了。"

边赢和颜正诚都不说话。

哈巴急眼了:"真的,不骗你们,这个真的是她的微信,而且很容易就加到了。"

颜正诚听到"很容易"就彻底不信哈巴了:"你睡醒了没?"

边赢倚在栏杆上不说话,并没有嘲笑哈巴。

他记起自己和云边第一次见面的场景,那丫头的微信确实挺容易加的。

颜正诚还在和哈巴斗嘴:"唯一的解释是她不好意思当面拒绝你,只好回过头再把你删了。"

"怎么可能?"哈巴为云边删除好友的举动找了个合理的理由,他重新发送好友请求,"她肯定是不小心点错了。"

云边迟迟没有通过微信好友请求。

哈巴有些讪讪的:"她可能没看手机,我回去跟她说下就行,我们是同桌。"

"同桌,一个班?"颜正诚看着哈巴急红了脸的模样好笑,逗他,"你们挺有缘啊。"

"是吧。"说起同桌,哈巴忍不住狠狠炫耀一波,"没想到我们班主任居然肯让我和她一块儿坐。我上次跟女生同桌还是小学的时候,那时候不懂事,最讨厌的就是和女生坐一块儿……"

一直没说话的边赢打断他的滔滔不绝："你不如反省一下你们班主任为什么这么放心你。"

哈巴让他点醒了，一瞬间醍醐灌顶。

不管怎么说，哈巴不希望被朋友们质疑自己加到云边微信的真实性，再度声明："我真的加到她微信了，而且她没道理删我，我都跟她说我是不输的铁哥们了。"

哈巴强调："而且我是凭自己的实力加到的，先加了微信我再告诉她我是不输的哥们。"

边赢听到这里，突然意味不明地笑了一下。

他大概找到问题所在了。

哈巴回到教室，却发现世界已经变了样。

云边把位置换走了，换到了第三排和别的女生同桌，严律在指挥着位置变动，哈巴的同桌变成了一个满脸青春痘的男生。

这下真偷鸡不成蚀把米了，哈巴眼前一黑。

云边和新同桌简单打了个招呼。

"周宜楠。"

"云边。"

广播里进行着上学期的表彰大会，播报上学期期末考试各班的排名和获得奖状的学生。各班都已经重组，一个暑假过去，前一个班级的班级荣誉感也随之淡了，更别说云边一个转学生，更是毫无瓜葛，她百无聊赖地托着腮，看着桌面发呆。

她知道前方的哈巴频频回头看她，要不是严律在，他怕是早就按捺不住凑过来了。

删除哈巴好友的决定纯属云边一时冲动，但冷静下来以后，她有点后悔，毕竟以后还要继续当同班同学，抬头不见低头见的，没必要做得这么绝，删了还得给人一个合理的解释。她利用广播会议的时间，慢慢琢磨应对之策。

神游天外之际,被一个名字叫回了魂。

广播播到了"边赢",他是上学期高二(6)班"学习积极分子"的获得者。

临城五中的校级奖状和她从前的学校一样,以"三好学生"和"学习积极分子"为重头戏,每个班的奖状获得者加起来是十五个左右,虽说名义上是发给"德智体美劳"全面发展的学生,事实上就是按照期末考试排名颁发。

边赢拿的"学习积极分子",按照名字顺序,云边推算出他的学习成绩大致应该在班级十二三名。

还算优异,但并不拔尖。

广播会议在哈巴的翘首以盼中结束,云边也已经想好了应对之策。

哈巴满脸的求知欲中掺杂了一丝显而易见的忐忑:"云边,你怎么换位置了?"

云边格外真诚:"我粉尘过敏,第一排是粉笔灰重灾区,长期坐在那儿我肯定会受不了的。"

这也是她给严律的说辞,严律一听,二话不说就答应把她换到后排。

哈巴露出一个比哭还难看的笑:"你早说啊……"

早说他就不会眼巴巴凑到第一排了,这下他的高二学年算是要在老师的眼皮子底下废了,不知道他跟严律说自己也粉尘过敏的话,严律会不会信。

不过云边温和的态度给了哈巴信心,他没从中提炼到云边讨厌他的讯息,因此胆子也大了些,把另一个问题问出口:"那你怎么把我的微信好友删了,是不小心点错了吗?"

云边却没顺着台阶下:"不是。"

哈巴笑不出来了:"啊?"

云边瞧了瞧四周,避人耳目地压低了声音:"边赢哥哥不希望我在学校和他有什么交集,所以我才把你删了。"她眼神里充满内疚,"不好意思啊,巴度。"

哈巴怎么都没想到,问题居然出在边赢身上,他以为那是"护身罩",谁想到是"催命符"。

他知道边赢对父亲再娶有异议,但他没想到居然到了这个程度,大人的事与云边无关,为什么要迁怒无辜?

再说了，对着那么清纯漂亮的一张脸，怎么就忍心下得了手。

"你看看你把人'纯甄牛奶'给吓的！"哈巴埋怨边赢。

边赢本以为云边终于受够了对着他乖巧隐忍，万万没想到她给出的理由居然是为了顺从他。

挑不出错，但有点说不上来的不对劲。

他确实不想让旁人知晓自己与她的关系，可谁会霸道到干涉朋友的交友自由？

哈巴实在是烦，边赢图清净，就顺着那意思说了："那要不你在我和她中间选一个吧。"

哈巴纠结了半天，下定决心："那我还是选你。"

报到只有一上午时间，搞完大扫除，各班陆陆续续放学。

边赢没回家，和几个朋友约好了在外头玩。

出租车上，他接到家里座机打来的电话，是云笑白："阿赢，云边已经回来一会儿了，你在回家路上了吗？"

"我不回来。"

云笑白像有种特异功能，能对边赢的冷漠完全免疫，她温温柔柔地叮嘱："好，那我们就不等你吃饭了，你晚上早点回来。"

边赢没说话，撂了电话。

车里其他人听得到他话筒里的声音，通话结束后，邱洪没话搭话："你后妈还挺关心你的嘛。"

新建群那件事过后，邱洪稍闹了两天别扭，不过男生之间没那么多弯弯绕绕，说一起出去玩，就不计前嫌又凑到一块儿了。

边赢不以为然："这才几天。"

自云笑白搬来边家，确实处处迁就他，但日久见人心，如果凭这就说她是个好的后妈，未免过于武断。

第二天中午，四个男生又一起在食堂吃饭。

"她怎么一个人啊……"哈巴突然对着一个方向感慨,"转学过来还没交到朋友吗?"

边赢抬头,云边就坐在不远处。

她也望过来,目光毫无波澜地掠过,把"学校里互相装作不认识"的准则贯彻落实。

这一刻,边赢几乎确认,这才是她享受的状态,无需费尽心思去掩饰什么。家中那些虚与委蛇的善意,感到厌烦的绝不止他一个人。

昨晚一时兴起的好奇再度蠢蠢欲动。这一次,他没有把它压下去,任由其自由生长。

他受够了她虚伪的笑容,他倒要看看她究竟能演到什么程度。

"实在不忍心就把她叫过来一起吃。"他对哈巴说。

话里头的玩味意味甚浓,哈巴哪里知道这并非冲他而来,他只当边赢在说反话,遂别开视线,忍痛拒绝:"我又不是那种重色轻友的人。"

边赢笑了下:"我不用你二选一。"

加上昨天报到,云边已经在临城五中待了两个上午了,课间,同桌周宜楠问她要不要一起吃中饭。

云边说好。

周宜楠微胖,脸圆乎乎的,性格偏内向,熟起来之后会放开点。同桌是学生时代最方便的关系,两个上午相处下来,云边和周宜楠慢慢混熟。

上午最后一节课结束以后,两个女孩子一块儿走到楼梯口,周宜楠却停了下来,朝楼上望。

云边这才知道,周宜楠还有之前高一的同班同学要一起。

趁人还没下来,云边赶紧开溜,不然这顿饭注定吃得不太自在。

不过一个人到食堂吃饭确实有点异类,云边琢磨着自己还是得尽快发展一个"饭友"。

她的诉求格外灵验。

哈巴也不知道从哪儿冒出来的,她明明记得他刚刚还在边赢旁边,要多狗腿就又有多狗腿。

"妹妹，一个人吗？"哈巴邀请她，"一个人吃饭多没意思，跟我们一起吧。"

们？

谁们？

云边惊悚地朝边赢坐的方向看去。

边赢他们一行四人，其中边赢和哈巴的位置是正对她坐的，另两个男生是背对她的，他们两个没心思吃饭，正扭着脖子，密切关注着她这里的动静。

只有边赢还在慢条斯理地咀嚼口中食物，没给她半个眼神。

如果她没猜错的话，这些应该就是所谓的"们"。

她是想要个饭友没错，但也没渴望到饥不择食的地步啊！

再说，她都告诉过哈巴，边赢对她这个白捡的妹妹的厌恶有多深了，哈巴怎么还顶风作案？

哈巴只当她是畏惧边赢，安慰她说："别怕，不输同意你过去。"

"谁？"云边问。

看来他们的小团体里面，并不是边赢说了算，那个"不输"才是老大。

天天在家里拽得跟二五八万似的，结果到了外面也只是当个小弟。

她在那两个扭着脖子回头看她的男生里来回扫了两眼，判断哪个更有当大哥的气场。

没看出来。

说实话，确实是边赢最有。

哈巴说："不输就是你哥哥啊！"

云边："哦。"

哈巴："原来你不知道你哥哥的外号啊？他外号'边不输'，你知道为什么吗？"

云边现在没空管边赢为什么突然改变主意不再跟她避嫌，更没兴趣知道边赢的外号为什么是"不输"，当务之急是她不想跟他们一块儿吃饭。

她拽住了哈巴的衣袖："那个……巴度，谢谢你的好意，但我还是一个人吃吧。"

哈巴以为她还是害怕边赢，小心翼翼地问："为什么呀？"

因为我不想跟边赢一块儿吃饭！这话当然是不能说出口的，云边快速想出个有理有据的借口："你们别的朋友我也不认识，一起吃饭怪尴尬的。"

"嗐！"哈巴以为什么事呢，原来就这个。他遥遥指了指颜正诚和邱洪，给云边介绍，"左边那个叫颜正诚，学霸，现在在高三A班；右边的叫邱洪，也住明湖左岸，跟你们一个小区。他们都很好相处，你别担心，大家都特别想认识你。"

自从上次边叔叔说边赢"就是有点怕生，其实是个很好相处的男生"然后边赢下一刻给她来了句"小杂种"以后，她对"很好相处"这几个字就有点敏感。

颜正诚和邱洪冲她挥挥手，一个比一个笑得灿烂。

坐实了"很好相处"。

"看吧，我没骗你吧，大家都是很好相处的人。"哈巴在心里默默补充一句"除了不输"，他趁胜追击，"你刚转学过来，反正也没有别的认识的人，不如跟我们一起。"

云边意识到自己的理由找得很烂，现在骑虎难下。

"那我们走吧。"怕她再拒绝，哈巴殷勤地替她端起餐盘。

一直到走到边赢他们桌旁，云边都没能想出拒绝的理由。

"云边？"颜正诚率先问候她，"真是久仰大名。我叫颜正诚，跟你哥是铁哥们。"

"我叫邱洪。妹妹以后有什么需要帮忙的尽管说，把哥几个当亲哥，千万不用客气。"

云边："你们好，我是云边。"

边赢头也不抬。

云边估摸着白捡的哥哥应该还是不想在学校和她有瓜葛，她没自讨没趣，主动略过了他。

哈巴的座位靠边，没人指望让边赢挪位置，颜正诚和邱洪主动调好了座位，好让云边能跟哈巴坐到一起，换位置的过程中，顺便七嘴八舌地和云边寒暄。

云边初来乍到，桌上的话题自然全围着她转，没人把边赢对云边的排斥当真，以为他顶多是有点嘴硬，尚未适应屋檐下多出两个人而已。

每个人都只是说了正常分量的话，但三个人同时说正常分量的话，一个人应付起来就很吃力了，老半天过去，几个男生已经快吃完了，而云边餐盘里的饭甚至没见减少。

一上午下来云边肚子早就饿了，但她不想边吃饭边说话，心里叫苦不迭。

颜正诚又有新问题问云边了："你之前是哪所高中的？我外婆家就在锦城，我对锦城还挺熟的。"

"嘉……"云边正要回答，边赢却终于舍得从餐盘里抬头了，看她一眼。

云边条件反射，暂停回答颜正诚，先乖乖叫人："边赢哥哥。"

边赢没应，但跟她说了有史以来第一句人模人样的话，声音像有质感，硬邦邦的："吃饭。"

而后他看向几个朋友，语气只更加不耐烦："废话真多。"

看来白捡的哥哥真的是小团体的老大，他一发号施令，云边终于能安心吃饭。

没消停几分钟，哈巴又有新问题了："云边妹妹……"

边赢抬头。

不怒自威。

哈巴一抖，举起手做报告状："我是真的有事想问妹妹。"他难受地咳了两下，"粉尘过敏是什么症状，我怀疑我也有这个毛病。"

云边根本没粉尘过敏这毛病，只能按照自己的理解，镇定自若地编了一点："就是鼻子痒痒的。"

哈巴很赞同："对，我鼻子这两天就一直痒痒的，我肯定也过敏了。"

"就你最金贵。"邱洪嘲笑他。

等于是把云边也说进去了。

这话好友之间说说没什么，但对女生说，还是第一次碰面的女生，就不太妥当了。

餐桌上的氛围有一点尴尬。

邱洪干笑着对云边说:"妹妹我没说你哈,我说哈巴。"

餐桌上的氛围并没有因此缓解,反而更尴尬几分。

边赢在这时接过了话茬:"哈巴不是对粉笔灰过敏,他只是对第一排过敏。"

话题霎时被转移,开始围绕着哈巴的"第一排过敏症"展开。

"就是说啊,教室最后排也有黑板,出黑板报的时候怎么没见你说粉尘过敏?"

"之前为了少上两节课还自告奋勇想当宣传委员的助手呢。"

…………

戴盼夏和周宜楠吃完饭,远远看到边赢一行人有说有笑,除了他们常玩在一起的四个人,还另外坐了一个女生。隔得太远,戴盼夏没认出这就是之前群里那张照片里的本尊,只能隐约看到女生的侧脸轮廓精致,皮肤白得晃眼。

所有男生都已经吃完饭了,只有她还在小口小口一点点进食,速度慢到在戴盼夏看来十分做作。

男生们都在等她,包括边赢也没有先走,闲散地靠在椅背上,偶尔和朋友们说下两句。

戴盼夏之前让邱洪带她和他们一起吃过饭,边赢从头到尾没有理她,而且吃完就先走了。

周宜楠顺着戴盼夏的视线望过去,不由得"咦"了一声:"云边?"

"你认识?"戴盼夏问。

"嗯,云边是我同桌。"周宜楠说,"没想到她和边赢他们认识。"

云边回到教室,周宜楠已经在了。

"云边,我刚才在食堂看到你了,原来你和边赢他们认识呀?"

这问题是戴盼夏托周宜楠打听的。

云边觉得同桌不错,但仅此而已,关系还不足以好到告知对方自己家里的情况,因此她避重就轻地答了:"巴度邀请我一起。"

"噢噢,原来如此。"周宜楠笑着点头,"我还担心你一个人吃饭会很孤单呢。"

学生们尚未从长达两个多月的暑假氛围里回神，开学第一天格外漫长。

放学铃响起的时候，全校响起振聋发聩的欢呼。

除了高三，因为强制他们上晚自习。

边赢跟班主任杨英说自己不上晚自习。

杨英尽职尽业，不肯放任他荒废高三宝贵光阴，虎着脸给他出难题："让你家长同意。"

这有何难，边赢说："我明天拿签名回执给你。"

自己冒充家长签个名就行，小事一桩。

杨英却说："高三不是儿戏，让你家长来学校跟我面谈。今天先上课。"

边赢把"今天先上课"当耳边风，回教室背上书包就走。

家里李妈准备了冰镇绿豆汤，绿豆已经煮烂了，上面一层混浊的绿色汤汁，看着就清凉爽口。

边赢不想喝，拒绝，打开冰箱拿冰可乐。

"很好喝的。"大人都不喜欢看小孩喝可乐这种东西，李妈试图劝服他，"云小姐刚才一口气喝了两碗呢。"

边赢觉得这个逻辑很奇怪，云边一口气喝了两碗跟他喜欢喝可乐有什么关系？

此时此刻一口气喝了两碗绿豆汤的云边表示自己很后悔，也许是因为搬家和帮母亲准备婚礼事宜太过劳累，她上厕所的时候发现自己的生理期提前来了，这两碗冰镇的汤水喝下去，她怕自己痛经。

晚饭边闻照例是回家吃的。

他在公司还有工作没完成，特意中途回来陪家人。

"边边，在学校还适应吗？"饭桌上，他关心云边的学校生活，"老师和同学都好相处吗？"

这些问题在回家的路上司机叔叔已经问了一遍，回到家妈妈又问了一遍，云边很耐心地回答第三遍："挺好的，没什么不适应，老师和同学也都很友好。"

"学校饭菜合胃口吗?"

云边飞快地瞟了边赢一眼。

不合。

拜他所赐,她一顿饭吃得味同嚼蜡。

"合的。"

云笑白在桌子下踢了边闻一脚。

边闻干咳一声,把话题转到边赢身上:"阿赢呢,高三应该比之前忙不少吧,还适应吗?"

边赢抬眸看了边闻一眼,大概是没弄懂父亲好端端怎么关心起自己来,事出反常必有妖,他没搭腔。

"刚才你班主任打电话过来,说你不肯参加晚自习。"边闻摆出认真交谈的姿态,"听说整个高三年级不参加晚自习的一只手都数得过来,你不想参加,能说说理由吗?"

从前冯越在世的时候,管教儿子的责任几乎是她一个人在担负,边闻很少过问边赢在学校的表现。边赢都上高二了,边闻某天应酬完毕醉醺醺回家来,看着儿子,突然破天荒想展现一下父爱,便关心道:"你快中考了吧,想好上哪所高中了没?"

边赢面无表情:"我都快高考了。"

边闻愣了一会儿,哈哈大笑拍拍边赢的肩:"我儿子都这么大了,长大了好,长大了更得爱国爱党,遵纪守法。"

他对边赢没有太多的要求,"当个好人,别给社会添麻烦"真的就是能想到的全部了,像今天这样关心边赢上不上晚自习这点小事,更是史无前例。

"没理由,就是不想上,你随便找个什么人冒充家长去学校给我应付掉。"

父亲的一系列反常操作令边赢感到不适,他并不打算配合父亲突如其来的关心,速战速决地扒完饭,搁下碗筷上了楼。

边闻习惯了放纵边赢,这会儿眼看又要惯性放纵,云笑白再次在桌下踢了边闻一脚,轻声道:"你也上去。"

在妻子坚定的眼神里,边闻不得已放下吃到一半的饭碗,追进边赢的房间。

"阿赢,你的同学朋友都上晚自习,你一个人早早放了学也没人陪你一起玩,爸爸建议你还是上晚自习比较好。"

太阳打西边出来了这是,边赢看他的眼神跟看怪物似的。

边闻继续道:"家里不需要你出人头地,但高考总归是枚很荣耀的勋章,我希望你能认真对待高三,不要求你考多好,但不要辜负只此一次的青春。"

…………

客厅。

云边和云笑白一顿饭吃到尾声,边闻匆匆下楼来。

"怎么样?"云笑白问。

"完成使命。"边闻露出个胜利的微笑。

云笑白也笑:"我就说吧,你儿子比你想象中的好哄多了。"

整个过程确实顺利得超乎边闻的想象,回忆起这些年来自己对边赢的忽视,他的内心感慨万千。

他走到云笑白面前拍拍她的手臂:"多亏了你。"

公司还有诸多事务待处理,边闻连饭也没再顾上吃,匆匆离开。

"妈妈,是你让边叔叔专门回来劝哥哥的吗?"云边问云笑白。

云笑白说:"对,因为这件事只有你叔叔劝得动。"

边赢无视杨英要他今天得上晚自习的要求,杨英发现他没在教室,就按照"家校通"的联系方式把电话打给了边赢的家长。冯越离世后,留在学校那边的家长号码就换成了边闻助理的。

边闻的助理便打了电话回家,确认边赢的行踪。

于是云笑白动之以情,晓之以理,劝说边闻关心边赢。

边闻本不打算管这等小事,推托道:"要不你去劝吧,让他感受到你的好,能早点接受你。"

"我不是为了邀功,你千万不要告诉他这是我的主意。他需要的不是后妈的关心,他需要的人是你,他妈妈走了,你是他最亲的亲人。"云笑白循循善诱,"你不是一直希望他能接受我和云边吗?你知不知道,其实你才是那把钥匙,一句话就能抵我千百遍费尽心思讨好他,只有他感受到你的关心和疼爱,他才可能对我们敞开心扉。"

开学第二天,周宜楠再度邀请云边一起吃中饭。

云边拒绝了:"你和你朋友一起吃吧,我不喜欢和不认识的人一起吃饭,很尴尬。"

周宜楠却说:"我朋友今天不和我一起吃饭,她另外有约了。"

"那可以啊。"云边答应,省得一个人吃饭,又被哈巴好心办坏事,把她拉去和白捡的哥哥一起吃饭。

果然,哈巴半上午就来关心她的中饭了:"妹妹,今天还跟我们一起吃饭吧?"

云边万分庆幸地抱住了周宜楠的胳膊:"我已经和宜楠约好一起吃了。"

哈巴很遗憾,眼睛里的光彩顿时消失了,悻悻道:"那好吧。"

去食堂的路上,云边和周宜楠碰到了邱洪和戴盼夏。

两个人是单独的,邱洪没和他几个兄弟一起,所以戴盼夏满脸不情愿,邱洪在旁边很尴尬的样子,一直赔笑脸。

一扭头,戴盼夏看到了周宜楠,像看到了救星般跑了过来:"楠楠,一起吃饭吧。"

周宜楠为难地看了眼云边,云边明确说过不喜欢和不认识的人一起吃饭,但她又不知道怎么拒绝戴盼夏,只得硬着头皮答应了:"好吧。"

戴盼夏偏过头,打量云边两眼:"今天哈巴没有邀请你一起吃饭?"

陌生人一上来什么语气?云边一阵莫名,她才不想惯着这位小公主,装作没听到,冷淡地别开了眼。

戴盼夏被无视,眼见就要发作,周宜楠和邱洪赶紧一左一右扯开了话题。

"今天去哪个食堂吃饭?"

"不知道今天奶茶店开门没有。"

"爱去哪个食堂吃去哪个吃,有什么好问的,烦死了。"戴盼夏不耐地回答。邱洪和周宜楠都唯她马首是瞻,她向来肆无忌惮地对他们发脾气。

云边一路上受够了不友好的打量。

路过小卖部，她停下来："天太热没什么胃口，我进去随便买点饼干，你们去吃吧。"

因为邱洪不能带戴盼夏跟边赢一起吃饭，所以次日，戴盼夏再度找回周宜楠当饭友，云边只得一个人去食堂吃饭。

哈巴的眼睛特别亮，一眼在食堂拥挤的人潮中发现落单的"纯甄牛奶"。

"我能把她叫过来一起吃吗？"他忐忑而期待地请示边赢。

边赢顺着他的视线看一眼，又漫不经心地低下头：

"随你便。"

云边就是怕又碰到边赢他们，所以刻意没去三楼食堂而是去了二楼食堂，没想到还是碰上了。

看来他们去的食堂不固定，看心情。

一回生二回熟，哈巴来了句"妹妹，又一个人吃饭呢，走，跟我们一块儿"，都没过问她的意见就当她默认，不由分说端过了云边的餐盘。

云边在食堂熙熙攘攘的就餐人群中找了一圈，成功找到边赢他们几个，场景重现，她那白捡的哥哥觉得餐盘里的饭菜比她有看头，专心致志地对付午餐，而颜正诚和邱洪扭着脖子，密切关注她和哈巴的动态。

哈巴走了几步没等到云边跟上，奇怪地回过头一探究竟。

云边动用全部的脑细胞想借口，可惜敌不过哈巴的热情，怀着奔赴刑场的沉重心情，跟着他来到他们桌旁。

边赢当她不存在。

不难看出，他避嫌的心思依旧很明显，在学校装作不认识的态度也并没有随着之前一起吃了一顿饭而有所改变，因此云边只跟颜正诚和邱洪打招呼，略过了他。

颜正诚笑道："昨天哈巴说你有饭友了，怎么今天又成一个人了？"

昨天吃饭的时候哈巴已经说了云边的饭友是谁，颜正诚这会儿只当作不知道，随便找点话题跟云边拉拉家常，不让她在男生堆里尴尬。

"她今天和她之前的朋友一起。"

说实话，让云边跟周宜楠、戴盼夏一起吃饭，她宁可在这里和四个男生一起吃饭，至少除了她那白捡的哥哥，其余几个男生都还挺好相处的。

哈巴逗比搞笑，颜正诚稳重阳光，就是邱洪情商低点，感觉是很想表现自己但是内心又不够自信坦荡的那种类型，总体而言也是个性格挺随和的小伙子。

就是眼光都不太好，挑了边赢当朋友。

哈巴说："你以后要是一个人落单，可以和我们一起。一个人吃饭多没意思啊，放眼食堂谁一个人吃饭，会被当作人缘差的。"

见云边没有反对，哈巴笑得很谄媚："那我们把微信加回来吧，方便联系。"

云边对哈巴的观感很好，报到那天把他拉黑，现在回想起来挺残忍。她当场拿出手机，通过了哈巴的好友请求。

颜正诚把自己的微信二维码打开，递了过来："妹妹，也加我一个。"

邱洪也如法炮制。

云边没驳大家面子。

"我上次就想问你了，你为什么叫'先空着'啊，好奇怪的名字。"加到女神为好友，哈巴心满意足，给云边备注"纯甄"。

云边说："我还没想到合适的昵称，就先空着。"

原来"先空着"是这个意思，逗得几个男生笑起来。

"你有微信应该也好几年了吧，现在还没想到合适的昵称，看来是宁缺毋滥的性格。"颜正诚说着，戏谑地瞄了哈巴一眼。

云边笑笑，没说话。

"你要加吗？"颜正诚顺便问边赢，报到那天边赢不认识哈巴好友列表里云边的微信，说明这对白捡的兄妹没有加好友。

边赢抬眸，看傻子一样看他。

过了一两秒钟，他说话了："吃饭。"

食堂太大，人又多，空调的效果并不显著。

哈巴热得直扇领口："不知道今天奶茶店开门了吗？"

他给云边介绍:"你知道临城五中最绝的是什么吗?除了我们不输,就是'美滋滋奶茶店'的原味珍珠奶茶,半糖少冰,多加一份珍珠,吸一口,保你魂飞魄散。"

云边很无语,这哈巴也太"哈巴"了,连夸个奶茶都要先夸一遍边赢。

天下第一"舔狗"。

不过哈巴的形容词真的很吸引人,搞得云边都好奇了,什么奶茶这么神奇,喝一口魂飞魄散。

开学第三天,"美滋滋奶茶店"终于营业了,整个奶茶店只有一个店员,就是老板自己,兼顾收银、做奶茶、清洁,可想而知速度有多慢。

炎炎夏日喝上一杯冰镇奶茶怎一个"爽"字了得,"美滋滋"门口排起了长龙,还好夹道都是高大树木,遮天蔽日,晒不着人。

云边没想到,几个男生脚步不停,径直往店面走去。

"这么多人得排多久啊?"她不解地问哈巴。

"一秒钟也不用,不输这张脸就是通行证,一亮出来,免排队。"哈巴得意扬扬,那股自豪劲,仿佛免排队是凭借他的脸似的。

排队的长龙中,戴盼夏和周宜楠也位列其中。

戴盼夏本来还在和周宜楠有说有笑的,看到云边和四个男生在一起,联想到昨天自己被除名在外只能单独和邱洪吃饭,简直是区别待遇,她的脸顿时阴了下来。

邱洪跟她打招呼,她冷笑一声,别开了头,没有回应。

邱洪尴尬地摸了摸鼻子。

边赢头也不回地向前,哈巴他们脚步慢下来,冲邱洪比了个口型:"先进去了。"

邱洪点头。

不大的店面整理得很干净,除了制作吧台,就只象征性地摆了一张小圆桌,老板偷懒,椅子就靠在墙角都没打开,摆明了不想让人坐。

老板是个二十五六岁的女人,披了一头海藻般的长发,既精致又优雅。她没有顾惜外头排队的顾客,更无所谓时不时有人因为等不及而中途走人,每一个动作都透着股"爱买不买"的懒散劲。

余光注意到有人插队进来,她转头看到边赢,表情顿时灵动起来:"哟,瞧瞧是谁来了。"

边赢说:"你可真够懒的,开学都这么久了。"

云边头一次见到这样的边赢,语气轻松,神情自在,话里有点若有若无的笑意,是面对朋友的态度,但不像和哈巴他们几个说话那样不客气。

对方是女人,他给予了绅士风度。

"我又不是你们,我惦记哪天开学干吗?天这么热,今天都差点不想来。"老板暂停手中摇到一半的奶茶,招待他们几个,"老样子,四杯?"

边赢顿一下:"嗯。"

哈巴立刻纠正:"周姐,五杯。"

老板周姐这才注意到云边。打量片刻,她八卦道:"你们谁带来的?"不等孩子们说话,她自问自答,"排除法,首先排除边不输。"

他买奶茶都没打算把人家算进去。

哈巴打哈哈:"妹妹,是妹妹。"

周姐没掩饰,发出一声不信的"啧"。

哈巴"嘿嘿"笑,他把这儿当自己家一样随意,走到墙角把几把椅子打开,摆到桌子旁:"过来吹风。"

颜正诚过去了,云边不想单独和边赢站在一块儿,也过去了。

边赢站着没动,看周姐往几个奶茶杯里加冰块,突然低声说道:"有一杯别加。"

周姐再抬眸时眼睛里已经全是揶揄,她往桌椅那边的方向看一眼,也配合着压低了嗓音:"搞半天,是你带的?"

边赢懒得给她眼神,回怼:"你带的。"

周姐的表情越发意味深长。

边赢和云边共用一个卫生间,有些事情避免不了。比如说每次只要她过洗澡,地上都会有很多长头发;比如说卫生纸篓里面出现的女性用品,她用纸盖起来了，不过他还是看到了。

事实证明，周姐做奶茶是可以速战速决的，之所以慢吞吞，纯粹是她乐意。

五杯奶茶新鲜出炉，邱洪终于进来了。

"周姐。"他套近乎，"能不能再加一杯？"

"过分了啊。"周姐佯装板起脸，"我这生意还做不做啦？"

"就多一杯，没差吧。"邱洪干笑道，"周姐行行好。"

要不怎么说邱洪情商低呢，戴盼夏跟周宜楠两个女孩子在一块儿，他只顾得上戴盼夏，没管周宜楠。

云边想给周宜楠也带一杯，但再加一杯就是七杯了，确实不厚道。她打消了念头，想着一会儿把自己那杯让给周宜楠。

边赢递出手机付钱。他和周姐关系好归好，但从来不白喝她的，周姐也从来不说请客。

一杯奶茶二十块，周姐一共扣了他一百二十块。

边赢看了看扣款金额，说："扣那么多干吗？我又没说都我请。"

云边听到他们的说话内容，马上站了起来，打算把自己那杯给付了。

她没打算占白捡的哥哥的便宜。

"你怎么这么小气，一杯奶茶也要计较？"周姐打开抽屉甩出二十块，不耐烦道，"拿去。"

她的手又摸上另一张二十块："一张够不够？"

边赢停顿一下，什么也没说，拿过二十块塞进校服口袋里，拿上自己那杯奶茶，率先走出了奶茶店。

还剩一杯奶茶没付钱，邱洪和云边面面相觑。

诡异的沉默后，两人同时开口："我来吧。"

云边的动作比邱洪利落多了，快速翻出自己的付款码顶到了扫码屏前。

邱洪说了两次，她也不肯让开，坚持要自己付。

几个男生平日里走得近，今天你请明天我请的，不在意这些小钱，看云边坚持，邱洪也就随她去了。

周姐眼神玩味，扣了云边的钱，说："妹妹，以后来店里，你也不用排队了。"

哈巴顿时不满地嚷起来："不是吧周姐，我认识你这么久也没见你给我特权啊，怎么云边一来你就破例？"

周姐给边赢不用排队的特权，哈巴他们几个托他的福，也免去排队之苦，但如果边赢没在，那剩下几个人照样得乖乖排队，周姐一点都不顾平日里的情分。

周姐不理哈巴，问云边："原来你叫云边啊。天上的云，边不输的那个边？"

云边却说："是旁边的边。"

边赢的边和旁边的边是同一个，但她倔强地区分组词方式。

"哈哈！"

周姐忍不住笑起来，笑够了才有空搭理哈巴。面对哈巴的控诉，她又是歉疚，又是理所当然："不好意思，我是颜控。"

哈巴自取其辱。

边赢在外面等不及，掀开帘子探进头来，催道："能不能快点？"

哈巴藏不住事，第一时间就跟边赢分享了新闻："不输，周姐让云边以后也不用排队呢！"

周姐狡黠地冲边赢眨了眨眼睛。

那眼神，摆明了在说"你带来的，我替你照顾着点，不用谢"。

看他吃瘪，周姐笑得更欢。

几个人依次来拿属于自己的饮料，周姐不动声色地把那杯常温的给了云边。

走到外头，邱洪一边啜着吸管，一边冲戴盼夏她们走去，将给戴盼夏买的那杯递了过去："喏。"

戴盼夏不看他，拒绝了："我自己会买。"

邱洪踯躅片刻，使出必杀技："是不输请的。"

戴盼夏虽然还在生气，但是边赢买的奶茶，她没法拒绝，于是冷着脸接了，并且不甘心地问了一句："他知道你要给我吗？"

"知道。"邱洪说的是实话。

戴盼夏的脸上瞬间迸发出无法压抑的喜悦。

哄好了戴盼夏，邱洪如释重负，但靠着别人才哄好，他心里又着实有点不是滋味，强颜欢笑道："那就走吧。"

说完，他才注意到周宜楠也在旁边，可他自己那杯奶茶已经喝过了，没法再给周宜楠。

尴尬之际，旁边伸出来一只白皙的手，云边指尖勾着的袋子里提了杯奶茶："宜楠，这杯给你。"

"那你呢？"周宜楠看云边自己也只有一杯奶茶，不肯接。

"拿着吧。"云边笑，"我今天不能喝冰的。"

她自己都忘了跟周姐说不加冰，哪里想到有别人替她留意了。

七个人分成两个阵营，邱洪、戴盼夏、周宜楠走在后面，戴盼夏心情不错，终于愿意给邱洪点好脸色。

周宜楠喝了两口，看着云边的背影，奇怪道："不冰啊，还有点温温的。"

而前方，边赢一行四人也分成两组，边赢和颜正诚在前方，哈巴和云边稍后，不过是能听到彼此说话的距离。哈巴正为云边没能喝上奶茶而遗憾："你早说啊，你早说要给周宜楠带一杯，就让周姐再多做一杯好了啊。"

"我怕影响周姐生意。"云边说。

"周姐才不怕被影响，你看她像是怕被影响的样子吗？"

周姐大名周影，从前也是临城五中的学生，现在在母校经营"美滋滋奶茶店"，但是三天两头歇业，营业的日子还比不上休息日多。

她的奶茶做得好喝，受到全校学生的欢迎。为了不让自己过度劳累，她将"美滋滋"奶茶的定价从最开始的十块一路涨到如今的二十，黑心商家黑得明明白白，用周影的话来说，就是"过滤客源，多利薄销"。但大概是因为营业日太少，造成了饥饿营销的效果，所以每次开门营业，排队人数依然相当可观。

人一多，周影就觉得累，一累就多休息几天，一多休息几天，饥饿营销的效果就更加卓越。

恶性循环。

"依照周姐的'尿性'，'美滋滋'奶茶的价格怕是又要涨了。"哈巴预言。

哈巴滔滔不绝地给云边科普周姐的神奇操作，颜正诚和边赢在前面听着。

走着走着,颜正诚压低了嗓音,说:"'纯甄'把钱付了,小朋友还挺要强的。"

边赢没反应,反正戴盼夏和云边,不管哪个他都不想请。

颜正诚刨根问底:"你打算是给谁付?"

边赢:"随便。"

颜正诚不信:"给云边吧?"

边赢一顿,就在这个空隙,听到背后哈巴神神秘秘道:"妹妹,你知道为什么全校那么多学生,周姐就只给不输特殊待遇吗?"

云边腹诽,知道啊,刚才周姐不是说了嘛,颜控。

哈巴正要解答真实原因,边赢把头扭过来:"巴度。"

连名带姓,暗含警告。

哈巴霎时噤声,讪笑着做了个"停"的手势:"好吧好吧,不说了。"

为了给高三学生清静的备考环境,高三的教学楼是单独的,来到两栋教学楼的分岔路口,两拨人互相道别。

"放学等我。"哈巴对边赢说。

边赢:"嗯。"

云边暗自奇怪,哈巴傍晚五点半就放学了,她那白捡的哥哥参加晚自习,晚上九点多才下课,两个人根本不是同一个作息。

念头一闪而过,她没多想,反正白捡的哥哥干什么都不关她的事。

戴盼夏做了一路的心理建设,临近分别,终于鼓起勇气:"边赢。"

边赢看她。

他不用什么表情,气场便笼罩下来,压得戴盼夏不敢直视他。她眼神闪烁,羞涩道:"谢谢你请我喝奶茶。"

边赢的眉心微不可察地拧了一下,他没说什么,走开了。

云边很庆幸自己没有自作多情,坚持抢在邱洪之前把账给付了。

第二章 · 从天而降的他

这天,边闻和云笑白一块儿来接云边放学,边闻自己开的车。

云边和两位家长打了招呼,笑道:"这个阵仗好隆重,我受宠若惊。"

"今天叔叔工作结束得早,带你和妈妈去外面吃。"边闻从后视镜笑着看她,"趁还没上高三多放松放松,等上了高三,就跟你哥哥一样,回家都得晚上十点。不过你肯定比你哥哥省心,让他上个晚自习跟给我似的,跟我讨双倍零花钱。"

云边这下是懂了。她那白捡的哥哥拿着双倍零花钱,实则不知道用什么办法骗过了老师和家长,每天不上晚自习,在外面玩到时间了再假模假样地回家。

"顺便给哥哥订蛋糕挑生日礼物。"云笑白说。

"哥哥要过生日了吗?"云边诧异,没听几个男生说过啊。照理来说,边赢过生日那么大的事,哈巴肯定早早就开始念叨了。

"是呀,下周一,不过是阴历生日。"边闻解释,"你妈妈太细心了,连个阴历生日都给他惦记着,说错过阳历生日了要给他把阴历生日补上。"

云笑白说:"你对云边也很好。"

边闻没有说话,只是在开车空隙中,扭过头来对云笑白笑。

云笑白也笑。

画面温情,云边在后面看着,没有打扰。至少现在看来,母亲与继父似乎比她想象中的还要来得相爱,婚后的母亲比从前任何时候都开心快乐,浑身都洋溢着幸福的满足。

云边深知从前那十六年,母亲一个人抚养她长大有多辛苦,年近四十终于找到能依靠的男人,她绝对不会让妈妈为难。

半路夫妻最大的隐患就是各自的孩子，孩子之间不和睦，当父母的当然更心疼自己的孩子，时间长了就会被迫站队，夫妻之间的矛盾便不可避免。

只有她对整个边家的礼节都挑不出错，妈妈才能腰杆笔挺。

边赢请客奶茶重新鼓舞了戴盼夏，次日，她又让邱洪带着她一块儿吃饭。

落单的周宜楠也再度约云边。

"你那个朋友不会到时候又和你一起吧？"云边被上次的事情弄出阴影了。

"不会的。"周宜楠信誓旦旦地保证，她犹豫一下，轻轻说，"其实我更想和你一起吃饭。"

戴盼夏仗着自己漂亮又家境好，对周宜楠各种颐指气使，周宜楠脾气好，有委屈也默默吞下从来不反抗，但现在遇到云边，她尝到平等和尊重的滋味，自然开始排斥从前的苦日子了。

"好吧。"云边勉强相信。

这次周宜楠没骗她，她俩安安生生地吃了一顿饭。

比起跟白捡的哥哥吃饭，跟周宜楠吃饭简直太自在了。开学以来最舒心的一餐，云边连饭都多吃了两口。

而另一头，戴盼夏的如意算盘再次落空，边赢依然拒绝和她一起用餐。

戴盼夏强忍着不快独自离去，邱洪对边赢敢怒不敢言，朝她追了上去。

颜正诚给边赢竖起大拇指："我对着漂亮姑娘真说不出什么狠话来。"

哈巴立马又吹"彩虹屁"："这说明我们边不输意志力坚定，不会轻易被美色所惑。"

边赢淡淡道："不喜欢心机深的而已。"

开学第一周顺利度过，过了个周末，学生返校。

跟着邱洪没能和边赢一起吃饭，戴盼夏又来找周宜楠了。

周宜楠不想继续把云边当招之即来挥之即去的 plan B（备选），她庆幸这次对话不是面对面，不然她可能说不出拒绝的话，通过微信，便容易多了：【不好意思啊盼夏，我已经和我朋友约好一起了。】

周影经过一个周末的养精蓄锐,很勉强地于本学期第二次开张了奶茶店。

虽然周影跟云边说过让她以后不用排队,但云边还是老老实实地和周宜楠一块儿站到了队伍最后。她和周影仅有过一面之缘,颇有自知之明觉得她们之间没到那种情分,人家跟她客气两句,她总不能真的不把自己当外人。

边赢四人一起走过,哈巴叫她一起进去:"你怎么在排队,周姐不是让你直接进去吗?"

"没事,我等一会儿就行了,前面人也不多。"

云边坚持,哈巴拿她没辙。

周影一见到他们几个就往门外张望,以为还会有女孩子跟进来。

结果没有。

边赢说:"四杯。"

周影问:"云边呢?"

边赢和哈巴同时开口:

"我哪知道。"

"在外面和朋友排着队呢,说什么都不肯先进来。"

听到截然不同的回答,周影挑了挑眉,说:"那你们给她带出去吧。"

"谢谢周姐,多做两杯。"哈巴嘴甜,"祝周姐生意兴隆,财源广进。"

周影笑骂道:"少咒我。"

今天哈巴请客,爱请几杯请几杯,边赢没有异议。

等哈巴他们去圆桌旁坐着,周影一边忙活,一边跟边赢打听情况:"吵架了?"

边赢低头玩手机,拒绝满足周影的八卦欲望。

周影笑了笑,没再接着问。

这么容易就善罢甘休,其实不太符合周影平时的难缠人设。

但她确实没再纠缠。

过了好一会儿,周影突然叫他:"欸。"

边赢抬头。

周影铲冰的勺子停在最后一杯奶茶上方,一本正经地问:"今天加冰吗?"

边赢就知道她没那么好打发。

半晌,他说:"爱加不加。"

周影从善如流地放下铲子:"好的,不加。"

这阅读理解非常到位。

买完奶茶,四个男生一起出去,哈巴把其中两杯给了云边和周宜楠。

云边愣了下,道谢,又问:"谁付的钱?"

"不用给我。"哈巴的如意算盘打得响亮,"或者你实在想谢的话,可以下次请我。"

"好啊。"云边没客气,只要不是白捡的哥哥请的,一切好说。

再次向哈巴道了谢,周宜楠将奶茶从袋中提出来。

周宜楠先给了云边一杯,但摸到另一杯的温度后,立刻换了只手:"你喝这杯,这杯不冰。"

上一次云边当着邱洪的面说过自己不方便喝冰的,这会儿周宜楠自然而然地把常温奶茶归功于邱洪:"上次那杯也是常温的,邱洪还挺细心,脾气也不错,不管别人说什么都乐呵呵的,但盼夏完全看不上他……"她意识到当着新朋友的面说旧朋友的坏话不好,停了下来。

云边微微一笑,就像什么都没有听到似的,周宜楠对她的好感又多了一层。

云边心里想的是另一件事。

周宜楠说,上次那杯也是常温的。

可上次她明明是在买完奶茶以后,才当着邱洪的面说自己不能喝冰的。

边闻在公司忙得焦头烂额,也被云笑白勒令回家。

临近边赢"放学"回家的时间,大家等在客厅中,等待给边赢惊喜。

云笑白坐立不安,问边闻:"阿赢会喜欢吗?他会不会不喜欢惊喜?有些人就很讨厌惊喜。"

"不会的。"边闻好笑地安慰她,"你太紧张了,放轻松点。"

约莫晚上十点,大门打开。

灯光照出少年清瘦的身体轮廓。他眯着眼睛，一一扫过客厅里的气球和鲜花和墙上张贴的装饰品，包装精美的礼物盒大大小小堆成一座小山。

云边推着小推车出现，上有三层蛋糕，做工精美，亮了十七根蜡烛。

一群人对他喊说："生日快乐。"

边赢将视线从云边身上收回来。她脸上是一贯以来她在家里面对他时的乖巧和真诚，跟她在学校对他视若无睹的冷淡一样浑然天成，看不出破绽。

边赢将单肩背着的书包解下拎在手里，说："今天不是我生日。"

以前每个生日，冯越都会给他过，她会亲手下一碗长寿面给他，陪他切蛋糕，小的时候她会带他去外面玩，长大了就只有长寿面和蛋糕。长寿面清汤寡水，蛋糕甜腻腻，他一样都不喜欢，控诉母亲敷衍，母亲却振振有词："你又不缺什么，选礼物很头疼的。"

如今都已是再求不来的奢望。

今年生日他已经没有妈妈，当时他人在美国外祖家，老人年纪大了记不得他的生日，哈巴他们离得那么远，也只能通过微信给他送上祝福。那个冷冷清清的生日，他特别想念那碗清汤寡水的长寿面，想到肝肠寸断。

云笑白笑道："没有弄错，今天是你的阴历生日。"

边赢脸色并不好，完全没有感动和惊喜可言。

场面有一丝丝尴尬，边闻试图活络气氛："你自己都不记得吧？我也不记得，是你云阿姨给你记挂着。"

边赢顿一下："我上去了，你们过吧。"

"好歹吹了蜡烛再上去，别辜负你云阿姨一片心意。"边闻一一数算云笑白为边赢的生日所做的准备，"她今天中午就开始忙活上了，气球亲手打的，墙上这些东西也都是自己挂上去的，礼物怕你不喜欢就买了一大堆……"

边赢脑海中那根绷得死紧的弦彻底断了。

随着云边一声猝不及防的低呼，边闻的声音也被迫中断。

三层蛋糕被掀翻，奶油、水果、戚风胚乱七八糟地糊了一地，弄脏地毯，蜡烛灭了大半，唯有一根顽强不息，依然燃烧着，将地毯烫出个洞来。

边赢周身散发着不加掩饰的怒意，半晌，他对着云笑白讽刺一笑："你觉得你有什么资格给我过生日？"

客厅像被按了暂停键，陷入死一般的寂静。

云边盯着地毯上的黑焦慢慢扩大，思维忍不住跑题，她担心酿成火灾。

倒地的大块蛋糕遮住了其余人的视线，只有她和边赢看得到这个小意外，边赢忙着发火，那把火灾扼杀在摇篮里的重任就只能靠她了。

不过，现在出脚，会不会不太合时宜？

云边审视着现场剑拔弩张的氛围，决定稍微等等，看蜡烛会不会自己熄灭。

并没有，地毯的黑焦部分越扩越大。

求生欲望迫使云边出动。

边赢余光注意到她凑近，下意识地朝她看去。

她绕过小推车走到他身旁。

四目相对。

云边怀着一种"不好意思打扰一下"的小心翼翼，在他面前踩了一脚。

她的脚离开后，露出底下破了洞的地毯。

她看起来真的特别特别乖。

边赢不需要酝酿什么，他的语言中枢早已向他提供了无数伤人的措辞，随便哪句都足以让云笑白更加难堪，他本打定主意要彻底撕裂这个屋子里除他以外的所有人精心粉饰的太平。

但到了这一刻，不知道为什么，他忽然没了再说的欲望。

云边的行为打破了客厅里微妙的沉默，边闻怒道："边赢你别给我不识好歹，我公司一大堆事顾不上管，赶回来就为给你过个生日，一家人天天想着法子巴着你哄着你，你还蹬鼻子上脸没完没了了？"

"现在回公司还不晚。"边赢拎起书包，半掀起的眼睛里尽是冷漠，"你搞清楚，我不是你用来讨好现任老婆的工具。"

他头也不回地上楼，鞋踩过蛋糕，留下一串惨不忍睹的奶油脚印。

精心准备的生日惊喜成了一场闹剧，边赢上楼后，客厅里安静了好一会儿。

"这浑小子越来越无法无天了。"边闻火冒三丈想追上去，"都是被他妈妈给惯的。"

云笑白一把拉住他，紧张地往楼上方向看了眼。确认边赢没听到后半句话，她才稍稍舒了口气："你别去，这种话以后不要说。"

"你还帮他说话！"边闻又是生气又是心疼，胸口不断地剧烈起伏。

"今天是我操之过急了。你也真是的，跟孩子说那么一大堆干什么。"云笑白赶他，"你公司不是还有事吗，赶紧回去。"

边闻反复确认了好几遍，云笑白一直斩钉截铁地表示自己没事，边闻叹着气拍拍她的手："委屈你了，他不懂事，你别跟他一般见识。"

云笑白颔首："我又不是小孩子。"

边闻又安抚妻子两句，匆匆离开了家。

边闻走后，云笑白的表情再也绷不住，难堪流露，她不想叫旁人看到，便走到了蛋糕旁，蹲下身去，要去整理。

李妈过来拦住了她："太太，我来，您别管了。"

李妈起初对云笑白充满防备，生怕她是个狠角色，吹边闻的枕边风给边赢使绊子，毕竟好的后妈真的不多见。但跟云笑白相处了这段日子，李妈确实挑不出这位新女主人的错，为人和善，不曾因为嫁给边闻就大手大脚花钱，是个适合过日子的女人，最重要的是，云笑白善待边赢。

虽说这点时间也不能说明什么，日久才能见人心，只是伸手不打笑脸人，李妈、包括边家上上下下的用人，对云笑白的好感都在与日俱增。

云边也蹲下去，用食指抹了一坨干净的奶油进嘴里，冲云笑白笑："妈妈，好吃欸。"

云笑白强忍着自己眼眶的酸涩，拦住了女儿的手："好吃妈妈明天给你买一个新的。"

"好。"

是夜，边赢从门缝底下捡到一张纸。

娟秀的字体赏心悦目：

阿赢,很抱歉因为我的自作主张,让你度过了一个糟糕的生日,在这里郑重地向你道歉,但不管怎么样,还是要祝你生日快乐,在最美好的年纪,不负青春年华。

少年的身形像一尊雕塑,一动不动维持了好久的姿态。

走廊处传来卫生间门开启又关闭的声音,将他从定格的状态中拽出来。

他将纸团成一团,抛掷进垃圾桶。

不知道云边这会儿是进卫生间还是出卫生间,她动静向来很轻,除了开关门,几乎不会发出任何声音。

边赢现在不想见到她。

不只是因为单纯的不想,还因为不知如何面对。

在房间里等了好一会儿,他才开门出去。

走廊里静悄悄,月光铺了满地。

戴盼夏吸取教训,提前一天晚上就约了周宜楠吃饭。

周宜楠跟戴盼夏玩了一年,多多少少有感情在,她找不到理由拒绝,第二天只得万分抱歉地跟云边说明情况,并邀请云边一起:"你真的不想和我们一起吃吗?"

云边笑笑:"嗯,你们吃就行。"

反反复复那么多次,周宜楠过意不去,确认道:"你和巴度他们一起吧?"

云边点头。

周宜楠这才放心。

但事实上,云边一个人到小卖部随便买了点饼干和牛奶充当午饭。她不想去食堂,怕又遇上边赢他们,经过昨天晚上的事,她彻底认清了边赢对她们母女俩的厌恶。

她一个人吃了几天饭,期间再没去过"美滋滋奶茶店",虽然"美滋滋"奶茶的味道真的一绝,说是她这辈子喝过最好喝的奶茶也不为过,跟哈巴也有意保持距离,这些都是边赢的好友圈,她还是尽量远离为妙。

不过哈巴完全没感觉出来,依然对她嘘寒问暖,还邀请她参加他的生日派对。

"你几几年的?"云边问道。

九月出生的人,除非早读,不然就被拦在六岁上学的线外了,云边以为哈巴比她大一岁,结果两人是同年出生的。

云边惊了:"你比我小三个月,怎么还天天叫我'妹妹'?"

还叫得那么熟练。

"不输的妹妹就是我的妹妹。"哈巴振振有词。

云边"喊"了声,问了个"辛辣"的问题:"那以后他老婆是你老婆吗?"

哈巴瞪大了他的小眼睛:"哇,妹妹,你怎么会有这么邪恶的思想。别说老婆了,不输但凡多看哪个女生两眼,从此那女的在我眼里就连女人都不能算了。"

哈巴对边赢一片赤胆忠心,天地可鉴。

扯了半天,哈巴绕回重点了:"所以你会来我的生日派对?"那双不大的眼睛里充满了期待,亮得让人不忍拒绝,"我真的特别希望你来,不输啊老颜啊邱洪啊都在,你还可以把宜楠也叫上。"

云边没能抵抗住哈巴,答应下来:"好吧。"

她没叫周宜楠。她能理解周宜楠在新朋旧友间的为难,但人与人之间什么都讲究相互,既然周宜楠没把她当最好的朋友,那她也不会上赶着跟人家走太近。

她想着到时候过去给哈巴送点礼物,象征性地坐一会儿就走。

哈巴的生日在本周周日,时间、地点都定好了。他把大家统一拉了个群,在里面发了地址定位和包厢号。

群里一共八个人,颜正诚、邱洪这两人云边都有微信,边赢的昵称就叫边不输,周影的头像就是她自己的照片,也很好认,还有两个云边就不认识了。

因为创群只做通知用,所以哈巴没给群取名字,就是默认的"群聊(8)"。

哈巴告诉云边,派对地点有架钢琴,并且经过交涉,店家愿意帮他把钢琴从大堂挪到包厢去。

哈巴说:【你不用给我带礼物,给我弹一首《生日快乐歌》我就很满足了。】

通知完时间,哈巴又装模作样一通文绉绉:

【谢谢大家赏光,那我就等候各位届时大驾光临了。】

《生日快乐歌》再简单不过,但既然要作为生日礼物之一送出去,云边还是特意花时间进行练习,对曲子进行改编,增加可听性。

晚上家里没别人在,边闻在加班,边赢还在"上晚自习",云笑白最近更是忙得神龙见首不见尾。云笑白不想天天在家里无所事事,贵妇圈活动倒是多,但她和她们本就不是一路人,没必要硬融圈子,云笑白从前在锦城就是以开琴行为生,现在打算重操旧业,最近忙着各种准备工作。

屋子里充斥着云边弹奏钢琴的"叮叮咚咚",李妈在旁边专心致志地听。

等一曲完毕,李妈佩服地感慨:"这么多键怎么分清楚啊,还弹得那么快。"

云边看李妈满脸的艳羡和好奇,便招呼她过来:"其实很简单的,您想学吗,我可以教您。"

李妈一面是觉得自己笨学不会,一面是怕弄脏钢琴,她听边闻提过这架钢琴有多值钱。她连连摆手,拒绝了几遍,但架不住内心的渴望和云边的邀请,最终洗干净手,并掸了掸身上的灰尘,小心翼翼地在钢琴前坐下来。

云边将最通俗易懂的说法讲解给李妈听:"别看键那么多,其实就是 do lai mi fa so la xi 七个音的循环,这七个是一组,这七个又是一组,这也是,都是这个唱法,只不过是低音和高音的区别,越往后越高……黑键您暂时不用管。"

快速讲解完琴键,云边单手慢慢弹给李妈看,一边弹一遍轻轻念音:"《生日快乐歌》第一句是 so so la so do xi,所以就是这么弹。"

边赢进到家门看到的便是这一幕,云边站在一旁抓着李妈的食指,在琴键上缓缓游走,因为李妈的拖累,钢琴澄澈的声音不若平时灵巧,显出笨重,节奏也时快时慢,伴随女孩子细细软软的唱腔,一起回荡在偌大客厅里。

这让他想起他小的时候,也学过几节课的钢琴,老师也像这样抓着他的手,带他初步领略钢琴的世界。但是学习钢琴的过程太过枯燥,冯越又不忍心打打骂骂逼他学,所以他很快就放弃了。

听到门的声响，一老一少回头看他。

云边停下弹奏的动作，冲他笑了下："边赢哥哥。"

"弹得很好听。"边赢无视她，冲李妈笑了笑。

李妈有些不好意思地回答："都是云小姐带我弹的，是她弹得好。"她随即问道，"你肚子饿吗？我煮点夜宵给你。"

李妈走开后，云边重新在钢琴前坐下来。

流畅的音符倾泻而出，老掉牙的《生日快乐歌》从她指尖变出新意。

整栋房子突然有种不太真实的温馨，好像沙漠中一汪清泉，明知道不过是海市蜃楼一场，但疲惫的旅客不受控制，步履蹒跚也要向其靠近。

周日下午，边家客厅一片繁忙。

边赢生日那晚地毯被烧了个小洞，导致整张地毯作废，整个客厅的地毯又是一体的，得从意大利紧急制作然后再空运而来，更换起来也是兴师动众，数十名人员忙进忙出，小心翼翼地将沉重的家具搬得七零八落，给客厅清场。

客厅地毯本就需要定期打理和更换，只不过这次缩短了时间间距，这种场面李妈早就见怪不怪了，她有条不紊地指挥着现场，平均每半分钟就要说声"小心"。

楼梯上有道少女的身影下来，脚步轻快。

楼下忙活的人不约而同地往上望去。

黑色 A 字连衣裙衬得四肢纤细白皙，浓密头发蓬松又轻盈，散落在胸前和后背，不施粉黛的脸庞上，精致五官镶嵌其中，整个人是极简的黑色和白色，放眼望去，就只剩那张丰润的嘴唇是一点红。

"云小姐，要出去吗？"李妈迎上去。

"嗯。"云边说，"同学过生日。"

云边在玄关处对着鞋柜纠结一会儿，最终拿过一双软皮马丁靴，这天穿短靴是热了点，但架不住爱美之心。

穿靴子不仅是热，还麻烦，她在矮凳上坐下来，一点点把鞋带拆松。

边赢也下楼来。

他三两下套上鞋子,当时云边才穿好第一只鞋。

云边穿好鞋出门的时候,边赢早已经走得没影了。

云边到得不算早也不算晚,她把礼物交给哈巴:"生日快乐,巴度。"

"谢谢妹妹。"哈巴很高兴地接过来,嘴上却要客套一番,"不是跟你说了不用带礼物,只要给我弹首《生日快乐歌》就行了嘛。"

"一点点心意,不用客气。"

临城五中的几个都在了,另外还有几个女生,云边都不认识,还好周影也在,不至于让她落单。

周影没化妆,穿着也很随意,满脸困倦,哈欠连天。她本来不想来的,毕竟三岁一代沟,她跟这群小孩差了快三个代沟,但实在架不住哈巴的盛情邀请。

她大大咧咧地搂住了云边的肩膀,一米七几的大高个,云边在她怀里小鸟依人。她开口更是大大咧咧:"本来以为你是边不输家的,结果你还真是边不输家的,可这也太边不输家了吧。"

什么跟什么,云边没听懂,蒙蒙地抬起头:"啊?"

她闻到周影身上有酒气,没再追问,只当周影喝醉了说胡话。

周影前一晚喝到后半夜,这会儿确实还未清醒,但这并不妨碍她看出,云边上去弹奏的时候,男孩子们的眼睛一个比一个直,也就一个边赢还保持冷漠。

她捣了捣边赢,示意他看哈巴:"这货感动得都快哭了。"

边赢顺着看过去一眼,嗤笑一声:"我早都听腻了。"

周影角度新奇:"这也值得攀比?"

边赢本来不想搭理了,但过了会儿,还是颇为较真地纠正:"我的意思是,今天过后终于不用在家听这首歌了。"

这两天他睡觉都有幻听。

哈巴惊喜地扭过头来,问道:"真的吗?原来她在家那么用心给我准备生日礼物。"

边赢无言以对。

晚上九点多,云笑白打电话过来催云边,不放心女孩子在外面待到太晚。

在场也有不少人的家长开始催促孩子回家。

众人合计着是时候散了，明天一早还要上学。

留下杯盏狼藉，哈巴的十六岁生日派对热热闹闹地落下帷幕。

云边和边赢、邱洪坐同一辆车回的明湖左岸，一路上边赢兴致不高，邱洪跟他说话他也爱理不理。

下车之际，邱洪忍不住问："怎么了，谁又惹你了？"

"没。"边赢勉强扯扯嘴角，"我有事，你先走吧。"

他说的"你"，而不是"你们"，云边听出来了，她这白捡的哥哥压根没把她算个人。

邱洪："行吧，那我送妹妹回去。"

边赢不置可否。

明湖左岸很大，从小区门口到边家有不短的距离。

邱洪家要近很多，云边不想麻烦邱洪多走一大圈路，就说："谢谢邱洪哥哥，你不用送我，我自己回去就行。"

"我答应不输送你到家的，任务还没完成呢。"邱洪说，"他待会儿找我问罪了。"

云边腹诽，我那白捡的哥哥才无所谓我有没有人护送，说不定他就祈祷我来个半路神秘失踪，那他在家里就少了个看不顺眼的人。

既然邱洪坚持，云边也没和他客气，道谢："那就麻烦邱洪……"

话说一半，她低头一看，声音紧急中断。

月光下，她的脸色以肉眼可见的速度变成一片惨白。

她踩到了一条蛇。

那蛇不大，颜色翠绿，受到惊吓，将她的脚紧紧缠了起来，拗着蛇头向她发起进攻，但它被踩着，活动范围受到局限，只能啄到她的鞋子。

邱洪也低头一看，整个人像应激反应下的猫，怪叫了一声便一蹦三尺远，靠着扶住路灯才勉强站住。

他连话都说不完整："这里……怎么，怎么会有蛇？"

云边几乎能感觉到自己的头发正在一根根竖起来，脚下绵软的触感蚕食她的神经,她只知道凭着本能不松脚。

邱洪六神无主,老半天才想出办法:"我去叫人,你别动。"

"不要。"云边脱口而出哀求。

留她一个人待在这里等救兵,她会疯。

邱洪的手机没电,他不敢靠近云边拿她的手机,更别说是帮她把蛇弄走。

别无他法,他不顾她惊恐至极的挽留,留下一句"我很快就回来",便跑开了。

跑远的脚步声一声声重击在云边心上,四下无人,她背上已经被冷汗湿透。

时间一分一秒地过去,云边的承受能力随着脚下蛇的挣扎,被撕扯、鞭挞,随时都有崩溃的可能。

突然,背后有脚步声跑来,速度足以媲美田径赛场上最后时刻的冲刺。

是邱洪这么快就回来了吗?

此时此刻,这脚步声于她比天籁还动听。

终于不必继续单独和蛇待在一块儿,云边大大松了口气,宛如溺水之人沉浮无边无际的海中,终于等到路过的船只,看到了被救的希望。

她小心翼翼地回头望。

简简单单一个回头的动作,换作正常情况稀松平常,此时此刻对她来说不亚于蹚雷区,脖颈处骨骼僵硬的转动声清晰可闻。

脚下的蛇一个用力挣扎,她几乎吓破了胆,维持着半扭转脖子的姿势,一动也不敢再动。

可来人不是邱洪。

云边的心重新提到九万米高空。

为什么是边赢?

他那么讨厌她,又是懒得理人情世故的人,很有可能不愿意向她伸出援助之手,也许他根本乐见其成。

边赢在跑过来的路上就已经将裤腰带解下,在她恐惧战兢却也怀着微弱希冀的眼神里,他来到她面前停下,并蹲下身,极快地看了下状况。

他抬头仰视她,炎热夏夜一通剧烈奔跑,他的头发被汗微微打湿,呼吸也急促,说话的时候带着明显的喘息声:"你有没有被咬到?"

云边头一次听他用这么正常的语气和她说话。她嗫嚅着嘴唇,难以控制自己的舌头,用尽浑身的力气,带着哭腔说了句:"我不知道……"

她浑身都在发麻,每一块皮肤都诉说着灭顶的不适,根本无法感知自己有没有被咬到。

边赢在她小腿处发现几个红点,看样子应该是被什么虫子咬的,用力挤了几下她的伤口,也没能挤出血来。

但他没有太多的相关经验,无法确保这不是蛇的牙印。

她脚下的蛇通身绿色,很有可能是有毒的。

这种情况下,他不敢抱任何侥幸心理,保险起见必须暂时阻止她腿部血液流通。

边赢说了句"踩紧",将裤腰带绕到她膝盖上方,进行束缚。

云边强忍着恶心,听他的话,用力踩紧蛇,脚底绵软的触感更加真实,顺着四肢百骸流淌。

她喉咙里发出一声呜咽。

边赢手上动作没停,用裤腰带快速在她腿上死死绕了两圈,又用尽全力打了结。

他口吻轻松,转移她的注意力:"你未卜先知,知道自己要踩蛇特意穿的靴子?"

这是今天不幸中的万幸,出门那会儿,云边曾犹豫到底穿露一双脚背的皮鞋还是穿马丁靴,还好她最终选了后者。

她低头看着他的发顶,路灯给他的发丝笼了层柔和的光,在他的安抚下,她的情绪得到些许松懈,到这一刻,她终于敢相信他真的没有放任她不管,他来救她了。

天知道刚才邱洪走掉把她一个人留在这里的时候,她到底有多害怕,说是生不如死都不为过,她这辈子都没经历过这样恐怖的时刻。

她一松懈,眼泪便再也抑制不住,"噼里啪啦"地砸下去,掉进他漆黑的头发里,消失不见。

边赢的视线瞟到云边手上的蛋糕。

哈巴的生日蛋糕太多了，其中一个完全没动，哈巴让她拎回家吃。

绑蛋糕盒的带子有了用武之处。

边赢三两下解散蛋糕盒，抽出带子，手伸进她裙子底下。

云边下意识地瑟缩。

边赢注意到她的抗拒，一边用带子往她大腿绕，一边头也不抬地解释："我不确定我的抢救措施对不对，保险起见这里也要绑，被咬到的话毒可能已经扩散了。"

拜他所赐，云边甚至暂时遗忘自己脚下踩了个她最害怕、没有之一的生物，注意力全被他手上的动作吸引过去。

他的手微凉，骨节分明。

时间加了放慢千百倍的特效，他只缠了三圈，她却有种他足足缠了三百圈的错觉。

绑好带子，边赢拿出手机对着蛇拍了几张照片，方便一会儿去医院让医生辨认蛇的品种。

然后他站起来，抬起脚，将拗着的蛇头摁下去踩住："你松开。"

云边维持同一个姿势太久，一直紧绷着神经，肌肉僵得一塌糊涂，再加上极度的恐惧，身体零件根本不受控制。

她尝试一下，没能挪开。

边赢微微俯下身，托着她的膝弯把她的腿抬起来挪开。

平地踏实得不可思议，云边从来不知道，脚踩地是这般幸福的事。

边赢的手遮住了她的眼睛："别看。"

云边眼前只剩他的手掌，掌纹清晰分明，透着股养尊处优的干净。

她虽然看不到，但他身体晃动带动手掌也微微震颤，她知道他在用力。

用力踩，用力研磨。

那血肉模糊的画面透过想象钻入脑海，云边本就惨白的脸越发煞白几分，胃里一阵翻江倒海。

不过几秒钟，边赢便安静下来，他放下手。月光皎洁，云边看到的他依然是那副从从容容的模样，很难将他跟他的鞋底那件血腥的事情关联起来。

幸亏他不怕蛇，她庆幸地想。从踩到蛇开始，她的脑子始终处于混沌状态，但她能辨别出来，边赢从始到终沉重冷静，按照轻重缓急之分处理各个步骤，干脆且利落，整个过程下来，用时极短，与她和邱洪的手忙脚乱形成鲜明的对比。

她身子一轻，被他打横抱起来。

"抱紧。"他说。

然后他急速奔跑起来。

云边听话地紧紧搂住他的脖子，忍不住往原地看去。她只敢快速扫了一眼，快到脑子都没有反应过来，靠视网膜的画面残存才勉强能回忆起大致的情形。

饶是如此，也是一阵恶寒。

蛇一动不动，蛇头一片模糊。

她把脸埋进他肩头，不敢再看。

远处有车子驶来，朝他们短促鸣笛示意。

是邱洪终于带着物业的人赶到。

物业启动紧急措施，两辆车一辆检查现场，一辆送云边去医院。

车子急停，门从内打开，边赢弯下腰，抱着云边坐进去，将她放置于空位上。

车里有物业的司机、一位物业的负责人、邱洪，还有他们俩。

物业经理面色凝重，这时候也顾不上平日里对业主的客套问候了，开门见山道："小妹妹有被咬到吗？"

边赢不答，兀自捞起云边的脚搁到自己膝上，车里灯光昏暗，他打亮手机电筒，照她的腿。

那几个红点依然在。

物业经理也不甚确定，抱着乐观心态安慰道："应该不是。"

边赢依然不理，他拨了电话回家："阿姨，告诉云边的妈妈，云边现在在去省一急诊室的路上……"他尽量把情况说轻，以免家里乱了分寸，"她碰上一条蛇，应该是没被咬，就是去医院确认一下。"

挂了电话，他才搭理物业经理，语气里的冷意让车里的温度都凭空下降几度："收那么多物业费，你们就是这么负责小区安全的？"

物业经理诚惶诚恐，不住地道歉："我们确实一直定期进行检查和防患，从前也从未出现过这种情况，这次不知道为什么……我们一定会调查清楚，给业主一个交代。"

边赢不想听，冷笑一声，抬手示意他闭嘴："有道歉的工夫不如祈祷吧，祈祷那蛇没毒，不然你们怕是没法交代小区里为什么出现毒蛇。"

云边熟悉的白捡的哥哥回来了，冷酷，不近人情，能怼人就不会好好说话，她顿时觉得自己把腿架在他腿上实属大逆不道。

省一就在明湖左岸两个路口开外，车子打着双闪，一路风驰电掣，抵达急诊室外头。

她还是被边赢抱下去的。

经验老到的医生一看就示意他们放轻松，云边小腿上的红点不是被蛇咬的，只是起了点疹子。

所有人都如释重负地松了口气。

除了物业经理依然愁云惨淡，因为医生证实那条蛇确实有毒。

虽然蛇已经被边赢弄死，但谁也没法确定小区里是否还有别的蛇存在，万一再有人碰上，未必还有这么幸运。

"小姑娘吓坏了吧，面色都白了。"医生笑道，三两下帮云边把束缚带解下来，"没事了，啊，放宽心，幸亏你穿了这双鞋，帮高。"

她的腿被束缚这么久，乍一解放，血液重新流通，整个人都轻盈不少。

安抚了云边，医生又夸边赢的抢救措施做得很到位："小伙子是不怕蛇吗？胆子挺大。"

边赢没有说话，牵强地扯扯嘴角。

没多久，云笑白匆忙赶到，虽然边赢在电话里尽量往轻了说，但依然把她吓得不轻，她连睡衣都没来得及换，拖鞋也跑丢了一只。

"阿赢。"她惊恐地环顾四周，"云边，云边呢？"

边赢留下句很冷淡的"她没事"就径直走开了。

既然云笑白已到，他也没必要再待下去，当妈的总比他这个外人更适合照顾云边。

邱洪跟云笑白打完招呼，也跟着边赢一起离开。

邱洪尚未平静，一路上难得安静，没有叨叨，走在路上更是忙着四处张望，每一步都很谨慎，生怕又碰着蛇。

回家的车上，边赢按捺许久，尽量心平气和地发问："你在不确定她有没有被蛇咬的情况下，第一反应为什么是跑开？她今天要是被咬了，等你带了人回来，她毒都扩散了。"

邱洪愣了愣，不服气地为自己辩驳："事情那么突然，我哪想得到那么多？再说我都吓死了好吧，到现在腿还软着。"

边赢张了张嘴，没有再说话。

"对了，你什么时候不怕蛇了？"邱洪好奇地问。

两人从很小的时候就认识了，年龄相仿的小男孩总免不了打打闹闹，邱洪几乎每次都会败在边赢手下，唯一一次大获全胜，是他拿了条假蛇吓唬边赢。

那是邱洪记忆中边赢少有的一次失态。

边赢没有搭腔，只是把脑袋靠在车窗上，闭上了眼睛。

待回到家，他敷衍地和迎上来了解情况的李妈说了句"没事"，便径直上了楼。

越走，脚步越急。

临近马桶的那几步，已是跟跟跄跄。

他俯下身去，吐了个昏天暗地，吐完了胃里的东西还是一阵阵地犯恶心，最后就连胃酸和胆汁都吐了出来。

老半天，他才有力气撑起身子，慢慢走到洗手池旁。

镜子里，少年双目赤红，眼尾有呕吐引发的生理泪水，沾湿睫羽，露在T恤外的脖颈、手臂，起满了密密麻麻的鸡皮疙瘩，久久无法平息。

小区物业加班加点排查出了原因——明湖左岸有住户出于个人爱好饲养了不少蛇，但是一个不小心没关好笼子，让其中一条蛇跑了出来。

云笑白非常生气："今天跑出一条，那明天是不是就能跑出另一条？"

可谁能想到，他们还没上门找蛇主人算账，对方倒是先发制人，情绪激动地跑到到边家栅栏外，哭天抢地："你们赔我蛇！我可怜的小青，早上还健健康康，晚上就死于非命，死得那么惨……"

物业的人、边家的用人、对方虚张声势带来的人，还有闻讯赶来看热闹的别的住户，围了里三层外三层，闹得不可开交，场面混乱不堪。

别说云笑白，就连旁人也听不下去了，其中一个女人是遛狗途中过来看热闹的，她指责蛇主人："你在小区里饲养毒蛇还有理了？你养那么多蛇，考虑过别的住户的感受吗？我们根本不敢继续住在这里，小姑娘幸亏没被咬到，不然就闯大祸了。"

蛇主人倒打一耙，咄咄逼人地质问："你别以为我没见过你不牵绳遛狗。狗还咬人呢，狂犬病不危险吗？那我是不是可以要求你把狗弄死？"

他一通理直气壮的指责，女人脑子转不过来，一时之间无言以对。

能住在明湖左岸的人都是非富即贵，云笑白尽管很生气，但她担心破坏邻里关系，万一两家生意上有什么往来，伤了和气就坏事了。所以她强忍怒火，不再和对方理论，而是给尚在公司忙碌的边闻发消息让他赶紧回家。

边闻表示自己尽快赶回来。

女主人偃旗息鼓，助长了蛇主人的气焰，他耍赖地一把抓住栅栏："今天你们要是不能给我个满意的解决方案，我就待在这里不走了。"

"要解决方案是吗？我给你。"一道清淡的男声响起。

云边和所有人一样，顺着声音传来的方向望去。

边赢抄着手臂站在人群外头，不知道已经听了多久。

两个人隔着人群对视一眼，然后极有默契地同时别开视线。

云边觉得他的面色似乎有点病态的苍白，眼神也稍显疲态，但他一如既往的强势又让她觉得自己是想多了。

蛇主人像看到杀父仇人似的激动起来，要不是保镖眼疾手快地把他拦住，他就要朝边赢扑过去了。

"就是你，就是你杀了我的小青，你泯灭人性，残忍至极……"

边赢不想听对方胡言乱语，打断："第一，向我们家赔礼道歉。"

他言简意赅："第二，你所有的蛇，都得弄走。"

蛇主人愣了一下，反应过来立马激动地大叫："你做梦！"

场面彻底失控。

蛇主人是个不学无术的二世祖，三十好几了成天只知道在家摆弄那些宝贝蛇，父母对他百般宠溺，听闻儿子出事，他母亲紧急从牌局上赶回来，同样不觉得儿子有错。

蛇算是寻常动物里面最不讨喜的一类，大部分人都害怕蛇，云边踩蛇一事让大家人心惶惶，生怕自己哪天走在路上也遭遇同样的噩梦，大家口径统一，纷纷指责蛇主人，更是万分赞同边赢的提议。

蛇主人的母亲护犊子似的把儿子护在身后，强词夺理："一蛇做事一蛇当，那条蛇已经付出了生命的代价，但别的蛇是无辜的，我儿子都当心肝宝贝养着，死了一条他已经够伤心了……"

云笑白气得浑身发抖，但一直强撑着没有发作，直到边闻赶到，她的情绪再也控制不住。

边闻抱住她的肩膀很温柔地哄了几句，他在来的路上已经弄清楚大致的事情原委，身为边家的大家长，这会儿自然而然接过了交涉的任务。

父子俩没有经过事先讨论，但口径高度统一，边闻的诉求和边赢完全一致。不过他毕竟混的生意场，话术要圆滑许多："安全隐患必须清除，小区里养着毒蛇，我们住着没法安心。"

边赢眼见父亲搂着继母满脸的心疼，场景刺目，他不想再看，扭头就往屋子里走。

边闻注意到，让云边也进去："边边一定吓坏了吧，你好好休息，剩下的事情交给叔叔，叔叔和妈妈一定会为你讨回公道。"

云边确实已经精疲力竭，她点点头，进去家里。

双方无法达成一致，边闻夫妇俩报了警，也叫了律师，和蛇主人方一起前往小区的监控室，了解更具体的情况。

云边完美演绎"一朝被蛇咬，十年怕井绳"，她现在不看着路根本不敢迈步，即便身处家中都如履薄冰，小心翼翼上了楼，来到自己房门前。

刚要推门进去，她又停住了。

她犹豫片刻，往回走，走到边赢房门口。

事发到现在，她还没有跟他道过谢，不管怎么说，这次幸亏有他。

平日里装傻充愣叫他"边赢哥哥"她是行家，张口闭口信手拈来，可不知道怎的，这会儿想真诚说声"谢谢"了，她反而各种瞻前顾后。

云边对着他的房门犹豫了好久，叩门的手抬了又落落了又抬，始终没能真的敲下去。

好不容易终于下定决心，第一下叩门刚敲响，门突然被他从里面打开。

两人打了个照面。

边赢开门的动作很迅疾，出来得很急，甚至连上衣都没来得及穿，他也没料到门外有人，在撞到她之前紧急刹了车。

两人同时倒退一步。

边赢眉头紧锁，眼尾微微泛着红，云边发现他是真的不太有精神，看来之前的感觉并不是她的错觉。

"边赢哥哥你还好吗？"她关心道。

边赢沉默了好一会儿，喉结滚动着，似乎在竭力压抑着什么，最后，他开口不耐道："有事说事。"

他恢复成了平日里那个不加掩饰自己冷漠的边赢，就好像两个小时之前蹲在她面前解救她，还说别的话题转移她注意力的人不是他，云边几乎不能将两者联系起来。

云边说："谢谢你刚才救我。"

边赢的眉头再度紧锁，喉咙里似乎有什么快要压抑不住。

稍过一会儿，他说："用不着，刚好不怕蛇而已。"说完，他侧身绕过她，往卫生间的方向走。

在关上卫生间门之际，他又不冷不热撂下一句话："换了任何人我都会这么做。"

"砰"的一声，卫生间门关上。

云边自讨没趣，在他房门口呆呆站了一会儿，回了自己房间。

卫生间里开了排风扇，开了两个洗手池的水龙头和淋浴房的花洒，几乎开了所有能掩盖声音的设备。

边赢跪在马桶边,之前喝下去的水在胃里待了不到两分钟,没能缓解恶心,反而引得他又一次吐得昏天暗地,食道传来阵阵灼伤的痛。

云边一直没能等到母亲和继父回来,也不知道最终的协商结果究竟是怎样。

第二天是她在临城五中的第一次月考,她也不知道自己前一晚是几点才睡的,反正睡眠质量奇差无比,翻来覆去好不容易睡着了,梦里又是那条软了吧唧的蛇。

她坐在餐桌前,颇为无精打采。

不过听李妈说昨天那事的解决成果,云边瞬间就清醒了。

蛇主人那家地位显赫,又再三保证将来一定管好蛇,换了平时,警察睁一只眼闭一只眼也就算了,但边家的态度极为强硬,再加上城市本来就不允许养蛇这种危险生物,边家是占理方,最终蛇被全部没收,听说蛇主人直接昏了过去。

而边家和那家确实有生意上的往来,边闻为了妻女,不惜撕破脸皮。

这么一闹,怕是再也没法合作了。

"先生是真的疼你。"李妈说。

云边怀着颇为沉重的心情去了学校。

早自习刚好开始,周宜楠注意到云边走路的姿势稍有些别扭,小声问:"云边,你怎么了?"

教室作为考场,全部摆成单人单桌,云边和周宜楠变成了前后桌,云边靠在椅背上,周宜楠则往前凑近,云边把事情跟周宜楠说了一下,周宜楠至今都不知道她和边赢的关系,云边没有指名道姓,只说有好心人解救。

"不是吧?"周宜楠光是听着就起了鸡皮疙瘩,"这也太恐怖了吧。"

"我现在还记得那个触感……"云边苦着脸抱怨。

一整个早自习在聊天中过得飞快。

早自习过后就开始考试了,考场座位随机分配,云边和哈巴分到同个考场。结束上午的考试,哈巴热情地邀请她一起吃中饭。

去食堂的路上,云边碰到周宜楠、戴盼夏她们,另多了个云边从前没见过的姑娘,三个人一起走,戴盼夏亲亲热热挽了那女生的手,笑声清脆,穿透人群。

同桌两人笑着打了个招呼。

戴盼夏白了云边一眼,又和周宜楠说了句什么,周宜楠面色变得很尴尬,粉饰太平地笑笑。

高三这周六就要进行英语听力的第一次高考,英语听力高考有两次机会,一次在九月,一次在次年三月,选择分数高的那一次成绩计入高考总分。

为了让高三生专心备考不影响心态,学校没有组织他们参与此次的月考。

考试比正常上课晚五分钟结束,三个高三生都已经在食堂了,已经帮哈巴和云边打好了饭。

邱洪顾不上吃饭,忙着绘声绘色给颜正诚描述昨天晚上的历险记。

"什么什么?"哈巴也想听,迫不及待地坐了下来。

邱洪就不厌其烦重新讲了一遍。

"……你们能想象那个场景吗,毒蛇啊!我差点当场废了。"

颜正诚虽然也怕蛇,但毕竟没亲身经历,这会儿站着说话不腰疼:"你是人吗?把小姑娘单独留着你跑了?"

哈巴身为边赢的头号粉丝,从不放弃任何机会夸边赢:"就是啊,还好有不输,不然云边一个人真的要吓死了。"

邱洪反驳:"那我好歹也叫来物业了啊,我不叫物业,云边也不能那么快就送到医院。"

他浑然忘了,昨晚他慌不择路地跑走,脑子里早已是一团糨糊,根本不知道自己应该做什么,要不是碰上边赢,然后边赢听完事情以后快速做出判断指挥他去找物业,他怕是只能跟无头苍蝇一样团团转。

边赢没反驳,他用筷子挑着餐盘里的饭菜,一口都没吃。

颜正诚和哈巴对视一眼,都知道再说下去邱洪可能会较真。颜正诚举起汤碗,做干杯状,扯开了话题:"这碗敬边不输,边不输牛,我都不知道你胆子大成这样,居然连蛇都不害怕。"

"边不输牛啊。"哈巴紧跟其上,"说真的,蛇真的恐怖,这个世界上我除了我爸,蛇就是我的头号天敌。"

邱洪也举起汤碗，不管怎么说，昨晚边赢的表现无可挑剔，完全是教科书级别，他心服口服："边不输确实牛。"

云边也举起碗，不过她不是可以叫边赢"边不输"的身份，所以她想了想，说："边赢哥哥厉害。"

白捡的哥哥可以不稀罕她的感谢，但她不能真的当作什么都没发生。

边赢闻言，抬头看了她一眼，漆黑的瞳孔沉静如海。

云边觉得自己大概是有点魔怔，为什么他一看她，她就会想起他昨天的奋不顾身。

直到饭后去"美滋滋奶茶店"，看到周影的那瞬间，云边又生出一种额外的好奇来。

边赢身边唯一走得近的年轻异性就是周影，他们身上有很默契的磁场，边赢小周影不少，但两人的关系里他才是那个照顾人的角色，周影则比较依赖他。周影看似风趣洒脱，但身上有种无法忽略的丧气，像团迷雾，神神秘秘。

这天夜里，云边搜索了周影的微博号。

云边在哈巴生日派对上无意间看到周影切号，周影有两个微博号，一个带有她自己的名字，另一个则是一串乱码。

她过目不忘，扫了一眼而已，两个都记下来了。

周影的大号一切正常，转发各种网络段子，"哈哈哈哈"个不停。

可小号完全是另一种风格。

最新的一条微博，就在哈巴生日派对时发的。

她说：【早知道就不来参加孩子们的聚会了，我想到我们那时了。易安，我好想逃走。】

这个号零粉丝，仅有一个关注，那个关注正是易安。易安的微博里满是和周影秀的恩爱，但他的最后一条微博在大约一年前，此后再也没有任何更新。

周影的微博有的时候说些生活中的琐事，有的时候会跟易安说说话，有的时候只是简单的一句"今天决定营业"。

字里行间，不难看出易安已经离开她。

按照周影这种风风火火的性子，卑微等候一个分手的男人的可能性不大。

这个易安很有可能已经撒手人寰。

云边匆匆浏览几页,退出了微博。

她会忘记这串乱码,让周影的小世界继续成为一片不为人知的净土。

两天月考紧锣密鼓地过去,成绩次日便出来了,云边的综合成绩位列班级第一,年级第七,跟她从前在锦城嘉蓝中学的成绩差不多,分科和转学并没有对她的成绩造成太大的影响。

云笑白习惯了,象征性鼓励她两句就算过了。

边闻却挺新奇,边赢从来没当过尖子生,因此他这个当爸爸的也从没体验过这种儿女名列前茅的自豪:"边边想要什么奖励?"

云边说不用,边闻却坚持要奖励她,说着说着忍不住捧一踩一,趁边赢还没"放学"回来,说他坏话:"你哥哥从小到大就是一般,小学大家都差不多水准,他一般,但到了五中这样都是尖子生的重点高中,他还是一般,反正就是得过且过,在什么环境下他都能找个最舒服的位置混。"

只是做父母的,哪里真的会觉得自己的孩子差,看似批评,实则夸奖:"这小子就是懒,如果肯学,学习肯定好。"

这种话云边听多了,每个当父母的都觉得自己的孩子学习不够好是因为不够勤奋,而不是不够聪明。

要父母承认自己的孩子平庸,比登天还难。

她笑笑,点头称是。

说到边赢的学习,云笑白提醒边闻:"阿赢这周末要英语高考,你记得关心他。"

边闻诧异:"不对啊,现在才九月,高考不是明年六月吗?"

云笑白数落他:"一看就是从来不关心高考。"

"还真不知道原来现在高考的听力和笔试部分是分开的。"边闻遭到妻子一通数落,一点也不生气,爽快地答应了云笑白的要求,"知道了,这次我会关心他的。"

周六这天，云边本想睡个懒觉，奈何生物钟作祟醒得很早。她躺在床上，闭着眼睛听力格外敏锐，听到边赢起床后开关卫生间门的声音。

她翻来覆去再难睡着，过了很久，终于放弃睡懒觉，捞过枕边的手机，顺手打开微博。

点开微博的"最常访问"，想去看一个很有意思的文字类博主有没有更新新动态。

之前点过周影的小号后，周影的小号就在她的最常访问里，一直没下去。

点下那个博主的瞬间，周影的小号和那个博主的头像忽然互换了位置。

她猝不及防点进了周影的微博。

片刻后，她掀开被子爬起来，连拖鞋也没来得及穿，十万火急光脚跑下了楼梯。

李妈正在收拾桌上的碗筷，看到云边下来，以为她是记错了日子，提醒说："云小姐，今天是周六……"

云边打断："哥哥呢？哥哥去哪儿了？"

"已经去学校了。"李妈问，"怎么了吗？"

云边脸色很难看，又问："他走多久了？"

李妈："有一会儿了。"

话音未落，云边便接了下句："哥哥的号码，给我。"

李妈还在发愣，云边顾不得礼仪，提高音量喊道："快点！"

第三章·隐瞒与偏袒

李妈看云边实在着急，没再多问，流利地将边赢的手机号码给云边报了出来。

云边按下，拨了过去。

连接音响了三声，边赢那边接起来了。

云边等不及边赢先开口，直接把想问的话问出来了："易安还活着吗？"

与此同时，边赢也在问陌生号码的身份："喂，哪位？"

边赢稍一顿，不太确定地叫出她的名字："云边？"

尽管他们住在同一个屋檐下，在学校也常常一块儿吃饭，生活圈高度重叠，但他向来奉行把她当隐形人的原则，也就那次怕又用到她的毛巾，才不得已叫了她一次。

这是云边第二次从边赢嘴里听到自己的名字，在高度紧张的时刻，她有那么一刹那的分神，原来边赢用正常语气叫她名字是这样的。

"对。"她还是那个问题，"易安还活着吗？"

云边在边赢的沉默中意识到自己的问题过于突兀，她怎么会知道易安，又问什么突然问起易安，什么铺垫都没有，想必边赢一头雾水。

先不说边赢对易安了解多少，就算他什么都知道，也肯定不放心随便把周影的私事告诉她。

这点自知之明她还是有的。

她正要解释，边赢却开口了："易安已经过世了，怎么了？"

他很坦诚，并没有对她展示正常情况下应有的防备和警惕，大大缩短了扯皮的时间。

果然如此。云边心一沉，说："周姐可能想不开，你要不要去看一下？"

三分钟之前，周影的最新微博：【要不我还是去找你吧，好不好？】

没有指名道姓，说得也挺模棱两可，但云边就是有种很强烈的不祥预感。

李妈一直在旁边，听到这里虽然听得出是人命关天的大事，但还是为难地提醒了云边一句："可是阿赢今天高考。"

云边刚才着急忙慌没想到这点，这会儿叫李妈一提醒记起来了，今天是他们高三的听力高考。

万一只是她会错了意，周影安然无恙，那她岂不是害边赢错过了高考。

这个罪责过于重大，她不敢随便承担，于是补充道："她发了条微博……我也只是猜测，给她发微信她没回，电话也关机。"

"她晚上睡觉向来是关机的。"边赢说。

这会儿还早，周影大概率还在睡觉，关机也正常。

那他的意思是不管了？云边还是有点不放心，说："她发了条'要不我还是去找你吧，好不好'的微博。"

下一瞬，她听到边赢开始狂奔，他说的话略显颠簸："我现在过去。"

"好。"云边应道。

手机已经放下了，正要撂电话，她又听到话筒里传来边赢的声音："云边。"
她紧急停下挂断的动作，又接起来："啊？"

边赢依然在跑，声音断断续续："我已经在学校了，过去可能要点时间，她住的地方离我们家很近，你方便的话能不能先过去看看？"

云边一口答应下来，以最快的速度出发。

半路，边赢打来电话："你在路上了吗？"

"在半路了。"云边这会儿想起个两全的办法来，"要不你先回去考试吧，我过去看看再说，可能只是我们多想。"

边赢说："要是真的出了事，你一个人不怕？"

云边无言以对，她肯定怕。

"师傅麻烦再开快点。"边赢催促完司机，对她说，"我已经在车上了，开考了就屏蔽信号了,联系不到的。"

云边小声"嗯"了一下。

边赢那头也安静一会儿,开始给她讲注意事项:"正门进去一直到底,再右拐,还是到底,再右拐,到底左边那栋楼就是,她家在三楼东边那套,没有电梯,没人开门的话,门框上放着钥匙,你直接进去……"

云边听着,一一记下。

周影所住的小区地段不错,不过房龄已经很老,整个小区的设施、物业都不尽如人意,大门口有门禁,陌生车辆无法进入,保安亭里空空如也,不知道保安跑哪里去了。

司机鸣笛催促。

云边没耐心再等,推开车门跑,矮身钻过拦车的杆子,根据边赢提醒的路线往里冲,手机就捏在手里,跟边赢的通话没有挂断。

越靠近周影家,云边越是心慌,光是想象一下待会儿可能要面对的场景都怵得慌,她把手机捏得更紧,这是她目前唯一的勇气来源。

一路顺利来到周影家门口,云边顾不得害怕,焦急地拍门:"周影姐姐,周影姐姐。"

叫了好几声,里面毫无回应。

云边踮脚,去门楣上摸钥匙。

整条门楣摸了一圈,只摸到一手的灰,根本没有钥匙的踪影。

云边的心开始狂跳,举起手机放在耳旁:"边赢哥哥。"

只听到急促的跑步声,看来边赢也已经进来小区了。

从明湖左岸过来比从临城五中过来近不少,不过明湖左岸太大了,光出去就要花好一会儿,再加上全程都是交通繁忙路段,所以综合下来,边赢没比她慢多少时间。

知道他快赶到,云边一下子安心不少。趁他过来的时间,她继续翻找钥匙可能存放的地方,地垫下,鞋柜里,但是一无所获。

不多时,边赢的脚步声变成双重,在话筒中,也在楼梯间。

"边赢哥哥。"云边叫道,"没有钥匙。"

边赢的身影出现在楼道口，重复她的话："没钥匙？"

云边点头："我到处都找过了，没找到。"

边赢扫视一圈，目光锁定栏杆外的窗户，那是周影家的厨房，也是目前最快捷的入口。

他翻过栏杆，抓住窗沿蹲在窗台上，开始用手机砸窗。

窗外就是悬空地面，没有任何防护。

云边跟过去，手挡在他外围，虽然如果他真的发生意外掉下去，她那细胳膊怕是起不了什么作用，不过聊胜于无，求个心理安慰。

手机几下就变形了，屏幕碎成蜘蛛网，还好老小区的玻璃也没多坚固，几下重击后便出现了裂纹，碎碴子糊成白白的一团，边赢又一下重击，成功砸开一个口子，手机连着手一起在惯性作用下穿过破口，他将手臂从窟窿里拔出来，继续破窗。

直到砸开一个不大不小的口子，他顾不得破口处满是不规则的碎玻璃，委身钻了进去。

窗台上混着碎玻璃和血迹，一片狼藉。

云边轻微晕血，不敢再看，联系司机问情况。

周影怕是真的出事了，得尽快送医。

司机回答说已经在楼下。

半分钟后，周影家的大门从里面被打开。

浓重的血腥味一起迎面扑来。

边赢抱着已经不省人事的周影疾步走出来，两人身上脸上全是血迹，周影的一只手腕被边赢用衣服扎了起来，只是血流得太快，白色衣服已经染得鲜红。

云边没想到，自己欠边赢的救命之恩这么快就还上了。

因为送医及时，周影侥幸捡回一条命。

医生从手术室出来告知情况，两人一直紧绷的神经这才松懈下来。

边赢也终于能分出神来问事情原委了："我没看到她发微博，你从哪儿看到的？"

周影的大号是公开的,朋友们都知道,去周影小区那会儿的出租车上,边赢上去看了看,并没有看到周影发布任何不对劲的言论。

云边不想回答这个问题。

偷偷搜别人微博小号这种事,虽说人有好奇心很正常,但说出来总归不太光彩。

好在云笑白来得很及时,成功打破僵局,她收到家里用人的消息,也找来医院。

云边抛下边赢迎上去:"妈妈。"

她没有立刻搭腔,眼神先在云边和不远处的边赢身上转了转,然后把防晒外套脱下来,给云边:"穿上吧。"

云边穿的是睡衣,不暴露,但总归不是很适合出门穿的款式。两个孩子的关系比她想象中好,她也不知该喜该忧。

"你们那个朋友怎么样?"

云边:"医生刚才说她脱离危险了。"

"那就好。发生什么事情让她年纪轻轻想不开,父母知道了该多伤心。"云笑白一边说着,一边和云边一起往边赢那边走。

"阿赢,你还好吗?"云笑白和他打招呼。

边赢当她不存在,起身走开。

破窗那会儿他身上有很多不同程度的划伤,他得找医生清理下伤口。

边赢走过,手臂上的血还在往下滴。

云笑白注意到边赢的手臂血肉模糊,蹙起眉头:"云边,你陪哥哥……"话说一半,她又改了口,"算了,你在这儿等着你那个朋友吧,我陪哥哥去一趟。"

边赢的手臂伤得最严重,其中一道口子足足有六七厘米,伤口很深。

医生从里面夹出两小块玻璃碴儿。

缝合前进行清创,过程中边赢的血一直止不住。

"有没有血液方面的问题?怎么止不住。"医生再度扔下一个沾满了血的棉球,问道。

边赢摇头,他从小也没受过什么伤,头一回碰上这样的情况。

医生:"这么下去我都怕你失血过多,要不查下血常规?"

换了平时边赢懒得这么麻烦,不过母亲过世后,他发现死亡其实离自己挺近的。

血常规检查结果很快出来,边赢血小板不足。

血依然没止住,医生面前已经堆满了沾血的棉球,他心累地提议:"你要不挂点血小板吧,血一直止不住,这样没法缝。"

挂血小板得验血型。

血型出来,医生给开单子,边赢顺口问道:"我什么血型啊?"

他活了十七年,还不知道自己什么血型。

云笑白一直在不远处跟着,怕凑近惹边赢嫌,不过距离能听到他们那边的对话,以防边赢那边有什么需要,她好第一时间上去帮忙。

"AB。"医生看了眼电脑的报告单,说。

云笑白一愣,眉头微微蹙起。

年轻那会儿跟边闻谈恋爱,她拉着边闻一起去献过血,如果她没记错的话,边闻是 O 型血。

周影也曾一帆风顺,热爱生活。

那天稀松平常,易安下厨做了晚饭。吃完饭,易安说有点累,不过最终还是迁就她一块儿出门散步,他们牵着手,漫步于槐树斑驳的树荫下,说笑个不停。

那天的夕阳绚烂至极,晚霞落日熔金。

那天的桂花好香好香。

那天易安用很平常的口吻说了句:"要不结婚吧。"

周影也很随意地答应了:"好啊。"

那天有三个小孩子下钱明湖游泳,其中一个溺了水。

易安毅然决然跳下去救人,孩子救上来了,而易安是经过半夜的打捞才上岸来的。

周影的幸福人生在那个夜晚戛然中断。

易安走后，周影浑浑噩噩过了两个月，她刻意挑了个没人的深夜，跃下钱明湖。

安安静静地死，她没想麻烦别人。

就是那个时候，她认识了边赢。

冬夜的河水冰冷刺骨，她醒来的时候，月明星稀，夜幕湛蓝，少年冻得没有血色的脸庞近在眼前，他牙关打战，急赤白脸地给她做抢救工作。

有了过命的交情，性格又合拍，两个人迅速熟络起来。

二十几岁的年轻女人和青春期的男孩子本不是一路人，总有人好奇他们的关系，周影就会一本正经地胡说八道："他跟我前男友长得挺像的。"

某天周影心血来潮给男孩子们看易安的照片。

四个男孩子沉默一会儿，哈巴忍不住鸣不平："周姐，你碰瓷！这哪里像不输了？"

易安确实不算什么大帅哥，跟边赢的颜值隔了鸿沟，但他们身上确实有一种很像的特质——这年头，不顾自己安危救人的人能有几个？

通过边赢的牵线，周影在满载和易安共同回忆的临城五中开了家奶茶店，但她疲于生活，往往攒好几天能量才够开一次门。

可是这样没有指望地活着，实在太累了，听再多的"正能量鸡汤"，在情绪爆发的时候也是枉然。

周影醒来的时候，边赢坐在她病床边玩手机。

看这样子，她还在人间。

"又没死成？"

边赢当她不存在，继续摁手机，大概是在聊天，手机不断发出"嗡嗡"声。

周影知道他生气，换了她大冬天冒着生命危险下水救上来的人又寻死觅活，她也生气。

"又是你救的我？"周影继续问。

边赢依然不说话。

周影服软："对不起。"

边赢终于肯理她了。他抬起头看她，周影这才发现他脸上身上都有伤。

"不是答应过我,不会再轻生?"

周影据理力争:"我答应你不跳河,又没答应你不轻生,为了对你言而有信,我都忍痛割爱放弃跟易安死一个地了……"

边赢一句话让她闭了嘴:"今天我高考,为了救你,没考。"

周影失了那么多血,脑子不是很灵活,第一反应是:"你的意思是我昏迷了九个月?骗谁啊。"

边赢:"英语听力。"

"嘻,吓我一跳。"周影放心不少,还好只是听力,要是真害得人学生错过高考那就罪过大了,"英语高考有两次机会吧,你下次……"

在边赢的注视下,周影自知理亏,声音越来越微弱。她尴尬地抬手摸摸鼻子,再度道歉:"对不起,一时想不开,又麻烦你了。"

边赢在气头上,再度低下头不理人了。

周影回忆片刻,有点想不通自己怎么就被救了:"不对啊,你怎么知道我想不开了?"

安顿完边赢,云笑白就带着云边回了家。

一路上,云笑白心神不宁。

把云边送回家里,云笑白又去琴行了。接到李妈电话那会儿,她已经跟房东谈好了租房合同,就差签字了。

房东现在还在等她。

又开了一段路,云笑白被一阵急促的鸣笛唤回神识,她这才发现自己闯了红灯,险些和正常行驶的车辆相撞。

在对方的谩骂中,她做了个抱歉的手势,匆匆开走。

开过路口,她打出右转方向灯,在马路边停了下来,给边闻拨去电话。

"笑白,怎么了?"边闻很快把电话接了。

听到边闻声音的刹那,云笑白后悔打这个电话了。边赢的长相专挑父母长得好的部分遗传,眼睛、鼻子和脸型像他母亲,嘴巴和下巴则跟边闻如出一辙。

她在怀疑什么?

所以她临时换了话题:"阿赢有个朋友闹自杀,他过去救人,错过了听力高考,跟你说一声。"

"什么朋友啊?男孩女孩?"边闻很忙,但只要是云笑白找他,他什么都可以暂时搁置。

云笑白说:"是个女孩子,也不知道什么事情这么想不开。"

边闻:"人没事吧?"

云笑白说:"还好送医及时,救回来了,就是阿赢错过考试了。"

"救回来就好。"边闻安抚她,"错过了就错过了,不是说听力高考有两次机会嘛,他下次好好考就是了。"

"话是这么说没错,但还是挺可惜的,万一下次考试很难呢。"云笑白叮嘱边闻,"你晚上回家记得关心他,或者一会儿就给他打个电话更好。"

"知道了。我说你这后妈当得也太好了吧。"边闻笑起来。

两人又闲聊几句,云笑白听到电话那头下属催促边闻开会,便说:"别的也没事,你去忙吧。"

边闻:"行,我一会儿空下来了再找你。"

云笑白心里的那个疙瘩依然隐隐作祟,挂电话之前,她还是把边闻叫住了:"边闻。"

"啊?"

云笑白斟酌着开了口:"你记不记得,读书那会儿我拉着你去献过血。"

边闻想了想:"好像是有这么回事。"

"那你还记得你的血型吗?"

"血型?"边闻回忆片刻,"O型?"

云笑白的心猛烈跳了起来。

边闻改口:"不对,好像是A型……我也忘了,反正不是A型就是O型,怎么了,突然问这个?"

让边闻那么一说,云笑白也依稀记得献血那天有有关A型血的回忆,而她本人是O型血,那么A型血的应该就是边闻吧。

大概是她记岔了。

闹了个乌龙，云笑白放下心来，口吻轻松地糊弄道："没，就刚好路过一辆献血车，想起青春往事了。"

"真的是好多年前了……"边闻感慨。

哈巴几人得到周影出事的消息，约着要一块儿去医院看望她。

哈巴问云边要不要一起，云边说好，刚才没等周影醒母亲就带她回家了。

之前哈巴生日创的那个"群聊（8）"里面有云边有周影，方便起见，男生们直接在里面聊上了。

边赢也在群里汇报着周影的状态。

【没醒。】

【还没醒。】

【醒了。】

【挺好的。】

【你们晚点来，她现在应该没力气招呼那么多人。】

云边没参与，知道周影醒了她就放心了。她将群消息设置成免提醒，只管自己写作业。

写着写着，手机提醒微信新消息。

云边没当回事，结果打开发现居然是边赢的消息。

早上他们两个虽然互相有了手机号码，不过云边没把他的号码存起来，更没加他微信，他是通过群聊@她的。

边不输：【@先空着 在家？】

云边不明白他想干什么，回复：【嗯。】

几个男生马上找到了起哄的话题：

【边不输确定没@错人？】

【世纪大和解啊！】

【边不输扛到现在已经很厉害了，换你们谁能对着妹妹狠心这么久。】

…………

边赢和云边已经有两次过命的交情了，今天要不是她，周影已经是一具冰冷的尸体。要是继续当她不存在,那他未免太矫情了。

两位大人感情甚笃,他和她怕是得长期在同一个屋檐下住着。从此和平相处吧,像亲兄妹那样是不可能了,但至少在礼仪范围内。

边不输:【@先空着 过来看周影时帮我拿个手机过来?】

先空着:【嗯。】

边不输:【在我房间书桌中间那个大抽屉里。】

先空着:【好。】

云边知道边赢的手机砸窗那会儿破成什么样了,她对边赢要换手机一事没有任何疑义。不过她听李妈说过,边赢不喜欢别人进他房间,家里用人固定一周给他打扫一次房间,而且只打扫柜面地面,至于抽屉柜子之类的内部空间,不经过他允许不得私自打开。

他的房间是那种很典型的男生房间的乱,不过在可接受范围内;爱好也是男生的典型爱好,模型、篮球之类的装饰品随处可见,墙上贴了球星的海报。

云边在他书桌上看到两张他和他母亲的合照,一张是他还是被母亲抱在怀中的孩童,稚嫩的脸上依稀有长大后的影子;还有一张他已经长成现在的模样,只比现在稍青涩些,搂着母亲的肩,个头高出母亲大半个头。

看着他母亲,云边有种很微妙的感觉。

她低下头,避开视线,按照他的提示,打开他书桌中间的抽屉。

晚上,大家买了花束和果篮,一起去医院看望周影。

周影在床上挂点滴,边赢离她老远,手机没电了就看报纸。

看到大家过来,周影的眼睛亮了,控诉道:"你们终于来了,边不输跟尊瘟神似的杵在这儿,跟他说话也不理我,赶也赶不走,差点把我闷死。"

"周姐不要试图扯开话题。生命只有一次。"哈巴板起脸。

男孩子们一个个化身家长,七嘴八舌地批评起周影来。

云边走到边赢身旁,把手机给他递了过去。

"谢谢。"边赢接过,向她道谢。

两人第一次在正常情况下的和平交流,双方都不太自在。

而那头周影已经毫无招架之力，耍起赖来："都闭嘴，你们影响我休息了。"男孩子们拿她没辙。

周影招呼云边："我跟妹妹有点话说，清场。"

周影想跟云边说的话跟云边猜测的差不多，是关于微博。

"你怎么知道我小号啊？"

云边道歉："不好意思周姐，哈巴生日那天我偶然瞄到的。不过你放心，我没有看太多，以后也绝对不会再看，今天早上是因为不小心……"

"不是怪你，我是想跟你道个谢。"周影打断她，"我本来以为我今天死定了。你跟边不输都有神奇的救人体质，可能是我的福星。"

周影的二度自杀导致她的信用度直接破产，怕她一个人又想不开，边赢晚上没回家，在病房的陪护床上和衣躺下了。周影寻短见的事情没敢让父母知道，易安走后，她更是自暴自弃，恶意赶走了身边所有的朋友，除了边赢他们几个，根本找不到人陪护。

周影找边赢说话，他不理她，她自讨没趣，再加上身体疲乏，早早睡了。

边赢没有睡意，侧身玩着云边给他拿来的新手机。

晚上十点多，他接到了边闻的电话。

他浑身的伤口都在隐隐作痛，人也疲惫，犯起懒来，没有到外间去接电话。

把电话接起来，他没有开口，静待对面的人先说话。

安静了一小会儿，边闻问道："你今天不回来了？"

边闻以前从来不管边赢什么时候回家。

边赢："嗯。"

边闻又问："在你朋友那边？"

边赢："嗯。"

沉默片刻，边闻说："明天从家里调个人过去照料她吧。"

"为什么？"边赢明知故问。

"还为什么。"边闻听出边赢口吻里那点戏谑，他强忍着没发作，"你们孤男寡女像什么样子？"

边赢被他给逗乐了："她都半死不活了，我能干吗？"

"不是干吗不干吗的问题。"边闻强迫自己心平气和，跟边赢说话必须得顺毛捋，否则一定闹到不欢而散，"爸爸不是迂腐的人，理解你们青春期对异性会有好感，但你非要挑个年纪这么大的？"

边赢没澄清，顺着那意思怼人："我管不了你找什么女人，你也别来管我，行吧？"

边闻忍无可忍，开骂："浑小子你别给我没大没小，你是爹还我是爹？"

"看不惯忍着。"边赢看一眼病床，周影一动没动，没被吵醒，他收回视线，"我还不是一样在忍你。"

说完，边赢干脆利落地把电话撂了，顺道关了机，不给边闻反击的机会。

边赢第二天是被周影吵醒的，他眯开眼睛，看周影忙活着收拾不多的行李。

"干吗？"他问。

周影说："出院。"

边赢："医生说的？"

周影："嗯。"

边赢抬手看表，六点。他怀疑地问："哪个医生说的？"

"周医生。"周影说。

边赢："周，单名影字？"

周影："你真聪明。"

他不说话就代表他生气了。周影停了收拾的动作，在床边坐下来，惆怅着看他："我不能坏你名声啊。"

意识到周影是听到了昨晚自己打的电话，边赢脸色稍缓。

周影说："回去吧，我没事了。"

边赢不同意："再住几天，稳定了再回去。"

周影知道边赢是不放心她回家以后一个人没人管又干傻事，她举起没受伤的手发誓："经过昨天的事，我算是看明白了，我的命硬得不得了，老天不肯收。"

"可能是易安不要我那么早去陪他。"她笑了笑，难得收起吊儿郎当的神色，"边不输，我答应你，从今以后我好好活。"

周影非要回家，而且拒绝边赢留下陪她。

边赢总不能非在她家里过夜，只得随她去。不过他不想回家，不然他爹肯定以为是来自父亲的权威震慑了他才回家，以后指不定怎么跟他摆谱。

星期天颜正诚打算好好补个眠，结果一大早就被边赢给吵醒了。

颜正诚顶着一头鸡窝，神色萎靡地给开了门，本来想埋怨几句，但看边赢暴露在外的皮肤上随处可见的暗痂，他就不忍心说了，最终只念叨了一句"你可真是我的亲祖宗"，然后侧身让道。

半上午，另外几个男生醒了，开始在群里@边赢问周影的情况。

周影自己回答：【我出院了。】

哈巴：【那不输呢，也去周姐家了吗？@边不输】

周影：【没有，他想跟来着，我没让。】

哈巴：【那他回家了？@边不输】

周影被烦死了：【这我怎么知道，这么大个人了你还怕他丢了不成？】

她发完这句还气不过，发语音怼哈巴："我差点'狗带'不见你关心我，张口闭口就知道边不输。"

哈巴：

【周姐，你感觉好些了吗？】

【周姐，珍惜生命，千万不要再干傻事了。】

【周姐，如果世界上少了"美滋滋"奶茶，我的人生从此不完整。】

…………

哈巴一通刷屏式的嘘寒问暖，让周影有种被大狗劈头盖脑舔一脸口水的错觉，十分后悔自己嘴贱。

颜正诚代替边赢作答：【在我家，睡着了。】

然后他@周影：【周姐别这么暴躁，注意修身养性。】

哈巴逮着颜正诚，关心边赢的动态：【那他怎么不回家？】

颜正诚：【这我哪知道，大早上孤魂野鬼般敲开我家的门，问了也不说，倒头就睡。】

哈巴:【那他怎么不来我家？明明是我家更近。】

颜正诚也被烦得不行，浑然忘记自己几分钟前才提醒过周影别那么暴躁:【哈巴，你干脆真的嫁给他吧，这门婚事我答应了。】

医院的陪床睡得不舒服，边赢一晚上没怎么睡好，浑身的骨头都疼，躺在颜正诚柔软的大床上才舒舒服服地睡着，醒来已经是半下午。

是被李妈的电话吵醒的，李妈问他在哪儿、晚上回不回家。

边赢不想跟李妈作对，不过有些事要瞒得一起瞒，李妈知道了等于家里人都知道了。他撒谎:"我在医院，不回家。"

李妈急眼了，但她的身份毕竟只是用人，管太多显得僭越，所以她换了个委婉的说法:"可你哪里会照顾人，而且你明天还要上学呢，她在哪个病房你告诉我，我来照顾她。"

"您别奔波了。"边赢拒绝，"我自有分寸，放心。"

挂了电话，他想起个bug来，云边。

边不输:【@ 先空着】

云边在练钢琴，手机响动，她改成单手爬音阶，左手捞过手机看微信。

她来回爬了两遍音阶，边赢也没个下文。

她就又把手机锁屏放回去了，刚改回两手弹奏，他又@了她一遍。

依然是这样，只@，不说话。

"有事说事。"云边小声嘟囔一句。

先空着:【@ 边不输】

得到她的回应，边赢终于说正事了。

边不输:【别跟家里说我在哪儿。】

先空着:【好的。】

本以为这就完事了，结果双手弹琴弹了没一分钟，手机又响起。

边不输:【你没说吧？@ 先空着】

这已经是半下午了，他怀疑她已经说过了。

先空着:【没有。】

她闲着没事吗，这么喜欢跟家里人说他？

这下终于清静了。

晚上，边闻在云笑白的催促下，又给边赢打了个电话："明天上学了，你还不回来？"

边赢："嗯，不回。"

边闻："在哪儿？"

"医院。"

"说实话。"边闻强压着火气，"别以为我不知道你们已经出院了。"

边赢："她家。"

边闻再度被他这个态度气到，说："你看看你像什么样子，小小年纪跑去比你大十岁的女人家里住，你名声还要不要的？你不要我还要。"

边赢吊儿郎当："没十岁，八岁。"

边闻的耐心彻底告罄："你妈这么教你的？教你小小年纪去别人家住，教你这么跟父亲说话？"

云笑白一听边闻提冯越就知道坏事了，拼命去拉扯边闻，但边闻人在气头上，哪里停得下来。

果然，边赢进入战斗状态，不甘示弱地进行反击："妈倒是教了，但没爸教。'子不教父之过'听说过吗？现在记起教了？晚了。"

云边全程目睹边闻如何被边赢气得暴跳如雷，寻思着自己要是继续若无其事地喝燕窝，那也未免太没心没肺。于是她停下，捏着勺子，眉心微锁，做出什么都不知道并且很关心白捡的哥哥的模样，等候风波过去。

正好她不愿意喝燕窝，趁云笑白和李妈都忙着劝边闻别动气，她偷偷摸摸把燕窝给倒了。

从她很小开始，云笑白每天逼她喝一碗燕窝，雷打不动，说是对皮肤好。

不知道是不是燕窝的功劳，她确实白得夸张，长这么大除了外国人，她从来没碰上过比她白的人，而且皮肤很好，在最容易长痘的年纪，别说痘了，就连个黑头都没有长过。

云笑白好不容易让边闻消气，又把人劝上了楼，然后跟李妈说："麻烦您给阿赢打个电话，让他明天记得去上学，书包云边给他带去学校。"

"好的。"李妈满口答应，给边赢拨去电话。尽管这么说很对不起冯越，但她确实看云笑白越来越顺眼。

边赢向来对着李妈客客气气，前后两个电话态度天差地别，说好。

结束通话，李妈说："那我去帮他把书包整理好，云小姐别去，别人去他房间他要发火的。"

云边点头如捣蒜，假装自己没有进去过。

第二天上学，云边提上边赢的书包。边赢的书包很轻，云边怀疑他压根没带什么书回来。

她本来都打算好了，把书包给哈巴，让哈巴给边赢送过去。

反正哈巴肯定特别乐意干这份差事，任何有关边赢的事，哈巴都甘之如饴，追星都不带这么狂热的。

结果她在校门口就碰上了边赢和颜正诚。

她把书包递出去："边赢哥哥。"

边赢接过："谢了。"

两个男生腿长步子大，不一会儿就甩开她很远了。

他们走后，云边敛了脸上的表情，感知到有道不善的目光从侧后方凝在自己身上。

是戴盼夏和周宜楠。

云边和周宜楠打了个招呼，没给戴盼夏眼神，只管自己先走了。

"边赢的书包为什么会在她那儿？"戴盼夏盯着云边的背影，面庞微微扭曲。

周宜楠拉拉她："走吧。"

戴盼夏的脚动了，但满脑子都是方才的画面，连带着看周宜楠也不爽："你不觉得她很装吗？对着边赢头都不敢抬，不知道的人还以为她多纯情，看到我就瞬间变脸，我是欠她八百万没还，还是跟她有血海深仇？能忍受跟她当同桌，你也蛮厉害的。"

周宜楠没看出云边哪里装纯情,更没看出云边变脸,她不想陪聊这个话题:"没有吧,是你太敏感了啦。我们快走,要迟到了。"

"周宜楠你是不是觉得她很好啊?"戴盼夏听出周宜楠的言下之意,这成了彻底燃爆她怒火的引线,"我们当了一年朋友,我怎么对你的你心里有数,她跟你当了不到一个月同桌,你处处向着她……手段真高,我甘拜下风,我输就输在不够会装。"

两个女生大早上闹得不太愉快,关系里向来是周宜楠作为迁就方,于是半上午过去,她给戴盼夏发短信,隐晦地求和:【今天中午去哪个食堂吃饭?】

戴盼夏说:【我已经朋友约好了,你跟你的好同桌一起吃饭吧。】

换了以前,周宜楠会低声下气继续哄,但这一次她只觉得无趣,放下手机,结束了聊天,不过她也没有约云边,一个人吃了几天饭。之前开学那会儿反反复复好几次,估计云边也烦了,她不好意思再邀请云边一起。

其实云边好几次在路上看到戴盼夏和新的朋友挽着手有说有笑地走,也看到周宜楠一个人形单影只吃饭上下学。

她照常和周宜楠有说有笑,一起去早操,去上体育课,但就是只字不提一起吃饭的事,就好像她什么都不知道。

云边晾了周宜楠大半个礼拜,周四中午从食堂回来,她才一脸诧异地问周宜楠:"咦,我刚才看到你今天一个人吃的饭吗?"

周宜楠尴尬地笑笑:"嗯,她有新的伴了。"

"那你要跟我一起吗?"云边问。

周宜楠求之不得,当然满口答应。

"但我想要一个稳定的饭友。"云边微笑地看着她。

周宜楠举起右手做发誓状:"保证稳定。"

于是云边从边赢他们的小团体退了出来,现在白捡的哥哥对她温和多了,但也仅仅是维持了基本的社交礼仪,她没法放松。时时刻刻端着,她嫌不自在。

如果跟周宜楠一块儿吃饭,就没有这方面困扰了。两个女孩子当了那么久的同桌,性格挺合拍,相处起来很舒服。

而另一头的哈巴很惆怅。

邱洪在"群聊（8）"里@云边：【@先空着妹妹，你一走，我们吃饭都不香了，尤其是哈巴。】

先空着：【习惯就好。】

"女人都是无情的生物啊。"邱洪放下手机感叹。

颜正诚看哈巴可怜，支了个招，邀请云边：【放学后我们要去看周姐，一起去吗？@先空着】

云边说好。

放学五个人一块儿走的，走得好好的，云边突然靠近边赢。

不至于有什么身体接触，但像这般隔了半拳的距离并排前行，确实已经超越了他们两个讲和后默认遵循的礼仪距离。

边赢莫名，扭头看她，一探究竟。

云边直视着前方，仿佛什么都没发生过，他转过来看她，她才回视，满脸的无辜。

直到看到远处的戴盼夏，边赢终于隐隐约约猜到了云边反常举动背后的原因。

他在心底淡嗤一声，没配合，但终究也没有退避，采取非暴力不合作方针，当了一回她的道具人。

周影休养得不错，不过手腕割得太深，怕是再难恢复到从前的灵活。

"以后我做的奶茶不好喝了，你们记得还来光顾啊。"

"放心吧周姐。"哈巴嘴很甜，"不管你做成什么样我都会支持你的。"

周影说："谢谢哈巴，那我能提价到两百块一杯吗？"

看哈巴吃瘪，她哈哈大笑。笑完，她看边赢："还有你，也该回家了啊。替你背了这么久的锅够了吧，你爸还以为我扣着你不放人。"

边赢靠在沙发上玩手机，闻言抬眸，懒懒应了声："嗯。"

一个礼拜，是差不多了。

看完周影，云边和边赢一起回的明湖左岸。

两人打了出租车，各自占据后座的左右两边，全程没有交流。

下了车，边赢终于说了第一句话："你先进去，我有事。"

正好，云边也没想和他一起进家门。

"好。"她乖巧地应了。

"怕不怕？"她听到他在背后问。

云边回头。

云边后知后觉明白过来。上一次也是夜晚，他说有事让她和邱洪先走，然后她一脚踩到了蛇。

这事不提还好，一提云边心里就发毛，时隔那么久，蛇在脚底挣扎触感依然真实得可怕，可能等她七老八十了，这一幕依然铭记着，随时能拿出来鞭笞她的小心脏。

永生难忘。

她逞强地摇了下头："不怕。"

那户人家的蛇被一锅端，那之后物业出动倾巢之力，把整个小区仔仔细细翻了好几遍，驱蛇的药物更是试了个遍。

现在小区应该是没有蛇了吧。

边赢笑了下，不知道是信了还是没信。夜色里传来他稍显模糊的说话声："走吧。"

两人一前一后走，始终保持三米左右的间距。

云边每走几步就要低头看看路，确认脚下安全。

其中一盏路灯在地上投出装饰物弯曲的影子，乍一看有点像蛇的形状，她瞳孔一缩，头皮发麻，心跳瞬间暂停，整个人不受控制地猛烈抖了一下，发出一声压抑的惊呼。

实力演绎了什么叫"一朝被蛇咬，十年怕井绳"。

看清只是影子以后，她惊魂未定地在原地站了一小会儿平复心情，然后才想起边赢还在背后。

她很丢脸地回头看他的反应。

边赢不知道什么时候也停住了，保持着那个间距，面无表情。

可能是自己刚才虽然吓得不轻,但动静不大,所以他压根没发现异常吧,云边如是安慰自己,继续前行。

没走两步,夜风送来一声似有似无的低笑,倏地拂过耳畔,敲过耳膜,引发酥酥麻麻的痒。

不知道是不是她的错觉。

她忍住了,没有回头。

两人慢慢走到边家大门栅栏外。

"你先进去。"他还是那句话。

云笑白和边闻都还没回家,云边和李妈打了个招呼就上了楼。

洗过澡,她上顶楼露台看自己养殖的多肉。

露台上夜风温柔,俯瞰下去,边家栅栏外的石凳上坐了个人。

这么久了,他居然还没进家门吗?这显然早已超出了不想和她一起进家门的时间范畴了。

传说很多已婚男人下班回到家以后,宁可一个人在车里消磨时光,也不愿意立刻回家。

边赢从前无法理解,现如今却是有点懂了,尤其在外头待了一个礼拜,越发排斥走进这扇家门以后要面对的一切。

外头闷热,空气黏腻,蚊子也不少,但比家里舒服。

依次料理完十几盆多肉,云边再往外看,远处有车辆朝着边家的方向驶来。边赢显然也注意到了,在车到达之前,他转身推开栅门进屋。

大门和主屋之间是前花园,少年宽肩长腿的身影匆匆穿过沿途种满郁金香的径道。

他忽而抬头。

稀疏星空和少女明净的脸庞一起跃入眼底。

周末两天,边闻陪着云笑白和云边一起回了趟锦城。

应云笑白的要求，边闻在明知会被边赢拒绝的情况下问了边赢要不要一起。

果不其然，边赢拒绝了，而且言辞极为犀利。

边闻让他气了一肚子火，忍不住抱怨云笑白："我就说他不肯去，你非要我问他，这不是没事找气受吗？"

"他可以不去，但你不能不问。"云笑白说，"你不能让他觉得他被排除在我们三人之外。"

边闻语气软化下来："难为你替他想那么多，可他领你情吗？"

云边一边照例喝着燕窝，一边眼见母亲把继父哄得多云转晴。

等边闻上楼，云边悄悄问云笑白："妈妈，那下礼拜中秋节我们还去看外公外婆吗？"

这趟回外祖家的阵仗挺隆重，礼品清单列了一大堆，而且边叔叔也去。

连续两周如此的可能性不大。

果然，云笑白说："明天就当探中秋了，等中秋节的时候，我们得去爷爷奶奶家。"

婚后边闻没怎么让边家的人干涉他的新生活，云边只在母亲婚礼上见过边家人，爷爷很硬朗，至今仍把持着边家的大权，奶奶身体虚弱许多，坐着轮椅；边闻有一个哥哥，他哥哥也有一个儿子。

婚礼当天当着宾客的面，边家人礼节到位，挑不出什么错，给了云边厚厚的红包，言辞也温和，但眼神里面透露的冷漠和防备却骗不了人。

"妈妈我能不能不去啊？"云边一想到要跟边家人一块儿过中秋，整张脸苦兮兮地皱了起来。

"我们就去吃个晚饭，很快的。"云笑白哄她，"你就当陪妈妈。"

云边当然不放心云笑白一个人深入龙潭虎穴，而且她不去的话礼节上也说不过去。

虽说锦城和临城只有一个多小时的车程，不过自云笑白结婚，看望和陪伴父母的次数还是不免减少许多，两位老人看见女儿和外孙女格外亲热，边闻愿意从百忙之中抽空过来，二老也欣慰不已。

云边在外祖家待了两天，陪伴外公外婆，和锦城的朋友小聚，时间压根不够用。周日下午,三人启程回临城,她还意犹未尽。

外公外婆在车窗外依依不舍地送别,邀请他们十一放假再来:"到时候多住几天。"

"边闻是没空了,琴行事多我应该也抽不出什么时间。"云笑白笑道,"我到时候把云边送回来陪你们。"

回到临城,生活重新回到正轨。

云边和周宜楠关系又近几分,除了一起吃饭,两人也开始一块儿放学走。

不过另一头,戴盼夏和新朋友处得却不是那么愉快,新朋友远不如周宜楠迁就她,戴盼夏渐渐想念起周宜楠的好来。

两个好朋友已经将近一周没联系了,戴盼夏平生头一次率先低头,试图挽回周宜楠。

周宜楠很大度地接纳了她,表示以后还是好朋友。

但当戴盼夏问起明天能不能一起吃饭时,周宜楠委婉但也毅然决然地拒绝了她:"我和云边一起吃饭,我跟你一起的话,她就要一个人了。"

戴盼夏再度服软,退了步:"那我跟你们一起好了,我不介意的。"

换了往常,周宜楠肯定拒绝不了。但这一次,周宜楠没有商量的余地:"你和云边不熟,这样大家都挺尴尬的。"

下午最后一节课是高二年级的体活课。

云边独自前往食堂旁边的小树林,目前不是饭点,这里人迹罕至。

周影的"美滋滋奶茶店"也关着,门口荫蔽处,戴盼夏已经坐在花坛旁等候。

九月过了大半,但是蝉鸣依旧激烈。

"还真是你啊?"云边在戴盼夏跟前停下来,"找我什么事?"

下午那会儿她收到一条陌生号码的短信,对方自称是戴盼夏,约她体活课谈事情。

戴盼夏开门见山,语气很冲:"趁我还有耐心,你自觉点。"

云边挑了下眉头,柔柔弱弱:"不好意思,我真的听不懂你在说什么。"

"你能不能别装了?"戴盼夏不耐道,"在边赢和宜楠面前装还不够,到我面前还要继续演吗？大家都是女生，谁还看不懂谁几斤几两了。"

对比戴盼夏的气急败坏，云边气定神闲："我不敢啊，谁知道你是不是录了音准备套话污蔑我。"

戴盼夏愣住，翻出自己身上所有口袋，没有录音笔，然后她又拿出手机解锁自证清白，左上角没有红色录音标志。她轻蔑道："放心，我还真想不到那么下作的手段。"

云边并不介意这一通含沙射影，她不动声色地扫视一圈，这里是死角，监控拍不到。她终于敛了假意的笑："嗯，你刚才想跟我说什么来着？"

戴盼夏："别再缠着宜楠。"

"就为这事啊？周宜楠是我朋友不影响她还是你朋友吧，你几岁了，还玩好朋友必须是唯一的这套。"云边听到什么笑话似的笑了起来，"没意思，我以为至少是为了男生呢，没事的话我先走了。"

"好，既然如此，那我就一块儿说了吧。"戴盼夏咬牙冲着她的背影叫道，"奉劝你离边赢也远点。"

云边转过身来，做洗耳恭听状："哦，凭什么呢？"

"我不怕告诉你，边赢现在疏远我，不过是出于对兄弟的义气，如果不是邱洪，你以为轮得到你在他旁边嘚瑟？"

云边配合地扯扯嘴角，表示自己在听。

"待在同一个群，请喝奶茶，一起放学，你现在玩的全是我玩剩下的而已。"

这未必吧。云边腹诽，边赢就住我隔壁，这也是你戴盼夏玩剩的？

她越是云淡风轻，戴盼夏越是恼火："我知道你在得意些什么，不就是你们爸妈结婚了吗？"

啧，这么低调还是让人知道了？

估计是邱洪说的。

戴盼夏："既然成了一家人，那你就更该明白你们没有可能。"

戴盼夏唱了半天独角戏，云边终于给了点回应："为什么没有可能啊？"

"你们要是在一起，是不被世俗承认的。"戴盼夏冷笑道，"任何一个女生都比你有可能，就你最不可能。"

眼前女生色厉内荏的模样引得云边恶趣味发作,她偏要作对,顺着那意思往下接:"可我们户口不在一个本上,法律也允许我们在一起的,等到了年纪完全可以光明正大领证,怎么会不行呢?"

戴盼夏气得眼冒金星,半天说不出一句话来。

就这点战斗力?无趣。云边摇了摇头,转身走了。

"法律允许?可你们爸妈允许吗?伦理道德允许吗?同父异母的兄妹,难道可以在一起吗?"

戴盼夏的话把她的脚步钉住了。

云边停下来,听到背后的女声混在蝉鸣里,充满恶毒的语调带点哽咽。嫉妒和愤怒之下,戴盼夏口不择言:"龙生龙凤生凤,老鼠的儿子会打洞。小三的女儿,果然不知廉耻。"

临城五中的教务处里,上演一出让几位校领导很头疼的戏码。

戴盼夏捂着半边脸哭个不停,说云边打她耳光,还拽着她的头发把她推倒在地。

而云边咬定自己没打人。

两个女生说辞截然相反,但都斩钉截铁。

可让两个女生说事情原委呢,两人高度统一,都不肯说。

戴盼夏脸上确实有手指印,辫子松了,小腿处的校裤也破了洞,腿上和手掌皮肉也擦伤了,符合她的说法。

所以几位校领导当然更倾向于相信戴盼夏的说辞。

只是云边是边家特意关照过的,而且学习成绩也名列前茅,校长不好太直接,问得很委婉:"云边,那你能不能解释一下戴盼夏身上的伤?"

"我不知道。"云边回答,"说不定是她自己打的,然后污蔑我。"

"你胡说!"戴盼夏哭得上气不接下气,"我有病吗我自己打自己。"

云边不理她,看着教导主任,还是那句话:"我没有。"

她的眼神坚定又清澈。

事情陷入僵局。

全校最漂亮的两个女生闹出矛盾,在学校内部,足够称为爆炸性头条新闻了,事情很快传开。

邱洪在关闭的教务处门外急得乱转:"这到底怎么回事?"

哈巴站在云边这一头:"绝对不是云边,她像是会打了人还死不承认的类型吗?"

"云边不是那种人。"颜正诚也支持哈巴的看法,"倒是盼夏,可能隐瞒了点什么。"

即便邱洪喜欢戴盼夏,也没法彻底站在戴盼夏那边。

男生们跟两个女生都接触得挺多,一个是连说话都轻声细语的乖乖女,一个是张扬跋扈的千金小姐,谁更可信,一目了然。

教务处门迟迟不开,谁也不知道里面发生了什么。

邱洪说:"要是有监控就好了。"

"整个五中没几处监控死角,她们好巧不巧选在周姐店门口。"哈巴惋惜地摇头,"也没个目击证人,这下说不清了。"

边赢转身下了楼梯。

剩下三个男生对视一眼,颜正诚和哈巴追了上去。

邱洪不放心走,打算等戴盼夏出来。

颜正诚:"不是吧,这就走了?"

哈巴:"不输你太冷酷了吧。"

边赢不答,脚步不停。

来到"美滋滋"门口,他拿出周影之前给他的钥匙,开门进去。

周影店里有监控,但由于她没开门,监控拍不到外头的画面。

但不同于大部分监控,周影店里的这个,附带录音功能。

教务处问不出结果,打电话给双方家长过来解决事端。

戴盼夏的母亲率先过来,看到女儿狼狈的模样当场就哭了,抱住戴盼夏,愤怒地质问:"谁打的我女儿?"她的目光转了一圈,转到办公室里另一个学生云边那边,"你吗?"

"就是她。"救兵已到，戴盼夏底气瞬间足了，"她打我耳光，还扯我头发把我摔到地上。"

戴母勃然大怒，恨不得将云边杀之而后快："我跟她爸爸从来没舍得动过她一根手指头，你是什么东西敢打我女儿？"

几个老师赶紧把她拉住："盼夏妈妈你先别激动，事情还没有弄清楚……"

"就是她！你们为什么就是不肯相信我？"戴盼夏失控地尖叫。

云边冷冷看着戴盼夏母女俩的表演，还是那句话："我没有打她。"

云笑白也以最快的速度赶来学校，一进办公室便看到戴盼夏母女俩梨花带雨，声泪俱下地控诉着什么，而云边站在一旁，满脸的固执。

"有没有怎么样？"云笑白走过去，拉着云边上下看了看。

戴母刚才对着云边一个学生不能怎么样，这会儿终于等到了对方家长，她彻底进入战斗状态："她好得很，但我女儿被她打惨了。你们家到底有没有家教，教出这么凶的小孩……"

云笑白冷冷觑去一眼，戴母一时叫她震慑，尾音不自觉微弱下去。

"几位领导，到底是怎么一回事？"云笑白问道。刚才电话里已经听了个大概，不过她现在需要更具体的信息。

教导主任简单把事情的来龙去脉跟云笑白解释了一遍，跟电话里说的几乎没有差别，因为事情没有任何进展，两个女孩子都不肯松口。

云笑白听完，扭头问云边："你打她了吗？"

"没有。"云边看着母亲，坚定地回答。

云笑白安抚地笑了笑："好，妈妈知道了。"她微微挡在云边面前，面向几位校领导，母亲保护孩子的本能姿势，"我相信我的女儿，她说没有，那就是没有。"

"笑话，你相信你女儿，那我还相信我女儿呢！我女儿身上的伤就是铁证，你们别想推卸责任。"戴母跳脚，几个校领导又是七手八脚地将她拦住。

两个女孩子坚持自己的说法，两位母亲也都坚定地站到了自己孩子那侧，事情再度陷入僵局。家长的介入丝毫没能改变困局，反而让一切变得更加棘手。

公说公有理，婆说婆有理，一伙人在办公室待到晚上七点多，依然争不出个结果。

而后，戴父也赶到了。

边闻人在隔壁城市，赶不过来，云笑白叫他不必担心，说自己能搞定。

事实上，她一个人应对戴家两个人非常吃力。

云边比谁都看得出母亲据理力争背后的心有余而力不足，有那么一瞬间她后悔自己开了这个头，但箭已离弦，没有回头路。

戴父出去接了个电话，回来直接跟戴盼夏说："盼夏，跟你同学道歉。"

戴盼夏不可置信地看向父亲，不明白为什么上一刻还为自己讨公道，这一刻却不分青红皂白叫自己道歉。

戴母也怀疑自己的耳朵出了错，她想质疑，被戴父用力扯了下袖子。他眼神严厉，示意戴母住嘴。再面向云笑白和云边的时候，他面上已经全然没有方才的咄咄逼人，取而代之的是息事宁人的尴尬微笑："不好意思边太太，小孩子小打小闹很正常，我们做家长的也都是那个年纪过来的，其实顺其自然就好，没必要过于操心。这件事情到此为止吧，是我们盼夏不对。"

戴父再次说道："盼夏，道歉。"语气已经比刚才那遍严肃许多。

戴盼夏从来没听过父亲用这种语气和自己说话，她又惊又惧，看向母亲。戴母是家庭主妇，仰仗着丈夫而活，虽然不甘心，但不敢违抗，她对丈夫的决定无能为力。

云笑白听到那句"边太太"就知道肯定是边闻那边出手了，前面她争了那么久，都不如边闻一个电话来得有用。

戴盼夏的又哭又闹没能让戴父改变主意，不过她从小被宠大，哪有那么容易低头，戴父戴母拿她没辙，只得一遍遍低声下气代为道歉。

一场闹剧最终以悬案收尾，成年人的世界里，比起小孩子之间小打小闹的真相，利益才是更重要的东西。

四个男生单独的群已经很久没人发言了，最近大家都在那个"群聊（8）"里面聊天。

久违的安静是邱洪打破的:

【盼夏说她爸妈向云边道歉了。】

【是你爸的要求@边不输,她爸妈没办法。】

【但盼夏说真的是云边打了她。】

【我都不知道应该相信谁了。】

群里剩下三个男生迟迟没有人冒泡,这种情况比较少见。

邱洪当然不知道,哈巴看到消息后拉了个新的三人群。

【怎么回怎么回怎么回,要跟他说吗?】

【你到底怎么打算的? @边不输】

边赢在差不多的时间"放学"回家,上到二楼。

手机狂响,他拿出来,漫不经心地看完,没回,塞进口袋。

他走到云边的房门口,打算敲门,听见卫生间传来水声。

卫生间没关门,他寻声走近。

云边方才去露台伺候完十几盆盆栽,仔仔细细搓洗一遍沾了泥土的手指。

她关掉水龙头,抬头从瞬间就看到他倚在门口,也不知道站了多久。她以为他也要用卫生间,扯过洗脸巾一边擦手一边往门口走:"我好了。"

但边赢堵在门口没动,一直到她走到他面前,他还是没有半分准备让路的迹象。

云边的目光从平视角度变为仰视,视线也从他的锁骨位置移到他的眼睛。

他面无表情,目光一瞬不瞬,带着些许审视意味。

门够宽,就算他斜身倚靠,也够她从旁边空余空间走。

云边顿一下,打算绕道。

边赢却突然迈步,侵略感十足。

云边吓了一跳,本能地退步躲避。

他继续逼近。

她节节败退。

然后边赢反手关上门。

云边不知道他想干什么,但她感受到了危险,这令她高度警觉。她往旁边绕,还假装无事发生:"我出去了。"

边赢再逼近,云边脚后跟抵在墙边,已然退无可退。两人没有直接的肢体接触,唯有鞋尖相抵,但他的气息和气场已经把她笼罩,不断施压。

她眼睛不敢看他,忐忑地问道:"边赢哥哥,你怎么了?"

边赢看她半晌:"你打人了吧?"

云边愣了一下,不过事情传到他这里也不奇怪。跟在教务处一样,她给予了否定的答案:"我没有。"

他显然不信:"说实话。"

云边咬一下唇,抬眸看他,眼睛里一层若有若无的水汽,在灯光下闪细碎的光,我见犹怜。

"我没有。"她咬死了不松口。

女孩子的下颌绷得紧紧的,不说话了,垂眸盯着他的锁骨,眼神虽有一贯的柔弱,但也异常坚定,透着一股别样的倔强。

边赢不急,她不说话,他有时间陪她耗。他看着女孩子浓密的睫羽微微颤抖,看她胸前的衣服随着呼吸起伏,也看她好几次咬唇又松开,殷红唇瓣上留下几粒小小的牙齿咬过的痕迹,红得几乎要滴血。

沉默变得格外漫长且折磨。

久到边赢觉得自己的锁骨都能被她看穿两个洞,她说:"我就是没有。"声音酝酿出哭腔,委屈得要命。

边赢不为所动地笑了一下。

本就稀薄的空气更加窒息。

边赢口袋里的手机不断地响着,新建的"群聊(3)"正热火朝天。

折磨够她的心理防线,他终于不再跟她兜圈子,直言:"周影店里有监控。"

云边刻意留意过,"美滋滋奶茶店"外面应该是没有监控的,而且学校也证实了那里是监控死角,可边赢太笃定了,听那意思,是掌握了什么确切的证据,已然将她定罪。

难道周影装了个隐蔽的监控,可能是针孔摄像头什么的?可她装针孔摄像头图什么呢?

"还不肯说实话?"

云边别开眼去:"你不相信我就算了。"

她还是倾向于边赢在套话。

在边赢眼中,这是另一幅景象,女孩子那种典型的"明明知道自己错了,但是坚决不肯承认错误,并且反过头来跟对方生气,却又不肯承认自己在赌气"的蛮不讲理。

他盯着她倔强的侧脸,直到她的眼泪掉下来。

最终他什么也没说,打开门走了出去。

走廊上没有别人。

留下一句"出来吧",他头也不回,径直回了房间。

"群聊(3)"多了一百多条未读消息。

哈巴一时间有点幻灭,但人总倾向于给在意的人找借口,不管怎么说,他都不忍心看到云边难堪。

傍晚在奶茶店里,边赢拷贝走了那段录音。

哈巴现在最关心的事情就是边赢会不会秉公处理。

边赢惜字如金:【该。】

哈巴没懂:【谁该?】

边赢没再回复。

该打。

他们家的事,什么时候轮到外人瞎议论。

哈巴能理解云边教训戴盼夏的行为,也理解云边不承认的行为,唯独没法理解她怎么能在撒谎的时候那般理直气壮,镇定到老师家长都没法判别真伪,换作是他,一骗人准是神态慌乱,连话都说不清楚,不打自招。

不过他心态挺稳,经过一夜的调整,成功说服自己,人和人是不一样的。

第二天一大早到了学校,他进教室,云边刚好出教室,那双眼睛明亮清澈,干净得没有一丝杂质。好像拿任何恶意去揣测她,都是一种亵渎。

这事在哈巴这儿瞬间彻底翻篇。

云边平日里累积的好感不止表现在哈巴身上，周宜楠也坚定地站在了云边这头。

晚上时分，云边回到家，神情恹恹没什么精神，动作迟缓地走上楼。

昨天云笑白就注意到了，云边穿了一件短袖睡衣和长睡裤，衣服和裤子都不是同一套的，在那之前，她从来都是穿各种各样的睡裙的，今天上学也穿着长裤。

怀着疑惑的心情，云笑白端起燕窝走向云边的房间，没打招呼就推门而入，刚好看到云边青肿着、没来得及遮掩的脚踝。

云笑白倒吸一口气，蹲下身去，卷起云边的裤腿。

脚踝连接小腿的部分一大块乌青，在奶白皮肤上刺眼非常。

动作比意识更快的她又去撩云边的衣服下摆："还有吗？"

云边按住母亲的手，摇头："没有了，就这一处。"

这是她把戴盼夏推倒在地的时候，戴盼夏胡乱踢中的。

云笑白蹲在那儿，好一会儿都没有动。从云边的角度看不到母亲的脸，只能看到母亲的身躯从最开始的定格，到后来微微颤抖。

云笑白捂住脸，压抑的呜咽从指缝中漏出来。

云边慌忙蹲下去安慰云笑白："妈妈，我一点也不痛了，真的，就昨天一点点痛，今天完全没事了。"

云笑白把她搂进怀里，哭出了声，语不成句地问："问你为什么不说，受伤了为什么不说？"

"妈妈对不起。"云边回抱过母亲，又变回了那个乖乖小宝贝，"我下次不敢了。"

云笑白一想到云边在外面受了委屈，简直心痛得要碎掉："云边，妈妈只希望你平安健康就好了，你知道吗？"

"我知道啦。"云边给云笑白擦眼泪，"妈妈，我真的没事，你别哭。"

待云笑白终于发泄完情绪，她问起一个很重要的问题来："你那个同学说了什么,让你那么生气跟她打架。"

云边又沉默了。

云笑白佯装生气:"刚答应过的,又不肯跟我说实话了?"

既然如此,云边实话实说,只是用词方面收敛些许:"她说,我是你和边叔叔的私生女。"

这也是她一直很想确认的问题。

在边家住了这么久,她基本排除了这个可能,不过她总想得到一个确定的答案。

云笑白知道外面有些风言风语,但她和边闻各自嫁娶后再未碰面,清者自清,她懒得理会那些嘴碎的言论,没想到,居然在云边的学校里都传开了。

"当然不是。我怎么可能让我的孩子有那么不光彩的身份?"云笑白坚定否决,"云边,你是合情、合理、合法出生的,在全家人的期盼下来到这个世上,是我与你父亲的爱的结晶……至少在当时是。"

这是云边平生头一次听云笑白主动提及她的父亲,母女俩这会儿又处于刚刚和好的氛围下,她料定母亲不会对她翻脸,起了"趁火打劫"的心思,用小心翼翼的口吻问云笑白:"妈妈,可以说说我爸爸吗?"

如她所料,云笑白对她正是万分心疼兼愧疚之时,对她有求必应,就连平日里绝对不允许触碰的禁忌,也可以破例。

沉默良久,云笑白缓缓开了口:"你爸爸……曾喜欢我很多年,我跟你边叔叔分手以后,被他打动,和他在一起,后来结婚有了你。怀孕八个多月的时候,我发现了他的外遇。可能有些人就是不懂珍惜,没得到的时候苦苦追寻,得到了觉得不过如此。"云笑白苦笑着摸摸云边的头发,"如果你再小点,我肯定会把你做掉,但那个时候,我只能把你生下来。"

云边聚精会神地听到这里,忍不住想如果妈妈早点发现就好了,那妈妈这辈子会轻松很多。

云笑白继续说:"所有人都劝我,看在孩子的份上原谅他一次,但是我不,我当天就想挺着大肚子和他离婚,他不同意,拖到生下你,我们都想要你的抚养权,双方一直谈不拢,后来,我净身出户,只要了你,这才把婚离了。"

提起这桩往事，云笑白语气里充满恨意："如果只是这样，我当然不至于这般厌恶你父亲。后来我才知道，他根本不想要你，是小三给他出的主意，假意争夺孩子，逼我净身出户。一出月子，我就不得不出门找工作赚钱，再后来他想看你，想给补偿，我什么都不要。有关这个人，我实在恶心透顶，不想跟他有一丝一毫的关联，只想他从我们的世界彻底消失。就连说起他、想到他，我都恶心得想吐，我只要一想到我曾经爱上过这样的一个男人，我连自己都恶心。"

云边哪里还听不出来，时隔多年，母亲仍是无法释怀父亲造成的伤害。揭了母亲的伤疤，她有些歉疚，不过过了这村没这店，要问就一次性问清楚："妈妈，那我可以知道我为什么叫'云边'吗？我知道我得跟着你姓，我的意思是，为什么叫'边'。"

云笑白说："如果我说，和边叔叔没有直接关联，你信吗？"

"我信。"云边说。

云边不假思索的信任让云笑白那股说起云边生父而产生的郁结之气散去不少，也因此越发坦诚："我还小的时候，有次抬头看天看到云层很漂亮，尤其是边缘镀着层金光似的，脑海里就冒出个'云边'的名字，我改名是没希望了，如果有个女儿叫云边也不赖，但想到孩子应该也不能跟着我姓，还蛮遗憾的。后来遇到你边叔叔，听他说自己姓边，我就觉得好惊喜。结果到最后，我的孩子居然真的能跟着我姓，这算是我当单亲妈妈最大的好处吧。"

云边满脸的求知若渴，云笑白笑了笑，既然已经说到这里，不如和盘托出："如果你爸爸没做那些事，出于避嫌，我不会给你起名'云边'的。只是他当年一直芥蒂我和你边叔叔的过往，并怀疑我心里还爱着你边叔叔，我得知真相那会儿恨得要命，就想恶心回去，所以就给你起这个名字了，他也确实疯了一阵。"

云边从前对生父有诸多好奇，但到这一刻，她发自内心不想知道了，她一点也不想知道他的名字、长相、现况。

他是生是死，都与她无关。

她是妈妈一个人的孩子。

云笑白告诉边闻她的决定:"事情我已经问清楚了,我们不会道歉,那个女孩子说了什么她自己心里清楚。"

"没问题,你们先吃饭吧。"边闻没有异议。昨天逼得人家道歉,现在要是反过头去给人家道歉,就算云笑白同意,他也拉不下这个脸。反正戴盼夏父亲指望着他手头这个项目,根本不敢多说什么。

云笑白拉着云边一起在餐桌前坐下来:"这两天你有空跟云边去做个亲子鉴定,堵住那群人的嘴。"

人往往选择性眼瞎,只看自己想看的东西。

一通掏心掏肺的谈天过后,云边在云笑白心中,还是那个不谙世事的乖巧女儿,甚至比从前还惹人怜爱几分。

当时云边肯定是很慌乱的,只是我关心则乱没能看出来。云笑白如是告诉自己,并成功麻痹自己。

至于边闻更不必说,他根本没在对峙现场目睹云边的精彩演技,反正他光看着云边就觉得她乖得不得了。

唯有边赢,从卫生间洗澡出来跟云边碰上,给了她一个饶有兴致的眼神。

云边追进几步,叫道:"边赢哥哥。"

怯生生的,她是真的虚。

她刚才吃饭的时候反应过来,边赢想必连她那番"不在同一个户口本可以结婚"的言论也知道了,她简直无颜苟活于这世上……

边赢停住反手关门的动作,重新开大,然后进了卫生间。

没关门,意思挺明显。

云边咬咬下唇,四顾周围,确认没有旁人后跟了进去。

他刚洗完澡,浴室里水汽弥漫,和清冽的香波气味一起扑面而来。

"有事找我?"边赢半倚着洗手台。

云边反手锁上门。

"嗒"的一声,回荡在空旷的卫生间里,莫名响亮。

云边顶着他的眼神,先言不由衷地说道:"谢谢边赢哥哥。"

边赢不置可否。

沉默的时间格外难熬，云边吞吞吐吐说不出个所以然来，眼睛也不敢看他："边赢哥哥……"

"有话直说。"边赢掀起眼皮看她。

云边眼一闭心一横，死也死个明明白白，不然她接下来怕是别想睡个安稳觉了："你为什么不告诉别人？"

边赢非常明白，眼前的女孩子问这句话的最终目的是什么，正因为如此，她所有的铺垫和伪装，在他眼里都不过是拙劣至极的演技。

原来她还知道不好意思啊。

录音里面他听到她可不是这样的，理直气壮、掷地有声。

其实他挺期待说出实情以后她的反应的，想必是精彩纷呈，但思索再三，还是没戳穿。

猫捉到猎物以后，往往不喜欢直接杀死，先玩个够再说，不断给猎物逃生的虚假希望，又不断残忍掐断希望。

"不想多管闲事。"

"是她先骂我妈妈，我才打她的。"云边说。

她自己都没发现，她语气像极了在跟他告状，需要他的信任和肯定。

边赢却是发现了，他停顿片刻，冷淡回应："嗯。"

危机解除，云边放心了，发自肺腑地表达感激："谢谢边赢哥哥！"

边赢没有再回应，他从倚靠状态站直，头也不回地走过她身边去开门。

门是锁着的，他一下没打开，开了锁第二下才打开。

云笑白上楼来。

边赢觉得云笑白这人也挺神奇，跟个雷达似的，每次他和云边有点什么"不可见人"的事，她都能精准出现在"案发现场"。

容不得他思考太多："阿姨。"

他这一叫，顿住的有两个人。

一个是云边，她差点跟着边赢出去，一听他喊"阿姨"，她以为是李妈或者别的用人过来，紧急缩回脚，蹑手蹑脚躲到了门后。

一个是云笑白,她惶恐地回头,确认有没有别人在,以免边赢只是叫李妈而自己自作多情会错了意。

背后空无一人,意识到边赢真的是在叫她,她惊喜而不敢置信地愣在原地,诧异地瞪大眼睛,嘴微张着,一时半会儿甚至忘了回应。

边赢并没有等她的回应,他兀自进了房间,"砰"的一声关上了门。

关门声让云笑白回过神来,她跑回房间,来到边闻面前拽住他的胳膊摇晃,高兴得跟个孩子一样:"边闻,刚才阿赢叫我了!他叫我了,他叫我'阿姨'!"

边闻欣慰的同时有点心疼,揽过她的肩膀拍了两下:"瞧你,叫你声'阿姨'你至于这么高兴吗?其实我早跟你说过了,阿赢这孩子心地是好的,他小时候,家里但凡杀点鸡鸭鱼都得提前把他支开,只是他妈过世给他的打击太大了,我们得给他点时间。这些日子委屈你了,你多担待些,以后都会慢慢好起来的。"

第四章 · 再次拯救

第二天是中秋节，在云笑白的坚持下，云边和边闻去做了DNA（脱氧核糖核酸）检测，检查结果将在两个工作日内反馈。

半下午，一家人前往边家老宅过节。

边闻自己开的车，云笑白谦让，让边赢坐副驾驶座。

边赢看她一眼，不理人，自顾自钻进了后座关上了门，昨天那声"阿姨"仿佛只是黄粱梦一场。

给了希望又落空是最难受的，边闻怕云笑白失落，小声说："他让你坐副驾驶座，是认同你是家里的女主人呢。"

云笑白忍俊不禁："你也太会安慰人了吧。我哪有这么脆弱，他叫我一声，我已经很高兴了。"

车行驶着，云边看着窗外依然陌生的景色倒退，有种奔赴刑场的悲壮感。

他们一到，边奶奶就给了个下马威，她无视云笑白提着满手的礼品和招呼，指责边闻："难得回来一趟还要拖到这么晚来，你大哥他们早就到了。你们有这么不情愿吗？"

这便是指桑骂槐了，婚后边闻虽然没有带妻女回去看望父母，但是自己的份却没落下过。

云笑白尴尬地干笑："对不起妈，我们下次一定赶早。"

边闻打圆场："公司有事，才来晚了。"

"奶奶。"边赢插嘴叫道。

云笑白悄悄撞了下云边的胳膊，云边会意，也乖乖叫道："奶奶。"

边爷爷和边奶奶一共两个儿子，边爷爷封建观念严重，偏爱长子长孙，喜欢边闻的大哥边阅及其儿子，边奶奶喜欢小儿子边闻，再加上冯越是她闺蜜的女儿，从小看着长大，是她亲自挑选的儿媳妇，满意得不能再满意，所以她对边赢的疼爱不言而喻。

一看到边赢，边奶奶就顾不上别的了，坐在轮椅上招呼边赢过去："我的乖孙，几天不见怎么又长高了，再长下去，奶奶家的门都要撞到你了。"

而面对云边的招呼，她只不冷不热应了声。

家里虽然有用人，但为了表现贤惠，边闻的大嫂在厨房帮忙，云笑白自然不可能舒舒服服坐在沙发上嗑瓜子等吃饭，也进去厨房。

边爷爷则在跟大儿子及大孙子谈公司业务，大孙子二十六岁，已经进入公司帮忙。

因为父母亲各自的偏心，边闻和他大哥从小就不太和睦，长大后有了利益牵扯，更是提防彼此，两家关系并不亲近。为了继承人的位置，兄弟俩的明争暗斗从未停止，而且随着边爷爷年纪上去，愈演愈烈。

边闻加入业务话题，当着父亲的面，兄弟俩客客气气。

只是这么一来，云边就落单了。

虽然边闻走开前给她指了路让她跟着边赢，不过她怎么敢打扰人家祖孙俩有说有笑，她打算去厨房，跟妈妈待在一块儿。

没走两步，看到边赢冲她拍拍身旁的座位。

云边下意识去看边奶奶的反应。

边赢再拍，动口型："过来。"

云边只得过去，小心翼翼地坐下。

"奶奶。"她再度跟边奶奶打招呼。

边奶奶还不至于心硬到跟个小姑娘作对，客套完，继续拉着孙子聊天。

边赢一边回应着，一边倾身去茶几上拿了遥控器，头也没回，递给云边。

云边接过，但没换台，电视里在放广告，她心不在焉地看。

云笑白切好水果从厨房出来，端到茶几上放下，问了边奶奶，再问的边赢，最后才问的云边。

她一走开，边奶奶小声问边赢："她在家里没欺负你吧？"

"没。"边赢说，"在家里也跟刚才那样。"

"假惺惺。"边奶奶撇嘴。

云边假装没听到，忍了。

云笑白怕云边格格不入，寻了个借口喊云边进厨房："云边，快来看，乌龟和龙虾打架。"

云笑白只叫了自己的女儿，边奶奶又有牢骚要发了："后妈就是后妈，怎么可能跟亲妈一样。可怜我的乖孙天天受虐待……"

云边的脚步一停。

边赢不动声色踢了她的脚后跟一下。

这疯丫头别发起火来不管不顾给老太太也来一嘴巴子，那就天下大乱了。

"奶奶。"他笑道，"人家想得到我是假惺惺，想不到我就是虐待我。您怎么那么难伺候。"

在边家老宅如履薄冰吃完一顿饭，又心怀鬼胎地坐在一起说了会儿场面话，中秋节算是应付过去了。

回家的路上，云边脑海里都还一直回荡着边奶奶魔性的"乖孙"。

这么大个人了，还乖孙。

不过她心情非常好，因为明天她就要回锦城，陪外公外婆过十一假期了，能待一个星期。

车窗降下来，有风灌进来，她趴在车窗边，头发飞扬。

算下来她离开锦城也不过一个多月，但回头想想竟像已经过去很多年。扎根在这座城市的每一天，都是漫长而清晰的。

能回锦城这么久，云边晚上激动到失眠，第二天一大早就迫不及待拿上行李，来到走廊等候云笑白醒来。

走廊上有个小休闲区域，散布着懒人沙发、几把造型奇特的椅子，还有两个秋千，时间还早，她坐到秋千上晃。

七点多钟，边赢打着哈欠从房间出来。他游戏打到这点，准备洗漱一下就去睡觉。

云边没开灯,他一开始没注意到她,听到秋千晃动的声音,才眯着眼睛寻声望她。

只要不在学校,云边基本就是披发,穿各种各样的少女裙,尤其是黑色和白色偏多。

今天也不例外,昏暗光影里,她的头发在飘荡,及膝的白色泡泡袖方领少女裙下,两条细白的小腿时而绷直时而弯曲,掌控秋千的动向。

她晃得很用力,已然达到秋千的极限。

拖鞋只剩一只还挂在脚上了,另外一只被甩飞老远。

经过昨天的事,云边对他更热络了,一声招呼里面起码灌了两斤半的蜜:"边赢哥哥,早。"

边赢注意到她放在一旁的行李箱,本来想问问她要去哪儿,但最终他只是不咸不淡应了句"嗯",然后就进了卫生间,关门的力道算不上重,但也不轻。

云边捕捉到那点似是而非的不耐烦,不明白自己又哪里招惹到他了。

反正他向来忽冷忽热,阴晴不定。

边赢只是觉得,自己应该跟她们母女俩保持距离。

边闻和云笑白为那声"阿姨"既欣喜又感动,其程度不亚于听到新生婴儿的第一声"妈妈"。

那声"阿姨"明明是他情急之下喊的。

在奶奶面前帮云笑白说话,也不过是图个清静。

可是似乎所有人都以为他接受了父亲的再婚,接受了母亲的位置被人替代。

不是的,他没有接受,也拒绝接受。

他做梦都想把那个女人赶出家门。

而其中最烦的,是云边,不管是真情还是假意,她开始亲近他、依赖他。

在她身上,他没有那么多"迫不得已"的苦衷,很多时候,他明明可以袖手旁观的。

可他没有。

是他亲手开了门,放任她进到他的地盘。

云边在锦城的日子过得潇洒自在，外公外婆本来就宠她，现在她成了个把月才能来一趟的稀客，二老更是把她捧在手心里，满足她的一切要求。

高高兴兴玩到第三天，"群聊（8）"里哈巴发来一条重磅新闻：

【我爸在教育局工作的朋友说了，不久就会出台政策，从我们这届开始，学生必须完成游泳测试才能拿到高中毕业证。】

这则新闻其实一波三折，一开始，哈巴是发在了三人小群里，因为云边和戴盼夏的矛盾，他们有些话不方便当着邱洪的面说，所以最近用三人小群比较多。

边赢说：【去大群。】

他的意思是去四个男生的群。

邱洪一直是一个很敏感的人，而且他喜欢把事埋在心里发酵，不愿意爽爽快快说出来，一旦被他发现他们创了个三人群，他一定会误以为大家孤立他。

哈巴扭头发到了"群聊（8）"里，下一句关心云边：【你会游泳吗？@先空着】

边赢很无语：【我的意思是让你发四人群。】

哈巴理直气壮：【可是我发四人群干什么，你们这届又不用考，只有我和云边要考。】

边赢更无语：【那你一开始发三人群干什么？】

游泳这个政策已经说了好几年，一直也没见实施，没想到刚好拦到云边这一届。

当天傍晚，云边也接到了云笑白的电话，云笑白确认该消息属实："叔叔给你问过了，确认了，政策很快就会发布。

"你趁着放假可以适应一下水，回来我给你报正式的课程，争取早点考掉，别后面影响学习。"

电话最后，云笑白嘱咐："但是游泳一定要注意安全，千万不能去野外池塘那种地方，知道吗？"

云边吃饭的时候随口跟外公外婆那么一提，外公立刻来精神了，要带她去体育馆的游泳池游泳。

可他忘了自己七十多岁的年纪,游一个回合非常勉强,完全是身为外公的自尊心支撑着不肯放弃,有个游过的年轻男生看他不对劲,好心把他给带了上去。

云边走过去,匆忙跟男生道了谢,然后在大喘气的外公身边蹲下来,给他拍背缓气。

祖孙俩大眼瞪小眼。

片刻后,外公说:"我给你买个游泳圈,你自己摸索着学吧。游泳嘛,最主要还是看自己的悟性。"

"想学游泳?要不我教你吧。"救人的男生一直站在旁边没走。

云边抬头看他。

莫名有点眼熟,但是想不起来在哪儿见过。

"不用了。"她拒绝,这人刚才帮过外公,所以她特别客气,"谢谢你啊。"

男生不太高兴,说了声"哦"就走开了。

云边自己去买了个游泳圈下了水,只敢站在浅水区走来走去。

"把脸浸下去,先学闭气。"外公在岸上指手画脚,"你泡澡呢?"

云边:"外公,我想回家。"

"不行,你才来多久?"

"等回了临城妈妈会带我去上课的。"云边说。

云笑白把女儿留在二老家之前,曾千叮咛万嘱咐让两位老人不要一味宠溺云边,外公挺不服气,他觉得自己的教育方法没问题,他很想跟女儿证明,外孙女在自己身边并不是只当小公主,而是能学到真本领的。

见外公坚持,云边只得继续泡着。

期间,刚才那个男生不断地在她周围刷存在感,自由泳、蛙泳、蝶泳、仰泳各种游泳姿势都给她表演了一遍。

云边装作没看到。

最后那男生自己憋不住了,凑过来:"你不记得我了?"

"有点眼熟。"云边诚实回答,"但记不起来。"

"我是'不抽利群'。"男生说。

也挺耳熟，但还是想不起来。云边的眼睛里无辜地发散自己的疑惑。

男生气得扭头又要走，但最终还是耐心解释："我们之前在临城见过，当时你在便利店，我进来问你要了微信。"

这下，云边记起来了。

当时她旁边还坐着她家白捡的哥哥。说到白捡的哥哥，自从她回来锦城，就跟他完全失去了联络，就跟这个世界上没有这个人似的，"群聊（8）"里所有人多多少少都说过话，就连好几次嚷嚷着跟他们有代沟不想找刺激的周影都冒过几次泡。

唯有他，连只言片语都吝啬。

他们的交流，一直停在那天早上突然冷淡的对话，没有任何突破或改变。

至于这个"不抽利群"，当时他一通奇葩的操作之后，她干脆利落地把他给拉黑了，反正是再也不会见的人。

没想到居然又碰上了。

云边一点也不为自己拉黑人尴尬，很健谈地就跟人家聊上了："哦，那你怎么来锦城了？"

"我外婆家在这儿。"

云边的眼睛亮了亮："我外婆家也在这儿。"

人和人之间，有的时候只需要一个小小的共通点就能拉近关系。

"我叫仇立群。"不抽利群说。

"仇"做姓氏的时候念"qiú"，不过从读音字面上看，确实特别像"抽利群"，怪不得微信名叫"不抽利群"。

"云边。"

自我介绍完，仇立群又说"我教你游泳吧"，他补充道："我可是市游泳队的！"

"好吧。"听到市游泳队，云边心动了。

仇立群教云边闭气，教她浮水。

教得头头是道，确实有市游泳队的风范。

上完课，仇立群说："可以重新把微信加上吗？"

云边爽快地答应了。

临别前，仇立群说："明天你还来吗，我继续教你。"

"好。"

十一假期结束的时候，云边已经能像模像样游一段狗刨式了，但是她怎么都学不会换气，仇立群使出了浑身解数，都没能教会笨徒弟。

云笑白忙着琴行的老师招聘，没空来接她回家，是边家的司机来接的人。

"群聊（8）"有消息，哈巴问云边什么时候回家。

云边说自己已经在路上了。

哈巴说：【那你要不要跟我一起报名学游泳啊？我那个游泳教练特别耐心，而且是女教练哦！】

云边跟哈巴炫耀进度：【可我已经会了。】

哈巴不太相信：【你之前不是说自己不会吗？】

云边：【我有老师教我。】

热热闹闹的群里，边赢依然没有现身。

云边回到边家是下午四点多，边家挺热闹，哈巴他们几个都在。

"我来练游泳。"哈巴解释来意。

颜正诚揭穿："妹妹别上他的当，他只是想看你穿泳装。"

邱洪也赞同："哈巴看着傻乎乎，实际上可坏了。"

哈巴确实醉翁之意不在酒，这不必多说。他家住的高层，虽然没有私人游泳池，但是高端小区里面设施齐全，他家楼下露天的、恒温的游泳池任他挑选，他偏偏要跑到边家来游。

哈巴恼羞成怒："那你们两个是来干什么的？"

"玩水。"颜正诚和邱洪异口同声。

"你们会游泳吗？"云边尽量忽视余光里那道默不作声的身影，找话题跟大家聊天。

颜正诚和邱洪都说"不会"。

"幸亏早生一年。"

"谢谢我妈。"

"也谢谢我爸。"

插科打诨完,云边看边赢,她酝酿好了自己的表情和语气,说了时隔一周的第一句话:"边赢哥哥。"

"嗯。"

边赢依然很冷淡。

云边从前是丝毫不介意边赢的冷脸冷眼冷言的,不管他怎么对她,她都能用一腔虚情假意化解,反正她的任务只是表现出自己的无害,不让母亲夹在新旧家庭关系中左右为难。

她本来想给他赔个笑脸问问他会不会游泳,但她不知怎的,越来越计较他的态度,计较到她没法继续跟他演兄友妹恭。

她没太明显地给他摆脸色,但后面刻意避开了和他的交流,包括眼神接触。

本来游泳也不想参与了,但是哈巴他们几个盛情相邀,哈巴连"你不会根本没学会游泳吧"的激将法都使出来了。

云边没辙,回房间换了泳衣。

她的衣橱里多了几件泳衣,都是云笑白知道游泳考试的事情后给她买的。

她挑来挑去,选了一套嫩绿色的分体式泳衣,上身一件吊脖短衣,下身是三角泳裤,露了半截腰。

云笑白挑的,必然不可能暴露,领口挺高,遮得严严实实。

外面还有一件网格的罩衫,云边在镜子里照了一圈,觉得没必要穿罩衫。

但是走到门口,她又绕回去穿上了。

不穿总感觉不太自在。

泳池在主屋西侧,从西边一扇偏门出去比走正门快得多,来到玻璃门前,她能远远看到泳池那边的境况。

颜正诚和邱洪正联起手来把哈巴往水里摁,哈巴吓得直号,死命挣扎。三人虽然都是旱鸭子,但都已经像模像样换好了游泳的装备,嬉闹声不断。

边赢坐在旁边的休息椅上玩手机，身上穿的还是刚才那套居家穿的白T恤和及膝宽大短裤，似是压根没有下水的打算。

云边对着一旁光可鉴人的大理石墙照了照自己，又一次确认自己的衣着得体，才推门出去。

边赢最先发现的她，从手机里抬头，侧首望来，眼神稍顿。

只此一眼，他淡漠地重新低下头玩手机。

剩下几个男生也都看到了她，颜正诚和邱洪终于良心发现放过了哈巴，一块朝云边吹响了口哨，表达赞美。

哈巴不小心鼻腔进水，还喝了好几口，趴在泳池边猛烈地咳，暂时无暇给云边应援。

云边无视边赢，朝泳池走去。

邱洪笑道："怎么泳衣外头还穿个外套啊？脱掉脱掉。"

云边知道他没有恶意，就是开个玩笑，但这种话加上这个语气，让她不是很舒服。

"防狼啊，心里没点数吗，还问出来。"颜正诚接过话茬。

大家笑成一片，成功化解尴尬。

哈巴差不多缓过来了，但鼻腔的酸意仍未消退。他气若游丝地爬上岸，连坐好的力气都没有，趴在岸边喘气，抬头一看——

落日熔金的半天晚霞之下，女孩子纤细的身影轻快走来，头发高高绑起扎了个丸子头，额前梳得光溜溜，特别干净的模样。

"云边，你好白啊！"等云边走近了，哈巴惊叹着伸出手臂，跟她的大腿做对比。

哈巴本来肤色就不白，一个夏天过去，晒得乌漆墨黑。

颜正诚和邱洪也一一把手臂伸出来做对比。

"这也太白了。"

"我以后就想要个白白嫩嫩的女儿，想想都可爱。"

"那万一你女儿肤色随你。"

"我又不黑，我这是晒的。"

……………

在男孩子们的谈天中，云边笑笑，绕到台阶边上下了水。

她目光无意瞟过休息椅那边，居然已经空了。

云边下意识去寻找边赢的身影，发现他已经走到了西边偏门那边，手臂一拉，门开，他头也不回地进去了。

他对看他们游泳完全没兴趣。

哈巴撺掇云边给他露一手："你不是说你会游泳了吗？"

云边乍一下水有点生疏，起步没成功，一阵手忙脚乱后不得不狼狈地站直，重新再来。

几次下来，哈巴的眼神逐渐充满怀疑。

云边经不起质疑，好胜心"噌"地熊熊燃烧。

"我真的会游了。"

只是不会换气。

但本来应试教育就是应付，就连这种求生技能也没得例外，能游上几米就算过关，一口气憋住就行。

云边横向游了一个回合，她前两天死活学不会的换气，刚才意外发现自己学会了，不知道是不是被好胜心支配的，也可能是因为知识本身需要时间去消化并融会贯通。

五天学会游泳，云边挺有成就感，男生们也给予了她掌声和欢呼。

哈巴眼睛都看直了，他也上了两堂游泳课了，但他就连浸个脸都还要事先做好一会儿思想准备。

"哈巴，丢不丢人？"颜正诚问哈巴。

哈巴感觉到危险，想跑，但来不及了，两位损友再度摁着他把他摁进水里，美其名曰助他消除恐惧。

边赢的房间就在二楼西间，外头的喧闹被隔音良好的玻璃阻挡，只剩隐隐约约的残音钻进来。

不注意听，并不明显。

他走到西窗边，掀开窗帘。

居高临下，泳池的景色一览无余。

云边背对着主屋的方向坐在岸边，小腿浸在池里，左右脚轮流踢着水，池水在她脚下激烈涤荡。她已经下过水了，头发是湿的，泳衣也是湿的，本来外面那件宽大的罩衫正紧紧贴在身上，勾勒出少女青涩的身体曲线。

男生们忙着玩闹，她看了一会儿，再次下了水。

云边又横向游了几个回合，昨天无论如何都学不会的换气今天似乎易如反掌，她胆子渐渐放开来。

而哈巴受够了，趁着露出水面，他大叫："我要撒尿。"

两个男生不理他，还打算继续。

哈巴威胁："信不信我尿池子里。"

没人想在稀释的尿液里泡着，撒手锏一出，颜正诚和邱洪勉强放过哈巴。

颜正诚跟哈巴勾肩搭背地远去："我跟你一起去。"

池子里只剩下云边和邱洪。云边还有点介意刚才邱洪那句"脱掉脱掉"，不太想跟他单独待着，她纵向游开去。

纵向的长度比横向长很多，水位也由浅至深。

水下视线不比岸上，云边游累了想喘口气的时候发现踩不到地面，加上她还没法精确掌控游泳的方向，游泳的路线是歪斜的，游开这么远，她已经远离了岸边，伸手去触池壁，但池壁光溜溜，不但没抓到，还把自己推远几分。

她一下子就慌了。她目前的起步必须依靠在池壁上一蹬，才能把自己平卧着送出去，没有着力点的情况下，她根本没法重新起步。

求生本能下，她一阵乱蹬乱抓。

邱洪成了救命稻草，她拼命挣扎着将头探出水面，试图叫邱洪的名字，邱洪已经上了岸，蹲在休息椅旁看手机，背对着她。

云边鼻腔和口腔都进了水，发声困难，还不等稍微缓和，人就在重力作用下重新沉下去。

两三个回合下来，她的力气便耗尽了。

水从四面八方涌过来，漫进口鼻，窒息的濒死恐惧将她包围。

还好，她拍打水面的动静够大，引起了邱洪的注意。邱洪跑过来，在池边急得团团转。

云边听不清他说的什么,她难受得快要死掉。

不会游泳就快去叫人啊!她在心底恐惧地呐喊。

但邱洪接收不到她的脑电波,如同踩蛇那天,他成了无头苍蝇,慌得六神无主。他跪趴在泳池边,伸长了胳膊,试图伸手捞她。

完全够不着。

云边知道挣扎只会加速自己的窒息,她拼命告诉自己,哈巴和颜正诚应该很快就会回来,边家的用人路过的话应该就能注意到泳池的不对劲,自己应该要保持冷静。但求生的本能高于一切,而且她实在是太难受了,行为根本不受思想控制。

在水下的每一毫秒,都因为巨大的痛苦而变得无比漫长。

她越来越绝望。

就在她觉得自己可能真的会把小命交待在这里的时候,巨大的落水声在她附近炸开,有人快速游过来,揽过她的身体。

求生本能下,云边不顾一切地缠了上去,手脚并用。

对方一下子也被她拽得往下沉去,不过还好,他个子高,水面对他而言不算太深,加上水性不错,理智也在,很快将她就近拖拽至泳池中间,他抓住漂浮泳道线。

两人的脑袋探出水面。

久违的新鲜空气涌进来,带着生的希望,云边不敢松手,一边紧抱着对方一阵剧烈咳嗽,一边在咳嗽的间隙贪婪呼吸。她其实没溺水太久,只不过是恐惧放缓了时间感知而已,所以恢复得也挺快。待稍稍平息,她从对方肩上直起脑袋,看清谁救的自己。

其实已经猜到了,她闻到对方身上熟悉的沐浴乳味道了。

这个味道,她很多次在浴室里闻到。

劫后余生,云边想叫他,但眼泪比言语更快,先一步掉落下来。

四目相对,边赢安抚她:"没事了。"

他又变成那个温柔的白捡的哥哥了,跟第一次救她一样。

云边知道自己现在有多狼狈，眼泪鼻涕横流，她不想以这种模样面对他，靠到他肩上躲避他的目光。

　　顺带偷偷用他的衣服蹭鼻涕。

　　反正他这衣服也湿了。

　　边赢单手抱着云边，使不上太大劲，时间一长，她就慢慢滑下去。

　　云边的嘴巴一浸到水里，就立刻就警觉地抱紧他，手脚并用地往他身上攀岩，试图拉高自己的海拔。

　　他忍无可忍，低声制止："别动。"

　　云边哪里听得进去，她现在怕极了水。

　　"云边，我叫你别动。"边赢声音更低，已经是咬牙切齿。

　　他太凶了，云边被震慑住，真的没敢再动，无尾熊似的挂在他身上。

　　但随着她重新渐渐下滑，水位到了人中位置，恐惧促使她将他的警告抛诸脑后。

　　边赢强忍着才没把她丢下去。他看云边已经缓得差不多了，应该不会再胡乱挣扎给他添乱——就算再添乱他也管不着了，一不做二不休，强硬地将她的手臂从自己脖子上扯下来，改成单手侧搂，带着她游往池边游。

　　颜正诚、哈巴他们也回来了，发现了泳池里的状况，七手八脚地帮忙，将云边拖拽上岸。

　　三个男孩子把云边围住，嘘寒问暖。

　　边赢前一次从蛇口下救云边，她反过来救了他的好朋友周影，双方算是扯平。

　　现在云边又欠他了。

　　邱洪起了玩心，扭捏着嗓子学古装电视剧的台词："谢谢恩公的救命之恩，小女子无以为报，只能……"

　　边赢瞥去一眼，眼神很淡，跟平时没什么大的区别，但邱洪还是从中提取到了淡淡的警告。

　　邱洪从小就有些怕边赢，很多时候虽然会恼怒自己的尿，但下一次，他依然会被边赢震慑。

颜正诚给邱洪使了个眼色,不着痕迹地扯开话题:"今天就游到这里吧,云边一定吓坏了。你们两个陪妹妹先进去,我跟不输学会儿游泳。"

云边率先头也不回地走了。

在半路上,她碰到一只边赢掉落在路中间的拖鞋,她捡起来,借关门的动作,没忍住往泳池的方向看了一眼。

边赢依然浸在水里,颜正诚说是要学游泳,事实上根本没下水,盘腿坐在岸边。

两个男生不知道在说些什么。

突然,边赢似是感应到了她的注视,在聊天的间隙侧头看过来。

云边来不及别开目光,被捕捉个正着,连忙把头转了回去。

云边的身影消失在玻璃门后,边赢垂眸把自己湿漉漉的手机从裤袋里摸出来,随意地往池边瓷砖上一扔。

手机虽然宣称防水,但总的来说这项技术还是不够成熟,进水之后话筒之类的零部件很容易出问题。

新手机才换了半个月,这么一搞,也不知道还能不能正常使用。

云边在二楼自己房门外捡到了边赢的另一只拖鞋。

他刚才跑下来救她的时候一定很着急,才会把两只鞋都跑丢了。

她把一双拖鞋整整齐齐摆到他房门口,然后才回了房间。

洗了澡换好衣服,差不多到了吃晚饭的时间,李妈叫她下楼吃饭。

男孩子们都已经在餐桌前等她了,边赢也已经去别的卫生间洗过了澡。

给她留的空位在哈巴旁边,边赢对面。

哈巴提议:"一会儿我们一起看部恐怖片怎么样?"

颜正诚说:"我就不看了,一会儿还得回去刷两套卷子。"

"就知道刷卷子。"哈巴埋怨,扭头又跟云边提议着报了部恐怖片片名,"看过吗?"

"没有。"云边在位置上坐下来,让自己保持垂眸状态,不去看对面的人。

"那就看这个吧。"哈巴跃跃欲试,"我一个人一直不敢看,跟你们一起拿我就敢了。"

"压什么惊呀?"李妈端着一碗汤从厨房出来,好奇道。

哈巴正要解释,云边在桌下踢了他一脚。

她不想让李妈知道自己在泳池遇到危险的事,不然妈妈也会知道,又该担心了。

但哈巴这个榆木脑袋却没能理解她的意思,特别实诚地告诉李妈:"刚才游泳的时候……"

云边急得更用力踢了哈巴好几脚,并打断作答:"没事阿姨,哈巴提议看恐怖片呢。"

边赢抬头,定定看她。

她刚想问他怎么了,脚下被人回踢。

根据他身体小小的抖动幅度,不难判断出,是他。

所以,她踢错人了。

认识到这点,云边触电似的,猛地缩回了自己的脚。

"怎么了?"哈巴奇怪地问。

云边没敢抬头看,一个劲摇头。

恐怖片是大家到地下层的影音室看的。

影音室宛如一个小型电影院,设备都是顶级的,音效和画质"感人",所以自然而然,制造的恐怖效果也很可观。

四人坐在一排,从左到右的顺序为边赢、邱洪、哈巴、云边。

电影开始,云边频频关注自己的右边。

她右边是空座,她很害怕黑暗里伸出个什么奇奇怪怪的东西。

哈巴很快注意到了云边的异常,关切道:"云边,你怎么了?"

云边实话实说:"我怕旁边伸出一只手来。"

哈巴还在琢磨着自己说出"那你害怕可以抓住我的手"会不会很唐突,就听见边赢对邱洪说:"邱洪,你坐到云边旁边去。"

邱洪沉默一会儿，弱弱地说："我也有点害怕……不敢坐到旁边。"

听到这里，哈巴又想提议跟云边换个座位。

但边赢先他一步，起身对邱洪说了句"我真服了你了"，然后绕到云边旁边坐下了。

另一头，邱洪往哈巴的方向缩了缩，抓住哈巴的手臂："那还不是我在最边上吗？"

哈巴对他可没那么多耐心："你离我远点，你一大男人怎么那么胆小啊。"

左右两边都有人，云边的心安定不少，刚将注意力集中到荧幕上，右边一道漫不经心的声音略带戏谑地问她："脚下怕不怕？"

抛开游泳池里那句安慰，这是十一假期以来边赢头一次用正常的口吻跟她说话。

在音效和昏暗环境的烘托下，恐怖的氛围节节攀升，邱洪就差坐到哈巴腿上了，云边紧张地盯紧屏幕，大气都不敢喘。

脸色惨白的孩童出现的一刹那，她的心脏被猛地提起，下意识抓住了身旁的扶手，但扶手上搭着一只温热的手。

意识到那是谁的手，她第一时间收回自己的手。

但她的手刚提起，就被边赢的手安抚似的握了握。

影音室分成两道不同的阵营，一边是邱洪和哈巴的鬼哭狼嚎，另一边，云边的恐惧在他掌心的温度里渐渐消失。

他的手温暖且干燥，手指细细长长，没使什么劲，只是轻轻搭在她的手背上。

云边浑身僵硬，但并不排斥。

电影没有再出现惊悚画面，似是进入了一个比较漫长的平静期，边赢就把手挪开了。

云边悄悄松了一口气。

她的余光能看到边赢，他懒懒散散地倚在椅背里，荧幕的光明明灭灭打在他的侧脸上，大概是觉得此时的剧情无聊，他低头看起了手机。

下一幕惊悚画面来得猝不及防。

云边整个人剧烈抖了一下。

她不是被电影吓着,她现在根本无心关心剧情,她纯粹是被哈巴和邱洪两个的鬼哭狼嚎给吓的。

哈巴则是被邱洪突然一把抓住他给吓的,因为恐惧,邱洪的手冰冷而潮湿,哈巴差点没被那触感给吓背过去。

他号了一嗓子,骂骂咧咧地推开邱洪,关心起了云边:"云边,你害怕吗?"

"还……"云边的说话突然中断,她面色稍有古怪,但下一瞬又若无其事地说,"还好。"

哈巴没多想,只当她是害怕才语无伦次,他把手伸出去:"你害怕可以抓住我。"

云边的表情更古怪,她轻轻摇摇头:"不用了。"

顿一下,她补充:"我不害怕。"

哈巴嘟囔:"你刚才明明吓得快跳起来了。"

他哪里知道,云边的那一下停顿,是因为她的手被另一个人抓住了。

影音室的谈天声停下,只剩电影诡异的背景音乐,恐怖氛围重新弥漫。

云边的心乱成一团。她似乎过于双标了,一边跟哈巴说自己不害怕,一边又跟被定型了似的,任由边赢抓住她的手。

可她第一时间没挣开,现在挣,好像更奇怪。

左也不对,右也不对,维持原样是一种掩耳盗铃的逃避。

电影又一次进入较为漫长的平静期,但这一次边赢没有再松开她的手。

后面再有惊悚画面,他会轻轻捏紧她的手,给她一种"有我在"的提醒。

力道不轻不重,制造酥酥麻麻的痒。

电影两个多小时,云边有种足足在影音室待了两天两夜的错觉,后面讲了什么她完全不知道,再恐怖的画面也没法拨动她的情绪。

身旁的边赢也始终安安静静。

电影终于结束的时候,云边如释重负,终于找到理由挣脱边赢,她低声道谢:"谢谢边赢哥哥。"

"嗯。"他不咸不淡应了一句,率先站起来。

"终于结束了。"哈巴谢天谢地,推搡紧紧抱着他胳膊的邱洪,"快松开我,你什么破胆,云边都比你胆大。"

云边很心虚,摸了下自己的鼻子。

"我不是害怕。"邱洪为自己"挽尊","这电影其实一点也不恐怖,就是画面血腥,而且每次都很突然,好好的那么来一下,心脏受不了。"

哈巴不听,重复强调:"云边都比你胆子大!"

"妹妹胆子确实挺大的。"邱洪奇道,"刚开始害怕右边没人,我以为她胆子很小。"

从地下层上去,云笑白已经回来了,而边赢不知所终,估计是上楼去了。

已经是晚上九点多,云笑白还在吃晚饭,一边吃,一边看手机忙个不停。

"妈妈。"云边叫了一声,跑过去抱住云笑白,脸在母亲的肩上蹭,"你什么时候回来的?"

溺水的时候,她最放不下的就是妈妈。

云笑白暂时放下手头的工作,轻轻拍了拍云边的头:"刚回来没多久,下去看到你们在看电影,我就没打扰。"

"阿姨好。"哈巴和邱洪跟云笑白打招呼。

边赢的几个朋友是家中常客,云笑白已经见过他们几次,都挺眼熟。她笑着回应:"你们好呀。"

两个男生还不想回家,上楼找边赢玩。

云边则拖了椅子,紧紧挨着云笑白坐下来。差点死过一回,她对母亲格外依赖。

"几天不见而已,怎么变得这么黏人?"云笑白不知道真相,有些哭笑不得。

"因为我想你呀。"云边笑眯眯。

云笑白佯装不信:"是吗?以前你可是在外婆家住着叫都叫不回来的。"

云边只是笑。

"对了。"云笑白从一旁的包里拿出一封被透明文件夹包好的文件递给她,"这个给你。"

"什么呀?"云边接过。

云笑白说:"亲子鉴定报告。"

检验结论一栏,明明白白写着"根据现有资料和DNA分析数据,排除边闻与云边的血缘关系"。

云边早就知道结果,但看到白纸黑字,还是多了份尘埃落定的安全感,底气也瞬间跟个气球似的膨胀了起来。

因为身世,她被人背后质疑,也被当面羞辱。

甚至在第一次见面被边赢叫过"小杂种"。

那个时候,她真的好讨厌他啊,想必他对她的厌恶更是只多不少。

谁能想到,有朝一日他们能并排坐在一块看恐怖片,互相打气,驱逐恐惧。

真是世事无常。

云边自以为自己对本次恐怖片免疫,但到了半夜被尿憋醒的那一刻,她发现自己还是"太年轻"了。

电影里那些恐怖镜头开始在脑海中循环播放,好像就活生生存在于四周黑暗中。

她整个人埋在被子里,缩成一团,连伸手开灯的勇气都没有。

她不停地给自己做心理建设,默念《社会主义核心价值观》,好不容易鼓起勇气把被子掀开一条缝,外面的冷空气一灌进来,仿佛带了股凉飕飕的阴气,吓得她立马重新捂紧被子。

这可怎么办。

万籁俱静的夜里,一切声响都很突兀,云边听到外头卫生间门打开的声音。

白捡的哥哥也在上厕所!

云边来了勇气,飞快地开灯下床,跑了出去。

果不其然是边赢。

她在卫生间门口等了一会儿,等到边赢出来。

"边赢哥哥。"云边小声叫道。

边赢的视线从她来不及穿鞋的光脚挪开,点下头当作回应。他走到自己的房门前,正要开门进去,忽听背后云边又叫了他一声。

边赢奇怪地回头看她。

云边有点扭捏："你能不能等我上厕所？"

边赢蹙眉，怀疑自己听错。

云边以为他不愿意，仔细想想自己这个要求确实也唐突，她尴尬地改口："没事。"

说完她不等他的回应，一溜烟跑进了卫生间。

卫生间里是潮湿的，沐浴乳的香味尚未散去，清清淡淡地飘在鼻尖。

还好他还没睡，不然她都不知道今晚要怎么办。

上完厕所，她发现门外有人。

边赢居然真的等她上厕所。

云边猝不及防，差点被吓跪下。

"就这点胆子，也敢看恐怖片？"边赢扯扯嘴角，奚落道。

云边扶着门框惊魂未定，加之诧异于他居然真的等她，她微张着嘴巴，一时间没有回话。

边赢等了两秒等不到她的回应，扭头走了。

"边赢哥哥。"云边冲着他的背影叫道。

边赢停住脚步，回头："你别说不敢一个人睡觉。"

确实不太敢，但不敢也没办法，大不了开灯睡觉。

云边想说的不是这个，她说："你等我一下。"

然后她跑进自己的房间，怕他等不及，她火急火燎。

她很快拿着亲子鉴定报告出现，依然来不及穿鞋，赤着脚。

"你看。"她把东西递给他。

透过透明的文件夹，边赢一眼看到《亲子鉴定报告》的标题，他没接，抬眸："怎么了？"

云边坚持把鉴定报告塞进他手里："你看呀，我和边叔叔真的没有血缘关系。"

边赢对她忽冷忽热，她唯一能想到的合理解释就是他介意她的身世。

她不喜欢他冷冷淡淡的模样，她喜欢会救她、会温柔和她说话、会在黑暗中悄悄安抚她、会在厕所门外等她的边赢。

女孩子柔软的手一触即离,她的眼神在灯光下闪着希冀的微弱光芒,声音软软的,像羽毛拂过耳旁。

边赢一开始确实怀疑过云边的生父是谁,加之看到母亲的痕迹被悉数清理干净,盛怒之下他叫出那声"小杂种",但自从父亲跟他否认,他就相信她不是了,更何况,前几天《亲子鉴定报告》出来的时候,云笑白在家提过。

他怎么可能还会怀疑她是自己同父异母的妹妹。

她现在跟他说这个,又是什么用意。

——可我们户口不在一个本上,法律也允许我们在一起的,等到了年纪完全可以光明正大领证,怎么会不行呢?

原谅他,他现在只能想到这个。

边赢的眼神晦涩不明。

云边等了好一会儿,只等到他一句冷冷淡淡的"知道了"。

他连文件都没打开,直接就走掉了。

云边看着他的背影渐行渐远,一股无名之火自心间烧起。

他到底什么意思,一会儿这样,一会儿那样,反反复复,很好玩吗?

云边知道自己现在的想法有点不讲道理,通俗点说就是好心当作驴肝肺,但她控制不住自己的怒气。

边赢走进房间,准备关门的时候发现云边还站在原地,捏着她的亲子报告单一动不动。

她的嘴微微抿起,脸颊的弧度绷着,隐隐能看到牙关紧咬的痕迹。

他看她的那瞬间,她把目光移开,拒绝与他有什么眼神交流。

"还不去睡?"边赢问。

云边不说话。

边赢看她几秒,抬手把走廊上的灯给熄了。

走廊陷入昏暗,只剩他房间里透出来的光。

他作势要关门。

一旦他把门关上，走廊就会彻底陷入黑暗。

边赢很小的时候也怕过鬼，非常清楚黑暗对于恐怖氛围的渲染效果有多强。

云边眼睁睁看着他的身影和他房间里的灯光一起在门后消失，走廊越来越暗，她心里其实毛得不行了，但要是她现在认输，又未免太没面子了。

边赢已经完全消失在门后了，门与门框只剩一丝缝隙，探出光亮来。

云边又是生气又是害怕，又是委屈又是后悔——后悔在于，赌气这种行为，只能对吃你这套的人用，在不在意你的人面前，只能称为自取其辱。

关吧关吧，不伺候了！她恼恨地想，下次他再装作岁月静好来和她说话，她是绝对不会给他好脸色的。

门缝透出来的光亮细到不能再细，即将消失的前一刻，又重新开大了。

满屋的亮堂和边赢的身影一起出现，他静静打量她片刻，很无奈地叹了一口气，随后重新摁亮了走廊的灯。

云边的余光看到他朝她走近。

边赢轻轻松松一拽，她毫无抵抗的力气，就跟只小鸡仔似的扑了过去。

边赢几乎是半拖半拎地把她带到她房间门口，摁下门把手把她塞了进去，然后干脆利落给她关上了门。

云边对着自己的房门站了几秒钟，这才走到床边，把自己直挺挺摔了进去，强迫自己入睡。

这一觉睡得不太安稳。

第五章 · 拉近的距离

第二天是个雨天，云边近日来的易怒暴躁、心思敏感都有了名正言顺的理由："大姨妈"。

洗漱完毕，她下楼坐在餐桌前闷头吃早饭，边赢坐在斜对面，同样专心对付早饭。

两人没有过多的交流。

云笑白看看外面的雨势，和边赢商量："阿赢，这么大雨，还是坐家里的车去学校吧？"

"用不着。"边赢说。

云笑白不放心："可是你会被淋湿的。"

边赢不想重复拒绝，直接当作没听到处理。

那天的那声"阿姨"只是昙花一现，之后边赢对云笑白的态度更为冷淡，云笑白有时候回想起来都怀疑自己是在做梦。

但不管怎么说，他曾经松过口，这就是莫大的希望，云笑白并不气馁。

边赢剩了半碗粥没喝，推开站起来，一屋子人他只跟李妈打招呼："阿姨，我走了。"

李妈给他递伞递书包，嘟囔："这么大雨放着家里的车不坐，干吗非要自己去学校啦。"

边赢撑开伞，走进雨帘。

经过昨晚的事，云边已经给自己做好心理建设，千万不要再因为他的冷淡而跟他赌气，她没有那个资格，不管他什么态度，她只要拿出平常心面对就好。

"这么大雨鞋子湿了多难受啊。"李妈目送边赢消失不见才关了门回来,叹气,"在学校要待一天呢。"

云笑白想到法子:"李妈,你给阿赢拿双干净的袜子和鞋子,一会儿让云边给他带去学校吧。"

"欸,行。"李妈这才放心。

"浑小子。"边闻骂道,"有车不坐,就喜欢折腾一大家子人,不知道安的什么心。"

云笑白捏捏他的肩,三言两语化解干戈:"好了,我们折腾的人都没抱怨,你坐这儿当大爷的倒是意见最多。"

边闻啼笑皆非:"你就继续宠他,以后有你受的我跟你说,这小子最擅长的就是蹬鼻子上脸。"

"我受得住。"云笑白说,她看云边,"云边吃快点,一会儿到学校把鞋子给哥哥送去……"想到边赢可能不想在学校跟云边有太多瓜葛,她改口,"或者你让哈巴帮忙送。"

去学校的路上,云边闲来无事看手机。

打开微信,联系人一栏有个红色的"1"。

学校里多的是人想方设法加她微信,她收到的好友申请就没停下来过,她没当回事,顺手点进去。

视线凝固。

边不输。

详情显示,他是通过"群聊(8)"加的她。

认识这么久以来,云边和他的关系时好时坏,好友圈也算重叠,过命的交情更是足足三次,但一直没有加上微信好友,他有什么事情找她,也都是通过"群聊(8)"@她。

应该是有事才加她的。

云边点了通过,设置备注名的时候,她先是改了"边赢哥哥",后来改了"边赢",最后没有设置,默认用他的昵称。

边赢没说开场白,不知道是没有开场白要说,还是因为在赶路。

边赢上一条朋友圈动态已经在两年前,分享了一条游戏相关的链接,总之整个朋友圈没什么实质性内容。

云边从他朋友圈退出来还是没等到他说话,她退出微信,收起手机。

到教室的时候距离早自习开始还剩五分钟,云边想把边赢的鞋子给哈巴,但哈巴的座位空空如也。

哈巴这人虽然学习不认真,但有一个特别值得学习的优点,就是到校特别早,每次都是班里最先到的几个,据他所说,这是他从小养成的好习惯,不管是上学还是放假,他几乎不睡懒觉。

云边表示很佩服。

眼见时间渐渐逼近早自习,云边给边赢发了消息:【边赢哥哥。】

边不输:【?】

这语气,看来是真的没话要跟她说。

那他加她微信,是闲着没事?

云边从敞开的袋子上方拍他的鞋:【我给你带了鞋,你要吗?】

她补充:【哈巴还没来。】

边不输那头"对方输入中……"一会儿,回复两条:

【他发烧请假了。】

【知道我在哪个班吗?】

云边知道,高三(5)班。但她也不知道自己怎么想的,反正不想让边赢觉得她过度关注他,所以她撒了个小谎:【不知道。】

边不输:【算了。】

这是不要鞋了?

那他要穿着湿鞋子一天吗?

云边觉得自己有点李妈上身,过于操心了。

正当她打算收起手机的时候,边赢又发来一条:

【早自习要开始了,下课我来找你拿。】

云边对着手机眨巴了几下眼睛。

他不是不想让学校的人知道他们的关系吗,怎么还自己来拿?

周宜楠突然捣了一下她的胳膊。

班里的喧闹也以极快的速度静下去。

云边头也不抬，不动声色地把手机藏进桌肚。

一抬头，果不其然，班主任严律来了。

严律敲敲门，佯装生气："还在干什么呢，非要等铃响才能开始早读吗？"

边赢的鞋子在云边手里，这是高二（4）班今天最大的爆炸新闻。

边赢拿走鞋子以后，云边被好几个同班同学好奇地问她和边赢的关系。

云边谨记着边赢"在学校里，你不认识我"的要求，虽然不熟是做不到了，但还是有转圜的余地的。她说："家长认识，帮忙带的。"

也不算说谎，确实是双方家长认识。

等严律走开，周宜楠仗着教室里充斥朗诵声，用书挡着脸忍不住八卦："你们关系挺好的哎。"

随着两个女孩子关系越来越好，云边卸下心房，之前大致跟周宜楠说了下自己和边赢家里的情况。

"一般吧。"她说。

每一次她觉得自己和他关系不错，都会被他打脸。

她再也不要自作多情了。

戴盼夏近日来诸事不顺。

边赢疏远她，好友被抢，被打被污蔑最后父母还要反过头给人家道歉，说了真相也没人相信她，即便是她的头号粉丝邱洪。

邱洪以前都是无条件相信她，对她是那种"我知道你坏，但我不在乎"的态度。

这一切，全拜云边所赐。

中午吃饭，戴盼夏远远看到云边和自己曾经的好朋友周宜楠有说有笑地一起出现在食堂。尽管这些天来，爸妈说尽了好话歹话要求她将此事翻篇不许找云边的麻烦，还允诺了她许多贵重的补偿，但她做不到忍气吞声。

她从小到大还没吃过这种哑巴亏。

"盼夏,你干吗去?"邱洪试图拉她,但她充耳不闻,直冲目标而去,她只想撕烂那朵"白莲花"的虚伪嘴脸。

走到半道,却见云边和周宜楠身后插进两个人,边赢和颜正诚。

戴盼夏停了脚步,看着边赢云淡风轻的模样,似是早就和云边约好了要她们先占位置。

她突然意识到自己真的输得一败涂地。

"盼夏。"邱洪拉她的衣袖。

戴盼夏擦了把眼角,不想让别人看见自己的眼泪,然后她转身,低头离开了。

边赢和颜正诚的加入,无疑是打脸了云边早上信誓旦旦说过的"一般吧"的继兄妹关系,毕竟今天哈巴又不在,根本没有挡箭牌。

可是天地良心,云边压根不知道这两个人怎么就想着跟她们一起了。

这人又来了。

又来忽冷忽热,反复无常那套了。

云边告诉自己不要再上他的当。

她在礼仪范围内用了最疏淡的态度对待他。

"美滋滋"开业了,饭后两个男生要去店里一趟。

云边不想去,但周宜楠有点馋"美滋滋"奶茶。

她没辙,只能陪着。

"美滋滋"门外已经排起了长龙。

云边在周宜楠欲言又止的眼神里,坚持站到队伍最后排队。

她不想蹭边赢的光使用特权,喝到他的朋友做出来的奶茶。

边赢看她一眼,没劝她,兀自进去了。

但他出来的时候带了四杯奶茶。

他把两杯给了两个女生。

云边看他一眼,不是很想接。

他维持抬手的姿势。

大庭广众之下,两人僵持一小会儿,他说:"不要就扔掉。"

云边认输，接了过来。

其中一杯居然又是热的。

所以，上次也一定是他注意到她的生理期了吧。

她诧异地抬头。

边赢就差直接在脸上写"不识好歹的丫头"几个大字了："还喝？走了。"

午休时间，云边没能睡着。她犹豫再三，决定跟边赢说清楚，结束自己这种患得患失的状态：

【边赢哥哥，你不要老是一会儿理我一会儿不理我。】

【我不喜欢这样。】

边赢没回，可能在睡午觉。

云边等了一会儿，把手机放回桌肚。

因为下雨，今天降了温，冲散了盛夏延续的暑气。

"十一"过后，学校的作息改成冬令时，午自习统共只有四十分钟时间，这会儿还剩不到十五分钟，尝试入睡显然已经没有必要。

她的脸枕在微凉的桌面上。她盯着桌面上原封不动的"美滋滋"奶茶发呆，温热的奶茶已经变成常温。

下课铃响，前桌转过来，发现云边的奶茶还没动，调侃道："哟，哪位仁兄请的，我们边边喝都不肯喝。"

是边赢请的，包括周宜楠那杯，当时云边要还边赢钱，他没要。

云边没跟他客气，反正她现在吃穿住行哪样不是边家的，执着于两杯奶茶钱，未免太矫情了。

云边不想满足前桌的好奇心，转移话题："你要吗？"

"美滋滋"奶茶在临城五中算是比较珍稀的物种，前桌没跟云边客气："你不要？那给我。"

云边松了口气。本来她还真不知道拿这奶茶怎么办，扔掉好像很浪费白捡的哥哥的仔细和关心，喝掉心里那关又过不去，她莫名有些抵触心理。

一节下课，云边也没等到边赢的回复。

午休时间还能给他找借口说是在睡午觉，下了课还不回，应该就是不想回。

下午第一节是严律的数学课。

上课大概五分钟左右，云边的手机在桌肚里发出轻微的振动，通过桌面，反馈到她手臂上。

严律虽然脾气不错，但毕竟是班主任，对班里纪律负责，平日里任课老师可以睁只眼闭只眼的事，到他这里行不通，比如手机，但凡在学校被他看见，基本就会没收，如果是上课时间被发现，更不用说。

云边的手控制住了，脑子却控制不住，看似很认真在听课，事实上忍不住思索是谁发来的信息。

是边赢吗？

他回什么了？

好奇心星火燎原，不断扩大，怂恿她以身试险。

终于，趁严律转身往黑板上写板书，云边再也忍耐不住，低头做贼似的把手机拿了出来。

确实是边赢发来的。

他回了两条：

【我对谁都这样。】

【你怎么就要搞区别待遇。】

文字的情绪表达能力比不得语言能呈现的效果，光凭着这两行字，云边根本没法从中判断他的语气。

此时此刻，同一句话，可以理解成亲昵的调侃，也可以是不耐的质问。

无论是哪种，云边都能想象到，而且都不违和。

这让她怎么回？

云边就是想结束忽冷忽热的状态才给他发的消息，没想到问题没解决，她现在更混乱、更百爪挠心了。

"云边，这道题你来讲一下。"讲台上的严律突然点到她。

云边把手机塞回去，镇定自若地站了起来。

电视机投屏上是一道直线方程相关的题，云边虽然开小差，但注意力还是留了一部分给讲台的，知道严律在讲哪里，她稍稍思忖一番，给出了正确的答题思路。

严律沉默片刻，终究是看在云边平时学习好，而且题也答上来了的份上，没有跟她较真，只给了句不咸不淡的警告："上课专心点，不要开小差。"

云边认错态度非常端正，满脸羞愧地坐下，脑袋快埋进书里去了。

严律很满意，将此事彻底翻篇。

边赢那头也是数学课，他光明正大地把手机摊在桌上，只象征性在面前摆了几本书当作掩护。

给那丫头发了两句话，她没回。

估计是上课很认真，拒绝开小差。

其实昨晚他回到房间以后，后知后觉地意识到云边给他看《亲子鉴定报告》，应该是想为那句"小杂种"平反。

于是他发送了微信好友请求，想着给她道个歉，至少稍微给点解释。他当然知道自己那话说得不好听，毕竟本来就是刻意挑了句威力最大的去挑衅父亲。

但云边一直到早上才通过好友验证。

有些事情讲究爆发点，时间点过了就是过了，道歉这么煽情的桥段，他并不是随时随地都有上演的冲动。

于是就搁置下来。

云边一直没回复。

这天放学，边赢照例在外面晃到晚自习下课的时间点，背着书包伪装放学回家。

云笑白最近因为琴行的事情忙得神龙见首不见尾，总是很晚才能回家，于是监督云边喝燕窝的任务就交给了李妈。

云边平时都是乖乖女风格，属于年纪大的人最抗拒不了的那种类型，李妈最开始还对她有所戒备，但架不住慈爱，近日来越来越疼她，这导致她在李妈面前就比较骄纵，在云笑白面前不敢提的要求到了李妈这边敢讨价还价："阿姨，燕毛没有挑干净。"

言下之意是不想喝了。

"哪有。"李妈眯着老花眼凑近看,只看到了两三粒灰尘大小的燕毛,当然不买她的账,"喝完哦,不喝完妈妈要生气的。"

边赢抖着伞进门,李妈迎上去:"阿赢回来啦?"

"阿姨。"边赢叫她一声,顺便看餐桌上的云边一眼。

云边装作没看到他。来边家这么久,她头一回没假惺惺跟他玩兄妹情深那套。

"厨房还有多余的燕窝,你要不要来一碗?"李妈问边赢。

"不要。"边赢拒绝。

"喝燕窝多好啊。"李妈劝道,"你看边边,天天喝燕窝,所以那么白,皮肤那么好。"

李妈一提"白",边赢换鞋的动作稍微顿了一下,而后再度拒绝:"不要,男的白来干什么。"

云边自始至终没给边赢眼神,为了分散注意力,她喝燕窝格外认真,仿佛那不是她从小开始每天雷打不动喝上一碗、已经厌倦到看见"燕窝"两个字都想吐的东西,而是什么美味珍馐似的。

她眼睛不看他,耳朵却悄悄竖了起来。

边赢没有理她,直接上楼了。

果然,他不把她的话当回事;果然,他的回复是不耐烦的意思。

云边和边赢就这么开启了莫名其妙、但是心照不宣的互不理睬状态。

不过平日里边赢对云边就是爱理不理的,除了两位当事人,倒也没有别人看出不对劲。

国庆过后的双休日调休,算作工作日,正常上班上学。

连上九天课,时间格外漫长,好不容易挨到下一个周五,学生们早就挨不住了,从早上开始,学习状态就明显差于往常。

高三也获得特赦,不必上晚自习。

边赢早早回了家。

晚饭时间,云笑白给云边说起周末的安排:"你明天下午去上游泳课吧,我帮你联系好教练了。"

溺水的阴影还深深笼罩在云边心头,她最近好几次梦到那种窒息感,要不是边叔叔不是她亲爹,她肯定要耍赖问边叔叔能不能找个法子帮她搞定游泳考试。

拖一时是一时,她跟云笑白打商量:"妈妈,我可不可以下礼拜再上?"

"为什么要下礼拜?"云笑白是个雷厉风行的性子,最讨厌的就是拖延,"早点学会早点考掉,早点了却一桩心事。"

云边说:"我明天下午去要看游泳比赛。"为了说服母亲,她补充,"省级的,很厉害的。"

仇立群说明天有省级游泳比赛,他要参赛,邀请她前去观看,她本来不想去,现在拿来当逃避的借口。

云笑白哭笑不得:"厉害有什么用,你看了游泳比赛还能跟人家一样厉害不成?"

但终究是给她放了行。

晚上,边赢收到哈巴的私聊信息:【不输,明天一起去看游泳比赛吗?我这儿有两张前排票。】

因为只有两张,所以尽管哈巴知道边赢大概率不肯去,但他的第一选择仍是边赢,压根没让颜正诚和邱洪知道,甚至连云边都排到了第二顺位。

哈巴分外珍惜边赢,因为成为边赢的朋友,曾让他使尽了浑身解数。费心程度,用哈巴自己的话来说,就是"就算是吴彦祖,吴彦祖都能被我感动了"。

人总是格外珍惜来之不易的东西。

边赢把"不去"两个字都打在输入框了,但顿了下,还是改了口:【什么游泳比赛?】

哈巴回复:【不知道,反正是省级的。】

大街上的人比往常的周六都要多。

云边头一回作为关系户进到体育赛场,体验挺新鲜。仇立群给她搞了最前排的内部票,视野绝佳。

坐下来没多久，突然有人惊喜地喊她的名字："云边！"

云边扭头。

哈巴。

和白捡的哥哥。

临城可真够小。

"哈巴。"她照例没理边赢。

"真的是你啊。"哈巴太惊喜了，"你怎么也来看比赛？"

"我朋友参赛，我来看看。"云边说。

趁着比赛还没开始，哈巴坐到云边后面跟她聊天："哦，是你说教你游泳的那个朋友吗？"

"是的。"

哈巴爱屋及乌："比的什么？叫什么名字啊？待会儿我也加加油。"

"仇立群，比100米自由泳和400米自由泳。"

一听名字，哈巴就问："男的啊？"

"嗯。"云边点头。

边赢在后头兀自玩手机，完全没有参与的兴致。

呵，省级比赛的运动员？

水平也不过如此嘛。

把她教得差点淹死在自家泳池里。

这是仇立群第二次参加省级比赛，上一次最好的战绩是400米自由泳的铜牌，但今天他爆发力惊人，分别拿下100米的亚军和400米的冠军。

游完400米上来，他摘下泳镜，凑到云边面前嘚瑟一顿："怎么样，我牛不牛？"

体育竞技那种对极限的突破，差之毫厘谬以千里的竞争压力，轻易让人肾上腺素飙升，几场比赛看下来，云边看得热血沸腾，给予了仇立群高度的赞扬，懒得再维持平日里的淑女人设，跳起来大大咧咧和他击掌庆祝，大喊："牛！"

她意气风发的模样灵动极了，哈巴跟边赢打听："这人谁啊，他们什么关系？"

边赢不搭腔。

仇立群一摘下泳镜,他就认出来了,这可不就是他爸和她妈结婚那晚,便利店里问她要微信号的人嘛。

运动员们为了比赛,很长一段时间以来都处于严格控制饮食的状态,比赛过后可以破例松懈,大家早就等不及了要出去庆贺,仇立群问云边要不要一起。

云边对体育竞技的兴趣和热情达到此生巅峰,欣然应允仇立群的邀请。

等赛事结束,哈巴也约云边:"云边,和我们一起吃晚饭吗?我请客!"

先来后到,云边拒绝了。

就算仇立群没有约她,她也会拒绝,因为不想和边赢一起吃饭。

冷战呢,吃什么饭。

运动员们长期一起训练一起生活,关系比一般的朋友都来得亲密,感情也纯粹,氛围特别融洽,云边度过了一个愉快的晚上。

吃饱喝足,大家约着去KTV进行第二场,云边惦记自己的门禁时间,起身告辞。

仇立群送她回家,听到云边报地址"明湖左岸",有点吃惊:"原来你这么有钱啊?"

云边对仇立群已经没什么戒备之心,坦诚相告:"继父家。"

单亲家庭啊,仇立群的眼神变得同情。

云边为自己正名:"我后爸很疼我的。"

全家都很疼她。

除了白捡的哥哥。

好巧不巧,下车的时候,边赢也刚好回家。

见鬼了,怎么到哪里都能碰着他。云边腹诽。

跟仇立群告别后,她佯装没看见边赢,兀自往边家的方向走。

两人一前一后,隔了十几米的距离互不干扰。

云边到家躲不掉一顿燕窝,喝完燕窝才被允许上楼。

卫生间的门关着,云边敲两下,静候片刻。

里面没有应答,开门,门也没锁。

但里面有人。

边赢靠在洗手台前玩手机,看她进来,抬眸看她。

搞什么,在里面不理人,还不锁门。云边下意识就要退出去。

边赢却朝她扬了下下巴。

云边看懂他的肢体语言了,他叫她进来。

合着这人在这儿守株待兔等她呢。

这种奇奇怪怪的厕所交流模式到底怎么养成的。

她犹豫片刻,很想傲气地掉头走掉,但终究抵不过好奇心,默默进去,落锁。

边赢打量她片刻,然后给她展示自己的手机屏幕。

页面是她的微信聊天框,两人的聊天记录还停留在上回他那句"你怎么就要搞区别待遇"。

"边赢哥哥,你不要老是一会儿理我一会儿不理我,我不喜欢这样。"边赢用平铺直叙的口吻,把她的话一字不差地复述一遍。

云边沉默,他没事背她的话干什么。

她发的时候没觉得,这会儿听当事人念出来,才惊觉自己这几句话嗲得过分。

这让她有种脚趾蜷缩的羞耻感。

边赢打量她片刻:"看样子,你喜欢我老是不理你?"

这明显是故意唱反调了。

云边隐约能猜到边赢存了点逗她的意思,但她既然已经意识到自己的嗲了,哪里还觍得下脸继续用那种语气跟他说话,就连跟他共处一室都坐立难安,所以她梗着脖子来了句"随便你",说完也不等边赢回话,溜之大吉,整个过程行云流水,跟只猫似的灵活敏捷。

边赢听到外头她把房门用力一关的声响,轻嗤一声。

明明是她先不理他的。

有些事一旦开了头,就没了回头路,就像生气的时候没忍住笑了一下,哪怕这一笑并非本意、心中的怒气依然滔天,但后面的愤怒就会显得不伦不类。

边赢对云边亦然。

从他强忍着恐惧和恶心把她从蛇的毒牙之下救出来开始,注定他没法再毫无心理负担地冷落她,更别说是恶语相向。

云边没能从边赢那边得到任何解释或保证,但接下来几天,她依稀能感觉到边赢对她的态度有所好转——热情当然是不可能的,反正他就那副德行,从来爱理不理,估计是笑神经欠缺。但不管怎么说,他没再用那种实打实的冷漠对付她。

云边对他的态度也从不自觉地靠近退回到最开始的礼仪距离,见面了叫他声"边赢哥哥",多余的?没有。

井水不犯河水的生活平静而单调。

在临城的冬天到来之前,云边经历了一次排名班级第二、年级第十一的月考,一次排名重回班级第一、年级第三刷新个人纪录的期中考,也被选为学生代表在升旗仪式发言。

在学校的表现可圈可点。

不过,她始终没学会游泳。那天的溺水不但让她有了严重的心理阴影,连之前学会的那点皮毛技术也丢了个一干二净。

正式的公文下来,与传闻一样,从云边这一届开始,除极少数先天性疾病的学生,都得通过游泳考试才能拿到毕业证。云笑白一直催云边去学游泳,云边的借口几乎让自己浑身痛了个遍,天一冷下来,干脆直接耍赖:"妈妈我怕冷,我想等明年夏天再学。"

云笑白被她气得不行,但毕竟腿长在她自己身上;再加上云笑白的琴行正式开张,结结实实忙了一阵,没那么多时间管教她,想着反正还有两年时间,也就由着她去了。

临城是沿海城市,冬天比起锦城要暖和些许,但也只是些许,可以忽略不计的那种,反正江南城市嘛,那点阴冷湿寒的德行半斤八两,谁也别笑话谁。

那是个稀松平常的日子,阴天,西北风剌着剌似的往人脸上卷。

云边裹紧了校服外套,在大风里哆哆嗦嗦,只盼着今天家里的司机把车停得近点，每当放学时间学校门口车山车海，方圆五百米水泄不通，她往往得走好一段路才能坐上车。

她在校门口停下来，四处张望一圈，果不其然没能看到边家的司机，不由得哀怨叹一口气。

"云边？"有道迟疑的声音在斜对面响起。

云边循声望去。

是个陌生的中年男人，她头一次见。

但只消一眼，她就猜出了他的身份，因为他的五官有种熟悉感。

这种熟悉感来源于她自己的脸。

从小到大，她埋怨过他成千上百次，但她更渴望过他亿亿万万次，她对他有着本能的好奇和期待，尽管母亲不允许她问，她还是一次次触犯逆鳞，用尽办法打听他的消息，在脑海中想象他的模样，期待着哪一天他会突然出现，抱着她把她举过头顶，带她去儿童乐园骑小马，宠她哄她。

他一定有迫不得已的苦衷，他一定是爱她和妈妈的。云边用尽想象力，给他编排各种各样的剧情。

在小云边的世界观里，爸爸是神秘而伟大的，这种崇拜只需要血缘一条理由就足矣，是每个孩子对父亲毫无保留的爱。

随着长大，云边渐渐停止了那些不切实际的幻想，认清自己的父亲是个不负责任的渣男，不值得她惦记什么。如果见面，她想质问他为什么多年来对她不闻不问，想发泄自己这些年因为没有爸爸而遭受的非议和嘲笑，想为妈妈一个人赚钱养家鸣不平。

她从来没想过，会在这种情况下和他碰面。

"真的是你？"男人局促地笑了笑，笑容里有明显的讨好，"我只是来碰个运气，想着你妈妈应该会把你送到临城最好的学校来。本来还愁没有照片不好找人，没想到你长得这么像我……"

云边抬手拽住肩上的书包带，凝下心神："你有什么事？"

"我叫宁温书。"男人的自我介绍很直白，"云边，我是你爸爸。"

最后那百分之一的不确定也被证实，云边露出个礼貌微笑来："我没有爸爸。"

"这些年来是我对不起你,但我有苦衷,是你妈妈不让我看你……"

"有事说事吧。"云边不想听。十六年了,只要宁温书有心想见她,怎么可能见不到,母亲又不是二十四小时把她拴在裤腰带上。

他有一千一万次机会来见她。

可他一次都没有来。

她苦苦等待的那些年里,但凡他出现一次,她都会毫不犹豫地原谅他。

宁温书沉默片刻,充满恳求的眼睛里染上悲戚的色彩:"云边,看在父女一场的份上,爸爸求你帮个忙,爸爸实在是走投无路了。"

边赢从校门口出来看到的就是这个场景,云边被一个中年男人苦苦纠缠。

他以为她又惹到什么麻烦了,走近点才发现对方处于劣势,言辞恳切,而她高高在上,冷眼旁观。

边赢听到男人说:"你要怎么才肯原谅我,你要钱吗?我可以给你跪下。"

而后是她三分凉薄三分漫不经心的无理要求:"好啊,那你再磕几个响头,我就考虑下。"

男人一时愣住了,本想把话说绝了引发她的同情心,哪里想到她非但没有,还要趁火打劫。

大庭广众,他当然不可能跪。

乍一看这个情形,像是男人不知道怎么惹到她,而她不肯善罢甘休。

正常操作。

别人不知道,边赢是清清楚楚,这丫头是个得理不饶人的性子,一旦被冒犯就一定要加倍奉还,宽宏大量是什么,她没有。

一扭头看到他,她那股嚣张气焰就跟被泼了盆凉水似的熄灭了。

当着边赢的面,云边的语气不再那般尖锐,她盯着地面数秒,而后抬起头,疲惫地对宁温书说道:"你走吧,别再找我了。"

而后她绕过宁温书要走。

宁温书还要纠缠。

云边扬声冲保安亭喊:"保安叔叔,过来一下好吗,我不认识他。"

保安闻声跑来。宁温书知道自己难逃一通盘问，他扭头，把边赢当最后的救命稻草："你认识云边吗，你是她同学朋友？能不能帮帮我，我是云边的爸爸……"

边赢听到"爸爸"二字，诧异地望向云边。

云边折回来，不想让他和宁温书有所交流，拉住他的袖口，吃力地拽着他一起走。

两人走了一段路，云边停下脚步："边赢哥哥。"

"嗯。"

云边问："你要去哪儿？"

他每天放学都要耗到晚自习结束才回家，肯定比谁都知道如何消磨时光。

"带我一起吧。"她喃喃道。

见到边赢，她收起浑身的刺并不是为了在边赢面前维持柔弱的人设，她是真的觉得累，也是真的丧。

她现在不想回家当乖乖女，想在外面放空一会儿。

就算已经从母亲口中听到父亲的所作所为，可她心底总归还是存留着那么百分之零点一的希冀，只要不见面，这份希冀就能自欺欺人地维持下去，但现在，它彻底宣告破裂。

她做不到漠视那个和她有着至亲血缘的男人，她的情绪被搅动，翻天覆地，就快要压抑不住。

边赢顿一下，他朝反方向扬了扬下巴："往那儿走。"

否则会跟家里的司机碰个正着。

云边给司机打了个电话，说自己要去同学家玩会儿。挂了电话，她格外听话，紧紧跟在边赢身后，像个依赖的小孩。

两人走到几百米的车海之外，打了车。

边赢报了地址。

路上，他并没有打探宁温书的情况，就像什么事都不曾发生，看着窗外。

冬天太阳下山得早，天已经很暗，西边半轮夕阳要落不落。

车开了好一会儿，云边才记起关心下此行的目的地："边赢哥哥，我们要去哪儿?"

他要是去干坏事,她总不能也跟着去吧。

"陪周影过生日。"边赢说。

云边整个人就僵硬了:"今天周影姐姐生日?"

"嗯。"

云边佯装淡定:"那是不是还有哈巴他们一起?"

其实她心里已经有预感,如果哈巴他们要去,边赢不该是一个人放学的。

果不其然,边赢说:"没有。"

周影说跟太多中学生待在一起,她感到无所适从,会令她想起那段她不敢回想的往事,所以没邀请其他人。

"那……还有谁啊,有多少人啊?"云边忐忑,"我不认识,会不会很尴尬?"

边赢:"就我一个。"

云边沉默一会儿:"你单独给她庆生,带我干什么?"

边赢也被云边问住了。过了会儿,他向她提出一个发人深省的反问:"不是你让我带你的?"

确实是这样没错。

可她不知道他是给周影过生日去啊,而且还是两个人单独。

要是知道,她才不想蹚这"浑水"。

可是人家都不介意带她,她突然反悔,会不会显得有点不知好歹,而且白捡的哥哥肯定要问她不去的理由。

路过蛋糕店,边赢下车去提蛋糕。

等他回来的时间内,云边想好了,就说自己作业多,最顶级的食材往往只需要最简单的烹饪方式,同理,最坚定的决心往往只需要最直接的借口。

几分钟后,边赢提着蛋糕出现。

云边:"边赢哥哥,要不我还是不去了。"

边赢看她一眼,根本没问理由:"那你下车。"

跟云边想象中的打开方式不太一样,怪不给人面子的。

既然他都赶人了，云边不是没脸没皮的人，二话不说就去掰车门。

车门刚开条缝，他凑近过来，把门关上，不咸不淡地说："到都要到了，一起吧，不会太久的。"

云边还介意刚才被他赶的事，哪那么容易妥协，还要去开车门。

边赢说："给你救的人过生日，很有成就感。"

好，云边承认自己被他说服了。

她这辈子没做过太多好人好事，救周影算是她人性光辉最闪亮的时候了。

庆生地点就在周影家里。

进了小区，云边看着前方不紧不慢走着的边赢，回想起他们上一次过来的场景，是怎么从死神手里抢回周影。

而现在过来是给周影过生日。

生与死之间很近也很远。

周影还在睡，打开门看到边赢和他手中蛋糕，哭丧着脸哀叹一句："不是吧，真来？你怎么还强制给别人过生日的？"

边赢直接进屋："你的命是我救的，我有权利定期验收劳动成果。"

随着他走开，周影才看到他身后还站了个人，态度一下子来了个一百八十度的大转弯："云小边，你也来啦，快进来。"

"周影姐姐生日快乐。"云边乖乖问好，"不好意思，临时知道今天是你生日，没来得及给你准备生日礼物。"

"小事，明年不要给我过生日提醒我正日渐衰老就行。"周影揽着她的肩带她进屋，顺便关上门，跟她侃大山，"你还年轻你不懂，一到二十五岁，女人就不想面对自己的年龄了。"

周影不是勤快的人，尤其懒得干家务，家里乱七八糟，沙发上堆着各种杂物。

边赢站着不肯动。

周影一看这架势就知道他什么意思，骂骂咧咧走过去把沙发上的东西一股脑拨到一旁，阴阳怪气道："这下可以坐了吗，大少爷？"

边赢这才勉强坐下。

周影白眼差点没翻进天灵盖。

云边发现边赢对待周影的态度完全没有她想象中的温柔耐心，好像跟对她也没什么区别，如出一辙的傲慢。

等外卖到了，周影拆了蛋糕，在两位救命恩人的见证下吹蜡烛许愿。

周影前两个愿望许得很大声："希望世界和平，希望祖国早日统一。"第三个是心里默念的愿望，她的脸在跳跃的烛火光芒里微微凝重，再不见那副吊儿郎当的表情。

周影的最后一个愿望和易安有关，这点毋庸置疑。

云边不由得扭头看边赢的反应，一切如常，反倒是注意到她在看他，蹙眉回视，眼神问她什么事。

云边摇头，给吹灭蜡烛的周影鼓掌。

招待两位救命恩人，周影点了不少外卖，其中包括大闸蟹。冬天是吃大闸蟹的好季节，肉厚肥嫩，膏似凝脂。

吃得欢快之际，她的电话响了，是她父亲打来的。

周影满手的汤汁，没空拿手机，用指关节按了接听，切到免提模式："爸。"

"刚才看到日历才记起今天是我女儿的生日。"周爸中气十足，"来不及准备生日礼物了，一会儿给你转个红包，你记得收。"

"哦，那你多转点。"周影说。

"多大人了，就知道坑你爸。"周爸笑骂道。

父女俩随意聊了几句，就进入无话可说的阶段。大部分的父亲有个通病，他们找不到话题和子女聊天，一旦把吃饭没、吃了什么之类没营养的问题问完，双方就会陷入尴尬，但母亲就不会这样，母亲对着子女可以衍生出无数的话题，永远不担心冷场。

父女俩沉默一会儿，周爸干咳一声："有时间也找个男朋友，知道不？人总要往前看的。"

"知道。"周影答应得很爽快。

云边忍不住又去看边赢的反应。

边赢正在开第二只大闸蟹，他嫌吃蟹麻烦，只挑蟹膏吃，剩下的蟹身丢在一旁没管。他在家也是这样，从来都是由家里用人把蟹肉挑好。

边赢开了蟹盖,回视。

云边摇了摇头,表示没事,然后收回视线。

在周影和周爸有一搭没一搭努力找话题的聊天里,云边无暇为此感到尴尬,她只有发自肺腑的羡慕。

羡慕得不得了。

以前看到别人的爸爸关心孩子,她很多时候也会羡慕,但那种感觉从来没有哪一次像今天这般强烈。

不只是羡慕,还有不甘。

她好像到今天才真实意识到,她也是有爸爸的人。她的爸爸像所有人一样,会说话会笑,有七情六欲,是一个活生生的人,一直和她存在于同一个世界,他贡献了一半的基因,她的血管里流着他一半的血。

她明明也有爸爸,可是她居然到今天才见到他,和他说上第一句话。

她从来没有享受过半分来自他的父爱。

她今天出来是想放松一下的,结果更加难过。强颜欢笑着从周影家出来,她和边赢回到明湖左岸。

风吹得浑身的骨头发疼,云边下意识地靠近边赢取暖:"边赢哥哥。"

"嗯。"

云边没有下文,她只是想叫叫他。

"干吗?"边赢问。

因为烦心事而第一次喝了点酒的云边比平时胆大,既然他非要刨根问底,那她刚好有想知道的问题,就直接问了:"你是不是喜欢周影姐姐?"

边赢无语地看她:"周影都为别的男人殉情了。"

云边觉得他在偷换概念:"她为别的男人殉情跟你喜不喜欢她没有关系。"

边赢给了明确的答案:"不喜欢。"

云边:"我不信。"

边赢本来不想跟个醉鬼计较什么,他和周影被误会过很多次,他早都见怪不怪了,但忍耐一会儿还是澄清:"男女之间不是只有爱情。"

云边这会儿特别轴,认定什么就是什么,她跟个复读机似的重复,语气蛮不讲理:"我不信。"

边赢明显不想再做回应,但云边不肯善罢甘休,加大音量:"男女之间没有纯友谊。"

边赢嗤笑一声:"那你跟哈巴也没有纯友谊?"

"对啊。"云边歪着脑袋,理直气壮。

虽然哈巴没有跟她告白过,但这是显而易见的事实,她平时只是不想弄得彼此都尴尬,才装作不知道。

既然如此,边赢换人举例:"那你和游泳的那个男的,也不是纯友谊?"

云边说:"嗯,熟人。"

边赢继续问:"那我和你呢?"

这个问题把云边给问住了。

她停下步子,认真打量他片刻,摇头:"当然了,我们是家人。"

"谁跟你是家人。"边赢淡嘲,"我认你了?"

云边自讨没趣,抿紧了嘴唇。

临近睡觉,边赢的房门被敲响。

云边敲的。

"边赢哥哥。"她煞有介事,"来厕所,我有话跟你说。"

她现在的思维没法转弯,有话不能就近进他房间说,也不能微信私聊,非要去厕所,因为之前几次谈事情都是去的那儿。

边赢看了她一会儿,突然拉住她的胳膊把她一拽。

云边跟跄两步,再反应过来的时候已经置身于他的房间。

她思考片刻,发觉这里也能说悄悄话,于是配合地留下了,眼神有种"什么都瞒不过我"的得意和狡黠:"你刚才问我你和我是不是纯友情,边赢哥哥,你已经把我当朋友了。"

边赢没承认,也没否认,好整以暇看着她闹,顺便拿出手机给她拍了段视频。

明天让她自己看看她喝醉酒的德行,希望她不会羞愤而死。

云边又拉着他胡言乱语一通,尽是些没有营养的废话。

边赢书房里的游戏还挂着机,赶人:"没事就回去睡觉。"

云边不肯走,她揪着自己的书包带,停止胡言乱语,安静下来,说:"有事。"

边赢静待下文。

云边重复:"我有事。"

她慢慢在墙角蹲下来,看着地毯的纹路发起了呆。

边赢居高临下地俯瞰她,灯光下,她乌黑的发顶有层光圈。

他也慢慢矮下身来,直接席地而坐,与她平视的高度。

"边赢哥哥,今天是我第一次见到我爸爸。"她说。

边赢沉默聆听。

云边把下巴搁到自己膝盖上,费劲地回忆当时的场景:"我一开始还以为他终于良心发现了呢,我发挥丰富的想象力,想可能是他得了什么绝症,临死前想见我一面,得到我的原谅。如果是这样,我要不要原谅他呢,妈妈知道了一定会生气的吧。

"简直太好笑了。"

她停顿一会儿,继续道:"确实有人得绝症了,不过不是他,是他跟那个破坏我妈婚姻的女人的儿子,得了白血病,听说亲属配对的可能性比较高,他终于记起这个世界上还有个云边了,想让我救他儿子一命。"

云笑白净身出户离婚后,宁温书火速与那个女人迈入婚姻殿堂。也许应验了那句"小三配狗,天长地久",这两人的婚姻倒是一路支撑到如今。

可是天道有轮回,现世报报应到他们的孩子身上。

宁温书走投无路,把希望寄托到云边身上。

云边恶狠狠:"他休想!"

边赢一直保持沉默,听到这里终于开了口:"那如果你弟弟……还是哥哥?因为你没救而死了呢?"

"那就让他去死!他该死!"云边的情绪一下子很激动,连带着看边赢的眼神也充满愤怒,她想不明白,为什么连他也要圣母心发作劝她救人一命。

她的父亲卑微地求她,说条件随便她开。能找到她头上,想必他要做不少心理工作,他明明是可以当好一个父亲的,这比他天生冷血无情更让她沮丧。

他不是不能爱自己的孩子,他只是不爱她而已。

她不想显得自己没用,但泪水还是充盈眼眶,她抬手捂住眼睛,不想让他看见。

边赢站起来关了灯,房间里拉着窗帘,陷入伸手不见五指的黑暗,他看不到她哭泣的脸庞。

云边只能从他的声音判断他重新在自己面前坐下来,他说:"我首先声明我个人的态度,从我旁观者的角度看,你们生来就是有仇的对立面,而且捐骨髓的对人体的影响一直有争议,不救完全没问题,甚至可以痛快地说一句'老天有眼,恶有恶报'。"

看云边渐渐安静下来,边赢才继续说下去:

"但你是当事人,很有可能没法精确排除干扰项,做到完全理智。你要想清楚,如果他死了,你会不会困在'因为我的冷血让一条本质无辜的生命走向死亡'的自我谴责中,尤其是这个人跟你流着一半相似的血。据我所知,大部分人其实没有办法用平常心看待死亡,哪怕对方是个十恶不赦的罪犯,眼睁睁地看他死亡,正常人依然会产生对生命本能的畏惧。

"云边,你想清楚,不是想清楚救不救他,而是想清楚你能不能承受自己做的决定。"

有关生父来找自己一事,云边没有跟母亲提及只言片语,装作什么都没有发生。

云笑白对此暂时一无所知,云边猜测,她那个没脸没皮的爹不找云笑白绝对不是因为内疚,而是觉得女儿比前妻好拿捏,想从薄弱处击破。

"宁温书"这个名字永远是云笑白心口的一道伤口,云边不想揭她伤疤。

而且云边不确定母亲面对一条活生生的人命会做出什么反应。生死面前,都是小事,平时的仇恨到了生命攸关的时刻很有可能暂时抛下。

可云边这人睚眦必报,天大的事到了她面前都没有商量的余地。

第二天早上,云边醒来看到微信有未读消息。

边不输:【查了资料,亲兄弟姐妹的骨髓配对率有四分之一,但像你们这

种同父异母的情况，配对率很低，只比陌生人好一点而已。】

边不输：【所以即便你想救，概率也非常渺茫，查不查配对没差。】

消息是昨晚两点多发来的，云边看着微信就乐了，回复：【看来边赢哥哥真的把我当朋友了。】

这么关心她的心理健康，这么怕她有心理压力。

边赢没理她。

云边又发：【如果是你，你会怎么做？】

边赢这次回了：【没经历过，不知道。】

昨晚她表达了强烈并坚定的否定后，边赢没有反对，只说让她早点睡觉。

云边说："可是我还有作业没写呢。"然后回房间把作业写了，还镇定自若地应付了云笑白。

演技一流。

傍晚，宁温书又一次出现在学校门口等云边，他给她带了不少礼物，脸上卑微的讨好越发明显。为了套近乎，他对她的称呼也很亲昵："边边，爸爸求你了，你就跟你弟弟做个骨髓配对吧，只是抽个血，很简单的，不适配的话我再也不来烦你，我保证。"

"啊？"云边停下脚步，明知故问，"不适配你就要消失，你不留在我身边补偿我缺失的父爱吗？原来你找我就只是为了弟弟呀？"

宁温书被她问住了，脸上青一阵白一阵，而后强颜欢笑："我当然愿意补偿你了，求之不得。边边，不管你信不信，你小时候我很多次试图来看过你，是你妈妈拦着不让我见，后来我因为工作原因移居加拿大，距离太远了才……"

宁温书说不下去了，语气哽咽。

云边只是微笑地看着他，对这番看似真情实感的言论毫无波动。

"但去年我调回国内了，就在北京，虽然也不算太近，但只要你愿意，我可以常来看你。"宁温书缓和了一下情绪，"你妈妈知道了吗？"

"知道了。"云边张口即来，"她说不行，不然打断我的腿。"

"她恨我是应该的，当年是我浑蛋。"宁温书叹了口气，"我愿意补偿你们，只要你愿意做骨髓配对，不管最终结果是什么，要求都随便你们母女提。"

云边稍稍歪了脑袋，配合地努力想了一圈："可是我什么也不缺，我现在的爸爸很有钱，对我比对亲女儿还要好。"

听云边如是说，宁温书踯躅着问："你妈妈……现在的丈夫是姓'边'吗？"

检查出儿子的病以后，又久久找不到适配的骨髓，宁温书想到自己还有个女儿，可云笑白早就和他断绝来往，他只得赶回锦城找人，前岳父岳母见到他就让他滚，老头子甚至拿着菜刀扬言要砍他。

后来他辗转着通过之前的邻居，知道云笑白改嫁到了临城。

临城，边家在那儿。

"这不关你的事。"云边拒绝回答。

"是我多嘴了。"宁温书赶紧住嘴，"边边，求求你，爸爸真的走投无路了，求求你你救救你弟弟。"

"你再不走，我就要叫保安了。"

宁温书不肯放弃："边边……"

云边说到做到："保安叔叔！"

还是前一天的保安。昨天云边和边赢走后，宁温书被带到保安室，遭到一通盘问，宁温书声泪俱下，把事情给保安说了一通。保安也是有家室的人，联想事情发生到自己孩子身上，不禁深深同情宁温书。

这会儿，两名保安站着说话不腰疼，一唱一和地劝她："小姑娘，有天大的仇恨也放一放吧，救人要紧啊，你弟弟才七岁。"

保安介入，就引来了带着好奇心的人。云边不想继续被人围观，告别："请两位叔叔帮我拦住骚扰我的人，我要回家写作业了。"

临走前，她真诚地建议："你们这么有爱心，那你们去做配对吧，说不定你们配上了呢。"

边赢放学出校门，发现校门口围了不少人，颇为热闹，路过的时候他随意一看，发现了宁温书。

宁温书正跟围观群众说这桩事，他绝口不提自己抛弃妻女多年，只说离婚后，前妻和女儿对他的儿子见死不救。

"小姑娘心也太狠了，做个配对都不肯，又不一定配上。没配上，当父母的也就死了这条心了，安心找别的路子，这不是吊着人家吗？"

"是啊，毕竟是亲弟弟，就算是个陌生人，也狠不下这个心啊。"

"当妈的有很大的责任。肯定是当妈的在背后撺掇，十几岁的小姑娘很单纯的，不可能自己拿这种主意。"

…………

"发生什么事了？"哈巴不明所以。

他很想凑个热闹，但知道边赢不爱管闲事，哈巴颇感惋惜。

没料到，边赢居然停下脚步："各位。"

众人好奇地看他。

"'不经他人苦，莫劝他人善'，听过吗？"他又看向保安，"你们的工作应该包括一条'保障师生出入校门口安全'的职责吧，为什么昨天已经让注意的人，今天还放任他出现在校门口？你们失职了。"

这正是他担心的点，云边拒绝向同父异母的弟弟施以援手，除了自身可能产生的心理压力，更可怕的是巨大的舆论压力。

尽管边赢已经警告过学校保安，但第三天放学，云边依然在学校门口碰到了宁温书。

宁温书说服保安，自己只让云边看一个视频就走，绝不多做纠缠。

宁温书把手机展示在云边面前，手机连了视频通话，对面是一个小男孩，六七岁的模样，躺在病床上，穿着住院服，满脸的病容，头发已经因为化疗而掉光了。他看着镜头，流着泪乞求："姐姐，我叫茂茂，求求你救救我。"

任谁都忍不住对一个无辜的孩童心生同情。

云边看着眼前这个跟自己脸部轮廓略有相似的孩子，静默一会儿，推开手机。这些日子来，她第一次对宁温书说点真诚的话："我跟你儿子同父异母，配对的可能性很低。你和你老婆不如重新生一个，概率还大些。"

"我们生了，半个月前生了个女儿。"宁温书绝望地抱住自己的脑袋，"但是没有配上，他等不了我们再生了……边边，你也说了，你和他配对的概率很低，你就做个配对，让我死了这条心，好不好？求求你了。"

"我无能为力。"云边摇头,"你不要再来找我。"

她走向传达室,非常严肃地告知:"如果明天我放学还在学校门口看到他,我会跟学校举报你们渎职,说到做到。"

再晚点,边赢走出校门看到宁温书,转身折回学校。

"不输,干吗去啊?"哈巴冲他的背影喊,"欸!不输!"

边赢头也没回。

第二天,云边早上上学,发现学校门口的保安换了两张面孔。学校保安本来就是轮岗制,她没有多加在意,就是有点担心这两个保安不知道前几天的事,指不定又放任宁温书到校门口堵她。

她多虑了,放学的时候,宁温书没有再来找她。

再往后一天是星期五,依然风平浪静。

宁温书大概是见她连小孩子的苦肉计都不吃,终于认清现实,死了心。

周六那天晚上,云笑白神色凝重地敲开云边的房门。

云边一看云笑白的脸色就知道她要说什么。这事在学校里闹得沸沸扬扬,母亲知道,不过是迟早的事。

"你爸来找你了?"她问。

"嗯。"

云笑白咬咬唇:"他让你给他儿子捐骨髓?"

云边:"要先配对,我拒绝了。"

尽管已经从家长群听到了风声,但云笑白还是没法相信自己柔柔弱弱的女儿居然以一己之力扛下整件事情:"这么大事,你怎么都不告诉妈妈呢?"

云边说:"我怕你不想听到任何跟他有关的事。"

"我是不想听到,但我更不想你一个小孩子独自承受这一切。"云笑白摇头,忍不住心疼,"云边,妈妈不需要你来保护,你是我的女儿,是我该保护你。"

云边宽慰她:"我没事,你不用担心。"

云笑白看了她片刻,又问:"那你是因为妈妈才拒绝做配对吗?"

其实不全是，不过云边点了头。

"云边，其实上次你和戴盼夏的事情过后，你边叔叔和我聊了很多，他批评我不应该把上一代的恩怨牵扯到孩子身上，当年是我执意要离婚，后来也是我执意不让你爸见你。平心而论，如果不是我，他不会对你不闻不问，如果我能区分夫妻恩怨和亲子关系，你的人生应该会多很多来自父亲的陪伴。虽然我很不愿意承认，但你边叔叔的话有一定的道理。"云笑白抚摸云边的脸，眼神里充满歉疚，"如果你拒绝是因为妈妈，那妈妈不需要你这样……我不想你以后为此感到内疚或者后悔，甚至背负冷血无情的骂名。妈妈支持你的决定，但得是你内心真实的决定。"

"配上概率很小，跟买彩票似的，几乎可以说，我没可能救他，做配对完全是浪费大家时间……"云边顾左右而言他地说了一通。

在云笑白的眼神里，她低头坦言道："我不想救，我也不会内疚。"

短暂的周末过后，学生们重返校园。

进入十二月，临城的气候每天都在挑战人们对寒冷的忍耐度。

放学走出校门前，云边在外头等候的人群中浏览一圈，确认没有宁温书，放心地走出去。

她接到一通电话，对方自称是快递员："你到学校南边来取下快递行吗？"

"我没有买快递。"

"云边，135……"快递员把她的号码报了一遍，"是你没错吧？"

"是我，你送来校门口吧。"云边说。

司机叔叔一般都在北边等她，不顺路。

"你们学校门口全是车我挤不进来。"快递员请求，"我走过来的话我留这一车快递在这儿也不放心啊，你行行好吧。"

反正大庭广众下，安全应该没问题。

云边妥协，确认信息："哪里来的快递？"

她在锦城最好的朋友偶尔会给她寄礼物。

"锦城。"

听到是锦城,云边猜到应该是好朋友又给她寄什么了:"那行,你稍微等我一下,我马上过来。"

边赢和哈巴来到校门口,边赢朝南边的方向走去。

一般大家的活动范围在北边,不过哈巴没有异议,他看到云边了,能跟着云边挺好的。

云边来到学校东南角,已经走过以校门口为中心扩散的堵车区域,她张望一圈,并没有看到快递员。

她拨了电话回去,想问对方在哪儿。

刚拿出电话,只听一辆车停在她身旁,听声音来势汹汹,车门打开,她侧头一看,什么都没来得及反应,就被一只手拽上了车。

车门一关,车疾驰而去。

哈巴只看到云边被一辆车挡住,而后就消失了踪影。他怀疑自己看花了眼,跟边赢求证:"云边去哪儿了?"

边赢却已经像一阵风似的跑了出去,他不顾一切穿过非机动车道和机动车道、非机动车道之间的植被阻隔,拦住一辆驶来的摩托车。

摩托车司机紧急刹车,轮胎与柏油马路摩擦蹦出火星子,发出刺耳的声响,地上留下一串痕迹,他差点没摔倒。好不容易稳住重心,他立刻愤怒骂道:"你找死啊?找死不要祸害别人!"

边赢也不知道哪儿来的力气一把将一个人高马大的男人拽下摩托车。

他无暇理会对方,跨上摩托车,一开始就不要命地将油门轰到了最大,摩托车猛地起步,差点没把他甩下车。他稳住身形,朝着车离去的方向追,引擎的轰鸣声中,只留下一句嘶吼:"哈巴,报警!"

摩托车司机听到"报警"两个字,直接就愣了,这年头抢劫犯这么自觉的吗?

等反应过来,摩托车已经飘出去老远,他声嘶力竭冲边赢吼道:"报警用你说啊!"

摩托车司机奋力追了几步,奈何人腿当然比不上油门,只得眼睁睁看着边赢远去，还好，还有个同伙。

摩托车司机冲向同伙哈巴，死死抓住不放手，把所有的愤怒和震撼都发泄到哈巴身上："小小年纪就学会抢劫了？这么熟练，是惯犯了吧？走，跟我去警察局。"

哈巴110已经拨出去了，话筒里传来接线员的声音，但哈巴被迫踮起脚尖，领子被勒得紧紧的，他呼吸困难，有种窒息的错觉，他涨红了脸，艰难说："我朋友好像被绑架了，他去追……"

"真的假的？"摩托车司机一愣，半信半疑，不过终是松了力道。

哈巴来不及大喘一口气，立刻把手机举到耳边："临城五中东南角发生绑架！绑匪遮了车牌……"对方的车很大，不是哈巴平时关注的车型，他说不上车的品牌，再加上着急，语无伦次好一会儿才想到形容词，"跟救护车很像！"

哈巴急得要哭了："你们快点啊！我朋友开摩托车去追了，他从来没开过摩托车，还没有戴头盔，很危险。"

云边一上车就被两个男人死死压制住，手脚被捏住，嘴巴也被堵上。

后排车厢里除了这两个男人，还有两个女人。

没有人遮面，全都大大方方露着脸。

看清车内形势，云边的心猛地一沉。不遮面的绑匪是最危险的，因为这往往说明他们没打算给人质活路。她强迫自己冷静，组织措辞，为自己争取最大的生还可能。

其中一个女人的眉眼看起很憔悴，缠绕着病气，是长期操劳的症状，她催另一个女人："还不快动手？"

动手？云边拼了命地挣扎起来，只是她这点力气，在两个成年男人面前无异于螳臂当车，对方甚至完全没打算让她说话。

驾驶舱和后面有阻断，司机通过对讲机，提醒后座："后面有人开摩托车在追。"

憔悴的女人显然是今天这起绑架的领导者："开快点，甩掉他。"

云边心里燃起一丝希冀，是哪个正义的路人吗？

她被弄上车，也不知道有没有人目击，不会得等边家的司机叔叔发现她久久不现身，才开始找她，那她可能都凉透了。

车明显加速的同时，之前被命令的女人拆出一管针，向云边靠近。

"云小姐，你放心，我们只要你一点血，你乖乖配合，保你平安无事。"憔悴的那个女人说。

血。

云边明白了，这事绝对跟宁温书有关，她不肯配合做骨髓配对，他们就来硬的。

既然如此，那她不会有生命危险，毕竟现在的她是个潜在的骨髓来源体。

她松懈下来，知道无法反抗，任由针头扎进自己的臂弯。轻微的痛感里，她眼底淬着寒意的笑，望向那个憔悴的女人。

如果她没猜错，这就是宁温书的妻子，也就是当年破坏她母亲婚姻，并且撺掇宁温书争夺财产的"小三"。

月子都还没出，就上街绑人了，也是够拼。

那女人在她充满警告和不屑的眼神里，固执地重复："是你敬酒不吃吃罚酒。"

就在即将收针的时刻，车一个急刹车，被逼停。

所有人都由于惯性向前冲去。

针还扎在云边的手臂上，在她的皮肉里横冲直撞，一阵剧痛，她险些咬住舌头。

可她无暇顾及，因为她听见了车外边赢的声音。

边赢和司机的声音从车头绕到车尾，而后车厢被从外打开。

云边被两个大男人桎梏着手脚，嘴上贴着胶布，只剩一双眼睛可以给边赢回应。

他宛若天神降临。

边赢的脑子里一瞬间只剩愤怒，他甩开司机。

力道之大，司机趔趄几步，狼狈地摔倒在地。自知坏事，司机跟跟跄跄站起来，撒开腿就跑。

几乎来不及看清边赢怎么上的车，其中一个抓着云边的男人已经被他踹翻挨了两拳，挥拳的瞬间，骨头开裂的声音叫人毛骨悚然。

另一个男人反应过来，试图上前帮同伴，尽管是专业打手，但年轻男孩子像一头发怒的狮子，不要命的架势说是开了挂也不为过。

云边手脚获得自由，她一把撕下嘴上的封条，脸颊火辣辣地痛。

远远有警笛声靠近，警察来了。

云边顾不上缓解手脚的麻意，连滚带爬地靠近宁温书的妻子，左右手同时"开工"，甩下几个用尽全力的耳光。

等警察来了，她就别想打这个女人了，不管谁对谁错，警方都不可能允许民众使用暴力解决问题。

但有些仇恨，只有用暴力解决才痛快。

边赢解决男人，她解决女人，分工合作，配合默契。

为母亲当年受过的侮辱和一个人养家的辛劳，为自己十六年来缺少的父爱，也为今天经受的恐惧，新仇旧恨，又岂是几个耳光可以解决。

宁温书的妻子还在月子里，身体很虚弱，哪里是盛怒之下的云边的对手，被打得毫无反击之力；另一个女人看这架势，吓得缩在车厢角落，恨不得自己隐形别被注意到。

警笛已经很近，时间不多，云边最后抓着宁温书妻子的头发给了她用尽全力的一耳光，而后起身走向那个抽她血的女人，抬脚劈头盖脸地踢过去。

这几个人，她一个都不会放过。

车厢内一片混乱，警察甚至分不清谁是受害者谁是绑匪，喊着"不许动"，冲进车厢将众人制伏。

被带去警局之前，云边想起一件很重要的事，她盯着宁温书的妻子："把我的血还给我。"

她不想让那种恶心的人拥有自己的血液。

"让她留着吧。"边赢说着，也看向宁温书的妻子，"你通知人来取吧，别过了最佳化验时间。"

这番反常操作，宁温书的妻子怀疑自己出现了幻觉。

云边却听懂了,她不再要血:"也是,这点血送你吧,我回去补两天就回来了。很期待我能和弟弟的配上,好让你体会一把救命的希望就在眼前,却无能为力的遗憾。"

云边、边赢和哈巴都是未成年人,笔录都在监护人的陪伴下进行。

哈巴是最先出来的,云边其次,云笑白陪她做完笔录出来的时候,边赢那边还没有结束,他在追赶绑架车辆过程中与一辆汽车发生碰撞,虽然双方都没有大碍,但他涉嫌无证驾驶摩托车且肇事逃逸,加上打断其中一个男人的鼻梁骨,问题比较棘手。

时隔十六年,云笑白第一次再见宁温书。

她赤红着双眼,恨不得能将其杀之而后快,冲上去就是一顿拳打脚踢:"宁温书你不是人,她是你的女儿,你怎么可以?你不配当人……"

宁温书没有还手,任其发泄。

几名警察把他们分开。

宁温书颓然地看着云笑白:"不管你信不信,我真的不知道这件事。如果我知道,我绝对不可能任由她伤害云边。"

"你们一丘之貉!十六年前你们就连起手来算计我们母女俩,今天你们居然还绑了她,她才十六岁,你有没有想过这会对给她造成多大的心里阴影。"云笑白一个字都不相信,"宁温书,你丧尽天良,你会遭报应的!"

宁温书又看向云边,想靠近云边,被云笑白制止,他只得站在原地,迫切地解释道:"边边,我真的一无所知,你相信我。"

"爸爸,你怎么可以这样对我?"云边看着他,不管宁温书是否参与此次绑架,都不能缓解她内心的恨意,她用无辜且痛心的表情和口吻,刀刀刺向要害,"其实我本来都打算去做骨髓配对了,是你们亲手毁掉了机会。现在你们绑架我强制抽了我的血,阿姨得坐牢,你们家这下……雪上加霜。"

听到云边说自己本来打算去做骨髓配对,宁温书恨不得抽妻子两耳光,可惜现在妻子不在身边,他打不着人,只能强压火气,凭着理智求饶:"边边,爸爸家里现在三个孩子,一个跟你差不多年纪,一个白血病,一个没满月,你阿姨要是被关进去，等于是要了我们全家的命。她只是爱孩子心切，走投无路才一时糊涂，你大人有大量，看在没有对你造成什么实质性伤害的份上，不要和她一个疯婆娘计较，到时候你要打要骂，我绝对不拦着，我，我帮着你一块儿打！你要什么补偿，我都可以给你。"

不等云边说什么，云笑白愤怒地打断："她的孩子是孩子，我的孩子不是孩子？她孩子的生死凭什么让我的孩子来担负？边闻的孩子不是孩子？不会开摩托车在人来人往的路上飙车有多危险！"要不是几个警察拦着她，她又要扑上去打人，"我简直可笑，居然放任你们这对狗男女潇洒这么多年，宁温书我告诉你，这一回我们新仇旧账一起算。"

事情折腾到后半夜才暂时告一段落。

宁温书的妻子涉嫌绑架和故意伤害，被暂时羁押。

一行人临走前，警察虎着脸吓唬边赢："现在监控这么发达，在闹市区绑票，救人的活自然有警察会操心，无证驾驶对自己不负责对父母不负责，对别人也造成极大的安全隐患，今天要是出现伤亡，你负得起这个责任吗？下次再这样，可就不是口头教训这么简单了啊！"

边闻到现在还后怕不已，边赢是他唯一的孩子，绝对不可以有什么三长两短，见义勇为的行为值得赞扬，但没有一个孩子的家长希望自己的孩子那么伟大，只是边赢救的是云边，边闻也不好责备他什么，所以让警察骂一骂挺好的，甚至巴不得警察骂得更凶点。

云笑白微微挡在边赢身前，赔笑脸："警官，别吓孩子了，我们以后一定严加看管，不会再出类似的事情。"

边赢低头能看到她的发顶，但就是这么一个矮他那么多的女人，和他没有任何血缘关系的女人，此时此刻以母亲保护孩子的姿态挡在他面前。

他最讨厌她这样，明明不是她的孩子，明明是她情敌的孩子，她何必如此。

不管是真情还是假意，都让他困扰。

他别开头去，喉咙里泛上腥甜。

回到家夜已经很深，李妈准备了吃的，但大家都不是很有胃口，草草吃了点，上楼休息。

云笑白紧绷的神经没有放松,必须要陪在女儿身边才能稍稍安心,今晚她和云边一起睡。

"是该陪陪边边,她肯定吓坏了。"边闻没有异议,他看边赢,试探着问,"你……应该不用爸爸陪吧?"

边赢懒得理会这种无聊的问题。

"阿赢。"云笑白叫住他,千言万语,只剩一句哽咽的谢,"谢谢你救云边。"

"不用,就算我不去,警察也很快就到了。"

"我知道报警也是你让巴度报的,要是今天没有你,我简直不敢想象云边会发生什么。"云笑白再度道谢,"真的谢谢你。"

云边觉得自己好像有话想对边赢说,但想想不外乎就是些感谢的话,云笑白说过很多次了,他应该也已经听腻了。

但她就是想再跟他说点什么。

云笑白过度紧张,一刻也不想离开云边,甚至连洗澡都不想走开,边闻哭笑不得:"卫生还是要讲的吧,都在家里了,你放轻松一点。"

"是的呀妈妈,你去洗澡吧。"云边劝道,"你不洗澡的话,我不欢迎你上我的床哦。"

云笑白这才同意回主卧洗澡:"那你也快点洗。"

"好。"云边应下,抱着衣服出门。

边赢那头也拿了套换洗衣服打算洗漱。

两人对视一眼。

当着云笑白的面,云边只客套问了句:"边赢哥哥,要不你先洗?"

边赢没说话,转身回了房间,是让她先洗的意思。

"快去,别让哥哥久等。"云笑白拍拍她的后脑勺。

云边咬唇,进去卫生间。

她衣服脱到一半,卫生间传来一记很轻的叩门声。

云边瞬间猜到外面的人是谁。

她三下五除二套回衣服,开了锁。

门推开一条不大的缝隙,边赢侧身进来。

他用背脊抵上门,反锁。

两人有好一会儿没有说话。

"吓到了吗?"边赢打破沉默。

云边被绑架的时候能保持冷静,被救的时候第一时间报复性地扇了那女人几个耳光,在警局见到云笑白的时候反过头去安慰受惊的母亲,做笔录的时候条理清晰,面对无情无义的父亲时她发起不遗余力的反击。

从被拖上车开始,她没有掉过一滴眼泪,始终保持着超乎寻常的理智。

因为眼泪是没有用的,只会坏事,只会显得她懦弱。

可他一句话,她所有的委屈和恐惧像火山爆发。

泪水控制不住,从眼眶成串坠落。

"没事了。"边赢抬手轻轻在她头上揉了揉,他并不擅长安慰人,但给了她很安心的解决方法,"以后你回家我目送你上车。"

云边哭得更厉害,她连哭声都是压抑的,怕引来家人的注意。

没过多久,她意识到自己不能再哭,否则一会儿肿着眼睛让云笑白看到,妈妈一定会更加担心。

于是她开始抽噎着压制自己的哭意。

哭意还没压制好,门口已经传来云笑白的叩门声:"云边。"

两人都诧异,云笑白这一个澡洗得也太快了,撑死了三分钟。

云边迫使自己镇定:"啊?"

"你还好吗?洗好没?"云笑白问。

"还没。"

云笑白:"不着急,妈妈在外面等你。"

卫生间里的两人面面相觑。

"不用了妈妈,你先去房间吧。"云边说。

"好。"

云笑白应是应了,但是依照云边对母亲的了解,母亲现在草木皆兵,肯定是守在外面,想尽可能陪着她。

她洗了会儿冷水脸，直到确认自己的眼睛看不出哭过的痕迹，才胡乱抽了两张棉柔巾擦脸，然后低着头走到门边。

她没着急走，轻声叫道："边赢哥哥。"

边赢没动："嗯。"

卫生间有暖气机和换气扇的声音作掩护，但她依然只敢小声再小声，边赢需要屏息才能听见。

"谢谢你又一次救了我。"

"嗯。"他应道。

好一会儿过去，她依然没出去。

她想说的远不只是道谢。

到这一刻，她终于明白自己今天一直搁在心里却无处寻觅的话是什么："周影姐姐过生日的时候，你跟她说过，她的命是你救的，你有权利定期验收劳动成果。我的命也是你救的。"

边赢顿一下，放下手，扭头看她。

少女的眼神一会儿是怯懦，一会儿是坚定，像天上的星星在闪烁，但她始终望着他的眼睛，好像望进很深很深的地方一直望到他的心里："你可以定期验收劳动成果吗？"

边赢真诚发问："我说过吗？"

云边傻眼，合着他只是随口一说，她却当了真。

而且正常人都该听出来，重点并不在于他对没对周影说过，而是她希望他从今往后验收她的生日，但凡他想给她回应，就算不记得，也会答应的。

既然没有干脆地答应，就意味着拒绝。

云边有种满腔热情被冷水兜头浇灭的失落，低声说了句"算了"就要出去。

边赢伸手挡住门。

云边不看他，只看着门。

少女的侧脸就差明晃晃写着"我在赌气"，明眼人都看得出来，也就她自己意识不到。

边赢问:"生日什么时候?"

云边的心情多云转晴,但还是不看他,她要是瞬间变脸,老老实实把生日告诉他,岂不是很没面子。

"都说不用了。"她倔强地重复一遍,把门打开一条不大的缝隙,然后侧身出去了。

等了一会儿,边赢也离开卫生间,回到房间在书桌前坐下来,抬眼看到书桌上母亲的照片。

她看着他,眉眼一如既往的温柔,但今天却似乎有了点责备的意味。

他对云边的所有善意,都会让他觉得愧对母亲。

边赢做不到继续看着她,他把照片轻轻反扣在桌上。这大半年来,母亲的几张照片他翻了又立,立了又翻,也数度藏进柜子深处,又拿出来摆上。

无论怎样,他找不到两全的方法。

见不到想,见着了痛。

这一晚,云边一直无法入睡,她没敢翻来覆去,怕影响云笑白睡觉,虽然她觉得妈妈应该也后怕得睡不着。

但她得装作自己没事,才能让妈妈放心。

让云边失眠的原因不仅仅是因为对宁温书的彻底失望,也不仅仅因为是被绑架后的心有余悸。

她还有点没法对卫生间里发生的事情释怀,他问她生日什么时候,可她因为那点女孩子莫名其妙的脸面,没有告诉他。

依照边赢的性子,过了这村很可能就没这店了。

但她也是抱着希冀的,但凡边赢想知道她的生日,其实很容易就能找到答案,去年生日的时候她在朋友圈发过一条状态,而且她不是总发状态的人,所以那条状态,一点进她的朋友圈就能看到。

天际泛白,晨曦微光透过窗帘没关严的缝隙透进来,云边才微微有了睡意。

半梦半醒间,她绝望地想,完了,这下怕是睡不了几分钟就得起床上学了。

她迷迷糊糊间感觉自己睡了挺久,一觉醒来果然已经是中午,房间里只剩下她一个人。

床头柜上有张云笑白留的字条：

> 云边，今天给你请假了，你在家好好放松，我出门见律师去了，你放心，我和边叔叔一定给你讨回公道。

昨天的事情还远远没有解决，因为云边和宁温书的血缘关系，事情往小了说可以被定义为家事。加上宁温书的妻子还在哺乳期，家中有病孩和未满月的孩子需要照顾，带走云边的目的并不是出于谋财害命，性质不算太恶劣，即便被定罪判刑，也极有可能争取到监外执行。

平日里与人为善的云笑白难得发狠，拒绝宁家任何形式的道歉或赔偿，坚持起诉宁温书的妻子。

云边把字条放回原处，既然不用急着上学，她就慢慢来了。

一踏进卫生间，那点好不容易因为睡了一觉而暂时忘却的回忆立刻蜂拥而至。尽管竭力镇压脑海中的胡思乱想，但刷牙的时候，她还是不自觉往旁边的洗手盆瞄了一眼。

干的。

这说明，白捡的哥哥要么是还没起床，要么是已经起了很久，他可能已经上学去了。

洗漱完毕，她下楼去，走到厨房门口，叫了李妈一声。

"边边起床啦？"李妈跟她说话格外轻声细语，大概是怕她还没能从被绑架中的阴影中走出来，唯恐嗓门大点就吓着她。

云边揉揉眼睛："嗯。"

"饭还要稍微等一会儿。"李妈笑着说，"但你要不要先吃点蛋糕？在冰箱里。"

"好的呀。"云边往冰箱走去，顺便问道，"今天是谁的生日吗？"

"是我的。"李妈有点不好意思，"你妈妈太细心，居然连我的生日也记着，这么忙还不忘给我订个蛋糕。"

"啊?"云边愣了一下,连忙送上祝福,"阿姨生日快乐!"

"哎,谢谢边边。"李妈得到祝福就很高兴。

云边打开冰箱,果不其然看到里面摆了个未拆封的蛋糕,就是摆得很高,位置还在挺里面,她得踮脚才能够上。

小心翼翼地取出蛋糕,没有多余的手,她只能用手肘抵上冰箱门。

结果冰箱门这层阻隔一消失,她就发现旁边多出一张脸。

事发突然,她吓得整个人猛地一颤,蛋糕没拿稳,眼见着就要摔下去,她手忙脚乱去捞。

边赢也下意识去接。

四只手总算是平安护住蛋糕。

李妈听到声响,回头看过来:"阿赢也醒了?午饭马上就好,肚子饿的话可以先吃点蛋糕垫肚子。"

"好。"边赢应下。

云边不动声色,低着头叫了他一声"边赢哥哥",然后率先走开,往客厅的方向走去。

她坐下没多久,边赢也端着蛋糕来了。

两人面对面坐下,中间摆了个蛋糕。

这场景,不让人回忆起昨晚的生日话题都难。

"你生日?"边赢问着,伸手去拆蛋糕。

"不是。"云边说,"李阿姨的生日。"

显然,边赢并没有费那种心思看她的朋友圈。

虽然他本来也没有那个义务。

听到云边的回答,边赢意外地挑了挑眉。李妈的生日,并不是他平常会关注的细节,而且是他从来不曾注意过的盲区。

两人很默契,没有人再动蛋糕,要等寿星公。

厨房里,李妈几个快马加鞭,将午饭准备完毕,端到桌上。看到蛋糕还在桌前原封不动,她奇道:"你们怎么不吃呀,不喜欢吗?"

云边:"我们在等您一起吃。"

边赢站起来，替李妈拉开椅子："阿姨，您也坐，吹蜡烛许个愿。"

两个孩子都坚持，李妈恭敬不如从命。她是边家的老员工了，说是半个家人也不为过，不管是边闻、边赢、从前的冯越，还是现如今的云笑白、云边，都对她敬重有加，但是她向来很懂分寸，像今天这样，上桌和主人家一起吃饭的次数屈指可数。

云边最先吃好饭，最后跟李妈说了声"生日快乐"，然后上了楼。

她走进卫生间，饭后洗手。

她仔仔细细将食指搓一遍，然后将沾满泡沫的手送到水龙头下冲洗。

冲着冲着，忍不住跑神。白捡的哥哥给周影过生日挺积极的，给李妈过生日也挺耐心的，怎么到她这里，就那么困难了呢？

她又没图他送多贵重的生日礼物。

回过神抬头看镜子，才发现引发她胡思乱想的罪魁祸首就站在门口，倚着门好整以暇，不知道已经站了多久。

云边露出个笑，客套地叫道："边赢哥哥。我好了，你用吧。"

她擦干手，给他腾卫生间的位置。

走到门口，他伸手挡住了她的去路。

云边抬头看他。

"327，对吗？"

3月27日是云边的生日。

"嗯！"

柳暗花明的豁然开朗瞬间将云边包围，但她一时半会儿也想不出跟他说什么，什么都不说又显得尴尬，她只好没话找话，明知故问："你怎么知道的呀？"

这点扭扭捏捏的心思，他一眼看穿，没顺着她，而是直白地奚落道："总不能是算的。"

这话云边没法接，天都让他聊死了。

她摸了摸鼻子，结束对话："那我先回房间了。"

边赢拦门的手却没有放下。

云边莫名。

他顿一下,发起邀请:"下午要不要一起去恒隆商场?"

一起去商场……干吗?云边不想自作多情,总不会是给她买礼物吧,她生日还早。

边赢解释道:"我想去给李阿姨买个生日礼物,你去不去?"

云边马上答应:"我去。"

他送,她肯定也得送。

大家同一个屋檐下住着,一起受着李妈的照顾和疼爱,光他一个人送礼物,显得她多不会做人啊。

"那走吧。"边赢雷厉风行,说走就走。

云边低头看了看自己的居家服:"我换下衣服。"

边赢不想浪费时间:"换什么,这样不是挺好。"

云边没法跟他解释,女生出门就是要换好看的衣服。

怕他等不及,云边用最快的速度拾掇好自己。

她走出房门,他正坐在走廊的休息区,百无聊赖地玩手机等她。

听闻开门声他看她一眼,无语道:"换不换有什么区别?"

刚才是居家服,现在是学院风小裙子,而且她还薄薄地擦了一层口红。

在他眼里只是没区别……

两人说要出门,李妈很不放心。

"绑架我的人现在还关着呢,"云边劝李妈安心,"我现在安全得不得了。"

李妈见两人去意坚决,无奈放行,只是千叮咛万嘱咐边赢:"阿赢,你千万看好边边啊。"

云边到临城四个多月,除了家和学校附近一带,对整座城市依然陌生,恒隆商场在哪儿她完全没概念,只管跟着边赢走。

工作日的下午,商场里空空荡荡。

两人并肩走着,两旁的店铺橱窗展览着琳琅满目的商品。

路过一家手表店,云边的脚步缓了下来,然后停住不动了。

橱窗里放着一只憨态可掬的小熊，比手掌大点，身体是烟灰紫的绒布质地，耳朵和眼睛亮亮的，镶着的不知道是玻璃还是宝石，集可爱与精致于一体。

底下的金属牌明晃晃地写了三个小字"非卖品"。

再看看旁边几块手表标着的价格，云边默默打消了念头，就算是卖品，她应该也买不起。

边赢顺着她的视线看到小熊，说："阿姨不可能喜欢这个。"

云边悄悄瞪他一眼，别以为她听不出来他在责怪她浪费他时间！

一楼都是些奢侈品品牌，两人想了想，太过贵重的礼物李妈肯定不肯收，徒增她的心理负担，挑个经济实惠点的反而更加彰显心意。

于是两人直奔三楼。

三楼往上都是些相对平民化的店铺，在电梯口随便张望一番，边赢径直走向一家首饰店。

从进门到挑完礼物、付款、等包装，再到出门，全程用时没超十分钟。

他的礼物准备好了，轮到云边挑。

边赢显然不太放心女生的逛街效率，路过休息区时，他说："我在这儿等你，你快点。"

他看不起谁呢？云边二话不说，扭头就走。

不过五分钟之后，她就重新出现在他面前，她提了个袋子，里面是给李妈买的一套护肤品，送女人礼物，护肤品、化妆品永远挑不出错。

边赢从手机里抬头，视线从她的百褶裙和礼物袋，一路上滑到她负气的脸。

"不是每个女孩子逛街都很磨叽。"她声明。

边赢看她较真的模样半晌有点想笑，一招制敌："我怎么发现你脾气越来越大了，合着以前都是装的？"

云边给他表演了一个一秒变脸，无缝切换成怯生生的小白兔，声音也如蚊蚋般微弱，但固执依旧："谁让你性别偏见。"

商场里放着音乐，边赢没听清："什么？"

云边嘟囔一句："没什么。"

边赢看一眼手表，此刻还不到下午一点，他和她都以惊人的速度挑完了礼物，远不到预计的时间。

电影院有部新上的国漫，他期待很久了，可以顺便请她看。

就当哄哄她。

虽然根据刚进商场那会儿她左顾右盼的德行，他有十足的理由怀疑她根本就是为了跟他赌气，才能那么快挑好礼物。

边赢走，云边在后面跟，发现他的目标居然是往上，她终于忍不住问："边赢哥哥，我们去哪里？"

电影院在五楼，边赢刚要回答，有一道男声叫云边的名字。

"仇利群。"云边打招呼，"你怎么也在这里？"

论年纪，仇立群跟她一样都是高二的学生，不过他忙着训练和比赛，很少有时间在学校上课。

"训练，教练临时有事我们就溜出来了。"仇立群反问，"你呢，你怎么不上课？"

当着仇立群一大帮师兄弟的面，云边不方便说得太详细，笼统道："家里有事，今天请假了。"

"哦……"仇立群怀疑云边根本就是逃课，他看向一旁的边赢。

云边主动解释："这是我哥哥。"

话一出口，她猛然想起上次喝醉酒她说是家人而边赢那句"我认你了？"，顿时觉得自己这个回答不太妥当。但要是当着边赢的面刻意强调一句继兄，又显得特别生分。

两头为难之际，云边想到一个两全的解决办法："邻居哥哥。"

本质上来说她并没有说谎，她和边赢的关系之一确实是邻居。

彼时，她和边赢刚好乘上四楼，边赢却顺着旁边的下行扶梯又下去了，而且完全没有等她的意思。

上来又下去是在干吗？云边丈二和尚摸不着头脑，匆匆和仇立群告别，追了上去。

"边赢哥哥，我们去哪里？"她好奇地问他。

边赢走得大步流星，她得小跑着才能跟上他的速度。

遇到仇立群之前，边赢会告诉她"请你看电影"，而现在，他一个眼神都不想给她："回家。"

他就一邻居哥哥而已，邻居哥哥有什么义务请她看电影。

两人很快下到一楼。

过程中，边赢一直没有迁就云边的走路速度，任由她一声不吭、慢赶紧赶追随他的速度。

走到商场门口，边赢的衣角被拉住了。

边赢本以为她终于停止逞强，肯服软请他走慢点，结果她的眼睛盯着一旁的电子屏，根本没受这一路的影响。

电子屏正播放着他想看的动漫电影的海报。

"终于上了，我等了很久了。"她拉拉他的衣角，"边赢哥哥，我想看电影。"

不等边赢说话，她就殷勤地说："边赢哥哥，我请你看。"

电影哄人的作用没变，但是主语和宾语换了位置。

整个过程，云边一概不知。

近几年国漫开始出头，观众等国漫崛起太久，格外买账，好几部国漫票房接连创新高。这部令人期待已久的片子没让人失望，不管是剧情还是特效都可圈可点，节奏紧凑，笑料满满，全程无"尿点"。

电影过半，正到精彩处，边赢的手机振动起来，是个陌生号码。

云边下意识看去，她"咦"了一声："是我妈妈。"

一听是云笑白，边赢直接挂断。

云边咬唇，强忍住不快。边赢和云笑白，一个是她的救命恩人，一个是生她养她的母亲，她很多时候都难以找到其中的平衡点。

边赢挂断云笑白的电话没过多久，云边的手机开始振动，依然是云笑白。

"妈妈。"云边压低声音。

云笑白问："云边，哥哥在旁边吗？"

云边顿一下，她也不知道为什么，只是下意识地不希望妈妈知道她和白捡的哥哥之间的关系："在的。"

她多虑了,云笑白完全没空管他俩在一起干什么,焦急地转告:"快点告诉他,爷爷脑溢血,正在市二医院抢救,叫他赶紧过来。"

经过抢救,边爷爷脱离了生命危险,在医院经过一个多星期的观察,他被允许回家。

不过,经此一劫,他行动不若从前灵活,体力更大不如从前。需要静养的人,没法再把太多的精力放在管理公司上面。

边家二子的继承人之战彻底拉开序幕。

边闻变得很忙,三天两头不着家,不仅仅是忙于公司各项业务和人脉的竞争,也忙于尽孝道,毕竟最终的选择权在边爷爷手里,边爷爷本来就更疼爱长子,他要是再不殷勤着点,等于摇白旗认输。

云笑白身为边闻的妻子,当然也要尽身为儿媳的一份孝心;加之宁温书妻子那事很棘手,经证实,宁温书的妻子没有谋财的必要,也未将云边作为人质,绑架罪名不成立,告她非法拘禁的胜算更大些。云笑白忙于照顾公婆与打官司,分身乏术,只得将琴行事宜全权交给员工。

云边连着几个礼拜没能回锦城看望外公外婆,临近元旦假期,她自己买好了高铁票,打算回锦城待几天。

趁着边叔叔和妈妈都难得在家吃晚饭,她跟两位家长提了下自己的行程。

"也好,你替我好好陪陪他们。"云笑白叹气,"原以为两个城市这么近,回去一趟很方便,是我太天真了,想想真是对不住你外公外婆。"

"等忙过这一阵就好了嘛。"云边宽慰她。

"你长大以后嫁人,千万记得找户近点的人家,出了市我就不同意了啊。"云笑白半真半假地开玩笑。

云笑白背井离乡的既得利益者——边闻没法苟同这个观点,毕竟他老丈人、丈母娘要是和云笑白一个思想,那他就娶不到云笑白了。他啼笑皆非地说反话:"你不如把范围缩小到明湖左岸得了,出门左拐就能去看边边。"

教育孩子呢,唱什么反调。云笑白瞪了边闻一眼,呛道:"明湖左岸就明湖左岸,你还怕我嫌近不成?越近越好。"

边闻和云笑白匆匆吃完晚饭,又要去边家老宅尽孝心。边闻问边赢:"你要不要一起去看看爷爷奶奶?"

边闻和大哥边阅之间的竞争,不只是妻子有份,连孩子也没法避免,边赢的堂哥最近也格外殷勤,常跑去爷爷奶奶家刷存在感。

边赢说:"要去我自己会去。"

他一直定期看望两位老人,仅仅是因为他想看,并不想成为争家产的砝码。

"我是为了谁?还不是为了你小子。"边闻骂他没良心。

边赢不理人。

在父子俩起纷争前,云笑白赶紧拉着边闻闪人。

餐桌上只剩下边赢和云边。

云边听到对面桌子轻叩的声音,她抬头看去。

边赢看着她:"临城到锦城要多久?"

云边不确定他问这个的目的是什么,总不至于也是要跟她探讨一下嫁得近嫁得远的问题。

"一个多小时。"她回答。

边赢捣鼓着手机。

过了会儿,他又问:"去科技馆,坐到锦城站还是锦城南站?"

云边问:"你要去科技馆?"

边赢:"元旦有个机器人展览会,我过去看。"

"去科技馆的话,坐到锦城站比较近。"

"我看地图是南站更近。"边赢狐疑道。

"具体距离我不知道,但锦城站过去上高架比南站快。"对于生活了十几年的城市,云边头头是道,为了增加可信度,她补充,"我外婆家就在科技馆附近,我非常确定锦城站更快。"

边赢不吭声,算是默认了她的说法,开始看购票信息:"你买的哪班?"

云边拿出手机给他看自己的高铁票信息。

边赢扫一眼:"当天就走啊?"

"嗯,放学不回家了,直接去高铁站。"

云边原以为边赢听她这么说不会跟她买同一班高铁，但他还是照着她的买了。

她买的一等座，他也买了一等座。

不过两人分开购票，座位不在一起。

12月31号这天，放学前的最后一个课间，云边还是没有收到边赢叫她放学一起走的消息。绑架事件过后，他遵守承诺，每天护送她上家里的车，但每次都是远远目送，大概是怕家里司机发现他没上晚自习。

她主动发消息询问：【边赢哥哥，放学和我一块儿去车站吗？】

边不输：【你先走吧，我自己过来。】

云边本来想提醒边赢抓紧时间，因为她为了早点回去看到外公外婆，买了最赶的一班车。

不过想了想，人家也长了眼睛，应该用不着她提醒。所以，她只温顺地答应：【好。】

他们两个确实也不宜在家里人面前表现得过密，多一事不如少一事。

云边来到候车大厅的时候，列车已经开始检票，而边赢还不见踪影。

时间一分一秒地过去，等发车时间只剩下五分钟的时候，也就意味着再有两分钟列车就会停止检票，云边终于忍不住发微信给他：【边赢哥哥，你过来了吗？】

边不输：【在排队。】

节假日前后，出行或者归家的人太多了，安检的队伍排起了长龙。

云边两难地看着空空如也的进站口：【可是再过一分钟就要停止检票了。】

边赢前方排队的队伍依然可观，不可能在一分钟之内通过。

而处于这个年纪，要他开口跟前面人说一句"不好意思能不能让我先走，我的车要开了"等于杀他的头。

边不输：【你先走吧。】

等边赢终于走过安检来到检票口，他们那班高铁早跑了好几分钟了。

令他意外的是，云边也还在，拖了个行李箱，有点可怜兮兮地望着他。

"边赢哥哥,我跟你发完微信,刚想进去,检票口就关了。"

更惨的还不是这个。

"没票了……车开了退不了,也改签不了,今天的票全没了。"她悔恨交加,给他展示清一色显示"抢票"的购票软件,"我刚才看到晚上九点还有班次,但我不知道你的身份证,现在也没了。"

她就差把"都怪你"写在脑门上了。

候车大厅人满为患,连个座位也没有,两个人只得站到一旁开始抢票。

时不时有多余的票放出来,但觊觎这几张车票的何止他们二人,千百人在拼手速和网速。

好不容易抢到几次,但最后均出票失败。

时间已经是晚上八点半,云边本来都打算放弃了,边赢说:"晚上九点的火车站票,去的南站,上吗?"

最开始他们压根没把普通火车算进选择范围,钩选着"只看高铁动车",普通火车远比高铁慢,高铁一个小时就能从临城跑到锦城,火车要两小时。

都奋斗半天了,现在打道回府,前面的努力就白费了,云边点头:"上。"

待在普通火车的过道里,坐在行李箱上,云边疲惫地抓着行李箱拉杆,把脑袋抵了上去。她又饿又累,忍不住抱怨,不过很委婉:"边赢哥哥,你下次坐高铁要早点去车站。"

"谁让你买那么赶的票。"罪魁祸首一点也没有歉疚的意思,"我以为一等座有快速通道。"

云边忍了忍,没有继续跟他争辩,她疲倦地闭上眼睛,打算小憩片刻。

早知道就不等他了,不然她现在都舒舒服服躺在外祖家了。

火车抵达锦城差不多十一点了,两个身心俱疲的人在出租车排队区等候一会儿,上了车。

"两位去哪儿?"

云边用的锦城话,防止司机以为他们是外地人宰客,她先报了外祖家的地址:"华府天成。"

然后边赢报了酒店的地址："宴森酒店。"

宴森酒店就在科技馆附近。

车开出些许，云边又改了口："算了，不用去华府天成了，我也去酒店。"

锦城话和临城话很相近，边赢听得懂。

"这么晚了，我外公外婆早就睡了。"云边解释。

她没有提前跟外公外婆说她要过来，想着给二老个惊喜，现在过去都要十二点了，惊吓还差不多。

至于她从前和云笑白的家，东西都收拾得差不多了，等她翻找床单被褥之类的东西再收拾好，天都该亮了。

算盘打得响亮，但实际操作并不如想象中顺利，因着元旦假期和机器人展览会，边赢所住的宴森酒店已经没有空房。

边赢又陪着云边去附近另一家酒店问了下，依然得到满房的回答。

酒店到了半夜就会满房，这是个千古谜题。

边赢已经不想再去下一家："你去我那儿住吧。"

云边答应不下来。

"你睡房间，我去酒店的SPA馆睡。"边赢在踩到一个水坑湿了整只脚后，彻底耐心告罄，"快点，我快累死了。"

边赢这晚还是失策，酒店的SPA馆晚上不营业，他只能去就近的网吧凑合了一晚上。

腰酸背痛地睡了一觉，再回到房间是早上八点多，里面空空如也，云边早就走了。

边赢踢掉鞋子，掀开被子上床，闭眼的一瞬间又随即睁开眼，眼前的枕头散落着两根长头发，还有鼻息间飘浮的淡淡香味，都是云边在这里睡过的证明。

边赢翻个身，重新闭上眼睛。

一分钟，三分钟，五分钟，十分钟……

时间一分一秒地过去，边赢心浮气躁地重新睁开眼睛。

明明很困，却怎么都睡不着。

云边一大早就离开酒店,到外祖家的时候,外婆正在煮早饭。看到她,二老又惊又喜。

"边边,你怎么来了?"外婆朝门外张望,"你一个人回来的?你妈妈呢?"

两位老人对女儿的想念不言而喻,云边心里有点不好受,解释道:"妈妈太忙了,等空些了再来看你们。"

"我早料到了。"外公叹息着摇头,"她那边有家庭了呀,来回两三个小时的车程,很多时候力不从心啊。"

外婆也叹气,摸摸云边的头:"边边,你以后可别学你妈妈,千万别嫁远了啊。"

在外祖家的三天过得温馨而快乐,3号下午,云笑白百忙之中抽空回来锦城接云边。

一是怕云边又坐不好高铁,另一个原因当然是也想见见父母。

一家人匆匆吃了顿晚饭,二老赶母女俩离开:"趁天还没黑透赶紧走,晚上开车不安全。"

带着大包小包,云笑白和云边离开锦城。

等车开上高速,云边终于忍不住问云笑白:"哥哥呢?"

"他前天就回临城了。"云笑白诧异,"他没告诉你吗?"

没有,完全没有。

他永远都是这样,待在一块儿的时候一切正常,但一旦分开,就会消失得非常彻底,好像在一块儿时的有说有笑全部不存在。

衬得自己惦记他的行为极为愚蠢。

生了一会儿闷气,云边想起个很重要的事:"妈妈,昨天我和外公一起收拾家,找出几卷你年轻的时候拍下来的老胶卷,我全都给你带上了。"

"真的?居然还留着吗?"云笑白惊喜万分,"那估计是我大学时候拍的,我那会儿特别喜欢拍照,后来毕业了就渐渐抛弃这个爱好了。"

"是的呀,外公也这么说的。"云边眨眨眼,"说不定有很多你和边叔叔的旧照片。"

心思被女儿戳破，云笑白有点不好意思地笑了笑。

和边闻分手后，她把两个人之间的东西扔的扔、烧的烧，边闻那边剩的也不过寥寥几张照片，那段美好青涩的青春年华几乎只存在于记忆中，如果能找到当时的照片，重温故梦，该有多美好。

到边家的时候天已经黑了，云边背着书包上楼回房间。

边赢就坐在休息区。

他的不辞而别和三天的分别足以在见面的时候产生陌生感，云边上楼梯的脚步有一瞬的暂停。她目不斜视地走上去，从他身旁经过，去叔叔和妈妈的卧房，把几卷胶卷轻轻搁到妈妈的床头柜上。

再出来，边赢叫她了："云边。"

云边停下关门的动作，整理好表情，等边赢出现在她面前。

两人隔着一扇半关的门相对而立。

不知道从什么时候开始，和他对视对云边来说变得不那么容易，她需要鼓足勇气，才能做到正视他的眼睛。

边赢伸手，把一样东西递了出来。

她的帽子，回锦城那天她戴回去的。

"你落我酒店房间里了。"边赢说。

云边的目光反反复复在他脸上睃着，确认他完全没打算解释自己为何不打招呼就先行一步回临城，她又恼恨自己方才的心软。

"谢谢边赢哥哥帮我捡回来。"她客套地笑了笑，"但是我不想要这顶帽子了，你帮我丢掉吧。"

她的喜怒无常是一座隐藏在海平面下的冰山，除了她自己，并没有人知道她心里经历过怎样的百转千回。

在边赢眼中，她冷淡得不成样子。

他这小半辈子一直活在各种巴结讨好和溺爱重视之中，习惯了做人群中的焦点，从来只有别人哄他，没有他给别人赔笑脸的时候。

主动跟云边搭话，已经是力所能及最大的让步。

她不领情,他不可能再退步。

于是乎,两个人的关系恢复冰点,明显到家里人都看出来了。

云笑白做云边的思想工作:"哪有人对救命恩人这个态度的,你们到底是怎么了?"

云边梗着脖子不肯说话。

她就这个态度,救命恩人也不能随便侮辱她。

边闻却私下劝云笑白别担心:"小女孩有点情绪太正常了,要我说,这是好事。"

"这算什么好事?"云笑白匪夷所思地瞪他,"万一两个孩子真的有什么严重的矛盾怎么办?"

"这说明边边在这个家里有安全感,有了安全感才有底气发脾气使小性子。"边闻一针见血,"换成你们刚来那会儿,边边就算有天大的委屈都不可能给阿赢脸色的。"

就连边赢叫出那声"小杂种",她第二天见到他了照样恭恭敬敬叫他一声"边赢哥哥"。

那叫一个忍辱负重。

虽然边闻的角度很新奇,但云笑白不得不承认,他的话有几分道理。

边闻继续说:"你就别瞎操心了。不管谁对谁错,孩子的事情让孩子自己解决,边边哪怕再任性着不懂事,也比在这个家谨小慎微好。"

行吧,云笑白被说服了。

云边和边赢的冷战继续维持。

期末临近,她强迫自己不想去想与学习无关的事情,全力备考。

结束期末考试那天是1月21日,中间的这些日子,她和边赢没有任何交集,每每见面了也只把对方当隐形人。

一解放,云边就想回锦城。

这些日子,她在临城待得一点都不开心,不如回锦城和外公外婆,还有锦城的旧友们待在一起,眼不见为净,也许她很快就能开心起来。

但是云笑白阻止了她的计划:"你别坐高铁,明天早上我开车送你回去。"

今天晚上云笑白得去边爷爷家侍疾,抽不出空送她。云边想母亲肯定也是想回去看看外公外婆的,便答应下来,今晚再在边家住一晚。

晚饭时间,李妈问云边:"边边,听你妈妈说你明天又要回锦城了啊?"

"对的,阿姨。"

李妈:"这次准备待多久?"

云边勒令自己无视余光中那道依然我行我素的身影:"应该要等开学了再回来了。"

"去那么久?"李妈有点舍不得她,"那你过年也不回来呀?"

云边想了想:"过年看情况吧,我看妈妈怎么安排。"

李妈叹了口气,扭头问边赢:"对了,阿赢呢?这次寒假不去美国看外公外婆吗?"边赢向来很喜欢去外祖家,寒暑假就算不待满整个假期,也是一考完就着急过去玩几天,这次破天荒没听他提过。

边赢顿一下:"去。"

"什么时候去啊?"李妈问。

边赢再顿一下:"明天。"

"也是明天呀?"李妈诧异,"怎么都没有提前告诉我,行李也还没整理吧,我一会儿帮你收拾。"

边赢敷衍着应下。

云边快速解决了晚饭。

期末考试结束,她一身轻松,下去地下室的影音室看电影。

边赢也很快草草吃完晚饭,迈步上楼。

回到房间的第一件事是订机票,往常每一次订去外祖家的机票都是迫不及待,唯独这一次是例外,拖到现在才下手。

两人各自前往外祖家之前,依然没能结束莫名其妙的冷战。

然后她回锦城,他去美国,至今没有联络。

一月底,宁温书妻子的判决下来,六个月有期徒刑。

云笑白打电话告诉云边结果，云边的骨髓也没和宁温书的儿子配上，这意味着宁温书的妻子完全做了一场无用功，还把自己给搭了进去。最开始的时候，宁温书奔波于给妻子找律师，也千方百计联系云笑白、云边母女俩求情认错，但他要赚钱养家，孩子虽有保姆和长辈照顾，但他依然分身乏术，很快就放弃了。

夫妻俩产生严重的隔阂，他妻子因此失望透顶，宣称出去的第一件事就是和他离婚。

宁温书和他妻子十多年前造下的孽，终究开始"孽力回馈"。

云边觉得她和妈妈这十几年来吃过的苦已是既定事实，她只希望宁温书这个人和有关他的一切，从今以后彻彻底底消失在她和妈妈的世界中。

"对了妈妈，今年过年怎么过？"

还有三天就过年了。过去的每一个年，她跟妈妈都是在外祖家过的。

"今年应该得去爷爷奶奶家过。"云笑白说。

云边猜到了，但听到云笑白这么说出来，她还是有点泄气："那我可以不去吗？我想待在外婆家。"

云笑白说："一家人都在，你不去不太好吧？"

云边马上告状了："哥哥也不去，他是亲孙子都不去。"

很像小学生没做作业被老师责问的时候，举报另一个小学生也没写作业。

"哥哥也没说一定不回来呀。"云笑白忍俊不禁，采取缓兵之计，"哥哥到时候要是真的不来，那你也不来，但是如果他来了，你也过来，行吗？一家人整整齐齐，只缺了个你不好。"

"好吧。"

这头刚挂电话，哈巴就在"群聊（8）"里问过年的事，他先是@了全体，喊大家出来聊天。

颜正诚和邱洪都回应了，但是他最想聊天的对象边赢和云边一个都没冒泡。

于是哈巴就开始指名道姓：【过年回来吗？@边不输@先空着】

云边收到消息了，但没有立刻回复。

她想等边赢先回答，毕竟他的决定决定着她的决定。

边不输：【不回。】

哈巴顿时逮着他一顿宣泄思念：

【那你什么时候回来？@边不输】

【早点回来吧。@边不输】

【你不在，我都无聊死了。@边不输】

每发一条，就@边赢一次。

边赢没回，颜正诚完全能够想象他被刷屏骚扰的不耐表情，赶忙阻止哈巴：【你再@下去，他要退群了。】

哈巴怕真把边赢给烦得退群了，转而把热情使向云边：【那云边呢，回来过年吗？@先空着】

云边已经得到边赢的答案，所以她可以回答了：【应该不回了，我在锦城过年。】

哈巴成了一只泄气的皮球。

但是，他马上又想到新招了：【过完年，我能过来锦城找你玩吗？@先空着】

云边：【当然可以，但是锦城没什么好玩的欸。】

每个人都觉得自己的家乡没什么好玩的，再说就算真的没有什么好玩的，哈巴也不在乎：【没关系，别带我去景区就行，景区太坑，我之前去过。】

云边：【你别失望就好。】

哈巴的喜悦差点溢出屏幕：【不会的！那就这么说定了啊。】

初一是新年第一天，初二按照习俗要去外祖家过，所以哈巴和云边约了大年初三。

边赢冒泡了，回复了哈巴之前"什么时候回来"的消息：【大年初三。】

手心手背都是肉，哈巴纠结再三，想出一个两全的法子——

【那你要不跟我一起去锦城找云边玩吧？@边不输】

邱洪受不了了：【哈巴，你眼里还有我和你诚哥的存在吗？】

颜正诚淡定许多：【算了，我习惯了。】

哈巴一点也不为厚此薄彼的行为羞愧：【那大不了我们都去，我又没说不让你们去。】

边赢没说好也没说不好，丢下这么句话就又消失了。

云边收到哈巴的私聊:【不好意思云小边,大年初三我不过来了。】

云边回复:【好的。】

哈巴解释:

【我得陪不输。】

【我突然记起来2月4号是他妈妈一周年,我怕他难过。】

今年的2月4号是大年初三。

云边愣一下,删删减减一番:【好的,你好好陪边赢哥哥。锦城你想什么时候来都可以,提前通知我一声就行。】

因着边赢不去边家老宅过除夕,云边也得以继续留在锦城,舒舒服服过了一个年,不必去新爷爷奶奶那里找不自在。

年夜饭是和外公外婆还有舅舅一家子一块儿吃的。按照习俗,年夜饭结束就长一岁了,外公外婆和舅舅舅妈拿出压岁钱给云边和云边的小表弟。

老一辈都讲究虚岁,外婆感慨地看云边:"时间太快了,我们边边都十八岁了,是大姑娘了。"

云边小时候盼着快点长大,这会儿冷不丁听见外婆说她十八岁,却生出一丝惶恐和不适应来。

舅舅也很感慨,云边出生的时候他才一个十几岁的孩子,云笑白上班的时候只能把孩子放在父母家,所以他是看着外甥女长大的:"小云边怎么就这么大了,小时候的样子我记得清清楚楚,天天跟在我屁股后面,赶都赶不跑。"

舅妈调侃他:"边边马上就能给你做舅公了。"她笑着看云边,"边边以后打算嫁回锦城,还是留在临城陪妈妈呀?"

云边脑海里闪过一张不合时宜的脸。

"这是什么破问题,她现在怎么说得上来?"舅舅服了,但转而有些坏笑地问云边,"不过也说不准,说不定她早就看好了。"

云边连忙否认:"我没有。"

"你妈又不在,你怕什么?跟舅舅说说嘛。你这么漂亮,我不信学校里没有男孩子喜欢你。"舅舅很八卦外甥女的感情生活,"青春期嘛,很正常,你舅我就是这么过来的,绝对站你这边,你妈那是什么思想,老古董。"

舅妈冷笑:"好啊,你怎么过来的,也跟我说说呗?"

舅舅赶忙赔笑脸:"都是过去式了,没什么好说的,我早都忘记了。"

因为舅舅的一时忘形,云边得以逃脱,不被继续盘问感情问题,转而笑着看舅舅舅妈闹成一团。

云边父母的感情失败,但外公外婆和舅舅舅妈的感情都很好,耳濡目染的影响下,云边并未对婚姻产生什么悲观消极的看法,而是理智看待婚姻有各种各样的表现形式和结局。

如果遇到合适的人,她希望能早早组建一个家庭,一定要温馨美满,她渴望弥补小时候那些空缺。

年夜饭在欢声笑语中结束,晚饭过后,舅舅一家又陪坐一会儿,然后回了他们一家三口的小家。

外公外婆年纪大了,等儿子一家离开,他们也差不多到了要睡觉的时刻。

外公怕云边一个人无聊,强撑着陪她在客厅看《春节联欢晚会》,他困得眼泪直流,但还要逞能:"我不困!我年轻的时候,三天三夜不睡觉都不是事。"

那不都说了是年轻时候的事吗……云边频频看墙上的时钟,颇有些无奈。

朋友们约她一起出去跨年呢,但外公外婆不放心她晚上一个人出门,所以她得等二老睡了才能偷溜出去。

这才不到晚上九点,她要是说自己现在要睡觉,估计外公也不能信。

群里,朋友们频频催促她:

【就差你了!】

【在你家小区门口等你了,快点出来。】

云边盯着外公看了约莫一分钟,终于被外公传染,也打了个哈欠。哈欠一出,她顿时底气十足:"外公,我困了。"

成功把外公骗回房间,等了约莫二十分钟,云边悄悄起床,蹑手蹑脚来到门口,解开防盗锁。

门轴转动发出轻微声响,云边硬着头皮,做贼似的一点点打开家门,隔一两秒就要停下来关注外公外婆房间的动静,光是开门和关门就花了她近五分钟。

最后眼一闭心一横把门碰上，她把耳朵紧紧贴在门上，确认里头没有任何异响，这才放心走开。

手机依然不停振动。这么冷的天让朋友们等这么久，云边挺过意不去的，她把手机从口袋里拿出来，打算跟朋友们说声自己马上就到。

开门关门耗费那么久，手早已冻僵，她不甚灵活地解锁手机，打开微信。

几分钟没看手机而已，首页已经被未读消息框占据。

除了群聊，还有朋友们私聊发来的催促，还有各种熟悉的或不熟悉的人发来的群发祝福。

除此之外，还有边赢的消息。

边不输：【我在锦城。】

云边捧着手机，呆愣了好一会儿。

直到走廊里的声控灯自动熄灭，她问：【你在哪儿？】

边赢发来一个定位，他在瑭江边上的公园。

云边不想去探究自己为什么撒谎告诉朋友们"我实在出不来，不好意思了各位，你们去玩吧"，她只是下意识这么做了。顾不上朋友们会是什么反应，她狂奔下楼，避开朋友们从小区另一道门出去，打了车直奔瑭江公园。

在车上，她才回过神来。

这算是讲和了吗？越靠近瑭江，她越是没底。

瑭江公园很大，没有精确的定位，问过云边的意见以后，司机将她随意下放在路边。被西北风一吹，她发热的脑子清醒不少。

跨年夜，瑭江公园人潮拥挤。云边茫然环顾四周，生出退意。

她转身，打算回路边叫车，转身的一瞬间，不远处一道颀长身影落入眼底，她的动作霎时顿在原地。

瑭江公园这么大，偏偏就是这么遇到了。

边赢的头发稍稍长了些，穿着一件短款面包服，显出单薄，看着都冷。

他慢慢走近，打量她片刻，说："我以为你不会来。"

我也没想过你会来锦城。云边腹诽。

"刚好在附近跟朋友跨年。"她撒了谎。

与此同时,她在心里向那群被她放了鸽子还要被她拿来挡枪的朋友拼命磕头认错。

边赢不疑有他:"嗯。"

从公历跨年至今已经过去三十五天,两人一直没有正常的交流,再加上头一次分别那么久,乍一回归和平,两人之间变得极为生分。

双双无言片刻,边赢伸手递给云边一个袋子。

云边好奇:"这什么?"

"仙女棒,想玩吗?"

"想的。"云边小声说。

边赢让她两手各拿一根,拿出打火机给她点燃。

仙女棒立刻迸发火树银花,云边恍惚间好像回到童年,她双手比画着转圈,半空中挥舞出一道道光圈轨迹。

手中仙女棒很快燃尽。

边赢问云边:"冷吗?"

"冷。"

"那不玩了吧。"边赢说。

云边觉得可惜:"要不我全部一起点掉。"这么一说,她就来劲了,"我小时候一直很想这么做,但是舍不得这么玩,太奢侈了,只舍得一根一根点,今天圆一把我的童年梦。"

仙女棒手拿部分细,前头燃料部分粗,拿一把,前头必然呈散开状,没法同时点燃。

边赢拿住燃料部分的尽头,让燃料头紧紧贴在一起,然后点燃。他的手距离燃料头太近,火星子一个劲往他手上蹦,云边连忙接过手拿一部分,关心他的手:"边赢哥哥,会疼吗?"

"不疼。"边赢说,然后如法炮制点燃了剩余的仙女棒,让她拿着玩。

两手几十根仙女棒同时燃放,璀璨如火,惹来路人驻足。

云边兴奋地挥了几圈手臂,忘记了先前的尴尬,催促边赢:"边赢哥哥,你给我拍张照片。"

边赢照办。

他拍完，云边凑过去一看。他个子高，拍她是仰拍视角，把她拍得像个五五分的矮子，她马上不干了："你把我拍得好丑，重拍。"

边赢又给她拍一张。云边再过去看，依然不满意。

三四个回合过后，仙女棒就开始陆陆续续燃尽熄灭，不一会儿，她其中一只手就只剩一把焦黑的铁丝。

没过多久，另一只手上的也全部熄灭。云边泄了气。

天太冷，她找了个角度，让边赢的身体为自己挡风，仔细研究照片，试图找出一张能凑合发朋友圈的。

很可惜，一张都没有。她嘟囔："好丑啊……"

边赢不知道丑在哪儿："不是挺好看的。"

"哪里好看了？"云边比画着照片，传授拍照技巧，"边赢哥哥，你要让我的脚处于画面底部，头顶留白三分之一到四分之一……"

正说得头头是道，突然有一群人异口同声，怒吼着叫她名字："云边！"

云边浑身僵硬，闻声望去——有缘千里来相见，她那群被她放了鸽子还被挡枪的朋友，恰好来瑭江边夜游，又恰好在数千亩地的瑭江公园看到了她。

边赢也下意识看过去，只见一群人又是杀气腾腾，又是不怀好意，百米赛跑终点冲刺般冲他们跑来，把他们二人紧紧围在中间，插翅难飞，然后开启了你一言我一语的逼问模式：

"这位小姐，你跟我们一个朋友长得好像哦。"

"不能说是长得像，只能说是长得一模一样。"

"该不会是失散多年的双胞胎姐妹吧？"

"不过我们那个朋友现在在家里啦，本来都约好了一起跨年的，我们在她家小区门口哆哆嗦嗦等了她大半个小时，但是她家里管得太严，实在出不了门，只好放了我们鸽子。"

"绝对不可能像你一样，跟男生夜游瑭江，一起放仙女棒。"

云边觉得自己跳江算了。

第六章 · 风雨欲来

云边唯有自我抛弃，让灵魂和身体分成了两个独立的个体，灵魂仿佛飘浮于半空中，以旁观者的角度看待自己肉身的遭遇，她才勉强能继续苟活于这世上。

她根本不敢想边赢会怎么看她，这是整件事情里面最糟糕的部分。

边赢听完云边那群朋友的控诉，偏过头看了云边一眼。她已经处于万念俱灰的状态，木然着一张脸，看破红尘的眼神定定望着江面方向。

江面上有零星几只夜行的船舶缓缓游动，在夜色里显出宁静致远的意味。

云边听到边赢用歉疚的口吻解释说："怪我，是我一定要她过来陪我。"

她终于从自我抛弃的状态中回归，诧异地看他。

边赢诚恳道歉："不好意思啊各位。"

他把责任都揽到他自己身上了，大家不好继续苛责云边。

云边最要好的朋友叶香搂住云边的手臂，还是有点生气："那你直说嘛，居然骗我们。"

边赢说："是我想跟她单独说点话，才没跟你们说。"

叶香是个泼辣的性子，当即反驳："我们每次有新朋友都是第一时间带来给大家认识，哪有你这么没义气的？本来见面机会就少，还为了他放我们鸽子。"

眼见战况又有愈演愈烈的趋势，边赢平息战火："我到时请大家吃饭赔罪。因为现在没什么店营业，等过段时间，让云边安排。"

过年期间，商场里大街上的餐厅大部分都关了门，只剩一些承接年夜饭的酒店还开着，但是年轻人一般不太喜欢去那种环境约饭。

这个说辞，云边的朋友还是能够接受的。

接下来时间就是对边赢的好奇时间。

"帅哥，叫什么名字啊？"

"边赢。"边赢指指云边，"她那个边，输赢的赢。"

"你是哪个学校的呀？高几？"提问题的女生打量着边赢，"你应该也是高中生吧？"

边赢："高三，但我不是锦城人，我是临城人。"

边赢遭到一通结结实实的盘问，云边担心他会不耐烦甩脸色，到时候弄得大家都尴尬，哈巴要是这么黏他，至少能被他丢进瑭江两百次。

云边其实早就发现了，边赢这人的情商并不低，只不过为人非常自我，大部分时候，他不愿意去顾及别人的感受，只管自己痛快。

这一次，边赢给足了她面子。

他始终挂着淡淡的笑，耐心倾听，一一满足她的朋友对他的好奇。

他吸引了全部的炮火，她只需要站在安全区内即可。

最后的最后，她那群不省心的朋友终于意犹未尽地停止发问。

云边双手合十，冲朋友们拜了拜，央求道："好了吗？好了你们就走吧。"

叶香一行人磨磨叽叽半天，才一步十回头地走了，走前还三番五次提醒边赢不要忘了请他们吃饭。

只剩下两人独处，云边后知后觉地发现，还不如刚才被一群人围攻自在，早知道就跟着他们一块儿走得了。

她没脸见白捡的哥哥，双手捂脸蹲下来，剩两只绯红的耳朵露在外面，刺骨的寒风也无法给其降温。

透过手指间的缝隙，她能看到边赢一动不动站在她面前，估计正居高临下观赏她这副自欺欺人的鸵鸟蠢样。

这么僵持了有五六分钟，边赢把她拉了起来，说："陪我吃点东西。"

云边捂着脸，不肯动。

边赢微微叹一口气，解释："飞机餐不喜欢，我快一天没吃东西了，很饿。"

云边还是不动。

边赢等一会儿,问她:"你准备在这里站多久?"

云边急眼,放下捂脸的手,又是恼怒又是委屈:"我脚麻啊。"

边赢愣一下,然后捧腹大笑。

云边头一次见他这么生动灿烂的形象,少年人活力四射,陌生感和惊艳感并存,要不是这事以她出糗为前提,她应该能看得更享受些。

大年三十想吃点东西填肚子,能选择的余地并不多。云边跟边赢一起在便利店靠窗的高脚椅上坐下来的时候,有种回到第一次见面的奇异感受。

上次是她吃,他看着她吃。

云边记得当时白捡的哥哥一直通过玻璃反射看她,一点也不避讳,看得她火冒三丈,浑身不舒服。

此时此刻,她本来可以场景再现,让他体会被人旁观吃饭有多不舒服,但她现在没脸看他。

即使背对他,后脑勺都嫌尴尬。

她想不明白,她怎么就能那么倒霉啊。

另一边有人入座,她继续面朝人家很奇怪,只得把身子转回来,正视前方,侧脸对边赢。

只是这样,耳朵就以肉眼可见的速度变红。

云边绝望了,破罐破摔,又把脸捂起来了。

还好,边赢从头到尾都没有就那事发表只言片语,虽然从某种角度来说,这是一种温柔的凌迟。

他安安静静吃完晚饭,轻叩桌子:"你家在哪儿,我送你回去。"

他吃饭期间,云边已经差不多调整好自己的面部表情了,厚着脸皮装作失忆,镇定自若地答复:"我说哪里,你也不认识呀。"

他一个外地人,能认什么路。

边赢眉峰轻轻挑了一下,没说什么,把垃圾扔进垃圾桶,走出便利店。

外头天寒地冻的冷空气扑面而来,与便利店里的暖和形成鲜明的对比。

云边不由得缩起脖子。

边赢试探着问:"陪我走走?"

天这么冷,怕她不答应。

云边点头。

夜风萧瑟,路上行人却不少,有些以家庭为单位,一家人有老有小,其乐融融,也有朋友几个出来跨年,打打闹闹,欢声笑语不断,还有情侣出门约会,行迹亲密。

只有他们两个无言,并肩前行,气氛要多诡异就有多诡异。

云边本以为边赢只是漫无目的随便走走,全当消食,结果走着走着,她发现这好像根本就是送她回外祖家的路。

等边赢再度熟门熟路拐过一个弯,云边几乎确实确认了:"边赢哥哥,你怎么认识我外婆家?"

"看过地图。"男生与生俱来的方向感。

"那你怎么知道我外婆家在哪儿……"不等边赢回答,云边自己就想起来了,上次一起来锦城的时候,她告诉过出租车司机。

他听进去了,也记住了,大年三十晚上来锦城找她,还提前研究了地图。

这种认知让她一下子雀跃起来。

边赢把她送到小区门口:"进去吧。"

"边赢哥哥再见。"

"再见。"

云边道了别,脚步却被定住似的怎么都挪不动。

小区保安无所事事的目光围着他们打转。

边赢把她往旁边带些,身体站在风口方向,替她挡住了风。

两个人挨得近,云边的额头都要抵到他的肩膀了,她没抬头,盯着他的毛衣领口看:"边赢哥哥,你住哪儿?"

"酒店。"

她问废话,他认真作答。

"哦。"云边停顿一下,绞尽脑汁找话题,"宴森酒店吗?"

边赢:"嗯。"

然后云边就不知道说什么了。她刚才一路上明明有很多问题，但现在她大脑空白，什么都不记得了。

换他找话题跟她聊天："背着家里人偷溜出来的？"

云边说："他们不让我晚上出门。"

"嗯，不会被发现吗？"边赢并不奇怪，他要是有这么个女儿，他也不放心，别说女儿了，如果云边归他管，他肯定不允许她晚上擅自跑出去。

"应该不会，他们很信任我，不会半夜去我房间检查的。"

虽有边赢挡风，但他也瘦，没法给云边创造一个无风的庇护所，刚才一路走来，腿脚在活动还好，这会儿停下来，云边很快冻得鼻头发酸，她捂住口鼻打了个喷嚏。

边赢赶她："上去吧，冷。"

云边走远一步，再度跟他道别："边赢哥哥再见。"

"再见。"

"新年快乐。"

"新年快乐。"

走到拐角处，云边回头看，边赢还在原地看着她。

远远地，她看不到边赢的表情和眼神，只能看到他冲她挥挥手示意她赶紧进去。

走进单元楼，发热的脑子恢复思考能力，云边想起自己一个重要的问题都没问他，比如他什么时候回国的，怎么不回临城跟家人团聚，反而来了锦城，准备什么时候回临城。

虽然她知道他多半是为了她，但她总想亲耳听他说出来。

她不想管以后，也不想思考该不该对不对，她贪恋这样的温存，无法抗拒。

回到家门口，云边掏出钥匙，轻手轻脚插入扩孔。

一转，门没开，被里面锁上了。

所谓乐极生悲就是如此。

半个小时前，外婆起夜上厕所，看到门锁成竖直状态，如果锁着，应该呈横向。

她走过去把门锁上,生气地埋怨:"老是不锁门,说不好的。"

上完厕所,外婆回房间,躺下之际推了把外公,责备道:"老云,你又没锁门。"

外公被推醒,迷迷糊糊地说:"我记得我锁了啊。"

"你没锁。"外婆说。

"没锁就没锁吧,又不是没关门。"外公翻个身,"现在哪还有什么贼。"

云边在门外尝试几下,绝望地抓住自己的头发。

手机振动。

边不输:【到家了吗?】

云边答非所问:【边赢哥哥,你回去了吗?】

边不输:【在路上。】

先空着:【打车吗?】

边不输:【嗯。】

他一个人才没那闲情逸致在寒风中散步。

云边拍了张门锁的照片:【我好像进不去了。】

边赢再回来,云边蹲在路边,像只无家可归的小动物,眼神可怜巴巴。

"有地方去吗?"边赢问。

云边摇头。

"那住酒店?"

这就是问题,云边的声音轻得快散在风里了:"可我没带身份证出门。"

云边没在酒店前台做登记,直接和边赢进了电梯。

熬到楼层,边赢把云边带到自己房门口,替她开了门插了卡,没进去:"我去别的酒店再开一间。"

一张身份证只能在同一个酒店开一间房。

"不用了。"云边环顾酒店内部,"如果你不介意睡沙发的话。"

她自己都没发觉,她对他全然信任,而他的房间,她让他睡沙发说得理直气壮,仿佛这是天经地义。

云边的闹铃响起的那瞬间,宴森酒店2710号房的两位当事人都表示自己很崩溃。

　　边赢顶着针扎般快要爆炸的太阳穴,手胡乱在沙发下摸索到手机,酸涩无比的双眼只能眯开一条缝,看时间。

　　凌晨三点。

　　所幸云边那头很快把闹铃关掉了。

　　边赢连问她定那么早的闹钟干吗的力气都没有,放下手机就睡着了。

　　然而安生的时间没过两分钟,床头灯就被点亮了。

　　床头灯昏暗,边赢睡觉忍受不了一丝光亮,他用衣服把脸蒙起来,但云边在卫生间洗漱发出的动静却是无法阻隔。

　　云边已经竭力放轻动静了,快速洗漱完,她轻手轻脚走出了洗手间,换好鞋子,穿上大衣,拿好随身物品打算要走。

　　边赢掀开身上的衣物,扶着脑袋坐了起来。

　　"边赢哥哥。"云边叫他,"我吵醒你了?"

　　"去哪儿?"边赢沙哑着嗓音问。

　　房间里只有一床被子,他让给她睡了,自己睡的沙发,盖的是一些衣物。衣服的御寒功力和被子肯定没法比,所以房间里空调打得很高,他一觉醒来口干舌燥。

　　"我要回去了,你去床上睡吧。"云边说。

　　边赢拿过矿泉水灌了几口:"这么早?"

　　"我外公每天四点多就会起床晨练,我得趁他晨练溜回去。"云边说,"我回去了,你睡吧。"

　　边赢一条腿迈下沙发,疲惫地叹了一口气,而后慢吞吞地站起来:"我送你。"

　　冬夜的凌晨三点,黑得伸手不见五指,她这个时间回去,让人怎么放心。

　　边赢经过简单的洗漱,两人一起出门。

　　街上冷冷清清,只偶尔才有车辆经过,很寂寥的模样。

路灯在地上，星星在天上，遥遥守望尚未苏醒的城市。

抵达云边外祖家单元楼楼下时是三点四十分，从楼下望上去，外祖家的窗子一片漆黑。

"我外公应该是还没起。"云边解释。

她起得比外公早，确认外公出门了才好进去，不然万一开门的时候和外公撞上，那她的夜不归宿就瞒不住了。

"嗯。"边赢应。因为长时间没睡好，他面容惺忪，眼部略微浮肿，看着有几分憔悴。本来就是话少的人，这下更是惜字如金。

云边说："边赢哥哥，要不你回去吧？"

边赢摇头。

云边没坚持。她本来就是跟他客套一下，大晚上的让她一个人在楼下等，她会害怕。

边赢环顾四周，挑了个比较隐蔽的地方跟云边一块儿等，又累又困也顾不了什么干净不干净了，直接在马路牙子上坐了下来。

云边挨着他坐下。

夜里的气温很低，呼出的白气袅袅上腾，与沉沉夜幕形成强烈的色差。

云边上身只穿了一件打底衫、一件毛衣连衣裙和一件羊绒大衣，都不是什么抗冻的衣物，更何况下身只有薄薄一条打底裤，鞋子也是单薄的靴子，很快冻得浑身发麻。

她悄悄挨近边赢。

边赢察觉到她的小动作，往她的反方向退开些许。

云边有点尴尬，他的抗拒令她一时不知如何反应。

旁边传来拉拉链的声音。

原来他退开只是方便拉羽绒服的拉链。

拉拉链干什么，云边大概猜到了，但当边赢真的把外套脱下来披到她身上，她还是有被触动到。

"你会冷的。"她摇头拒绝。

边赢说了几次没关系，她都不肯，最后两人各退一步，他指指她的围巾：

"那这个给我吧。"

她穿着他的衣服,而她的围巾在他脖颈上紧紧缠了三圈,柔软的羊毛质地上还残留她的体温,在更深露重的夜里将他暖暖包围起来。

香的。

很淡的香,只有离得近了才能闻到,前一次她睡过的床上也有。

云边仍然怕他冷,挨近过去,尽量让他暖和一点。

两人不约而同地安静下来。

等啊等,单元门前始终没有出现外公的身影。

"我外公今天怎么起得这么晚。"云边嘟囔,"会不会是我没注意?"

其实晚不晚的她也不知道,这么跟他挨在一起,她一点时间概念都没有,而且外公的起床时间本来就不固定,前后半小时的时间差太正常了。

她就是没话找话而已。

边赢说:"不会,我一直看着,没有老爷爷进出。"

"哦。"云边干巴巴地应了,继续找话题和他聊天,"边赢哥哥,你什么时候回家?"

边赢:"无所谓。"

反正对他来说,这个世上再也没有团圆可言,在这种阖家欢庆的节日,比起回到物是人非的家中,他宁愿在外面游荡,好过回家看到父亲和别的女人恩爱。

过了会儿,他又补充:"今天明天都行。"

云边一听就明白了,他要在大年初三母亲的忌日之前回去。

"那明天好不好?"她只当不知情,没有揭他伤疤。

更何况,双方母亲的关系,注定她没法和他站在同一个阵营聊这个话题。

云边说:"这两天我带你逛锦城,带你避开坑人景区,体验最地道的锦城乡土人情。"

像个兜生意的导游。

边赢忍俊不禁:"嗯。"

云边又说:"作为回报,下次你带我逛临城。"

边赢说:"我没怎么逛过临城。"

人最容易忽视的就是自己身边的风景,这十几年来,他去过国内外不少地方,但对自己家乡的了解少之又少,他甚至连临城最热门的、对游客来说没去过等于没到过临城的景点都未曾踏足。

"你不介意去景点的话可以,正好我一个都没去过。"

"景点有什么好逛的……"云边嘟囔。

边赢:"不想去算了。"

云边:"我又没说不想去。"

边赢沉默一会儿,感慨:"跟你说话真费劲。"

好吧,她闭嘴就是。

从单元门里出来一个人,边赢示意她看:"是你外公吗?"

云边定睛一看,那明明是个老太太。她认识这个奶奶,身材魁梧,长相偏男性化,偏还剪了一头短发,不知道的人一眼看去确实很难弄清性别。

她收回视线,怼道:"嫌费劲还要和我说话。"

两个人你损我我损你的不知道又坐了多久,单元门前终于出现了云边的外公。

老头子经过一夜的养精蓄锐,这会儿精气神十足,双臂利索地做着扩胸运动,雄赳赳气昂昂地从里面走出来。

云边透过树丛的遮掩看外公走远,乐了:"我外公超可爱吧!"

边赢没有作答。

云边反应过来,她的家人对边赢来说是很尴尬的存在,甚至包括她,也是尴尬的存在。

他放下成见接纳她,但不等于他会接纳所有人。

气氛微凝。

云边挣了挣,从他温暖的大衣包裹中钻出来,却没有问他要回围巾:"我先上去了。"

边赢颔首。大概是为了缓和氛围,他说:"我醒了联系你。"

"好。"云边接过橄榄枝,彼此心照不宣,不提先前的冷战。

云边上了楼,从楼上望下去能看到边赢离去的背影。

外公在健身器材前锻炼,他从外公身旁走过,头也不回。

外公自然也不认得边赢,有人走过,他只下意识打量两眼,便收回了视线。

两人毫无交集地路过。

如果她和他不是继兄妹,白捡的哥哥面对她家人的时候,至少会很尊重,绝不会像现在这般视若无睹。

可如果她和他不是继兄妹,他们应该连认识的机会都没有。

外婆还睡着,云边成功溜回房间。

她给边赢发了条微信:【金蝉回壳。】

边赢回了她一个小猫被拍头的表情包。

先空着:【边赢哥哥,你居然也会发表情包。】

她像见到了新大陆。

边不输:【我又不傻。】

先空着:【我第一次见你发。】

主要是因为没怎么跟他聊过天,每次聊都一板一眼,而且他在群里也很少发言,高冷得很。

边赢回了个无言以对的表情包。

云边喜欢他第一个小猫拍头的表情包,存了,然后发回去。

边不输:【这就盗我表情包了?】

先空着:【这个表情包我本来就有。】

仗着他看不到,她睁眼说瞎话。

聊着聊着,云边注意到时间已经过去四十分钟之久,边赢早该回到酒店了。

先空着:【边赢哥哥,你到酒店了吗?】

边不输:【嗯。】

先空着:【那你睡吧。】

边不输:【嗯。】

云边没有再回,她把今天这一通远超从前所有聊天记录加起来还多的聊天内容从头到尾回顾一遍。

他们两个居然说了这么多没营养的废话。

他不是早就困得不行了吗……难道她不赶他,他就一直陪聊吗?

少女的心思是七月的天,前一秒瓢泼大雨,后一秒就可以晴空万里,方才因为家人而产生的灰心丧气,这会子一股脑抛到脑后。

想那么多干吗,以后的烦恼留给以后。

锦城不兴挨家挨户拜年,而是请客制度。从大年初二开始,家家户户都会在正月里挑一顿午饭或者晚餐时间,宴请所有来往的亲朋好友吃饭。

云边那伙朋友又约上了,因为等过了大年初一,大家开始走亲戚,就很难再聚齐了。

云边应约前往,没有边赢在旁边,朋友们责难得比昨晚更起劲。

云边节节败退,被逼到角落瑟瑟发抖。

下午三点多,边赢醒了,给她发微信:【云导带路。】

云边要走,拿外公外婆做借口:"大年初一一直在外面玩,我外公外婆有点不高兴了。"

这不是假话,大年初一不走亲戚这个习俗,最初创立的目的就是留一天给自家人团聚,外公外婆确实催她早点回去来着,但她以要和朋友们为由,推托了。

叶香不信她,一语道破:"又要见小哥哥去了是不是?真是的,难得回来临城几天还一直放我们鸽子。"

云边告饶:"他没逛过锦城,我带他逛逛。"

叶香的话引发了云边的自我反思,去到临城后,她跟锦城的朋友们相聚的机会少之又少,最近几天的种种,的确很不仗义,但是既然已经跟边赢约好了,总不能临时改口。她信誓旦旦地跟朋友们保证:"这次我会待到开学再走,后面一定好好陪你们。"

好不容易脱身去找边赢,新的问题又来了。

云边本想带边赢去些商业化不那么严重的地方,尝尝那些只有本地人才知道的地道餐厅。

但她忘了，过年期间，也就景区还营业了。

所以最终，云导只能带边赢去了景区，看那片并没什么出彩，但千百年来被无数文人骚客用诗词赞扬过的山水，吃了顿又贵又难吃的景区餐。

付钱的时候边赢想付，但云边坚持要她付，尽地主之谊。

边赢没跟她客气。

出了景区，云边看着身旁的边赢，有些心虚。虽说是不可控因素造成的，但毕竟是她有言在先给了他期待，最终却让他到景区半日游。

"边赢哥哥，很无聊吧？"

边赢没否认："嗯。"

云边："过了春节你再来，我带你好好玩。"

边赢看她："哈巴不是说不想逛景区，那叫他不用来了吧，这怎么玩？"

"嗯。"云边点头，"不过哈巴后天本来就不来了。"

"他怎么反悔了？"边赢意外。

云边观察着他的神色，用稀松平常的口吻说："他说要陪你。"

陪你度过你妈妈的第一个忌日。

边赢哪里还能不懂。

这话过后，两个人之间有了好一会儿的沉默。

云笑白对云边的门禁要求大概在晚上九点，外公外婆年纪大，思想更保守，门禁时间也更早，从下午五点开始，云边就陆陆续续接到了好几通催她回家的电话。

到七点那会儿，等不到外孙女回家，外婆有点生气了。

云边在电话里接受了一通好说歹说，只能跟边赢道别。

"边赢哥哥，明天见。"

不过次日，云边并没有和边赢见面的机会，因为云笑白和边闻也来了。

大年初二是出嫁的女儿带着夫婿和孩子回娘家的日子，边闻虽然忙，但还是陪着云笑白一起来了。

中午一家人一起吃饭，晚上有别的亲戚要走。这也是边闻第一次以云家女婿的身份走亲访友，这种场合，云笑白当然不允许云边缺席。

云边都没敢跟边赢说真实原因,只说妈妈在,不让她出门。

但边赢哪里会不懂,锦城和临城习俗相近,大年初二是什么日子,他非常清楚。从前,父亲从来不曾在大年初二陪母亲回娘家。母亲的娘家距离太远,这当然是一部分原因。

但绝不是唯一的原因。

边赢没戳穿,回复:【嗯,我也该回去了。】

云边不可自制地又有些丧。

那些横在他们中间的东西,很多时候并不是不去想就能当作不存在,触及原则问题,他们就会站在对立面上。

结束晚饭,时间不早,云笑白打算送边闻回临城,刚才酒席上,长辈敬酒,边闻不便推托,陪着喝了几杯,现在他没法开车了。

原本云笑白是打算在娘家小住几天,她已经太久没好好陪陪父母。

边闻不忍她难得回趟娘家又只能匆匆离开,道:"没事,我明天早上酒醒了再走吧。"

云笑白犹豫:"可是……"

边闻知道她惦记着明天是冯越的忌日,便说:"没事,明天早上我早点回去就是了。"

"那你一定要早点起床啊。"

边闻宽慰她:"你别操心了,回去也没什么事。"

冯越的娘家很早就移民美国了,受到西方文化影响,并没有所谓忌日的讲究,最多就是亲人去墓前探望下。

云笑白认真纠正:"不是有事没事的问题,你不要让阿赢一个人面对这一天。"刚才晚饭时间,家里用人传来消息,说边赢到家了。

"知道了,放心。"

但是,人算不如天算。

这一晚,锦城下了一场二十年难遇的雪。

多处线路中断,路上事故频发,堵车严重。

大雪封城,边闻走不了了。

云边一大早醒来看到窗外比往常亮堂,心下就有不祥的预感。

凑近一看,果然是一片白雪皑皑,地上铺了厚厚一层积雪,鹅毛大的雪花还在下个不停。

几个大人在外面讨论。

"我叫你昨天晚上走,你不走,这下可怎么办?"云笑白后悔极了昨晚没有坚持送边闻回临城,顺带着很气昨晚那些个跟边闻喝酒的长辈,"都说了要开车还让喝酒,以后再这样我真的直接翻脸了。"

云边的外婆劝和:"好了好了,有话好好说。边闻也是为了你的面子喝的,为了让你在家里安心待几天才没让你送。"

云笑白急眼了:"妈,边闻的儿子就比云边大几个月,没了妈妈,你换位思考一下有多可怜,今天他妈妈头一年忌日,叫他一个人怎么去面对。再说他本来就接受不了我和云边,这么一来肯定更排斥我们。"

边闻也没想到事情会变成这样。想想边赢的处境,他说:"我现在回去吧,天黑前说不定能赶到。"

云笑白担心边赢,但也没法放心边闻:"可是这么大的雪,你路上出点什么事可怎么办。你要是有个三长两短……"

外婆连忙阻止:"大过年不许说这些晦气的话。"

确实是两难的抉择。

外公给出建议:"不管怎么说,活着的人总要好好活下去,为了已经死去的人冒险,值不值得另说,万一今天边闻真的在路上出什么事,叫男孩子以后怎么面对今天?没有了妈妈,现在对他来说最重要的就是爸爸健在。"

经过商议,边闻最终给边赢打去了电话。

云边贴在门上,能隐隐约约听见边叔叔的说话声:"雪太大了,看地图车也堵得一塌糊涂根本动不了,我暂时没法回来……晚点我看看情况,能回来我一定回来……"

她虽然听不到白捡的哥哥在那头回了什么，但用脚指头都能想到他会是什么态度，因为边叔叔的电话很快就讲完了。

她很想现在就出现在边赢身旁，哪怕什么都不说，只是坐在他身旁静静陪他。

锦城和临城之间一百公里的路程，突然变得遥不可及。

她现在甚至连微信找他都不敢。

云边只能指望哈巴：【哈巴，临城下雪了吗？】

哈巴早睡早起，这个点已经起来了。他拍了家楼下的雪景给云边看：【下了，我从来没见过这么大的雪。】

云边：【你到我们家了吗？】

发出去的瞬间她意识到自己说的是"我们家"，而不是"边赢哥哥家"。不知道从什么时候开始，她习惯了临城的生活，默认自己是边家的一分子。

哈巴没注意到这点小细节：【没呢，我等正诚和邱洪一起过去，这两个肯定还没醒。】

云边：【边叔叔在锦城，雪太大了，应该没法回临城了。】

哈巴：【啊？】

云边发了个叹气的表情包。

哈巴：【那我不等他们两个了，我现在就过去吧。】

云边：【这么大的雪你路上注意安全啊。】

近日哈巴家里硝烟四起，他父亲有外遇的事情让他母亲知晓了，今年这个年，一家人过得十分不是滋味。收到云边的关心，哈巴燃起点久违的温暖：【放心吧，我走路过去。】

雪几乎一天没停，积雪堆得老厚，边闻实在没法回去。

期间给边赢打电话，打不通；给家里座机打，李妈说边赢一个人去陵园了；后来再打，边赢人是回来了，但是拒接电话。

边闻让李妈转告："你跟他说，真的不是我不想回，是实在回不来，等我回来了，我一定陪他去看看他妈。"

云边坐立难安地等了一天。

哈巴没有主动跟她说起边赢的情况，她好几次想问，但打开聊天窗口，又心生胆怯。

磨磨蹭蹭到晚上九点，她终于忍不住找哈巴了：【哈巴，边赢哥哥怎么样？】

哈巴回复：【看着还挺正常的，但心里肯定不好受。】

云边发消息过去之前，几个男生正在聊天。

当然不会聊边赢家里的事揭他伤疤，聊的是哈巴家里的事。

安慰人的时候，最好的办法就是让对方明白：不是只有你一个人这么惨，我也很惨。

哈巴一方面抱着安慰边赢的心态，另一方面来说他心里真的很郁闷，想要倾诉。他见过太多单亲家庭的孩子过得不如意，十分惧怕自己也会成为其中的一员。

邱洪安慰他道："一般不会那么容易离婚，我爸以前也出过事，我妈原谅了。"

"我爸也是啊。"颜正诚说，"我妈早就懒得管他了。"

边赢头枕着沙发，眼皮微微动了动。

从前他母亲在世时，倒是从来没听说过父亲有什么花边新闻，当然了，也许只是偷吃手段高明，没有被发现而已。

不过也都不重要了，反正忠不忠诚的，没什么意义。

不爱比背叛更残酷。

"父母这辈的出轨率是真高，尤其是男人，几乎没有例外。"邱洪感慨，"我就没听过几个男人能老老实实的。"

颜正诚说："说不定你年纪大了也这样。"

"滚。"邱洪觉得自己受到了侮辱，"我要么不结婚，结婚了肯定是'愿得一人心，白首不相离'。"

"哦哦哦。"颜正诚开始起哄，"看你到时跟谁白首不相离。"

邱洪没好气："不管是对谁我都会这样好吗？我这辈子都忘不了我爸出事那会儿我妈抱着我哭的样子。"

哈巴并没有得到安慰,他偶然间听到母亲在联系律师。他从小性子比较单纯,对父母和家庭的依赖很深,接受不了家庭破碎。

"实在舍不得就跟你妈好好哭哭呗,你妈最放不下的就是你。"邱洪给他出馊主意,"我妈就是为了我忍的。你就说你不想没有家,不想有后妈,她肯定受不了。"

边赢一天没怎么说话,听到这里终于开了口:"妈妈也是人,为什么要为了小孩牺牲自己的幸福?"

他语气挺冲,邱洪很尴尬,脸上青一阵白一阵的,想反驳,但又不敢。

从小到大都是如此,边赢一旦动真格,邱洪就犯怵,他也无数次反省过自己到底为何要怕边赢,明明两个人家世差距并不悬殊,但边赢就是把他压制得死死的,他老有种感觉,比起兄弟,他更像是边赢的马仔。

"我这不是看哈巴难过,安慰他一下嘛。"邱洪讪讪地说。

颜正诚捣了邱洪一下,眼神示意他别在这种当口触霉头。

邱洪不甘不愿地停止话题。

云边的微信就是这个时候来的。

哈巴给边赢展示微信:"不输,云边也在关心你呢。"

边赢粗略扫过两人的聊天记录,淡淡"嗯"了一声。

几个男生陪边赢待到很晚才走。

雪没有停,边闻也没有回来。

送走朋友们,边赢回了自己的房间。

他点开微信,找到云边,给她发去消息:【怎么问哈巴,不直接问我?】

云边的名字栏那头一会儿"对方正在输入⋯⋯"一会儿显示她的昵称"先空着",反反复复好几次,就是没能发出只言片语。

边赢想和她聊会儿,但他提不起打字的精神,于是拨了个电话过去。

这个点,云边家里早就各回各房间休息了,她一个人在房间,可以接电话,只要注意控制音量就行。

接起电话的第一句话,她的声音怯怯的:"边赢哥哥。"

"还没睡吗?"边赢问。

云边摇头,想起他看不到,补充:"没有。"

双方都有片刻的沉默。

云边咬咬唇,问出最想问的问题:"边赢哥哥,你还好吗?"

"没事。"

母亲过世一年,他很多次夜里梦到她醒来,心如刀绞,在路上看到一点点像她的人都舍不得移开目光。失去至亲太痛了太难熬了,但地球照样转动,太阳照样升起,这个世界少了谁都影响不了生活继续。

人类的悲喜并不相通,告诉别人这些痛苦并没有什么意义,他不需要同情,更不指望谁能抚平那些伤痛。

边赢没想到的是,云边哭了:"边赢哥哥,对不起。"

他微微怔住,一时不知作何反应。

下一句她哭得更厉害:"对不起。"

边赢闭上眼睛,女孩子的抽泣透过话筒,刺激他的神经。

"你为什么道歉,又不是你的错。"

云边为这两天发生的事情解释:"边赢哥哥,我妈妈真的很担心你,她不是故意把叔叔留下的。昨天晚上我妈妈真的劝叔叔回来,叔叔喝了酒,妈妈想送他回家的,但是叔叔说早上他会自己回去。"

说着说着,她意识到这有挑拨他们父子关系的嫌疑,又语无伦次地为边闻解释:"叔叔也想回来的,他真的不是故意不回来的,他很想陪你,他今天一直在担心你,后来他还冒着危险试着开了一段路,但是路上太滑了,他车开出去没多久就和别人碰了,还好只是擦破一点车漆人没事……"

边赢知道今天的雪有多大,要他说一句"爸我一定要你回来",他断然说不出口,他已经没有母亲,不能再没有父亲,没有谁想当个无父无母的孤儿。

但父亲今天不陪他,以后也没有必要了。

为什么昨晚明知要开车,还是为了给云笑白面子陪她的亲戚喝了酒,后来又为什么没有回家,等到第二天大雪封城,才说束手无策。

母亲离世不过一年,父亲另娶新欢,处处体贴,处处着想,以至于连母亲的第一个忌日都没法回来。

在今天这样的日子,除了痛,恨同样深刻。

可是面对云边,这些痛和恨,他只能一一打落,生生咽回去。

每一口都像在咽碎玻璃,划得他五脏六腑生疼。

说话间,他甚至隐隐约约尝到了血腥的铁锈味道。

云边一直跟他道歉。

"云边。"良久,他收拾好自己的情绪开了口,"不是你的错,你别哭。"

云边哭得更厉害了:"边赢哥哥,你是不是又讨厌我了?"

如果他讨厌她,怎么会打电话给她。

见他沉默,云边只当自己的猜测成了真,好不容易中断的道歉又捡起来了:"对不起边赢哥哥。"

"没有。"边赢给出明确答案。

"什么没有?"云边哭得上气不接下气,已经忘记道歉之前具体说了什么话。

边赢答非所问:"你之前不是说,不喜欢我对你忽冷忽热。以后都不会了。"他的声音里有种疲惫的温柔感。

云边大致听懂了,但她此刻特别没有安全感,问:"意思是以后都冷了吗?"

"服了你了。"边赢说,"以后都热。"

本来是云边安慰边赢的,也不知道后来怎么就反过来,变成他安慰她。

但是说实在的,云边确实不知道怎么安慰边赢。

他和她的立场注定不同。

她矛盾极了。

她理解边赢心中的愤怒和痛苦。他母亲离去的那一天起,他的家就散了,而当他父亲把他母亲这一页彻底翻篇,这意味着他的家在他母亲离世之后,从物质世界到精神世界,彻彻底底宣告灰飞烟灭。

如果边叔叔不是她的继父,她一定希望边叔叔即便再娶,也能在心里给前妻留有一席之地。

可边叔叔是妈妈的丈夫。

哪个女人不希望自己是丈夫心里的唯一。妈妈能得到边叔叔全心全意的爱护和事无巨细的关怀,她应该要为妈妈感到高兴,如果她希望边叔叔惦记别的女人,那她将妈妈置于何地?

边赢和妈妈,无论是哪一边,她都无法全心相待。

这令她自责,而且是双倍的自责。

又过了一日,待路况稍有好转,边闻立刻赶回临城。

临行前,云笑白千叮咛万嘱咐,让他好好跟边赢道歉解释。

"这小子不吃那一套。"边闻深知自己这趟回去就是去踢铁板的,"做无用功。"

云笑白说:"那你也耐心些,陪他一起去陵园看看他妈妈。"

边闻颔首:"你和边边就在你妈家多待几天吧,最近几天别回去,省得撞他枪口上。"

"知道了。你快去吧,路上慢些。"

边闻跟云边道别:"边边,新年快乐,在外婆家好好陪陪外公外婆。"

"叔叔再见。"云边其实很想跟着边闻一起走。

边赢答应过她,以后再也不会对她忽冷忽热,以后会都热。

所以她一点都不担心撞枪口,她现在最想做的一件事就是回去。

哪怕他不需要她的陪伴,但能够和他待在同一个空间之下也很好。

但妈妈都不回去,她找什么由头回去呢?

一直到边闻启动汽车,云边也没能找出一个正当理由,只能眼睁睁看着车子越开越远,直至消失不见。

路上仍有积雪,原本一个多小时的回家路程,边闻用了将近两倍的时间。

回到家已是傍晚。

李妈作为用人,都忍不住多嘴两句:"先生,前天那种日子……你真的应该回来陪陪孩子的。阿赢嘴上不说,但我看得出来,他眼巴巴等了你一整天。"

"我知道,我也不想这样的。"边闻苦笑一下,"他在家吗?"

"在呢,在楼上。"

边闻上楼，来到边赢房门外，叩响房门。

里面没有人应。

意料之中。

边闻今天回来就做好了准备，放弃所谓父亲的尊严和权威，放低姿态好好哄哄儿子。他再度叩门："阿赢，是我。"

再等两秒，他又问："我直接进来了？"

"别进来。"边赢在里面很不耐烦地回了一句。

边闻："爸爸有话想跟你说。"

边赢显然不打算再给他任何回应。

"我进来了。"边闻说着，按下了门把手，推门而入。

边赢坐在书桌前，对着电脑打游戏。

电脑侧对着门，从边闻的角度看不到屏幕。

边闻走近："阿赢，跟我聊聊吧。"

边赢重新看屏幕，半晌，才漫不经心地说："聊吧。"

这种情况下边闻能正常聊才叫有鬼，命令道："游戏先关了。"说完，他意识到自己语气过冲。

怕触边赢逆鳞，边闻卑微地补充："不是干涉你的自由，现在是寒假，你想放松一下也很正常。"乱七八糟解释了一堆，边闻说重点，"我的意思是……你能不能一会儿再打游戏。"

边赢嗤笑一声，开了静音："想说什么，说吧。"

手点鼠标和键盘的动作不停，边闻能看到屏幕还在变幻，呈现直观的画面，更何况边赢的眼睛全黏在上面，根本没有配合聊天的意思。

边闻强迫自己不去计较这些，把打了一路的腹稿说出来："爸爸向你道歉，前天不该不在家陪你，不管是什么原因，我都对不起你和你妈。"

边闻从小被人巴结到今天，跟人道歉的次数屈指可数，像今天这般跟儿子认错更是开天辟地头一次，他有几分别扭，但已经竭力真诚："阿赢，爸爸错了，请你原谅我。但我不是故意的，我真的没想到这场雪能这么大，完全打乱了计划。"

边赢毫无波澜，手放到音响的音量控制按钮上，赶人的架势："说完没？"

"我知道，你心里怨我再娶太快。但我可以向你保证，我会一直记得你妈妈，她永远是我最重要的女人之一。"

边赢没了捉弄父亲的恶趣味，他松开音量按钮上的手，嘲讽道："别了吧，无关紧要的人还是趁早忘掉，否则这话让你老婆听到了，多影响你们夫妻感情。"

"云阿姨不是那么小气的人，我过来之前，她千叮咛万嘱咐让我陪你去看看你妈妈。"边闻诚恳地说，"趁现在还早，陪我一起去趟陵园看看妈妈吧。"

"不去。"边赢面色冷下来，直接将音量开到最大。

声响瞬间震耳欲聋。

边闻知道今天是无论如何劝不动边赢了，想也知道，这会儿边赢肯定在气头上，他说什么都只是火上浇油，便说："那我一个人去就是。"

离开前，他还体贴地帮儿子把门关上了。

走了几步，就听房门打开的声音。

边赢追了出来。

边闻以为他是想开了，心下欣慰，嘴角刚露出笑意，就听见边赢说："你不许去。"

边闻一下没闹明白："什么？"

边赢的脸色沉得像墨："你没那资格。"

云边在房间听到云笑白打电话的声音，听着应该是在和边闻打电话。

她放下寒假作业走出去。

毫无疑问，边闻和边赢父子俩的沟通一点都不顺利。

尽管已经从云笑白的话和语气中猜出来，但等云笑白挂掉电话，云边还是关心了一下："哥哥怎么样？"

云笑白叹着气摇头："闹得很凶。"

云边静待下文。

云笑白没打算跟她一个小孩子说太多，她头疼地抱住脑袋，靠到沙发座上："你别操心，回去写作业吧。"

云边不敢问太多。不过再晚些,她开了一条房门门缝,偷听妈妈和外公外婆的聊天,明白了大致的事情经过。

边闻想去陵园看冯越,边赢不让。

边闻最开始抱着迁就边赢的心思,但是边赢每句话都冲着搞大事情而去,边闻完全没法和他交流,打住:"你在家好好冷静一下,我去去就回。"

"我说了你没资格去。"边赢动手扯住边闻,"我怕她看到你,变成骨灰了都忍不住吐出来。"

到这里边闻也已经很火大了,但还在竭力压抑火气:"我去看我老婆,轮不到你阻止。"

边赢听到"老婆"两个字怒极反笑:"老婆?你有几个老婆?"

"这也不是你说了算的。"边闻抛下这句话,甩开边赢的手往楼下走。

父子俩一路拉拉扯扯来到楼下。

边闻打开大门,边赢便转身上楼去了。

边闻以为边赢终于放弃了,结果他刚坐进车里,还没来得及关车门,就见边赢重新出现在自己视野中。

边赢只是回房间拿了一根棒球棍。

接下来,在边闻愤怒的质问和用人惊恐的呼叫中,他一下又一下,把车砸了个面目前非。

边闻几乎认不出这是自己的孩子,而是看着一个"修罗"。

"今天你开一辆我砸一辆,你想去看我妈,除非从我身上轧过去。"

接下来的寒假时间,边家如履薄冰。为了避免冲突,边闻整日在公司待着,云笑白也迟迟没有返回临城。

云笑白不回,云边更没机会回。

家庭之间的矛盾不可能当作不存在,她和边赢两个人身为其中的"两分子",没法置身事外,所以他们的联系并不算很多,即便联系,也都默契地避开那些话题。

云边头一次这么想回去。

她盼星星盼月亮盼到寒假最后一天，云笑白终于带着她启程回临城。

路上，云笑白委婉地跟她说明情况，然后提醒说："这次回去，哥哥可能比从前更加不喜欢我们，你尽量不要去招惹他。"

云边不担心自己，她担心云笑白："那，妈妈你也尽量不要靠近他。"

"他再不喜欢我，我也不能不理他呀，我是大人他是小孩。"云笑白笑起来，宽慰她，"你放心好了，我会自己看着办的。还有，如果他对我有什么意见，你不要强出头，不要操心大人的事，当作没听见没看见，我自己能消化。听见没？"

云边本来是很信任边赢的那句"以后都热"的，但随着离家越来越近，她生出一种"近乡情怯"的不确定来。

万一白捡的哥哥后悔了呢，万一他对热的理解跟她不一样呢。

李妈迎接了母女俩，然后冲楼上喊："阿赢，吃饭了。"

过来之前，边闻曾打电话给云笑白，他说自己今天晚上公司很忙抽不开身，问她们需不需要去别的地方住，再不济也先避开今晚的晚饭。

云笑白拒绝了："他又不是豺狼虎豹，上回只是在气头上才发那么大火。"她始终记着边赢叫过她一声"阿姨"，相信自己总有一天可以感动他。

如果她表现出防备，岂不是将事情往更糟糕的局势推。

边赢踩着拖鞋从楼上下来。

太久不见，云边光是远远看着他出现，居然都有些紧张。

"阿赢。"

"边赢哥哥。"

云笑白和云边跟他打招呼。

他谁也没有理，目不斜视地来到自己常坐的位置前坐下。

饭桌上，云笑白尝试着关心边赢的寒假状态。

她太清楚自己这一系列举动吃力不讨好，只是身为后母，她总不能漠视继子，他可以不需要她的关心，但她不能不给。

边赢没有理她。

云笑白颇为意外，她原本做好了被边赢怼的打算。听过边赢砸车的壮举，今天即便他掀桌，她也有思想准备。

结果他居然只是不理她，远比她想象中和平。

云边低头吃饭，但余光一直牢牢关注边赢。

白捡的哥哥别说理她了，除了刚见面那一眼，他甚至连看都没看过她。

云边能理解，他不想在家长面前跟她有太密切的关系，免得给彼此惹来不必要的麻烦。

但万一，人后他也打算这样这般对她呢。

回来这么久，她一点积极的信号都没能收到。

胡思乱想之际，有一只脚从对面伸过来，在桌布遮掩下，踢了下她的脚。

他用这种方式跟她打了个招呼。

真的是"以后都热"。

云边的嘴角微微扬了起来，她把头埋得低低的，不敢叫旁人看到自己的脸，怕被看出表情上的端倪。

她现在肯定像只发现了巨大坚果库的松鼠，就算再怎么掩饰，喜悦都会从眼角和眉梢流出来。

云笑白嫌弃地替她薅了把头发："干吗低着个头，头发都浸到碗里去了。"

云边已经调整好了面部肌肉，她抬起头来："太久没吃阿姨做的饭菜了，有点想念。"

重组家庭一家四口随着开学，重新住到同一个屋檐之下。

边闻和边赢父子俩的关系经过上次的砸车事件后降至冰点。

云笑白自认身为其中难逃其咎的一环，一定会被殃及，所以她打起了十二万分的小心谨慎去面对边赢。

出乎意料的是，边赢的怒气一股脑集中到边闻身上，对待云笑白仅仅是冷淡，他几乎完全把她当成了隐形人，但除此之外，并没有什么让她难堪的言行举动。

工作日的晚上，边赢在上"晚自习"，边闻回家吃饭，问起边赢近日来的表现，错愕的同时有些欣慰："没为难你们就好，我这里随便他发泄，谁叫我是他爹，我上辈子欠他的。"

云边在云笑白叫边闻耐心些、不要跟孩子计较的劝慰中，低头吃饭不说话。

白捡的哥哥是为了她吗？

如果不是她自作多情的话，应该就是为了她才忍下来的吧。

比起开心，她心里更多的是束手无策的无力感，他们之间横了太多的左右为难，这些隔阂并没有随着时间的流逝变浅，相反越积越厚。

开学以后的第一个周末，叶香来到临城找云边玩。

云边跟云笑白请示，周六晚上要陪叶香在酒店住一晚。

云笑白不太放心女儿在外面留宿："你怎么不把香香叫到家里来住？家里这么多房间，浪费那个酒店钱干什么？"

叶香哪敢住到云边家里来。

云边刚到临城那会儿，跟朋友们抱怨过白捡的哥哥难相处，所以叶香哪敢上门叨扰，自觉订好了酒店，省得遭人嫌。

而云边也还没有告诉叶香，大年三十来锦城找她的人就是白捡的哥哥，说过人家那么多坏话，她不知道如何解释他们之间关系缓和的原因。

"叶香说住酒店比较自在，她都订好了，已经没法退了。"云边央求，"妈妈你放心吧，我们不会在外面玩到很晚的，大不了我每天晚上九点钟就给你视频通话。"

云笑白还是不放心，晚上九点在酒店不等于晚上十二点也在酒店。

"孩子这么大了，要学会放手，不要还跟她小时候那样，你什么都想掌控。"边闻理解云边，帮忙劝云笑白，"我是为你好，边边再过一年半就要上大学了，到时候你一下子什么都管不了了，别适应不过来。"

有边闻帮忙劝，云笑白最终同意了云边的请求。

搞定云笑白，云边微信找边赢要临城旅游攻略，虽然他上次说没逛过，只知道景区，不过她还是问了他。

就算找个借口聊聊天也好。

先空着：【边赢哥哥，我朋友过来找我玩，有没有推荐的景点和餐厅？】

边不输：【哪个朋友？】

先空着：【叶香，你上次见过的，最泼辣的那个。】

边赢上次在锦城见了云边那么大一群朋友，男男女女都有，他对这个叶香印象最深，一说"最泼辣的那个"，他就记起来了。

边不输：【景点没有，餐厅有两家。】

他给云边分别列出来，但其中一家只有地址，没有名字。

边不输：【这家更好吃，但很隐蔽，没有熟人带不让进。】

云边对着这条消息琢磨片刻。

既然白捡的哥哥能推荐，那他一定是所谓的熟人吧，可让他带的话，就得跟他一起吃了。

可他没说要带她们，她总不能自己上赶着说。

经过权衡利弊，云边避开雷区，只真诚地向边赢表达了感谢。

看来她不需要他带路，倒是他自讨没趣了。边赢回了她一串省略号。

先空着：【省略号有点冷。】

边不输：【你要求太高了。】

周六上午，云边早早起了床，准备到点就去高铁站接叶香。

路上，她收到叶香的微信说肚子饿，于是中途下车给叶香买早饭。

街边的煎饼果子摊生意兴隆，云边看时间还宽裕，就加入了排队大军。

好不容易轮到她，她加了满满的料，叶香肯定吃不完，她们两人一人一半刚刚好。她扫码把钱付了，等着摊主制作。

摊主手脚麻利，小铲子那么一转，薄薄一层面粉糊就均匀摊平在铁板上，鸡蛋往铲子上一磕，打在面皮上，瞬间香味四溢，跟着热气弥散，大冬天别提有多诱人了。

远处有跑步声传来。

人数不少，地面微微震颤。

云边抬眸看去，发现被追的那个居然是仇立群。

他身后十几米，是一群光看发色就很嚣张的小青年。

仇立群是专业运动员，身体素质不必多说，他叫着"不好意思借过"，灵活地穿梭在各种各样的早餐摊推车间。

云边看到他了，他也看到云边了，眼神大老远就锁定了她。

"喏。"摊主把新鲜出炉的煎饼果子递给云边。

云边正准备伸手去接，就被刚好跑过的仇立群一把拽过："云边，快跑！"

她只能眼睁睁看着自己与煎饼果子失之交臂，为了不摔倒，她用尽全身的力气跟上仇立群的脚步："他们是谁啊？"

"一群地痞流氓。"仇立群说。

云边上气不接下气："他们……为什么追你？"

"你看到那个白毛没？他认的小弟在学校被我教训了。"仇立群气息很稳定，"本来我是不怕他的，他那种小身板，我一个打五个不在话下，谁想到他这么阴，居然带了这么多兄弟。"

煎饼果子是别想拿了，云边现在只有一个问题："那你拉上我干什么？"

仇立群像看傻子一样看她："你以为那群人会有什么绅士风度吗？我的朋友，是女人他们照样打。"

云边太绝望了："你不拉我，谁会知道我们认识啊！"

半晌，仇立群说："好像是哦，对不起。"

这是什么四肢发达头脑简单的傻子。云边要疯了，她这辈子都没体验过这种跑法，就算是中考体育都不曾这么拼命。

她艰难地从口袋里拿出手机。

"你干什么？"仇立群问。

"报警啊。"云边理所当然地说，"这么多人你又打不过，我也帮不了你忙。"

"不行。"仇立群眼疾手快，把她的手机给抢了，"我今天逃了训练出来的，报警就让我教练知道了，他一定会扒了我的皮。"

云边没法理解他的脑回路："那总比被他们扒了皮好啊。"她苦苦央求，

"我真的跑不动了,而且我还有事,没空陪你锻炼。"

仇立群思索片刻,拐进一条狭小的巷子里停了下来。

他决定正面"刚"。

云边彻底无语了,这到底是个什么奇葩!

趁对方的人还没来,仇立群给她科普自己把这里选为战场的原因:"这里很窄,他们没法一起上,最多两个两个来。"

云边打量眼前的场景,有点被同化,有那么一瞬间她觉得仇立群的分析确实有几分道理。

很快,那群五颜六色的非主流青年就冲到了巷子口。

白毛一声令下:"给我冲,谁把他打趴下,这学期的成绩我都包了。"

巨大的利益诱惑彻底点燃了青年们的热血。

云边很震惊,没想到这群看起来不学无术的青年,居然也有一颗上进的心。

仇立群泼白毛凉水:"你自己考试能及格吗?"

白毛差点气晕,一声令下,示意兄弟们上。

只能一个一个上,仇立群完全没在怕的。

云边看得出他胜券在握的样子,也就放心了,她打算从小巷子的另一头走:"我先走了,你慢慢打。"

"你也太没……"仇立群分心回头看她一眼,指责她太没义气,但就是这个分心的空隙,对方抓住机会,狠狠给了他一拳,他顿时鼻血直流。

仇立群没空管云边了,专心对付"敌人"。听着云边的脚步声远去,他吼:"别报警啊!"

跑出小巷子,云边犹豫一下,考虑到仇立群的赢面,再加上地处闹市区,应该出不了什么大事。应仇立群本人的要求,她没有报警。

让仇立群这么一耽搁,她接叶香的时间就比较赶了。

她没空回去拿煎饼果子,就近上了车,直奔高铁站。

还好赶在叶香出来之前抵达,顺利接上叶香。

叶香看她双手空空:"我的早饭呢?"

云边下了车是狂奔过来的,这会儿还大喘着气:"说来话长。"

"真是的,我都要饿死了。"叶香环顾一圈,看到了肯德基,"那你陪我去吃点。"

云边艰难地咽了一口唾沫,拉住叶香:"先不吃了,陪我去个地方。"

她刚才给仇立群发了消息,他没回。

不会真出什么事了吧?毕竟对方那么多人呢。

小巷子里已经空无一人,但是沿路被压折的小草和随处可见的散落杂物,以及几滴已经干涸的血迹,无一不在说明这里刚发生过一场恶斗。

云边心里慌起来,后悔不迭刚才不该抛下仇立群离开。

她再度尝试着给仇立群打电话,听到不远处有微弱的手机铃声传来。

她顺着声音找过去。

仇立群躲在一处墙面之间的凹陷处,看到云边,他别扭地别过头去。

云边自知理亏,主动问候:"打赢了吗?"

仇立群:"哼,你还知道回来找我呢。我要是打不过他们,你现在看到的就是我冰凉的尸体。"他哀怨极了,"你怎么是这么不讲道义的人啊!我错看你了!"

虽然那群二货青年不是他的对手,但寡不敌众,加之云边往巷子另一头走的行为启发了他们,他们分了一半人从那头绕过来,他两头受敌,痛痛快快施展拳脚的同时,也结结实实挨了一顿打。

云边歉疚地解释:"我朋友过来临城找我玩,时间来不及了,我看你肯定打得过他们,就先去高铁站接我朋友了,一接到她,我就马不停蹄过来找你了。不好意思啊。"

"你刚才来晚了是因为在打架啊?"叶香问云边。

等把事情来龙去脉听清楚,叶香当即就怒了,拍案而起:"不要脸,这么多人打一个,有没有一点江湖道义?"她越说越气,"他们人在哪儿,走,我陪你去找他们,打他们个落花流水。"

怎么会有这么讲义气的女孩子,而且还是为了素不相识的人!仇立群鼻子一酸，两行刚止住没多久的鼻血飞流直下。

他再没骨气也不至于叫女孩子帮他报仇。不过为了报答叶香的侠肝义胆，仇立群自告奋勇当导游，带两个女孩子游临城。

有本地人带，云边和叶香得以接触到百度攻略里体验不到的风土人情。

到了饭点，云边说："我请你们吃饭。"

她打算去白捡的哥哥推荐的餐厅，不用熟人引荐的那一家。

半上午下来，仇立群心里有气，一直对云边爱理不理，倒是对叶香分外热情，几乎把她奉为知己。听到云边要请客，他终于主动找云边说话了："我请吧，我请你们去一家很好吃的餐厅。"

他是不会让女孩子请他吃饭的。

云边推辞："不了，还是我请吧，我这里也有一家很好吃的餐厅。"

两人争了半天，仇立群问："你要去哪家？"

他打算从了云边的意见，但还是他请客。

结果云边一报名字，仇立群就露出了诧异的表情："你确定？"

云边不解："怎么了，这家很难吃吗？"

她还是相信白捡的哥哥的品位的，就他那个挑剔劲，能得到他认可的餐厅，口味绝对不会差。

"好不好吃我不知道，因为我没吃过。"仇立群说。

"好吃的。"云边信誓旦旦地说着，打开了大众点评，打算看看地址。

结果一打开看到了"人均2500元"。

失策。

告辞。

她收起手机，当机立断对仇立群说："你说去哪儿就去哪儿吧。"

边叔叔对她和妈妈很大方，但她心里清楚自己和边赢是不一样的，她不能心安理得乱花边家的钱。

仇立群推荐的餐厅平价多了，位置在一个七弯八拐的小巷子里，不是土生土长的本地人压根别想找到。

他重磅推荐了这家的海鲜面。店家很实诚，端上来满满一大碗面，料很足，花蛤和虾之类的配料都快溢出来了。面的口感筋道扎实，软硬适度，汤里不知道是加了牛奶还是什么，格外香醇，一口下去，味蕾能升天。

就连无限量自助的泡菜都是一绝。

云边和叶香都给了五分好评，赞不绝口。

到结账的时候，仇立群和云边争着买单，谁也不让谁。

叶香摸着滚圆的肚子看了半天，实在受不了了，趁两位忙着，去把钱给付了："还请两位不要沾染长辈抢着买单的恶习。"

最后居然是远道而来的客人、还是女孩子买单。除了义气，仇立群又发现叶香其他的闪光点：慷慨。

吃过午饭，仇立群又带着她们玩了半下午。

三人正在一家航空体验馆玩得不亦乐乎，仇立群接到一个电话。

看到来电显示的瞬间，仇立群的笑就挂不住了，面如土色，手都开始抖了："我完蛋了。"

教练今天有事，本该晚上八点才回来，没想到他提前结束了行程。

"仇立群你可真是胆大包天啊！限你五分钟之内马上给我滚回来！"

那愤怒的吼声穿透话筒，就连一旁的云边和叶香都听得一清二楚。

"我得走了。"仇立群愁眉苦脸地跟两个女孩告别，即便这样他还记着自己导游的使命，"我路上再给你们推荐一点好玩的地方吧。"

仇立群走后，叶香之没了顾忌："这谁啊？"

云边："我朋友。"

"你来临城不久，朋友倒是交了不少啊。"叶香酸溜溜的。

云边马上哄她："但你永远是最好的那个。"

叶香回想云边大年三十的行径，对此誓言充满怀疑。

云边也有点心虚。正好，她手机响起，她立马拿出来："肯定是仇立群给我们发攻略了。"

她试图以此转移叶香的注意力。

但微信不是仇立群发来的，好巧不巧，正是边赢找她。

他问她去哪里玩了。

"他怎么说？"叶香问。

"不是他。"云边说着，快速把今天去过的地方给边赢数了一遍。

边不输：【我都没听过。】

先空着：【很好玩，不是那种坑人的景点。】

边不输：【中饭呢？】

先空着：【没去你推荐的那家，去了一家海鲜面馆，好好吃哦。】

她发照片给边赢。

边赢看到照片里有三只碗，而且有一只手明显是男生的。

边不输：【还有个是谁？】

先空着：【我朋友。】

边赢随口一问，本来也没多想，只当叶香不是一个人过来，但云边回答"我朋友"，就很引人深思了。她临城这边的朋友他基本上都认识，完全可以直接说名字，而不是笼统的"我朋友"。

怪不得不要他当向导，原来是有人陪了。

于是，他给她发了一串省略号。

先空着：【我说了，省略号有点冷。】

边不输：【我也说了，你要求有点多。】

云边也给他回了个比较冷的省略号。

云边自以为没和边赢聊几句，但事实上叶香在一旁早都等得不耐烦了，她凑近一看，边不输？"不输"不就是"赢"吗？

她仗着力气比云边大，拽住云边的手腕，凑近云边的手机，给边赢发语音消息："帅哥，上次在锦城不是答应请吃饭吗？现在我来临城了，你说话还算话吗？"

云边制止不了，眼睁睁地看着消息发出去。

过一会儿，边赢打字回复：【算啊，你们在哪儿？】

边赢来到航空馆的时候，两个姑娘已经在门口等他了。

"Hi，帅哥。"叶香什么时候都不怕生。

边赢朝她笑了笑:"叶香你好,欢迎来临城。"

他叫得出叶香的名字,这让叶香感觉被重视,心中非常满意。明明是她自己叫边赢出来请客,但见到人了她又假惺惺客套一场:"让你破费了。"

"客气了。"边赢不动声色地在周围看一圈,没找到仇立群的身影,问云边,"你那个朋友呢?"

"他先走了。"

"嗯。"边赢淡淡地应了,很随意的口吻,"怎么想到找他当导游,我以为你会找周宜楠。"

"宜楠和叶香不认识,三个人一起玩怪尴尬的。"

照她这个意思,边赢问:"那叶香和你那个朋友认识?"

云边眨巴两下眼睛:"也不认识。"

她看懂了,边赢的表情表达的意思是"你自己看看你前言不搭后语逻辑混乱地在说些什么"。

"说来话长,路上偶然碰到的。"她解释。

边赢没再继续这个话题:"去吃饭吧,差不多到晚饭时间了。"

边赢带着两个女孩去了那家不对外开放的餐厅。

餐厅是会员制,每天只限量接待极少量的顾客。

从一扇不起眼的小门进去,由侍者带着转过好几个弯,里头豁然开朗,复古欧式的装修极为雅致。

三人落座,云边和叶香在同一头,边赢坐在云边的对面。

菜单上面没有价格,边赢让两个女孩子先点,然后又加了几道自己觉得好吃的菜。

小票送上来的时候,叶香无意间瞄了一眼,差点没吓尿。

她知道这种奇奇怪怪的地方价格通常夸张,但这地儿超出了她的想象。

虽然有点不好意思让别人请这么贵的饭,但点都点了,就不能辜负别人的心意,等菜品上来,叶香吃得格外虔诚。

云边其实也不太自在,不过她说服自己,这就是白捡的哥哥的消费水平,她得习惯,不能有太多的心理负担。

饭后三个人一起散步消食，边赢把她们两个送回酒店。

路上，云边看到一家挂着柯达招牌的照相馆，店面很小，里面一个客人都没有。

照相摄影设备近年来升级极快，胶卷被淘汰，早已淡出市场，现在很少能看到胶卷照相馆。

云边想起妈妈那些胶卷。

边赢注意到她的视线，问道："怎么了？"

云边摇头，要是让他知道她妈妈要洗和边叔叔曾经的旧照片，他心里肯定不是滋味。她没说实话："没什么。"

叶香很自觉，见他们两个说话，兀自走到前头去了，给他俩留独处的空间。

边赢看叶香的背影一眼，没辜负叶香的好意，低声问云边："刚才没怎么吃？"

云边点头。

边赢又问："饭菜还合胃口吗？"

"合的。"

那就不是因为不喜欢才不吃的。边赢："那下次再带你来吃过。"

"哦。"云边佯装淡定地应了，"那我下次带你去吃海鲜面。"

边赢说："我不去。"

云边问："为什么？"

边赢："不为什么。"

云边："很好吃。"

"不。"

真是不识好歹！云边气结，又把冷热那招拿出来压他："太冷。"

边赢："冷就多穿点衣服，露个脚踝给谁看。"

云边气死算了。

将两人送到酒店门口，边赢嘱咐："太晚了不要出去。"

叶香立下军令状："你就放心吧，我会好好地照看云边的，不会把她带坏的。"

边赢颔首:"有劳。"

叶香果然在酒店待不住,回去没多久就要拉着云边出门散心。

云边看时间不早了,怕一会儿云笑白打电话过来不放心,就有点犹豫。

叶香却误会了云边的意思,以为她是记着边赢的话才不出去:"他的话是圣旨吗,你这么听?"

"我不是因为他,我怕我妈打电话过来查岗。"

为了证明自己真的不是因为边赢说的那句话,云边答应陪着叶香出门。

夜里起了风,温度也低,两个姑娘缩着脖子拢紧大衣,靠在一起互相取暖。

聊胜于无,依然冻得瑟瑟发抖,但谈笑风生的兴致未受影响,今天她们两个基本没能单独待过,这会子没了"电灯泡",畅所欲言。

聊着聊着,云笑白就打电话过来了。

云边实话实说:"我们在外面散步。"

云笑白没多说什么,只例行叮嘱了几句就挂断了。

妈妈居然这么容易放过了她,云边颇感意外,不过稍微想一下就明白了,肯定是边叔叔在背后推波助澜。

自从边叔叔进入她的生活,她比从前自由许多。

以前在妈妈全方位的保护和管辖之下,其实很多时候她都感到疲惫和厌烦,但为了不伤妈妈的心,她从不反抗。

跟云笑白打完电话没多久,边赢也来找她了。

边不输:【在哪儿?】

先空着:【……】

边不输:【酒吧?】

先空着:【散步而已。】

边赢打了视频电话过来。

在叶香鄙夷而不屑的眼神中,云边硬着头皮接了视频电话,声明:"我们真的在散步。"

"嗯。"边赢瞧见四周背景,"信了。"

云边嘟囔:"居然还打视频。"

边赢笑一下:"怕你不听话。"

叶香当即就是一顿阴阳怪气的"啧啧啧"。

云边想赶紧结束对话:"检查完了吧,检查完了我挂了。"

边赢还有话要说:"你们那导游明天还陪你们吗?"

"没有,他明天有事。"仇立群明天肯定是出不来了,给她们发来推荐的游玩地点后,就再也没有音信,估计是让教练罚狠了。

边赢"哦"了一声,没有多说什么,但也没有要挂的意思。

云边脑海中冒出一个大胆的想法,这人该不会是想毛遂自荐给她们两个当导游吧?

但他不明说,她不是很确定。

加之叶香过来一趟,本意是找好朋友聚首,并不是为了游玩,有不相熟的男孩子在场,说什么、做什么肯定不如两个人单独来得自在。

保险起见,云边委婉地表达了不需要导游陪的意思:"我和叶香很久没有单独待在一起了,明天我们两个人想过二人世界,随便找个地方说说话谈谈心。"

"嗯,你们好好玩。"边赢神色如常,跟她道别,"挂了啊。"

"边赢哥哥再见。"

边赢没回应她的告别,直接把视频挂了。

云边觉得自己有必要找个机会提醒他一下,单方面忽视她的道别、先挂电话,都是冷的表现。

叶香火力全开,鄙夷的神色越发放肆。

云边已经失去辩解的勇气,破罐破摔举白旗投降:"别说了,说就是你对。"

叶香从鼻孔里哼出一声倨傲的气。

云边趁着这个当口,干脆坦白:"叶香,边赢就是我那个继兄。"

叶香愣住了,蒙的大脑转了好几个弯:"你不是说你那个白捡的哥哥讨厌得要死吗?"

"是啊,本来是很讨厌的。"

云边有时候想，还不如像一开始那样互相讨厌着，至少一切都简简单单，阵营明确。

但他是会把她从蛇的毒牙下救出来的人，在她溺水的时候跑丢鞋子跳下水池救她的人，在她被绑架时不会开摩托车不戴头盔飙车追赶绑架车辆的人，在她生理期的时候给她买温奶茶、在边家老宅维护她、看恐怖片的时候安抚地拉住她、大年三十从美国回来陪她过除夕的人……

他给过她大大小小那么多的温暖，她光是想象一下自己讨厌他的场景，都会涌起无尽的自责和心疼。

可她根本没法处理白捡的哥哥和妈妈之间的矛盾，所以停滞不前。

不过这些事情她不打算告诉叶香，在她的交友观里，好朋友再好，也没有事无巨细分享生活的必要，彼此还是要留有私人空间。

叶香找不出别的安慰词，怕戳云边心窝子，换她生硬地转移话题："真的有点冷，我们去买热饮喝吧。"

"好。"

回到酒店，两个女孩子窝在一张床上有说不完的话。

半夜，云边收到仇立群的微信。

不抽利群：【不敢相信我居然活下来了。】

先空着：【不会吧，这个点你教练才放过你？】

不抽利群：【这下知道了吧，我今天是舍命陪的你们俩。】

云边跟叶香吐槽："他就算不陪我们两个，他也逃出来浪了啊。"

不过仇立群毕竟给她们当了一天导游，所以她客客气气的：【不胜感激，都不知道怎么报答你了。】

不抽利群：【你把你朋友微信给我吧。】

先空着：【？】

不抽利群：【我把中午的面钱还她，我的字典里没有让女生请客。】

不抽利群：【我今天看透你了，你不讲义气。】

"就这点诚意，好肤浅啊！"云边半真半假地吐槽，笑着扭头看叶香，"怎么说，给不给？"

叶香对仇立群观感不错,大大方方地答应了:"可以啊,就当交个朋友嘛。"

两个女生天南地北地扯,一直到天蒙蒙亮,才架不住困意睡去。

叶香星期天下午四点的动车,两个女孩子一起早早吃了晚饭,然后才去高铁站。

在安检口分别的时候,叶香安静下来,看了云边一小会儿,上前把她抱住:"哎,云小边,又要和你分开了,我真想念从前可以天天见到你的日子。"

云边没想过把这种只隔了一个多小时车程的离别弄得如此煽情,但不可否认,就是这一个小时隔了千山万水,从前天天能见的人,现在一两个月不见是常事。

被叶香这么一搞,她也很伤感。

回到家里,家里正在开饭。

云笑白和边闻都不在,只有边赢一个人。

"阿姨,边赢哥哥。"云边打招呼。

不知道是不是她的错觉,她觉得边赢有点爱理不理。

李妈已经打电话问过云边吃不吃晚饭,不过看到她回来去还是问了一句:"边边要不要再吃点?"

"我吃饱了。"云边拒绝。

李妈随口问:"你晚饭吃了什么呀?"

"海鲜面。"

李妈:"好吃吗?"

海鲜面太美味了,云边和叶香中饭、晚饭都是在那儿解决的,两天时间吃了三顿,没觉得腻,反而意犹未尽。

"超好吃,我们今天中午也在那儿吃的。"云边拿出手机给李妈看照片,"汤白白的,有点厚,好香,我猜可能加了牛奶。阿姨您会烧吗?"

"加牛奶?没试过,不过我可以试试看。"李妈研究海鲜面的配料,"看着应该不难,下次烧给你们吃。"

云边:"好的呀。"

边赢却泼冷水:"我不吃。"

这下云边确认了,边赢是真的对她有意见,并非她的错觉。

她怎么得罪他了,她百思不得其解。

趁李妈走开,她在桌旁坐下来,问:"边赢哥哥,我哪里惹你不开心了吗?"

边赢都懒得抬头看她:"没有。"

既然没有,那么唯一的解释就是这个人忽冷忽热的毛病又犯了。

承诺是要自己践行的,而不是靠别人三番五次提醒,云边气结,一下站起来,直接往楼上去了。

走到半道到底不甘心,但走都走了总不能再回去,于是她来到楼上,在休闲区的椅子上坐下来,打算给边赢最后一次机会,看他主不主动找她。

没过多久边赢吃完饭上来了,看到她在那儿,脚步顿了下。

"我又冷了?"他问。

算你识相!云边腹诽,不过嘴上没回他。

边赢递台阶:"海鲜面加牛奶,一听就是黑暗料理。"

云边的心软了下:"不黑暗,很好吃。"

"好吃到顿顿去吃?"边赢在她对面坐下来,"我推荐给你的你怎么不去?"

云边回想起那个人均价格,解释道:"我想去来着,太贵了。"

边赢面上闪过一丝错愕,没想到居然是这个理由:"他给你的零花钱这么少吗?"

母亲忌日过后,他再也没叫过边闻"爸爸"。

云边说:"不少。"

云笑白的意思是云边的零花钱她自己会负担,不过边闻说一家人没必要分那么细,隔三岔五给云边钱,而且还不允许云边拒绝,大部分钱云边都给云笑白了,让云笑白去处置。

边赢一下就听明白了,白捡的妹妹不好意思大手大脚花他们家的钱。

"给你就花。"

"嗯嗯。"云边点头。边叔叔也是这么说的,她点头答应就好,免得显生分,至于做不做,另当别论。

敷衍的意味挺明显,边赢一边眉峰微微挑了一下。

云边软了嗓音:"我不敢去,下次你请我去。"

依照她对自身的信心和对他的了解,话都说到这个份上了,应该就能迎来世纪大和解。

但事态完全不若她想象中的顺利。

边赢说:"你怎么不叫游泳那个男的请你去?"

气球一旦戳破了洞就没法停下来,气一定要漏个干干净净才能消停。

"他当导游就不影响你和叶香过二人世界了?

"临城那么多吃的,海鲜面吃三顿。

"还吃不腻。

"我就不信了,一碗面能有多好吃。"

云边怯生生地叫他:"边赢哥哥……"

边赢服了:"又冷了?"

"你不冷。"云边摇头,"你比较像吃醋。"

云边还是比较民主的,让他自由选择的权利:"冷和吃醋,你选一个。"

边赢毫不犹豫:"我选冷。"

云边:"……"

她给了他一个不太明显的白眼,起身就走。

走开几步,听到他在背后叫她:"欸。"

云边不情不愿地停下脚步。

边赢:"过两天请你去。"

从他的角度,他能看到云边的颊侧浮起笑的弧度,也能看到她硬生生把那点笑意压下去,然后冷淡地回应了他的邀请:"干吗请我吃饭?"

要不是亲眼看到她笑,他肯定被她的冷淡骗过去了。

边赢发现女生这种生物,细究起来真的还挺有趣的。

"刚才不是你叫我请你?"

这一揭穿,他就看到她两只耳朵以肉眼可见的速度红了起来,还隐约能看到她脸颊咬紧牙关的痕迹。

说出来的话冷冷清清:"不想请不用勉强,我又不缺那一顿饭。"

演技挺好。

边赢还是懂见好就收的，再逗下去，某人指不定就要恼羞成怒了。

他说："挺想请的，那点钱拿在手里花不掉太难受。"

"哦。"云边愿意跟他面对面交谈了，她转过身来跟他约时间，"什么时候？"时间得提前约好，否则没有期限的邀请，谁知道是不是空头支票。

边赢想了想，明天奶奶生日，要过去给老人家庆生，便说："后天和大后天，你有时间吗？"

云边只当他让她在其中选一天，她说："后天可以。"

边赢："大后天呢？"

云边说："大后天也行。"

第二天傍晚放学，边赢得以"请假"不上晚自习，跟云边一块儿前往边家老宅给边奶奶过生日。

云边背着书包，跟边赢打招呼有气无力："边赢哥哥。"

"干吗愁眉苦脸？"边赢看出她心情不佳。

云边叹气，一想到又要看到边家那些人，她就头疼。

但她也不方便当着边赢的面吐槽他的家人，所以她强打起精神，说："没，体育课跑累了。"

仔细想想真是不公平，为什么白捡的哥哥就不用去她外公外婆家，她却必须去他爷爷奶奶家找不自在。

他只要不给她们母女俩难堪，大家就感恩戴德，仿佛他是拯救了世界的英雄；而她得讲礼貌，乖乖和边家的人搞好关系，该有的礼节一个都不能少。

归根结底，人就不能太懂事。她就是输在太懂事了。

她不说原因，边赢自己能猜出来："到了那儿跟着我。"

云边点头，也确实只能跟着他了。

坐在车里，她看着窗外街景倒退，这是她和妈妈继白捡的哥哥的妈妈忌日后，第一次见边家爷爷奶奶。

越想越愁。

边家老宅的晚餐已经准备得差不多了,大老远就飘香四溢。

边奶奶的生日邀请了不少亲朋好友前来参加,自家人里面,除了边闻,云边和边赢是来得最晚的。

大部分人云边都不认识,她打起精神,跟着边赢依次问好。

大家都客气地应了,也有不少人看小姑娘乖巧漂亮多寒暄几句,唯有边奶奶的态度较上次明显冷淡许多。

云边的担忧果然不是空穴来风,她都没落个好脸色,想必妈妈那边更不用说,也不知道一下午是怎么过的——云笑白吸取中秋节的教训,中午就过来帮忙了。

云笑白恭恭敬敬,一派平静,面上没有丝毫不快。

为了爱情这般委屈求全,值得吗?

换位思考,云边觉得自己永远都做不到。

边闻忙完公司事宜,赶到边家老宅的时候天已经黑了,是全场最晚到达的人,他把给边奶奶的礼物递过去:"妈,生日快乐。"

边奶奶没有接,冷笑一声:"你别叫我妈,我受不起。"

边爷爷脑溢血后语言功能受到影响——要是没受影响,他会跟边奶奶一起骂边闻;至于大伯边阅一家,巴不得弟弟跟父母闹得越凶越好。

打圆场的是别的亲戚:"生日这种高兴的日子,大家开开心心的,别闹矛盾。"

边奶奶拒绝和解,使唤保姆把自己的轮椅推开:"讨了个新的老婆就六亲不认,发妻头一年的忌日不用去看,老妈生日也不上心。家门不幸。"

生日宴在极为尴尬的状态中开始。

饭后闲坐时间,边奶奶叫保姆拿了两个首饰盒过来,里头各有一只质地颜色上乘的玉镯,一只给了边家大伯母,另一只给了边赢:"我打给两个儿媳妇的,你妈不在,交给你。"

整个过程,她没有给云笑白一个眼神,当着所有人的面,丝毫没给云笑白留情面。

众人神色各异,桌上的氛围诡异到极点,静得连根针落下的声音都能听见。

云边不知道妈妈是什么反应,也许在强颜欢笑,也许已经难掩难堪,不管是哪一种,她都不忍心看。

她也不想看边赢的反应。

现实又一次把他们逼到截然不同的对立面。

余光见他接过首饰盒,向边奶奶道谢:"谢谢奶奶。"

这种画面,他自然是乐见其成的。

边闻忍无可忍,把酒杯往前重重一放,站了起来:"妈,您要是不喜欢我们过来,早点说就好了,我们不过来碍您的眼就是,也省得笑白忙里忙外一下午落不到您一句好听的话。冯越忌日的事情我说过两百遍了,天下着大雪我没法回来,是不是我冒着大雪出事了您才能满意,死了儿媳,您连儿子也不想要了?"

边奶奶手掌狠狠拍在桌上,她站不起来,只能坐着和儿子对峙:"我不要听借口,我只知道你老婆头一年忌日你都没上心,她在天之灵……"说到儿媳冯越,边奶奶心痛难忍,眼泪"簌簌"掉了下来,"得有多么寒心。她陪了你快二十年,为你操持内务生儿育女,奉献一生,没有看到儿子长大,那么年轻就撒手人寰。可你呢?贪图自己的享乐,她一走就娶了个不三不四的女人回家,你还有没有良心?"

一旁的亲朋好友劝母子俩消消气。

但边闻被"不三不四"四个字刺得理智丧失,摔了杯子冲母亲怒吼:"您别忘了冯越是您哭着闹着以死相逼求我娶的,也是她心甘情愿嫁,我十几年来在一个不爱的女人身边度日如年,没有过过一天开心的日子,每天都在忍都在熬,她为我生儿育女奉献一生,可我这半生的幸福都毁在她手里了您知道吗?"

边奶奶盛怒之下,颤抖的手指指着边闻,"你"了半天,什么都说不出来。

"你们要是这种态度,我们以后不会再来自找不痛快,我见不得我老婆受这个委屈,没有活人给死人让路的道理。"说着,边闻不顾云笑白拼命拽他衣服下摆示意他不要再说,拉起云笑白,"我们走。"他又拉着云边,"走,边边,我们回家。"

边闻拉着妻女走出几步,背后是父母愤怒的质问、亲友的劝和,一时间嘈杂无比。

他什么都不想管了,离去的脚步像是一场逃亡,逃离他曾被束缚了二十年灵魂的牢笼。

与此同时,他听到了云边微弱的提醒:"边叔叔,哥哥,还有哥哥。"

今日发生的种种不愉快,让边闻在潜意识作祟下排斥一切与冯越有关的人事物,以至于若不是云边提醒,他真的不记得自己回家还应该带上儿子。

边闻回头,只见一片混乱中,边赢手里紧紧拿着那只奶奶给妈妈冯越的手镯,静静站着注视他,像看着一个陌生人。

心疼和迷茫一起涌上边闻的心头,只觉这二十年像梦一场。

这天的闹剧以惨不忍睹收尾,边赢没有回家,在爷爷奶奶那里住下。

回家的路上,车里很沉默。

到家门口,云笑白对边闻说:"你去把阿赢接回来吧。"她的声音里有一丝竭力压抑仍泄露的哽咽。

"明天吧,明天我去接他放学。"边闻疲倦地说,"现在他不会想见到我的,妈也是,现在回去肯定又要闹起来。"

云笑白魂游天外地点点头。

夫妻俩回到房间,回想刚才在边家老宅发生的事情,云笑白久久无法释怀。她惶恐地问边闻:"我嫁给你是不是真的做错了?是我太自私了吗?不顾别人的感受,对不起你前妻,对不起你父母,对不起你儿子。不然为什么好像我怎么做都是错呢。"

无论边闻怎么安慰,云笑白都没法消除自我怀疑。

边闻灵机一动:"我们出去散散心吧,不是说找到读书那会儿的胶卷了吗,我们去把它洗出来。你看到我们那个时候的照片,就不会怀疑我们走在一起有什么错。"

云边有自知之明,默认白捡的哥哥的请吃饭自动失效。

所以第二天放学,她在教学楼出口看到边赢等在那里的时候,她踯躅着停下了脚步,她没有那个信心相信他是在等自己。

边赢从手机里抬头,看她站在那儿不动,蹙眉:"傻站着干什么?"

云边甚至回头看了一圈,才确认他是在跟自己说话。

"边赢哥哥,我们去吃饭吗?"她问。

"嗯,不是早就说好了吗?"边赢反问。

云边笑起来,点头:"嗯!"

就这样吧,家里的糟心事暂时都不要管,她只想抓住眼前。

两人一起往校门口的方向走,双方都是学校里面尽人皆知的人,走在一起难免惹人关注,不少路过的学生都会多看他们两眼。

云边还记得几个月前白捡的哥哥把她当瘟疫,明令禁止她在学校跟他有什么接触,现在大大方方跟她一块儿走,随便别人揣测他们的关系。

边赢带云边去了上次请叶香去过的那家餐厅。

虽然阖家餐厅口味不错,但怎么说也是尝过了的,云边比较倾向于去新鲜的场地见见世面。

趁着还没进门,她试图扭转他的决定:"边赢哥哥,我们去这家吗?"

"嗯。"

云边:"这么短时间内吃两顿会腻吧?"

说完,她就意识到自己话里有漏洞。果不其然,边赢也找到bug(漏洞)了:"海鲜面连吃三顿怎么没见你腻?"

云边声明:"你不要老是说海鲜面,不然我就误会你在吃醋。"

边赢无话可说。

大眼瞪小眼片刻,边赢问:"不喜欢这里?"

他看出她的小排斥了。

"也不是不喜欢,这里挺好的。"上次过来的时候,云边寥寥吃了几口,这家店的口味对得起白捡的哥哥的挑剔,她解释说,"但我更想去没去过的地方。"

"明天去。"边赢说,"那家店明天不营业。"

云边怔愣:"明天?"

边赢用一种"你在做什么梦"的眼神打量她："上次不是说好了吗？"

云边这才明白过来，白捡的哥哥问她"后天和大后天，你有时间吗"不是让她从中挑一天，而是跟她约了两天晚饭。

"我不是说'和'了吗？"边赢觉得他这个白捡的妹妹理解能力多少有点问题。

云边觉得她这个白捡的哥哥的行事才叫奇葩："那谁约饭连约两顿？"

"我啊。"边赢理所当然地回答，他不想继续跟她掰扯谁的问题比较严重，"你就说你明天有没有空。"

云边摸了摸自己的鼻子："有的。"

菜品上来，边赢自己没动多少筷，但看得出云边的食欲不错，食量比平时大很多。

说了好几遍饱，但是等饭后甜点端上来，她还是忍不住拿起了勺子。

自己喜欢的东西得到别人的认同是一件很有成就感的事，边赢惦记着云边的吃醋论，才没让云边跟海鲜面比个高下出来。

云边也看得出边赢心情还不错，吃冰激凌的过程中她犹豫再三，提及敏感话题："边赢哥哥，你今天回家吗？"

边赢不假思索："回。"

他才不会把自己的家拱手让人。他的存在就是母亲存在过的最大证明，哪怕是回家多晃悠两圈，刷刷存在感也好，省得父亲徜徉在爱情的海洋里，把妈妈忘得一干二净。

不知道母亲知不知道，她的丈夫从来不曾爱过她，每天在她身边都是一种煎熬。

他知道，爱情是没有理由的、不讲道理的。

但是他做不到眼睁睁看着母亲的人生被她最爱的男人全盘否定。

他不答应，他绝不允许。

云边舒了口气："太好了，叔叔还说今天晚自习结束以后会去学校接你放学呢。"

接他放学，这可真是从小到大屈指可数的待遇了。

边赢自嘲地勾勾嘴角。

"嗯，回，奶奶家没有换洗衣服。"

当着云边的面，他倾向于构建和谐社会，不想把那些糟心事搬上台面。

这种心态，类似于很多父母吵架吵得再凶也不想当着孩子的面，有一种保护的意味在里面。

次日傍晚。

放学铃响过没多久，邱洪出现在边赢教室外。

"怎么了？"边赢拎上书包出去。

邱洪说："晚上去哪儿玩，带哥们一个。我跟我们那傻帽班主任是真的处不下去了，搞得上晚自习是我自愿似的，还不是他自己当初苦口婆心劝我的。"

"我晚上有事。"边赢拒绝。

"什么事？带我呗。"邱洪没地儿可去，"哈巴也说要回家，我没人了啊。"

近日来父母吵架吵得哈巴如履薄冰，一放学就回家，哪儿都不去，生怕哪天回家家就散了。

边赢说："带不了，真有事。"

说有事但又不说到底什么事，邱洪怀疑地眯起眼睛："你不会是跟女孩子一起吧？"

边赢不说话。

邱洪就确定了，凑近来八卦："真的啊，谁啊？"

边赢把他推开些："真有事，没开玩笑。"

"那到底是谁啊，我认不认识？"邱洪一路跟着他，刨根问底。

教学楼出口，云边等在那边。

看到边赢跟邱洪两个人出来，她狐疑地打量两人片刻，装作若无其事地跟两人打招呼。

三人一块儿往校门口走，邱洪没多想，只当云边是顺路。他指着边赢，跟她说："妹妹，你哥有情况，你知道不？"

"啊？"云边奇怪地跟边赢对视一眼。

邱洪义愤填膺："晚上要跟女生出去，死活不带我。"

云边懂了，她只能露出一个尴尬的笑。

"你见过没有？"邱洪尝试从云边这入手。

云边心底已经抠出三室一厅了，面上没露端倪："没有。"

邱洪冥思苦想："最近没见什么女的跟他走得近啊。"

"你都说和女生出去了，那我怎么可能带你？"边赢被邱洪缠得不行了，开怼，"以后我结婚是不是也要带你？"

邱洪悻悻地缩回手："不带就不带，大不了我自己找乐子去。"

因为邱洪搅局，云边和边赢只能分头行动。

两人打了两辆车，先后抵达餐厅。

边赢先到的，云边在侍者的指引下找到他，刚坐下来，就听他说："我担心邱洪大嘴巴乱说，就没让他知道。"

邱洪小时候是个爱告状的性子，边赢吃过几次亏，现在长大了，虽然邱洪不再是告状鬼，但边赢一朝被蛇咬，十年怕井绳，关键时刻总不忘保持警惕。

尤其两家是邻居，万一邱洪说漏嘴，很快就能传到边家。

云边诧异，她没想到白捡的哥哥居然会给自己解释这个。其实她一点都没觉得他们单独就餐瞒着邱洪有什么不对，就算不是邱洪是其他人，哪怕是最为靠谱的颜正诚，她也没想过大方承认。

至少不是现在。

她自己都还没弄清楚的事情，怎么可能先让别人乱猜。

对于这家餐厅，云边给予了高度评价，甚至比昨天那家更合她的口味。

奈何胃口小，装不下太多的美味佳肴，她看着桌上剩下几盘一动没动的菜品，有点遗憾。

边赢好笑道："喜欢明天再来就是了。"

"不要，天天吃会腻的。"

云边说完这句话，两人对视的目光有片刻停顿。

云边知道，边赢又想说海鲜面了。

边赢也知道,他要是敢说海鲜面,会令他看起来很像在吃醋。

虽然他可能真的是在吃醋。

其实云边此时此刻并不好意思说什么吃醋不吃醋,她把头发拨到耳后,找了个正当理由拒绝边赢的邀约:"连续三天在外面吃饭,我妈妈会担心的。"

事实上,像今天这样连续两天,云笑白就该关心她的状况了。

奇怪的是,一直等到她吃完,都没有接到云笑白的电话。

可能是因为妈妈这会儿没在家不知道吧,云边没多想。

事实上,云笑白在家,也知道云边已经连续两天放学没回家。

她对着一堆洗出来的旧照片发了半天的呆,强烈的震惊让她完全感知不到时间的流逝。

今天下午,照相馆打电话跟她说照片洗出来了,其中一些保存不当的胶卷已经报废。虽然没能洗出所有的照片,但能找回部分,云笑白已经很知足,她拿了照片回到家,如获至宝,一张张翻阅。

这些照片记录着她和边闻年少轻狂的过往。随着时间的流逝,许多他们之间发生过的事或细节,她早已经忘记了,要不是看到照片,怕这辈子都难以再记起。

比如这张她和边闻拿着献血证的合照。

边闻的血型,明明白白写着:O型。

反咬一口

丧丧又浪浪 著

（下）

江苏凤凰文艺出版社

第七章 · 南柯一梦

云边和边赢从餐厅出来,外头的天早就黑透了,月亮在霓虹闪烁中黯然失色。

城市灯火炽热,冬夜的风却刺骨,吹进空空荡荡的校服外套和裤管里,云边微微缩起脖子,低头咬住校服拉链,让领子立起来为脖子挡风。

一吸气,鼻腔都像结了一层薄薄的霜。

刚才在里面忘了叫车,这会儿她不得不把手从口袋里伸出来。

不知怎的,手机面部解锁连续三次失效,她不满地"啧"了一声,转变拿手机的手势,哆哆嗦嗦准备输密码。

云边的手机偶尔会出现按键不灵的情况,得重新锁屏再打开才能解决,今天天冷,手机故意跟她作对似的又失效了,点了好几下都没效果。

要不是顾及边赢在,她一个人估计得气得当街砸手机。

边赢居高临下目睹全程,拿出自己的手机:"我来吧。"

"好吧。"云边没跟他客气,把手缩回去了,"谢谢边赢哥哥。"

再吹会儿风她怕自己的手长冻疮。她小时候玩雪长了满手的冻疮,再往后稍不注意就会复发,又红又肿别提多难受,而且有一年冻疮长得特别厉害,导致她其中一只食指至今都比别的手指粗些。旁人看不出来,但人自己看自己的眼光总是格外细致和挑剔。

边赢打开打车软件:"回家?"

"嗯。"

边赢瞄了一眼手机上方的时间,抬眸看她:"这么早。"

才晚上七点半。

言下之意很明显。

他还没到晚自习下课时间,得继续在外面晃悠一会儿。

难得妈妈任由她自由,云边确实有点心动。

但权衡利弊之后,她还是选择回家:"我要回去写作业复习。"

边赢没阻挠她好好学习天天向上的伟大使命,垂眸给她叫车,嘴里不咸不淡吐槽一句:"果然是'三好学生'。"

上学期云边拿了张"三好学生"的奖状,这项荣誉她从小学一年级开始从未落下。

但她现在毕竟不是小学生了,不会拿了奖状乐颠颠跟家里邀功,家长也不会自豪地帮她把奖状贴到墙上。

云边这张三好学生拿得无声无息,白捡的哥哥是怎么知道的呢。

唯一的渠道就是本学期开学大典上播报各班上学期奖状获得者环节,但这种环节冗长又无趣,尽是些不认识的人,一般人也就听下自己班的情况。

云边的眼睛弯了起来:"边赢哥哥,你帮我关注我们班奖状名额呀?"

边赢不说话,兀自叫好了车。

云边凑近些,去看他手机上显示的车辆信息,车在1.5公里之外,高峰期过来应该要不少时间。

边赢慢半拍接刚才的话题了:"你怎么知道我不是对'边'字特别敏感。"

云边无言以对。过了会儿,她说:"你拿过三好学生没?"

"有什么用?"边赢不屑一顾。

云边忽然间家长模式上线:"你好好学习的话,学习肯定很厉害。"

几乎每个学生都曾从家长和老师的嘴里听过类似的话,老师出于善意的鼓励,家长出于盲目的自信,但事实上并不是所有人的努力都能换来卓越的成效。

这种话边赢从小听了没有一千回也有八百回了,但从同龄人这里听到还是

头一回。

他啼笑皆非:"以前怎么没发现你这么爱操心。"

云边也觉得自己管得未免太宽了些,不过既然已经说出口了,她只能硬着头皮坚持:"真的呀。"

反正等车闲来无事,边赢继续问:"怎么个真法?"

"我觉得你很聪明,从来没见你怎么学习,你不写作业,而且,而且还不上晚自习,但能一直保持在重点中学中等偏上的排名,还是很厉害的。"云边冥思苦想,认真举例,试图激发他的学习积极性,她甚至不惜贬低自己,"如果我像你这个学习状态,我的成绩肯定没有你这么好。"

他一个高三生比她一个高二的睡得还早,很多次她做完功课,去卫生间睡前洗漱,都能看到他房门下的缝隙已经没了灯光。

边赢看着她,蓦地笑了:"你滤镜挺厚的。"

云边在他挑眉的动作里,懂了。

他怎么这么自恋啊?她说的是真话好不好。

为了避免尴尬,她镇定自若地转换话题:"车还要多久到?"

边赢解锁手机,地图显示车辆距他们只剩几十米。

云边记下车牌,眺望来车方向,寻找对应车辆。

找到了。

司机打起转向灯,往路边靠过来。

云边跟他告别:"边赢哥哥,那我走了。"

"嗯。"边赢颔首,"到了跟我说声。"

"好。"

从人行横道到马路边要穿越非机动车车道,云边左右环顾确认安全。只见一辆电动车逆向驶来,电动车前后都堆满了破旧脏污的杂物,横截面远大于电动车本身。

电瓶车已经距离她很近,眼看着她就要和不平整的木板切面来个亲密接触,她脑海中警铃大作，下意识紧急避让。与此同时，边赢也有了动作，她腰间横过他的手臂，把她往人行道方向用力一揽。

她在他的力道下，踉跄地随着他倒退几步，堪堪与电瓶车横出的木板擦肩而过。

电瓶车主只回头看了他们一眼，什么也没说便扬长而去，前面不远就是十字路口，电瓶车无视红灯，走走停停，不一会儿就没了踪影。

丝毫没有愧疚之意。

边赢望着电瓶车远去，目光阴鸷地骂了一句。

只是眼下这个形势也不能去追，他低头看云边："没事吧？"

她后退一步，和他分开："没事，谢谢。"

边赢问她："明天真的不来了？"

云边拽着最后一丝理智，摇头。

司机早已靠边停车，过来的时候看到路边这对男女生都牢牢锁定他的车，本以为找到乘客了，没想到两人迟迟不过去，他以为自己认错了人，就给乘客打电话。

车是边赢叫的，手机在他口袋里振动起来。

云边猜到可能是司机等不及，回头找车，果然看见驾驶室里的人举着一只手在耳边。

边赢没理，继续问云边："那周日？"

云边再也没有了抵抗的余地，她的脖子保持着看车的怪异角度，慌不迭地小幅度点点头。

边赢隐约察觉到现在是个提要求的好时机，只要别太过分，她都拒绝不了，所以他趁火打劫："每周日？"

周六高三要上课，周日是他唯一的休息日。

果不其然，云边一味点头。

几乎所有邱洪的好友都是高三生，遭边赢拒绝后，他只能无所事事消磨时光。

慢吞吞吃完饭，为时尚早，他决定找个网吧打会儿游戏。

外头的空气是自由、是新鲜，但一个人着实无聊，还不如待在学校。

也不知道边赢那家伙到底去哪里了，他想。

正这么想着，看到远处一道熟悉的人影从玻璃门内推门而出。

巧了，说曹操曹操就到。

嘁，不带我，还不是被我逮到。邱洪得意地想。

边赢后面紧跟了个女生，穿着临城五中的校服，根据校服颜色，是高二的学生。

邱洪定睛一辨，居然是边赢家那个白捡的妹妹。

"我的天！"邱洪震惊到瞳孔缩放，语言难以准确描述他此刻的心情，他只能跟复读机似的不断重复，"我的天，我的天啊。"

云边回到家，云笑白不在楼下，李妈说她在楼上，晚饭只草草吃了几口。

云边到二楼去敲母亲房间的门："妈妈。"

她推门进去，云笑白坐在床边，冲她笑了笑："云边，回来了？"

"嗯。"

云边看云笑白一切正常，心里松了一口气，不过还是关心了一下："妈妈，李阿姨说你晚饭没怎么吃，你身体不舒服吗？"

"没。"云笑白安抚道，"饭前吃了点东西，没胃口了而已。"

"哦。"云边放心了。

云边做好了被妈妈盘问连续两天不回家吃饭去了哪里，结果云笑白只是催促她："不早了，快点去写作业吧。"

"好吧。"云边替母亲关上门，回了自己的房间。

妈妈对她越来越放养了，这是好事。

十一点多才回家的边闻同样从李妈处得到云笑白没怎么吃晚饭的消息，以为妻子还在为前两天边家老宅的事不高兴，匆匆上楼看她。

云笑白脸上看不出情绪，边闻也不好贸然提及不愉快的经历，就想着说点高兴的事："对了，你不是说照片洗出来了吗？让我看看。"

云笑白牵强地笑笑："好。"

上百张照片，边闻一一翻阅，跟云笑白说起拍下照片时发生的事情。

青葱岁月历历在目，最美好的年纪，最纯净的感情，乍一回首，又是怀念，又是感伤。

全部看完已经是后半夜，边闻意犹未尽："就这些？"

"很多胶卷已经报废，洗不出来了。"

边闻有些遗憾，不过能找回这些，已经是令人意外的惊喜。他再度翻阅这些照片，然后小心翼翼地理整齐，递给云笑白："我们弄个相册，好好收起来。"

"好。"云笑白接过，"我明天就去买。"

边闻看着眼前这个不若记忆中青涩的女人，一时间百感交集："我不信你还能觉得我们在一起是错，我们的错明明是居然错过彼此那么多年。"

次日清晨。

边家的餐桌前围坐着云笑白和继兄妹两个。

饭吃到半道，边闻睡脸惺忪地从楼上下来。

李妈要给他盛早餐，被他阻止："公司有事，我得早点过去，早饭我就不吃了。"

"等会儿，你帮我把孩子带过去吧，司机我要用。"云笑白催促，"云边稍微吃快点哦。"

边家两个司机，一个是边闻的专属，还有一个接送其他人，云笑白平时不太喜欢用司机，她更习惯自己开车。

边闻早就说过叫她不必自己开车，哪有做太太的自己开车的道理，一看都没排场。

这会儿云笑白说要用司机,边闻欣然应允,对加快吃饭速度的云边说:"边边慢慢来,不着急。"他看向一旁默不作声的边赢,"阿赢,要不也坐爸爸的车走?"

边家老宅的事情过后,父子俩的关系进一步恶化,边闻自知那天确实做得过分,不管是对冯越的评价,还是忘记带边赢走,都伤了儿子的心,所以这些天他很努力在讨好边赢。

边赢喝了几口粥,晾了边闻好一会儿,才不冷不热地说:"用不着。"

边闻叫云边不用急,不过云边还是匆匆解决了早饭,抽过纸巾随便抹了一下嘴巴,背上书包:"叔叔,我们走吧。"

边闻走前再度问了一遍边赢要不要一起,得到拒绝的答案后,无奈离开。

边闻和云边走后,边赢慢条斯理地进食,云笑白也在斜对面慢慢吃。

李妈看两人一时半会儿吃不完的样子,就兀自进厨房先忙活别的事情去了。

过了一会儿,边赢来厨房门口跟她道别:"阿姨,我走了。"

"好,路上慢点啊。"

李妈估计云笑白应该也吃得差不多了,就出去餐厅收拾碗筷,一收拾就发现桌上少了点东西:"咦,阿赢刚用过的勺子呢?"

她在桌上仔细翻找一圈,什么都在,唯独没有边赢用过的勺子,地上也没有勺子摔碎的残骸,李妈明明记得边赢用勺子喝过粥的。

"奇怪了,阿赢用过的勺子怎么不见了?"

"一个勺子,没了就没了吧。"云笑白说。

一个勺子确实没什么,但是凭空消失就很奇怪,李妈又翻找两遍,百思不得其解地叠好碗碟,进去厨房的路上还在念叨:"奇了怪了。"

云笑白舒了口气。

边赢的勺子就在她包里,被一只透明塑封袋装着。

等候做 DNA 鉴定。

等候 DNA 鉴定结果的那几天，云笑白心神不宁。

边赢的血型不会错，他在医院输过血小板。

云笑白从未想过清除与冯越相关的人事物以此霸占边闻，过去近二十年的错过，她早已认命，也坦然接受，她希望他们父子能好好的。

边赢是边闻唯一的血脉，这是边闻平日里再宠爱云边都无法比拟的关系。别说云边，即便是她云笑白，也许也得往边赢后面排，孩子重于一切，这是大部分为人父母的天性。

如果边赢不是亲生的，对边闻而言将是灭顶的打击。

父子俩的长相明明是有几分相似的。说不定是当年边闻的血型检测有误，云笑白如是安慰自己，也如是祈祷。

但她心头不祥的预感挥之不散，边闻的血型，理应来说也是不会有错的。

云笑白尽量让自己表现得像往日一般正常。这事绝对不能暴露，至少在不好的结果出来之前绝对不能，否则它会成为一颗雷，把本就不太平的家炸得越发鸡飞狗跳。

不过她的演技显然还不到天衣无缝的地步。

比如云边就明显感觉到妈妈最近状态不太行。

星期天中午，她说自己下午要去图书馆，妈妈居然都没问她和谁一起去。

云边都有点不习惯了。

"因为你长大了，我老是问东问西怕你烦。"云笑白只能随意找个借口糊弄，她笑道，"你很想我问吗？那你和谁一起去啊？"

云边镇定自若："和我同学。"

云笑白不疑有他："去吧，早点回来。"

云边确实和同学去图书馆，不过那个同学叫边赢。

她和边赢都是临城五中的学生，说是同学，不算撒谎吧。

云边和边赢先后出了家门。

边赢之前跟她约好每个星期天晚上在外面吃饭，不过既然是休息日，约了晚饭就不会只是晚饭这么简单，周天下午他也默认算上了。

云边没拒绝。

没拒绝就是答应的意思。

不过她有指定的地点，图书馆。

边赢一开始是不同意的："你有这么热爱学习？"

"马上要月考了，我得复习。我不能长期比别的同学少十四分之一的学习时间，会被落下的。"云边非常坚定，没得商量，"不行就算了。"

在"不行就算了"面前，边赢也得服输。

边赢在图书馆门口等到云边，无语地拎了一把她的书包，里面有点分量，装了不少书。

看来是准备结结实实学一下午了。

不过云边误会了他拎她书包的用意，非常自然地把两根书包带从肩上卸了下来，把书包交给他拿。

边赢顿一下，默默接过，单肩背到自己肩上。

市图书馆人满为患，这会儿是下午，早过了占座时间，别说连着的座位了，就连单独的位置都很罕见。

两人转了半天也没找到一起的位置，最后只能选定两个隔了三排的座位。

而且还是背对的。

边赢站着不肯动。

云边看出他的极度不情愿，友情建议："边赢哥哥，要不你回家吧？"

根据他的表现，云边推测白捡的哥哥应该是不想回家的，她推他一把："那你快去坐下，一会儿连这个位置都没有了。"

边赢："……"

云边专心致志做完一套化学卷，校对了答案，回头看边赢。

边赢单手支着脑袋，正百无聊赖地看着手机。

他的侧脸，眉骨到口鼻到下巴都精致得挑不出半分错，下颌线的弧度更是堪称"绝杀"。

越是身处人群之中，越是耀眼瞩目。

云边本来只是随意看看他在干什么而已，结果一瞧有点上瘾。

边赢座位虽然背对他，但他人侧过来些，余光是能看到她的动静的。

注意到她一直没转回去，他抬眸，往她的方向看。

云边冲他皱皱鼻子，做了个小表情。

算是隔空互动。

边赢在图书馆待得生无可恋，勉强扯扯嘴角，当作回应。

云边就把头转回去了，转到一半，她猛地停住，又转回去，她看到远处有两人同时起身，拿上随身物品离开。

空出两个连在一起的座位。

边赢甚至没来得及往她目光所及的方向一探究竟，就见她站起来，跟阵烟似的跑远了。谁叫连着的座位在此时此刻的图书馆比濒危动物更稀缺，她怕别人抢先。

两人如愿以偿坐到一起，云边开始复习，边赢就在旁边玩手机。

之前分开坐的时候，云边唯一的愿望就是能跟白捡的哥哥坐一块儿，但坐到一块儿了，她发现自己有点受影响，不是很能进入学习状态。

她三心二意地做了半张卷子，期间注意力一直被白捡的哥哥吸引。

他戴了单只耳机看游戏直播，很专注的样子。

但她第三次偷偷看他的时候，他就摘下耳机看过来了，比了个口型："怎么了？"

这人怎么还能一心二用的呢？云边摇摇头。

边赢确认她真的没打算说，就重新去看直播了。

云边却自己凑过去了："边赢哥哥。"

边赢再度摘下耳机，配合把下巴抵到桌上。

"你马上要高考了。"云边说。

边赢："嗯。"

他本以为她是劝他好好学习，但她的问题是："你打算去哪儿上大学？"

去哪儿上大学？这个问题边赢从来没认真想过。

"随便吧。"

云边："你会去美国吗？"

毕竟他外祖家在那儿，而且有钱人家特别喜欢送孩子去国外镀层金。

出国这个问题，边赢从前是想过的，但高一那会儿母亲检查出肺癌，他就没再想过去那么远的地方，一开始是不敢，怕万一错过和母亲的最后一面，不过母亲走得远比他担忧的要早，从确诊到离开也就一年时间。

母亲一走，他连生活的意义都迷失了，更别说考虑出国，边闻另娶后，他又开始忙着战斗，试图维护母亲打下的"江山"。

所以他摇头。

不会。

他反问："你想去哪儿？"

云边说不上来。

她这个成绩，只要保持下去，冲击国内顶尖的几所学校应该没有什么问题。省内最好的大学是锦城大学，Top5（前5）的学校，去那儿也不错，离家近，还能常去看外公外婆。不过边叔叔前几天问她了，问她想不想出国深造，她有一点点心动。

"我还没想好。"

边赢说："不早了，该想了。"

云边才高二，下学期刚开学，即便是手续最麻烦的出国，剩余的时间也还绰绰有余。

之所以说不早……

"至少在我报志愿之前想好。"边赢的头朝她的方向轻轻一点，"能做到吗？"

两人距离太近，她都能数得清他的睫毛。

"嗯。"她在桌下抠着自己的手指甲，佯装镇定地应。

边赢补充："出国的话得再早些，越早越好。"

"好。"

达成约定，边赢又缩回去看游戏直播了。

云边本来想管管他，叫他不要看这些与学习无关的玩意儿了，在图书馆借本书学一点是一点，可现在已经是三月初，距离高考不过三个月时间，他就算没日没夜地学，应该也没可能弯道超车跟她考同一所大学了。

还是别操那份心了。

但是想到白捡的哥哥马上要上大学，她高三这一年就不能再天天见他，她惆怅起来。

鉴定机构周一通知云笑白说报告已经出来。之前去做鉴定那会儿，云笑白半开玩笑地提过一个要求："如果吻合的话就在电话里直接告诉我好消息吧，没有就别说。"

电话里，一直到挂断，对方都没有说所谓的好消息。

云笑白的心瞬间沉到谷底。

她不知道自己应该怎么办，是否告诉边闻，如果告诉，又该在什么情形下、用什么开场白说起这件事，而边赢又该怎么办。

她不明白为什么会是自己发现这件事情，如果可以，她情愿什么都不知道。

这是她这一生最艰难的决定。

云笑白自欺欺人地逃避了一周，直到星期五，如果再不去拿报告，就又要拖一个周末，她才鼓足了勇气出发前往鉴定机构。

她跟冯越不熟，但对冯越多少有些了解，冯越非常喜欢边闻，喜欢到明知边闻的心在别人身上也毅然决然嫁了，应该不会做出对不起边闻的事。

边赢应该只是小时候被抱错了。

如果只是抱错,应该也没什么大碍吧。

养了这么多年的儿子,亲情早已比血缘重要千百倍,边闻肯定是舍不得儿子的。

她一遍遍地给自己做着心理建设,打开了鉴定报告。

结论白纸黑字,写得明明白白。

甚至不需要证明边赢和冯越的关系,就直接打破她的侥幸。

云笑白当头一棒,几乎站不稳。

这天夜里,边闻深夜出差回家。

云笑白还在等他。

舟车劳顿,边闻本是疲惫困乏,但看到妻子,他只觉浑身的疲惫都不算什么,笑着走近:"不是跟你说过会很晚,怎么还不睡?"

云笑白站起来迎接他。

看了他一会儿,她说:"边闻,要不我们要个孩子吧。"

云笑白和边闻结婚之前,讨论过孩子的问题。

当时双方达成一致不要孩子,边闻不忍云笑白当高龄产妇,云笑白则是出于对两个孩子的考虑。说是对两个孩子,其实就是为了边赢,她并不担心云边,她能平衡好女儿和二胎之间的关系,也相信云边会真心支持她的决定。

这会儿她突然反悔,边闻不解:"怎么突然想要孩子,之前我们不是说好了吗?"

云笑白心底的惊涛骇浪卷着万般纠结和迷茫,却不知道该如何消化。她嗫嚅着嘴唇许久,说:"我只是觉得,我们要是能有个孩子也挺好的。"

她做不到继续看着边闻受欺骗,但也不忍心揭开残忍的真相。

但边闻如果能有个自己的孩子,不管她最终做出哪种决定,都将是一种慰藉。

　　选择继续隐瞒是慰藉她自己的良知，选择和盘托出是慰藉边赢身为男人的自尊。

　　多养个孩子的压力对边家来说不值一提，边闻当然不介意再拥有一个自己的孩子，何况是和心爱的女人生的。

　　所以跟云笑白再三确认都得到肯定的答案后，边闻就着手准备备孕了。

　　云笑白年纪不小了，如果想要孩子，自然是越快越好。

　　云笑白没能纠结多久，因为没过两天，边爷爷再度发病，送往医院抢救。

　　经过抢救，人暂时救回来，但他的身体状况进一步恶化，恐怕时日无多。医生委婉地提醒边奶奶，保险起见，该是时候让边爷爷确认遗嘱了。

　　父母子女之间没有隔夜仇，边闻因此忙得焦头烂额，不过他坚决没让云笑白去伺候公婆，他不希望她再在他父母那边受任何委屈。

　　云笑白不能在这种时候火上浇油，就心安理得再拖延几天。

　　云边明显感觉到母亲最近的状态非常不对劲。

　　魂不守舍，丢三落四，前言不搭后语是常态。

　　周末，云笑白说要回父母家一趟，并且没准备带云边，云边就更确认自己的猜测了，好说歹说才跟着一起坐上了回锦城的车。

　　至于她和白捡的哥哥的周日下午图书馆之约，当然也泡了汤。

　　星期六晚上，边赢晚自习下课时间回家，收到云边发的微信。

　　她给他发了个位置定位。

　　边赢一看，定位在锦城。他回了个句号。

　　先空着：【明天不用去图书馆了，你开心吗？】

　　边不输：【开心死了。】

　　李妈准备把今天收到的快递送上楼，见到边赢，便把其中属于他的那个交给他。看到他笑，她忍不住八卦："是在跟女孩子发短信吧？"

　　边赢把手机收进口袋，接过快递，没否认。

"班里的女生吗？"李妈追问。

边赢不欲说这个话题，看向李妈手里别的快递，说："也给我吧，我一起拿上去。"

李妈推托几次，边赢还是坚持，她这才欣慰又感动把几个快递都给了他："怎么这么乖，这么懂事。"

边赢啼笑皆非，顺便帮忙带几个快递上楼而已，李妈搞得他干了什么了不得的大事似的。

一共四个快递，上楼的过程中，边赢依次看了看四个快递的收件人。

除了他那个，另外三个一个是云边的，还有两个写了云笑白的名字。

一般的快递单上不会写里头物品的名称，但其中一个云笑白的快递上写了，边赢看名字的时候无意中瞟到——叶酸。

过年那会儿他去美国，听两个怀孕和准备怀孕的表姐聊起过。

具体用处他不知道，但可以确认的是，叶酸跟怀孕相关。

当时边闻准备娶云笑白，给儿子做思想工作的时候曾保证过："我和你云阿姨结了婚不准备要孩子了，我只有你一个，你不要担心我会冷落你。"

边赢回忆起父亲信誓旦旦的模样，那场景一经前后对比过于讽刺。他自嘲一笑，远远把云笑白的两个快递往主卧门口丢去，两个快递盒横七竖八地摔着，他视若无睹，径直走开。

这会儿他实在没闲情逸致为云笑白做任何事，哪怕只是多走两步路。

甚至连云边的回复，他也躺在床上花了一点时间，平复心情后才聚起心神打开。

他的"开心死了"引发云边的不满，以至于她在屏幕那头一通阴阳怪气。

先空着：【对不起，浪费你宝贵的星期天时间了。】

先空着：【以后不敢了。】

她还发了个求饶的表情包。

边不输:【你还是敢吧。】

发完,他抬手用手背挡住了眼前的灯光。

这种光明令他无所适从,就像此时此刻的云边一样。

如果她知道他现在满脑子都想着怎么让她妈妈消失在边家,她还能这般与他嬉笑怒骂吗?

没有人明白他经历过父亲对母亲十几年来的漠视,却在几个月后对另一个女人倾心相待的巨大落差。

有一句话说,一个父亲可以为他的孩子做得最好的事,就是善待他的孩子的母亲。

而边闻对他做过的最残忍的事,就是全盘否认冯越,否认爱过她,否认她的意义,说待在她身边的每一分每一秒都是煎熬,说人生毁在她手里。

一旦云笑白有了边闻的孩子,她就彻底坐稳了边家女主人的位置,彻底抹杀了他妈妈的存在。

云笑白回娘家是想问问父母的意见。不管年纪多大,人回到父母面前就可以当小孩,可以暂时忘记自己大人的身份。

但即便是对着父母,她也没法放心交出这个惊天大秘密。

她一个人藏着这个秘密,已经快要精神崩溃。

云笑白看着电视,突然有了一个法子。她记起自己从前看过一部电视剧,里面就有个父亲发现自己养了多年的孩子是妻子和别的男人偷情的产物。她装作不经意地将那部电视剧调出来,根据手机搜索结果找到那一集。

电视里鸡飞狗跳的场景果然吸引了所有人的注意力。

"造孽,儿子是别人的,养了这么多年就是养条狗也有感情了,这让人怎么取舍。"云边的外婆摇着头感慨,"这女的也太过分了。"

云笑白用拉家常的口吻,笑着问父亲和弟弟:"以你们男人的角度,这种事是宁愿不知道一直养下去算了,还是宁愿痛苦也要知道真相?"

这是个值得深究的问题，两个男人设身处地地想了想，不约而同地愤怒起来。

云边的舅舅毫不犹豫："我厌，我宁愿不知道，养了七八年发现只是一顶绿帽，我真的会精神失常。"

云边的外公却持不同意见："我要真相。我宁愿在真相里痛苦，也不想在虚假中幸福。"

但是对于孩子的处理，两个人的想法是完全一致的，不要，绝对不要，哪怕有再多的感情也迈不过那道坎，这是男人无法丢弃的尊严，比命还重要。

接下来的时间里，云边的外公和舅舅以究竟是在真相里痛苦更好还是在虚假中幸福更好进行了辩论赛，双方各执一词，说也没法说服谁。

云笑白疲倦地俯下身，手肘抵在膝盖上，撑住脑袋。

话题是她挑起的，但她已经完全没有精力再去主持。她这趟回家没能得到答案，反而被两位至亲的争论弄得更加苦恼，她唯一确认的是，她想给边闻生个孩子。

晚上，云笑白和云边一起睡，她把这个想法跟云边提了。

云边沉默了一会儿。

云边并没有高龄产妇的概念，在她的认知里妈妈还很年轻，她之所以没有立刻表示支持，是因为她想到如果妈妈和边叔叔有了孩子，那他们一定会结婚。

这意味着她和白捡的哥哥会成为真正的一家人。

云笑白以为云边不同意，连忙补充："如果你不喜欢，就当我没说，我还没有做出决定，只是在征求你的意见。"

云边是她在这个世界上最珍视的人，谁也无法比拟。

听到云笑白如是说，云边瞬间内疚无比，妈妈已经为了她奉献半生，她怎么能阻拦妈妈来之不易的幸福。

她连连摇头："我没有不喜欢，不过哥哥会同意吗？"

云笑白顿一下:"哥哥那边,边叔叔会负责,主要是看你的意见。"

边赢的意见,如今已经不能影响她的决定。

"我同意。"云边坚定地点头,"妈妈,我同意。我祝福你和边叔叔幸福,我也希望边叔叔给你一个真正的名分,妈妈,我同意。"

云边的支持给了云笑白莫大的安慰,连日来的惶惶不可终日快把她逼疯了,她连续失眠做噩梦,心理和身体都接近崩溃,到这会儿终于稍稍放松下来,一放松,几乎是瞬间陷入了昏睡。

云边没法睡着。

她注意到是那集引发热议的电视剧并不是电视频道刚好放到的,而是妈妈通过数字电视点播的。妈妈刻意点播,却完全没有什么看电视的心情,反而引外公和舅舅回答问题。

现在又说想生孩子,之前明明说过不打算生的。

而且最诡异的是,居然没考虑白捡的哥哥的意见。

有哪里不对,非常不对。

因为云边回锦城老家,边赢周日无所事事,去医院陪了爷爷一天,傍晚堂哥边峰也来了,而且带了个女人过来。

边峰花花公子一个,这是他头一个正式往家人面前带的女朋友。

边爷爷很欣慰,含含糊糊地说着什么。边峰俯下身去听了半天才听懂,拉着老爷子的手真诚允诺:"爷爷您放心,我们很快就结婚,然后给您生个重孙子高兴高兴。"

两者时间过于巧合,反正边赢不信他这堂哥只是刚好在爷爷立遗嘱之际收心,多半想借着重孙的由头,谋取更多的遗产和股权分配罢了。

边赢讨厌这种惺惺作态的场面,起身告辞。

边奶奶叫保姆推着她从病房追出来:"阿赢。"

从小她就偏向小儿子家,虽然最近边闻惹得她很不愉快,但边赢始终是她最疼爱的小辈:"你放心,奶奶是向着你们的。"

边赢颔首。

随便吧,分到再多的遗产和股权,到时候也不知道能便宜了谁。

昨天晚上,边闻回家看到房间门口扔得毫无章法的快递盒,和听到他回来打开房门看他的边赢,蹙眉问道:"快递你搞的?"

家里用人不可能把行李放成这样。

边赢:"嗯。"

"阿赢你能不能不要跟小孩子一样。"边闻有点生气,弯腰将两个快递捡起。

"你们准备要小孩了?"边赢直接地问。

边闻诧异,他还没想好怎么跟边赢开口:"你怎么……"

边赢示意边闻看快递单:"上面写了。"他笑了一下,"所以是真的?"

某种程度上来说,边闻松了一口气,至少他不用再想方设法告诉边赢这个消息。不过事发突然,他不知道要怎么回答儿子,唯有下意识安慰:"就算我和云阿姨有了孩子,你还是……"

又来了,边赢拒绝再听下去,关上房门,结束这场对话。

边赢从医院到家的时候,云边和云笑白刚从锦城回来没多久,他在客厅和母女俩打了个照面。

那个写着"叶酸"字样的包裹在他脑海浮现,想要云笑白离开边家的念头空前强烈。

可矛盾的是,他既想让云笑白离开,但又想将云边护在自己身边。

看到边赢,云边有种隔了千山万水的距离感。

其实他们昨天早上才见过,边赢早上起床上学,洗漱完毕从卫生间出来,云边周六不必去学校,瞌睡懵懂地倚在自己房间门口跟他告别:"边赢哥哥再见。"

然后她被边赢弹了一脸的水。

看来他对周六还要上学一事怨念颇深,看她不用去,就心生嫉妒。

边赢的态度也有点奇怪。

虽然当着家里人的面,他们向来是疏离客套的相处模式,但云边就是能感觉出来,白捡的哥哥跟之前不一样了。

果不其然,一到楼上,边赢就问她了:"你知道了吗?"

云边低着头没看他:"嗯"。

过一会儿,边赢问:"你同意了?"

云边:"嗯。"

又是一会儿。

边赢:"你要是不同意,你妈会要孩子吗?"

"不会。"云边坦言。

边赢听完没什么反应,很淡定地"哦"了一声,然后说:"那下礼拜周末不回锦城了吧。"

云边匪夷所思地抬头看他,她以为他会失望会生气。

他面色平静,眼神里没有半分开玩笑的意思。

"陪你去图书馆。"他说。

"我觉得没有必要,你不用再陪我去了。"她的拒绝像个处处是小孔的气球,软趴趴的,根本没有底气可言。

边赢也心知肚明她的拒绝并不是真心实意,所以他没有退步:"他们两个这个年纪了,想生也不一定生得下来。"

在锦城的时候,云边用了一百种理由说服自己应该和边赢保持距离。

但现在他站在她面前,随便给她一个理由,不费一兵一卒就能说服她。

云边屈服,但有要求:"你去看书复习,不要玩手机,不然你去图书馆干吗。"

要求过分了,边赢没法答应。

云边:"下周六就要考英语听力了,你突击一下。"

他为了救周影错过了第一次听力高考，接下来的这次是他唯一的机会。

"英语听力。"边赢无奈，"我闭着眼睛都能拿满分。"

他从小就接受双语教育，高考那点听力难度不过是小儿科。

云边却不依不饶："那你可以看一下别的科目。"她特别坚持，"就算家里条件再好，但你没法保证以后不会出现任何意外，人还是要靠自己才靠得住。"

边赢搞不明白她为什么突然给自己"灌鸡汤"，但她一脸认真，大有他不答应去看书她就宁愿不去图书馆的意思。

"服了你了。"

这头两人达成共识。

楼下李妈喊："边边，阿赢，下来吃晚饭，先生回来了。"

边闻今天特意回来吃晚饭，是有事情要宣布。

"你们应该也都知道了，我和妈妈，云阿姨准备要个孩子。"边闻说这话的时候，注意力是全部放在边赢身上的，"不管是阿赢，还是边边，还是将来的弟弟妹妹，都是我的孩子，在我心里是一样的，我不会偏心，会尽我所能关心保护你们。"

边赢低头扒饭，懒得给眼神。

边闻看儿子态度还算平和，想起从前边赢小的时候有段时间天天吵着嚷着想要个弟弟妹妹，但边闻对冯越感情淡薄，有了边赢就算是完成了任务，从来没有生二胎的打算，他一直觉得父母不相爱生下来的孩子是悲剧，不仅是夫妻双方的悲剧更是孩子的悲剧。

边闻心里生出一种卑微的希冀来，说不定新生儿的诞生能够成为黏合剂，修补重组家庭的隔阂。

他试着描述孩子的长相，要调动边赢的积极性，必然得说得像边赢。

当然，也不能忘了照顾云边的感受，所以也得说得像云边。

边赢终于忍不住搁下筷子。

听不下去了。

长得像他又像云边,这是个什么啊?

他和云边为什么不能自己生?

谁还不会生孩子了,用得着两个老的帮他们生吗?

边赢只关心一个问题,但没当着云边和云笑白的面问。

云边越来越影响他出剑的速度,她像密密麻麻的海草攀满船舶,让他在这个家左右为难,动弹不得。

父子俩来到书房。

边赢:"你们准备领证吗?"

既然准备要孩子,结婚证是肯定的。边闻自知不管是孩子还是结婚证,都是对边赢出尔反尔,他不免感到内疚,能给的只有苍白的解释:"准生证要结婚证才能办。"

"伟大的爱情。"边赢眉梢间尽是冷漠,"领证之前记得把婚前财产的公证做掉,你少慷我妈的慨。"

相安无事的一周。

云笑白依然没能告诉边闻埋藏在自己心中的惊天秘密,她和边闻领证的事也没能提上日程。

因为云边无意间提醒了一句,说边赢马上要英语听力高考。

换了从前,即便云边不提醒,云笑白也会记着边赢的事,但近日来她终日被亲子鉴定一事困扰,根本没有多余的精力管那些有的没的。

云笑白知道自己迟早得告诉边闻真相,她没有资格替边闻做出这般重大的决定,但她对边赢存着怜悯,也牢记着边赢对云边的救命之情,不管是出于同情还是出于报恩,她都想尽量把伤害降到最低。

周天下午,云边为占位置,吃完饭就过去图书馆了。

边赢则晚点再去。

哈巴的消息在四人男生群里来得猝不及防:【在家?我来找你。@边不输】

边赢都准备出门了，当然不行：【别来，我下午有事。】

邱洪紧接着就冒泡了：【不会又要和女生出去吧？@边不输】

颜正诚也好奇了：【邱洪说你傍晚跟女生在一块儿，真的假的？@边不输】

邱洪：【当然是真的，上回都跟我亲口承认了。】

哈巴今天难得对边赢没有兴趣，他发了一段语音在群里："我看到我爸妈的离婚协议了，两个人都签好名了，家产都协商好了，我归我爸。"

说到一半，哈巴已经难掩哽咽。

群里对那个神秘女生的八卦瞬间暂停。

很快，边赢@哈巴：【你过来吧，我在家。】

颜正诚和邱洪也纷纷表仗义，要一起过来边赢家安慰哈巴。

边赢前脚答应了哈巴，后脚哈巴就摁响了边家的门铃。

"你一直在我家门口候着？"边赢诧异。

哈巴点头。家里出了事，他第一个想到的人就是边赢，虽说男子汉大丈夫有泪不轻弹，但在最信任崇拜的人面前，哈巴没能绷住。

"不输，我真的要没有家了，怎么办啊？"

哈巴一面情绪失控，一面又觉得丢人，手忙脚乱去擦眼泪。

一二楼之间的楼梯有用人在打扫卫生，边赢带着哈巴往下，去到地下层，随意找了个空房间关上门。

这下没有旁人，哈巴掩面痛哭："我一直在求他们回心转意，但没有用，我没有家了……我爸要娶那个女的，他说她比我妈好一万倍，她会把我爸全抢走的，以后他们是一家人，我是外人，我以后都没好日子过了……我该怎么办啊不输。"

哈巴六神无主中，没有意识到自己说的话在戳边赢的心窝子。

边闻再娶时，哈巴曾绞尽脑汁安慰边赢，但人总是如此，劝说别人的时候头头是道，轮到自己却束手无策。

哈巴家里那种情况，今后的日子比不得从前舒坦是既定事实。要边赢说些不着边际的安慰，他是编不出来。

他唯一能做的只有递两张纸巾："想哭就哭吧。"

边赢平日里严禁哈巴往他身上供，哈巴对他有种过分的热情，必须加以控制，不过今天情况特殊，他任由哈巴抓住救命稻草似的抓着他，趴在他肩头号啕大哭。

边赢没有躲开。良久，他缓缓抬手，在哈巴头上轻轻拍了拍："没事，我们都在呢。"

看着哈巴，他好像看到了当初那个彷徨无依的自己。

至少哈巴还能痛痛快快哭出来，至少哈巴还有妈妈。

可那个时候的他什么都没有。

不多时，邱洪和颜正诚也赶到。

人一多，哈巴不好意思了，松开边赢，胡乱擦干眼泪。

"趁火打劫啊哈巴。"邱洪调侃，"都抱上不输了，这不是你梦寐以求的事吗？"

颜正诚一半是为了活跃气氛，一半是真的有点好奇，缩起脑袋往边赢身上拱："靠在边不输怀里真有这么幸福吗？让我试试。"

"滚。"边赢不耐烦地抬脚，把人踹开。

哈巴知道大家是为了逗他开心，配合地露出一个笑，不过比哭还难看。

"行了，哈巴。"颜正诚搂过他的肩，"爸妈离个婚有什么，家里天天吵个翻天覆地还不如离了清净。这么想，你爸能厌了你妈，就也能厌了那女的，只有你是永远的心肝宝贝。"

邱洪附和："没错，只要她别有小孩就行。"

"你别跟你爸硬碰硬，时不时服个软装个可怜，男人最吃不消哪一套，我们不都很清楚嘛，你照着做就是了。"颜正诚恨铁不成钢地看边赢一眼，"不输就是个典型的反面教材，你别学他，就他那狗脾气，他爸能向着他才怪了。"

道理边赢都懂。

英雄情结存在于男人的天性里，他们抗拒不了楚楚可怜的生物，否则他也不至于明知白捡的妹妹是个腹黑的主，却还是受她柔弱外表的蛊惑起了保护欲。

但要他玩攻心计去边闻面前争宠，还不如给他一刀来得痛快。

颜正诚和邱洪使尽浑身解数围着哈巴安慰，边赢插不进那个话题，还好他的手机适时进来电话。

是云边打来的。

边赢出去接的电话。

"你到哪儿了？"

"我已经到了。"云边在卫生间，声音有回音，"今天运气不错，有一起的位置，在三楼西面的自习室，你快点来。"

"我今天没法过来了。"边赢把事情原委解释了一下。

"你陪哈巴，我自己一个人看会儿书就行。"云边爽快地说。

临时放云边鸽子，边赢心里过意不去，约好下周："下礼拜我早上就跟你一起去。"

"真的？"

"真的。"

云边在电话那头笑一声，听起来挺满意："那你要看书，不能玩手机。"

"知道了。"挂电话前，边赢嘱咐，"你早点回来。"

边赢打完电话回去的时候，里头那几个人正在就他打电话的对象展开天马行空的想象力。

颜正诚："他不是这种扭扭捏捏的人啊。"

哈巴暂时忘却了家庭的烦恼："不会是周姐？"

颜正诚觉得不像："是周姐的话，有什么不好说出来的。"

邱洪不寻常的沉默引起了颜正诚和哈巴的怀疑。

颜正诚："不会是盼夏吧？"

哈巴："没错，这个最有说服力。"

两个人都意味深长地瞧着邱洪，邱洪恼了："看我干吗，关我什么事。"

他奋起反击，本来也想问哈巴"你怎么知道不是云边"。

但谁让边赢藏着掖着真的姑娘真的是云边，边赢一进来，邱洪就没来由地一阵心虚，所以他把话咽回去了。

倒是颜正诚，本着一视同仁的态度提名云边："要这么说云边也有可能啊。"他拍拍哈巴的背，"怎么样，哈巴，想象一下那个场景，是不是一下子觉得爸妈要离婚也没那么伤心了？"

哈巴想象一下，更伤心了。

"发什么神经？"边赢反手推上门。

众人偃旗息鼓，又把话题转回到哈巴的家事上。

半下午的安慰和陪伴下来，哈巴的心情暂时有所缓和，终于回复点精气神。

边赢的手机进来微信，云边说自己要回来了，问他们要不要喝奶茶。

"你们想喝什么？"边赢帮忙转达。

云边没发群里，直接问的边赢。

"不输，你和妹妹的感情好像好了很多。"哈巴感叹。

当着哈巴的面，边赢没敢瞎嘚瑟，模棱两可地说了句："还好吧。"

颜正诚想到点什么："哪种好？"他踯躅一会儿，"你不会真打算利用妹妹，好把她们母女俩从你家赶出去吧？"

哈巴也想起这一茬了，马上制止："不输你不能这样对云边。"

当时唯一没在场的邱洪迷糊了："什么意思？你们在说什么我怎么听不懂。"

颜正诚和边赢交换一个眼神，都觉得邱洪这人不太靠谱，这个话题还是不要继续为好。

谁知话题转移不成功，邱洪纠结上了："你们刚才说的什么，不输要利用云边把她妈妈赶出去是什么意思？为什么你们都知道，只有我不知道？"

"可能上次说的时候你不在吧。"颜正诚敷衍道,"说着玩的,别当真。"

哈巴也为边赢正名:"不输不会做这种事的。"

邱洪问了半天问不出个所以然。在四人团体中,他时常感觉到自己不受重视被排挤,这会儿一个人在旁边生了会儿闷气,但并没有人发现他在生气,另外三个人早已转了话题,缺了他照样打得火热,他气结,不想再待下去,找了个借口离开。

门外头站了个人,吓了他一跳。

"云边?"

里面几个人闻言也全望了过去,面色皆是一凝。

没有人知道她在门口站了多久,听到了多少。

"你不是在买奶茶吗?"边赢问。

"还说呢,给你发微信半天不回,我只好随便买了点。"云边面色如常,提了提手里的袋子。

"我刚才才收到。"

现场充满粉饰太平的意味,颜正诚说:"微信消息总是延迟。"

边赢观察着她的脸色,又问:"怎么这么早回来了?"

"哈巴也是我的好朋友啊,好朋友难过,我当然要回来安慰他。"

她陪着说了一会儿话,然后才上去。

全程没有半分不对劲。

这一天,几个男生离开边家是晚上九点多。

边赢把人送走后上楼。

推开卫生间的门,云边倚在洗手台旁。

像极了当初他等着要问她,她究竟有没有打戴盼夏的样子。

只不过现在角色反转。

她歪着头,微微笑着看他,好整以暇的模样。

只消一眼,边赢就确认了。

边赢反手关上门,说的是肯定句:"你听到了。"

云边颔首:"嗯。"

她没有发怒,没有哭泣,没有质问,完全是有话好好商量的态度:"我不是不分青红皂白的人,给你机会解释。"

她的问题非常直接:"你讨厌我吗?"

边赢顿一下,摇头:"曾经是,现在不了。"

"利用我把我妈妈赶出去,你说过吗?"

在她的注视中,边赢艰难地点头。

云边也不知道自己是什么心情,居然笑了一下,但还是给了他解释的机会:"你有难言之隐吗?"

"没有,很抱歉。那个时候,我确实这么想过。"

那话确实是他亲口说的,说出口的瞬间,也确实是本着自己绝对不会对她改观的坚定念头,想把云笑白赶出去的念头更是从未断绝。

如果他想付诸实际行动,他有无数次机会,但他没有。为了避免不必要的麻烦,他甚至违心地叫过云笑白一声"阿姨"。

说了就是说了,没做就是没做。

要求她信任也许强人所难,但他不喜欢说那些苍白无力的辩解。

"边赢哥哥,你的感情真廉价。"云边从洗手台边的依靠状态改为直起身,缓缓走近边赢,"但也许该走的人不是我妈妈。"

这一周以来,她除了正常的上学放学,还做了一件额外的事,那就是弄清楚云笑白连日来的异常。

怀疑的种子一旦种下,找到真相不过是时间问题,云笑白根本没想到她通过电视就猜到了事情原委,哪里会对她设防,她没费什么力气,就在云笑白的手机里找到了真相,还找到了那份云笑白当机密藏起来的亲子鉴定报告。

云边不仅对边赢失望。

她最失望的是她自己。

从小到大,她都是一个不怎么让家长和老师操心的孩子,成绩好,讲礼貌,乖巧懂事,连叛逆期都不曾发作。

她并非纯良无害的傻白甜,内心有寻求刺激的疯狂面,但她干坏事通常做得谨慎又隐蔽,人设屹立不倒。

因为她从很小就明白,妈妈独自抚养她是一件很辛苦的事,相依为命的那十六年,她是云笑白的全部,云笑白也是她的全部。

云笑白是她的底线,是她毋庸置疑的第一选择,任何人在云笑白面前,都得靠边站,没有商量的余地。

但遇到边赢以后,这一切悄悄发生了变化。

她眼睁睁看着白捡的哥哥对云笑白态度恶劣冷漠,心疼的同时,又自私地祈祷云笑白不要和边赢计较,她担心妈妈终有一天会厌倦或忍无可忍,不再理睬边赢,甚至予以反击,一旦出现那种情形,白捡的哥哥在家里的处境将越发孤立无援。

云笑白找回满心满眼都是她的初恋情人,但她却希望叔叔能偶尔也能惦记一下白捡的哥哥的妈妈,她不忍心看到边赢失落难过。

最过分的是,明知道云笑白为了亲子鉴定一事寝食难安,但她还是装作无意间提醒母亲白捡的哥哥即将英语听力高考的消息,果不其然,善良的云笑白担心影响边赢的发挥,选择了继续折磨自己,拖延真相爆发的时间。

她想把边赢留在家里,还像个老妈子操心着边赢的高考和他的未来,她默默给自己设定了一个目标,至少把这件事拖到三个月后的高考结束。

她不惜昧着良心,一次次伤害最爱她的人。

可现在,他说他想借着她把她妈妈赶出去。

她差点成为害妈妈幸福破灭的刽子手。

"我以后不会再烦你了。谢谢你救我三次,周影姐姐抵消一次,剩下两次我会记着的,不会忘恩负义的,以后你有什么需要我帮忙的地方,我赴汤蹈火在所不辞。"云边低下头操作手机,"但是这里有个事,我和我妈妈没法再帮你瞒着了,你自己看着办吧。"

边赢的手机在口袋中发出几声振动。

与此同时,云边将他的微信拉进黑名单。

边赢看着她离去的背影,却没有半分追上去的力气。

他精疲力竭地就近靠到一旁的墙上,打开云边发来的微信。

是几张图片。

根据缩略图,是一份文件。

这天的边家山雨欲来风满楼。

边闻在隔壁省份出差,接到边赢的电话,要他无论如何必须马上回家。

"你老婆诬陷我妈和大伯有一腿,诬陷我不是你的儿子,甚至连DNA鉴定都准备好了。"

边赢无比确信,这是云笑白的诬陷,这个女人伪装了这么久,终于忍不住露出狐狸尾巴,要对他和母亲下手。

他对母亲有着一千个一万个放心,她那么温柔贤惠,连大声说话的次数都寥寥无几,全身心围着他们父子两个转,绝无可能做对不起父亲的事,更绝无可能让他有个不光彩的身份。

电话是当着云笑白和云边的面打的,云笑白诧异于边赢居然已经得到了消息,微张着嘴,一时半会儿没能说出话。

云边在一旁低声坦诚:"妈妈,是我说的。"

云笑白更是震惊,但这会儿不是详细盘问云边如何得知来龙去脉的时候,她沉吟片刻,叫云边上楼睡觉,不只是因为时间不早,更因为接下来的场面也许会超出一个高中生的认知,她不想无关人员云边亲眼目睹。

这是云边头一次没喝燕窝就被赶去睡觉,她乖乖答应,但上了楼梯就在拐角的台阶上坐了下来,静静等候。

楼下,云笑白试图劝边赢冷静:"阿赢,这不是开玩笑,我犯不着伪造证据诬陷你和你妈妈。趁你爸爸还没回来……真的,你不要冲动,下个礼拜就是听力高考,不是你能分心的时候。"

事关母亲清誉,边赢的底线被踩得一塌糊涂,沉到阴森的嗓音,发出的每一个字节都盛满了暴怒:"不要假惺惺了,离我远点,你再多说一个字,我真的会扇你。"

云边把头靠在扶手上,攥紧了拳头。

她失去与边赢共情的能力,不明白自己从前是如何容忍他对妈妈的态度。她从前竟这般残忍吗?漠视妈妈受到的伤害,任由他不识好歹,还助纣为虐地希望妈妈大度一点,再大度一点。

他敢动她妈妈一下,她一定下去和他拼命。

还好,云笑白没有再多说什么,客厅陷入死一般的寂静。

边闻连夜往家里赶,半夜两点多终于抵达。

云边听到门开的声音,边闻的第一句话就是:"你们到底怎么回事?"

边赢把手机递过去:"自己看。"

边闻匆匆扫了几眼,抬头,一脸的不敢相信:"笑白,这是怎么回事?"

纸终究是包不住火,事到如今木已成舟,该面对的总要面对,云笑白深呼吸几下:"就是你看到的这回事。"

边赢接过话头:"我倒是想问问云阿姨。"他把"云阿姨"三个字说得咬牙切齿,"如果你不是伪造,你能不能解释一下你为什么无缘无故去验我和我爸的 DNA 比对,你安的什么心?"

边闻夹在儿子和妻子中间,已经不知道该相信谁。他相信云笑白的人品,也相信冯越不会勾结他的大哥。

但这两个人中间,只能有一个人说的是实情。

边赢如是一问,边闻也意识到这确实是疑点,他的天平滑向边赢,但怕伤着妻子的心,他问得小心翼翼:"对,笑白,你怎么突然想到去验 DNA?"

云边独自在楼梯枯坐一夜,临近天明,楼下才安静下来。

其实但凡认真想想,云笑白都不可能蠢到拿假的鉴定报告做文章,因为保险起见,边闻必然还会验一次DNA。

边闻和边赢将再做一次DNA比对,不只是边闻,冯越的也得做,她已经去世火化,骨灰中的DNA不复存在,但还好医院还存留她的病理切片,所以他们得将病理切片取出来,与边赢做基因比对。

这天的对话最后,边闻对边赢说:"你不是我的儿子,没有关系,只要你和你妈也不是……你就还是我的儿子,我认你。"

他像突然间老了十岁,神采奕奕的面貌上尽是疲态,他在安慰边赢,话里却充满祈求。

祈求着上苍,不要和他开这么过分的玩笑。

他没有说如果边赢只单方面和冯越有亲子关系会怎样。

但答案已经不言而喻。

边赢是最先上楼来的,看到拐角处蹲坐的云边,他的脚步略微一停。

两人目光交汇。

不远的距离,像隔着一条银河般遥远。

边赢面无表情地从她身边走过。

在两个大人上来之前,云边也站起身回房。

挺好的,他们终于都回到自己本该属于的位置了。

那是两个对立的阵营,曾一度混淆,现如今泾渭分明。

当晚,边赢收拾了一点必需品,离开了明湖左岸。

他没有办法以一个嫌疑犯的身份继续待在家里。

没有开灯的房间,云边站在窗帘拉开一条缝的落地窗前,目送边赢走远。

她一直望到看不见他,久久没有收回目光。

晨曦的微光刺得她眼眶酸胀。

冯越的病理切片在北京，取过来花了点时间。

病理切片一到手，边闻第一时间带着边赢去了一家信得过的私人鉴定机构。

父子二人现场提交样本。

那几天漫长又煎熬，边家一片死气沉沉，云边甚至连走路都是踮着脚的。

结果是周五下午出来的。

机构通知边闻前去取报告，边闻单独带上边赢，没有带其余任何无关人员。

鉴定报告显示，边赢与边闻不是父子关系，与云笑白做的结果一致。

但 Y 染色体出自同一父系，而且 DNA 的亲权指数很高，两人为近亲，根据机构工作人员的判断，很有可能是叔侄或兄弟。

至于边赢与冯越。

系母子关系。

边闻颤抖着手，眼前一阵阵地发黑，连站立都吃力，全靠机构的人搀着他他才没有倒下去。他无数次想，哪怕是云笑白想霸占他所以恶意抹黑冯越，都比现在这个结果好得多。

等强迫自己接受了现实，边闻一路扶着桌椅墙壁，步履蹒跚地离开，从始到终，他没有再看边赢一眼。

漠视已经是他最大、最后的温柔。

边赢弯下腰，将飘落在地的报告单捡起来。

他的识字能力和理解能力退化到幼儿园之前，他把两个结果看了又看，每一个字，一笔一画地在心底临摹，试图寻找其中的错误。

他想说"不可能"，但他的喉咙像含着无数块碎玻璃，痛得锥心，发不出一个音节。

他只是下意识追了出去。

他一直以为自己已经麻木到不需要边闻，到这一刻他突然发现，不是的。他需要爸爸，妈妈走后，他比害怕世界上任何一样东西都害怕失去爸爸。

只有边闻在的地方，才可能是他的家。

外头天下着暴雨，雨瞬间把边赢淋湿，稍进眼睛里模糊视线，他固执地追赶着雨幕中那道背影，把眼前这个人当成爸爸早就在日积月累中成为他的本能。

此时此刻，他有种荒诞而盲目的自信觉得爸爸会等他。

爸爸等儿子，爸爸不抛下儿子，天经地义，对不对。

他们当了十八年的父子，怎么可能说不是就不是了。

边闻头也没回地坐上车。

车门一关，在引擎的轰鸣中，车子逃离般驶去。

边闻从鉴定机构出来，第一时间去了公司找边阅。

兄弟俩不对付，除了公事，私底下基本上不会有交流，但表面功夫都做得还算到位，家丑不可外扬。

边闻被雨淋得半湿，浑身上下就连头发丝都在叫嚣来者不善，边阅办公室门口的秘书一看这架势直接就蒙了，赔着笑脸迎上去："边总，您大驾光临有什么事吗？我们边总人不在，出差去奥地利了，边总您应该知道的呀，您看我还是给您拿个毛巾吧，您擦擦雨水……"

公司里"边总"太多，边爷爷外加边闻、边阅兄弟俩，还有个边峰，大大小小的边总四个，边阅秘书一会儿这个边总一会儿那个边总，差点把自己也绕晕了。

但此时此刻的边闻哪里是听得进去的性子，一把将边阅的秘书推开一米远，而后用力推开了边阅办公室的门。

秘书防不胜防，在地上吃了个屁股墩，疼得眼冒金星。

门绕着门轴大力甩出去，撞到墙壁上发出"哐"的撞击声，一声巨响，门把手几乎要将墙壁捅穿一个洞。

办公室里空空如也。

秘书感慨着"社畜"没有人权，龇牙咧嘴地站起来，顾不上揉揉受伤的屁股，一瘸一拐地走近边闻，讨好道："边总，我们边总真的不在，我没有骗您。"

边阅确实不在,办公室里空空如也。

边闻记起来了,边阅确实出差了,为时一个月。

可满腔的怒火和对真相的急迫无法等候那么久,他甩手离开,坐进车里第一时间给边阅打去电话。

"小弟,有什么事吗?"电话那头的边阅已经从秘书处得到了消息,开始了虚伪的关怀,"听说你去办公室找我了,我在奥地利呢,你忘了?"

边闻没心思虚与委蛇,开门见山:"你跟冯越有没有做过对不起我的事?"

边阅怔愣一下:"你胡说什么?"

冯越是边奶奶闺蜜的女儿,小时候和边家来往颇多,边阅比边闻大九岁、比冯越大十岁,差那么多年纪,玩是不可能一起玩了,不过他把冯越当妹妹,很是疼爱,直到冯家出国,两家人少了联系。

兄弟俩长大后,并没有第一时间分家,有很长一段时间都一起住在边家老宅。

再后来,冯越嫁给边闻当妻子,长期受到丈夫的冷眼相待,跟边阅倒还维持着一丝小时候的情谊,边阅很多次看不下去,劝边闻待她好些,边闻从来不听。

边赢三岁那年,边家兄弟俩分家,两家的竞争日渐强烈,冯越和边阅阵营不同,少时的情谊才随之变淡。

边闻一开始就没指望边阅能痛快承认,但冯越和边家的男人有染,边阅是当之无愧的头号嫌疑人。

如果现在是面对面交流,边闻一定会冲上去动手,奈何隔着千山万水,他施展不了拳脚。

"你要是真的坦坦荡荡,你敢去做亲子鉴定吗?"

边阅也火了:"你发什么神经,我和谁做亲子鉴定?"

兄弟俩鸡同鸭讲地扯了半天,边阅才闹明白事情原委,他拒不承认自己与冯越有染,更拒绝回国与边赢做 DNA 比对:"我问心无愧,别说我现在不会专门回来,就算等我出差回来,我也不可能配合陪你玩这种无聊的把戏。"他冷笑道，"你不会是为了和你的初恋情人过日子连儿子都不想要了吧，就想出这种损招。死者为大，劝你尊重小越一点。"

边赢从鉴定机构出来，追出去一段路，但边闻的车子早已跑得没影。

暴雨如注，他一个人茫然地走了一段路，路过一家小超市，老板追出来，招呼他避雨，老板两口子很热情，又是给他递纸巾又是给他递热水。

见他没有反应，老板抽过几张纸巾，动手帮他擦湿透的头发，纸巾瞬间吸满水，老板碎碎念地关心他："这么冷的天还淋雨，会冻坏的，小伙子，是发生什么不好的事了吗？再不开心也不要和自己的身体过不去。"

老板娘把收银台底下的小太阳拿出来，放到边赢身旁让他取暖，附和老板的话："是啊，什么都会过去的，别拿自己的身体开玩笑，爸妈知道了得多心疼。我儿子也和你差不多年纪。"

听到"爸妈"，边赢的手指蜷了蜷。

不会有了，他不会有爸妈心疼了。

心疼他的反而是一对萍水相逢的陌生夫妇。

这种温暖是难以消化的，它只会让他更加悲凉。

他推开老板的手，冲进雨幕。背后的老板夫妇不断地叫他跟他说着什么，但他头也没回，不一会儿就把那点声音甩开了。

边赢打了车回到明湖左岸，拒绝了物业送他到家门口的好意。

物业只得硬塞给他一把雨伞。

边赢进小区不久，边闻的车也抵达，整个小区总共就那么几户人家，物业人员认得出所有常住人口、所有经过登记的车，还能分清各家的家庭关系。

门卫绕到驾驶室一侧，惊讶地发现边闻也是淋雨后的模样，他担忧地汇报："边先生，您家公子刚进去不久，淋着雨，说什么也不让人送，您快去看看吧！"

边闻忘了自己是如何回应的门卫，又是怎样驾车离开的，等反应过来的时候，他已经看到了边赢的背影。

雨幕中少年的背影透着无尽的萧条。

如果在平时，别说是儿子了，就算只是一个无关紧要的孩子，边闻都见不得别人淋着雨，但他的心装满了无尽的痛苦和屈辱，没有多余的空处给恻隐之心。

他想加速开过，但边赢听到车轱辘破开地面积水的声音，回头看。

看到边赢正脸的瞬间，边闻猛地踩下刹车，轮胎与地面发出刺耳的摩擦声。

车身猛地往前一耸，紧急停下。

边闻不知道自己停下来干什么，他在车里愣了一会儿，胡乱挂下空挡，推门而出，大步流星地走到边赢面前。

边赢看着他，动了个"爸"的口型，但没有出声。

边闻蓦地想起边闻第一次叫他爸爸的场景，奶乎乎的小孩脸上有他的影子，挥舞着小手，含混不清地连声唤着他"爸爸"。

那个时候的边赢还不会叫"妈妈"，冯越每天形影不离地带着儿子，却先教他学说"爸爸"。

边闻第一次真正意识到自己是个父亲，他切身感受到生命的延续和血脉的传承，这种神奇的感觉带着极强的冲击力，撞到他内心最柔软的部位，这瞬间他彻底忘记了云笑白的存在，感动和欢喜满得要溢出来，他甚至觉得，就这样把日子过下去也是个不错的选择，哪怕只是为了他的儿子。

"你不是我儿子，这里不是你家。"边闻恳求，他拼着最后一丝理智，不去动这个自己当了十八年儿子的人，"我不打你，也不骂你，但你不要再回来，不要再出现在我面前，随便你去哪里，只要别再出现在我面前。"

边赢穿越暴风雨，执拗地跟着车子离去的方向追，伞影响他奔跑，被他一把丢开。

边家依然是那个边家，但是门口多了两个保镖看门。

边赢稍一走近，其中一个保镖就满脸为难地拦住了他："少爷，先生说不想再见你。"

另一个保镖于心不忍地把伞给他,劝道:"这么大的雨,少爷你先找个地方歇歇脚吧。"

他们不知道这对父子发生了什么,只当是青春叛逆期的孩子闯了什么祸惹家长发怒。

边赢充耳不闻,远远望着主楼父母房间的窗户,怎么劝都不肯离开。

手机在狂振。

李妈和云笑白在家中度秒如年地等到边闻回来,边闻一回来,留下一句"今天开始家里没有边赢这个人",便直接上了楼。

这个表现,鉴定结果很明确,最后的希翼也破碎。

这个时候跟边闻提边赢,无异于在老虎头上拔毛。

云笑白给李妈使了个脸色示意她去联系边赢,自己则担忧地跟着边闻上了楼。

李妈一遍遍给边赢打电话,却始终没能打通,直到保镖劝不走边赢前来汇报,李妈才知道边赢就在大门外。

她锦衣玉食伺候着长大、一根汗毛都舍不得伤的孩子如今站在暴雨中有家不能回,李妈的眼泪顷刻间夺眶而出,她叫着边赢的名字冲过去,一边拿自己同样湿掉的衣袖给边赢擦头上的雨水,一边不断重复着同一句话:"这怎么可能呢?这怎么可能呢……"

云边放学回家看到的就是这幅场景。

车窗降下,露出她半张脸。

两人隔着沉沉雨幕,望进彼此的眼睛里。

一个坐在豪车中,滴雨未沾;一个浑身的雨水泥垢,狼狈不堪。

云边是睚眦必报的性格,奉行着"人若犯我,加倍奉还"的原则,为了云笑白,她选择在边家忍辱负重。

但边赢骂她小杂种的事,她是真的记了很久,也记得很深刻。

不知道哪一天开始,她真的不计较了,开始选择性遗忘他所有的不好,她给自己灌迷魂汤,好歹他后来没有当着妈妈的面再说一遍,他不是故意的,他是心存善念的,他只是一时口不择言。

人天生有种自欺欺人的本领,乐于为在乎的人编造各种各样的借口,以此麻痹自己,好心安理得地犯傻。

在门外听到男孩子们聊起边赢对她的目的,她是残存希冀的,也给了他解释的机会,但事情没有反转,从听到他承认说利用她赶走妈妈并不存在难言之隐开始,她对他就只剩了恨。

恨到在他最艰难的时候落井下石。

恨到她试图给自己洗脑,抹去他所有的好。

第一次被蛇缠上,她穿着马丁靴,蛇伤不了她,即便边赢没有及时出现,她也没有生命危险;第二次泳池溺水,在边家自己的泳池里,旁边还有邱洪,哈巴和颜正诚也很快就会回来,她淹死的概率约等于0;第三次,宁温书的老婆只想要她的一管血,本就没有打算把她怎么样。

看,其实没有边赢,她云边也还是可以好好活在这个世界上对不对。

直到撞到南墙,头破血流的同时,她也恢复客观看待事物的能力。

"边边。"看到云边,李妈不亚于看到救命稻草,"先生最疼你了,你帮忙去劝劝先生吧,让哥哥回家,一定是哪里出了错。"

所有人都觉得,云边是纯良无害的,从她踏入这个家的第一天起,她一直以这个形象示人。

只有边赢知道她想说什么,不过碍于旁人在场,这只满口獠牙的小白兔是通过比口型的方式将昔日称呼原封不动奉还于他:"小、杂、种。"

是了,现在他才是小杂种。

边闻自回来就把自己摔进了床里,什么也不愿意多说,刚才云笑白怕他感冒，艰难地替他脱下湿漉漉的衣服，换了套干净的。

她站在边闻床前，犹豫片刻，还是开了口："边闻，阿赢在外面，雨很大，会淋坏的。你们这样也不是办法。"

边闻的脸埋在被子里，没有反应。

云笑白没法无动于衷，但又唯恐自己出现在边赢面前只会把情况变得更糟，进退两难。

边闻却动了，他从床上起来，大步流星地走到房门口，打开房门疾步而出，险些与门外的云边撞上。

云边紧急避让，一声"边叔叔"还没叫出口，边闻已经如一阵风，消失在楼梯口。

那头，边赢无视众人的劝说，固执地站着不肯动。

终于等到边闻出来，边赢干枯的眼睛微微闪烁，有了光彩。

边闻冒雨来到他面前，再也无法控制情绪，吼道："我叫你走，你听到没有？"

边赢只是摇头。

"你走不走？"边闻气急攻心，用力推搡边赢，"你还想我怎样，我把你当儿子养了十八年，好吃好喝地供着你，过人上人的生活，让你在临城横着走，走到哪里都前呼后拥，就因为你是我的儿子，我讨个老婆还要看你的脸色，跟给你当儿子似的哄着你巴着你，我是天底下最大的傻帽，你还想我怎样，你想继续过这样的日子？你还要我继续当傻帽？你把我当什么？"

边赢完全没有抵抗，被他推得连连倒退，但是无论如何都不肯离开。

边闻的心连着整片胸膛痛得一阵阵痉挛，双目赤红，眼泪混着雨水往下流，已经分不清彼此："我没有打死你已经是对你仁至义尽，你还想怎么样？你们母子俩到底要我怎么样？"

提到冯越，他忽然想起什么，所有的屈辱一拥而上，化学反应般轰然爆炸，他迷蒙的脑袋终于记得要找罪魁祸首算账，暴喝道："对，我要把那个女人挫骨扬灰！"

"不要，爸不要。"边赢惊惧交集地拉住边闻，全是雨水的手背青筋暴起，"爸不要，对不起，爸对不起，都算我的，她已经走了，你放过她，是我的错，你要打要骂都冲我来，你不要动她，算我的，都算我的，你放过我妈妈。"

边闻彻底丧失理智，用尽全力一脚踢向他："你以为我不敢？我说了你不要再叫我爸，我不是你爸，你听不懂吗！"

边赢死死拉着边闻的衣服，怕边闻去陵园动冯越的骨灰，所以无论如何不肯撒手。

他不肯松手，但力的作用迫使他后退，边闻的衣服应声而裂。

残留的衣角在边赢手中。

昔日的父子俩隔了半米远，都在剧烈颤抖。

不是因为冷。

没有人还能感觉到冷。

突然，边赢双膝弯曲，朝边闻跪下来，如边闻所愿，他不再叫爸爸："边先生。"他面如死灰地求道，"边先生，我求你，放过我妈妈。"

这个夜晚无论谁都是彻夜难眠。

次日早上七点，云边刚睡下没多久，被颜正诚的电话吵醒。

云边眯着酸涩的眼睛看清来电显示，她和颜正诚平时不会闲着没事联络，除非有事。

颜正诚打电话给她，肯定是为了边赢。

她沉默一会儿，接了起来。

"云边，不输在家吗？"颜正诚还不知道边家发生的大事，"今天听力高考，他是不是又忘记了？电话也不接，你帮忙去叫他一声。"

听力高考两次机会，一次在高三第一学期的九月，一次在第二学期的三月，从中选择分数高的那次计入高考总分，临城五中起码有一半的学生能在第一次考试中拿下满分，考满分的这批就没必要参加第二次考试了。

考试时间还早，不过临城和锦城乃至整个省的考场规则都一样，为了避免迟到，学校强制规定所有考生按照正常上课时间进入校园，在非考场区域的教室自习。

颜正诚第一次听力考试轻松拿下满分，第二次考试自是没有必要参与，他自己虽然不用考，但还得老妈子上身给兄弟操心，到点给边赢打电话想确认边赢有没有去学校，结果电话没人接。颜正诚又联系边赢班里的同学，得到了边赢没去的确切消息。

于是他打电话求助云边。

云边停顿一会儿："他不在家里。"

颜正诚追问："那他去哪里了？话说你们家最近怎么回事，我看不输奇奇怪怪，昨天下午没等放学早早就走了，问他微信也不回。"

"我也不知道他在哪里。"

颜正诚急了："他知道自己今天要高考吗？那是三十分啊，他别说给忘了。"

云边这里问不出结果，颜正诚又道："你问一下你们家阿姨，不输一般会给她汇报行程的。"

云边没吭声，但颜正诚没想那么多，急哄哄地挂断，打算先去别处打听打听情况。

电话挂断许久，云边还维持着把手机举在耳边的姿势，她熬了一夜熬出来的那点睡意已经烟消云散。

在床上发了一会儿呆，她起床出去。

李妈和云笑白一起在楼下厨房忙活，两个人的脸上都是一夜未睡的疲惫，李妈两只眼睛哭得通红浮肿。昨天傍晚，边闻情绪失控，边赢被李妈和云笑白一起劝走，李妈不放心他想跟着，边赢不让，后面也不知道一个人去了哪里。

"太太真的不是那种人，你们说的那个报告一定是弄错了。"李妈跟了冯越那么多年，坚决不相信冯越是那种水性杨花的女人。

云笑白没法跟李妈解释亲子鉴定的正确率，但也不忍在这种时候跟李妈唱什么反调，她轻声道："边闻短时间内肯定是没法接受现实的，你多去照看点阿赢，要请假或者需要什么就跟我说，避着点边闻就是。"

　　有云笑白这番话，李妈安心一点，连连点头，想到不知道在哪里的边赢，她的眼泪接二连三地滚落下来。

　　"阿姨。"云边打断两人的聊天，叫李妈。

　　云笑白和李妈都看向她。

　　云边转告了颜正诚的消息："哥哥今天英语高考，但是没去学校，您知道他去哪里了吗？"

　　这一周来边家被DNA的事情笼罩，没人还记得劳什子的听力高考。此时听云边一说，两个大人对视一眼，神色凝重起来。

　　最终她们兵分两路，李妈去边家在临城别处的房产看边赢在不在，云笑白去各个酒店问问边赢的情况。

　　云边不放心云笑白一个人前去，怕她遇着边赢起什么冲突："妈妈我和你一起。"

　　母女俩在各大酒店前台问了一圈。这年头的酒店都注重保护客户隐私，不过情况特殊，有几家酒店帮忙前台请示了上级后，查询了入住信息。

　　几家下来，一无所获。

　　全市大大小小的酒店有那么多家，眼看距离听力考试开始的时间越来越近。

　　从第四家酒店出来时，云笑白已经很急了，开车前往下一家酒店，路上，她忍不住问云边："云边，哥哥的身世要不要说、什么时候说，我心里有考量，你为什么没有跟我商量就擅自行动？"

　　云边没法说实话，梗着脖子保持沉默。

　　"我越来越发现你这孩子心里的主意很大。"

　　云边还是看窗外。

　　云笑白一个人聊不下去，看出云边的不配合态度，她只得叹了口气，踩重油门。

云边心底憋了个猜测,看云笑白急得冒汗,在街上秃头苍蝇似的乱转做无用功,终于没忍住说了出来:"妈妈,你知道叔叔的前妻葬在哪儿吗?"

被云边一提点,云笑白也反应过来,昨天边闻怒急攻心,说要扬了冯越的骨灰,边赢极有可能跑去陵园守着了。

冯越所在的陵园云笑白是知道的,今年冯越忌日边闻在锦城没能回来,后来想去看,遭到了边赢的剧烈阻挠,边闻最后是瞒着边赢偷偷来陪了一会儿。

边赢果然在陵园。大早上的陵园里没有别人,就他一个活人,倒也好找。

边赢还穿着昨天的衣服,看来竟是一夜未归,所幸冯越的墓修得很豪华,有供挡雨的檐台。

云笑白叫云边留在山下叫车,吩咐:"等车来了你叫司机等一会儿,等哥哥下来送他去考试。"

她自己则上山找边赢。

边赢在冯越墓前守了整整一夜。

昨天因为边赢的下跪求饶,边闻终于停止发怒。不要边赢再叫爸爸是他自己要求的,但当边赢真的叫出那声"边先生",边闻几乎要晕厥过去,震得他久久无法言语。近十八年的父子情,过错与情分哪里还能数算得清,那一刻爱和恨都达到顶峰,分庭抗礼。

边闻终究是没法做绝,最后只能颓然哀求边赢:"你走,你走我就放过她。"

虽然得到保证,但边赢怕边闻事后气不过,还是会动他妈妈的墓。

他一向胆子不小,但要说百无禁忌到连在墓地待一晚上都不犯怵,那是远远不至于的。

可昨夜他心里感知不到半分害怕,他甚至巴不得能有个鬼出现,好替他问一问妈妈,为什么要这么做。

空无一人的山谷,夜里的温度低得冻人,风一点点把他身上的雨吹干,他坐在墓碑前，看着照片上的女人，问了无数遍"你为什么要这么对我"。

为什么看着贤惠的她会做出那样的事，为什么给他一个这么不光彩的身份，她自己早早离世，留他一个人面对这个残局，承受所有过错。

他甚至不知道从今以后自己应该是谁，边赢应该是冯越和边闻的孩子。

云笑白出现的时候，边赢警惕地站了起来，伸出一只手，护住母亲的墓。

出了这样的事，他对冯越有怨恨有不解，但谁也休想动她一下。

云笑白在离他几米之外停下来："阿赢，快点去考试。"

边赢眼中的警惕更甚。

云笑白看着他护住墓碑的架势，意识到他在防备些什么，她澄清："我只是来叫你考试。"

"你别再假惺惺了。"边赢站着没动。

云笑白看了他一会儿，走近两步，问道："你还有什么值得我去假惺惺？"

边赢被这一问问住了。他不再是边闻的孩子，云笑白也不再是他的后妈，她再也没有必要小心翼翼地讨好他。

"也是，以后再也没人挡你的路了。"他充满戾气地笑了笑，"那你来干什么，炫耀你的胜利吗？"

"我来叫你去学校考试，这是你最后一次机会。我如果说我是真心关心你、可怜你，想必你不会相信，那么你就权当我只是在替云边还你的情，所以我来报恩。"

边赢根本听不进她的话："我不需要你的同情，更不需要你们报恩，我最后一次警告你，不要在这儿碍我的眼，不然我气起来会干什么我自己都不知道。"

"你可以把我贬得一文不值，没有关系。"云笑白突然厉声，她从未用这么凶的语气对边赢说过话，她设身处地联想如果是云边在她死后为她做这些事，简直心碎得快要窒息。

世人常常诉说母爱和父爱的伟大，但事实上孩子们对父母的爱丝毫不逊色。

因为过于激动，她的声音里甚至带了点哭腔，她一指墓碑上冯越的照片：

"可是她呢，她的感受你也不在乎吗？你怎么忍心让她在天上看着自己的儿子在寒风里，在墓地枯坐一个晚上，甚至连高考都不去参加！你真的体会为人父母的心肠吗？她看着这一切该有多心痛你想过吗？如果真的孝顺，就不要拿自己的身体、自己的前途折磨她。"

边赢攥紧了双手，双目通红。

"去考试！"云笑白焦急地喝道，"快点！"

边赢的脚步动了动，但还是没法放心把母亲留在这里，他怕云笑白使坏，害怕边闻带人来动这里。

同为男人，他非常清楚这件事对边闻的打击有多大，这是每一个男人都无法原谅的屈辱，他不敢信任边闻会轻易放过妈妈。

云笑白看出他的顾虑，没有靠近冯越的墓，她不再看他："去考试，我替你守着。你回来的时候，她这里但凡有任何损坏，我给你以死谢罪。"

边赢在原地站了大约五秒钟，然后他抬手看一眼手表，时间已经临近八点半，他撒开腿疯了一般往山下跑。

云笑白松了一口气，冲他的背影喊："我已经叫云边帮你叫好车了，就在山下，你坐着过去。"过一会儿，她又喊，"阿赢，准考证不要忘记！"

山下，司机接到云边的订单，下雨天的一大早到墓地来接人本来就够瘆人了，结果迟迟没人上车，他越想越惊悚，想要取消订单。

边赢下去的时候，云边正扒拉着车门和司机扯皮，不肯让人家走。

她得留住这个司机，否则时间不多，云笑白为了不让边赢错过考试，估计会飙车送人，极为危险。

云边穿了条白裙子散了个头发，因为昨夜没睡好，她整张脸没什么血色，有种诡异的惨白，司机吓得语无伦次，破口大骂："你到底是什么？你放开！你再不松手我就开车了啊，摔着你我可不管。我真开了，我真开了啊啊啊啊啊！"

"我是人，我不是鬼。"云边不依不饶，"你再等一会儿，人很快就下来。"

云边本意是澄清，但司机吓得"吱吱哇哇"一通乱叫，想逃，疯狂踩油门，但他忘了自己挂的是空挡，引擎的嘶吼声响彻半空，但无论怎么踩车子都纹丝不动。这下他更怀疑自己是大白天见了鬼，整个人抖得跟筛糠似的，显然已经处于崩溃边缘。

要不是边赢终于出现，司机大叔大概会昏死过去。

边赢出现，两人的拉锯战终于消停了。

云边松开车门，转过身看他。

她嘴唇动了动，下意识想跟他打招呼，但今非昔比，他不再是她白捡的哥哥，两个人也决裂了，完全没有寒暄的必要。

"谢谢。"边赢微微一颔首，"你只欠我一次了。"

他救她过三次，如果说她救周影那次算是一次正儿八经的报恩，那么这一次纯粹就是凑数。

哪有帮忙打辆车能抵消救恩的道理。

只不过是他想尽快和她两不相欠罢了。

"师傅，去瑞利酒店。"边赢跟司机报自己前几天下榻的酒店，他的准考证还在那儿，他得去拿。

听力九点开考，要求提前十五分钟进考场。

边赢到达学校已经是八点四十八分，被拦在校门外。

两次听力高考，他全都错过了。

前一夜淋雨后的吹风，就是身体再健康也吃不消，更何况连日来极度的精神刺激早已把他的体能透支到极限，听到错过高考，他的神经再也绷不住，一经松懈，整个人瞬间被疲惫和病情压垮。

保安恨铁不成钢："小伙子，高考为什么这么不上心，不要等到最后时间才来啊！"

边赢手扶着栅门勉强维持站立，他没有力气回答保安，等脑海里一阵阵的眩晕稍稍平息一点，他转身就走。

他还不能倒下，他得去看妈妈安不安全。

再回到陵园，云笑白的车果然还在，云边坐在副驾驶座里等候。

两人隔着车窗玻璃对视，没有任何交流。

边赢慢慢走上山。

云笑白大老远就看到了他，匆匆跑下来："你没赶上考试吗？"

边赢一方面是不想说话，一方面是没有力气说话，他拼着最后一口气，来到母亲墓前。

完好无损。

他如释重负地呼出一口气，在墓碑前坐下来。

"不要再守着了，你爸爸……"云笑白说到边闻的称呼，停顿片刻，但不知道如何改口，所以没有改，"暂时不会有心情来这里的。你住哪儿，去好好休息一下，我让李阿姨来照顾你……"

"不用管我，你走吧。"边赢抬头看她，打断，头一次对云笑白客客气气地说话，"好好照顾他，麻烦你了。"

不消多说，"他"指边闻。

他不是边闻的儿子，那么从前他对边闻所发的所有脾气都是无理取闹，包括对云笑白的排斥，现如今想来也是可笑至极。

他根本没有资格对他们夫妻俩有任何意见，没有资格在那个家作福作威。

理亏的人是他。

从陵园离开，边赢回酒店收拾了为数不多的行李，敲开了周影家的门。

他没有脸再用边闻一分钱，但也不能找远在美国的外祖家要钱，二老绝对受不了这样的打击。

不管他的生父是谁，他都不会用他的钱。

从今以后，他的生活费怕是要自己好好掂量一下了，住酒店太过奢侈，朋友家里都有父母，不方便。

周影这里是最佳的地点。

"轮到你报恩了，我在这儿住一段时间。"他凭着最后一口气说完，倒在堆满杂物的沙发上睡死过去。

周影还没睡醒,被吵醒有点起床气,嘲讽道:"啧,今天不嫌我沙发乱了?"

边赢躺着一动不动。

周影奇怪地走过去,发现人已经睡着了。

"秒睡。"周影嘟囔,他身下压了那么多杂七杂八的东西也不嫌硌得慌,她把一些能拽的都拽了出来,"这都能睡着。"

过程中,她摸到边赢的衣服也是潮湿的。他进来那会儿,她看他头发微湿,还以为他只是淋了点雨。

再仔细一看,她发现边赢的脸泛着不正常的潮红,人也憔悴得不像话,人瘦了一大圈。

一摸他的额头,她发誓这是她这辈子碰到过的最烫的人体体温。

当务之急是要把他的湿衣服换下来,周影给颜正诚拨去电话。

边赢高考日失踪的消息已经在朋友几个里面传遍了,这会子有了边赢的消息,邱洪也已经结束了听力高考,颜正诚、哈巴、邱洪三人陆陆续续赶了过来。

边赢疲惫至极,再加上高烧,给他换衣服,各种折腾他都没有多大反应,顶多迷迷糊糊睁了几次眼。

大家都能猜到他肯定是和家里起了矛盾,也没太当一回事,冯越死后边家就没太平过,现在人病成这样,肯定得告知家里。

边家接到颜正诚的电话。

听说边赢发了烧,李妈急坏了,云笑白安抚她:"阿姨你给他收拾点能用的衣服和东西,我送你过去。"

边家的司机都是直接听令于边闻,要他们送容易坏事。

李妈说着"好",匆匆上楼。

楼下只剩下母女俩。

云边心里一股闷气盘旋着久久不散,压抑许久,终是忍无可忍地开了口:

"妈妈，你能不能不要再管他了？他不是边叔叔的孩子了，你现在为什么还要管他，冒着得罪叔叔的风险。"

云笑白可以罗列出很多自己没法放任边赢不管的理由，但在懵懂的孩子面前，她只说了一条最简单粗暴的："不说别的，就光一条他救过你，我就不能坐视不理。"

"可他对你那样，他还想赶你走。"云边烦躁起来，"就算欠他，也是我欠的。"

云笑白以为女儿说的"他想赶你走"是边赢不欢迎她在边家的意思，既然不欢迎，当然也可以说成是想赶她走，这点她从一开始就知晓。

云边没法明说，边赢的想赶云笑白走的手段，是通过她的女儿，这和不欢迎是完全不同的概念。

"你欠的就是我欠的。"云笑白说。

云边无言以对。过了好一会儿，她说："我不想你再被欺负，不想看你受委屈。"

尤其是为了她。

云笑白只当她小孩子气。

李妈收拾了一点边赢的行李下来。云笑白得和李妈走一趟，遂匆匆安抚云边："妈妈没事，妈妈不委屈，要我袖手旁观，我才更难过。"她叮嘱，"叔叔那边的动静你注意着点，我很快就回来。"

边闻自昨天和边赢见过以后，就一直一个人待在房间里，不允许任何人进去，拒绝与任何人沟通，连云笑白也不能。他不想要任何人看到他狼狈的模样，需要一点时间去消化残酷的现实。

云笑白和李妈走后，偌大客厅里只剩下云边一个人。

她走回房间，把自己关进了床帏里，这种较为狭小的空间能给她带来安全感。

从她将《亲子鉴定报告》发给边赢至今，还不到一周时间，这六天时间史

无前例地漫长起来。

她只要一空下来就会想起这些事情。

谈不上后悔或歉疚,反正相关事实并非她凭空捏造。

边赢想利用她赶走云笑白,那她就让他看清楚他到底有没有这个资格这么对云笑白,并且斩断被他利用的机会。

她没有直接告诉边闻,而是让边赢自己看着办,已经是她的仁至义尽,是他自己连夜叫回了边闻。

边闻气到放话要动冯越的墓,边赢为此错过听力高考,事情的严重性确实超出她的预料,但她不会因此给自己套上什么道德枷锁,因为造成这一切的源头是那对不上的DNA。

睚眦必报,云边从来贯彻得淋漓尽致,不拿别人的错误为难自己,更是她奉行的人生准则。

边赢发了整整三天高烧,每天处于长时间的昏睡状态中。

期间他一直住在医院,李妈从边家请了假伺候着,几个男孩子则抽了空就过来,尤其是哈巴。他上高二,时间本来比两个上高三的宽裕许多,加上他父母正式离婚,母亲从家里搬出去,他连去学校的心思都没有,但他在物是人非的家里待着喘不过气,于是整天在医院陪着边赢。

但究竟出了什么事,几个男生,还有周影都一无所知。

李妈和云笑白是不想说不能说不敢说,这种家庭秘闻,连边家内部都还没通气,自然不能贸然让外人知晓,万一孩子们用有色眼镜看待边赢,更是雪上加霜。

至于云边,她和几个男孩子的关系一下子变得很生疏,除了在学校遇见了有点基本的礼仪问候,她和他们不再有任何多余的来往,更不可能说出实情。

第四天,边赢的体温终于控制到38℃以下,人清醒不少。

第一件事是不顾阻挠,独自前往陵园,确认冯越的墓安然无恙,他才松了一口气。

边赢下山找到守陵人,麻烦他帮忙照看一下冯越的墓地:"一旦有什么不对劲,还麻烦您帮忙拦着点,然后尽快通知我。"

他想给对方一点经济补助,好让对方办事尽心些,但他拿不出钱。

最终,他把自己手上外公送的表摘下,递出去:"辛苦您了,请一定帮我护好那块墓地。"

这手表一看就是上品,守陵人先是拒绝,后来实在推不了才收下,拿人手短,自是满口答应,表示一定会护冯越的墓地无虞。

和守陵人互相交换了联系方式,边赢离开前,遥遥望了母亲墓地的方向一眼。除非墓地出事,否则,他应该很久不会再来了。

冯越很爱他,他知道,所以他不惜一切代价要护住她死后的安宁,可这样屈辱的身世也是她给他的。

他无法像从前那般纯粹地爱她。

更无法纯粹地恨她。

眼不见为净是唯一的办法。

边赢的第二件事是出院,暂时住进了周影家里,叫李妈不要再跟着他。

等到男生们放学来找边赢,周影昔日冷冷清清的房子突然就挤得满满当当,简直人满为患。

哈巴就想和边赢待在一起:"周姐,我也住到你这里来,好吗?"

这下周影疯了:"什么毛病,你们能不能去住酒店?我的老破小容不下你们两个金贵的少爷。"

"我付你房租周姐,给你双倍。"哈巴殷勤地说,"你本来不是就想找个室友赚点房租吗?"

周影说是要招室友,但总是止于嘴上说说,不肯付出实际行动,这么长时间过去愣是没点动静。

"行,这可是你说的。"周影看在钱的面子上,二话不说地答应了。

一片闹哄哄中，边赢说："我有点事跟你们说。"

第三件事，便是直言告知朋友们自己的情况："我不是我爸的儿子，被赶出来了。"

他不再是边家出手阔绰的公子哥，没法维持从前的消费习惯，这种巨大的变化是绝对无法隐瞒的，与其等着被发现，不如他自己说。

不等谁有反应，他把自己关进了房间。

说出这句话，心里那块悬而未落的大石头轰然倒地，砸得他皮开肉绽，但他感到难以言喻的痛快和解脱。

一直不愿意承认的事实，承认了也不会怎么样，天没有塌，他也还活着，这个世界并不会因此毁灭。

他是坦言承认了，外头听的那批人目瞪口呆，久久无法回神。

哈巴率先掐了自己的大腿一把。

疼。

不是梦。

这一天，一伙人在周影家待到很晚才散。边赢的话说得模棱两可，他们理解讨论了半天才达成共识。

他们做好了边赢一蹶不振的准备，谋划应该如何科学合理地陪边赢熬过这段艰难的日子，如何不伤他自尊地给予他实际的经济和生活方面的帮助。

当然，还有非常重要的一点是，谁也不能把这件事情传开。

最后还是周影赶人。与几个男孩子不同，她对边赢有种不一样的信心："边不输不会那么脆弱，你们别在那儿瞎操心了。"

哈巴被自己家里的事和边赢的遭遇双重打击弄得一晚上没睡着，辗转反侧着到了早上该起床上学的时候。他在学校请的假已经到期，按理来说今天得上学，但懒散这么些天，他心里对上学这件事异常排斥。

纠结再三，他蹑手蹑脚地来到边赢的房门口，趴到门上听动静，打算给自己一个照顾边赢的借口，继续逃避上学。

门突然从里打开。

哈巴连忙一个闪退，装作自己只是路过。

边赢居然穿了一身校服。

哈巴差点闪了舌头："不输，你要去上学吗？"

"嗯。"

哈巴难以置信地目送边赢进卫生间，他父母离婚他都受不了，换位思考，他要是不是他爸的儿子，他可能连想死的心都有。

边赢居然这就要去上学了？

洗漱完毕，两人一起出了门。

哈巴忘记自己从前是如何与边赢相处的，他小心翼翼地跟在边赢身旁，绞尽脑汁地思考说什么才能表现出若无其事，免得戳到边赢的伤心事。

小区门口的早餐铺，两人停下来买早饭。

哈巴早早把二维码准备好，抢先递了出去："我来，我来。"

边赢没和他客气，笑了笑："你不说我也会让你来的。"

"你……"哈巴不知道怎么称呼边闻了，想了半天只能用"他"来代替，"他停你卡了？"

"没。"

边闻没有停他的银行卡，不知道是不是还没想到那层，但他不打算花，即便边家的钱有冯越的一份。

他和冯越欠边闻的。

"那你可以问你外公外婆要钱吧。"哈巴提议，"他们不是很疼你吗？"

边赢："不能让他们知道，年纪大了吃不消的。"

哈巴张了张嘴，想提议让边赢问他生父要钱，但想想也知道这更不可能。

哈巴觉得此时此刻的边赢比《三毛流浪记》里的那个三毛还可怜，他心疼得都快闪泪光了："不输，你别担心，以后我的零花钱分你一半。我们这么多人，还怕养不起一个你吗！"

相比哈巴的担忧，边赢本人淡定许多："我这两天去看看有没有什么兼职能做。"

边赢一到学校，班主任就把他叫去了办公室。

"你没有高考听力成绩，少了整整三十分啊！"班主任痛心疾首，"你知道三十分什么概念吗？"

边赢回答说："我尽量从别的地方补。"

班主任没当真，只当边赢是敷衍。她给边赢当班主任两年了，边赢是她少数真心说出"你很聪明，只是不爱学习"的学生，但人家家大业大，想当个没有上进心的纨绔怎么了，轮不到她多管闲事。

不过一天下来，班主任便发现了边赢的异常。

他居然真的打算尽力从别的地方补，往常吊儿郎当的学习态度一百八十度大转弯，上课聚精会神，就连下课和午休的时候也在争分夺秒地学习。

班主任将这一切看得分明，重新把边赢叫去办公室，认真严肃地问他对高考什么打算。

边赢只有四个字："全力以赴。"

终于等到熊孩子幡然醒悟，班主任本该欣慰，但她现在却乐观不起来："你基础不错，人也聪明，但高考只剩两个多月，你还缺了听力分数，这对你最终的分数结果非常不利。如果真的打算全力以赴，我建议你现在转去高二。"

这些边赢当然考虑过，但现在摆在他面前最现实的因素就是钱。

再多读一年高中，吃穿用度和学费资料费是一笔不小的开销，他不可能长期在周影那儿住下去，到时候还得多一个房租，更是雪上加霜。

午饭时间哈巴跟他说，有家网咖在招兼职，三十块一小时，周日工作十二小时。锦衣玉食惯了的边赢对兼职工资没有半分概念，听到三十块一小时的时薪，唯一的感受就是这时间可真不值钱。

"地方不远，工作内容就是开个机子收个银，最重要的是你可以边工作边复习。"哈巴分析得头头是道，"我上午闲着没事做就帮你了解了一下行情，高中生兼职不外乎还有些餐厅服务生、发传单什么的，那些又累又没法兼顾复习，你真想兼职的话，综合下来这个最适合你。"

哈巴的话有几分道理，边赢应下，说自己放学就去看看。

当然，他的放学指晚自习放学之后。

班主任看他在晚自习时出现，再度真诚建议他转去高二。

边赢还是拒绝。他从前理解不了为什么有人会为了五斗米折腰，钱是最唾手可得的东西，如今身在逆境中，才终于明白没有钱的无可奈何。

放学后，他由颜正诚陪着一起去了哈巴所说的网咖，交谈很顺利，很快就敲定了这周日开始上班。

回去路上，颜正诚欲言又止好几次，还是忍不住开了口："钱我这儿有，可以借你，真的没必要打工。"

边赢说："我现在只有尊严了。"早饭饮料之类的小钱可以不计较，但生活费、学杂费这样的大头，他没法心安理得地接受朋友的接济。

颜正诚一瞬间难过得什么也说不出来。过了好久，他才愤懑地开口："可你是边赢啊！"

他是边赢啊。是朋友圈中的核心凝聚力量，最众星拱月的存在，所有人巴着他哄着他，这么耀眼的一个人，怎么突然就变成要靠自己打工才能生活了。

边赢回校上课第一天，云边就从哈巴那里听到了消息，也知道他收敛起混日子的性子，转而冲刺高考。

边赢恢复正常生活的速度比她想象中更快。

他是一个内心坚韧而强大的人，而非懦弱胆怯之辈。

就是这样一个认知，让她的心里突然有种没由来的酸涩。

边赢近日在学校深居简出，云边第三天才见了他一面。

云边去任课老师办公室，和他在两栋教学楼的廊道上遇到。正逢自习课，廊道上没有别人，只有他们两人面对面越走越近。

今天是 3 月 27 号,她十七岁的生日,说好验收成果的一幕仿佛还在昨天,转眼间他们两个变成这样。

那种微妙的感觉在云边心口作祟,像是坚硬的外壳裂了几道缝。

她没有表现出端倪,目不斜视地走过。

反正他已经见识过她的本性,她还有什么可伪装。

本以为会擦肩而过,边赢却在三步开外停了下来。

云边也停下,视线从远景切到近景,从他身后空荡的廊道转到他身上。

"你说还欠我两次救命之恩,只要我有需要,赴汤蹈火也会还。上次帮我打车算一次,那还剩一次,对吧?"

边赢要说的事果然和他曾经许下的诺言没有半分关系,他让她帮忙去他房间拿几本相册。

他在家里留下的一切都可以不要,唯有几本相册没法丢弃。

"帮我办完这件事,你就不欠我了。"他如是说。

云边给自己洗脑的时候,可以狼心狗肺地安慰自己说他救我三次也没什么大不了的,但当着他的面,她别说借此反驳了,压根连脑子都没过,他前脚一说报恩,她后脚就一口答应下来:"好。"

边赢盯着她看了两秒,没说什么,抬脚走开。

感受到她对两不相欠的迫切了。

傍晚五点多,临城五中上空响彻放学铃。

讲台上的严律把最后一道题讲完,宣布下课。

云边收拾好书包,拎上几个礼物盒。今天她过生日完全没有声张,但还是收到了周宜楠和哈巴、颜正诚、邱洪的心意,锦城的几个朋友也给她寄来了礼物。

走到教室门口,她想了想,又折回去,试图把礼物塞进书包里。

最近家里发生了太多事,生活尚未回到正轨,边闻一蹶不振,至今闭门不出,云笑白和李妈忙于照料边闻和边赢，谁都没有闲情逸致。

她不想因自己的生日麻烦大家。

周末作业多，她书包里装了不少书，哪里还装得下那么多礼盒，她把礼盒拆了，只装礼物才勉强塞下，书包鼓鼓囊囊的。

出了校门，来到一贯的上车点，发现今天居然是云笑白自己来接她的。

"妈妈。"云边上车，叫道。

"生日快乐我的宝贝女儿。对不起，妈妈太忙了，早上忘记你的生日了。"云笑白眼睛里闪着歉疚的光，"要不是你外婆打电话过来，我真的给忘了。"

今天是星期五，还是云边的生日，外公外婆盼着她们能回去。

但边家现在这个样子，云笑白哪里走得开。

"没事，妈妈，你不说我也忘了呢。"云边面色轻松地安慰云笑白。

云笑白发动汽车："走，我带你去吃好吃的。"

不顾云边说不用，云笑白坚持带云边去外面吃了顿大餐，买了一支口红和一瓶香水送给她当生日礼物："是大姑娘了，要漂亮了。"

小时候羡慕妈妈能够化妆，趁大人不在，偷涂妈妈口红的童年记忆还历历在目，她这一两年自己也偷偷买过一点化妆品，但怕被母亲说不务正业心思不放在学习上，只敢跟做贼似的背着妈妈化，现如今却收到来自母亲的化妆品礼物，多年的时光好像随便那么一晃就过去了，云边有些感慨。

回到家中，家中一片寂静，李妈迎出来。

"下来过吗？"云笑白指指楼上，打听边闻的情况。

李妈摇头。

在云笑白的意料之中，她无可奈何地摇摇头。

李妈强颜欢笑地看向云边："边边，听说今天是你的生日，不好意思阿姨给忘记了，生日礼物明天给你补上，今天下一碗长寿面给你好吗？"

提到生日，李妈便不自觉想到自己上个生日，两个孩子陪她吹蜡烛，后来居然还分别给她送了礼物，可把她给感动坏了。

可现在，两个孩子只剩下了一个，另一个不知道在哪里吃苦，她不禁悲从中来。

"谢谢李阿姨。"

云边在已经饱腹的情况下，配合地把一碗长寿面给吃完，没有浪费李妈的心意。她揉着发胀的肚子上了楼，来到边赢的房门前。

边赢的房间还维持着他离开前的模样，电脑处于休眠状态，电源键在一闪一闪，床上没叠被子，胡乱扔着一套他换下来的睡衣，其中一只袖子反过来，露出颜色稍浅的内衬，睡裤的裤脚垂在地上，整条裤子要落不落地耷拉在床边。

这个空间充满了他存在过的痕迹，他残留的气息尚未散去，仿佛他放了学就会回来，继续当边家呼风唤雨的金贵少爷。

云边好像到这一刻才后知后觉地真正意识到他不再属于这个家。

她给自己打了一针强心剂，缓缓走进去。

按照边赢给的指示，她来到他书桌前，打开靠左的柜子。

里面放了三本大大的相册，相册之上，躺了一个精美的礼盒，包装盒上因着品牌的名字，闪过暗色的流光。

有点眼熟，但一时半会儿又想不起来。

云边没有细想，将相册抽出来。

抽相册的过程中，她电光石火间记起，那是之前和边赢一起去恒隆商场给李妈买生日礼物时，那家陈列着她看中的非卖品小熊玩偶的手表品牌。

她来不及多想什么，礼盒被相册带出来，掀翻在地，落在厚厚的地毯上发出一声沉闷的撞击声。

云边连忙放下相册，过去捡礼盒。

礼盒的盖子和盒子脱离，盒子里头的东西被玫瑰香槟色的绸缎袋子包裹着，看不出是什么，除此之外，旁边散落了一张小卡片。

第一次验收劳动成果，检验合格。

云边的神志在看清这行字的瞬间被炸了个稀巴烂。

她听到自己心里的异常,那是天塌地陷、山洪海啸的预兆。

黑云压城,碎石滚落。

云边打开抽绳的手是颤抖的,心里只有一个声音:不要是小熊,千万不要是小熊。

她需要说服自己,他对她所有的好都是虚假的,都是别有目的的,他是一个烂人,他妄图伤害她最爱的人,她和他决裂是绝对的正确,他不值得她回头看,她要安心过没有他的人生。

她不想心软,不想陷入纠结。

痛苦往往来源于记得曾经的好,如果那人没有什么好值得留恋,尽是恶劣行径,反而好办。

可她已经通过绸袋摸到了小熊的脑袋和肚子。

随着她将里面的东西从绸袋中取出,最后一丝希冀消失。

烟灰紫的小熊,绒布质地,细腻又柔软,耳朵和眼睛是宝石,在灯光下折射出璀璨的光芒,憨态可掬,和她当时看中的那只一模一样。

小熊的肚子上,用金线绣了她的名字,飘逸的小字。

y u n b i a n

坚冰破裂,地大颤动,看似无坚不摧的高楼大厦顷刻间倒坍,残垣断壁中,尘埃飞扬如浓烟滚滚,遮天蔽地,成了一片暗无天日的废墟。

被强制镇压的痛苦早已准备就绪,只等时机一到便举兵起义,占领城池,万千铁骑奔腾而过,她一颗心再也不剩半分完好的地方。

第八章 · 拉锯战

邱洪的生日和云边隔得很近,他是 3 月 29 号,就在周日。

云边也收到了邀请。跟边赢决裂后,她其实不想和他的朋友再扯上什么联系,但鉴于她生日的时候邱洪给了她礼物,她总得回礼。

她答应下来,但心里暗自决定过去送个礼就回,邱洪生日,边赢肯定也在。

邱洪在四人男生群里发起邀请,告知生日派对的时间和地点。他的成人礼将在全城最顶级的会所举办,不是朋友之间小打小闹的聚餐,而是隆重的宴会,他父母将为他宴请亲朋好友和生意场上的伙伴,大肆操办。

边赢回复:【我就不来了,礼拜天我得上班,礼物星期一给你。】

很快,他不卑不亢地补充一条:【不过这次没法送你什么值钱的东西了,你担待着点啊。】

邱洪不同意:【我这么重要的时刻,不能没有你见证。】

哈巴创了一个没有边赢的三人群。

哈巴:【洪哥,你别劝不输了,他要上班,而且现在让他面对这种有钱人云集的场景,对他来说挺残忍的。】

邱洪:【可我当他是朋友才想着叫他一起的啊。】

颜正诚提议:【你真想他陪着过生日的话,不如等过后挑一天,就我们几个朋友再一起吃个饭,简单点。】

邱洪想想也有道理:【那行吧。那过几天我们几个再一起吃个饭。】

哈巴:【既然这样,那我后天也不来了,我想去网吧陪着不输,他在上班,我们在大肆庆祝,我总觉得对不起他。】

邱洪发了个省略号。

颜正诚其实也没有心情去庆祝什么,大家从前朋友几个一起玩得好好的,突然有一个落了单,怎么想怎么不是滋味。

他看出邱洪的不高兴,换位思考想想邱洪生日,最好的朋友都不去确实不像话,但他确实也不忍心让边赢一个人面对第一天上班的巨大人生转变,有个人陪着挺好的。

所以,他帮忙劝说:【我来的洪哥,哈巴你就随他去吧,让不输那边有个照应,反正你这次有那么多客人,估计也没空搭理我们几个。】

邱洪过了半天才回,回复的话充满了火药味:【你们两个是跪久了站不起来了吗?】

哈巴收到消息,揉了两把眼睛确认自己没有看错,不可置信地去跟颜正诚私聊讨论过后,才敢确认邱洪的意思。

哈巴发了一个问号。

颜正诚紧跟其上,也发了个问号。

邱洪说:【边赢已经不是边家的少爷了,你们有必要吗?】

哈巴当场就炸了,"噼里啪啦"发了好多条语音消息过去:

"大家朋友一场,你居然能说出这种话,你到底把我们当什么啊?"

"我巴度交朋友从来只凭真心,真心付出也收获真心,从来不存在'舔'谁,我没那么贱。边不输虽然表面看起来冷淡一点,但从来不是那种只管接受别人的好意却不懂付出的无情无义的人,如果你觉得你跟他交朋友是你单方面在'舔'他,那我为你悲哀,我只能说你根本不配跟他当朋友。"

"所以你的意思就是边不输不是边家的少爷了,那你就没必要'舔'他,没必要跟他当朋友了是吧?没问题,那你也没必要跟我当朋友了,我不配当你邱少爷的朋友。"

邱洪也以语音回击:"合着边不输落魄了,我就连生日都不能过了?我是得陪着他一起去过苦日子去讨饭吗?你们自己要'舔',可以,但别拉上我,你们本来也没把我当成朋友,暗戳戳创了个三人群以为我不知道?怎么样,三人群,没有我碍事,你俩'舔'边不输'舔'得畅快淋漓吧?"

颜正诚本来还想劝这两人冷静,到这会儿也彻底忍不了了,开了个群语音,一接通就骂道:"三人群是因为说到戴盼夏,总共没聊几次,边不输不想让你落单,赶着我们两个回四人群说话。"

哈巴迫不及待地补充:"而且你以为他为什么突然对戴盼夏那么恶劣?他一开始对盼夏可不是这个态度。"

邱洪冷笑:"你不会又要说是为了我吧,他都要被你们说成个圣人了,我是没有忘记我把盼夏拉进群里怎么被他骂的。是啊我孬,我承认,他赢了,所以呢?所以我活该被他羞辱?"

"因为戴盼夏对你喝五道六、颐指气使!他看不惯,骂你是他不忍心看你凑上去被她利用。"颜正诚一个脾气温和的人气得恨不得冲到邱洪面前揍人,"不然你以为呢?戴盼夏那么漂亮一丫头,谁不享受有个漂亮女的天天在自己旁边嘘寒问暖?结果到你这边落个这样的下场,好心好意真是不如去喂狗。"

"拉倒吧!"邱洪打断,"哈巴我实话跟你说吧,之前我说的那个神秘女生就是云边,我亲眼看到她和边赢放学后一起从餐厅出来,关系不要太好,也就骗骗你这种傻子了,怕告诉你以后你就跟他反目成仇以后不'舔'他。"

重磅新闻抛出来,哈巴和颜正诚一时之间难以消化,双双陷入无言的状态。

邱洪很满意自己制造的效果:"还'舔'吗?"

好几秒窒息的沉默过后,哈巴因为过于激动而半带着哭腔的声音从扬声器传出,他丧失理智,已经忘记否认"舔":"我就'舔',我就'舔'!我就认准不输了,你管得着吗?云边和谁关系好,是她的自由,不输和谁关系好也是他的自由,你管得着吗?"

礼拜天上午,哈巴和颜正诚来到了周影家门口,要等边赢一起去上班。

周影睡得正香,被两个男孩子的动静吵醒,火冒三丈地打开卧室门探出头来:"哈巴,你不住了就把行李搬走,钥匙也还我。边不输住在这儿跟猫一样什么声都没有,怎么你们一来就震天动地?"

"我住，我不搬。"哈巴点头哈腰地给周影赔罪，"周姐对不起，您继续睡，我们不发出声音了。"

哈巴两个晚上没有住在周影家里了，边赢没多想，只当哈巴是嫌这里无聊，毕竟自己得上晚自习，周六也得补课，哈巴只能在家跟周影大眼瞪小眼，非常遭周影的嫌弃。

边赢在卫生间刷牙，啼笑皆非："你们两个都要跟着我一起？"

哈巴和颜正诚都谨记着周影的脾气，怕打扰她老人家休息，谁都没敢吱声，只能双双点头。

边赢知道他们两个是好意，但还是觉得阵仗过于夸张了。

哈巴和颜正诚坚持要护送他上班，好说歹说都不肯改变主意。

边赢只得带了左右两个护法一起过去。

第一次上班提前半个小时到的，工作没什么技术难度，经理花了约莫十分钟的时间就把工作内容和注意事项交代完了，然后放心地把场子留给了他："那我就先上去了，你有什么不懂的电话联系我。"

颜正诚包了个离边赢最近的机位，哈巴没成年，按理不得进入网咖，只能跟着颜正诚挤同一个机位，不过颜正诚拿出卷子做题，电脑归哈巴。

周日早上客人不多，但这个要续时间那个键盘不灵，零零碎碎的琐事加起来也不算少，边赢在工作间隙见缝插针地看书复习。

他自己是神态平静，没有半分怨言，但哈巴和颜正诚瞧着心里实在不是个滋味。

傍晚，边赢发现哈巴和颜正诚两个人还是没有离开的迹象，走过去催促："你们该过去邱洪那边了吧？"

"不去了。"

两个人异口同声。

边赢狐疑地眯起眼睛。

"以后只有我们三个。"颜正诚斟酌着用词，"没有邱洪。"

星期五邱洪和他们撕破脸，但他们没敢立刻告诉边赢，怕令他雪上加霜。

边赢沉默片刻，没有问理由，只淡淡地"嗯"了一声。

颜正诚舒了一口气，边赢要是刨根究底，他还真的不知道怎么控诉邱洪的恶行，别说原封不动复述一遍了，就是拿自己的措辞概括出来，他都于心不忍，不想脏了边赢的耳朵。

边赢跟邱洪认识了十几年，比任何人都清楚邱洪身上是有些缺点在的，自私狭隘情商低。只是人无完人，他一般懒得去计较什么，更没想过要控制谁，但邱洪唯他马首是瞻，这跟哈巴的崇拜、颜正诚的纵容不一样，邱洪纯粹是尿，憋着股不服的气。

如今他一朝落魄，邱洪终于可以理直气壮地"反"。

虽是意料之外，但仔细一想，也在情理之中。

哈巴眼见边赢重新回到座位上拿起笔做题，他突然萌生出一股勇气，要把心结解开。

边赢第一眼就极合哈巴眼缘，后面死缠烂打成为朋友，滤镜并没有随着"距离产生美感"的定律破碎，哈巴喜欢边赢长得好看，喜欢他脑子聪明，喜欢他的自信，喜欢他天生的领导力，类似小男生追星，停留在比较肤浅的层面。

可是这一刻，哈巴有种自己才真正认识边赢的错觉。

遭遇重大人生变故，在极短时间内振作；生活一落千丈，没有自怨自艾；遭遇发小背叛，亦能荣辱不惊。

生活再残酷，他都能保持体面。体面从来不是穿多名贵的衣服住多豪华的房子，而是无论身处何时何地都不被打败的素养。

哈巴想和这样的人当一辈子朋友，不想有任何芥蒂。

"不输。"哈巴趴到了边赢桌前。

边赢停下写字的笔，抬眸看他。

"你和云边……"哈巴说。

边赢诧异，但又不确定哈巴要说什么，干脆静待下文。

"邱洪看到你们放学后一起吃饭了。"看到边赢面上浮起的异色，哈巴因为他的抱歉而感到更加抱歉，"没关系的不输，你们都有交朋友的自由。"

边赢一时之间不知道如何面对哈巴这双过于纯真的眼睛，还好有顾客过来要饮料，暂时打断了这尴尬的一幕，给了一点缓冲的时间，边赢递了两瓶脉动过去，确认收账。

重新回到和哈巴的聊天，边赢首先是道歉："抱歉哈巴，我不是故意瞒你。"

边赢停顿一下，说："我不知道。"

星期五他叫云边帮他回家拿相册，本打算今年送她的生日礼物就放在同一个柜子里，但她只拍了相册给他跟他确认，只字未提生日礼物。

也不知道她是真的没打开看，还是看到了却无动于衷。

他亦没提，确认了照片没有遗漏，麻烦她到时候转交给哈巴。

颜正诚一个人坐不住，也加入聊天。

边赢看着面前两个绞尽脑汁逗他开心的朋友，苦中作乐找到一点不当边家少爷的好处，那就是可以轻易分辨身边的人哪些是真情，而哪些是假意。

他的生活像装了一台过滤器，比从前寂寥，但比从前澄澈。

下午六点是下班时间，五点半的时候经理找来了："你有时间的话能再多看几个小时吗？晚班的人请假了。"

边赢说"可以"。

天色黑下来的时候，网咖多了一位不速之客。

戴盼夏还穿着参加邱洪成人晚宴的礼服，妆容精致，长长的裙摆沾了灰。

看到边赢，她当场怔住。

戴盼夏参加邱洪的生日派对目的很明确，只为边赢。

邱洪说："他不会来了。"

戴盼夏："为什么？"

邱洪以为戴盼夏这种女孩子，听到边赢落魄会二话不说与边赢划清界限。

虽然他没有和边赢起直接的冲突，但事情发展到那个程度，再当朋友已经不现实，既然没法再当朋友，就没有守口如瓶的义务。

戴盼夏对边赢说："我有很多钱，我爸爸妈妈只有我一个小孩，我们家所有的财产都是我的。"

边赢无言以对。

反应慢点的哈巴一脸蒙。

颜正诚则在短暂的怔愣后,紧紧蹙起了眉头。

戴盼夏以为自己说得还不够明白,眼一闭心一横,用谈判的口吻直言:"难道你不想回到人上人的生活吗?我可以给你钱。"

颜正诚心里的疑虑被证实,他把手机往桌上一甩,寒着脸站起来,眼睛几乎要喷火,顾不上绅士风度了:"邱洪那畜生跟你说的?"

戴盼夏被他吓到,下意识地后退半步,惶恐地点头。

哈巴终于明白过来,也怒了:"邱洪不是人,我从前真是看走眼了!我要去打死他!"

倒是边赢,他从前看不惯戴盼夏,这会儿真心实意被她逗乐了,顺着她的意思问:"你的意思是,让我以后给你当跟班?"

"没有没有。"戴盼夏摇头,"我不会看不起你,会像现在一样尊重你。"

边赢不知道被戳到哪根神经,趴到桌上笑得久久直不起身。

他想重新当锦衣玉食的少爷很简单,给外公外婆打个电话就行,二老能心疼死,他就算要天上的星星,他们也会摘下来捧到他面前;他的生父出不了他们家三代之内,大概率是他大伯,现在就等着大伯从奥地利回来做亲子鉴定。不管他是边闻的孩子还是边阅的孩子,不管养爹和亲爹认不认他,他都是爷爷奶奶的亲孙子,二老绝不会对他坐视不理。

结果呢,真有人把他当打折商品了。

问题是还打算当宝买回去供着。

他不是生气,也没觉得耻辱,他只是没想过戴盼夏居然没被过滤器滤掉。

哈巴和颜正诚本来气得要死,恨不得冲去宴会弄死邱洪,让边赢这一笑,两人面面相觑。

邱洪的生日晚宴,云边本打算送个礼物寒暄两句就走,但计划赶不上变化,邱洪非要把她留下来,对她嘘寒问暖,还到处介绍她。

云边心下奇怪，邱洪从前虽然也对她不错，但不至于热情成这副样子，都有些诡异了，要不是她有自知之明知道自己没什么利用价值，她甚至都要怀疑邱洪在别有目的地拉拢她。

盛情难却，云边不好直接驳面子，实在推托不了，只得采取缓兵之计，答应暂时留下，想着待一会儿再走。不过她四下张望一圈，没看到边赢，甚至连哈巴和颜正诚也没看到。

后面戴盼夏来了，邱洪过去迎接。戴盼夏左顾右盼，明显在找边赢，两个女生远远对视一眼，用眼神完成了一场扯头花大戏。

云边路过两人身旁，听到一个关键字眼：亲子鉴定。

没过多久，戴盼夏拂袖而去。

而邱洪满脸的阴沉，像朵快要下雨的乌云。

联系边赢他们三个人都没来的前因，云边大致猜到了怎么回事，两方决裂了，一对三，原因不明。

怪不得邱洪这么热情，合着真的想拉拢她。

"作业还没写完，我得走了。"面对邱洪近乎强迫的挽留，她敛了笑，拂开邱洪拉着她手臂的手，眼睛里有微微的警告，"我真的得走了，祝你生日快乐。"

她和边赢闹掰了，不代表她愿意被人当枪使，不分青红皂白站到别人那边。

愤怒渐渐过去，心软和纠结齐齐上阵，绞尽脑汁为对方开脱，寻找理由。

人有时候会在朋友面前吹牛说浑话，也许他也只是出于这种目的，谁没有虚荣心呢。

如果他真的只想利用她，何必提前那么久准备好生日礼物，他应该是真的想遵守诺言。小熊是非卖品，手表品牌又那么贵，拿下它，肯定要费不少心思。

然后是否定，推翻，重建。

周而复始。

两天来搅得她心神不宁。

那天她把所有的相册，还有摆在书桌上、电脑桌上、床头柜上的相框集中起来，拍了照片问边赢有没有遗漏，只字未提生日礼物。

边赢也完全没提醒她,只回复说:齐了,谢谢,周一给哈巴就好。

大概已经不想再送她了。

而此时此刻,她站在马路对面,看到网咖里面他对着戴盼夏笑,再不见从前的嫌恶,而这样的笑容,大概没法给她了。

他们之间已经没了回头路。

云边打断自己的神思,毫不犹豫地转身离开,背影决绝。

高三年级最不缺的就是考试,三天一小考五天一大考。

三模成绩出来,边赢再度被叫到办公室,班主任几乎要求他了:"听老师一句劝,你去读高二,好不好?努力了一个礼拜的时间而已,成绩上升那么多名次,要是再给你一年,什么学校你去不了?老师拜托你为自己的前途想想。"

这次三模,边赢的成绩突飞猛进,说全是努力的功劳倒不至于,主要是他从前对考试不用心,看到麻烦的题直接空着或者瞎编一通,这次全力以赴、认真对待,结果当然不同。

但是这证明了他的潜力极大。

边赢还是不为所动。

"你这孩子怎么就这么轴呢!"班主任气得手都举起来了。面前要是自己的孩子,她保管一耳光抽下去抽到他清醒。

班主任找他家长,但边闻拒绝听任何有关边赢的事,云笑白有心无力劝不动边赢。

边赢的人生,现在全凭他自己做主。

班主任不知道他家里发生什么,只能恨铁不成钢地哀叹:"学生犯轴不懂事,家长还不负责任,真是毁了。"

边赢摸爬滚打地适应截然不同的人生,忙于学习、打工,精打细算着花钱。

还有就是等边阅从奥地利回来。

边阅一开始咬定自己与冯越无关,拒绝做亲子鉴定,但事情闹到边家大伯母那儿去,大伯母非常生气,一定要边阅给个交代。为了家里的安宁,边阅不得不松口,说等自己回来就和边赢做 DNA 比对。

边赢盼星星盼月亮地等着边阅,他不是想等谁对他负责,他只是想弄明白自己到底是谁。

一个月时间未到,边阅提前回国。

因为边家出了一桩大事。

边氏集团的长孙边峰遭遇两辆重型卡车夹击,当场身亡。

边赢和边峰虽然是堂兄弟,但是因为两个家庭的半敌对关系,连带着两个孩子之间的感情也很寡淡。

边峰英年早逝,边赢并没有什么伤心的情绪,顶多有点同情和感慨,他抽空去葬礼待了一会儿当作送最后一程,然后前去看望爷爷奶奶。

失去孙子对两位老人是极重的打击,尤其是封建思想根深蒂固、看重长子长孙身份的边爷爷,说是塌了半边天都不为过。

不巧的是,边闻也在边家老宅。

因着和兄长之间的猜忌,边闻也只象征性在侄子的葬礼上露了个面,为的是不让外人说三道四。

昔日的父子俩自鉴定结果出来那天过后就再也没见过,边赢一出现,边闻整个身子瞬间紧绷成一张弓,蓄势待发随时都要出箭,牙关紧咬的痕迹凸显在侧脸,压抑得很辛苦,念及两位老人的承受能力,才硬生生忍了下来。

"阿赢。"边爷爷唤边赢过去。

边闻也在边爷爷的床前,边赢在原地踟蹰一会儿,慢慢走过去。

过程中,他暗暗打量着边闻。熟悉的人影经此一劫瘦得不成样子,昔日意气风发的精神气所剩无几,整个人透着股掩饰不了的灰心丧气,眉目间尽是阴郁。

边赢从前觉得爸爸对他不负责,直到温室真的被撤去,他身无一物地暴露在社会的暴风雪中,曾经不屑一顾的东西回想起来成为弥足珍贵,他终于后知后觉地体会到从前边闻其实也给过他不少父爱。因为自知太少关心他,所以对他百般放纵，前呼后拥的边闻边总在儿子面前总是孬得跟孙子似的，这样的待遇，全世界仅他一人拥有。

但他的爸爸再也不会在他发脾气的时候满脸讨好地哄着他了。

边赢走近，边闻忍无可忍地寻了个借口走开了。

边赢垂下眼睑，敛住眼底的情绪，站到爷爷面前。

老人枯瘦的手向他抬起。

边赢明白爷爷的意思，配合地低下头去。

爷爷粗糙的手指颤抖着，轻轻地从他头发抚到他脸上。

边赢握住爷爷的手。

爷爷病得很重，但还没有忘记自己边家大家长的身份，骨子里的自尊迫使他在任何意外面前坚强，不能表现出半分软弱。他混浊的眼睛里含着一点泪，愣是不肯落下来，只是含含糊糊地对边赢说："这下只有你了，只剩你了……"

边赢稍微在边家老宅待了一会儿，以学习很忙为由匆匆离去。离开前，他依次跟爷爷奶奶和保姆告别，轮到边闻，边赢没叫他，只轻声嘱咐："您保重。"

他垂着眼睑，没忍心看边闻的脸。

边闻没有给他任何回应。

边赢盼星星盼月亮等到边阅回国，但情况特殊，边阅沉浸在丧子之痛中，短时间内想必不可能有心情做劳什子的亲子鉴定。

看来只能多等一段时间。

但令边赢意想不到的是，堂哥的葬礼过去三天，边阅就到临城五中校门口来找他了。

午休时间，边赢收到边阅的短信，他放下手里的试卷出去，跟保安说明了情况，保安替他开了校门。

边阅也憔悴得不行，最近这段时间边家跟落了颗丧门星似的，没一个人是舒坦的，整个家族都笼罩在霉运中。

边阅大老远就冲过来抱着他哭："阿赢，阿赢啊……"

边赢躲避瘟疫似的推开他,自己倒退两步:"大伯,有话好好说,别这样。"

据说边赢小时候,大伯对他不错,但是他那时候太小了,什么都不记得,后来随着两家人分家,跟大伯见不到太多面,叔侄关系也就淡了。大伯在边赢的印象里一直是一个不太亲近的长辈,交情也就是逢年过节见面了说点虚伪的寒暄。

边阅看出他的嫌恶,没有再靠近他:"阿赢,是我对不起你和你妈妈。"

连日来不曾停息的猜测,边赢心里早有思想准备,听到这个开场白也不算意外,反而有种果然如此的恍然大悟,但他还是本能地阻止了边阅:"大庭广众之下挺难看的,等我放学了再说吧。"

临城五中中午是不允许学生外出的,此时校门口没什么人,也就一个保安怕学生擅自逃学,恪尽职守地守在传达室门口观察着他们的动静。

实在称不上"大庭广众"。

边赢只是暂时不想面对。

"好,好。"边阅小心翼翼地答应了他,"你几点放学,我来接你。"

边赢原想说五点半,但转念一想,这点破事不值得他浪费晚自习时间,于是说:"晚上九点过十分。"

边阅脸上又浮现令人作呕的心疼表情:"这么晚?你学习一定很辛苦吧。"

边赢只觉得中午吃的饭在胃里一阵翻涌,他差点没当场吐出来,但再多待一会儿,他就不能保证了。在吐出来之前,他面无表情地扭头就走。

晚自习结束,颜正诚来到边赢教室外头等他,向他索要试卷。

自从边赢决定冲刺高考,颜正诚就不由分说接过了辅助的活计。分秒必争的高三,他每天都会花大量时间给边赢划重点、列系统的提纲、讲解错题难题。尖子班的教学方式有别于普通班,教材、作业什么的也难于普通班,颜正诚每次收到试卷,第一时间就拍下来,自己做一遍,然后等放学打印出来,挑好适合边赢做的题目让他做,然后他给他校对、讲解。

边赢好几次叫颜正诚别管那么多,但是颜正诚铁了心要拉他。

边赢一直知道颜正诚对他好,但身处困境之中才真正体会到颜正诚究竟好到什么程度。他这前半辈子被一纸亲子鉴定报告判定成一场彻头彻脑的笑话，但还好身边有两个情比金坚的兄弟，总算没枉费活这十几年。

他不敢辜负颜正诚的付出和牺牲，每天再忙再累都会完成颜正诚布置的任务。

这是头一次，他交不出试卷。

颜正诚只当他是忙不过来，还反过头来安慰他："身体是革命的本钱，你明天早上给我吧。"

"谢了。"边赢拍拍颜正诚的背，"但明天应该也没法给你，不过你以后应该不用再管我了。"

他不是忙到没时间，他只是做了一个很重要且很艰难的决定，以至于他有点心神不宁，无法全身心投入学习，效率自然跟前几天没法比。

颜正诚不解。

边赢没瞒着他："我一会儿要去见我大伯……没有意外的话应该就是我亲爸。"

放学后，名义上的叔侄俩一起在就近的咖啡馆找了个位置坐，本来边阅想挑个高档点的地方，符合他们的身份，但边赢不想配合："我还要回去复习，有什么话就直接说吧。"

就着咖啡馆里昏暗的灯光，边阅脸上的伤有种诡异的狰狞，他不只是脸上带伤，青青紫紫，肿得像个发酵的馒头，就连走路都是颠簸的。

"阿赢，我确实是你的亲生父亲。"应了边赢的要求，边阅没说废话，直奔主题，"那时候我们两家人都住在一起，你妈妈和你……"他差点习惯性将边闻说成"你爸爸"，"他们两个人，你也知道的，关系不和，他心里一直有别的人放不下，你妈妈受了很多委屈，也很孤单，我觉得她可怜，对她多有关心，一来二去，我们就产生了感情。"

边赢定定地看着边阅脸上的伤口，很奇怪，边阅明明就在他面前不到一米的距离，但说话声朦朦胧胧的，像隔了层降噪玻璃，他听着非常费劲。

他一味听着，毫无反应，本以为自己会愤怒、会委屈，但令他意外的是，自己平静得出奇，甚至还有点不合时宜地想笑，因为边阅的模样。

边阅讲完，惴惴不安地等了很久，也没能等到边赢半分眼神波动。

注意到边赢的视线，边阅抚了抚嘴角破裂的口子："我跟你爸摊牌了，你爸……不，以后是你小叔，扑上来跟我打了一架。"

边赢虚空的眼神终于聚焦："我爸。"

边阅没反应过来："什么？"

"他是我爸，永远都是。"

边阅讨好地笑，牵扯到嘴角伤口，龇牙咧嘴："你一时改不过来也是应该的，能理解。"

"你想怎么样就直说吧。"边赢打断，"我真挺忙的，没时间跟你兜圈子。"

"这些日子你受委屈了，别住在外面了，你还是边家尊贵的小少爷，生活方面肯定不能委屈了你。"边阅伸手想握边赢的手，被躲开以后，他面上闪过一丝尴尬的神色，"不过户口得挪回来，这个我和你……"对边闻的称呼是个难题，边阅胡乱用不知道什么词含糊地带过，"已经达成共识。"

边赢非常清楚之前一口咬定自己清白的边阅现在来认他是什么目的。

因为边峰没了，现在他成了边家唯一的孙辈。

边阅的老婆已经五十好几，过了更年期，没有生育的可能，除非边阅找外面的女人生孩子，但爷爷思想保守，极其重视门第，别说外头不三不四的女人了，就连云笑白这样明媒正娶的二婚，在他眼里都是名不正言不顺，他更不可能接受外面的私生子。

边赢的身份也不光明，甚至可以说是边家的一大丑闻，但是他在边家十八年，地位早已牢固不可动摇，只要他流着爷爷一脉的血，爷爷就不可能不认他。

所以现在的情况就是，他归谁，谁就有遗产分配的绝对优势。

听到户口问题上边闻没有异议，边赢心里说不清是失落还是庆幸。

失落的是边闻真的彻底不要他了，从情感上、法律上，一切意义上断绝与他的父子关系。唯一值得庆幸的是，即便在万贯家财的诱惑面前，边闻都不曾

把他当作筹码计算。

果然是失去才懂得珍惜,边赢以前从来没发现他假老头有这么多闪光点。

两厢对比,边阅的嘴脸显得越发恶心。

边赢没吃晚饭,但还是忍不住想吐。

"别假惺惺了,我在外面这么久,没见你关心过我。"

被戳穿目的,边阅满脸的歉疚,成年人骨子里就带了种粉饰太平的本能,非要把情深义重表演到底:"对不起阿赢,我实在是太忙了,其实我心里一直都在惦记你,以后我会千倍百倍地补偿你……"

边赢做了个手势,示意他停止:"要补偿我是吗?我这里确实有一件事需要你出面。"

高二(4)班最受欢迎的男生王前转学了,他母亲将调职国外,他们全家都要跟着一起过去。

最近班里被离别的愁绪笼罩着,三天两头找各种理由聚餐,散伙饭吃了一顿又一顿,就连几个任课老师想着以后课上要没了王前这个活宝,都表达了强烈的不舍。

唯有王前的后桌暗自欣喜。

因为王前一走,后面的人肯定得全部前移一位,填补空缺。

这么一来,他就是云边的后桌了。

青春期的男孩子嘛,左右不过这点出息,想离班里的漂亮女生近一点,这样每天上课都是盼头。

好不容易把预告离别了一个月的王前盼走,第二天一大早,那男生进到教室看到王前空荡荡的课桌,假惺惺感慨着"王前这一走,也不知道何时才能再相见",事实上嘴笑得差点没咧坏。

好不容易盼到严律到校,那男生抑制自己满脸的喜色,举手报告:"严老师,那我就把座位移上去喽?"

严律却说:"别动,一会儿班里要来个新同学。"

高二年级平均一个班四十二个人或者四十三个人，四班是四十二个，走了一个王前，就变成四十一个，全年级人数最少，所以一旦有插班生，学校必然会把人排到四班。

那男生哀号。

全班都知道他醉翁之意不在酒，纷纷发起无情的嘲笑。

严律满脸莫名，喝止："都给我闭嘴，早读！"

闭嘴和早读是两个完全矛盾的概念，但是意思到位了，高二（4）班的笑声稀稀落落消下去，取而代之的是琅琅读书声。

在早读的掩护中，周宜楠捣捣云边的手肘："想当你后桌想疯了。"

云边牵强地笑笑。

昨天边家又出一桩大事，边家大伯父承认自己与冯越有染，是边赢的亲生父亲。虽然他一开始就是最大的嫌疑人，但是听到他亲口承认，边闻还是深受打击：一个是妻子，一个是亲哥，被两个至亲背叛，他几近崩溃。

冯越已死，边赢无辜，边闻憋了那么多天的气，终于冤有头债有主地找到发泄口，扑上去与边阅扭打在一起，恨不得杀之而后快。

近期家里就没过过一天安生的日子，云边感到疲惫不堪。

周宜楠见她没有聊天的兴致，就和前桌两个女生聊起了天，好奇那个插班生。

"你们说插班生男的女的？"

"最好男的，而且要是帅哥。"

"对，我们班男的没一个能看的，需要一个帅哥来洗洗我的眼睛。"

插班生在全班的翘首以盼下，一个上午都没现身。

王前的后桌每节下课都要号一嗓子："那人到底来不来啊，不来我就把位置搬上去了！"

饭后午休，冬令时的午休时间很短，一共才四十分钟，云边平时是不睡的，不过她昨天晚上因为家里的事情没睡好，从食堂回来就趴到了座位上。

人虽犯困，但一直没能睡着。

没睡着也不想起来,她懒懒地趴在座位上,闭目养神。

午休过半,她听到严律轻声说"你就坐这儿",听到班里同学按捺不住的窃窃私语颇为激烈,在严律的镇压下都无法平息,也听到自己身后有整理课桌的动静。

是插班生来了。

云边没有心情理会,兀自趴着,酝酿睡意。

一直趴到午休结束她都没能入睡,一部分原因是后桌太吵了,不知道整理什么整理半天都没完。

她有火没处撒,站起来准备去个洗手间。

一个起身,余光被灼烧。

她在原地愣了片刻,感觉自己僵成了一根棒槌,良久,她不可置信地回过头去。

看清那人的瞬间,她觉得自己这根邦邦硬的棒槌,被大力击成了碎片,四分五裂。

云边觉得自己大概是还没从梦里醒过来。

但是,暖洋洋的春风拂过,发丝挠过脸颊的触感真实,激昂的午睡唤起铃声震得耳膜发颤大脑抽搐的威力真实,周遭同学好奇但又不敢明目张胆打量边赢的反应真实。还有哈巴醒来,通过半个教室的窃窃私语发现了边赢的存在,眨巴了两下眼睛,"嗷"的一声就扑了过来的热情真实。

最真实的是边赢,看着她的时候,眼神有种略显冷漠的平静。

云边的眼神扫到他放在桌子上的课本,上面清清楚楚写着"边赢"二字。

不是串班。

种种事实证明,边赢真的到四班来了。

他就是那个插班生。

仔细想来,他转到高二一点也不奇怪,毕竟两次听力考试都错过了,三十分可不是闹着玩的,倒是他隔了这么久才决定复读才叫一个奇怪。

云边已经不记得自己上一次看到边赢是什么时候，反正少说也有一个礼拜了，出操的时候远远见了一面。学校真的很大，两个人完全可以做到很长时间都没有交集。

她每一次见到他都会萌发不可忽视的陌生感，她知道从前两人相处间的种种是真实存在的，但她很难把自己代入其中，每每回想起来，都像在看别人的故事。

这一次也不例外。

"边赢？出来一下。"严律在教室门口叫边赢。

云边如梦初醒，等边赢跟着严律消失在教室门口，她也走出了教室，去洗手间洗了一把冷水脸。

天是开始暖和了，不过水还是偏冷，泼在脸上透心凉。

云边双手撑在洗手台上看镜中的自己，满脸的水珠顺着脸颊汇聚到下巴，一滴滴往下坠落。

这些日子以来，她经历过"我没有做错"的坚定，也经历过"他到底是不是利用我"的怀疑，最终变成"事已至此，追究过去没有意义，反正长痛不如短痛"的随波逐流，期间经历无数不能道与外人知晓的彷徨和无助，她强迫自己适应这种生活，就像边叔叔开始强撑着精神去公司上班，每个人的生活都必须继续。眼不见为净，只要不看，她就能找到若无其事的相处之道。

可现在命运告诉她：从今天开始，我把边赢从高三调来给你当后桌哦！你想看他也得看，不想看他也得看。

云边这么久以来的心理建设宣布作废。

她不甘心作废，手忙脚乱地试图拼凑。

像个孩子辛辛苦苦搭起积木城堡一朝被毁坏，看着满地的残骸又急又气，明知难以恢复原样，但总想再抢救一下。

再回到教室，边赢不在，而且半个下午都没有回来。

边赢本来一门心思认定不想用边阅那个恶心人的玩意儿一分钱，但昨天思考了一个下午加一个晚自习想明白了，为了那点莫名其妙的自尊赔上自己的前途才是傻,所以他让边阅今天来学校替他办转班手续。

边阅正是巴结他的时候,二话不说答应下来。

至于转到云边、哈巴班里纯属偶然,他也完全没预料到高二(4)班刚好有人转学,但凡他早点做出复读的决定,就得随机抽取进哪个班,很有可能没法和他们当同班同学。

边赢转到高二,高考倒计时从不足两个月骤然增至一年有余,课业的压力仿佛在高速公路上一百二十迈狂飙然后一脚踩下紧急刹车,差点没把他颠得吐出来。

时间一下子变得过分宽裕。

应边赢的要求,边阅带着边赢去做亲子鉴定,路上没话找话:"我知道你不放心,也知道你一时半会儿没法接受我,但是我们父子血浓于水,迟早会变成真正的一家人。"

边赢看着窗外不说话。亲子鉴定只是个过场,他现在已经没抱什么希望,反正对他来说,不是边闻的儿子,是谁的儿子都没差。

在鉴定机构门口,边阅被安保人员拦下:"这里不能吸烟。"

自边峰意外离世,边阅白发人送黑发人,整日烟不离手,他朝保安歉意地笑笑,随手把烟摁灭在垃圾桶上方:"不好意思。"

边赢的视线稍顿,不动声色地说:"我去下厕所。"

趁边阅不注意,他悄悄把那个烟蒂捡进了自己的口袋。

既然边阅承认了,那么不管真相如何,亲子鉴定的结果必然是父子,这点本事边阅有。

他不放心边阅,他现在只相信自己。前些日子,他一直苦于找不到机会拿到边阅的生物样本,今天倒来了机会。

第二次进亲子鉴定机构,步骤边赢已经驾轻就熟,他冷漠地张开嘴巴,任由工作人员拿着棉签在他口腔里取样。

这种屈辱的滋味,他应该会记得一辈子。

两人从鉴定机构出来,时间还早。路上,边阅问边赢:"这些天累坏了吧,要不下午就别去学校了,回家好好睡一觉。"

边赢转头看边阅,嘴角噙了抹好整以暇的笑:"哪个家,你家吗?"

边阅笑得尴尬:"你想去我家吗?我很愿意接你回家,但你大伯母一时半会儿怕是没法接受……"用了多年的称呼难以改口,而且边赢对大伯母的称呼是个难题,边阅就没改,"给她点时间,我做好她的思想工作,就会接你回家。"

边赢发出一声嗤笑。

边阅继续讨好道:"你暂时先住到爷爷奶奶那里去好吗?爷爷奶奶现在肯定很喜欢你陪着。如果你不喜欢跟老人一起住,那全临城的房子随你挑,我去办。"

"就住爷爷奶奶那儿吧。"边赢继续看窗外,冷漠道,"送我回学校,我还要上课。"

时间是宽裕了,压力是骤减了,但是他已经不会想着再依靠除自己以外的任何人,转到高二是他幡然醒悟后重新开始的机会,不是犯懒懈怠的借口。

下午第三节课刚开始,边赢回到高二(4)班。

语文课,正在默写昨天要求背诵的古文。

教室门口出现人影,云边下意识地抬头看,半个下午以来,她一直处于神经紧绷的状态。

这次真的是他,她终于不必草木皆兵。

云边一边松了口气,一边吊了口气。她低下头重新投入默写,但是把课文背得滚瓜烂熟的脑子突然一片空白,死活想不出下句。

她听到边赢跟语文老师打报告。

"咦?你走错了吧?"语文老师还不知道插班生的具体消息。她虽然不教边赢,但她认识他,学校里最出名的男孩子嘛,全校都知道边赢是高三的学生,看他出现在自己班门口,语文老师想当然以为他是走错了。

哈巴马上热情地解答:"老师,他没有走错,以后边赢同学就是我们班的一分子了。"

语文老师毕业不久,心态很年轻,很给面子地"哇"了一声,调侃道:"那

以后我们有眼福了。请进，欢迎边赢同学。"

班里一阵窃笑，仗着有老师打头，狐假虎威地响起此起彼伏的"欢迎"。

唯有云边笑不出来，她正绞尽脑汁思考卡壳的课文片段究竟是什么。

"都安静，"语文老师自己开的头，但这不妨碍她在学生面前摆架子，"默你们的课文。"

教室里的喧闹稀稀落落消下去，恢复寂静，只剩几十个人"沙沙"的书写声。

"我们在默《永遇乐·京口北固亭怀古》。"语文老师用理所当然的语气问道，"你从高三过来，想必已经把课文背得滚瓜烂熟了吧？"

边赢别说默写了，他就连这篇文言文的名字都没听过。

他从前学习随便，语文枯燥，是他最排斥的科目，他从来懒得听懒得学，反正字总认识，考试的时候多少能编点东西出来，能考几分就考几分。

前段时间他开始发奋学习，但也是把精力放到理科上，毕竟理科才可能在短时间内提升考试分数，语文需要日积月累，量变才能达成质变，被他彻底放弃。

边赢对着默写的白纸干瞪眼，一个字都写不出来。

他是插班生，语文老师的注意力大部分都在他身上，顺带着也刚好注意到他前面的云边，她默了寥寥几行字以后，老半天都没再动笔。

一个高三生不会默必背课文？

品学兼优的好学生今天也掉链子？

语文老师很不高兴，在讲台上说："默错一个字就放学到我办公室重新默写，默出再回家。"

时间到，语文老师拍了两下手，让大家把默写纸收起来，每排从后往前传。

教室里一下子热闹起来，因为语文老师那句"默错一个字就得去办公室重默写"，所有人对正确率高度重视，趁着交纸，有什么不确定的或者想不起来的字赶紧问问周边同学，在语文老师"都把笔给我放下"的命令中，火烧眉毛地往纸上涂涂改改，留下一串鬼画符似的、慌张至极的字迹。

云边剩了大半篇没默，自知长了三头六臂也来不及，只能放弃抢救，搁下了笔。

默写纸依次上传。

一般人都会转过身观察默写纸的上传进度，以前云边也会这样，但现在情况特殊，她的脑袋就跟装了个后转超过多少角度就会引发爆炸的自动装置似的。

没过多久，有一沓纸张随意地拍在她肩头。

云边依然保持着朝向正前方的僵硬姿势，尽量不去想是谁给她的，把那几张纸从自己肩头接了过来。

最上面那张就是边赢的，除了大名，一个字没往上写。

云边下意识地把自己的默写纸往上叠，递给前桌同学。

交接的过程中，她转念想到语文老师要是连续批到他们两个的默写纸，可能会更加生气，分散炮火才是明智之举。

她缩回手，在前桌不明所以的眼神中，把自己的默写纸改放到最下方。

边赢在后面把她这一举动看得清清楚楚，无声淡嗤。这是把他当豺狼虎豹了，连默写纸都不愿意跟他挨在一块儿。

边赢转到高二（4）班快一个下午了，同桌叶昂然一直没找到合适的契机和他打声招呼。叶昂然虽然私底下跟兄弟们吹牛皮的时候可以吐槽"边赢不就是家里有几个钱外加长得好看点还有什么了不起，有本事书读得好一点啊，说不定他连五中都是花钱进来的"，事实上等人真的坐到他旁边了，他那点愤青思维全化为"狗腿"。

眼见边赢默写纸上空空如也，叶昂然找到契机，趁最后的收默写纸时间班里纪律比较松散，殷勤地凑过去，叫名字太僭越，叫"大佬"太狗腿子，叶昂然折中挑了个称呼："哥，刚转来高二不适应吧，有什么需要帮忙的尽管跟我开口，我叫叶昂然……"

边赢扭头过去，目光牢牢攥住了叶昂然："别凑那么近，别叫哥，适应，不需要帮忙。"

眼见叶昂然吃瘪，周宜楠在前面听着快笑疯了，扭头看到云边低着头面无表情，心下奇怪，平日里她们和叶昂然关系不错，云边没道理无动于衷。

"怎么了？"周宜楠低声问云边。

云边牵强一笑，找了借口敷衍："默写后半段忘了。"

她打开语文书，翻到《永遇乐·京口北固亭怀古》一课，宕机的大脑记忆终于复苏，但刚才就是死活都想不起来了。

周宜楠还是觉得不对劲，云边一整个下午状态都不太在线，就连边赢转学过来，她也一问三不知，表现得置身事外。

语文老师在台上收齐默写纸，重申："知道自己没默对的就趁下节体育课巩固，放学到我办公室来。"

《永遇乐·京口北固亭怀古》课文很短，而且是前天的课文了，昨天因为时间来不及，挪到今天这节课才默写，算下来已经给了两天的背诵时间，要是还默不出来，实在不应该。

一节课在云边的如坐针毡中过去。

也在周宜楠差点被好奇心折磨死的煎熬中过去。

等下课铃一响，周宜楠就神神秘秘地小声问云边："你和边赢吵架了？"

周宜楠问这句话的时候，习惯使然看了眼云边身后的边赢，以确保自己背后议论人的举动是否安全。

被边赢当场捕获。

周宜楠吓得一哆嗦，心虚地收回目光。

"没有。"云边回答。

她和边赢之间发生的种种，岂是一句"吵架"可以概括。

下节是体育课，一周一节，男生们等得辛苦，这才下课不久，就急不可耐，三三两两吆喝着一起去操场了。

哈巴也不例外，边赢转班过来外加体育课，喜上加喜："不输，走，我们上体育课去啊，你多久没上体育课了？我今天带了篮球。"

边赢确认两个女生在说自己，他只听到云边回答了一句"没有"。

也不知道在"没有"些什么。

"云边，宜楠，"哈巴邀请云边和周宜楠，"跟我们一起走吗？"

哈巴要用实际行动证明给边赢看，自己可以泰然自若地面对云边，可以心平气和地看待自己最喜欢的兄弟和自己喜欢的女孩子有所接触。

"我背下课文再走，上课没默出来。"云边找了个借口。

她默不出课文本就属于一时卡壳，刚才一回顾，再度倒背如流，没什么巩固的必要。

说到默课文，哈巴就一阵庆幸："幸亏我抄在课桌上了，不然我放学也得去办公室。"哈巴扭头问边赢，"不输你呢？"

"不会，没默。"

哈巴说："那你得背，到了办公室你赖不掉。"

两个男生的说话声渐渐远去。

周宜楠胆子大起来，再度问："你们吵架了吧？"

云边翻着课本不吭声。

这下周宜楠确定了，友情提醒道："你别让戴盼夏有机可乘啊。"大半年下来，周宜楠和戴盼夏的友情早就没了情分可言，她坚定不移地站在云边一侧。

云边翻课本的动作微微一动，但下一瞬就若无其事地继续，翻到《永遇乐·京口北固亭怀古》，她将折痕很深的书页压了几下，仿佛要证明自己确实很忙似的。

"随她。"

体育课。

体育老师叫体委带着全班同学做了一遍伸展运动，宣布自由活动。

男生们欢呼，直奔篮球场。

往常自由活动的时候，女生都会选择回教室，或者结伴在校园内散散步。

但今天情况有所不同，女生就没几个走开的，三三两两站在篮球场周围聊天。

"她们都在看边赢。"周宜楠小声跟云边说。

云边轻轻"嗯"了一声，眼睛都没往篮球场的方向瞟，看似对边赢相关的话题毫无兴趣："我要回教室了，你呢？"

周宜楠本来也想看一会儿帅哥打篮球的,听到云边要走,她也只能遗憾着陪同:"走,我也走。"

临城五中的体育课是几个班一起上的,比如高二年级四班就和五班还有六班上同一节课,不过由不同的老师带队,各班互不干扰。

六班比四班散队晚些,盼星星盼月亮等到体育老师说自由活动。

比起别的女生的含蓄,只敢远远看着边赢打篮球,戴盼夏就直接多了。

周宜楠走着走着回头看一眼,义愤填膺地告诉云边:"戴盼夏帮他拿校服外套!"

云边加快了脚步,她只想逃离背后的喧闹。

她知道周宜楠是好心,但是她实在不想一直听到边赢的消息:"宜楠,你以后不要跟我提他了。"

在教室自习的时间过得飞快,临近下课,云边和周宜楠及教室里其他零星几个人打算一起回操场,每节体育课最后,体育老师都要点名。

语文老师匆匆赶来,看到教室有人,她"咦"了一声:"有人?正好,省得我写板书。"

她把分成两部分,呈十字交叉的默写纸递给刚好也在的语文课代表,其中一沓很厚,一沓只有薄薄几张:"错一两个字的就算了,让他们回去错几个全篇抄几遍。"

"云边,《永遇乐·京口北固亭怀古》都默不出来不应该啊。"语文老师佯装虎起脸责备云边,"你和边赢来我办公室重默,放学后我还得开会,你俩抓紧时间。"

云边低头做出羞愧的模样:"知道了。"

回到操场,云边远远看到篮筐下的几个人,其中边赢很显眼,因为只有他一个人穿的是高三的校服,颜色和高二的不一样。而他的校服外套,如周宜楠所说在戴盼夏那里,戴盼夏堂而皇之站在离他很近的地方,为他摇旗呐喊。

下课铃响了,打得火热的男生们好不容易才中断火拼,过来集合点到。

体育老师宣布下课，但男生们打球没尽兴，还要继续下半场。

放学铃声一响颜正诚就跑了下来，对着边赢就是一声贱嗖嗖的"学弟"，遭到边赢的打击报复。

颜正诚也加入篮球队伍。

云边远远看了一会儿，确认他们一时半会儿没有要结束的意思，她慢吞吞地走过去。

哈巴看了她，颜正诚也看了她，唯有边赢只管打球，完全没给她眼神。云边不懂篮球，但她一个行外汉也看得出边赢的打球方式特别凶残，每个动作都气势汹汹，一起的几个男生根本没有招架之力。

戴盼夏也在旁边等着，依然抱着边赢的衣服，不友好的眼神大老远就锁定云边。

云边视若无睹，在合适的距离停下来站定，叫道："边赢。"

这是云边第一次对着边赢直呼其名，她从前都是叫他"边赢哥哥"的。

边赢捧着篮球专心致志地穿过人群围堵，跳起完成一记扣篮，然后才看她，神情淡漠。

"语文老师让去办公室默写。"

云边说完，扭头就走。

反正话她带到了，任务完成，听不听是他的事。

夕阳的余晖反射在楼梯建筑上，些许刺目，边赢微微眯起眼，看着云边的背影走远。

站了会儿，他意兴阑珊地跟球友们告别："我先走了。"

走了几步，背后戴盼夏追上来："不输，你的校服。"

边赢这才记起还有校服这茬。那天戴盼夏来网吧找他，他没法对她说什么狠话，态度还算温和，戴盼夏从中受到鼓舞，对他越发热情，刚才他一脱校服，她就主动把他的衣服拿了过去，当着那么多人的面，他也不好不给她面子让她还回来，就任她拿着了。

"谢谢。"边赢接过校服，疏离地道谢，把话说明白，"以后别这样，别人会误会。"

戴盼夏破罐破摔，练就了一副厚脸皮："我不介意被误会。"

"但是我介意。"

云边在教室稍微等了一会儿，等到边赢回来。

运动过后他出了一身的汗，外套没穿，胡乱搭在手臂上，来到自己座位前，桌上摆着那张画了个大"×"的默写纸。

汗还在往下滴，他没有纸巾，撩起衣服下摆擦脸上的汗。

云边忍住给他纸巾的冲动，拿过语文书和纸笔，率先前往办公室。

倒是一条过道之隔的女生递了两张湿巾给边赢："擦擦吧。"

边赢眼睛瞥见云边抽屉口就是整包的"德宝"，大剌剌展示着，他一瞬间也不知道哪里来的不爽，勉强维持礼仪说了句"不用"，也拿上语文书和纸笔跟上去。

语文老师在，但是已经没时间监督他们两个默写。

"互相监督，互相批改，不许作弊，不许放水，明天上课我抽你俩起来背。"留下这句话，她拿上会议记录，匆匆离开了办公室。

办公室里的老师很快走了个七七八八，零星几个不用开会的，也都约着去食堂吃晚饭了。

只剩下云边和边赢两个人。

偌大的办公室莫名变得很拥挤，拥挤到逼仄。

边赢一点不把自己当外人，拖过语文老师的椅子坐下来。

云边没打算坐，就那么几行字，速战速决。她在办公桌前弯下腰来，开始默写。

这回她没卡壳，一路行云流水写到最后。

写完直起身，看到边赢摊着书，大剌剌地抄写着，不看默写纸，只看语文书，所以字是盲写，跟狗爬似的。

　　学生时代最讨人厌的是什么人？就是那些自诩为正义的人，提醒忘布置作业的老师，举报作弊的同学，在老师不在的时候管班级纪律，严格意义上确实是做了正确的事，但是没有人喜欢这样的同学。

　　云边也不喜欢。

　　更别说是当一个这样的人。

　　既然边赢这个默写法，那她只能当作没看到了。

　　而且他们两个也没有互相批改的必要了。

　　云边重新把自己的默写纸浏览一遍，确认全篇无误，然后她在纸上画了个大钩，写上自己的大名，压到语文老师的鼠标垫下，径直离开了。

　　待到办公室里只剩下边赢一个人，他把笔往纸上一扔，突然连抄都懒得抄。

　　从前两个人关系好的时候，她关心他的学习，不许他浪费时间，现在却对他一切玩物丧志的行为视若无睹。

　　合着她想怎样就怎样，不想怎样就不怎样。

　　全世界都她说了算。

　　笔横向滚出去，掉落在地上，打断他有些蛮不讲理的思考。

　　他弯下腰把笔捡起，打算继续未完成的"默写"大业。

　　突然，口袋里的手机一振。

　　这个时间点，应该是哈巴催他一起回家。高二没有晚自习，上完下午最后一节课，通校生就能放学，哈巴这会儿还在教室里等他。

　　结果是个意想不到的人。

　　但是她找他的理由很充分，不带一点私情。

　　先空着：【语文老师明天上课会抽背。】

　　意思是让他回家把课文背出来。

　　边不输：【。】

　　这就算结束聊天了。

　　再回到教室，教室里只剩下哈巴一个人，边赢收拾好书包，跟哈巴一起走出校门。

"你什么时候从周姐那儿搬走？"哈巴问边赢。

"等鉴定结果出来。"不过，不是等边阅的鉴定结果出来，而是等他自己的鉴定结果出来。

边赢叫了车，目的地是一家没去过的陌生鉴定机构，他从地图上搜来的，原先的那家机构他不放心，得换一家。

哈巴一知半解地"哦"了一声，想安慰边赢些什么，但看他仿佛说着无关紧要话题的云淡风轻样儿，哈巴又把话咽回去了，换了个话题："那你还去网咖上班吗？"

"不去了。"网咖的工作再轻松，总有活要干，时不时来个客人打扰一下，学习思路断断续续，效率不可能比得上在家学习。他荒废了近两年，高考剩余时间并不宽裕，更何况他还要争取高三的尖子班。

他现在没有经济压力，边阅为表诚意，给他打了一大笔钱，在正常花销的情况下，供他读完大学都绰绰有余。

"不去就好。"哈巴松一口气，他现在终于能好好说说自己的感受了，"你不知道看到你去打工，我和正诚瞧着有多难过，你可是边赢啊！"

你可是边赢啊。颜正诚也说过一句一模一样的，好像在他们眼里，边赢天生就该不可一世，做命运的宠儿。边赢也曾意气风发，眼高于顶，但事实上边赢没什么大不了的，同样只是蝼蚁一只，命运的手轻轻一拨，他就会跌落泥潭，尊严尽失。

短短几周，他尝尽世间冷暖，甚至已经适应了做那个什么也不是的自己。

"这周日再去上最后一天班。"

他辞职得突然，网咖那边没法临时找人。换了从前他才懒得理会别人的难处，但如今心境不同以往，他主动提出再上一天班。

网约车司机跟着导航七弯八拐，距离目的地越来越近。

边赢回头，透过后视窗往后面看了两次，而后他问司机："师傅，有烟吗？"

司机其实有，但他不希望客人在自己车里抽烟，到时候弄得一车的味道，影响后面的乘客不说，还掉烟灰。所以，他撒谎："没有。"

边赢打商量："借我们一根烟，多加你两百块。"

给根烟就能多赚两百，司机二话不说就答应了。

边赢点燃烟，但没有吸。待一根烟燃到尽头，他摁灭，递给哈巴："随便抿一下，保证烟屁股上有你的口水就行。"

哈巴丈二和尚摸不着头脑地照办。

边赢在哈巴震惊的眼神里，把烟蒂收了起来："做个实验。"

进到鉴定机构，他把带有哈巴唾沫的烟蒂交了出去。

第二天大早上第一节课就是语文课。

语文老师提前几分钟来的教室，走到云边和边赢身旁，问两人："昨天默写，你们是互相监督互相检查的吗？"

边赢没表态。

总不能两个人都不理老师，云边只能点点头。

"确定？"语文老师眼神探究，"你确定你检查了他的？"

云边不敢再点头了。她料到应该是边赢的默写出了点问题，估计抄错了什么，让语文老师检查出来了。

真是的，抄都能抄错。

见她不吭声了，语文老师把一张默写纸放到她面前。

云边定睛一看，当场就傻眼了。

边赢他写的《声声慢》。

她昨天只看到他在抄课文，但他抄的哪一篇，她还真的没有注意，因为她压根没想到他连篇目都能弄错。

"这就是你们互相检查的结果吗？"语文老师平日里可以跟学生打成一片，但面对原则性问题，她没有退步，"我让你们自己默写，是因为我信任你们，但你们显然只想糊弄我。"

说的是"你们"，但眼睛是看着云边的，话也是对着云边说的，毕竟语文老师和边赢不熟，当然倾向于挑熟悉的学生开刀，而且云边学习成绩好，向来深受各科老师的喜爱，这次办事不靠谱，语文老师对她很失望。

云边百口莫辩。

她低着头闷声不吭的模样很乖，惹人怜爱，语文老师到底没忍心怎么责备她，只小惩大诫："将功补过，你负责监督他把这篇课文一字不落地背出默出，能做到吗？"

云边硬着头皮点头。

半天下来，边赢没有找她背课文。

他没什么动静，话很少，叶昂然觍着脸套了几次近乎，都被他不冷不热地敷衍过去，半天下来叶昂然就不敢热脸贴冷屁股了。

他的桌子和她的椅子中间隔了不小的距离，杜绝了什么她的头发扫过他的桌面，什么他的脚不小心踢到她的椅子之类不必要的接触，划定楚河汉界，井水不犯河水。

也就每位任课老师都要好奇地问一句新同学，还有就是哈巴每逢下课就要过来找他聊天。

饶是如此，他的存在感还是强到云边正襟危坐，一颗心时刻都是提着的。她戒掉了回头看钟的习惯，非必要不从他旁边走，宁愿绕道。

中午时间，云边看到他、颜正诚、哈巴还有戴盼夏一起吃饭，戴盼夏坐在他旁边，笑靥如花地说着什么。

云边还和邱洪打了个照面。邱洪已经被踢出他们的小团体，云边看到他的时候，他正颇为落寞地看着他们的热闹。

不知道有没有后悔。

邱洪回过神来，知道自己眼巴巴望着昔日好友的画面被他人撞破，他尴尬地冲云边和周宜楠打了个招呼："你们来吃饭啊？"

"邱洪哥哥。"云边笑了笑。颜正诚、哈巴、戴盼夏都为了边赢，跟邱洪绝交，但她和边赢也绝交了，所以没有为他同仇敌忾的必要，她与邱洪见面了依然会问候，当作熟人对待。

她吃完饭回到教室，哈巴坐在她的位置上，把她的椅子靠到了边赢桌上，正转过身和边赢聊天。

看到云边过来，哈巴没当回事："云边，座位借我坐会儿。"

换了别的同学，这点小忙她不会拒绝，但谁让这是边赢和哈巴。云边说："我要做作业了，麻烦你让我一下。"

她的语气很较真，哈巴只得起来给她让座。他再迟钝也察觉出来了，边赢和云边不对劲。

云边坐下，"哗啦"一声把座位拖了上去，两人的位置中间多出一大片空间。

边赢眯起眼睛。

周宜楠见场面尴尬，忙打圆场："哈巴，坐我的位置好了，我还要去打扫包干区。"

哈巴道了谢，在云边身旁坐下来，拖着椅子转过身去面向边赢，小声问："你们俩怎么了？"

声音很轻，但是距离太近，云边还是听到了。

她打心眼里不想听墙角，反正他俩就是闹掰了嘛，边赢总不可能说什么好话，但她还是停下了翻书的动作，尽可能排除干扰。

可惜教室里太吵了，他在背后很简短地说了句什么，她没能听清。

云边还在那儿试图凭借模糊的音节还原他的话，忽然整个椅子被后面桌子的推力一撞，她的椅子两条后腿随之跷起来，悬在半空中没法下落。

这一撞，她所有的思绪戛然而止。

她不可置信地转过头去。

边赢两只手还搭在桌上，证明此举确实出自他手。他的位置一下子变得太大，他两条手臂几乎伸直了。

面无表情里，他明明白白诉说着"就是我干的，你有什么意见"的挑衅。

云边想站起来，但她的下半身被死死卡在桌椅之间，无法动弹。

哈巴看情况不对劲，连忙帮云边把边赢的位置往后挪了不少，打圆场："不输刚才是说位置挤,腿伸展不开来着,结果一下给推大了。"

两位当事人都不说话。

对视了约莫两秒钟,云边回过身去,将桌椅间距调到舒服的大小,没有再给他反应。

边赢还是盯着云边的背影,哈巴怕他又做什么过分的事,使劲冲他摇头。

边赢把桌上摊着的书甩到桌子右上角的书堆上,扇起的风吹得她头发微微一动。

还以为她的脑袋是出了什么问题没法转,合着原来是能回头的。

下午时间,边赢的默写任务依然没能执行,他不找云边背,云边更不可能去催他,双方都当这回事不存在。

放了学就是周末放假了,住校生也到了离校的时候,放学铃一响,整个学校响起此起彼伏的欢呼。

严律一个头两个大:"下礼拜要月考了,就知道玩!回去都给我好好复习。"

没人理他,全在理书包。

"朽木不可雕也。"严律恨铁不成钢地走了,自己也很期待周末。

这周末云边要回一趟锦城,和仇立群一起。仇立群今天没训练,二十分钟前就告诉她,自己已经打了车在五中校门外等她。

云边快速收拾书包,周宜楠约她:"云边,明天要不要一起出来逛街?"

"下礼拜吧,这礼拜要跟立群一起回锦城。"云边背上书包。

周宜楠丧气:"好吧。"

等云边离开教室,哈巴对还在整理书包的边赢说:"就那个游泳的,他俩要一起回锦城?"

边赢理着书头也不抬:"哦。"

他注意到,云边说的是仇立群的名字,而不是用"我朋友"代称,这说明她跟周宜楠提过仇立群,所以周宜楠才对此人一点都不陌生。

星期一早上是语文早读。

教室里一片书声琅琅，云边小声念着下一篇古文，提早做背诵的打算。

身后的人一片安静，边赢没有朗读的习惯。

云边琢磨着，就算他星期五不背《永遇乐·京口北固亭怀古》，周末放假两天也没背，那么今天早自习总能背了吧。

他要是背不出来，到时候语文老师又治她个敷衍了事的罪。

不过语文老师贵人多忘事，早就忘记边赢的默写历史遗留问题，别说检查了，就连问都没问一声。

这天放学，边阅亲自来接的边赢。

亲子鉴定报告出来了，结论显示支持父子。

边赢象征性地打开文件袋看了一眼，而后似笑非笑地望向边阅："还真是。"

边阅眼神闪烁一下，下一瞬便笃定地回视："这还能有假，我是为了让你放个心采取做这个检查。我们今天去找你爷爷说清楚吧。"

边赢把亲子鉴定报告收起来，提出异议："爷爷奶奶刚失去孙子，拿这么大的消息刺激他们不好吧。"

边阅却不能再等，示意司机开车，前往边家老宅："那总不能一直瞒着他们吧，你爷爷现在的身体状况你也知道的，万一来不及告诉他……"

边赢知道自己无法阻拦边阅，他淡嗤着揭穿了边阅的目的："那你财产分配就没有优势了。"

边阅尴尬地笑了两声："我的就是你的，我还不是都为了你着想。"

来到边家老宅，边赢支开了奶奶，要是让奶奶知道自己当作女儿疼爱的儿媳妇做出那般大逆不道的事，她怕是会疯。

边爷爷见惯了大风大浪，听完边阅的讲述，又看着亲子鉴定报告，还算冷静。

当然，也只能说"还算"——剧烈起伏的胸口，大段大段的沉默，握紧的手指攥着纸张"簌簌"作响，都说明他在强迫自己消化这个震撼人心的事实。

边阅怕出事，一边给老爷子抚胸口顺气，一边痛骂自己："我不是人，我一时鬼迷心窍！爸，您要是想打我，我自己动手。"

边爷爷过了很久，才开口："那你是个什么打算？阿赢现在住在哪儿？"

边阅就等这句话:"我打算认回阿赢。阿赢现在在外面住着呢。我的意思是暂时不能带他回家,您也知道的,我家里现在这个情况,阿赢住过来,凤兰肯定没法接受,到时候影响孩子。"

"当然不能住到你那里去!"边爷爷情绪激动。

边阅连忙哄他:"是是是,爸您别生气,有话好好说。您看怎么办,我们都听您的。"

边爷爷咽了一口唾沫,想自己竟然只剩下一个名不正言不顺的孙子,只觉一生的辛苦都是不值,但现在边赢是边家唯一的指望,除了保护好这棵独苗,已经没有别的办法:"阿赢,你从今天开始就住到爷爷奶奶这里。"

边赢顺从地应下。

接下去,边爷爷问起边阅细节,和冯越是怎么开始的、什么时候开始的、维持了多久的私情,诸如此类。边赢听不下去,寻了个借口出去陪奶奶。

边奶奶奇怪:"你们在说什么?神神秘秘的。"

边赢摇头:"一点公司的事罢了。"

边爷爷事无巨细地问,边阅在边家老宅待到很晚才被放行。姜还是老的辣,在边爷爷的审问下,边阅出来的时候一身的冷汗,离开前还要假惺惺地嘱咐边赢一通:"那阿赢,你在爷爷奶奶家安心住着,开心一点,别想太多。"

边赢微笑:"我知道了。"

待到边阅离开,边赢敲响了爷爷的房间。

"我正要叫你进来。"边爷爷抬手招他,"你过来。"

边赢走近,没有等爷爷说什么,便直白地开了口:"爷爷,我是帮我爸的。"

边爷爷想说的话被堵了回来,他看向边赢,静待下文。

"我指的是边闻。"边赢声音很轻,但语气笃定,"哪怕大伯认我,将来我还是会帮我爸爸,我会百分之百无条件地偏向他。"

今天中午,他请假去取了一趟《亲子鉴定报告》,就是他自己偷偷化验的那一份。

结果也是支持"父子"。

可是那明明是哈巴和他的生物样本。

星期五那天不是他多想,他果然遭到了边阅的人的跟踪,边阅买通了他所去的鉴定机构,所以不论结果如何,都只会显示父子。

他的生父另有其人,边家旁支那么多,不知道是谁,反正不是边阅。

接下来的时间,他将慢慢采集边家男人们的生物样本,总能找出自己的生父。

而他唯一可以为边闻做的事,就是帮其争取到绝对优势的遗产。

新的一天,哈巴对边赢更为热情。

上着课,他随时都能找到话题回头 cue(示意)边赢,下了课更不用说,直接去边赢身旁。

云边深受其扰,因为哈巴不管是转头还是直接找边赢,她都没法屏蔽他们的动静。

她这一整天学习效率奇低。

她没法怪哈巴,因为哈巴上课找边赢基本在老师说题外话的时候,下课就更不必说,人家没大喊大叫,以正常音量聊聊天,放松一下心情,她没有理由让人家闭嘴。

是她自己的问题。她忍不住听他们说什么,而且每次一旦注意到边赢的存在都会心浮气躁,要花好一会儿才能把心思收回去。好不容易收回去了,哈巴的下一波冲击就接踵而至。

这么反反复复一整天下来,她都快神经衰弱了。

放学以后终于是忍不住,给哈巴发了条微信。

先空着:【哈巴,要不我跟你换个位置吧?看你找边赢太辛苦了,跟你换个位置你们方便点。】

巴度一下你就知道:【可是你不是粉尘过敏吗?】

几百年前编的谎话,哈巴不说她都忘记了,这回也只能以谎圆谎。

先空着:【治好了。】

"过敏还能治的吗?"哈巴碎碎念着,把聊天记录给边赢看。

两人正在周影家收拾行李。

边赢本来没打算住到爷爷奶奶那里去,他住进去于心有愧,但边爷爷说什么也不让他住在外面。

现在的情况是,边赢不敢贸然告诉爷爷真相,一生呕心沥血到七老八十,一个亲生的孙辈都没有剩下,老爷子绝对受不住。

现在爷爷奶奶刚刚经历白发人送黑发人的惨痛,有他在家里陪着,也算是对二老的宽慰,而且他在家里,还能吹吹"枕边风",护住边闻的利益。

权衡利弊过后,边赢答应下来。

他不住周影家,哈巴一个人也不可能住着,只得跟着搬。

边赢把哈巴的手机聊天页面扫了一遍,什么也没说,继续整理行李。

哈巴追问:"我怎么回啊?"

边赢:"想怎么回怎么回。"

她不就是不想跟他坐一块儿吗,她不想一起他难不成还能强迫她。

沉默两秒,边赢转移话题道:"你觉不觉得你这一天下来找我的次数太多了?"

哈巴摇头:"有吗?"

其实他知道。

但他不敢说心里话,说出来他怕被边赢就地弄死。自从昨天晚上他知道自己和边赢的亲子鉴定被判断为父子,他莫名对边赢多了种老父亲的责任。

老父亲看儿子,越看越喜欢。

第一天当老父亲,心情比较激动。

他已经很克制了。

第二天的哈巴依然没能克制住自己老父亲的激动心情,还是怎么看边赢怎么喜欢,喜爱之情需要宣泄,所以时不时刷存在感。

"不输""不输""不输"……云边真的要疯了,她满脑子都在回荡着边赢的外号。

她现在就跟只惊弓之鸟似的,哈巴一动,她的心就会猛地吊起来。

一天漫长的时光熬到下午最后一节课,云边班抽到班队公开课,十几个老师鱼贯而入,在教室后方空处坐下。

严律挤着一丝不太自在的笑意,开始了这节公开课。

简单的开场白过后是破冰游戏:"传话筒应该都会玩吧,我给每一列第一排同学一句话,然后依次说悄悄话传到最后一个,看哪一列的还原度最高。"

游戏开始,严律发给每个第一排同学一张纸,第一排同学默背下来以后,说给后桌听,后桌再把他们听到的依次往后传。

云边他们组的传话内容是"奇变偶不变,符号看象限",算是很简单的传话内容。

云边转身,面向边赢。

这是边赢转到高二(4)班以后,她第二次回头。

云边犹豫一下,双手拢住嘴巴,稍稍靠近边赢。

她立刻就闻到了他身上淡之又淡的香味,他住在外面,香波也换了,不是从前那个味道。

她压低了音量:"奇变偶不变,符号看象限。"

边赢:"啊?"

没听清。

云边只得再靠近点,重复一遍。

边赢:"听不清。"

云边更靠近一点,手已经近到快要碰到他:"奇变偶不变,符号看象限。"

边赢还是表示没听清。

一直到别组都传完了,他俩还没结束。

全班的注意力都集中到两人身上,严律在讲台上催促:"时间有限,抓紧时间啊。"

云边放弃了，转了回去。她有十足的理由怀疑这个人不用功读书，压根不知道这句耳熟能详的定律。

她尽力了，输了不怪她。
边赢这才转身面向他的后桌。
各组公布答案。
云边做好了他们这组惨败的打算，估计最后的同学要么瞎编要么直接弃权，但令她意想不到的是，他们这组的答案是完全正确的。
也就是说，边赢根本就是听清了。
他到底是哪一遍听清的，如果之前就听清了，后面又为什么装作没听清。
这些问题都是庸人自扰，她不想思考，但又忍不住思考。
严律给各组的词是各个科目的口诀，各组难度参差不齐，最难的一组是地理学科的"亚非界河苏伊士，运河穿过埃及境，南北美洲巴拿马，运河把此分两边"。自分班以后，理科班将近一年没上过地理课了，早把知识点忘了个一干二净，连第一排同学都没能背全台词，更别说后面的人，传到最后已经是四不像，一个字都没对上。
云边这组的答案一说出来，就遭到了别组的强烈抗议。
"他们好简单。"
"不公平！"
"这个谁都会，听清一个字就能猜出整句了！"
最终，在全班绝大部分同学的要求下，严律宣布进行第二轮传话筒游戏。
云边绝望地闭上了眼睛，这非人的折磨居然还要来第二轮。
这还不是最绝望的，最后排有学生提议道："刚才从前往后，这遍从后往前呗！"

第二轮传话筒游戏开始。
云边觉得这么下去不行，不是有句话说"克服恐惧的最好办法是直面恐惧"

嘛,她觉得很有道理,同理,要想摆脱边赢带来的影响,就要正面接受边赢转到她们班来跟她抬头不见低头见的现实。

所以严律说"好,接下来请大家转向后面"的时候,她大大咧咧地反跨过椅子,正面面朝背后,坐了下来。

全班换方向的嘈杂中,只有边赢没转过去,一点角度都没往后面偏,他维持着原姿势,背脊半歪斜着靠在椅背上,手在把玩一支水笔,跷着二郎腿,其中一只膝盖超出桌面,整个人看起来特别闲适。

他连眼神也是散漫的,带着点不易察觉的饶有兴致,打量她,似是好奇她怎么突然转了性子。

两个人直勾勾地对视,成了高二(4)班一道靓丽的风景线。

公开课最讨厌的就是突发情况,严律的冷汗"唰"地冒了出来,但又不能发火,只能耐心地提醒:"大家往后转哈,因为我们这次要从后往前传。"

边赢这才给面子地把脑袋往后偏了一个四十五度角。

严律挤出一个温柔的笑:"好,那我们就开始了。"

全班半数以上的人都在憋笑。

与前次一样,严律分发传话内容的纸条,第一个同学背下来以后,以悄悄话形式说给下一个同学。

云边刚才那遍没见着,这回面朝背后,才知道边赢是怎么和后面的男生交接的,他只把头往后拗一点,就当是配合悄悄话了。他这种嫌弃的架势,他后桌哪敢贴着他的耳朵跟他说话,甚至不敢让自己说话时呼出的气喷到他。

边赢听了一遍听懂了,耳聪目明的架势跟前一轮听两百遍都白搭的老耳昏聋大相径庭。他从椅背上直起腰,双臂交叠着搭到桌上,两肩因此耸起来,他上身往前倾,拉近了与云边的距离。

他身上的气势逼近过来,云边有那么一个瞬间本能地想后退,但只是一瞬。"直面",她记着,所以她没有动,波澜不惊地看着他。

边赢朝她动了口型,悄悄话的音量,是气音。

云边完全没听清,不知道他说了点什么,试图凭着记忆拼凑,也是无果。

"没听清?"边赢看出她的眼神迷茫。

云边颔首:"嗯,麻烦你再说一遍。"

敬语都用上了。边赢还算配合,伸出一只手掩在嘴旁,但他不说话,等她把耳朵靠过去。

云边不跟他扭扭捏捏,照办,反正速战速决为好。

云边靠近了两次,终于凑到他满意的距离。

他也朝她再凑近些,开始传话。云边只知道他在说话,但他具体说了什么,她一个字都听不清。

边赢靠她很近,说话的时候,呼吸带动的气流涌动,热浪般一阵阵拂过她的耳畔,耳朵泛起难以名状的痒意,一直深入到骨髓里头,沿着四肢百骸流淌,如果她脱下校服外套,一定能看到自己手臂上竖起的密密麻麻的鸡皮疙瘩。

云边强忍着不适,继续听下去,只要能听出一两个关键字,她说不定就能猜出大致的原句。

可她什么都没听清,而且那四肢百骸弥散的痒达到巅峰,冲破生理极限。

终于,她像一只受了惊的猫,捂着耳朵,身体后退,仓皇躲避。

边赢却没事人似的,问道:"听清没?"

云边毫不犹豫地点头,然后扭向了身后。

边赢看着她和她的前桌交头接耳,忍不住发出一声轻微的嗤笑。

他压根就是念咒语似的胡说了一串字符,自己都不记得自己说了什么,她听清了。

她听清什么了。

云边当然什么也没听清,这个时候,什么集体荣誉感、团结就是力量、伟大我牺牲小我,都不管了,她是无能为力了。

她一边揉着快要爆炸的耳朵,一边格外笃定地告诉前桌:"奇变偶不变,符号看象限。"

一模一样的题目,不会吧?前桌怀疑的小眼神转了两圈,但奈何云边过于坚定,以至于前桌被这种坚定感染了,说不定严律就是不按常理出牌呢,所以他也坚定地告诉自己的前桌:"奇变偶不变,符号看象限。"

公布结果,他们这组当然是输得一败涂地,与正确答案风马牛不相及。

严律笑得直不起腰:"我怎么可能给你们一模一样的题目,是哪位同学没听清楚瞎掰?"

云边敢作敢当,正要举手,后面传来一道清淡的男声:"是我,不好意思严老师,我没听清楚只能瞎编了。"

糟糕,她刚刚恢复一点点正常的耳朵又开始痒了。

严律示意边赢把手放下去:"没事,本来就是游戏,开心为重。接下来我们……"

事实证明,克服恐惧的最好办法不一定是直面恐惧,至少对云边来说不适用,有些事真的不是努力就有结果,比如当初她踩到蛇,为了保命只能继续踩着它,但她现在别说看到蛇,她就连看到"蛇"这个字都会引发生理反感。

她直面边赢了,结果被他弄得方寸大乱。

后面班队课上了些什么她几乎没听,耳朵隐隐约约的灼热感迟迟不退,她只要一细想,就会感到战栗。

承受不住的战栗,并非排斥的厌恶。

为什么把对后桌和对她的区别待遇分得那么明确。

控制距离很难吗?他是故意跟她作对吗?

下课铃声把云边从激烈的头脑风暴中解救出来。

校领导们离开,严律站在讲台上向全班同学表达了感谢和赞扬:"谢谢大家给我面子,今天的表现非常出色,动静皆宜。"糖给完,就恢复老师的本性了,"但是,接下来该收心了,明后天是月考,回家都给我好好复习。"

云边快速收拾好书包,全班第一个离开了教室。

什么直面,都不如眼不见为净来得有用,她现在必须要远离边赢,才能让自己发热的头脑冷静冷静。

边赢头也不抬,眸光晦暗不明,本来想放学找她的,结果她溜得比兔子还快。

书包收拾到一半，网咖老板给他发了一条微信，拍了个耳机盒的照片过来：【是你的吗？在抽屉里找到的。】

原来落在网咖了，怪不得怎么找都找不到。

边赢回复：【是我的，我马上过来拿。】

老板发了个"OK"的表情：【我要出去，你直接问我店里的人要就好了。】

边赢：【好。】

边赢要去网咖，哈巴老夫子的职责使然，当然陪同。

两人说着话，下了楼梯，遇上了一个人。

邱洪。

高二和高三的教学楼是分开的，边赢转到高二以后，就没有见过邱洪，没转过来之前碰到过几次，边赢只当没看见。

两人当了十几年的朋友，一夕之间决裂，说起来也令人唏嘘。

擦肩而过的瞬间，邱洪把边赢叫住了："不输。"

之前几次碰面邱洪就想把边赢叫住了，奈何自尊作祟，只能眼睁睁看着边赢走开，今天终于鼓起勇气。

边赢停下来。

"对不起，那天是我太冲动了，一听成年生日你们都不来，我一下子炸了，我向你道歉。"邱洪这辈子没怎么给人低过头，道歉道得磕磕巴巴，"但我没有到处乱说，我只告诉了盼夏，她也没有到处乱说。"

哈巴激动起来："你说得容易，你知道那个时候不输经历了什么吗？你不安慰，你还踩他，有你这么当朋友……"

边赢客套地笑了下，打断哈巴："没事。"他面上平静无波，但举手投足与字里行间，已经没有半分从前作为好友的亲昵，"我们走了啊。"

可以原谅，但不能当作什么都没有发生过。

从此只能是熟人。

边赢和哈巴走出几步，哈巴愤愤不平："不给他两拳，难解我心头之恨！"

"你打不过他。"边赢云淡风轻地说风凉话。

哈巴瘦得跟根豆芽菜似的，邱洪微胖，以此看来，哈巴确实没有胜算。

哈巴还想反驳，旁边传来一道女声："不输。"

阴魂不散的戴盼夏。

不过这次戴盼夏是说正事的："刚才邱洪跟你说什么了，你千万别原谅他，他那时在我面前把你说得一无是处。"她没法重复那些刺耳的言语，"反正你不能原谅他，他肯定不服你很久了！"

"没原谅。"

戴盼夏这才松了一口气，恢复牛皮糖本质："你们去哪儿，带我一个。"

边赢眯起眼，因着前头戴盼夏的好心提醒，他已经尽力压抑自己的不耐烦："你为什么永远听不懂我的话？"

"你说为什么。"戴盼夏固执地看着他。

"我耐心有限，真的会翻脸。"边赢声音低下去，"我叫你不要跟着我，作为女孩子给自己留点自尊，不好吗？"

这话就说得重了，戴盼夏眼睛里瞬间弥漫起水雾。

边赢和哈巴绕过她走，她没有追上来。

走出两步，边赢余光瞥见戴盼夏裤子上的红色，他回头。

在原地站了几秒，他三下五除二地把自己的校服脱下来，扔给戴盼夏："穿着。"然后又补充一句，"不用还我了。"

哈巴和边赢两人到达网咖，收银台那里是张没见过的生面孔，看着也还很年轻，估计是个大学生。

"你好，我来拿耳机。"边赢说。

"噢噢，耳机是你的呀，我下午从抽屉里翻出来的。"兼职女生说着，从抽屉里翻找出耳机，还给边赢，"你之前也在这里上班？"

"嗯。"

边赢身上有钱人家少爷的矜贵气质太重，怎么看都是养尊处优着长大的，兼职女生没法理解他居然也会来网吧打工,就好奇了一句:"我能不能问一下,你在这儿干,老板给你多少钱一小时啊?"

"三十块。"边赢很诚实地说了。

"啊?"对方愣了,"那我怎么才十八块?"

哈巴阻止不及,在边赢的眼神中,定格成了一座做"嘘"的雕像。

在边赢探究的眼神中,哈巴不太伶俐的脑瓜子破天荒聪明一回,想到个有理有据的说法:"你是周末,工时费高点也正常。"

他还来不及佩服自己的足智多谋,兼职女生就一举揭穿了他:"我周末也来啊,也是十八块一小时。"

"那也许是因为……因为……"哈巴动用全部的脑细胞,试图再找个理由出来。

边赢直截了当地问兼职女生:"你卖出零食饮料,有提成吗?"

"提成?"兼职女生惊呆了,"怎么可能有啊,难道你有?"

果然如此,其实剩下的也没有必要问了,不过边赢还是秉持着严谨的态度,问了一嘴:"那全勤呢?"

"兼职,老板还给你全勤?"兼职女生俨然已经怀疑世界,"不是,你干的到底是不是跟我一样的活啊?"

他要是说是,这女生怕是没法安心在这儿干下去了。

"不全是。"边赢笑一下,随口抓了两个故弄玄虚的专业名词,"我还负责检查显卡驱动、CPU(中央处理器)运行什么的。"

女生大多对电脑不太懂,果然,这女生也被骗过去了,她一副恍然大悟的样子:"怪不得呢。"

从网咖出来,边赢问哈巴:"你干的?"

哈巴特别积极地点头。

边赢笃定:"不是你。"

哈巴苦兮兮地皱起一张脸,还想反驳,但知道自己已经露馅,说了也白搭。

"是谁啊?"边赢刨根究底。

他对具体的兼职工资没有概念,但能通过各种找工作的APP进行对比。一般这些没什么技术含量的工作,时薪都在十八块到二十五块之间,三十块略高,但也说不上夸张,所以他当时并没有怀疑。

对方知道他不愿意接受施舍,所以很小心地在帮他,微微抬高时薪,卖饮料零食给提成,甚至还有全勤奖,工作的时间也从最初说好的十二个小时增加到十五小时,网咖老板顺理成章包下他当天的三餐。

哈巴支支吾吾不肯说对方是谁。

边赢猜到或许是周影、颜正诚和邱洪,他刚找工作那会儿,他和邱洪还是朋友。但他转念一想,如果是这几个人,哈巴不至于这般难以启齿。

他脑海中冒出个大胆的猜测来:"云边?"

这一系列操作符合云边的性子,心思缜密,但又不愿意透露真实姓名。

哈巴愣了一下,摇头。

哈巴这人没什么心眼,真话假话全写在脸上,边赢一眼就能分辨。

不是云边。

边赢自嘲地笑笑,把那点荒唐的期盼压回去,问道:"到底是谁,这么难说出口?"

哈巴在边赢面前向来没什么反抗的余地,事已至此,他扛不下去了,但是事先索要一个保证:"那我说了,你不许生气。"

"说吧,磨磨叽叽。"边赢答应。

哈巴的声音小到快听不见了:"是……是云边的妈妈。"

第二天是个阴雨绵绵的天气,前几日春天的暖意无处寻觅,仿佛一夕之间回到冬天。

云边打着哈欠从车里下来,一手打伞,一手捂紧了漏风的校服领口。

雨被风吹得斜稍过来,她把伞面往风吹来的方向倾斜些许,加快了脚步。

这会儿距离早读开始时间不到五分钟,是学生到校的高峰期,通往教学楼的主干道一片熙熙攘攘，不同颜色的校服混在一起，皆是脚步匆匆。

高三的早读提前半小时开始，所以路上几乎看不到高三的人。

仅有的那么一个，格外吸引眼球。

云边的视线随意瞟过去那么一眼，霎时就凝固了。

那人上身穿着高三的校服，下身却是高二的校裤。

戴盼夏的背影。

校服很宽大，一看就是属于男生的。

云边不受控制地加快脚步追赶上去。

在两人的距离足够近的时候，云边看到戴盼夏那件校服背后长长一条几乎横贯整个背脊的水笔线。

边赢的其中一件校服上有完全一样的痕迹。

班里的人已经差不多到齐了，边赢也已经在了。

云边出现在教室门口的那瞬间，他就抬起头来。

两人对视，云边面无表情地挪开目光。

早读一结束，严律组织班里的学生把座位布置成考场。

左右位置得散开，前后位置基本保持不变，不过八列座位要缩至六列，势必有一部分学生得往旁边插座位。

拖动桌椅的时候，云边注意到边赢跟着她拖动，没打算跟她分开。

这很正常，前后桌基本不会有什么变动，但她现在只想离他越远越好。

在周宜楠把桌椅拖好之前，云边说了句"等我一下"，就把自己的座位插进了周宜楠前面。

边赢对着自己面前空荡荡的位置沉默片刻，替补上去，他拖动桌椅的动作很粗鲁，明显带着火气。

第一门考试是语文，云边与自己不断发散的思维做斗争，像艘不断漏水的船，拼拼凑凑，拆了东墙补西墙。

一题题做下来，来到默写题，第一题便是《永遇乐·京口北固亭怀古》的诗句"斜阳草树，寻常巷陌"，她提笔写接下去的词句："人道寄奴曾住。想当年……"

两天时间在紧锣密鼓的考试中过去。

考完试暂时能够松一口气，再加上各任课老师因为没上课，作业布置得比平常的周末少，所以面对即将到来的周末，大家格外兴奋。

把桌椅拖回原样的时间里，班里狼嚎鬼叫。

语文老师过来，被震得耳膜发疼，斥道："都叫什么，高考完了？"

已经是放学时间，学生们一点也不怕她，几个男生嘻嘻哈哈地跟她开玩笑。

语文老师来到边赢旁边，费解地皱起了眉头："边赢，你到底怎么回事，《永遇乐·京口北固亭怀古》还没背出？"

语文是最早考的一门，试卷已经批改完毕，现在都分发到各班老师手中了。语文老师查看班里学生考试情况，发现边赢《永遇乐·京口北固亭怀古》的默写是空着的。

边赢不答。

语文老师有点生气："我不是叫你到云边那里去背吗？你去背了没有？"

"没有。"边赢不假思索。

语文老师更气了："为什么没有？"

"她没让我背。"边赢说。

语文老师理解成了"她不让我去她那儿背"，疑惑地看云边一眼，但没说她什么，毕竟书是给自己读的，就算云边不乐意管他，他自己也应该背出来。

他还告状？他自己怎么不来找她背？还得她求着他背了？

云边的火气"噌"地蹿了上来，转身面向语文老师："老师，我学习很忙，没有时间管别人的默写。"

话虽然说得不近人情，但也情有可原。重点高中本来就课业繁重，换了平时语文老师也不会麻烦学生，上回让两人互相检查结果出了差池，而且课文比较短，她才交给云边。

这会儿她当然是责备边赢:"她不让你背你就没法背了?"

边赢一句"对啊"硬生生咽回去。

语文老师一会儿还得开会,这会儿没空收拾边赢,只能说:"下周一早自习下课到我办公室默写,再默不出,你这个学生我是没法教了!"

说完,她匆匆走了。

云边把最后几本书塞进书包。

边赢把她叫住:"云边。"

云边转头看他。

他脸色很不自然,似经过了一场天人交战,最后像谁把刀架在他脖子上逼他似的,他把语文书反过来面朝她,眼睛也不肯看她:"我现在背给你听。"

云边心里的屈辱翻江倒海,再也无法压抑,火山爆发般喷涌而出:"我没空陪你玩这些无聊的游戏。"她一字一顿,"离我远点。"

他们没有和好的必要,她想他也心知肚明,他和戴盼夏变成朋友本身也意味着站在她的对立面,现在又何必做出这些让人遐想的行为。

班里还有不少同学没走,纷纷诧异地望过来。

云边说完就走,没等边赢的回应。

她一路越走越快,越走越快,走出校门,她才记起自己今天还要和仇立群一起回锦城。

她很少这么密集地回锦城,但最近心情很烦躁,远离边家才能让她觉得放松。

仇立群也要去锦城一趟,和云边约好了一起坐高铁。

不抽利群:【我马上到,再稍微等我一会儿。】

奔跑过后,云边气息很急,大口地呼吸,背上也微微潮热,出了层汗。

仇立群到得还算快,摇下车窗叫她:"这里,这里。"

云边不想让仇立群看出端倪,她收敛好负面情绪,调整好面部肌肉,露出一个轻松的笑,走过去坐进车里。

车载着打闹的两人远去。

留下路边一个仿佛画面静止的少年。

她对仇立群的友好、亲昵,与她对他的冷淡、厌恶、躲避,形成鲜明的对比。他心气傲,被各路人哄着长大,难得落魄几天,又摇身一变成为边家唯一的孙辈,身份比从前更金贵。他这半生向别人低三下四的次数寥寥无几,主动求和之前经历了两天激烈的心理斗争,结果落得她这么个态度。

他在原地看到云边乘坐的车辆混进车海中,直到再也无处寻觅。

一抬眸,天边丹霞似锦,落日熔金。

第九章 · 再回首

云边在锦城待了两天。

回临城返校第一天,还有个坏的消息等着她。

月考成绩出来了,她失了不少送分题,数学甚至没来得及做完,从班里稳稳的前二跌落至第九,全校排名更是跌得没法看。

这个成绩放眼重高依然很不错,但对她而言不是,这是严重的退步,是无法原谅的失误。

任课老师一一找她谈话,她一整天的课间几乎没歇下来过。

放学,轮到班主任找她。

"偶尔一门课失误是正常现象,但几乎每一门课都没考好,就不能单纯用'考砸'来形容了。"严律严肃地点着成绩表,"都快高三了,怎么能这样分心。能跟老师说说,你发生了什么事吗?"

云边当然不可能跟严律说实话,踌躇半天,她说:"严老师,我能不能把座位换到第一排?我看不清。"

她不想跟边赢坐在一块儿了,她最好跟他坐教室对角线。

换到第一排是个积极的学习态度,严律脸色稍缓,但没同意:"你一换好几个人都跟着得换,看不清让家长带你去配一副眼镜吧,你坐第三排,也不算后面,这点小困难克服一下。要是全班都说看不清,那第一排怎么坐得下。"

云边从严律办公室出来,教室里人已经走空了。

唯有边赢一个人还在,他坐在周宜楠的座位上,摆明了在等她。

本次考试他的班级排名在第十一位,只比她低两位。

他又要干吗。云边浑身警备,撇开目光走到自己座位前,目不斜视地开始整理书包。

边赢支着脑袋看她:"你考砸,因为我坐在你后面吗?"

云边被戳中事实,恼羞成怒地回怼:"你少自作多情。"

边赢古怪地笑了一下:"哦,不是我,那就是仇立群影响你学习。"

云边考砸本来就心态崩了,还被他挑衅,她火冒三丈,心里懊丧到发痛。

"关你什么事。"她已经恼到微微哽咽。

边赢站起来:"不是吗?每周都一起回锦城,还有空学习吗?你妈妈知道吗?"

"关你什么事?"云边咬牙切齿。

利用她,影响她的学习,现在还守株待兔等在教室看她笑话。

这个世界上怎么能有这么顽劣的人?

"你有什么资格提我妈妈?"

这一次云边走,边赢没有阻拦。

云边魂游天外地走出校门,来到上车地点坐上回家的车。

一路浑浑噩噩地到家,上楼把自己关进房间,作业摊开老半天,她一个字都看不进去。

不知道枯坐了多久,房门被敲响。

是云笑白。

"我收到家校通短信了。"

云边惴惴不安地道歉:"对不起妈妈,我这次考砸了。"

云笑白并没有责怪她:"最近家里的事给你的影响太大了吧?云边,你不要去想我们大人的事,这一切都跟你没有关系,你只要好好学习,健康平安地长大,就好了。"

云边内疚地点头。

"成绩起起伏伏很正常,不要放在心上。"云笑白不欲在成绩一事上说太多,怕带给云边太大的压力。

边家出事以来,她的脸上难得带了点喜色,云边注意到,不由得多看了母亲几眼:"妈妈,有什么高兴的事吗?"

云笑白说:"刚才哥哥约我见面。"

云边吓了一跳,生怕边赢跟妈妈说了什么不该说的。

结果云笑白说:"他跟我道谢,还跟我道歉。"

云边愣住。

云笑白嘴角的笑又淡下去,遗憾地叹气:"他终于接受我了,如果我们还是一家人就好了,你叔叔不知道得有多高兴。"

前几天边赢知道网咖事件的幕后主使人是云笑白,他并没有什么后续行动。其实知道真相的那天他就想找云笑白了,但曾经那些过分的举措历历在目,他不知道如何面对。

离开边家以后,他终于能够客观、理智地正视云笑白,包括她的为人处世,还有她与边闻的感情。

他欠云笑白一句"谢谢"。

还有一句"对不起"。

不只是他欠云笑白的,也是他欠云边的。

云笑白应邀来到咖啡馆的时候,是做好了被边赢问责的准备的,结果被一句"谢谢"和一句"对不起"弄得措手不及。

"你这么帮我,不怕他生气吗?"边赢很多时候无法理解这个女人过度的善良和包容。他从前一方面是本能地排斥她,另一方面是不相信她的目的,他总觉得她别有用心。

两个人破天荒头一回这么和平地坐在一块儿聊天,云笑白口吻也不自觉轻松起来:"我花的我自己的钱,想怎么花怎么花。"

她没说的是,其实她有种不太确定的感觉,觉得边闻其实是知道她和李妈在关心和帮助边赢的,但他没有加以阻止,而是采取了默认的方式,就像这么久过去，他都没有停边赢的卡。十七八年的父子之情，哪里是一朝一夕可以磨灭，他内心深处，终究是怕边赢吃不饱穿不暖，怕曾经的孩子无家可归。

但也只能是默认，这是一种自欺欺人的方式，他不能承认自己还对前妻背叛的产物有所惦记。

边赢的名字在家里仍是绝对的禁区，那天在老爷子那里见了边赢回来，边闻发了很大一通火，把客厅砸得一塌糊涂。

第二天早上，边赢到教室的时候，云边正在和周宜楠说话。

他个子高，很容易辨认，云边余光看见他来了，顿时头皮发麻。她已经完全不记得自己之前在跟周宜楠说了什么，说到一半的话戛然中断，变成一通毫无章法的"然后那个……嗯，那什么，然后……"。

她说得好好的突然卡壳，周宜楠一脸莫名。

苍天大地，云边终于还是记起来了，她们两个在说香水。她舒了一口气，继续说道："……不知道为什么专柜闻的和买回来的两个味道，专柜明明是话梅糖的味道……"

边赢走过周宜楠身边的时候，脚步没停，手臂一伸，越过周宜楠头顶，往云边桌子上放了一瓶牛奶和一盒奶奶家的糕点师做的糕点，云边之前蛮喜欢吃。

这下可好，云边刚记起来的话题，这下是彻底忘到太平洋去了。

周宜楠无暇理会云边话只说一半了。云边和边赢之间不对劲，从边赢转班过来第一天，周宜楠就发现了，这会儿边赢突然示好，她充满八卦的眼神来回在两人身上打转个不停。

云边盯着眼前的牛奶和糕点呈雕塑状，边赢则神态自若地绕到教室最后，再走上前来到自己的位置上——叶昂然已经在了，边赢是不会开那个尊口叫叶昂然让他的，他宁可多走几步路绕一圈。

边赢无视周宜楠和叶昂然的好奇心，兀自拉开椅子坐下来，对前头那个维持着原状一动没动的某人说："早上新做的。"

也没指望云边回复，他说完就低头打开了书，补昨晚没来得及做完的作业。

叶昂然和周宜楠整齐划一,看云边是什么反应。

云边终于有动静了,她把牛奶和糕点收进桌肚。注意到周宜楠一瞬不瞬地盯着自己,她才想起给点交代,打开糕点盒子,递了两个流心蛋黄酥出去:"吃吗?"

周宜楠摇头,没敢要。

叶昂然就没那个自觉了,他在后面嚷道:"什么东西,给我来两块。正好早饭没吃饱。"

边赢写字的笔微微一顿。

要不是边赢在,周宜楠一定会骂叶昂然一顿,什么傻子,这么没眼力见。

云边顾不上太多,没敢回头看叶昂然,胡乱在盒子里掏了一把,反手递出去。

哈巴也刚好到校,眼见云边在分零食,也嚷道:"云边,什么好吃的,给我也来点。"

云边来者不拒,也给了哈巴两块。

哈巴一点不把自己当外人:"有饮料吗?"

云边犹豫一下,还是伸手进桌肚,打算给哈巴牛奶。

边赢在后面抬头,一句话制止了哈巴的不知餍足:"不是有饮水机吗?"话虽这么说着,却还是从书包里拎了一瓶矿泉水给哈巴。

早自习铃声响,哈巴安分了,叶昂然也安分了,云边默默坐正身子。

教室里有饮水机,云边不喜欢喝白开水,平时喜欢泡点花茶喝。

但因为这瓶牛奶,导致她一上午连水都没敢去接来喝,喝水怕边赢失望,喝了牛奶怕给错误的积极信号,装作不渴是最保险的。

云边需要时间去想清楚。她承认,他跟她妈妈和解的事情,让她的内心有所松动,但她没法完全放下心结。

上午两节课后是大课间,五一前沿用冬令时,得跑操。

周宜楠请生理假,云边没了伴,只能一个人闷头跑。跑 800 米跑了一个冬天了,但每次跑还是要了她半条命,落到班级队伍最后连跑带走勉强跟着进度,喘个不停。

有人从队伍前头落下来，跑在她身边。

脚步轻盈，呼吸轻松。

云边看鞋就知道是谁。

"可以和好吗？"他开门见山。

云边抿唇："给我三天时间，让我考虑一下。"

边赢斤斤计较："今天算不算？"

云边："你爱算不算。"

"那就算。"边赢说。

云边不想跟他嬉皮笑脸，加快脚步往前跑去。

很快，边赢追了上来，褪去方才的无赖，态度变得温柔又真诚："云边，我向你道歉，不该讨厌你妈妈，不该对她那个态度，对不起，那个时候让你夹杂在中间左右为难。不管你信不信，我没有真正动过利用你赶走你妈妈的念头，也许听起来很像狡辩，但是她走了，你也会走。"他停顿一下，"我不希望你走。"

曾经痛苦挣扎的回忆海浪般涌上云边的心头，她那个时候是怀着怎样的负罪感生活，现在想起来已经恍如隔世，唯一的解释是自己着了他的道，以至于鬼迷心窍。

她终于等到道歉，万般委屈如泄闸洪水，可她不想在他面前哭。

"我们和好吧，别再不理我。每天连头都不肯转，不累吗？"边赢的声音轻轻飘荡在她耳边，"我不会再让你为难，不知道你妈妈有没有告诉过你，我向她道歉了。"

"用不着，麻烦你不要利用她的善良和大度。"云边别过头去，生硬地打断了他。

过去发生的事不是一句"对不起"就可以轻描淡写地揭过，她相信妈妈会原谅，但她没有办法原谅，她没有办法原谅的不只是他，还有那个助纣为虐的自己。

边赢继续说："我知道，道歉很浅薄，没法抵消我从前的恶劣，但我会尽

我所能地弥补。"他看着她倔强的侧脸，彻彻底底向她低下自己高傲的头颅，"云边，我不希望跟你成为陌生人。"

然后他就重新归队了，四周好奇的打探眼神散去。

他太出名，她也不赖，走在一起容易被人看。

接下去的几天，两人回归到相安无事的状态，没有什么额外的交流或接触。

星期四，三天期限的最后一天。

下午时间，高三组织成人礼。

这是一场盛大的离别前奏，高考已经不足两月，边赢本来也身处其中，即将脱离中学校园，开启成人的篇章。

而现在他就坐在高二的教室里，奋笔疾书地刷题。

每个参加成人礼的学生都将获得一枚镶了自己名字的校徽，临城五中学生中有项不成文的规定——把校徽送给意义特殊的人。

典礼一结束，高二（4）班门口涌过来一大批高三的学生，都是给边赢送校徽的。

成人礼那种伤感又振奋人心的场景极易刺激人的肾上腺素飙升，从前不敢做的事不敢说的话，终于都借着这个由头说了做了。

至此，青春不留遗憾。

高二（4）班正要上体育课，边赢被缠住没法脱身，被围得水泄不通。

"一，二，三，四，五，六……"周宜楠目瞪口呆地数着人头没数清，"哈？边赢这么受欢迎的吗？"

可惜体育课上课时间就快到了，没有多余的时间围观这场好戏，周宜楠万般不舍地拉云边，眼睛还胶着在窗外的盛况上："云边，走，我们去操场。"

云边却说："你先去吧，我还有点事。"

哈巴等边赢一起上体育课，这会儿正满脸艳羡地看着教室外头，云边拜托周宜楠："你可以帮我把哈巴也带走吗？"

"嗯？"周宜楠的眼睛顿时亮了，冒起熊熊的八卦之火，"你有什么秘密活动要进行?"

"下次跟你说。"云边好不容易求爷爷告奶奶地把周宜楠送走。

她纠结了三天,在答应和拒绝中反反复复游离不定,终于在这一刻有了确切的答案。

她只需要问自己一个问题就足够明了,她能忍受自己像外面那些高三生一样,高中毕业后就和他失去联络吗?从此只是他记忆力一点越来越黯淡的星光。

她不能。

边赢终于收完校徽,体育课上课早就已经过去两三分钟,他没料到教室里居然还有人在。

而且还是云边。

云边拆了前两天他给的那瓶牛奶,含着吸管,坐在座位上看他。

边赢脚步顿了顿,随后慢慢走近,来到她身旁。他伸长手臂,把两只手里满满当当的校徽搁到自己桌子上,然后在周宜楠的位置上坐下来,静静看她。

云边扭过头看一眼他桌上的校徽。

"等我?"边赢问。

云边咽下嘴里的牛奶,提了两点要求:"以后都要尊重我妈妈,然后要好好学习,跟我考同一所大学。"

"可以。"边赢答应得很爽快,"还有别的要求吗?"

云边其实还想说"和别的女生,尤其是我讨厌的女生保持距离",但这话显得小气,她又给咽了回去,佯装淡定地说:"没有了。"

边赢倒是没给她提要求,他从椅子上站起来:"走吧。"

云边回头看后面的钟表,上课时间已经过去八分钟。

她急忙站起来:"好。"

边赢没着急走,把自己桌上那一堆刻着各种各样名字的校徽拾起来,全交给她。

"给我干吗?"云边不解。

"给你保管。"边赢说。

"我不要。"云边不想接，"你自己保管吧。"

临城五中的这个传统她略有耳闻，她能理解这个举动背后的意义，那是和青春的告别。

边赢坚持己见，拉开她的书包，把校徽装进一个小袋里。

云边嘟囔："干吗给我。"

边赢分了三趟把校徽装进去，替她拉好拉链，轻描淡写地给了答案："好好学习，心无旁骛，我是认真的。"

二人走在去操场的路上，迎面碰上年级主任。

"你们俩干吗呢？"年级主任认识他们俩，看两人上课时间瞎晃，就问，"这节什么课？"

"体育课。"

即便是体育课也不能免去年级主任一顿教导："那也别瞎晃，走来走去多影响别班同学啊！"

看两个人态度端正，年级主任没多说什么，挥挥手示意他俩赶紧去上体育课，临走，嘟囔一句："两个人都嬉皮笑脸的，不知道的还以为有什么好事。"

跟年级主任告别后，边赢跟上云边，改成并排前行。

"笑什么？"他扭头看她已经恢复一本正经的脸。

云边不答反问："你笑什么？"

边赢很诚实："和好了很高兴。"

"哦。"云边胡说八道，"我想起叶香家的狗崽子就笑了。"

"骗你的。"边赢不甘示弱，"想起昨天打游戏捡到一个极品装置才笑的。"

再走两步，云边找到一个别的突破口，表达不满："你为什么现在还玩游戏啊？"

涉及游戏，边赢说："我一点娱乐时间都不能有？"

他现在是高二学生，时间虽然不至于宽裕到可以挥霍，但科学合理的劳逸结合不过分。

云边有理得很:"没说完全不能有,那也不能每天玩吧,周末放假玩一下也就算了。"

"给个平时不能玩的理由。"

"时间少作业多。"

一路吵吵闹闹说到操场上,体育老师正在等着他们两个。

"为什么迟到这么久?"

两人都不答。

体育老师平时很好说话,唯独对考勤异常执着,请假要有请假条,迟到早退是他最厌恶的行为。

"都没有正当理由是吧?"体育老师将哨子挂绳一甩,指向操场,"那行,各自跑三圈。"

三圈也就是1200米,对边赢来说不算什么,而云边两眼一黑。

"我替她跑吧。"边赢说,"我叫她给我讲题才迟到。"

"你还挺义气。"体育老师又好气又好笑,"替跑加倍,去吧。"

边赢绕着操场开始跑,云边远远站在树荫下一身轻松。

原来这就是有人保护的感觉。

周宜楠过来,好奇道:"他怎么跑上了?"

"迟到罚跑。"

周宜楠随口问道:"那你不跑?"

云边停顿一下,没瞒周宜楠:"他替我跑了。"

这下周宜楠怎么都没法冷静了,她试探着问:"你俩……"

云边坦诚地点头:"和好了。"

"终于!"周宜楠惊呼,"恭喜啊!"

哈巴本来在打篮球,注意到边赢被罚跑,他也朝云边的方向走过来,打算问问怎么回事。

不过哈巴以为边赢是被高三那群学生给缠得迟到,代入了一下自己,如果

有那么多人给他送校徽，别说罚跑九圈，就是九十圈也值得。

"幸福的烦恼。"哈巴摇头晃脑，颇为艳羡，"我毕业的时候能收到一个女生的校徽吗？"

其实哈巴虽然不帅，但也不磕碜，就是太瘦小了点，加上品味不行瞎打扮。

周宜楠安慰他："会有的。"

哈巴炯炯有神的眼神锁定她："你怎么知道？"

周宜楠大方地说："我的给你好了。"

"说到做到啊。"哈巴的眼睛都亮了。

放学回家，云边一个人待在房间，兴奋和欣喜没了干扰，肆无忌惮地从隐蔽的角落涌出。

她有种不真实感，曾以为老死不相往来的人如今和好了，曾以为不可能修补的裂缝被填平。

云边给他发微信。

先空着：【回家不许玩游戏。】

文字看起来凶巴巴，事实上她满脸的窃笑。

边赢很快就回了。

边不输：【还没到家。玩了会怎样？】

先空着：【我也不知道，你试试。】

过了五六分钟，边赢打了电话过来。

"你到家了？"云边问。

边赢把书包放到书桌上："嗯。"

云边："你怎么那么晚才到家？"

"云小边，你在查我岗吗？"他在电话那头笑。

云边只是随口一问，被他扣顶大帽子："查你个头，不说拉倒。"

两人随便一聊就过去了半小时，边赢那边喊他吃饭，通话才意犹未尽地停下来。

边赢说:"不让我打游戏,自己影响我学习,这时间都够我打一盘游戏了。"

云边那个气啊,一下把电话给挂了。

边赢给她发来微信:【周末一起去图书馆吗?】

先空着:【不打扰你打游戏了。】

边不输:【打游戏不好,我不够自觉,需要监督。】

装什么乖。云边腹诽,嘴角却翘着。

第二天是周五,放学回家,因着周末的缘故,电话打得久了点,发现的时候已经半夜两点多了。

云边觉得这么下去不行,肯定会影响学习,有必要定下规矩:"每天聊天不能超过二十分钟,周末可以适当放宽。"

边赢由着她折腾,好笑道:"多适当?"

云边想了想:"一小时。"

"才一小时?学习也要劳逸结合吧。"

他逗小孩似的口吻。

云边把脸埋进枕头里,佯装淡定:"图书馆不是能见到。"

"每个周末都一起去图书馆?"

云边在枕头里发出一声:"嗯。"

睡眠不足,但第二天云边还是很早就起来了。

边赢也很早,两个人在早餐店吃完早饭,是图书馆开门后第一批进入的人。

一天的埋头苦学,时间过得飞快,两个人从图书馆出来的时候,落日即将被黑夜彻底吞噬,只留几丝残留的橘色余晖。

"一起吃晚饭吗?"边赢问。

午饭两人是在图书馆楼下的便利店解决的,店里人满为患,没有多余的座位,等到有人走开,两人共用了一个位置,随便吃了点。

云边点头:"好。"

"想吃什么？"

云边还真想不出来。她来临城大半年，吃了不少当地的餐厅，不过印象非常深刻的并不多，他带她去过的那两家店倒是很不错，但她不知道他现在还能不能大手大脚花钱，除此之外，海鲜面也挺好吃的，这个她更不能提，不然他肯定阴阳怪气。

结果边赢替她说了："想不想吃海鲜面？"

云边眼睛一亮，但没立刻答应，观察着他的脸色，怀疑他说的反话。

边赢看出她的渴望，没好气道："我就不信了，一碗破面能有多好吃。"

云边："我请你吃，真的很好吃。"

"喊。"边赢不屑。

云边拽着他走："很近，我们走过去。"

头顶郁郁葱葱的树木遮挡了路灯的光，偶尔才有几簇光从树叶缝隙中垂落，人行道上昏暗，走着不少饭后散步的人，白发苍苍的老夫妇，遛狗的单身女人，幸福的一家三口。

还有一对年轻男女，男孩被女孩拽着走。

他的身体微微后倾，是种不配合的抗拒姿态，不过脚步还是在跟着往前，斑驳的光影在他脸上不断变动，偶尔照亮他精致的五官。

面店，在云边期待的眼神中，边赢尝了一口海鲜面。

"怎么样？"云边问。

也许是因为云边总是说总是说，把他的心理预期拔得太高了，虽然确实比一般的面好吃点、鲜一点，但如他之前所说，就是一碗面嘛，天花板在那儿了，总归称不上什么珍馐。

他客观地给出评价："还行吧。"

"安利"失败，云边不满意，强行给他扣帽子："你这是恶意给差评。"

边赢是服气的："还行什么时候成差评了？"

"你就是因为仇立群才说不好吃。"云边说。

行,边赢承认,他确实没法抛开对仇立群的成见,虽然这本质上不影响他对海鲜面的评价,但既然她说到仇立群,那他就跟她好好掰扯掰扯,他们两个为什么每周都要一起回锦城。

他不说还好,有关前段时间云边也一肚子火,他和戴盼夏两个人私交甚密,戴盼夏还穿着他的校服来学校,他明明知道她和戴盼夏有仇。

最后双方情况是解释清楚了,不过面也坨得不成样子了。

面店老板是记得云边的,前几次过来的时候小姑娘都吃得津津有味,这次却压根没动几下筷子,老板有点伤心:"对今天的面不满意吗?"

"满意。"云边一边扫码付钱,一边指桑骂槐,"对饭友不满意而已。"

边赢很无奈。

是时候回家了,边赢说:"我送你。"

云边刚想说好,却突然想到她所谓的家,是他想回却无法回去的地方。

她一下子变得很难过。

"不用啦,有这个时间还不如多做两道题。"她装作若无其事地说。

边赢也没有坚持。

第二天两人又约在图书馆。

计划跟昨天差不多,白天复习,中午随便吃点填肚子,晚上去吃正餐。

不过计划有变,半下午的时候,边赢从对面把他的手机推了过来。

页面停留在聊天记录上,是他和哈巴、颜正诚的三人群。跟邱洪闹掰后,哈巴为了表示愤怒,没有选择创三人群,而是利用群主之权,把邱洪直接给踢飞了。

颜正诚和哈巴在群里起哄让边赢今天晚上请吃饭,他与云边和好了,实属是喜事一桩。

边赢问她意见。

云边没有意见。

哈巴和颜正诚经过商议,挑了一家平价的餐厅。他们现在都不太清楚边赢的经济状况,怕他为难,不敢贸然宰他。

哈巴一个劲问边赢的意见。

说到哈巴,边赢就头疼。这个二货最近不知道发哪门子失心疯,就没正常过,他好几次抓到哈巴表情诡异地看着他,他一开始没想起来,只觉得有点眼熟,后来某天跟奶奶说话的时候,终于对上了。

哈巴看他跟奶奶看他有异曲同工之妙。

怜爱,慈祥,宠溺。

这种状态出现在奶奶的身上天经地义,问题是怎么会出现在哈巴的身上?

边赢百思不得其解,每每看到,都不禁一阵恶寒。

颜正诚和哈巴早早就到了餐厅,然后发了定位给边赢。

"不输有钱吗?要不我先把钱给付了得了。"哈巴操碎了心。

颜正诚说:"你至于这么夸张吗?这点钱他还是有的吧。"

"可怜天下父母心呀。"哈巴感慨。

三秒后,颜正诚面无表情地提醒哈巴:"巴度,我敬佩你的勇气,但是这个笑话过于冒险了,劝你不要再说,不,是想都不要再想。"

哈巴意识到自己说漏了嘴,求爷爷告奶奶地哀求颜正诚别说出去,尤其不能告诉边赢。

颜正诚:"好的。"

哈巴盯了他几秒:"不行,我不信你,你对天发誓。"

颜正诚:"我对天发誓。"

哈巴:"你要是对外透露一个字,就讨不到老婆,当一辈子光棍。"

"你是有病吗!"颜正诚不干了,"你怎么能这么歹毒啊?"

"我就知道不能相信你,你肯定要跟不输告状。"哈巴暴起,扑上去,恨不得跟颜正诚同归于尽,"颜正诚!我难道不是你的朋友吗你为什么见死不救,你一碗水从来没端平过。"

颜正诚反锁喉:"我是没端平,你呢,你是直接倒扣。"

边赢带着云边到达的时候,哈巴和颜正诚正扭打成一团。

看到云边过来,两个厮杀中的人分出神来,狰狞地和她打了个招呼。

"你们在干吗?"边赢费解。

"不输,哈巴说他把你当……唔唔唔!"颜正诚一个张嘴就要把哈巴卖了。

哈巴拼尽了全力捂住他的嘴。

"把我当爸爸吗?我认了。"边赢心不在焉地应着,环顾餐厅环境,问道,"怎么不挑个好点的地儿?"

哈巴和颜正诚暂时停止内乱,彼此对望一眼。颜正诚挪开哈巴的手,干咳一声,也不兜圈子了:"你有钱请好的?"

"有啊,有人自愿当冤大头,我干吗客气?"边赢指边阅。

十五分钟以后,四个人出现在高档餐厅内,不对外开放的那家。

"这才符合我的身份。"哈巴掖好西餐布,感慨地说。

"你的身份?"颜正诚一个坏笑,又要捣乱,"你的身份难道不是……唔唔唔!"

不过纸终究是包不住火的,哈巴后面又成功拦截颜正诚一次,但手终究是比不上说话的速度,他还是眼睁睁看着颜正诚把真相告诉了边赢:"哈巴说你是他儿子。"

哈巴气得要跟颜正诚决裂。

但是边赢比谁想象中的都淡定,他只是似笑非笑地看了哈巴一眼,外加一句不咸不淡的"野心不小",就没什么表现了。

哈巴和颜正诚彼此惊恐地对视一眼,完成了一场眼神的交流,得出一致结论:看来那件事对不输的打击真的很大呀!

边赢实际上是哭笑不得的,那一次DNA比对实属节外生枝,没想到哈巴这家伙拿着鸡毛当令箭,真把他当儿子疼了。

云边不知道DNA的事,自然也不知道前因后果,但她能感觉出来,边赢和哈巴之间的关系没受影响。

男生的友情，神奇。

饭吃一半，叶香来找云边聊天。

她都发的语音，云边听着不方便，叫她打字。

叶香就顺便问了一句她在干吗。

叶香一听边赢在请客，马上说：【那他什么时候请我们吃饭？】

先空着：【他不是请过你了？】

国色天香：【请过我了，但没请过别人啊，是他当初自己说要请我们吃饭的。我们这么大一帮人，我又不是代表。】

云边的身子朝边赢歪过去，把手机给他看。

边赢看一眼，欣然应允："可以啊。"

叶香要确切的答案才肯罢休：【什么时候啊？】

边赢问云边："你什么时候回锦城？"

云边说："下礼拜或者下下礼拜吧。"

边赢说："到时候我和你一起去。"

在云边锦城那帮朋友的催促下，云边和边赢在接下来的那个周末踏上了回锦城的高铁。

云边的朋友们挑了家自助餐厅，等两人一到，就给予了热烈的掌声和欢呼，引来全场注目。

云边再度进行反思，自己怎么会交了这么一群"傻缺"当朋友。

边赢看在云边的面子上忍了，如果是颜正诚和哈巴，早被他弄死了。他在人群中扫视一圈，不少人他隐隐约约有印象，过年那天见过。

不过他怎么都没想到仇立群居然也在。

他当然不知道，仇立群已经成功打入云边和叶香的朋友圈内部。

而后便是各式各样的提问环节，大家把边赢的大致情况摸了一遍。

"边赢，你什么时候回临城？"叶香问起这两天的行程。

边赢说:"我跟云边一起回去。"

"那明天跟我们一起玩啊!"仇立群根本不知道边赢不怎么待见他,邀请道,"明天我们去游泳,你们也一起来吧。"

第二天大家去游泳馆集合,仇立群本来想带大家去运动员的场馆里玩,不过那里最近在集训,不方便带无关人员进场。

"边老板会不会嫌弃公共游泳池?"叶香打听。

云边说:"不会,哪有这么金贵。"

边赢还真就有这么金贵,他活这么大从来没下过公共游泳池,好在他愿意为朋友们凑合。

到了游泳馆,男女生兵分两路,去更衣室换泳衣。

女生们换好泳衣,一起出去。

男生们已经下到池子里,打起了水仗。

边赢坐在池边没动,女生们一出现,他的视线就大老远锁定了云边。

云边渐渐走近,发现他的眉头紧紧皱了起来。

来到他面前,他第一句话是:"干吗穿这么暴露?"

云边低头看了下自己,连体式泳衣,正常水平,大部分女生都是这么穿的,哪里暴露了?

"这是我外公给我买的,我外公都没嫌暴露。你比老年人还古板。"她理直气壮地反驳,"而且我还没说你呢,你才叫暴露。"

他浑身上下就穿了条泳裤,宽肩窄腰,四肢修长。

边赢叫她怼得哑口无言,转移话题,冲她伸手:"过来。"

一行人分成四个组,会游泳的满池乱窜,不会游泳的跟着金牌教练仇立群学基本功,生理期不方便的女生只能待在岸上玩自拍,还有就是边赢和云边自成一组。

云边下到水里,有点不敢把脸浸下去。

边赢在旁边帮她回顾流程:"蹲下,俯漂,蹬岸,别怕,我跟着你。"

她深吸一口气，克服内心恐惧，一股脑蹲了下去，场馆内的喧哗瞬间变得模糊而遥远。

随着水四面八方地涌过来，上回溺水的经历身临其境，她心里更慌了。她暗自给自己打气，强迫自己按照步骤，让自己的脸向下地浮起来，然后用力一蹬腿，借助池壁的力量将自己往前送出去。

她还没法把控方向，起步的路线就是歪的，边赢没忍住笑了出来，慢慢在后面走着跟。

云边本来就三脚猫功夫，半年没游泳，退化得差不多了，怎么游怎么不得劲，而且最糟糕的是她发现自己不会换气，每每想拗起头探出水面，身体就会不受控制地竖起来。她扑棱几下还是没找到感觉，憋的那口气也到了临界点，忙不迭地停止游泳，站了起来。

她站起的动作太过着急了点，没能站稳，一个趔趄滑了一下，人仰面摔进水里，鼻腔口腔都进了水，这下她彻底慌了神。

边赢把她捞起来。她鼻子疼，喉咙也在烧，趴在他的肩上猛烈地咳嗽。

等人稍微好受些，她发现这是浅水区，水大概也就到她胸口那里，不可能淹死她。

这一天，云边在泳池把自己和边赢的皮肤都耗到发皱，还是没能消除对水的恐惧。反观仇立群那边，初学的两个男生已经游得像模像样，叶香也能勉强游上几米。

边赢的教学进度遭到了仇立群的无情嘲笑和批判。

"业余的和专业的能比吗？"仇立群神气活现，"学游泳还是得找我，包学包会。你俩那叫什么呀，那根本就是借着教游泳的名义玩水，态度一点都不端正。"

对内互相伤害可以，对外云边还是很护着边赢的，立马反驳了："谁说的，你上次教我我也没学会，差点没把我淹死在游泳池里。"

她维护边赢的时候，他就站在旁边看着她笑。

从体育馆出来差不多到了晚饭时间,大家一起去吃饭。

没人叫边赢请客,不过边赢中途借着去厕所的名义,把账给结了。

吃饱喝足,叫来服务员买单,被告知已经买过。

"多少钱啊,A一下。"有男生吆喝着,"男A女免。"

"不用。"边赢从小就没有什么AA(各付各)的习惯,从小朋友圈子里都不兴算账,谁方便就谁请。

男生很坚持:"要的。多少钱啊?"

边赢还想再拒绝,被云边悄悄用手肘捣了一下,他明白她的意思,报了金额。

"云边把边老板拉进群里啊。"

云边没征求边赢的意见,直接把边赢拉了进去,拉进去才后知后觉地意识到他未必喜欢待在一个不怎么相熟的群里。

她紧张地看一眼他的反应。

他很淡定很从容,没有半分不痛快,还自觉加大家好友:"名字备注一下,不然我分不清。"

云边看到他给她的朋友们创了个新的好友分类,叫"云小边的周边"。

她乐了。

在场的男生一一给边赢发了AA红包,他虽然嫌麻烦,但还是耐着性子依次点开收下。

饭后有男生提议去KTV玩第二场,云边拒绝了:"我得回去陪陪外公外婆。"

难得回来一趟,不是陪朋友就是睡大觉,还没好好跟外公外婆待一会儿。

她不去,边赢当然也不去,他送她回家。

两人还是用走的。

跟朋友们道完别,走出几步,云边解释刚才让他AA的理由:"你要是一直请客,他们以后都不好意思叫你玩了。"

她的朋友都是出身比较普通的家庭,要是边赢长期请客,别人会有心理压力，没法以平等的姿态看待他。就像她跟着妈妈进到边家以后，生活质量翻天覆地，但她从不在大家面前表现出来，依然像从前那样相处，这样彼此都轻松自在。

"知道了。"

边赢把她送到她外祖家的小区外。

云边："明天直接在高铁站见。"

"好。"

云边又凶巴巴地说："回去一个人要好好学习，不能打游戏。"

边赢："我又没带电脑。"

云边："那你还能去网吧啊。"

边赢赞同地点头："有道理，谢谢提醒。"

云边："死去吧你。"

回到临城，生活继续两点一线。

周三晚上，边赢跟云边约周末时间。

两天都是上午待在图书馆，半下午的时候去颜正诚家，借用泳池教她游泳。

"周六的晚饭不能一起吃了。"边赢说，"我要去喝喜酒。"

云边记起周六晚上边叔叔和妈妈也要去喝喜酒。

边闻堂哥的女儿要结婚。

"同一家。"边赢说。

云边不解："你为什么要去啊？"

他去了，会碰上边叔叔，很尴尬。

还会碰上边阅，得忍受一番虚情假意还不能拆穿，想想都令人作呕。

边赢说："找亲爹。"

那是边家男人云集的场合，获取样本的绝佳时机，再不舒服也得去。

云边恍然大悟，马上说："那我也去。"

这种场合她可参加可不参加，她本来是不会去的，但边赢去的话，另当别论。

"我帮你一起收集。"

她要陪着他,要给他力量。

她还想尽自己最大的可能保护他。

边阅和边闻两兄弟答应过边爷爷,考虑到边奶奶的接受程度,在她在世期间,不能公布边赢的身世。

所以酒席当天,边赢没和边闻他们一起坐,旁人只当他是又和边闻闹了矛盾。

酒宴尚未开席,大家都在串场子聊天,他们这里也聚集了不少人,都是一些亲戚和边家生意场上的那些叔伯。

"阿赢,怎么坐在这里啊?"

"你别跟你爸犟脾气,对你没什么好处,到时候都便宜了后妈和你这个所谓的妹妹。"

"男孩子能屈能伸,该服软的时候就和爸爸服个软,亲生父子能有什么隔夜仇,他心里肯定是向着你的,等到你后妈也生个孩子,你再想献殷勤,可就难了!"

边赢一味地笑,偶尔敷衍地点两下头。

他许久未见边闻,隔着几桌人遥遥看过去,只能看到边闻被遮挡了大半的侧脸。边闻的气色还是不大好,瘦且憔悴,话也不爱说,旁人与他寒暄,基本都靠云笑白帮忙应付。

云边则安安静静地坐在旁边,各个角度地玩自拍。有心灵感应似的,她抬眸,隔着人群跟他对视。

他乱糟糟的心像被一只温柔的手安抚着,她出现在这里,什么都不用做,就能带给他力量。

边阅慈爱地搂过他的肩膀,打断他的思绪:"阿赢是孝顺,怕我孤单特意坐过来陪陪我。"

"这么孝顺呀?"亲戚感慨着抖抖烟灰,一根烟到了头,他随手扔在地上踩灭,"大伯是要陪的,哥哥走了,阿赢以后等于是有两个爸爸了。"

"是啊。"边阅话里有话,"阿赢以后就是我的儿子,我以后都要靠他了。"

白发人送黑发人是人间最痛的经历,亲戚只当边阅是丧子所以只能把希望寄托到侄子的身上,陪着安慰了好一会儿。

待身边的人一走,边赢甩甩肩膀,挥开了边阅的手。

边阅也自觉地把手放下来。他知道边赢一时半会儿接受不了他,不过至少边赢肯在旁人面前给他面子,这对他来说已经足够了。

要是边赢跟他玩父慈子孝这一套,他才是真的要怀疑一下这小子的动机了。

本想哄边赢几句,但想到儿子,边阅心里痛苦难忍,没了虚与委蛇的力气。

正合边赢的意,他悄悄把方才那人扔掉的烟头用脚踩住,还看上了桌上的烟灰缸,他记得清清楚楚,哪个烟头是谁扔的。

亲戚家的小朋友走过,他随便逗了几句。别看几个孩子小,但起码的审美还是有的,不一会儿就"哥哥"长"哥哥"短叫个不停,非要他陪着一起玩,边赢顺理成章地跟到别桌,又神不知鬼不觉地拿到几个烟头。

云边同样在留意周边男人的生物样本,她刚过来的时候,非常礼貌地跟着云笑白和大家打招呼,并且装作对边家很感兴趣的样子,问这些人具体是什么身份,想套出哪些是边家的旁系。

云边努力记住,怕自己到时候弄混,借着自拍的名义拍了几张照片。

不过有些人云笑白也说不出来,就问边闻,边闻对云边一直比较耐心,愿意一一说给她听。

婚礼开始,全场灯光暗下来,所有人的注意力都集中到婚礼仪式上,云边偷偷从桌上的烟灰缸里拿了一个烟头,用纸巾包起来。

他们桌上,除了边闻,还有两个边家的男人,但其中一个不抽烟,加上从别桌过来闲聊的人扔的烟头,她一共帮边赢拿到两个生物样本。

他们这桌,边赢是肯定没法过来串场子的,她得帮他全搞定。她思索着自己得用什么办法拔那个不抽烟的伯伯两根头发。

赚那么多钱，怎么连抽烟这点恶习都不沾染，真是愁人。

婚礼仪式以后正式用餐，饭到中途，突然有人过来告诉边闻，说边赢和边家大伯母在厕所里面发生了争执，打起来了。

边闻忘记自己已经不是边赢的爸爸，下意识就冲了过去。

一起冲去洗手间的还有边阅。

边家大伯母的愤怒，是"边赢是边阅的儿子"的必要条件之一，边阅为了最大程度地演好戏，就连妻子也瞒着，没有告知真相。

痛失爱子，还知道了丈夫的背叛，让边家大伯母这段日子痛不欲生，整日以泪洗面，自然也没有心情来参加喜宴，但在亲戚的朋友圈里，她看到了现场的照片，边阅就这么亲亲热热地搂着边赢的肩，那般融洽，好像他们天经地义就该是父子一样。

她的儿子死了，边赢取代了那个位置，拥有了她儿子本该拥有的地位、财富，还有父爱。

边家大伯母的心理防线彻底失守，杀到婚礼现场，路过洗手间时恰好碰上边赢从里面出来，这张有冯越五分神韵的脸让她本来已经平息几分的怒火再度熊熊燃烧，她冲上去就打了边赢一个耳光："贱种！"

边赢及时阻拦，缓冲了大部分的力道，但还是被她的指甲挠到。她还想再打，边赢控住她的双手，她徒劳地挣扎着，口不择言地骂道："贱种，死的怎么不是你！你和你妈一样，下贱胚子，你们才该死……"

冯越就算有错，也不是对不起大伯母，大伯母被欺骗很可怜，但那是边阅造的孽，边赢不允许母亲背这个锅，更不允许她被人侮辱。他将大伯母一甩，警告道："你嘴巴给我放干净点。"

大伯母一个跌跌撞撞，被他甩到洗手台那边，腰磕在水池边缘，发出一声不小的动静，她捂着腰弯下身去，发出痛苦的呻吟。

这一幕被赶来的边闻和边阅撞个正着。

看到边赢的瞬间，边闻清醒过来，自己已经不是边赢的父亲，没有必要、没有资格、没有立场再去关心什么。

他停下脚步，站在原地茫然无所适从，他眼睁睁地看着边阅脚步都不停地冲上去，毫不犹豫地推了边嬴一把，吼了句"你再敢动她一下试试"，然后扶住妻子嘘寒问暖。

边嬴脸上有明显的几道血痕，但边阅毫不犹豫地选择了妻子，完全没有要关心边嬴的意思。

边闻攥紧了拳头，看到边嬴，他依旧感到滔天的屈辱和愤怒。按理来说，看到边嬴的遭遇，他应该畅快，但他只感到灭顶的难受，没有半分出气的快感。

边闻强迫自己转身离开。

云笑白不放心地看了边闻一眼，指使云边："你去看着边叔叔，我去看看哥哥。"

云边不放心，很想留下看一看边嬴，但妈妈发话了，她只得依言照办。

她陪边闻一起在座位上坐了会儿，等到云笑白一个人回来。

云边实在没法不关心边嬴，悄悄地问："妈妈，哥哥呢？"

"我让司机送他回爷爷奶奶家了。"云笑白说。

云边松了一口气。

又过了好一会儿，边闻和边家大伯母也从洗手间那边回来，不知道边阅是怎么哄老婆的，边家大伯母的表现勉强能算得上正常得体。

云边脑海里一直在回放边嬴脸上的血痕，怒从心头起。

她拿起杯子，走向服务员："我要一杯热水。"

服务员说："女士，您入座吧，我来给您倒。"

"不用。"云边笑了笑，"我直接拿回去就行。"

"那您小心啊。"服务员依言照办。

云边道了谢，端着一杯滚烫的水回座位。

消息传得很快，不少人都知道边嬴和边家大伯母在洗手间发生了争执，云边路过边阅和大伯母身后，听到边阅在跟同桌人解释事情原委："阿峰没了，我老婆看我对我侄儿那么好，心里就难受，她是替阿峰难过……"

大家纷纷附和:"难免的,想想这一切本来都该是阿峰的,当妈的心里得有多痛。"

云边脚尖不小心在地毯上一绊,一杯热水就冲边阅夫妇俩泼了过去,杯子还好巧不巧砸到了边阅的头,"咚"的一声,砸得他脑袋"嗡嗡"作响。

边阅和大伯母惊叫着站起来,场面一度混乱。

云边脸都吓白了,惊慌失措地不住道歉:"不好意思,大伯、大伯母,你们没事吧?"

她白捡的哥哥,谁准别人打了。

云边是极为护短的一个人,她知道大伯母被瞒在鼓里,对边赢有怒气是人之常情,但她想到边赢脸上那几道被指甲划起的痕迹就来气,才不管别人有没有苦衷。

把那杯水大多泼到大伯身上,已经是她能给大伯母唯一的体谅了。

也不知道边赢会不会留疤破相。

等她回到家,拥有自己的独立空间以后做的第一件事就是给边赢打电话。

"你们这么晚才到家吗?"

边赢那头听起来一切如常,一贯的清冽嗓音,一贯的平稳口吻,完全在云边的意料之中。

他不会随意向别人表现出自己的脆弱,但这不意味着他的心刀枪不入,所以云边自从在喜宴一别就心急如焚地想要联系到他。

想陪他说说话。

明明是想安慰他的,结果一听到他的声音,也不知道怎的,云边自己的鼻子先酸了。

她想让自己坚强点,别在这种时候还要他耗费心力来安抚她,可是听到他在电话那头轻轻浅浅的呼吸声,她的眼泪根本收不住。

她有很多话想要跟他说。

喜宴半道,因为云边那一杯热水,边阅夫妇前往医院处理烫伤,边闻一家

也提前离开了酒店。他在席上喝了不少酒，一直眼神沉郁地看着前方许久，突然吩咐司机说："把他们拦下来。"

云边想告诉边赢，边叔叔打了大伯。酒精驱使下，他冲动得谁都拦不住他，一边打，一边一直在重复两句话，一句是"你这个畜生"，还一句是"有儿子了为什么不好好待他"。

云边还想告诉边赢，后来边叔叔在回家的路上失声痛哭："他怎么就不是我的孩子了？我养了这么多年的儿子，怎么就不是我的了呢？"

她想说，边叔叔特别舍不得你，特别心疼你。

可她犹豫再三，还是没敢说，怕给边赢虚渺的希望。妈妈哄边叔叔说："想把孩子接回来就接回来吧，没有关系的。"

边叔叔只是一个劲摇头，没法放下心结。

所以最终，云边只是强压下哭腔，若无其事地回复说："路上有点事耽搁了，边叔叔和大伯打起来了。"

两兄弟打架的事情瞒不住，所以云边还是很诚实地告诉了边赢。

边赢没有多问，只在电话那头淡淡地应了一声。

云边转移话题，关心起边赢的伤："你脸上怎么样？伤口深吗？疼不疼？"

"还行吧，应该不深。"边赢不当一回事。

云边以前身上磕磕碰碰有点伤口，为了不留疤做过很多的功课，这会儿手到擒来，啰啰唆唆给边赢交代了一系列注意事项，什么不许碰水、注意避光之类。

"你那儿有什么祛疤膏吗？"她不抱希望地问了一嘴。

边赢："啊？没有。"

两人约明天见面的时间，云边先是主动提出明天大家都睡个懒觉，但等挂了电话，思来想去睡不着，她又后悔了，重新拨过去："不行，明天还是得早点碰面，我给你带祛疤膏。"

好好的懒觉又泡了汤，边赢很勉强地应了下来。

次日，图书馆。

云边哈欠连天。

边赢问:"昨天晚上没睡好?因为我的事吗?"

云边回忆起昨天的事情还是容易情绪激动:"对,我实在太生气了。"

唯一值得庆幸的是她泼了那杯水,虽然只是小打小闹翻不出什么花。云边把这件事情告诉了边赢,试图让他也舒坦一点点。

边赢听了忍俊不禁:"你怎么这么损?"

云边说:"我就这样,你怕不怕?"

边赢笑得更厉害了,他现在越来越适应她的本性了。想想也是奇妙,他从前最不喜欢的就是心机深重的女孩子,但云边这些人前楚楚可怜人后小算盘打得响亮的行为,他只觉得她有趣。

这一天两人从图书馆出来,一起吃了晚饭,差不多到了各回各家的时间。

分别时刻,云边注意到边赢几度欲言又止。

"有话想跟我说?"云边主动问。

"你妈有小孩了吗?"

"没吧。"云边说,"没听她说起过。"

"嗯,要是有小孩了他能高兴点。"边赢笑了下,"你在家里,多逗逗他开心。"

云边心里泛酸,用力点头:"知道的,你放心吧。"

再下一次月考,云边回归自己的正常水平,全班第二,年级第十四,正常波动范围。

边赢班级排名进步一位,进入班级前十。

可喜可贺。

这次月考之后就是家长会,云边犹豫好一会儿,才敢问边赢:"明天家长会,有人给你开吗?"

"没。"边赢都没告诉边阅。

云边不讲道理地骂道:"他怎么这么不要脸。"

第二天傍晚就是家长会，云边去充当临时停车场的篮球场接到云笑白。去教室的路上，她们碰到边赢。

"阿赢，有人给你开家长会吗？"云笑白问。

边赢说："没有。"

"那我就帮你也一起开了。"云笑白不忘征求边赢的同意，"可以吗？"

边赢对待云笑白的态度对比从前已然是天上地下，云笑白到这种时候还愿意管他，他感恩不尽。

"谢谢阿姨。"

云笑白在家长会上把云边和边赢两个孩子的情况都一一留意着，等到结束，她把边赢和云边的成绩单都收进了自己的包里，她要找个看似不经意的法子让边闻看到。

边闻嘴上不说，但心里一直放不下边赢，让他看看边赢的近况，他能心安很多。

家长会结束以后，云笑白送云边去高铁站。

边赢则忙着应付一场家族聚餐。

上回喜宴上所有的生物样本都与他不匹配。

边家远远近近的亲戚很多，血缘近的一批已经查得七七八八了，有些稍微远点的已不走动，有些已经过世，有些不抽烟，有些因为各种各样的原因不在临城，很难拿到生物样本，他只能挑能拿到的先拿。

云边去锦城前悄悄问过边赢："你真不要我陪你去啊？"

"你别去了。"边赢说，"我怕你被别人打。"

上回喜宴，丫头片子再一次向他展示了她惊人的战斗力，她除了拿来两个烟头，还给了他两个人的头发，并且附带人物照片，准备得面面俱到。

边赢不用动脑子都能想象到，她无非是拔了人家的头发然后扮可怜装无辜蒙混过关，这种损招用一两次也就算了，继续下去迟早露馅。

在新的生物样本中依然一无所获，没有人是他的生父。

边赢拿着一沓清一色不支持亲子关系的鉴定报告，不可否认，有那么一个瞬间他真的觉得疲惫到想要放弃。

但也只是一瞬间，他还是想知道自己生命的起源是什么，到底是谁的孩子，是谁让母亲踏出禁忌的步子。

他打算下次把十八九年前只有十几岁的那些人也算进来，总之不放过任何可能。

计划尚未实施，凤凰花已经盛放，高三学生迎来高考。

颜正诚毕业了。

邱洪也毕业了。

他之后明里暗里求和过几次，不过皱了的纸终究是皱的。

高考一结束，高二年级的学生成为学校里年纪最大的一批，学校、老师、家长如临大敌，三方施压，旋紧了学生们的发条。返校第一天，班里氛围空前紧张，一个个坐在位置上奋笔疾书，自习课不用纪律委员吼破嗓子，下课鲜有人离开座位，走廊上一片萧条寂静。

因着边赢好学，也聪明，而且还有颜正诚这个考入顶尖学府的学霸做他的神助攻，反正颜正诚考完试闲来无事，一门心思都放在了他身上。

边赢的成绩稳步上升，不过找生父一事，却迟迟没有取得进展。

七月底，另一个好消息传来。

云笑白怀孕了。

消息是她亲自告诉边赢的，之前边赢跟她约定好，叫她有好消息了要告诉他。

乍一得到消息，不可否认，边赢有一点失落，曾属于他的那个位置空置数月，即将迎来新的主人，会有另一个人叫边闻"爸爸"，成为边闻血脉相连的至亲。

但更多的是开心，爸爸终于要有自己的孩子了，想必这个孩子能够带去很多的慰藉，希望能够弥补一二因为他的存在而带给爸爸的伤害。

云笑白一经确认，第一时间就告诉他了，她还把他当自己人，没有等三个月稳定了才说。

边赢甚至比云边都先知道。

尖子班的生活压抑而枯燥，这是一个几乎不需要老师和班干部管辖的集体，别的班有这样那样的规矩，但高三A班被给予了高度的自由权。

高三各班的到校时间相较以往都提前了，A班是唯一一个没被要求的，不过每天早上，A班的灯亮得并不比别的班晚。

最严格的当数十班，他们班主任每天早上六点到校，学生们也只好跟着他的节奏走，结果月考成绩出来，班主任不满意，干脆又提前了半个小时，整个班怨声载道。

很不巧，边赢就是高三（10）班的学生，他的精神状态肉眼可见地变差了。

边赢自己倒是没什么怨言，反正他从来没打算轻轻松松度过高三，现在的拼命，也不过是在偿还从前的荒废。

但云边看他们班主任很不爽，每次一见到人家，她的眼睛就会发射仇恨的光芒。

某天放学，他们班主任的车胎被扎破，气得她在车库破口大骂。

边赢的"首席"怀疑对象就是云边。

"不是我！"云边喊冤，"我才没那么无聊。"

这不足以彻底打消边赢的疑虑。

"学校有监控的，我才没蠢到做这种事。"

边赢说："监控刚好坏了。"

今天一大早，他们班主任站在讲台上进行了痛心疾首的演讲，劝"犯案"同学尽早"投案自首"，承诺坦白从宽。虽然没有确切的证据，不过她把"犯罪嫌疑人"的范围缩小到了自己班里，除了高三（10）班的学生，她想不出来这个世界上还有谁这么"恨"她。

云边扯扯嘴角："早说啊，我就去了。"

她对边赢他们班主任算不上真的讨厌，毕竟人家自己也是每天五点半就来学校陪着学生了，风雨无阻，是个非常敬业的老师。

但云边看着边赢日渐消瘦，免不了要埋怨他们班主任的教育理念太不人性化，连最基本的休息时间都不能保证，伤身体不说，学生的学习效率也跟不上。

云边是那种宁可多睡一小时，来换取更好的学习状态的学生。

她把自己餐盘里的番茄炒蛋的大块鸡蛋都夹给了边赢，给他补身体："你快点考来我们班，早点摆脱她的折磨。"

边赢进步神速，前一次月考的成绩已经位列年级第六十五名。

边赢把鸡蛋给她夹回去："你自己吃。"

云边再夹给他。

两个人推来推去，哈巴受不了，把餐盘往前一递："不要给我。"

高三换班以后，云边、边赢、哈巴和周宜楠四人全部在不同的班，但是形成了固定的饭友关系。

边赢给哈巴夹了两块大大的番茄，象征性地表达了一视同仁："多吃蔬菜有利身体健康。"

云边被逗乐，"咯咯"直笑，眼见边赢还想把鸡蛋还给她，她一把捂住餐盘，随口编了个理由："别给我，我减肥。"

边赢马上就变凶："你敢。"

周宜楠也帮腔："云边你这么瘦还减肥，你让我这种胖子怎么活？"

进入高三以后，周宜楠家里怕她营养跟不上，给她准备了各种补品，还每天变着法子换着花样给她做好吃的，导致周宜楠微胖的身材又"膨胀"不少。

哈巴平日里跟周宜楠大大咧咧惯了，这会儿就顺嘴侃周宜楠："哇，你还知道呢，人家这么瘦这么漂亮了还精益求精减肥，你再看看你，都快人家两个大了，你还吃得下！佩服佩服。"

周宜楠尴尬地笑了一下，本来读了一上午书，用脑过度连带着肚子也饿得"呱呱"叫，被哈巴这么一说，她看着满盘的菜肴，突然胃口全无。

八月的月考，边赢排名到了年级第五十六名，与尖子班越来越近。

晚上打电话时，边赢说："我争取下个月就来 A 班，跟你一个班。"

云边都睡一觉了，被他问她"睡没"的微信吵醒，回复说"没睡"，然后边赢才打了电话进来。

这会儿已经是凌晨一点，早上五点半到校的话，他早上五点就得起床，只剩下四个小时睡眠时间。

电话才刚开始，但云边喊了停："先不说了，你快点睡觉。"

"再说一会儿。"边赢的声音透着疲倦和困乏。

"我不挂。"云边说，"你快睡。"

"嗯。"

边赢那头很快就传来均匀而绵长的呼吸声，云边静静听着，也闭上了的眼睛，跟他一块儿入睡。

第二天是周六，傍晚上完最后一节课，高三全体学生终于迎来短暂的休息日。

云边放学看到边赢缩水一圈的脸，说："要不你今天别看书了，回去睡一会儿。"

"不监督我努力学习了？我还得考入 A 班呢。"边赢笑。

"下下个月，或者下下下个月，再考来 A 班吧。"云边特别认真。

走班制度还要算上 20% 的平时分，这意味着如果他下个月就想进 A 班，下一次月考堪堪考进年级前五十名是不够的，得取得更大的进步，把分拉上去才行。

她实在不忍心把他逼到那个份上。

"之前不是催我快点考进 A 班？"

"那我不忍心呀。"云边能找出很多理由，"你就当是我给你的生日礼物吧。"

明天就是边赢的生日了。

"我的生日礼物就这么敷衍啊？"

云边嘟囔："要求这么多，你送我什么了？"

边赢坐直身子，费解道："那熊不是？"

那小熊还在边赢房间的柜子里放着，他的房间成了边家的不可说地带，边闻始终没有说要处理他的房间，但也没松口接他回家，就这么矛盾地留着。

"你又没说给我。"说到这里，云边自己也心虚，摸了下鼻子。

边赢满脸都写着"你在胡言乱语什么"："都绣上你的名字了，你还想怎样？"

云边嘴硬道："反正你从没说过给我。"她忽然想到什么，"你那天叫我去给你拿相册，本意是不是想送我生日礼物？"

边赢轻嗤，否认："不是，单纯就是想叫你给我拿相册。"

这个回答，云边非常不满意，她顿时不干了，耍横地非要边赢改口。

边赢被她缠得不行，承认说："都是为了送你生日礼物，行了吧。"

云边不信，越想越伤心："你只是在敷衍我，你肯定只是想叫我给你拿相册，跟我两不相欠，根本没想送我生日礼物。"

边赢无奈，什么话都让她说尽了。

"不想送你生日礼物了。"她郁结不已，"你不配。"

虽然但是，等到第二天，她还是给他准备了生日惊喜。

她端了点着蜡烛的蛋糕，蛋糕上面画着一个男孩子的Q版头像，有几分神似他。

她还提了一套内衬绣了他名字的定制西装，也不知道衣服合不合身。至于内衬的名字，是她亲手绣的，事先在别的布料上练习了好多次，才敢真的上手。

最后是一双限量版球鞋。

她要恭喜他长大成人，但也希望他永远是热忱的少年。

东西太多太沉，她双手都在颤抖，为了美感，她保持微笑。

虽然这个微笑因为手臂支撑不住，而颇有点咬牙切齿、面部扭曲的意味。

不过这不影响蜡烛跳跃的火光把她的脸庞照耀成电影大片的唯美质感，头发和皮肤像加了柔光光圈，眼睛里有摇曳的烛光。

她用久违的称呼叫他："边赢哥哥，生日快乐。"

边赢也太久没听过她这么叫他，微微一怔，而后啼笑皆非道："干吗突然又这么叫我。"

云边给他唱了《生日快乐歌》，四句"祝你生日快乐"，她分别用中文、英文、锦城话和临城话唱了一遍。

边赢在她"快点许愿"的催促里，说着她喜欢听的话："和云小边上同一所大学。"

第三个愿望，按理得闭起眼睛默许。

边赢本想做个样子就算了，但闭眼的瞬间，他还是正儿八经许了个愿。

——如果可以，我还想是爸爸的儿子。

生日这天，边赢依然没给自己放松的机会，只睡了寥寥三四个小时，就又起床看书。

现如今他的生活里只剩下这件事，就连找生父一事都暂时搁浅了，他给自己制订的学业计划过于忙碌，已然匀不出时间去做那些未必会有结果的事。

颜正诚飞往北京开启大学生涯前，把自己从前的笔记本整理出来交给边赢："哥们只能帮你到这里了，我先走一步，先去 B 大探探路。"

这年的盛夏蝉鸣鼎沸，烈日炙烤，是临城十年来最热的一个夏天，暑假补习班结束，高三正式开学。

月考成绩出来的时候，边赢并不感到意外，考试的时候他就知道自己这次发挥的水平。

年级第三十九名。

边赢去班主任办公室问了换班的事，确认自己的成绩能够进入 A 班，只待学校和 A 班班主任协商完毕。

又过了两节课，班主任告知商议结果，叫他今天放学把课桌搬到 A 班去，A 班那个被挤下来的学生，A 班班主任也舍不得放行，所以不换学生，只在原班级的基础上再加一个他。

一切终于尘埃落定。

云边发微信跟他表达了一大通兴奋和崇拜,但仍然无法平息心情,又发了一条朋友圈:

【aaaaaabbsqsjzjz!】

边赢做了一会儿"阅读理解",翻译出来了:啊啊啊啊啊啊边不输全世界最机智!

这天中午,边赢终于舍得花一点时间午睡。紧绷了太久的神经骤然松懈,困意来得势不可当,他半梦半醒间想,自己接下来能匀出点精力去搞搞被搁置了一段时间的正事,找爹。

刚睡着没几分钟,被人叫醒。

同班了三个月,但他依然叫不出名字的同学说:"边赢,外面有人找你。"

边赢扭头,看到窗外站了个意想不到的人。

边闻的情绪看起来很激动,好似他不是在地板上而是在热锅上似的站不住,一直在踱步。

"走,阿赢。"边闻紧紧抓住边赢的胳膊,手和声音一样在剧烈颤抖,触到边赢的瞬间,他的眼眶倏地红了,"我们再去验一次DNA。"

边赢不解,迟疑地看着边闻。

他和边闻做了两次亲子鉴定都显示不是父子关系,不可能存在什么操作上的失误,也不存在别人做手脚的可能——两次鉴定都在边峰出车祸之前,那个时候边阅自个有儿子,没必要铤而走险争夺他的抚养权。唯一有动机的是云笑白,赶走边闻前妻的孩子以此独占边闻,可云笑白显然不是那种人。

总而言之,他和边闻非亲子的结论几乎不可能有假。

"你先跟我走,我路上跟你慢慢解释。"边闻说。

足足有半年时间边赢没感受过边闻的父爱和庇护了,曾经相依为命的至亲沦为比陌生人还不如的尴尬存在,这会儿边闻突然不计前嫌地来找他,他都怀疑自己在做梦。

生日那天,他许的第三个愿望是"如果可以,我还想是爸爸的儿子"。

所以这个时候,他毫不犹豫地答应了边闻。

边赢带着边闻去班主任办公室请假。

班主任看了眼边闻,虽然从来没见过,但她没核查身份,直接就问:"边赢的爸爸是吧?您好,您要带孩子出去有什么事吗?"

不怪她如此笃定,因为边赢长得很像边闻。

边闻没有否认自己边赢父亲的身份,客客气气道:"家里有点事,要带孩子出去处理一下。"

边闻给边赢请了下午的假,带他离开学校。

午休时间,校园里安安静静的,接近十月,本是夏天和秋天交汇之际,但今年的夏天格外热也格外长,这会儿还是烈日当头。

两人沉默地走在叶片"沙沙"作响的梧桐下,从树叶缝隙间能望见天空纯粹的碎蓝。边闻扭头看边赢,少年英俊的脸上有树叶和枝干的影子在斑驳地游离,阴影和阳光璀璨的金色互相追逐。

边闻鼻子一酸。

边赢也扭头看他。

边闻不自在地干咳一声,问道:"学习很辛苦吗?你瘦了很多。"

"还好。"边赢笑了笑,边闻先开口,倒也省了他对边闻的称呼,叫什么都不自在,干脆省略,直接问起边闻的目的,"出什么事了吗?怎么又要去做一次 DNA ?"

边闻接下来说的话超出了边赢的认知范围。

随着云笑白肚子里的孩子日渐长大,她和边闻也正式将领证提上日程,边闻没打算做任何婚前财产公证,但偷偷采集了云笑白的外周血,做无创胎儿 DNA 比对。他明明是很信赖云笑白的,信任到愿意在这个离婚率爆表的年代,放心将万贯家财与这个女人共享,但他却没有办法说服自己不要疑心那个胎儿的来历。

"一朝被蛇咬,十年怕井绳"。他的生命再也承受不起第二次这样的打击,边赢的事情一出,说是要了他大半条命也不为过。

就像强迫症会一遍遍疑心自己究竟有没有把门关上一样，他心里相信云笑白不会做对不起他的事，但他还是想要一个切确的答案，能让他安定下来的答案。

可令人震惊的是，他跟那个胎儿的 DNA 比对也不符合亲子关系。

仍是高度匹配，属于同一 Y 染色体。

边闻怒不可遏，但云笑白声色俱厉地否认自己与他人有染。

双方争执不下。

这个时候，一个医生提起一种非常罕见的病例，称之为"奇美拉现象"。有极少部分双胞胎胎儿在母腹中的时候，为争夺养分，其中一个会将另一个吞噬，而被吞噬的那一个会成为自己同胞的一部分，可能是手臂，可能是头发，可能是皮肤。

当然，也可能是生殖腔。

如果边闻的兄弟化作了边闻的生殖腔存在，那么边闻就被剥夺了延续自己 DNA 的可能性。因为从生物学的角度出发，他永远不可能有自己的孩子，他的孩子只可能是他那个未出生的兄弟的孩子。

当然，这只是一个大胆的猜测，当年医疗条件远不及现如今，边奶奶没有做过什么 B 超，她怀边闻的时候究竟是不是怀的双胞胎，已经无从得知。

边闻无暇顾及云笑白，疯了一般驱车赶往临城五中找边赢。

边赢已经数不清这是自己第几次踏入亲子鉴定机构了。

从前的每一次都是屈辱，而这一次，代表着洗刷屈辱的希望。

这一次边闻的生物样本是精子。

父子俩从鉴定机构出来，时间还早，边赢说想要回学校上学。

"那我晚上来接你回家好不好，你们九点放学是不是？"边闻小心翼翼地跟他商量。

边赢开车门的手一顿，好心提醒道："鉴定结果还没有出来，我们也不一定就是那种情况。"

"不是也不管了，不是也跟我回家。你就是我的儿子，我养了这么多年，

不管怎样你都是我的儿子。"边闻的眼泪再也止不住，夺眶而出。这半年来，他始终割舍不下边赢，一想起边赢，心便如同刀剜，无数个午夜梦回梦到边赢，有时候梦到边赢小时候可爱的模样，有时候梦到边赢在外面吃不好住不好受人欺负。

在男人的尊严与十多年来的父子之情之间，他摇摆不定，痛苦万分。

事到如今，天平已经做出决断，不管边赢是谁的孩子，边闻都不想在意了，无论如何，他都要认回儿子。

边赢却摇了摇头："我还是先在爷爷奶奶家住着吧。"

他不敢太忘形，怕老天给他泼冷水。

次日是星期六。

边赢转到 A 班，他是插班生，位置安排在最后。

但云边请了假，没能迎接他。

边赢问她在干什么，她说在医院。他问她在医院干什么，她说她妈妈身体有一点不舒服。他又刨根究底地问怎么了，她说没大事。

她在医院很忙的样子，老半天才回他一条消息。

礼拜一，云边倒是来学校了，但是边赢请了假，因为亲子鉴定的结果出来了。

两个人就没碰上过。

他在微信里告诉云边：【我下午来学校。】

鉴定机构在电话中告知边闻，他身上确实存在两套基因，而他生殖腔的基因，与边赢成立父子关系。

边赢确确实实是边闻的孩子。

这样的小概率事件偏偏落到了边闻的头上，造成了这个弥天大误会。

真相水落石出，冯越清白。

边闻无需再验云笑白肚子里的胎儿与他生殖腔的 DNA 比对，他心中的障碍已经彻底去除。

边赢和边闻一起去的鉴定机构，其实他没必要过去，但他迫不及待地想以儿子的身份见边闻一面,想亲眼看看那纸报告单,还有跟爸爸一起去陵园看妈妈。

边闻为冯越擦去她照片上的灰尘,满是歉疚:"对不起,对不起啊,阿越。"

边赢在冯越的墓前长跪不起。

为这些日子以来,自己误解她、责备她,甚至怨恨她,以至于他已经很久没有来看她。

她在九泉之下该是怎样委屈,却无法为自己说一句辩解的话,只能被迫承载满身的冤屈,遭受无端的污秽罪名,被最爱的人厌恶。

有风携带着草木的清新香气轻轻吹过,拂过边赢的脸颊,温柔至极,像是母亲的回应。如果她还能说话,她肯定会像这风一样轻抚他,然后她会大度地告诉他,没有关系。

不管他做什么,她都会原谅他,她不会责怪他,只会因为他的歉疚而心疼,因为他是她最珍视最疼爱的宝贝儿子。

正是因为如此,边赢才更觉悲痛。他实在不是个喜欢流眼泪的人,即便是当着至亲的面,但面对照片上母亲慈爱的面庞,他潸然泪下。

边闻抱住边赢,属于父亲的怀抱宽阔而厚实,是遮风避雨的港湾。父子俩的关系并不亲近,他已经有很多很多年没有抱过边赢,所以就连安慰都是手足无措、拙口笨舌的:"都是爸爸的错,让你妈妈要怪就怪我,你那个时候拼了命保护她,她一定很欣慰,都是我的错。"

父子俩在陵园待了很久,才驱车回家。

边赢终于能够名正言顺地回到家里。

回家的路上,边闻踯躅着开口:"阿赢,我和云阿姨打算领证,毕竟孩子都四个多月了……我们本来没打算要孩子的,但那个时候云阿姨以为你不是我的孩子,想给我留个后。"

"我知道。"边赢情绪平静。

"那,你支持吗?"边闻很紧张。

"当然啊。"边赢笑了一下,提醒道,"不过你回家了记得跟云阿姨也好好道个歉，这事她也受了很大的委屈。"

"我知道的，我知道的。"边闻高兴得语无伦次，"爸爸以后会对你们每一个人都很好很好。"

边闻这辈子没有这么高兴过，欢天喜地把边赢接回家中。

兜兜转转那么一大圈，孩子是自己的，而自己从前希望重组家庭和谐美满的愿望也可以实现了，他不必在夹在新旧家庭的矛盾中左右为难，不必再看云笑白受委屈，也不必再看边赢不开心。

家里，云笑白已经在等着他们了。

她的脸色看起来很疲惫，透着几分病态的苍白。

等到父子俩归来，云笑白第一件事是向边赢道歉，毕竟这一系列事情，是经过她的手被挖掘出来。

"阿赢，对不起，让你和你妈妈受委屈了。"

边赢并不怪她。"奇美拉现象"这样的罕见情况，大部分人穷其一生都没听说过，云笑白发现血型不对，后续一系列行为不过是情理之中。

在白纸黑字的证据面前，想必任何人都会屈服，就像他也会怀疑母亲对父亲不忠一样。

获得边赢的谅解，云笑白的第二件事是告诉边闻自己已经打掉腹中胎儿，并且单方面宣布与他分手。

边赢把空间留给边闻和云笑白，返回学校上学。

他到教室的时候是上课时间，英语课，英语老师正在讲一道易错语法题，挥挥手示意他进教室。

全班的人都下意识地看他，云边也不例外。

时隔这么久，两个人终于又在同一个班碰头。

云边朝他笑，眼睛微微弯起。

小小的插曲很快湮没在争分夺秒的高三学业里，教室里恢复紧张的学习状态。

边赢在自己的座位上坐下来，摊开书却心不在焉，书上的英文字符像是胡乱排列的天书，英语老师说的话也左耳进右耳出，完全没过脑子。

不知道是不是因为刚刚经历过人生巨变的缘故，他的心思很是浮躁，频频看云边的背影。

剩下半节课过得格外漫长，期间云边看时间回了两次头。

好不容易等到下课，教室里依然保持着安静，有人奋笔疾书，有人困得在桌子上小憩，就算交头接耳也是在讨论题目，偶尔有几个人走动皆是轻手轻脚，去上厕所，或者去饮水机那儿泡咖啡，小小一杯水里能溶上三四袋速溶咖啡，手段相当残暴，然后面不改色地喝上一口墨汁般浓稠的咖啡，眉头都不皱一下，宛若味觉失灵。

这种大环境下，说闲话似乎显得格格不入。

边赢不介意成为另类，但这一整节课间，他没有去找云边。

云边亦然，坐在自己的位置上做卷子。

再下一节课间就是午休了，云边和边赢一块儿出教室。

云边绝口不提他的身世和家里相关的话题，泰然自若地问他："你怎么上课不专心？我每次回头看时间，视线都能跟你撞上。"

"你回头的频率也挺高的。"边赢瞥她一眼，不咸不淡地说，"闲着没事老是看时间干什么？"

云边理直气壮："那我监督你啊。"

"谁让你监督了？"

"我自发的。"

两人一路上打着没意义的嘴仗，走到楼梯口的时候，周宜楠已经等在那边，云边下意识地停下来，要跟她一起等哈巴。

"走吧，今天不等他们了。"

边赢在她的背上轻轻推了一把，驱使她前行。

上午最后一节课时，边赢给哈巴发微信，说今天要和云边单独吃饭。

打好饭，云边挑了个角落靠窗的位置坐，这里比较清静，是个适合说话的地方。

两人都没什么胃口，用筷子拨着餐盘里的饭菜半天没入口，边赢先起了头："前天你说在医院，就是陪你妈妈……打胎？"

云边并不算意外他已经知道，她停顿一小会儿，点了头。

边赢："昨天也是在家里照顾她吗？"

昨天是周日，正常情况下他们会一起去图书馆，但昨天她说要在家里照顾妈妈，云笑白是高龄产妇，多紧张些也是正常的，他当时并没有多想。

云边再次颔首。

边赢："你们没告诉我爸吗？两天了我爸没发现你妈妈的不对劲？他好像也才刚知道。"

"嗯，我也蛮诧异叔叔居然没发现的，我妈妈这两天很虚弱……可能因为叔叔满脑子想的都是你，没顾得上我妈妈。"

边闻因为心系儿子，连老婆把孩子打了都没注意。如果时间倒退半年，这会是边赢喜闻乐见的场景，现如今它以迟到的形式实现了。

没有人为此感到痛快，但它还是产生了一种微妙的化学反应。

云边露出一个笑脸，说："我还没恭喜你呢，找了这么久，终于找到爸爸了，而且居然就是边叔叔。你不知道，边叔叔特别高兴，我从来没见过他这么高兴，以后你们一定可以好好相处了。好神奇啊，奇美拉，一个人身上怎么会有两套DNA。"

她说的是相关话题，乍一听没有什么不对劲，但边赢就是能从中提取出一点顾左右而言他的逃避。

正要追问，周宜楠独自走进食堂，身旁没有任何人的陪伴。

"宜楠。"云边抬手叫她。

周宜楠朝他们走来，面上挤出一丝强颜欢笑。

"你怎么一个人？"云边问。

"同学临时有事，在小卖部随便买了点吃的。"周宜楠随便找了个借口，没好意思说自己傻乎乎地在楼道口等了哈巴半天，等到整个教学楼都快走空了，她给哈巴发微信问他在哪儿，才明白他的意思是各吃各的。

哈巴：【你不会在等我吧？】

周宜楠：【没有没有，怎么可能，我只是问你一声，哈哈哈。】

云边招呼周宜楠："那宜楠，你跟我们一起吧。"

有周宜楠的加入，先前的话题自然而然搁置了。

傍晚上完最后一节课，云边拿上请假条，整理书包要回家，没准备上今晚的晚自习。

边赢追出去，在走廊上把她拦住："去干吗？"

云边："我要回家，我不太放心我妈妈，回去照顾下她。"

家里并不缺人手，先不说有那么多用人，而且还有边闻，哪里非要她一个小孩子回去帮忙。

边赢抓着她，过了好一会儿才缓缓松开。

他看着她平静无波的眼睛，问出了悬在心里一整个下午的问题——

"你们是不是打算回锦城了？"

云笑白看似温和，实际上有她自己的原则，不会为别人打破，哪怕是那个贯穿她青春，白月光般的男人。

十七年前，她有那个魄力，在临盆之际离开出轨的丈夫，从此咬着牙独自抚养女儿。

现如今，她在这个残酷的世界摸爬滚打那么多年，依然没有学会如何妥协，她还是那副宁为玉碎、不为瓦全的性子，眼里容不下一粒沙子，坚决要和边闻分开。

孩子已经打掉，而且她和边闻不是法律上的夫妻，没有任何利益上的纠纷，分开比前一段婚姻的结束更加简单利落。

无论边闻如何挽留认错，她都铁了心不肯回头。

边闻被她的固执弄得精疲力竭,但他也不得不承认,云笑白身上最吸引他的,正是这股子八匹马都拉不动的固执,无论到了什么年纪,她都可以为爱情轰轰烈烈地燃烧,她永远学不会怎么凑合过日子。

云笑白住在酒店,拒绝再见边闻,也拒绝要边闻任何形式的经济补偿。

她本就不为边闻的万贯家财而来,更遑论是在离开的时候留下任何被人诟病的可能,她要自己的感情绝对清白。

云边背着母亲出面,接下了那一笔天价赔偿。边闻对她们母女俩确实大方,钱、房产,足够她和母亲衣食无忧地过完八辈子。

云边支持云笑白打掉孩子并分手的决定,她喜欢母亲这种不论到几岁都用力生活、毫不保留去爱的勇敢,岁月和现实无法浸染的赤忱。

但是母亲的骨气,恕她无法苟同。

骨气算什么,除了自我满足,也就令仇者快亲者痛。

什么都比不上物质的补偿来得实际,母亲这一遭受尽委屈,末了还要被枕边人怀疑忠贞,以高龄产妇之身怀孕又堕胎,不管是心灵还是肉体都遭受了重大灾难,伤筋动骨的怕是没个几年缓不过来。

索要赔偿,天经地义。

也就是当年云笑白和她生父离婚的时候,她还是个襁褓中的婴儿,没有什么作妖的本事,只能任别人搓圆揉扁,否则她绝不可能让云笑白净身出户,让那两人风流快活。

十几岁的少女脸上满是从容,头一次没有在继父面前扮演柔弱和无辜,就连谈话也是不卑不亢、头头是道,堵得边闻哑口无言。

事情太突然了,边闻当然没法接受,只是乌龙一场,后果怎么就那么严重呢?云笑白明明是个宽宏大量的人,可以在边赢一次次对她释放恶意之后依然温柔待边赢,可以任劳任怨地服侍边爷爷边奶奶,可以对着并不接纳她的边家笑脸相迎,她可以原谅全世界,为什么单单不能原谅他一次?

他试图从云边这里入手,让云边帮忙劝云笑白回心转意。

"叔叔,你还是没弄明白。"云边打断他,"我妈妈从来都不是不讲道理的人,她没有要求你盲目地信任她,如果你是因为发现了孩子血型不对劲才去验的DNA,她不会有任何怨言,'奇美拉'是我们每一个都不曾预想到的隐情。她过不去的,从始至终只有你最初毫无缘由的怀疑。"

第十章·告白

一个星期后,云边重返嘉蓝中学。

熟悉的校园,熟悉的一草一木,熟悉的老师和同学,一切都熟悉到好像她从来没有离开过。

她依稀觉得自己昨天才背着书包来过这里,但仔细回忆,又分明恍如隔世,她的肌肉记忆,她的潜意识,分明已经习惯了如何穿梭在临城五中。

叶香高兴疯了,为她鞍前马后。

"云小边,有生之年,有生之年啊!"叶香抱着她跳脚,险些喜极而泣,"有生之年咱俩居然还能待在同一个教室里上课,我是在做梦吗?一定是!你快点掐我一把!"

云边想,不是叶香在做梦,而是她在做梦。

她掐了自己一把,却感觉不到疼痛。

她像做了一场很长很长的梦。

梦里,她跟着妈妈去往一小时车程之外的临城,住进了一幢豪华的大房子,那里有种满郁金香的漂亮花园,有碧波荡漾的泳池,有一个待她像女儿一样亲的边叔叔。

还有她的白马骑士,披荆斩棘,所向披靡,铁骑以不可思议的速度奔赴她。

而现在,梦醒了。

不管怎么说,因为云边和云笑白的推波助澜,边家锦衣玉食祖宗一样供着养大的边赢遭受无妄之灾,被驱逐家门,在外面吃了整整半年的苦;贤良淑德为边家操持内务奉献半生的冯越身后之名遭到侮辱，连安息之地的清净都险些不保。

不管怎么说，云笑白真的因为边闻遭受了身心的双重伤害，如曾经的边赢所愿，她离开边家，让出女主人的位置，把边家还给了他。

可如果问边闻，他后悔去验了胎儿的DNA吗？

他不后悔，一点也不后悔。

如果没验胎儿的DNA，也许他和边赢就是亲父子的真相到死都无法揭开。说出来也许很残忍，但如果一定要在云笑白和边赢中间二选一，边闻会毫不犹豫地选择边赢，人到中年，爱情不再比天大，很多时候得靠边站。

每一个人都有自己的正当理由，每一步棋都有不可或缺的存在必要，可正是因为如此，才更让人觉得疲惫，好像命运坚持把他们摆到对立的位置，注定此消彼长，终是难以两全。

回锦城的决定，是云边做出的。

既然云笑白和边闻分开，那么她们母女俩也没了留在临城的理由，但是云笑白考虑到云边正在读高三，担心转学会影响云边的学习状态，所以她的预想是等云边高考结束，她们再回锦城。

这种担心对云边来说，和"独生子女会不会孤单"一样多余，属于长辈的过度操心。

临城和锦城同在一个省，高考模式完全相同，又因为是隔壁市，交流起来非常方便，复习的进度相差无几，几所水平相当的学校时不时来个联考，更何况她高一就在嘉蓝就读，几乎不需要经历适应期。

去医院打掉胎儿的那天，云笑白问起云边的意见，云边用了五秒钟，便做出了决定："妈妈，我们回锦城吧。"

云笑白在临城没什么亲人朋友，继续留在这儿还容易触景生情，非常不利于她休养，引产本就极伤身体，何况是高龄产妇，更是马虎不得。

云边离开临城的时候，没有和边赢告别。

回到锦城后，云边和边赢的联系并不多，足足有一个多月时间，两人之间没有非必要的联系，即便联系，也都是问起双方父母的情况，因为边闻逮着空就要来锦城找云笑白。

12月31号晚上，云边收到边赢发来的微信。

一长串的表情符号和客套俗气的祝福，看着像是群发。

云边默默看了眼输入框里自己编辑到一半、尽量伪装成是群发的祝福语，陷入沉思。

边赢这个人，看着也不像是有闲情逸致发群发祝福的人吧。他会不会也跟她一样，只是找个由头给台阶？

她把输入框里的祝福语删掉，思索半天，回了个"同乐"，接着两人问起彼此的近况。

然后两个人心照不宣装作上次的争吵不存在，问起彼此的近况。

云边说自己元旦只有一天假，边赢说临城五中更狠，只放半天。

云边说自己有四十多张卷子待做，边赢那头也不遑多让。

云边的成绩一直稳在年级前几，边赢也在稳步上升，前一次月考已经进入年级前三十名，云边说那按照这个速度，他毕业时拿个第一不是问题。

还问起两边父母的情况。云边说云笑白元气大伤，今年冬天格外怕冷，性情也比从前更加安静。边赢说边闻没有放弃挽回云笑白。云边说知道，他上个礼拜又来找过我妈妈了。

这一天他们聊到很晚，是分别以来第一次聊那么多。

经过此事，后面两人恢复联络，但频率依然不高，三五天聊上几句。

接下来的日子里发生了不少事，边爷爷没能挨过这个冬天，在家人的陪伴下，走得还算安详。因为唯一的孙辈边赢在边闻那边，也因为边阅不择手段的欺骗让边爷爷失望，所以边闻拥有继承遗产的绝对优势。

掌握边氏集团的大权，边闻变得越发忙碌，找云笑白的次数越来越少。

云边的十八岁生日恰逢二模，还是五校联考，临城五中和嘉蓝中学都位列其中,她忙着复习忙得昏天暗地,要不是叶香提醒,她压根没记得。

她忽然就记起跟边赢的约定,本来没抱太大的希望,但中午顺丰小哥打电话给她,叫她去学校门口取快递。

边赢遵守承诺,给她寄来了礼物,连带着去年的那个熊也一并给了她,附言:

第二次验收劳动成果,检验合格。

那次成绩出来,云边在嘉蓝排名第三,五校综合排名第十四,边赢位列临城五中的年级第十五,五校综合排名第六十一。

云边说你快追上我了。

边赢说那你加把劲,别让我追上。

两人相约"三模"。

但可惜三模两个学校没联考,各自用了自己学校出的试卷。

这次考试边赢位列五中第七,云边在嘉蓝排第五,如果联考,水平还真的能够一争高低了。

五月末,高考进入个位数倒数。

云边早已不怎么关注社交平台了,那天冥冥之中有什么指引似的,刚好打开就看到哈巴发了一条朋友圈:【不知道明天的成人礼,我能不能收到别人的毕业徽章,一枚就好。】

周宜楠回复:【满足你,我的赏你了。】

哈巴说:【谢周大人赏赐。】

云边这才记起临城五中的这项传统,去年高三的成人礼,边赢收到了很多很多的徽章,那个时候她就暗暗想,她要把刻着自己名字的那一枚送给边赢,至于边赢的那一枚,一定也得给她。

现如今,她已经不是临城五中的学生,自然也没了获得这枚极有纪念意义的小物件的机会,想来略有遗憾。

这天晚上云边下了晚自习回到家。自进入高三以来，她头一回回家没开书包，洗漱过后就躺到了床上。

才十点出头，她习惯了晚睡，这个时间点毫无睡意。

她在床上翻来覆去一会儿，拿过手机。

打开微信找到边赢，她组织措辞，想发一段不落俗套又不显刻意的开场白。

时过境迁，她好像越来越不知道怎么找他聊天了，每次主动找他都要做好一会儿的心理建设。

删删减减半天，最终发去一句不能更无趣的问候。

先空着：【在干吗？】

这个点边赢能干吗，当然在"励精图治"。

他发来一张现拍的照片，书桌上都是试卷和书。

云边回了一张，拍自己已经躺下的照片，露了半截小腿和一双脚。

照片发去没过五秒钟，边赢打电话过来了。

"你身体不舒服吗？"他有些紧张。

云边："没有。"

边赢松了一口气，疑惑道："那怎么这么早就睡下了？"

云边振振有词："我们班主任说了，到这个时间木已成舟，再努力也成不了什么气候了，接下来的任务应该是调整心态，健强体魄，所以我就早早躺下了。"她还不忘劝他，"要不你也早点休息吧。"

边赢笑起来："你不要带坏我。"

话虽这么说，但接下来他也偷得浮生半日闲，搁下笔跟她聊起了天。

云边始终惦记着他的徽章，几度想说但又怕自己那点小心思昭然若揭。磨磨蹭蹭到通话进入尾声，再不说就没机会了，她干咳一声："你们明天成人礼吗？"她补充，"我看哈巴朋友圈发的。"

"对。成人礼，还有拍毕业照。"

"我们也明天拍毕业照，但只有毕业照。"云边发挥演技，若无其事地调侃。

提醒到这个份上,是她的极限,剩下的就看他的意会了。

边赢显得兴致乏乏,无情地评价:"浪费时间。"

果然,一直到挂断电话,边赢都没有透露出任何一丝要把徽章送给她的意思。

第二天是个阴天,天空灰暗,有点要下雨的征兆。

到了下午,果然淅淅沥沥、断断续续飘起了雨丝,看雨势不大,嘉蓝中学的毕业照拍摄计划照常举行。

叶香个子很高,为了和云边站一起,不惜扎马步缩减身高,累得龇牙咧嘴。

"太拼了吧。"云边直视前方,小幅度动着嘴巴对叶香说。

照片重拍第三遍,叶香咬牙切齿地坚持:"你从这里转学走的那天,我怎么想得到有朝一日你还能回来,我们两个居然还能出现在同一张毕业照上啊,这是老天的恩赐,我要是不好好珍惜,会遭天谴的。"

"那个女生。"摄影师叫叶香,"你能不能笑得正常点,为什么像要吃人?"

见叶香吃瘪,云边"扑哧"笑出了声。

云边对嘉蓝是有感情的,高中三年,一半的时间她都在这座校园里度过,在这里遇到了很负责的老师,也遇到了真心相待的好朋友,轰轰烈烈一场,尽力燃烧过,没算辜负青春,但是当她和班里同学一起站在摄像机面前,她还是无可避免地感到遗憾。

她的高中时代,好像真的走到尾声,快要拉下落幕。

如果她现在在临城就好了,能穿着五中的校服,和边赢一起拍下毕业照就好了。

不知道现在一百公里之外的临城五中,又是怎样的光景。

班级照过后是年级集体照,全年级大几百人,宣传部的老师指挥了半天,大家终于在学校的标志性建筑前按照班级排列完毕。

相机把岁月定格。

拍完照片,教导主任驱赶学生们回去复习。

"最后的时间,都把发条给我拧紧了!俗话说得好,临阵磨枪,不快也光!

说不定你今天随便背下的单词,几天后恰好就出现在英语高考试卷上,今天弄懂的数学例题,高考就出个差不多的……"

云边在他激情彭拜的演讲中,跟叶香一起跟着人潮回教室。

校服口袋里的手机"嗡嗡"响起,是快递员打来的,对方说她有个包裹,叫她去校门口拿。

到达校门口时,快递员已经走了,由门卫转交给她一个小小的快递盒。

云边接过盒子来回看了看,盒子上面没有寄件信息,她没在意,现在有些快递为了保护客户隐私,已经取消把客户信息白纸黑字标出来,只留一串二维码让快递员扫描。

盒子很轻,几乎没有分量,云边晃了晃,什么也没听到。

"什么东西啊?"叶香好奇。

云边蹙眉:"我也不知道,我最近没网购。"

虽然网传女生拧不开瓶盖却能徒手拆快递,但至少云边真的是拧不开瓶盖也拆不了快递,只能等回了教室再拆。

教室里安静得连一丝声音也没有,同学们一个个正襟危坐,奋笔疾书,好像要把刚才拍毕业照浪费的时间补回来。

云边轻手轻脚地入座,用一支水笔划开了快递盒。

里面装了一只白色塑料袋,超市用的那种。

云边百思不得其解地把它展开。

皱皱巴巴的袋子底部,装了两个小玩意儿。

她怔愣两秒,不可置信地伸出手去,将东西拿了起来。

两枚临城五中的毕业徽章。

一枚写着"临城五中 边赢",一枚写着"临城五中 云边"。

他不但把他的那枚送给了她,还不知道通过什么手段,为她争取到了她的徽章。

云边把两枚徽章紧紧握在手心,徽章背面的别针摁在皮肤上微微刺痛,证明这一切不是梦。

她猛地站起来，在班里同学错愕的眼神中，跑去了洗手间。

第一件事是给周宜楠发微信：【宜楠，你们成人礼结束了吗？】

周宜楠回答说：【没呢，怎么啦？】

他们的成人礼还没有结束，但这两枚徽章已经到了她手中。

她心里冒出一个大胆的猜测来。

给边赢打电话的时候，她心跳得飞快，几乎要从嗓子眼蹦出来。

接通的第一秒，她迫不及待地问："你在哪儿？"

"收到东西了吗？"边赢问。

云边坚持问同一个问题："你在哪儿？"

边赢沉默一下，说："锦城，但我已经在回去的路上了。"

来锦城的决定做得突然，纯属临时起意，提前要到两枚校徽，来不及准备什么精美的包装，套了个塑料袋，去快递点包了个快递盒，草草送出手。

他请了下午的假。同学们今天下午也都在做与学习无关的事情，那么他不务正业前来锦城，也不算太罪无可恕感情用事吧。

他本是打定主意跟她见一面的，但是怕影响她学习，也就罢了，反正不差这几天，高考前情绪稳定最重要。

在乌泱泱的毕业照大军中，他费了一番劲儿才找到她，远远看着，看不清五官，总体看去倒也没什么差别。

真的是……好久好久了啊。

窗外的雨又一次停了，沾了雨丝的绿色叶片浮漾绿色的流光，呼吸间能闻到草和树木沐"发"后的淡淡土腥气。

雨后的嘉蓝拥有最美的焦距，在盛夏这个季节，什么都格外用力，释放自己全部的生命力，寒窗苦读十二载的莘莘学子在厚厚的书堆中将前程寄托，空气的清晰度拉到满格，就连太阳也格外用力，在这个雨天的黄昏，灰色的天边现出落日朦胧的影子，尽力从厚厚的云翳后，晕开一片渐变的暖橙色。

云边的心情好像快要跟着太阳一起融化了。

她把玩着手中的徽章，问道："那你看到我了吗？"

"远远看了一眼。"边赢说。

他还想说，她人气挺高的，背后那个位置好几个男生挤来挤去地抢。

高考最后一场是英语，云边很早就答完了考卷，剩下大把的时间，她仔仔细细把试卷检查三遍以后，合上了笔。

她的高中时代在她对未来的畅想中结束。

这一天比想象中的平静许多，没有人呐喊欢呼、撕卷子扔书，大家只是默默收拾好随身物品，离开考场，回到教室，一切都稀松平常，好像这不过是一次再普通不过的月考，明天他们还要继续来到学校听课读书。

但所有人都知道，这是一场离别。

云边后知后觉地感到不舍，但这种不舍在未来的希冀面前，变得微不足道。

她脚步轻盈地回到教室，没打算再要堆满了书桌、抽屉还有桌下的试卷和书，她有信心考出自己满意的分数。

校门口的电动伸缩门仍紧闭，在学校确认完考卷前，连一只苍蝇都别想飞出校园。校门口聚集了越来越多的人，大家说说笑笑，心里都深知，这样的日子永远不会再回来。

信号屏蔽器尚未解除，云边从书包里拿出关机许久的手机，等着在信号恢复的一刹那，第一时间收到边赢的消息。

门开，乌泱泱的学生大军鱼贯而出，奔向焦急等候的家长。

回家的路上，云边收到很多信息，问她考得怎么样的，约她暑假出去旅游的，约她今天出去放纵的……但没有边赢。

是他们学校还没放行吗？云边嘟囔。

管他矜持不矜持呢，她已经按捺不住，将手机微微侧向玻璃，避开旁边驾驶室云笑白的视线，给边赢发去一个萌萌哒的表情包。

到家好一会儿，边赢那头依然杳无音信。

事出反常，云边开始不安。

边赢终于回复的时候，果然算不上什么好消息。

他得去一趟美国，他外婆生病了。

他从学校出来，是边闻亲自去接的他。

"去趟外婆家，已经给你订好机票了。"边赢一上车，边闻就把他的护照递给了他，车里还有已经替他整理好的行李箱。

6月5号那天，外婆突发心梗，送往医院抢救，命悬一线。

边闻擅自替边赢做了决定，把这个消息瞒了下来，直到高考结束才告知边赢。他知道如果当时就让边赢知道，边赢会不顾一切飞往美国。

所幸外婆有惊无险地度过危险期。

边赢当即就炸了："高考明年能考后年也能考，我还有无数次机会，如果我因此错过和外婆的最后一面，我这辈子都不会原谅你。"

自从认回亲，边闻和边赢的关系前所未有的和谐。经历过失去的痛苦，边闻格外懂得珍惜，几乎是倾尽全力弥补边赢前十几年缺失的父爱，他寻着空就会回家陪边赢吃饭，接边赢放学，事无巨细地关心边赢，满足边赢一切合理的不合理的要求。

云笑白和边闻复合一场，仍是竹篮打水一场空，但对边闻而言，他的收获颇丰，至少他得以修补和儿子之间的裂缝。

边赢一发火，边闻有些尴尬，讪讪地解释道："爸爸看你学习太辛苦了，不忍心你的努力付诸东流。"他脸上露出讨好的笑，尽力打圆场，"还好外婆吉人自有天相，给我们皆大欢喜的结局，暑假好好去那边陪外公外婆吧，你不去留学他们挺失望的。"

边赢的火气像被兜头泼了一盆冷水，直接熄灭，只剩一阵袅袅的青烟。

这大半年来，边闻对他既有歉疚的补偿，又有失而复得的珍视，尽管很多时候掌握不好火候，但他也尽力去配合，让边闻心里好受点。

像今天这样跟边闻发火，还是头一次。

"谢谢，爸。"他软了口吻，但认真强调，"以后不要这样。"

为庆祝云边高考结束,今天外婆和外公忙活一下午,做了一桌子丰盛菜肴,舅舅、舅妈和云边的小表弟也过来一起吃晚饭。

在一片热闹中,云边后知后觉地想到,自己和边赢居然都没有过问对方的高考情况。

很默契的自信。

假期开始,边赢不怕影响学习了,肆无忌惮起来,逮着空就跟她联系。

云边本来就喜欢黏着他,现在没了束缚,很快就重新跟他打成一片。

形容两个人的状态,只能说非常像网友。

能电话,能微信,能视频,但就是见不到面。

因为时差,云边和边赢的时间很少有重叠,甚至可以说是完全相反,但两人打不完的电话聊不完的天,视白天黑夜为无物。

云边紊乱的作息很快引起了家人的注意,她白天总是睡着,被叫起来吃饭也是一脸瞌睡懵懂,到了晚上,房间的灯迟迟不熄灭。

云笑白把云边训了一顿,云边收敛几天,很快又恢复原形。

外公很想得通,把男人不拘小节的豪迈展现得淋漓尽致:"随她去吧,她读了十几年书从来没有这么轻松过,好好放纵几天怎么了?"

云笑白做不到放养孩子,就跟云边商量:"你想出去旅游吗?我带你出去旅游怎么样?"

其实云笑白跟边闻分手以后就很想去外面换个心情,但因着云边在上高三,只得作罢。

云边当然说好,她负责做攻略,因为外公外婆也去,念及两位老人受不住长途飞行,她把旅游地点定在不远的东南亚。

办理签证期间,高考成绩新鲜出炉。

云边的总分是 691 分,边赢比她高 3 分,694 分。

边赢同学经历一年半的不懈努力,成功从一个不上不下的半吊子,逆袭问鼎临城五中。

分数比云边还高,简直丧心病狂。

他的照片张贴于学校宣传栏,事迹将在各任课老师口中流传至少两代学生。

再过几天,便是志愿填报。

边赢直接把自己的账号密码都给了云边,叫她看着一起报。

云边嘟囔:"我给你报个电大。"

"你开心就好。"边赢说。

成绩出来以后,边赢是有些哄着云边的,倒也不是云边见不得他好,但他用一年半时间齐平甚至赶超她三年的含辛茹苦,她不禁觉得自己的智商被侮辱了,因此颇有些怀疑自我,垂头丧气。

虽说是全权交给她定夺,事实上两个人还是经过认真商讨的。

综合考虑下来,云边倾向于 S 市的 J 大。

"你觉得呢?"她问边赢的意见。

边赢问她:"怎么不选锦大?差不多,还离家近。"

锦大与 J 大不分伯仲,但锦大地处锦城,近到云边都能当通校生。

B 市两所顶尖学府虽然更好,但 B 市太远,毕业后不利于人脉利用,而 S 市不远不近刚刚好,两个小时的车程,想回家了随时能回,但又不至于近到脱离不了家人的掌控。

即便抛开边赢这个因素,云边也希望自己到了大学能过比较独立的生活,她在家人的期望中当了十八年的乖乖女,实在有些厌倦了。

云边直言:"不方便。"

"什么不方便?"边赢懂了,"谈恋爱?"

"对啊。"云边脸不红心不跳,"我上了大学,当然要谈恋爱的。"

她要在最好的年华,和最喜欢的男孩子谈一场恋爱。

不分手的那种。

于是,填报志愿一事尘埃落定,专业方面,云边迁就边赢,一起读金融。

七月中旬,云边和家人开启旅行。

一家人在外面足足玩了大半个月，"新马泰"去了个遍。

八月中旬回到锦城，生活恢复正常。云笑白的心情焕然一新，格外有冲劲："出了一大笔血，今天开始要努力赚钱。"

云边很想叫妈妈不要再那么辛苦，毕竟边叔叔给她的钱足以支撑她们衣食无忧、经济自由，但妈妈肯定不愿意拿边叔叔的钱。

可她也不敢私自存着那么大一笔钱瞒妈妈一辈子。

犹豫来犹豫去，开学了。

云笑白、外公外婆还有舅舅陪着她一起去报到，帮她整理好寝室内务，又一起在学校里面及周边逛了逛。

云边盼着自由，但等到妈妈真的要把她一个人丢在陌生城市了，心里还是腾起诸多不舍，她跟个小孩一样抱着云笑白的胳膊不肯撒手。

云笑白啼笑皆非，这种时候安抚的方式也只剩下钱，于是又给她转了三千块生活费："想吃什么买什么就买，不用省着。"

"妈妈。"说到钱，云边犹豫着开了口，"其实我……"

"边叔叔给你钱了是不是？"云笑白说起这个刻骨铭心的人，用了云淡风轻的口吻。

"嗯。"云边惴惴不安，"而且是很多很多钱。"

云笑白的反应出乎云边的意料，她没有问多少钱，也没有说让云边还回去，完全是早已知情的模样："给你就拿着吧，学会理财，别乱花。"

居然没生气？云边诧异。

云笑白知道她在想什么，摸了摸她的脑袋，叹了口气，最终没有再就此事发表任何意见，只说："我们回去了，你在这儿乖乖的。"

云笑白从前一直以为云边是个乖巧的孩子，但这两年，她越来越发现其实云边很有自己的想法，并不如外表看起来那般柔弱。

依依惜别家人，云边联系了边赢。

边赢叫云边发定位给他，他过来找她。

云边照办，然后在路边随意找了一张椅子坐，时间一分一秒地过去，她的心跳越来越快。

虽然已经有一个暑假的联络作为缓冲，但她还是很紧张，紧张得快要不能呼吸，设想着第一句话要说什么，一见面该矜持些还是热情些。

等到边赢真的站在她面前，明明是熟悉的声音、熟悉的脸，视频里电话里听过看过无数遍，但是太久没见，她居然有点害羞。

隔着电话和网络的肆无忌惮消失无影踪，云边拢了拢颊边的碎发，站起来，客套地招呼他："来了？"

边赢不着急跟她说话，他忙着打量这张太久没近距离瞧过的面庞，瞧着很仔细，用目光一点点临摹她的五官。

直白的眼神看得云边更不好意思。

她手脚蜷缩，快要不能呼吸，找话题跟他聊天："那个，你吃饭了吗？"

边赢的视线攥住她的眼神与她对视，他笑一下："这个问题，你刚才电话里问过我了。"

云边窘。

好像确实是问过了。

虽然她完全不记得他是怎么回答她的。

把天给聊死，这下她更紧张。

她垂下眼眸，拢着头发，胡乱点头："噢噢。"

边赢说："那走吧。"

云边抬头，下意识地问道："我们去哪儿？"

边赢蹙眉，匪夷所思道："吃饭啊。"

电话里都跟她说了他没吃饭。

云边更窘，她默认他已经吃过饭了，没想到居然还没有。

"哦，好。"她迈开脚步，又去拢颊边的头发，不知道第几次了，明明脸颊旁边光溜溜的一根碎发也没有，但她太尴尬了，小动作不断。

边赢看着她连手臂摆动姿势都透着一股别扭的背影，不禁叹气。

他拉住她的手腕，把她拽到自己的身边。

他手掌的温度烙在云边的皮肤上，一路烫到心底。

站在她面前的是真的边赢，有温度，会呼吸，是活生生的人。

路上是川流不息的车海，络绎不绝的行人，还有街道两旁夹道的璀璨霓虹，都在谱写这座城市的繁忙，盛夏的夜晚没有风，即便有，也被密密麻麻的高楼大厦给挡住了，空气里的黏腻和燥热挥之不去，凝结成块，悬浮在半空里。

像是团泥浆，混浊又厚重。

皮肤触碰时的微潮汗意，有种难以名状的亲密感，边赢的手一直扣在她手腕上，到了餐厅才松开。

吃过晚饭，边赢问她着不着急回寝室。

云边当然说不着急。

"那陪我走走。"

两人漫无目的地闲逛，汇入浮光掠影的夜景。

没想到碰到了熟人。

邱洪。

边赢和云边的朋友里，基本上没人在S市。颜正诚在B市，得知他俩志愿的时候还骂他俩不仗义，不去B市陪他；哈巴在锦城念语言班，准备出国镀层金；周宜楠和叶香也都留在锦城；戴盼夏去了英国。

高考过后云边让边赢拍他收到的徽章，边赢的战绩比前一年有过之而无不及，但其中没有戴盼夏的。

"她没给还是你不要啊？"云边问。

边赢说："她没给。"他怕她不相信，强调，"真的没给。"

云边是信的，女孩子才懂女孩子的骄傲。

总之，大家终究是各奔前程。

邱洪是唯一一个在S市的。自他高中毕业，边赢就没有再见过他，不过隐隐约约听朋友说过他在S市念"2+2"。

具体的边赢没过问，也没兴趣知道。

在偌大的城市里狭路相逢，双方都有些意外。

邱洪身边跟了个浓妆艳抹的女孩子，亲密地挎着他的手臂。他的视线从边赢身上，移到云边的身上，最后露出一个客套但真诚的笑："不输，好久不见。"

边赢颔首，也礼貌地问候："女朋友啊？"

邱洪说："对。"

"那我们就不打扰了。"边赢道别，"你们慢慢逛。"

就此别过。

擦肩过后，边赢听到邱洪的女朋友问："谁啊？"

邱洪笼统地说："朋友。"

所有的真心相对和辜负，还有后来的分道扬镳，全融进这几个字里。

"他的女朋友长得好像戴盼夏。"云边小声说。

边赢："我说怎么这么眼熟呢。"

云边斜睨他一眼："不必这般避嫌。"

边赢服了她了。

两人在街上逛了会儿，云边陪边赢回他的住处收拾。先前两人都没有住到外面的打算，结果边赢在寝室里待了一会儿，还是觉得自己无法适应群居生活。

边家在S市有多处房产，一线江景或私人府邸任他选择。

他就近选了套大平层，落地窗外视角绝佳，每当夜幕降临，可以俯瞰灯火错密灿明。云边帮着一起搬东西，跟他一起过去，以为他跟室友起了什么矛盾："你室友他们怎么你了？"

"没怎么，都挺好的。"边赢轻描淡写地说。

既然都挺好的，那为什么要搬出来呢？云边无法理解："刚才我数了下，学校到你这里将近半小时，要是高峰期堵车花费的时间更久，每天这么赶来赶去很不方便啊。"

"无所谓了。"边赢道出自己搬出寝室的真实原因，"反正我不喜欢睡觉的时候旁边有人。"

"金贵哦。"云边嘟囔。

正在这时，云边的下铺武洛发微信给她：
【云边，寝室快关门了，什么时候回来？】

云边这才想起自己一时疏忽，忘了门禁。她连忙拿过随身物品，打算马上赶回去。

被边赢拉住。

"来不及了，你应该不想开学第二天就被宿管阿姨骂吧。"

"留我过夜？"云边觑他，"你刚才不是说不喜欢睡觉的时候旁边有人吗？"

他蓦地笑了："你想什么呢云小边，我这里这么多房间。"

云边瞬间心虚，脸一下子红了，她急急忙忙地说："我走了。"

边赢伸手，拽住她的手臂："可以不包括你。"

什么可以不包括。云边在回学校的出租车上，都还是晕乎乎的。

夜谈会让506寝室众人在今天的军训中苦不堪言，后面也不知道到几点钟才睡着的。

早上五点四十分闹钟响的时候，个个万念俱灰。

军训第一件事就是站军姿，时间四十五分钟，非人般的折磨。

云边她们教官还算人性化，等别的方队开始休息，他也宣布稍作休息。

身体超负荷运作，云边来到树荫下蹲坐下来，连防晒霜都有点懒得补了。

边赢他们解放得比她们稍稍晚些，他连水都没来得及喝两口，第一时间就过来找她了。他早上也来她寝室楼下等过她，但是她下来得急，两人紧赶慢赶还差点误了集合的时间，根本没时间多说什么。

她脸上覆了层薄汗，皮肤让太阳晒了一早上，明显黑了一圈。

"我好像被太阳晒伤了。"他诉苦。

云边把防晒扔过去："之前不是信誓旦旦不涂吗？"

"男的涂防晒有点'娘'。"边赢没接，"要不你假装非要帮我涂吧。"

"我才不要。"云边忍俊不禁。

两个人拉拉扯扯的,几乎吸引了周遭全部的注意力,云边觉得尴尬:"你别烦我。"

边赢直接把他的半边脸贴到了她的半边脸上。

两个人的脸上都有汗,贴在一块黏糊糊的触感并不美好。

边赢在她的脸上蹭了几下:"那我只能揩你脸上的了。"

面对喜欢的男孩子,女孩子有什么抵抗力的呢?

云边终是憋不住,又好气又好笑地推了他一把:"别蹭,都是汗。"

边赢松开她:"那你给不给我涂?"

云边把防晒捡起来,往他手里一塞:"自己涂。"

"我要你涂。"边赢开了防晒霜的盖子,重新还给她,像只撒娇的大狗,"我不会啊,你涂得才有效果。"

云边算是彻底折在他手里了。她用纸巾把他的汗擦去,然后挤出防晒霜胡乱在掌心搓了搓,一股脑糊到他的脸上和脖子上。

等终于打发走了边赢,云边还要面对别人或善意或酸溜溜的打趣。

新生堆里最出众的两个人,不知道多少人在觊觎,结果人家是一对。

"我!想!谈!恋!爱!"武洛发出来自灵魂深处的呐喊,"原来谈恋爱这么幸福!"

云边张了张嘴,没有澄清。

她和边赢还不是男女朋友。但未来……应该会是的吧。

回首高中生涯老师说过的话,云边觉得最真的那句莫过于"高中三年很快",确实很快,一下子就过去了。

有的时候和边赢一起走在大学校园里,云边会有些恍惚。

而最假的那句莫过于那句"到了大学就轻松了"。

轻松是不存在的,那只是高中老师给学生编造的美好未来,就跟农民伯伯给驴眼睛前面悬了根胡萝卜骗它一圈圈推磨一个道理。

一开学学业任务就如同一座大山重重压下来，云边忙得昏天暗地，连续三天赶作业赶到后半夜的时候，隐约明白大学的另一个名字其实叫"高四"。

"这大学跟我想象的不太一样啊……"她跟边赢抱怨。

但不管怎么说，大学的开心远远多过不开心，因为边赢在她身边。

云边每次从学校回家的时候舍不得跟边赢分开，但回到锦城了，她就不怎么惦记他了，各种忙着跟家人朋友团聚。

她从前还在临城五中读书的时候，就想过介绍周宜楠和叶香认识，不过周宜楠性格腼腆，而且两方在不同的城市，平日里不会有太多的交集，即便勉强凑在一起也只是互相找不自在，因此作罢。

没想到到了大学，这两个人恰好都考上了锦大，还都报了法律专业，成了同班同学。因为云边这层关系，两个姑娘一开始便有意走近，身处大学这样一个崭新的集体中，两人很快成了好朋友。

三个女生约着见面。

"宜楠，你瘦了好多啊！"云边惊呼。

叶香居功自傲："我每天陪她吃草，监督她运动，她能不瘦吗？"

"你真好意思说啊。"云边斜睨她，"你们开学才几天啊，合着人家努力一个暑假，最后全成你的功劳了。"

时间差不多到了饭点，三人商量着去哪儿吃午饭。

云边说："照顾减肥人士的需求，吃沙拉吧。"

叶香也没有异议。

周宜楠却说："还是吃点好的吧！反正也不差这一顿。"

"不行。"叶香凶巴巴地阻止，"有一就有二。"

云边笑说："早知道你们两个成了朋友，没想到好成这样。"

周宜楠打趣："边边，你不会吃醋了吧？"

"她才不会。"叶香跷起二郎腿，"她有她家边不输，现在天高皇帝远，不知道多快活。"

说到边赢,她可就来劲了。

叶香又在那儿起哄半天,问起边赢:"边老板现在长什么样,好久没见他了。"

"怎么了,你想他了?"云边随口问道。

叶香大大咧咧:"对啊。"

于是,云边给边赢发微信:【叶香说很久没见你了,都想你了。】

边赢发了个省略号,没过两分钟,发了张照片给她,他订了三个小时后来锦城的高铁票。

先空着:【?】

边不输:【没票,最早只有这班。】

先空着:【谁问你这个了,我的意思是你过来干吗。】

边不输:【你不是想我了吗?请你们吃饭。】

云边确实是有点想他了,而他也成功提取到了她一句看似无厘头的"叶香说很久没见你了,都想你了"里面的"我想你了"的暗示。

她的想念并不至于摧心折骨,分别也不过区区两天,但他还是义无反顾前来找她。

"边不输说晚上请你们吃饭。"她请示叶香和周宜楠的意见,"你们介意加上他吗?"

两个人都说不介意。

叶香:"我怎么会介意吃免费的晚饭呢?我好久没见边老板了。"

周宜楠说:"我也毕业过后就没见过他了。"

两个人都挺期待。

不过没多久,云边就后悔了。

因为她的两个好朋友,口无遮拦地帮她向边赢讨起了名分。

好好的一顿饭,愣是弄成了狗血的逼宫现场。

云边在边赢戏谑的眼神中有苦难言、无地自容,脸一寸寸地涨成猪肝色。

就在她觉得脸皮无法负荷之际,蜷在腿侧的手被他轻轻拉住了。他眉目含

笑、自信张扬的模样,对叶香和周宜楠说:"你们听她扯,高中毕业后我就属于她了,什么时候不是她男朋友了?"

叶香和周宜楠齐齐起哄。

云边自那开始一直有些蒙蒙的,等到和两位好友分别,她和边赢漫步在夜幕四沉的街头,她终于鼓足了勇气,细声问:"我们是男女朋友吗?"

"不是吗?"边赢反问。

云边说:"你没有说过。"

"我以为你知道啊。"边赢不解,手伸过来想牵她,"那不然你觉得这些日子以来,我们在干什么?"

云边避开,还是坚持:"你没有说过,就不算。"

边赢看她一会儿,嘴角噙了抹笑。

"我喜欢云边,云边能做我的女朋友吗?"他笑着低下头来,与她额头相抵,人来人往的街头沦为背景板,全世界好像只剩下他们两个人,"是这样吗?"

云边就这么突如其来地脱了单,一遍遍回想着这一天的种种,如梦似幻,她始终觉得不真实。

"再过两年,你还会不会因为我的一句话就跑来锦城找我?"

边赢毫不犹豫地说:"我会的。"

"那再过五年、十年……"

他抱住她的脑袋:"再过五年、十年,我们不会分隔两地。"

其中的深意云边听懂了。

这是有关未来的承诺。

那个她不知道要怎么办的未来,怎么摊牌,怎么说服妈妈接受边家成了亲家。

云边放心把难题都交给他:"那,到时候你去解决。两边都由你解决。"

"好。"边赢摸着她的头发,"不用担心,有我。"

云边和边赢大三那年,和颜正诚、哈巴几人组织了一场旅行。

边赢去找哈巴,哈巴读雅思快读疯了,才不管十一假期过后就有小考,二话不说就答应了,但他也有自己的顾虑:"你们两对情侣,加我一条单身狗,我很尴尬啊。"

言之有理,云边说:"那我再帮你叫几个人。"

哈巴:"你不会要叫宜楠她们吧?"

"对啊。"云边听着哈巴的话有点奇怪,"怎么了你不想跟她们一起玩吗?"

哈巴连连否认:"怎么可能?只要她们愿意就行。"

云边一问叶香和周宜楠,这两人也都欣然应允。

只是在云边说起有哪些人员一同前往时,周宜楠反悔了。

云边当即品出一点苗头,扭头让边赢拷问了哈巴。

哈巴哪里是边赢的对手,一五一十地招了。

原来高中毕业以后,周宜楠竟然跟哈巴表白了。

"我以为她给我校徽只是安慰我或者开个玩笑,没想到她居然来真的。"哈巴这辈子没被几个女生正儿八经喜欢过,结果有个女生说暗恋他,而且还是他的朋友,他着实吓得不轻。

拒绝过后,两个人就尴尬了,周宜楠不好意思再见他。

周宜楠是个面子很薄的女生,既然她不想说,云边也装作不知道。

结束了假期前的最后一节课,云边和边赢等到哈巴、叶香和仇立群坐高铁前来,然后一起坐飞机过去。

哈巴唉声叹气:"说是多叫几个人,结果给再我叫一对情侣,这下好了,三对情侣加个我,信了你们的邪了,我都不知道我去干吗。"

"谁跟他是情侣?"叶香横眉竖目。

哈巴求饶。

候机过程中,云边和叶香拍了张自拍发给云笑白看,以此表明是和女生一起出门,让云笑白放心。

叶香亦然。

哈巴说风凉话："你们两个都是见光死。"

边赢和仇立群两个从来不对盘的人头一次站在了同一阵营，同时白了哈巴一眼。

颜正诚在B市也有固定住所，一行人没去住酒店，直接去了他家。

颜正诚家是个四居室，颜正诚跟他的女朋友住一间，剩下的人分三个房间。

"我要和云小边住一起。"叶香率先表态，说完她想到点别的，问云边和边赢，"或者你俩有什么别的安排？"

云边说："没有。"

闻言，颜正诚和哈巴都望向边赢，眼神里明明白白都写了"不是吧兄弟"的疑问。

还剩两个房间的安排，哈巴狗腿子本性不减，想和边赢一起住，被边赢严词拒绝："我不喜欢睡觉的时候旁边有人。"

哈巴还想跟他商量，云边伸出一根食指晃了晃："No，哈巴，我不同意你和边赢一起睡。"

哈巴怒了："你自己不懂得珍惜，还不允许别人珍惜了？"

仇立群也嚷，局势更乱："我也想一个人睡，要我跟男人同床共枕，我宁可死。"

三个男生的房间归属问题商量到最后，以哈巴和仇立群石头剪刀布，输的人去睡沙发为解决办法。

仇立群先前答应得好好的，一输就耍赖，对边赢提出质疑："为什么你就能直接晋级？不算，重来。"

哈巴对边赢的如山父爱又发作了："瞧你这斤斤计较的样儿，我睡沙发行了吧？"

闹哄哄的一晚上，就寝安排终于尘埃落定，各人回自己的房间。

第二天，由颜正诚和他女朋友带着大家玩B市。

这两人虽然已经上了几年的大学，但是对B市依然生疏，是两个非常不合格的导游。

去个目的地带错两次路,路上又堵得水泄不通,晚上,在各大旅游景点耗了一天的众人一个个瘫成烂泥。哈巴再也不乐意睡沙发了,不管仇立群的抗议爬上了人家的床,谁都赶不走。

边赢洗漱完毕躺下没多久,门被敲响了。

"谁啊?"他问。

外面的人敲门显然也就做个样子,二话不说就开门进来。

云边。

她穿着睡衣,反手关上门反锁,宣布:"今天我睡这儿。"

云边的主动很是蹊跷,他静观其变。

云边知道他在想什么:"别想。"

边赢迷惑:"那你过来干吗,和叶香吵架了?"

云边躺到床上睡好,双手交叠,安详地闭上眼睛:"为了不让颜正诚和哈巴嘲笑你。"她握紧了拳头,做愤怒状,"敢嘲笑我的男朋友,活腻了吧他们两个。"

云边说完好一会儿,边赢都没有给她回应。

她睁开眼睛,微微瞪大双眸,眉心也蹙起,把不谙世事的无辜演绎得淋漓尽致:"怎么了?关灯睡觉了,一天了你不累?"

边赢依言灭了房顶的灯。

只剩两边两盏床头灯,光线昏黄而朦胧,一下子把气氛烘托得很到位。

满街的灯光尚未冷却,繁华的夜还很漫长,但房间里却是寂静的,城市的喧嚣即便艰难冲上三十多层的楼高,也被建筑良好的隔音阻拦在外,只得与夜风一起无能狂怒。

加湿器的运作声是房间里最清晰的声音了,它细致地工作着,喷洒出轻薄的水雾,勉强滋润天干物燥的秋天。

还有偶尔从房顶传来的神秘钢珠掉落的跳动声和各种窸窸窣窣声,云边记得自己小时候很害怕这些声音,哪怕她懵懵懂懂从《十万个为什么》里看到了科学解释,依然会在半夜紧紧裹住被子,不敢露出自己的脚。

云边强迫自己去关注周遭一切无关紧要的动静，以此分散自己过分集中在边赢身上的注意力。

他关了他自己那头的床头灯。

只剩下云边这里一盏。

室内更暗，暗到所有的感官都清醒着沦陷。

边赢覆身过来，要关她这头的灯。

灯下，五官根据起伏或在明或在暗，显得轮廓更深，云边看他靠近过来，她脑海里自动给他加了慢动作特效，一时有些出神。

边赢的手越过她，停在床头灯的开关上，但没按下去。又收了回来，搁在她身旁，成了把她松垮垮拢在怀中的姿势。

两个人第一次同床共枕，云边本来打定主意只是一起睡觉，但热恋期的男女待在一块儿，一个眼神都能勾火，事态还是渐渐偏离了预控。

好在云边脑子里那根叫"矜持"的线还没绷断，紧急时刻她叫了停。

这些边赢都事先有思想准备，可接下来，浴室里的人跌倒的声音和她的尖叫，就完全不在他的意料之中了。

连云边自己也说不清楚，为什么会莫名其妙在垫着防滑垫的浴室里滑了一跤，后果是膝盖轻微骨裂，伤势较轻无需打石膏，但也得好好休养一阵。

这个旅行期间，边赢最大的收获就是学会了如何照顾腿脚不方便的人。

虽然他也不知道自己掌握这项技能有什么用。

尤其是假期后面几天，云边不好意思让大家一直陪着在家里长蘑菇，就赶他们出去玩，当然其中不包括边赢，他得单独留下来陪她。

假期最后一天，云边指挥边赢收拾行李，她对自己的东西怎么摆放有自己的要求。

边赢耐着性子给她收拾，随口问起她接下来的打算："回去以后，你打算住到哪里？"

云边眨巴两下眼睛，理所当然地说："你那儿呀。"

她的寝室在五楼,而且寝室里统一是上床下柜的结构,厕所是蹲坑,她现在膝盖不能弯曲,住寝室肯定是诸多不便。

"嗯。"边赢替她把吹风机折起来,绕好线,再装进防尘袋。

云边品出来了,边赢似乎没有非常希望她住到他那里去,不然他应该说"你住我那儿去吧",甚至可以不用说,因为住到他那儿是目前最可行的办法。

仔细回想起来,他从来没有多积极地邀请她到他那儿过夜,更别提叫她搬去跟他同居。

边赢这人怎么回事?是她云小边的魅力不够大吗?

云边不想把怀疑的种子憋在心里,直接就问了:"你是不是不希望我住到你那里去?"

今天要是不把话说明白,怕是要世界大乱了。边赢无奈,正面回答:"我是为了你好。"

"怎么个为我好?"她刨根究底。

边赢不再收拾东西,就近在化妆镜前坐下来,看她,问了一个问题:"你介意你男朋友以前和别人同居过吗?"

云边诧异地瞪大眼睛,一方面是没懂他为什么突然说这个,另一方面当然是被其中的信息量震慑了。她沉默半晌,小心翼翼地问:"你跟谁,多久啊?"

边赢无语:"我只是说假如。"

"哦。"云边松了一口气,"还行吧。"

她倒是开放。边赢说:"如果是我,我会介意,而且很介意。"

云边管他介不介意的,反正她又没跟别人谈过恋爱:"你别岔开话题……"

说到一半,她电光石火间明白过来他说这番话的用意。他担心他们走不到最后,怕同居影响她的声誉,她以后的男朋友或者老公介意。

当今社会对女性的苛刻程度总是高于男性,同居虽是两个人共同的行为,但女性要承担的舆论压力远超男性。

他在为她考虑。

云边当然是感动的。

但隐隐也感到失落。

原来他对他们两个人的未来并没有太大的信心和把握,所以提前做了准备,留有退后的余地。可她对未来、对婚姻的展望,根本没有想过除他以外的第二种可能。

也许是她太贪心了,太不知天高地厚了把一切都想得过于理所当然。连二十岁都没满的年纪,凭什么信誓旦旦承诺一生。

想象跟他分开的场景,她的不高兴全写在脸上,半点没隐藏。

边赢过来抱住她:"我只是说万一。"

"什么万一?"云边推他一把。

"云边,世事无常。"

世事无常,边赢牛气哄哄当了十七年的边家小少爷,有一天一纸DNA鉴定报告出现在他面前宣布他不是边闻的孩子,是母亲与别人生下的孩子。

他就这样狠狠地摔到地上,谁能想到他还能再次回到云端,他自己都没有奢望过。

可他就是回了。

世事无常便是如此,命运的手只需轻轻拨动棋盘,就能翻云覆雨,彻底改写一个人的人生,再笃定的信念都能被被连根拔起。

边赢原打算哄她几句,结束这个不太愉快的话题,但是有根刺戳在心中终究是令人不愉快。犹豫了一下,他还是问出口:"如果将来你妈妈怎么都不同意你跟我在一起,威胁跟你断绝母女关系,以死相逼,你怎么办?"

他有关未来最大的担忧,正是云边在亲情和爱情中间的抉择,他太清楚云边对云笑白的爱和依赖。

他可以排除万难做两边家长的思想工作,可如果她主动放弃,那他的一切坚持都没有意义。

什么世事无常,都是借口,让他没有足够信心的不是斗转星移的时间,而是云边。

无论是当时替母亲说出亲子鉴定的结果,还是高三那年双方父母分手选择和母亲回锦城,云边都没有后悔过,因为在那些当下,那是她该做的,也是唯一能做的事。

可她的心又何尝没有被撕裂。

"我也以死相逼,我会一哭二闹三上吊,我会告诉她我非你不可。"她艰难地单脚站起来,虽是赌气,但也格外较真,"我有一百种办法赢得胜利,我不会再让你输。"

她再也不会放开他的手。

第十一章 · 东窗事发

回到 S 市，云边入住边赢家中。

自那天推心置腹的谈话过后，双方都打了强心剂，感情更进一步。

云边摔伤膝盖的事情没有告诉家里，反正伤势不算太重，医生预估一个多月就能下地，所以到了周末她就找借口糊弄云笑白。

"小孩长大了，翅膀硬了。"云笑白无奈地感慨。

边赢一个人回了趟临城，周六下午，云边给他发消息。

先空着：【什么时候回来？】

边不输：【你要是一个人住不害怕的话，我就明天再回来了，陪一下奶奶。】

最近几个周末为了照顾云边，他也很久没有回家了。爷爷过世以后，奶奶一个人很孤单，格外惦记他，他打算好好陪老人一天。

他都这么说了，云边当然不能阻止他尽孝。

正好，给她时间好好准备下。

云边把自己所有的衣服都翻了出来，打算挑一套最喜欢的，明天迎接他。

她在他这儿住一个月，他房间的衣橱里已经堆满她的衣服，她挑花了眼，对着镜子一件件试穿，一点不嫌麻烦。

挑到夜色弥漫天际，她终于选定一条黑色的连衣吊带裙。

算不上暴露，但衬得她肤白胜雪。

挑完衣服，她又顺便给自己化了个妆，她的五官不适合浓妆，因此只涂了个口红，打了个底。

云边来来回回照一会儿镜子，自己是很满意的。

她哼一声:"便宜边不输了。"

这时,她隐约听到外头传来门被打开的动静。

这人,说不回来,怎么又回来了?

还挺会给惊喜的嘛。

她迎出去。

在客厅和来人打了个照面。

两个人同时愣住了。

边闻自从认回边赢,在心疼与歉疚的双重作用下,基本上是没把边赢当儿子了。

——当爸,当爷爷,当祖宗。

溺爱程度令人发指。

但今天,边闻重新拿回了属于父亲的威严。

云边在房间里换衣服,只听到边闻在外面冲边赢打电话发火:"你个不孝子马上给我滚回来!"

没停两秒,又是下一波的怒火,边闻暴跳如雷:"还回哪里?你说回哪里!你干了什么混账事你自己不知道?我问你,你屋里住了谁?你简直无法无天,什么事都敢做什么人都敢碰!"

云边发现自己整个人都在微微发颤,她换好了衣服,但是完全没有勇气出去。

外面安静下来,父子俩的通话结束。

云边的手机很快响起,是边赢发来了微信。

边不输:【我爸来了?】

云边现在迫切需要他同在,唯有听到他的声音才能安抚她一二,她拨了电话过去,音量压得小声再小声,彷徨无助:"边赢哥哥,怎么办啊,你快点来。"

重组家庭关系结束之后,她对他的称呼就变成了直呼其名,但是碰上极度依赖的情况,她还是会下意识地叫他"哥哥"。

边赢那头脚步匆匆："我马上就来,你别怕。"

他说是马上就来,但他没有任意门,从临城的家里赶到她这儿,不管是坐高铁还是直接驾车,前后都要差不多两个小时。

这两个小时要怎么过,云边根本没法想象。

"我一个人不知道怎么面对边叔叔。"她急得音调都变了。

"你待在房间里别出去,等我回来。"边赢给她想了两个办法,"如果你还没有做好跟家长坦白的准备,你就告诉他,你只是在我这里养伤,跟我没什么。"

但真把边闻一直晾在外面等到边赢回来,显然也是行不通的。

先别说边闻一直待她如同亲闺女,虽然父女缘分太浅,只维持了不到两年,但她在这个世上得到的所有父爱都来自于边闻,云边心里始终对他存有感激和敬意。

而且这还是她未来的公公大人……

给她一百个胆子,她也不敢怠慢他。

她除了面对,别无他法。

确认着装得体,她深呼吸两下,打开了房门,走出去。

绕过隔断,看到客厅里边闻正坐在沙发上抽烟,袅袅升起的烟雾缭绕的背后,是他一片愁云惨淡的脸,眉心拧得能夹死一只苍蝇。

听到她出来的声音,边闻舒展了面部表情,尽量表现出一贯对待她时的温和,下意识地要把手里的烟熄掉,怕熏着她。

边赢不抽烟,茶几上连个烟灰缸也没有,边闻只得将烟蒂扔在地上,用脚碾灭。

"边叔叔。"云边沙发边站定,轻声唤道。

边闻对她和对待边赢的态度完全是判若两人。

"边边。"他拍拍身旁的沙发,"坐。"

边闻和云边也有很久没有见过了,掌握边氏集团的大权后,分身乏术的他再也无力单方面跟心意已决的云笑白求和,两家人渐渐淡了联络。

云边点头，局促地在沙发上坐下，挨着扶手，跟边闻中间隔了条太平洋。

边闻怕吓着她，那些盘问的话紧急咽了回去，只敢先跟她聊聊家常："边边，你的脚怎么了？"

"摔了一跤，没有大碍。"云边乖乖巧巧地回答。

边闻："最近家里都好吗？"

云边："都好。"

边闻："你妈妈还是老样子吗？"

云边："她好多了，高考结束后我们去国外玩了一圈。"

边闻点头："你多回去陪陪她。"

"我的脚受伤了才没回去。"云边忐忑地解释，"不然我通常两个礼拜回去一趟。"

"我知道。"边闻连忙安慰她，"叔叔没有别的意思，只是想拜托你多陪陪你妈妈。"

说拜托其实很不恰当，他已经是云笑白的陌生人，有什么立场去拜托她的亲生女儿。

但云边仿佛没听出其中的不合适，很乖地点头。

边闻此时此刻真正想说的话都堆在喉咙口，他欲言又止好几次，才犹豫着展开重点："他强迫你的吗？"

云边怎么也没想到边闻居然是这个脑回路，她以为他第一个问题怎么的也是"你们在一起多久了"或者"你们什么时候开始的"之类。

稍稍愣怔过后，她摇头。

"你不要怕，跟叔叔说实话，叔叔给你主持公道。"边闻却怀疑其中有所隐情，"他有什么对不起你的地方，看我打不死他。"

在边闻的印象里，边赢一直都是嚣张跋扈、欺负云笑白云边母女俩的恶少爷形象，而云边是逆来顺受、沉默无声的小白花，被拿捏得死死的，不管边赢提出多过分的要求，她都不敢反抗，一一顺从。

"边叔叔，真的没有。"云边用力地摇头，她咬了咬下唇，"边赢对我很好。"

她说的称呼是"边赢",而不是"边赢哥哥"。

边闻敏感地从这个称呼中确定云边真的并未遭到胁迫。

"那你是自愿的?"

云边点头。

"你们才多大,负得起责任吗?"边闻站了起来,语气陡然严厉,但很快又收敛住,"你这样,我实在不知道怎么跟你妈妈交代。"

云边不知道要怎么跟边闻解释自己和边赢之间并没有什么实质性的关系,但跟一个异性长辈聊相关的话题也太尴尬了,她真的开不了这个口。

边闻的手机适时响起,是下属打来的电话,他还在楼下车库等边闻。

边闻这趟出差好几个城市,其中包括S市。虽然边家在S市有不少房产,他本人也不太喜欢住酒店,这次他的开会地点就在边赢的住处不远,于是就顺便过来了。

谁料到撞到如此惊世骇俗的一幕。

"你先走吧,今天的行程全帮我推掉。"边闻现在还有什么心情管公务不公务的。

他一方面是对云笑白歉疚,觉得自己没管好儿子,糟蹋了人家的乖女儿;一方面是难以接受。他至今没有断掉和云笑白复合的念头,总怀着一丝侥幸,想着等公司的事空下来些,到时候云笑白的愤怒和失望也在岁月的侵蚀下有所减淡,他再诚心挽留,事情说不定有转圜的余地。

可两个孩子在一起,他和云笑白要是也在一起,这个家像什么样子?

边赢以最快的速度赶到家中,S市已是华灯初上。

太阳即将落尽,还剩一抹残红即将坠下地平线,天空要黑不黑,灰蒙蒙的颜色。

边闻站在露台上俯瞰夜景,脚边散了一地的烟蒂,嘴边,一抹燃烧的橘红烟头在风里忽明忽暗。

客厅没开灯,云边坐在沙发上,像个犯了错的小孩。

听到门锁被打开的声音，她霎时站了起来，跑向边赢。

边闻听到云边的动静，回头望去。

只见云边跑到边赢身旁，边赢安抚地拢住她的后脑勺往怀里稍稍带了带，两个人低声说了几句什么，然后边赢便把人护在了身后。

两人气场间的亲昵和默契，看着已经有相当深厚的感情基础，不是简单的一时兴起可以培养。

"怎么不回我微信？"

边赢一来，云边的心一下子傍到依靠，她很想缩进他怀里，但她知道边闻在看，没敢跟边赢有什么亲密的接触。她不自在地躲开他的手，说："手机在房间里。"

边赢细细打量她："他有没有骂你？"

"没有，一句都没有。"云边安抚完他，担忧地补充，"但是边叔叔一直在外面抽烟。"

确认云边没受什么刁难，边赢松了一口气，抬眸望向父亲。

边闻面对边赢，就不再压抑自己的情绪了，脸比外头的夜色还黑。

边赢的心理素质相当过关，以稀松平常的口吻跟边闻打招呼："爸，你怎么说也不说一声就来了？"

边闻差点被他的不要脸气到笑出来："我不来怎么知道你干了什么混账事？"

"你至于这么封建吗？"边赢还是那副四两拨千斤的模样。

边闻对边赢向来是放养政策，也从来不觉得男孩子交几个女朋友是什么大逆不道的事，相反还觉得养的猪能拱白菜了挺欣慰的。自从边赢进入青春期，长成男人的身量体魄，边闻从不干涉儿子的私生活。

但云边对他而言是女儿，是他种的白菜！

种的白菜被拱了，哪怕是被自己养的猪拱的，他能高兴得起来吗？

边闻双标地骂道："云边才几岁，你只顾自己快活，替人家女孩子想过吗？"

"都是成年人了，有什么啊。"边赢根本没有示弱的意思，句句话都在给

边闻增添火气，眼见边闻都快让他气死了，他终于想着降温了，"而且我和云边也没干吗，她最近脚受伤了才住我这里。"

他这语气太无所谓，而且边闻也不相信他所谓的"没干吗"。父子之间的正面交锋无可避免，战火爆发前，两人倒默契，一致叫云边回避。

没有云边在场，父子俩说话懒得绕那些弯路了，问答皆是直来直往。

边闻要弄清楚两个孩子的发展史。

事情已经到这个地步，边赢开诚布公，没打算再隐瞒什么，他爹问什么他就答什么。

信息量多到爆炸，边闻接收得很困难。

等把底给透了，边赢表明自己的态度："日子是自己过的，我不介意父母和子女亲上加亲，别人爱怎么说怎么说，但如果你介意，那你自己考虑掂量，反正我这边不会放弃。"

云边一个人待在房间里，外头的两人以正常的音量说话，她什么也听不清。

只能干等着。

越等越焦灼。

外头的情况她还算放心，她相信不论边闻接受与否，边赢都能一力挡下所有风雨，她现在最大的担忧就是怕边闻把事情告诉云笑白。

她知道知道自己和边赢走下去，妈妈迟早有一天会得知真相，但至少不该是现在，何必提前打破相安无事的平静岁月。

她就一个人在月光洒进来的窗口胡思乱想了不知道多久，等到门外有人叩门。

边闻说："边边，我送你回寝室。"

这事没得商量，边闻一天把云边当女儿，这辈子都对她有一种父亲的责任所在，绝对做不到眼睁睁看着云边小小年纪没名没分跟个男孩子住在一起。

云边很听话地说"好"，拿上一点随身物品，要跟边闻走。

边赢搀着她，打算一块儿陪着。

"你别去。"边闻看见他就烦。

"她走路不方便,我不扶你扶啊?"边赢一句话就把边闻堵了回去,"女大学生和四十来岁的有钱老男人,你还真不怕在学校里给她传点新闻?"

边闻也不知道自己怎么就生出这么个不孝子了。

云边犹豫了一路,到了下车的时候终于开口请求边闻:"边叔叔,这件事可不可以先别告诉我妈妈?"她补充,"她肯定接受不了的。"

边闻没说好也没说不好,而是反问:"既然知道妈妈接受不了,你们两个发展感情的时候为什么不考虑后果?"

云边低头,不说话。

"你妈妈这个人,你也知道的,性子太刚烈。"边闻忧心忡忡地看着窗外,呼出一口气,"她跟我,要么在一起,要么是陌生人,她接受不了中间地带,你让她跟我做亲家……"他摇了摇头,"天方夜谭。"

边闻:"边边,叔叔真的很希望你能继续当我的女儿。但是你们两个,如果能断,还是断了吧。"

云边的头埋得更低了。

从边赢的角度,只能看到她乌黑的发顶,头顶中心有个小小的旋,透着发缝底下白色的头皮。

——我非你不可。

——我不会再让你输。

她前些日子那信誓旦旦的承诺还历历在耳,但是他心底的不安被轻轻撬动,开始隐隐作祟。

后面他再回去,也没有收到她的信息。诚然她很有可能只是担心他爸在他旁边,才收敛着不敢跟他有过多联系,但那丝怀疑还是滚雪球一般越滚越大。

事不过三。如果她放手,他永远不会再回头。

快到半夜,边赢收到云边的微信。

先空着:【方便说话?】

边赢盯着这条微信看一会儿，设想了不少可能。

等做足了她可能会甩来一条分手消息的思想准备，他回复：【方便。】

云边就打了电话过来。

"边叔叔呢？"她口吻如常。

"开会去了。"

边闻因为他俩而耽误的公务，全堆到晚上去了。

"哦。"

接下来云边要说的话石破天惊——

"那出来开房吗？"

过了两秒，边赢进行确认："你别说是分手礼物。"

"是啊，分手前先把你得到了再说。"云边没好气地接了一句。她没空再贫，催促，"还有半分钟寝室就关门了，我就站在寝室楼门口，等你一句话。"

月明星稀的秋末初冬，夜里的气温跌破十摄氏度。

夜风卷着几片枯败的落叶刮过，寒寂扑面而来，云边坐在乳白色的长条椅上，微微瑟缩脖子，将卫衣外套拢紧些，把自己尽量裹成一团，发冻的面庞一片苍白。

脚也冷得发麻，她两只鞋面轮流轻轻点踏着地面，试图稍稍活跃下冻僵的筋脉。已经很晚了，边上很偶尔有人结伴走过，皆出于好奇打量她几眼。

她跟边赢撒了个小谎，今天是周六，寝室没有门禁。

她的"半分钟"没给边赢任何深思熟虑的时间，逼他在数秒之内做出决定。

边赢没想到这层，脚步匆匆地前来找她，看到大开的寝室门，微微一愣，而后反应过来。

"我一不小心忘了今天是周末了。"云边脸不红心不跳地胡说八道。她站起来，等他走到她面前，她两只手就从他牛仔外套的下摆伸上去，用他的体温给自己两只冰凉的手取暖，"这西北风差点把我拍死在这儿。"

边赢拉下外套拉链，把衣服脱下来让她穿上，自己只剩了一件单薄的T恤衫，然后在她面前背对她矮下身去："上来。"

云边没跟他客气，膝盖得好好养着，以免以后留下什么病根。

"服务这么周到。"她安逸地趴在他背上，没个正行，"先礼后兵的节奏吗？"

边赢目不斜视："嗯，知道就好。"

云边没当真，脸枕在他的肩头，看他月光下的侧脸，近在眼前的就是清晰紧致的下颌线和锋利的喉结。

迷人的皮囊。

她想伸手触摸，但他衣服穿在她身上大了一号，长袖也完全遮盖了她的手，她把手往前用力一掼，才露出几根纤白的指尖，食指如愿以偿地从他的下巴一路刮到喉结，稍稍用力摁了摁。

"干吗？"边赢问。

云边抱紧他的脖子。

"安分点。"边赢在她的大腿上掐了一把，力度掌控得恰到好处，恰到好处的痛，恰到好处的痒，"不然一会儿有你受的。"

云边前后晃着那条没受伤的腿，还是不当回事："边不输你舍不得。"

边赢扭头看她，眼眸漆黑。

"我真的舍得。"

"哦。"云边不以为然地继续晃她的腿。

边赢这人是非常典型的务实派，虽然嘴上一般不肯认输，怼起人来一套一套的，但心肠极软，否则也不会频频上演英雄救美的戏码，是个典型的刀子嘴豆腐心。

云边知道他宠她，所以想当然地以为他就那么随口一说。

但她真的没有想到，边赢他真的舍得。

她是一张空白的纸，任由他作画，先前他小心翼翼勾勒线条，起拟草稿。

她已经初具轮廓，但仍显得过于单调。

而现在，大刀阔斧地填充上浓墨重彩的颜色，要多浓艳就多浓艳。年轻的躯体青涩又美好，心脏跳动的声音有力而响亮，生命在血管里汩汩流动，从头顶到趾间，就连头发丝都洋溢着充盈的甜美。

他风起云涌的眼睛像火山口，明明白白地诉说着危险。

她明明害怕被灼伤，却又鬼迷心窍地渴望被他灼伤。

漫长的夜，无休无止。

直到结束，他才变回那个她熟悉的边赢，温柔吻她汗湿的鬓发和哭到红肿的眼睛，持续不断地进行安抚。

"我是你的了。"

他的"马后炮"倒是漂亮。

云边本想指责他、控诉他，但疲惫铺天盖地，她闭上了眼睛，没有力气再说什么。

她真的是他的了，过程不那么愉快，可伤疤还没好她就已经忘了疼，方才的一幕幕在脑海中回放，疼痛全成了没有具体概念的抽象回忆，此时此刻从她跳动的心脏里流向四肢百骸的，只有难以承受的汹涌爱意。

她以前就已经很喜欢很喜欢他了。她以为她对一个人喜欢的极限也不过如此。

可经历过最亲密的事，连她自己都诧异自己居然还可以多那么多地、更加喜欢他。

这个世界上为什么会有一个人可以那么喜欢另一个人，她积攒了十八年的对世界的渴望和热情，全部给他亦无法填满空缺。

自边闻发现两人的事，云边一直处在一种即将英勇就义的悲壮心情中，免不了担惊受怕。

"边叔叔后来跟你说什么了吗？他会不会想法子拆散我们？"

把云边送到寝室以后，回去的路上边闻掏心掏肺地跟边赢说了不少。

边赢分析一番不难发现，边闻想叫他们分手，但又觉得男孩子碰了自家的白菜就得负责，总而言之，是不算太坚决的反对态度，但也没法支持他们两个，处于一种矛盾的状态里。

边赢默认只回答了云边后一个问题:"这个放心,他不会。"

"那他会不会告诉我妈妈?"这是云边最大的担忧。

边闻再怎么宠他们两个,再怎么怕云笑白接受不了,怕是也不肯帮着他们一起瞒云笑白。

边赢:"这个我来搞定。"

他信誓旦旦的,云边以为他很有信心,松了一口气:"他真的会听你吗?"

结果边赢说:"不知道。"

云边愁得根本吃不下饭:"那他要是不答应怎么办?"

"那我们只能一起面对暴风雨了。"边赢的胃口很好,完全没让危机影响食欲,他相当乐观地安慰云边,"我爸就算要说,也得好好掂量一下后果,所以不会那么快说的。"

近朱者赤近墨者黑,云边被他的盲目乐观感染,竟然觉得他的话也不无道理。

如同边赢所猜,边闻始终没把他们俩的事告诉云笑白,只耳提面命让边赢注意分寸,除此之外就算是默认了。

云边一颗心渐渐放回肚子里。

期末考最后一门一过,所有人收拾行李,回家过年。

这年头,城市禁燃爆竹烟花,选择出去旅游的人家也越来越多,年味已经大不如前。

对云边来说,过年唯一的氛围就是安排得十分紧凑的年夜饭,今天中午这家,明天晚上那家,跟平常碰不太着的亲戚碰碰头,差不多年纪的堂表兄弟姐妹们从五湖四海回来,跟小时候一样打打闹闹。

正月初十这天,她随家人一起去一个远方亲戚家做客吃饭。

他们去得晚了些,跟一户不认识的人拼桌,两家人差不多刚好凑了一整桌。

大人们不怕生,很快攀谈起来。

对方家庭有个跟云边差不多年纪的儿子,话题自然而然落到两个孩子的身上。

"你们囡囡长得好漂亮,几岁啦?"对方妈妈问。

"过了年二十二岁啦。"外婆回答,长辈都说虚岁,"你们呢?"

"我们大一岁,二十三。"

云边低着头玩手机,给边赢发了消息他没回,他正月初三就去美国陪他外公外婆了,现在他那儿是晚上,估计在睡觉。

同桌的男生看她的时候,眼神中带着她从小到大从不陌生的来自异性的兴趣。

她尽量降低自己的存在感。

萍水相逢一场,饭局散后,云边就把这事忘了。

结果过了几天,吃晚饭的时候外婆神神秘秘地问她:"边边,你还记得前几天去你康怡阿姨家吃饭,跟我们一桌吃饭的男孩子吗?"

云边心里"咯噔"一下,有不祥的预感:"不记得了。"

外婆才不在乎她记不记得:"你觉得他怎么样?"

"我说了不记得了呀。"云边的抗拒已经表现得很明显,语气摆明了不想谈。

"他也在S市读书,F大的。"外婆无视她的抗拒,兴致勃勃地给她说对方的情况,"家里条件也蛮好的,爸爸是医生,妈妈是律师,爷爷奶奶、外公外婆也都是知识分子,书香门第。男孩子回去暗戳戳问了他爸妈很多关于你的情况呢,他妈妈就托人来问了,我和你妈妈还有你外公也都觉得那男孩子不错,你们要不认识一下?"

外婆说得那么明确,云边没法再装傻:"外婆,我才上大三,没考虑过这些。"

"你都二十二了,不小了。我们老一辈像你这么大,正儿八经说媒了。"外婆说,"而且好的男孩子就得趁早下手,不然就被人挑完了。"

"我不要。"

外公也帮外婆劝:"只是让你们认识一下,又不是让你们现在就结婚,先接触一下,看看合不合适呀,不合适就当交个朋友嘛。"

云边彻底不耐烦,心里的火气势不可当地爆发,重重地放下碗筷站了起来:"我不要,说了不要!"

她活到这么大,跟长辈翻脸叫板的次数屈指可数。

"云边。"云笑白沉了脸,"你怎么跟外公外婆说话的?"

云边咬住牙关,一边知道自己不该这么对外公外婆,一边又实在对相亲的话题厌烦至极。

她梗着脖子别过头去。

"行了行了,她不愿意就算了呗。"舅舅当和事佬,"边边长这么漂亮还怕找不到男朋友吗?要你们早早着急干什么。"

舅妈说:"说不定已经自己找好男朋友了,当然不愿意相亲了。"

舅舅附和,逗云边开心:"找好了就告诉他们,省得他们一天到晚皇帝不急太监急,我都听得头疼。别怕,现在都上大学了,自由恋爱合情合法。"

心里那阵火气来得快去得也快,云边变回乖乖女,嗓音软软地对外公外婆说:"外公外婆,我不想相亲,麻烦你们帮我拒绝吧。"

外公外婆虽觉得可惜,但不想惹外孙女不高兴,就此作罢。

"那男孩子不错,错过挺可惜的。"云笑白却没有揭过这一页,"能说说你这么抗拒的原因吗?因为讨厌相亲这种形式,还是因为不喜欢那个男孩子?"

云边想了想,觉得说不喜欢相亲这种形式比较好,省得以后他们再安排别的人。

她正要说,云笑白就继续道:"还是说,你自己真的已经找好男朋友了?"

云笑白的眼神、语气都很寻常,但云边还是没由来地一阵心慌。

她几乎要怀疑妈妈其实已知晓一切。

这大约就是典型的做贼心虚了,有点风吹草动就胡思乱想,云边在心里默念了三遍"别怂",然后给不能拥有姓名的边赢道了声"对不起"。她眼神毫不闪躲,直视云笑白:"没啊。"

她悄悄掐住自己的指尖,用正常口吻表明自己的立场:"我既不想相亲,也不喜欢那个男的。你们不要帮我弄这些有的没的。"

云笑白只是静静看着她,没有说话。

云边心里更慌,也不知道自己露没露怯,她补充:"我觉得我还小,没考虑过这些事。"

云笑白终于有了反应:"不想去就不想去,有话不能好好说?为什么冲外公外婆发脾气?"

看来只是生气她对外公外婆的态度,云边松了一口气,顶着一背的冷汗,低头跟两位老人认错:"对不起外公外婆,我刚才不该那样跟你们说话。"

外公外婆向来宠云边,本来也没跟她计较什么,她再一道歉,二老还心疼上了,争先恐后地给她递台阶。

"边边只是害羞了,女孩子嘛,正常的。"

"让你外婆去回绝掉,就说我们边边还小。"

"边边在大学里自己找一个,但是千万记得找本地人,嫁远了外婆舍不得的。"

"把饭吃完,乖啊,待会儿要饿的呀。"

云边听话地坐下来继续吃饭。

云笑白无语:"真让你们给惯坏了。"

外婆把隔代亲展现得淋漓尽致,一点不念云笑白刚才冲云边发火是为了谁,为了护外孙女不惜损女儿:"你大学的时候亲戚给你介绍男朋友,你还不是甩脸色给我们看,现在教训孩子倒是一套一套的。"

这话一说出来,外公和舅舅同时变了脸色,外公在桌下踢外婆,舅舅则突兀地干咳一声。

当年云笑白不肯去相亲,最大的原因是当时她在跟边闻谈恋爱,因为家境悬殊,怕家里反对,所以一直没告诉家里。

而边闻,现在是云家最大的禁忌,自云笑白和边闻分手,家里没人敢提这个名字。

云笑白垂着眼眸没有反应。

外婆也马上意识到不妥，打着哈哈转移话题，外公和舅舅、舅妈都非常配合，帮着一起转。

看到云笑白若无其事地扒饭，外婆才悄悄松一口气。她暗自感叹，外孙女今天的跳脚反应和当年女儿的反应几乎如出一辙，真不愧是母女。

不过这个念头只在她脑海中快速闪了一下，她感慨基因的神奇，并没有细想其中的缘由。

边赢一直在美国待到开学前一天才回来。

两人在高铁上碰的面。太久没见，云边见着他稍微有点害羞。没见到他之前，她计划见面了要给他一个熊抱，想亲他，想好好看看他，结果真见了面她衣角都没好意思跟他碰。

尬得不行。

她把颊边的头发别到耳后，低头假装整理随身物品，没话找话："好冷啊。"

边赢注意到她别头发的动作，嘴角勾了勾。他早就发现了，这丫头每次不自在的时候，就会不自觉地做出这个小动作。

他没搭腔，还是一直看她。

看到云边没法忽视他，不得不转头面对他。

他笑了一下，揽住她的后脑勺亲了亲。

云边在他熟悉但又略显生疏的气息里，慢慢找回一点对他的亲昵。

漫长的一吻在气息紊乱中结束，云边虽然还没回到放假前与他亲密无间的状态，但好歹可以正视他说说话了。她双手捧着他的脸，端详他许久不见的面庞："你是不是胖了点？"

"没吧，瘦了两斤。"边赢说，"应该是剪了头发的缘故。"

云边就薅他的头发。他刚理过头发，换成前刺碎盖的发型，整体头发剪短不少，尤其耳朵两边的头发，摸上去刺刺刺的。

好看，看着非常利落。

她上瘾似的在他头上摸来摸去，闲聊道："为什么,你外婆家伙食不好吗？"

过年都能瘦，厉害，她胡吃海喝胖了五斤。

边赢回忆一番："挺好的。"

他一年也就放假了才过去住段时间，他外婆把他当稀客，每天变着法子给他做好吃的。

云边："那为什么瘦了？"

边赢捏捏她肉了一圈的脸："可能是相思病，想女朋友想的。"

云边知道他多半只是随口胡诌哄她开心，但她还是很受用，把脸埋到他肩上，笑了出来。

"你是不是胖了？"五斤的差距还是挺明显的，边赢一眼就能瞧出来。

云边重了归重了，但不想别人说出来。她一听，立马怼人："对啊，可能因为我不够想我男朋友。"

"反了你了，连男朋友都不想。"

云边抱紧他的手臂，嘴上仍不肯服软："想你干吗？"

边赢在她腿侧拍了一掌："真不想？"

云边不嘴硬了。

将近一个月不见，她怎么可能不想他啊，信息和电话抵不上被他抱在怀中的真实感，不想让他走，但又自知不能阻挠他和家人的相聚。

她没暴露自己的情绪，用稀松平常的语气问："暑假你也要去美国吗？"

"嗯，外婆的身体不太好。"

云边点头："是要多陪陪老人。"

她彻底不好意思说自己会想他了。

边赢却问她："那么久不见我会想我吗？"

云边说："那也没办法呀。"她叹气，"你外婆家为什么这么远。"

"那……"边赢手上小动作不断，一直在她头上、耳垂上、脸颊上捏来捏去，他出主意，"要不到时候过来找我玩几天？顺便带你认识我的外公外婆。"

"这是传说中的，"云边后半句用唱的，"'我想带你回我的外婆家，一起看着日落，一直到我们都睡着'吗？"

边赢笑起来:"嗯,还可以带你骑单车,看棒球。"

去外婆家,看日落,骑单车,看棒球赛,都不是什么稀罕事,但经过歌词的修饰,雕琢出一种说不尽道不完的浪漫和美好。

边赢从书包里翻出耳机盒:"听歌吗?"

"听。"云边说。

边赢塞了一只耳机到她耳朵里。

不出所料,是《简单爱》。

这个事,云边以为边赢只是顺嘴一提,没想到过了几天,他催她:"你最近有空去把签证办了吧。"

去美国玩的提议,云边确实挺心动,但又隐隐觉得有点说不上来的怪异。

晚上寝室夜聊,聊起旅游,然后云边顺势说起自己暑假要去美国找边赢玩的事。

"你们都要见家长了啊!"武洛感叹,"大家都是同龄人,为何你的进度如此超前。"

云边终于明白关于去美国找他的怪异感从何而来。

她过去找他,充其量不过是异地恋的情侣忍受不了分隔两地的寂寞见个面,但对他外公外婆而言,这不就是外孙媳妇千里迢迢专门上门见家长吗?

她虽然不懂嫁娶相关的人情世故,但也隐约能察觉到在家人不同意甚至还完全不知情的情况下,私自跑到男方家里去见家长是很不妥当的行为。

她第二天就把事情跟边赢提了。

边赢同样不懂这些,他只知道自己的外公外婆很好相处,一定会喜欢云边。不过听云边这么一说,他觉得她的话也不是没有道理。

"我还是先不去了吧。"云边说。

没过两天,边赢想到了新法子:"如果我们把颜正诚、哈巴、叶香、周宜楠他们都叫上呢?"

一群朋友一起去旅行,意义就截然不同了。

上回的 B 市之旅因为云边的意外受伤而没有尽兴，正好这次弥补下。

边赢不费吹灰之力搞定了颜正诚两口子和哈巴。

颜正诚两口子本来打算暑假去尼泊尔玩，听边赢一说，两人爽快地改了目的地。颜正诚只有一个要求："你们上回那个'神秘姿势'，不要再用了。"

他不想又被搅黄旅行。

边赢说八百遍真的是云边不小心在浴室滑了一跤，可人家死活不信，那他也没办法。

懒得解释了。

暑假来临，边赢飞往美国。

云边熬过一个月的异地恋，于八月初跟朋友们一起坐上国际航班。

此次前行的人士包括颜正诚两口子、哈巴、周影、周宜楠、叶香，只有仇立群被关起来训练了，没法一同前去。

边赢的外祖家不在闹市区，他外公厌倦了城市生活，加之闲不住，晚年搬到郊区别墅，并在周围开辟一大块农田，种各种各样的果树、花卉、蔬菜，养了不少家禽，还自建了马场。反正地广人稀随他折腾，他每天自娱自乐开着收割机在田里转悠，悠闲自得。

边赢前去接机，在众人嫌弃的"咦"声中抱住云边。

平原辽阔，汽车在笔直的公路上驰骋，茂盛树木向车两侧急急闪避，一路上少有人烟，汽车灯光范围外，黑色无限延伸。偶尔能看到散布的农庄，窗子里亮着温暖的光。

如是开了近二十公里，一行人抵达边赢的外祖家。

很有欧美乡村风情的三层木屋，不算很大，古朴但温馨，院落旁散布着独立的杂物间和车库。

家里知道有客人要来，用人们早就忙活上了，整栋房子灯火通明。

听到汽车的喇叭声，两位老人迎出来。

大家送上见面礼，客套着"外公外婆，给你们添麻烦了"。

边赢一一给两位老人介绍朋友们,不过介绍到云边的时候,他并没有着重说明什么,完全没提"女朋友"一事,甚至对她格外避嫌。

云边也不好意思在长辈面前表现对边赢的亲昵,两人的一切言行都跟普通朋友无异。

云边心里多少有点犯嘀咕,搞不明白他葫芦里卖的什么药。

舟车劳顿,吃过晚饭,大家早早回房间休息。

云边和叶香被安排到同一个房间,两人熄灯没多久,房门被轻轻叩响。

谁是夜访者?除了边赢,还能有谁。

"叶香,换个房间?"边赢打商量。

叶香起哄一番,给他们腾地方。

"等要走了再跟他们说你是谁。"他蹬掉拖鞋上床来,"老爷子跟老太太在美国待了那么多年,没让开放风气熏陶半分,要是让他们知道你是我女朋友,晚上指不定怎么严防死守我们两个。"

他也太会打如意算盘了,云边啼笑皆非。

边赢掀了被子钻进被窝,伸出手臂将她揽进自己的怀中:"想我没?"

"这个问题在机场不是问过了?"

边赢:"刚才人多,你说不想。"

云边:"现在人少我也不一定说想。"

边赢笑了:"说说看。"

榆树在窗外被风吹动,枝丫和叶片的影子婆娑,投落进窗口,于西洋杉铺成的地板上温柔地摇曳。

云边借着月光仰视他的脸,许久没见生出的淡淡生疏萦绕在他周身,但不至于让她感到疏离,她有些贪婪地凝视着,许久,道:"金口玉言,说不想就不想。"

边赢额头低下来跟她抵在一起,没有表示半分不满。

两人的眼睛距离过近,云边的视线难以聚焦,她垂下眼眸:"都说不想了还笑得那么开心。"

边赢亲她一下:"因为我知道你想。"

一个月没见,即便是已经习以为常的亲吻,也酿出久违的新鲜感,唇上酥酥麻麻,痒一直钻到心底去,云边咬唇,抓住他的领口,几根细细的手指搅着他衣服的布料,声音也是细细的:"知道还问。"

"问都不让问了?"

"嗯。"

边赢闷笑,再度俯首。

第一天的行程都安排在家里,待大家起床吃过早饭,一行人前往马场。

边赢的外公养了两匹马,一公一母,在精心的照料下长得高大威猛,前段时间母马还生了一匹小马。小马袖珍可爱,成为全场焦点,所有人都围着它转,喂它粮草跟它合照。

云边往两匹成年马旁边一站,才意识到马这种动物远比自己以为的庞大,她瞬间就有点犯怵,跟边赢商量:"你家的小马能骑了吗?"

边赢说:"恐怕不能。"

骑上去脚都能拖地。

"别怕,它很温驯。"边赢拉着她的手一起梳理母马的马鬃。马一动不动,任由他们触碰,甚至还主动贴近脑袋。

后面边赢把手收回,让云边单独跟马培养感情。

云边的胆子渐渐大起来,在边赢的帮助下费了九牛二虎之力成功跨上马背,但马一走动她就吓得要命,趴下去伏在马背上,双腿紧紧夹住马身,腰也不敢直起来。

边赢说了几次"不会摔"也没用,干脆自己也上了马,自后揽住她的腰身。

云边背靠在他的胸膛上终于找到安全感,放松下来。

"驾。"边赢挥动缰绳,马儿在他的指挥下驱动四肢,慢悠悠地载着两人闲逛。

阳光穿透干净透明的空气,夏季稍显燠燥,但现在为时尚早,日头不算烈,尚在可忍受范围之内。

云边眯起眼睛，伸手遮挡阳光，笑着回头看边赢："对美国的马居然也说'驾'吗？"

边赢由衷夸奖她："宝贝你的角度真新奇。"

晚上时间，果然一切顺利，边赢和叶香再度神不知鬼不觉地换了卧室。

如是在美国待了一个多礼拜。

边赢履行承诺，带着云边看日落，看棒球，骑单车，但是云边始终没学会骑马。她在运动方面的天赋实在匮乏到可怜，跟当初学游泳一样怎么都不得章法，哈巴、周影和叶香都学得有模有样了，只有她和周宜楠两个体能白痴进到马场唯一擅长的事便是逗小马玩，把小马活活喂胖一圈。

很快来到回国前夕。

边赢照例敲开两个姑娘的房门。

第二天早上天蒙蒙亮，他神清气爽地起床，打算溜回自己的房间，一打开门却看到外面不远处的椅子上坐着他那矍铄眈眈的外公。

空气都凝固了，祖孙俩对视许久。

边赢不是优柔寡断的人，可此时此刻，他实在不知道自己到底还有没有垂死挣扎的必要。

半晌，外公恨铁不成钢地问："你就一天都不能消停？"

云边在二老面前坐下来的时候头也不好意思抬，恨不得钻进地缝藏起来，她这辈子都没经历过这么丢脸的时刻。

边赢无所畏惧，本来就是打算最后再把云边介绍给两位老人的。

"云边，锦城人，现在跟我一个班上学。"他淡定地把她的基本情况告知。

因为是以相守未来为前提交往，他没打算瞒外公外婆什么："是我后妈的女儿。"

云笑白嫁进边家，边赢的外公外婆是很反对的，除了对女婿那么快再娶了不满,最大的担忧是怕外孙在后妈手里受委屈,但他们没有立场去阻止什么。

那个时候,边赢看云笑白有千百种不满,哪儿哪儿都不顺眼,但为了不让外公外婆担心,他一直都说云笑白对他很好。

所以对云边这个"云笑白的女儿"的身份,二老也只是诧异了一会儿,这会儿并没有给他们带来额外的阻碍。

当着云边的面,边赢的外公外婆没教训边赢什么,第一次和外孙媳妇的正式会面,二老也想留个慈爱温和的好印象,所以尽管很早就知道了两个孩子私底下的行为,但一直没有点破,配合着装作不知道。今天早上,边赢的外公眼见外孙媳妇马上要走,怕云边真的打算以普通朋友的身份来又以普通朋友的身份去,这才来了个守株待兔。

早在发现边赢半夜溜到云边的房间之前,二老就猜到了她的身份。

边赢的外婆道破缘由:"所有孩子里面,数你最尊重我们,最有耐心陪我们,正常出来旅游的孩子,哪里顾得上陪老太公老婆子啊。我跟你接触不到五分钟,我就偷偷告诉你外公,这小姑娘就算不是阿赢的女朋友,也至少喜欢阿赢。"

虽然云边得到了边赢外公外婆的喜欢和丰厚的见面红包——这红包还是外公特地去银行兑的人民币——但那种尴尬久久不散,一直伴随她坐上飞机。

以至于她完全没有心情体会与边赢离别的不舍。

回到家中,面对一无所知的云笑白和自己的外公外婆,对比双方家长的进度差距,云边难免有些焦躁。

大三下学期步入正轨,课程比上学期更加忙碌。

边赢在兼顾学业的同时,一直想方设法地搞投资找商机,他没有太多的社会经验,也没让家里知道帮忙介绍人脉,自己难免磕磕碰碰,不过所幸见识宽、血条厚,加上脑子灵、眼光准,没经历太久的摸索期,很快就实现了经济自由,买车买房仍需努力,但维持日常开销已经绰绰有余。

云边虽然能够理解他经过被赶出家门一事安全感不足,但还是觉得他实在没必要这么拼命,她光是对付学业都觉得很吃力,根本没法想象他是如何平衡时间精力的。

"你缓一缓。"她摸摸他瘦削的脸颊,劝道,"现在这样就很好了,等学业空下来些,再考虑赚更多的钱。"

边赢从善如流地答应:"知道了。"

云边一听就知道边赢只是在敷衍她,她不解:"你为什么要这么着急?"

边赢不说话,只是苦笑着摸了摸她的脑袋。

还能为什么,因为他没过丈母娘那关。

从前他再怎么不懂事,云笑白都可以不跟他计较,包容他、体谅他。

可那是因为云笑白把他当儿子,他再混账,她也只能认了。

如果要云笑白用看女婿的标准看他,那他从前的所作所为,就是个不折不扣的大型作死现场。

他的每一次出言不逊、每一次冷眼相待,他的恶劣,他的骄纵,他所有曾对她们母女俩展示过的恶意,和肆无忌惮暴露过的缺点,都将被一一清算计数。

再加上他是边闻的儿子,云笑白能给他个正分都算她宽宏大量了。

时间没法倒转,再后悔也没用,他现在唯一能做的就是尽量追回分数。

讲文明懂礼貌,对她女儿好,这些自不必多说,是每一个丈母娘对女婿的要求。

换了别人,再加点家境尚可、长相干净的小优点也就差不多到及格线了,可他的基础分太低了。

让云笑白点头,他还需要做更多的努力。

比如他必须证明自己不是躲在家族的庇护下坐吃山空的无能之辈,他要让云笑白认可他的能力,看到他能够给云边未来的责任和担当。

边闻一直没怎么过问他们俩的事,让人怀疑他是不是选择性失忆。

不过依照边赢对边闻的了解,他家老头采取的是眼不见耳不听为净的策略,大概是怕心肌梗死。

父子俩有段时间没见了,边赢一般隔周周末回去,连续两次边闻都刚好出差不在家。

周日傍晚,云边和边赢回到 S 市。睡前,边赢靠到床头拿手机打发时间,看到上面边闻的未接来电。

他奇怪地蹙眉。边闻认回他以后,父子俩的关系前所未有的和谐,不过毕竟是两个大老爷们,再怎么有心弥补,也不可能太黏糊,联系的频率差不多五天七天一次。

他和边闻昨天才通过电话。

今天又有什么事?

边赢心下有不祥的预感,立刻回拨电话。

"喂,爸。"

"阿赢,还没睡啊?"

边闻的声音一切正常,边赢暗暗松了一口气:"没,刚才我有事没看手机,怎么了吗?"

边闻正要说话,云边在浴室里喊边赢:"边赢——"

边赢没打算跟他爹遮遮掩掩什么,说了句"你等我一下",然后捂住话筒,冲浴室的方向问:"怎么了?"

云边说:"身体乳用完了,你帮我拿瓶新的。"

边赢走到云边放护肤品化妆品囤货的柜子旁边,根据云边的描述拿了一瓶身体乳。

他虽然捂住了话筒,但边闻怎么会不懂是谁在跟他说话。

边闻血压又上去了,骂道:"你这浑小子能不能干点人干的事了?"

边赢听着边闻在电话里骂他,忍不住想笑,开了免提,拉云边过来一起听。

云边在心里骂他"有病"。

被家长批评还笑那么开心,脸皮是有多厚。

托云边的福,自从边闻发现边赢和云边的关系忍无可忍地骂他开始,父子俩的关系终于从之前边闻讨好他、弥补他、对他百依百顺的病态趋向正常。

他从小很渴望父亲的关怀没错,但是过犹不及,父亲连句重话都不敢对他说、在他面前呼吸都小心翼翼的状态，同样令人倍感不适。

像现在这样，边闻关心他归关心他，但一言不合还是端起父亲的架子骂骂咧咧，就舒服多了。

边闻骂够了他，终于想起说正事了："你大伯查出了癌症。"

兄弟俩经过家产大战，加之边阅不择手段争夺边赢的抚养权，兄弟之间水火不容，但是为了照顾边奶奶的情绪，两人很少把矛盾摆到台面上，只在私底下斗个你死我活。

边赢收了不正经的笑意，慢慢地站直身子："什么癌？"

边闻："肺癌。"

边赢沉默一下，冷笑道："报应。"

冯越正是因为肺癌过世，多巧。

整件"奇美拉"事情里面，唯有边阅一个人是刻意为之。

大三过得远比云边预想中的快，毕业季来临，路过操场看到拍摄毕业照的大四学长学姐，她不由得好一阵恍惚，三年前满怀憧憬地进入大学的模样历历在目，转眼，她就即将是学校里最大的那批学生了。

快毕业了，到了谈婚论嫁的年纪，就真的得跟家里摊牌了。

每每想到未来，她都不免唉声叹气。

当然这只是极少数时候，更多的时候，大学生活是一坛醇香的酒酿，她浸泡其中，酩酊大醉，被飘飘欲仙的失重感包围，不知今夕是何年。

云边在云家的亲朋好友左邻右舍之间，口碑一直相当不错，乖巧、漂亮，而且是清纯类的漂亮，最惹男生和长辈喜爱的长相，学习好，家境也还过得去，唯一的短板就是单亲家庭，但瑕不掩瑜，随着她年龄逐渐增长，有意结亲的人一波接一波络绎不绝，都知道下手要趁早。每次出去走亲访友，她往那儿一站就是个活靶子，几乎回回都能惹点桃花回家，不是小伙子本人看上她就是小伙子的七大姑八大姨代表小伙子看上她了。

基数一大，外公外婆觉得错过可惜的苗子也随之水涨船高多了起来。

云边软硬不吃,每次的理由都是"我还小"。

但这个理由显然越来越不能说服外公外婆,她都快毕业了,外公外婆都是思想传统的人,认定女孩子一生中最重要的事就是嫁一个好丈夫,越早挑,选择的余地就越多。

云边态度坚决,外公外婆虽不至于逼她什么,但多少有点不解。

而云笑白的态度很奇怪,她不反对父母给云边张罗,每一个介绍给云边的男孩子,事先都经过她的允许;可云边拒绝的时候,她也很少劝说什么。

后面云边在饭局上当面怼了外公的至交,她明知对方只是出于好心,但她抑制不住内心的烦躁,一听到找对象相关的话题就冒火。

弄得家里极为尴尬。

因为这些事,云边回家的频率直线降低,她的叛逆期,似乎姗姗来迟。

她从小装乖装惯了的,其实很多事情完全有两全的解决办法,稍微服个软就能敷衍过去,但事关感情,她的眼睛里容不下半粒沙子。

真的因为太喜欢边赢了吧,以至于她完全没法接受自己的名字和别人编排在一起,不愿意别人产生半分她也许会和边赢以外的人在一起的希冀。

这类事情她从不告诉边赢,自己一个人心烦就够了,反正她不会做任何对不起他的事。

他要是知道了,肯定会吃醋。

不过有次外婆给她发男生的照片,刚好让边赢看到。

云边迅速上划拉屏幕并锁屏,页面在边赢眼前一闪而过。

"谁的照片?"他问。

"没谁。"云边试图蒙混过关,"一个亲戚。"

边赢盯了她几秒钟,不信,仗着力量和身高优势,轻而易举地抢过她的手机。

云边闭上眼睛不让他通过面部解锁,一边上蹿下跳试图顺着他的手臂抢回手机。

边赢一只手控住她的两只手腕,反剪在她背后把人摁在自己怀里,单手操作用密码解开她的手机。

在交换手机密码一事上，云边极为双标。

她掌握了边赢的手机密码，并且保留了随时随地检查的权利，不过极少她行使。

至于她的手机密码，她不肯告诉边赢，还振振有词："我手机里有女生的小秘密，有不好看的自拍，有跟女朋友吐槽男朋友的记录，有被你惹毛了在网上找点共鸣什么的浏览痕迹，你不能看。"

边赢虽然不知道云边的密码，但是他可以试。

"我的生日？"他一边输一边问。

云边挣不开他的桎梏，损道："你可真自恋。"

果然密码错误。

边赢继续猜："你的生日？"

还是错误。

然后边赢输了他们在一起的日期，成功解锁。

"我自恋？"他得意地轻哼一声，"云小姐可不就有这么喜欢我吗？"

云边看不到，但听他的意思就猜到他成功解锁了。

好汉不吃眼前亏，她能屈能伸，语气顿时软化，脸在他胸前蹭来蹭去："既然我这么喜欢你，那你看到什么都别跟我生气。"

边赢打开未关闭的微信后台，三下五除二扫完了她和她外婆的聊天记录，然后他点开男生照片的大图。打开前他明明有心理准备了的，但真的确认了却还是止不住地酸溜溜道："挺配的，去呗。"

"你少在那儿阴阳怪气啊。"云边没好气，"不然我就……"

边赢："你就怎样？"

云边："我就生气。"

边赢充分体会到了女朋友的不讲道理。

暑假，边赢照例要去美国过。

云边和边赢转眼也算半对老夫老妻了，但是面对长达两个月的分别，云边

只觉得比以往的每一次都更加不舍。

因为她越来越习惯他,也越来越依赖他了。

"要不还过来找我?"边赢提议。

云边想了想:"算了。"

总不能又叫大家陪着去一趟,她一个人过去又不像话。

不到一个月,她得到边赢的消息,说他过两天就会回来,因为边阅快不行了。

边阅的肺癌发现的时候就已经是中晚期,这一年多以来,尽管他寻遍名医,用最先进的医疗技术最昂贵的药材续命,但奇迹始终没有出现。

他的生命像个沙漏,已经进入最后的倒计时。

这对已经失去一个孙子和丈夫的边奶奶来说,将是另一重更深的打击,边赢回来陪陪老人。

边闻早就跟边阅决裂,现在哥哥生命垂危,他最多做到不幸灾乐祸,要他真心实意地关心或为此感到心痛?

免谈。

反正他该怎么过怎么过。

既然边赢要回来,正好赶上二十二岁生日,边闻打算给边赢大肆操办一番。

"过来参加我的生日派对吗?"边赢邀请云边。

云边:"那我是不是得见到你奶奶?"

"对。"

一听到边奶奶,云边大惊失色:"算了吧。"

她又不是不认识他奶奶,又不是没尝过他奶奶的厉害。

她可不是从前那个忍辱负重、被骂还能亲亲热热"边赢哥哥"长"边赢哥哥"短的甜心小宝贝了,她现在脾气大得很,一言不合就开干,最近几月频频失控,在亲戚邻舍中间的口碑断崖式崩坏,万一她一个火冒三丈跟他奶奶杠起来,那就罪恶了。

"我奶奶特别宠我,我喜欢的她都喜欢,绝对不会为难你的。你放心,她以前怎么对你和云阿姨的,我没有忘记。孝顺她是我的责任,与你无关,我不会强求你宽宏大量。"边赢说,"来吧,我过生日想要你陪着。"

云边还是心软,边赢生日当天,她在叶香的陪同下前往临城给边赢庆生。

边赢的生日宴在边家的六星级酒店举行,竣工不久的酒店尚未迎过客,开幕仪式就是集团继承人的生日派对。

云边到的时候,边赢身旁围了里三层外三层。

今日场合正式,他少见地穿了正装,头发往后梳,西服笔挺,打了领带,胸口别着熠熠发光的胸针,手里端了杯浅色的香槟。

乍一看见,有种陌生感。

但他看到她的第一眼,便对周遭人群说了句"抱歉,我失陪一下",然后冲她大步流星而来,边走边笑,她就认出这是她的少年。

三步距离之遥,云边提前打好招呼:"不许抱我。"

那么多人看着,她不想成为今天的话题中心。

边赢知道分寸,云边还没跟家里摊牌,他们两个确实不宜太高调。

他打量着他的女孩。她为今天的宴会精心打扮过,身上穿的黑色小礼服让他想起第一次见她的场景,或者说是第一次见到她照片的场景更为恰当。

那个时候,他本能地排斥她。

但以雄性动物的眼光来说,她长了一张符合他眼缘的脸蛋,眼神落到她的脸上,他多停留了几个连他自己都难以察觉的毫秒。

云边尽量扮演一名普通宾客。

现场她没什么熟人,哈巴经历两年的磨难终于通过雅思,去了英国当纨绔子弟,颜正诚开始实习,远在B市没有回来。

因此她和叶香只负责吃。当然,她偶尔会跟边赢隔着人海对视一眼暗送个秋波。

"边边。"

背后传来一声亲昵的称呼。

云边只听得这声音耳熟,一时半会儿没想起来,结果回头一看,居然是边奶奶。

边奶奶满面的笑容,坐在轮椅上由保姆推近而来,一声"边边"叫得像在叫像失散多年的亲孙女。

云边差点没认出她就是当年那个尖酸刻薄的老太太。

云边没忘记妈妈曾在边奶奶手下受过什么委屈,她心底对边奶奶存着很深的芥蒂,但伸手不打笑脸人,看在边赢的面子上,她也笑了笑:"奶奶好。"

边奶奶慈祥地跟她说了好一会儿话,关心她的近况,跟她拉家常。

边赢大老远注意到,频频投来眼神。

但他没有过来,足以说明他对场面的信任。

他说得没错,他喜欢的,他奶奶都会喜欢。云边客客气气地应对完,她对边奶奶的态度和对边赢外公外婆的态度截然不同,同样都是乖巧伶俐,在边奶奶面前她缄默寡言,边奶奶问什么她就答什么,中规中矩,挑不出错,但没有真诚可言。

他奶奶还真是爱屋及乌。她尽量不带私人情绪,以调侃的口吻在脑海中闪过这句话。

那年妈妈嫁进他们家,但凡边赢表达出对云笑白的喜欢,边奶奶可能就不会太为难新儿媳,妈妈的日子能好过许多。

她理解当年那个刚刚失去母亲不久的十七岁男孩子的痛苦和想要守住昔日家庭的卑微,只是她仍然不可避免地为母亲感到难过。

有的时候对某人而言无法攀登的珠穆朗玛,其实不过是另一个人一句话就能摆平的、无足挂齿的小问题,可他只是冷眼旁观。

生日宴过半,宴会厅迎来一位不速之客。

边阅。

边闻的保镖前来告知边阅消息,让他拿主意。

事到如今,边闻不屑从一个将死之人身上找什么优越感,而且也实在不忍边奶奶伤心,既然边阅想来,那他大大方方地放人进来就是。

边阅已经瘦成皮包骨,走路需要专人搀扶,面色透着病态的黑,像从骨髓深处弥漫出腐朽的气息。

从边家离开以后,云边就没有再见过边阅了,曾深受边爷爷偏爱的边家长子现如今再不见半分意气风发。大约是人之将死其言也善的缘故,他对每一个前去寒暄的人都报以微笑,看起来温和无害极了。

但不知道为什么,云边瞧着他总觉得有种说不上来的怪异违和感。

周遭人群都在唏嘘感叹,她提不起半分同情,因为她知晓他对边赢及婆婆大人使过什么下作的手段。

边阅在人群中四处搜寻,很容易就寻到了边赢的所在。

他提着手中包装精美的礼盒,晃晃荡荡地走去。

边赢选择无视,微微背过身去。

短短一截路,边阅歇了好几次。

云边放下手中的小碟子,走近些,打算听一听边阅如何忏悔,虽然不能免去他的罪孽,但这是他应该做的。

边赢当边阅不存在,身边几个寒暄的人也惯会看脸色,集团未来的继承人和一个行将就木的绝症患者,如何选择再简单不过。

边阅大口地喘气,扶着自己伛偻的背休息,满目歉疚。

边阅扶背的手不在衣服外面,而是伸入西装下摆里,西装半遮半掩间,云边注意到一抹异色。

来不及思考什么,她的身体已经做出本能反应,猛然扑了上去,发出警告:"边赢小心!"

与此同时,寒光乍现,一把锋利的水果刀从边阅西装下方闪现,弧度挥出的方向,直逼边赢。

这人,简直丧心病狂。

云边硬生生用双手抓住了他的手腕,顷刻之间顾不了那么多,她左手的半个手掌握在水果上,刀锋切菜似的埋进她的血肉,与她的骨头摩擦碰撞。所幸边阅没有太大的力气,如果换个健壮的成年男子,她的手怕是会被直接削断。

边阅这一生,风风光光五十余载,可从边峰车祸身亡开始,他的人生便再

无一日安宁。儿子没了，被侄子耍得团团转，公司落到了弟弟手里，最可笑的是自己居然得了癌症，世间顶级的名医也对他的病情束手无策，树倒猢狲散，身边的亲信一个接一个投靠边闻。

随着身体一日比一日衰弱，他不得不认命了。

可他不甘心，凭什么他的儿子死了，他也要死了，边闻和边赢却坐拥边氏的江山，独享无尽的荣华富贵。

他死也要拉个垫背的。

谁料到半路杀出个程咬金。

眼见错失行刺时机，边阅所有的不甘心和对命运的愤怒，都化作一股不知道从哪里来的力气从手肘使出，狠狠地袭向"程咬金"。

刀锋带着温热的血从云边手掌中退出，她踉跄着后退，往后倒了下去。

她大概是磕到了展品台的角，后脑勺好痛好痛，意识顷刻间就撑不住了。

世界天旋地转，拼着最后一丝清明，她看到边阅被人合力制伏，边赢焦急如焚地向她跑近，嘴里喊着什么。

可惜她什么都听不到了。

他安全了啊。带着这个念头，她放任自己被黑暗吞没。

闭上眼睛的那一瞬间，她想起自己应该嘱托一句，如果她的问题不太严重的话，千万别通知她妈妈。

但来不及了，她两眼一抹黑，彻底陷入昏迷。

第十二章 · 婚礼

断断续续的梦境中，人声嘈杂。

云边只能从中分辨出边赢的呼喊。

她恍惚间记起影视剧中，伤患陷入昏迷的时候，总会有人鼓励其振作点，因为一旦睡着就再也醒不过来。

她不能就此睡去。

求生意识迫使她用尽浑身的力气，试图活动躯体，哪怕只是眨一眨眼睛、蜷一蜷小手指，但她被不知名的神秘力量封印，身上所有的零部件都不听大脑使唤。

意识再度模糊起来，她捕捉着边赢的声音，一遍遍地给自己打气鼓励自己撑住，一遍遍地用尽全力活动身体。

可边赢能给她的力量，她想活下去的渴望，在海啸般的疲倦面前都没有招架的余地。

她精疲力竭，再度失去意识。

最后的那一瞬间，她想到了很多很多，她回忆了自己二十余年的生涯，真的好短暂，好多事都还没来得及做；她为妈妈的后半生担忧，当初应该劝妈妈留下边叔叔的孩子的，那样的话至少妈妈后半生还能有个精神支柱；她死了的话，边赢应该会很伤心很内疚吧，不知道他过多久找下一个女朋友。

很奇怪，从前她设想过自己比他先离开的场景，永远都做不到大度，她无法忍受他爱上别人，更别谈给他祝福，可真的到这一刻，她的占有欲居然少到

可以忽略不计，她只想他平安快乐，孤单的时候有人陪，快乐的时候有人分享，老了有人携手漫步夕阳下，不是她也没关系。

然后她睡了很长很长的一觉。

醒来的时候，她并没有第一时间想起昏迷前发生的事情。

床前坐着云笑白。

母女俩对视的一瞬间，云笑白的表情一下子变成了惊喜。

她憔悴的脸庞放大凑近过来，轻抚云边的脸颊，急切地问道："云边，你醒了？"

我是在家吗？现在是什么时候？云边迷茫地想着，她撑着手想坐起来，但手掌一摁到床上，立刻引发一阵钻心的疼痛。

云边看到自己手上缠着厚厚的纱布，她后知后觉地发现自己的手和后脑勺都在发痛，人还一阵阵地发晕。

昏迷前的记忆归位。

她现在在医院。

意识到这点以后，云边此时此刻完全没空庆祝自己还活着的好消息，背上涌上一层冷汗——妈妈怎么会在这里？妈妈是不是知道了？

她又急又怕，下意识地在病房里看了一圈，并没有看到边赢的身影。

云笑白："阿赢在做笔录，一会儿就回来。"

云边心脏狂跳，妈妈多半是知道了。但她又忍不住怀有一丝侥幸心理，思考自己究竟应该坦白从宽还是负隅顽抗不见棺材不掉泪。

云笑白没继续边赢相关的话题，关心道："痛不痛？"

云边不想母亲担心，撒谎地摇头。

伤口的疼痛一浪高过一浪，她舔了舔干燥的嘴唇，嗓音沙哑："我睡了多久？"

"你昏迷了两天。"云笑白摁亮床头的呼叫铃，叫医护人员进来。

几个医护人员将云边团团围起来。

她后脑摔伤造成颅内出血,昏迷两天不醒,万幸出血量不多,位置也不太要紧,等过两天再查一次 CT(电子计算机断层扫描),如果情况稳住了的话,就不必开刀做手术,静养即可。

医生给她做了基础的检查,又细细询问了她的感受,最后告知了一些后续的注意事项,便离开了。

病房里再次只剩下母女两人。

云笑白温和地问:"渴吗?要不要喝水?"

云边点头。

云笑白就转身倒水去了。

云边看到云笑白的肩膀在细微地颤抖。

"妈妈。"云边惶恐地叫道。

她没法想象自己昏迷的两天中母亲是如何担惊受怕,最初收到消息是怀着怎样的心情赶赴临城。

母亲满脸的疲态,想必两天没有合过眼。

云笑白又背对着站了一会儿,等把哭意压回去才转回来。她眼眶微红,强颜欢笑着把吸管递到云边嘴边:"慢点喝。"

云边哪里敢喝,犹疑的眼神一直在母亲的脸上打转。

别人吃"断头饭",她这怕不是喝"断头水"。

跟妈妈永远不想再扯上关系的人的儿子在一起,还不顾身体发肤受之父母差点为人家送了命,换位思考她要是云笑白,她可能想把这种不孝女掐死算了。

云笑白见云边唯唯诺诺,欲言又止半天蹦不出一句完整的话,催道:"喝吧。"她的眉梢眼角一派平静,"我早就知道了。"

云边头顶仿佛有五百道雷同时劈下,雷公电母夫妻联手,把她炸了个乌焦巴弓。震惊许久,她才找到自己的声音:"那你为什么从来没骂过我?"

云笑白把吸管塞进云边的口中:"别说话,喝吧。"

这是云边这辈子喝过的最难忘的一杯水,宛如穿肠毒药,五脏六腑都在烧。

她想问的问题很多,但不知道如何开口。

喂她喝完水,云笑白替她掖好被子,说:"再休息一会儿,有什么话都等你好点了再说。"

"妈妈!"云边急了,不禁提高音量叫道。

云笑白无奈,叹了一口气:"不跟你说明白,你没法安心了,是吧?"

这是必然。

云笑白组织了一下语言:"边赢不顾自己的安危救过你两次,我知道他是个正直勇敢、有担当的好孩子。"

云边在心里默默纠正,是三次。

为她杀蛇、开摩托车逼停劫走她的车辆,加上妈妈不知道的泳池溺水事件,边赢救过她三次。

他不但救她,还救过周影两次,冬天下河一次,丢下英语高考爬窗台穿过碎玻璃一次。

他身边常有人簇拥,看似处于被照顾的一方,可谁也不是傻子,不会无缘无故在友情中长年累月维持单方面付出,他得到的所有情感,都来源于他的一片赤诚,是他真心待人的反馈。

她的边不输担得起所有的赞扬和偏爱。

"他虽然有些时候对我和边叔叔态度不好,说到底本意不过是为了维护他自己的妈妈,那么爱妈妈的男孩子,内心一定是柔软的。他对他爷爷奶奶、外公外婆都很孝顺,对家里的阿姨也礼遇有加。"

到这里为止,云笑白给予了边赢相当积极的评价,但云边并没有盲目乐观,妈妈要是真的赞同,就不至于一直默许外公外婆给她介绍男孩子,妈妈打心眼里是希望他们两个分开的。

让一个女人与前夫成为亲家,再度以另一种举足轻重的身份出现在彼此的生命中,为了儿女放下过往所有恩怨,从此以礼相待,逢年过节指不定还得一起吃个团圆饭,确实强人所难了。

云笑白并没有如同云边所猜的转折"但是",她一句苦衷都没有说,只是摸摸云边的脸:"好了,休息吧,什么都暂时别管。"

云边的脸微微侧向她的手掌,轻轻蹭了蹭,小声道歉:"妈妈,对不起。"

对不起,置你最爱的我于危险之中,让你担心。

对不起,和不那么合适的人相爱,让你为难。

对不起,虽然让你伤心,但我不能放开他。

云笑白的嘴角轻轻勾了勾,当作回应。她朝病房门上的探视窗看一眼,问:"想要阿赢来陪你吗?"

云边诧异地瞪大眼睛,一时忘了回答。

"我的女儿为了他连自己的命都顾不上了。"云笑白眼底有一闪而过的泪光,是一位母亲苦涩却宠溺的温情,"你这么喜欢他,我还能拿你怎么办呢?"

自云笑白接到电话得知云边出事的消息赶来临城以后,就一直处于一种拒绝沟通的状态。她对边赢依然温和,但除了弄清事情缘由、跟进警方调查之外,她几乎不和他有其余的交流,既没有责备,也没有审问。

并且她坚持自己一个人看护女儿,不允许他人陪同。

她花了两天时间,一边等女儿醒来,一边说服自己。

云笑白走出病房,结束笔录候在病房外头的边赢毕恭毕敬地叫她:"阿姨。"

"你进去陪她吧。"大人自有一套说辞,把"老娘非常不情不愿地同意你们两个了"的潜台词说得晦涩曲折,"我累了,稍微去眯一会儿。"

边赢如蒙特赦,道谢过后三步并作两步走进病房。

云边在病床上努力冲他露出微笑:"Hi!"

他还穿着生日宴那天的衣服,面容憔悴,双眼惺忪。

两个人对视几秒。

云边在云笑白面前轻而易举就能伪装的坚强,到了边赢面前一败涂地,她的眼泪不受控制。她好痛,好想告诉他她在昏迷后曾多么努力挣扎着想要醒来,耗尽了榨干了能使出的所有力气却还是被黑暗吞没的感觉有多绝望无助,她那时真的以为自己再也见不到他了,她甚至大度地祝福他和他未来的女朋友。

有关这个"人之将死其言也善"的祝福,她现在悔得肠子都青了。

休想!

边赢俯下身来。

云边清晰地看到,他的眼眶也红了。

能让一个男孩为她红了眼睛,她想再痛她也不亏了。

边赢把脸贴到她的侧脸上,手虚虚拢在她的另一边脸颊上,像捧着一个脆弱的玻璃娃娃。

"Hi!"他呢喃着回应她的招呼。

云边将诉苦的话咽回去,留着日后再说,现在她有更重要的消息要和他分享。她用没受伤的那只手小幅度摇晃着他的手臂,兴奋得忘却了疲惫:"边赢,我妈妈同意了,她同意我们在一起了。她一直都知道我们的事,我一直都觉得我妈妈保守死板,但她竟然能接受咂。"

根据这两日来云笑白的反应,边赢早就猜到她绝非一无所知。

他很想听细节,不过他现在不能跟云边说太多的话。

"过两天再慢慢跟我说,你先休息。"

云边很乖地说"好",但她历劫一遭,攒了两箩筐的话,而且怎么都憋不住,安静不到五秒钟,她又开始说话:"你记不记得,我们闹掰的时候,我说我会还你的救命之恩。救周影姐姐算一次,所以还欠你两次。"

边赢当然记得。

"我给你拦出租车去考场,你说算一次。后来我生日那天,你让我给你拿相册,说也算一次,然后就算我还清了,跟我两不相欠。"

"两不相欠是你自己添油加醋的,我没有说。"原则问题,就算她再楚楚可怜,他也不能认。

是吗?

反正当时云边就觉得他是那个意思。

她现在精力有限，要留给最重要的事情，没空跟他掰扯，继续说重点："你太小瞧我了，我才不是那种喜欢占别人便宜的人，救命之恩，当然要等价偿还。"她一下子说了太多的话，体力严重透支，但格外固执，非要说完。稍作休息后，她继续，"我这才算还你第二次，还欠你一次。"

边赢阻止："最后一次不要还我了。"

"要还的。"云边说，"都说女人生孩子等于到鬼门关走一遭，等我以后给你生小孩了，就能还你第三次了。"

她想了想，纠正："不对，小孩也是我的，不全是为你，只能算还一半。"

她的补丁打得没完没了："不过我不是为了还你的救命之恩才救你的，是因为喜欢你才救你。以后生孩子也是。"

"好。"边赢回头确认探视窗外没有人，然后在她嘴唇上亲了一下。

云边以为他忘了云笑白已经点头，不由得笑起来，提醒道："以后用不着偷偷摸摸了。"

边赢怎么可能忘。

只不过他被边闻批斗了这么久，已经深深领教了一个人面对自种白菜被拱能表现出怎样深重的痛心疾首和深恶痛绝。

后爹的威力尚且如此恐怖，他就是吃了熊心豹子胆也不敢挑战人家亲妈的忍耐度。

做人还是低调点好。

边赢拉住她的手，在她床边趴下来。

病房内安静下来。

云边目不转睛地凝视着他的发顶。

她虚伪做作，戴着面具生活，掩盖乖戾自私的本性，惯性扮演纯情。

只有他看穿她的演技，摘下她的面具。

他依然爱她，所有的好与不好，天高海阔，任意发挥。

在他身边，她是自由自在的云边。

她轻之又轻地抽回手。

但是边赢还是瞬间惊醒，猛然抬头，见她安然无恙，神情才松懈下来："怎么了？"

吵醒他，云边有些内疚："我的手机呢？"

"不许玩手机。"

"我不玩，给我一分钟就好。"

她实在坚持，边赢没辙依了她，找出她的手机递到她面前，替她举在合适的高度。

云边打开微信，点开个人资料，将她那个用了很多年的微信名"先空着"改成了"云边不输"。

云边和不输，云边不会输。

进入大四，云边和边赢就未来规划达成一致，毕业后一起去美国读研。

凤凰花开的六月份，两人顺利毕业，离开了S市这座满载四年回忆的城市各自回家，准备去美国的各项事宜，接种疫苗、准备签证等等。

回家的第五天晚上，云边和边赢煲电话粥，她抱怨白天打的疫苗太痛："我的手都抬不起来了，起了很大一块淤青。"

淤青是因为她止血没做到位。

边赢装作不懂她的意思："那怎么办？"

云边没跟他客气，理直气壮地提要求："你女朋友都伤成这样了，你不过来探病？"

"想我就想我。"边赢没忍住笑了出来，"绕这么大一圈，你说话可真不嫌累。"

"我乐意，你管我。"云边轻哼一声，"你就说你来不来？"

"来，怎么不来。"

云边突然想起他们两个确定关系的那个周末，边赢因为她一句没头没脑的

"叶香说很久没见你了，都想你了"跑来锦城找她。

云边说再过几年你就不会因为我一句话来找我了。

边赢说他还是会。

虽然拥有他的承诺，但云边从没指望过热情不退，这是人类的天性，没有哪个视力正常的人会像假若给我三天光明的盲人一样，一路为沿路稀松平常的风景热泪盈眶。

云边从不认为这是人"等到失去才懂得珍惜"的劣根性，毕竟谁也没有那么多闲暇空余，更没有精力无限的饱满情绪，无时无刻不感恩自己拥有的一切。

不然正事也别干了，就忙着感恩得了。

转眼间，他们也算是半对老夫老妻了。

没想到只要她一句话，他还是会义无反顾地前来找她。

没想到她还是会因为五天没见他就想他想得不得了。

那么些年过去，云边还是很喜欢他。

敲定了明天见面的行程，云边舍不得挂电话，又跟边赢扯了一大堆有的没的。

"云边。"云笑白叩门。

云边下意识地把手机放下了，虽然母亲不再反对她和边赢，不过因为边赢身份的特殊性，她平时在母亲面前很收敛，很少表现与边赢的亲昵。

"妈妈，怎么了？"

云笑白："你跟阿赢什么打算？"

问题过于笼统，云边没懂："具体指哪方面？"

云笑白直言："跟阿赢他爸爸商量一下，你们两个定下来吧。"

提到边闻，云笑白面色如常，称呼也变成了以两个孩子的感情为基础的"阿赢他爸爸"。云边不动声色地观察着母亲的微表情，想弄清楚母亲究竟真的已经翻篇，还是只是逞强。

毕竟事情已经过去那么多年，但有些刻骨铭心的感情带来的后遗症，并不

是三年五载就可以抚平。

她没看出来任何端倪。

她一时没说话,云笑白以为她还不想那么早考虑谈婚论嫁,便解释:"以前你们还小,但你到了年纪,总不能一直没名没分。"

云边和边赢在外面上大学四年,有些事情大家心知肚明,不过当家长的睁一只眼闭一只眼,粉饰太平着装作不知道,可等去了国外,那真的是天高皇帝远,云笑白没法继续置之不理。

"嗯,好。"云边答应下来,"我跟边赢说,叫他跟边叔叔商量。"

"他们那边没问题的话,这几天叫阿赢到家里来吃饭吧。"

云笑白走后,云边把反扣的手机举到耳边:"喂,我妈说的话你听到了吗?"

边赢:"听到了。"

"你觉得怎么样,会不会有点突然?"云边人罩进被子里,温温柔柔地说,"要是觉得太突然的话,我找个借口拒绝我妈。"

别看云边征求他意见的时候一副有商有量的友好态度,但边赢明白,她给他的选项只有一个,如果他的答案跟她预想的不一样,他就死定了。

"不突然啊,就算你妈妈不说,我也打算跟我爸提了。"

云边满意了:"那你明天直接来我家好了。"

择日不如撞日。

"好。"

这将是边赢第一次正式拜见云边的家人,云边提前给他打好防御针:"我外公那边你要多担待着点。"

之前云边为了救他后脑受伤,在医院躺了一个多礼拜,等云边的情况稳定下来,云笑白才告知了外公外婆云边受伤的情况,二老急得立刻赶到临城。

当时边赢也在。得知云边居然已经有了男朋友,外公外婆又惊又喜,终于闹明白先前云边对相亲的剧烈反抗是为哪般。

二老对边赢的初步印象相当不错,小伙子一表人才,还在外孙女病床前鞍前马后，体贴入微，待人接物也彬彬有礼，温和但不聒噪。

反正云边已经没有大碍，外公一颗心放回肚子里，他没空看外孙女了，两只眼珠子滴溜溜地围着边赢打转，跟看见了什么稀罕宝贝似的。

了解外孙女婿的基本情况，当然是必不可少的环节。

外公对边赢的所有好感，在听到他姓"边"的那瞬间烟消云散。

老爷子终于明白为什么这小伙子有种说不出来的熟悉感了，合着长得像边闻那个负心汉！

龙生龙，凤生凤，老鼠的儿子会打洞，负心汉的儿子的血液里天生就流着薄情的基因。

外婆舍不得云边难过，帮忙劝外公。外公怒了，指责道："妇人之仁！"

云边活到这么大，外公第一次真正对她动怒。

"他们边家人身上有什么神奇的魔力吗，能把你们一个两个迷得团团转？你妈妈在边闻身上栽了两次跟头，次次摔得头破血流，你不引以为戒，居然还打算步她后尘。"外公失望透顶，"退一万步说，你就算不为自己想，你也应该为你妈妈想想，你怎么忍心让她又跟边家扯上关系，难道她是为了给你们两个小的铺路吗？"

后面云笑白跟外公开诚布公地谈过几次，外公没辙，亲妈都没反对的事，他当外公的没资格越俎代庖，但终究是心疼女儿，始终不太认同这门亲事。

现在边赢要前来拜见女方家长，云边唯一能给他支的招就是"躺平任骂"。

就算云边不说，边赢也知道自己得掉层皮。

"要不我后天再来吧。"他改了主意。

云边乐了，损他："你怕了？"

"我不得好好准备下见面礼吗？"

明天过来就太赶了。

云边刨根究底："那你怕不怕？"

她可没忽视，他没正面回答她的问题。

边赢无奈，说实话："怕。"

但怕也没办法啊，再怕还是得面对，这关早闯迟闯都得闯。

"别怕。"云边信誓旦旦地保证，"我保护你。"

边赢停顿一下，眉眼染上一层她看不到的细碎温柔："嗯，那我不怕了。"

他知道，她真的会保护他，她会为他泼大伯、大伯母热水，也会在危险来临之际义无反顾地挡在他面前，她的保护更表现在日常生活的细枝末节中，连哈巴、颜正诚开他玩笑都会当真，B市旅游之际他们嘲笑他独守空闺，她就堂而皇之地摸进他的房间，誓要保全他的颜面。

第三天傍晚，云边在小区门口翘首以盼等到了边赢。

边赢驾车前来，远远朝她闪了下灯。

等车开近了，云边不着急上副驾驶座，而是走到驾驶室旁边。

边赢降下车窗："上来。"

云边置若罔闻，站着没动，跟他寒暄起来："今天路上堵吗，怎么开了这么久？"

"还行，高架下来堵了一会儿。"边赢再度叫她上车，"坐副驾驶，后座上都是东西。"

云边依然没动："热死了。"

"热死了快点上来。天这么热，你出来干吗？"

本来两个人说好了，等他快到了打电话给她叫她下来接，反正他知道她外祖家在哪一栋。

"边边？"不远处有人试探地叫。

云边回头："张阿姨。"

"呀，真是你呀，我就看着背影像。"张阿姨一边说，一边毫不避讳地打量边赢。

周围几个在拉家常的中老年男女无一例外都投来打量的目光。

云边——和大家打招呼。

云边的外公外婆在这个小区住了半辈子，小区不大，许多邻舍间即便不认识也多少有点眼熟，再不济也是熟人的熟人。

"边边，这是谁呀？"张阿姨按捺不住，"男朋友吗？"

"对啊。"云边干脆地认下，"今天我外公叫他到我家来吃饭呢。"

中老年人有个特质，就是对年轻人的感情问题非常关心，一听云边承认，一群人叽叽喳喳地八卦上了。

云边刷足了存在感，才跟众人道别上了副驾驶座。她熟门熟路地翻开储物箱，抽出一张纸巾擦额上的薄汗，抱怨道："热死我了。"

边赢伸手摸摸她的头，然后把空调出风口往她的方向拨了拨。

"心机云小边"又干心机事了，她平时不是健谈的人，更别说是主动跟大爷大妈们聊天，绕路避开都来不及，之所以今天一反常态，还不就是为了让左邻右舍都知道她有男朋友了，以此把外公逼上梁山。

她就差点拿个扩音器宣传了。

云边一边给自己红扑扑的脸扇风，一边往后座望了一眼。

各类礼品堆得跟山似的。

想必后备厢已经装满了。

云边猜到边赢这趟过来必定大动干戈，但大动干戈的程度还是超出了她的预期。她叹了一口气："我外公没那么容易被打动，他肯定说：'糖衣炮弹！'"

边赢也没指望凭着一点小恩小惠就收买外公，他宽云边的心："糖衣炮弹再没用也得备着。待会儿你外公说什么你都别反驳，让他骂几句出出气，没事的，不然他觉得我把你迷得团团转，可能会更生气。"

谁叫他是边闻的儿子，父债子还，老爷子把新仇旧恨一起算到他头上了。

言之有理，云边不情不愿地答应下来。

两人分了好几趟才把所有礼品全部搬上楼，都出了一身的汗。家里云边的外婆还有云笑白姐弟俩已经在准备晚餐，厨房里飘出阵阵香味，云边的外公和

舅妈还有小表弟在客厅看电视。

边赢依次跟几位长辈打招呼,给小表弟变出一盒巨大的变形金刚,瞬间收买了小朋友。

边赢礼节过于到位,礼品堆了快半个客厅,场面极为壮观。

大家都对他客客气气,唯有云边的外公从电视机里勉强分神看一眼,终于说出边赢上门以后的第一句话,言辞间充满不屑:"糖衣炮弹!"

云边和边赢对视一眼,完成一场眼神交流。

云边:我说得准吧?一字不差。

边赢:你厉害。

然后两个人憋笑着别开视线。

这份默契落在外公眼中,老爷子恨铁不成钢地翻了个白眼。

待到开饭,外公端坐首席,秉承沉默是金的原则,任凭餐桌上大家都在对新姑爷嘘寒问暖,他维持满脸的高深莫测,筷子也没动几下。

边赢头一次上门,必然要陪酒。

他给外公和舅舅斟了酒:"外公,舅舅,我敬你们。"

外公瞥了他一眼:"你喝了酒还能开车?"

"没关系的,我可以去住酒店。"

几杯酒下肚,外公有点上头,终于没法维持高冷的人设了,偶尔会插几句话,但唯独不理会边赢。

对外孙女婿的不满不言而喻。

边赢打起十二分的小心应对着。

临近吃完饭,外公终于正眼看了边赢一回:"听说你们两个准备一起去国外读书?"

"是的,外公。"

"你们两个打算怎么住?"

这个问题问得好,边赢盘算着这种时候自己应不应该诚实,说一起住怕老爷子不高兴,说分开住怕老爷子觉得他假。他正犹豫着,就听云边用一种受了奇耻大辱的语气道说:"外公,您怎么会问这样的问题。"

边赢妇唱夫随,昧着良心说:"我们当然是各住各的。"

外公的脸色肉眼可见地缓和不少。

边赢很迷惑。

大家都是男人,怎么会有男人吃这一套?

因为三个男人喝酒的缘故,这顿饭吃了很久,到晚上九点多才结束。

小表弟到了要睡觉的时间,舅舅一家要离开,打算捎上边赢,带他去住酒店。

边赢道谢,然后毕恭毕敬地和大家道别。

云边的外公不咸不淡地开了口:"家里还有个空房间,肯定是比不上你家豪华的,不嫌弃的话可以住。"

边赢连忙说:"怎么会,是外公不嫌弃我打扰就好。"

确定过夜以后,云边陪着边赢去外面的便利店买了点东西,再回去的时候外婆和云笑白在打扫客厅的残局,外公已经喝高睡下了。

边赢要帮忙,云笑白笑着摇摇头,拂开他的手:"好了,你哪里会干活呀,喝多了快点洗个澡然后去睡吧。"

边赢不好意思地点点头,但还是帮忙搬动茶几、沙发,打扫满地散落的瓜子坚果壳。

云边在自己家无拘无束,用不着客套,心安理得地回了房间。

夜深了,她翻来覆去没睡着。

她摸过手机,突如其来的屏幕光亮,让她不适地眯起眼睛,她打开微信找到边赢。

云边不输:【睡没?】

边不输:【没。】

云边不输:【我房门没锁。】

边不输:【云小边,我怎么到现在才发现你这么"艺高人胆大"?劝你做

个人。】

云边兴致一上来,就不做人。

云边不输:【我外公酒量很差,喝这些酒早就已经睡死过去了,没有人会来检查你在不在房间的。】

边赢陪着云边的外公和舅舅喝了不少酒,神志没有平时清楚,但今天真的不是时候。

他完全没受蛊惑,打了电话过去:"你不要祸害我。"

"什么叫祸害你?"云边阴阳怪气,"果然是老夫老妻,我对你没有吸引力了吧。"

边赢才不吃激将法这套:"有种你自己过来。"

"我不要,为什么要我过来?"

"那我也不要,为什么要我过来?"

分别数日,云边确实是想他的,但给她一百个胆子她也不敢顶风作案,她就是闲着没事找他聊天。两个人扯了一通,她终于小心翼翼地问出找他聊天的主要目的:"你会不会不开心啊?"

边赢忍俊不禁:"怕我不开心,所以想用自己取悦我?"

"很显然,我失败了。"云边叹气,"边某人现如今根本看不上我了。"

她最后还要来一句点睛之笔:"我才二十二岁啊!"

短短一句话,道尽了"守活寡"不为人知的心酸和苦楚。

要不是当事人就是自己,边赢肯定会以为她的男朋友英年早逝了。

边赢晚上睡得不太好,临近天亮才睡着,但在女朋友家里不敢睡懒觉,第二天一大早听到外婆在厨房忙活的声音,他也随之醒来,去到洗手间洗漱。

他迷迷瞪瞪地刷着牙,突然听到外面别的房间传来敲门声,伴随着云边的外公焦急的喊声:"边边,边边。"

一大早找云边什么事?边赢停止刷牙的动作,听外面的动静。

云边的外公再敲了几下门，突然严厉地说："臭小子，你给我出来。"

边赢琢磨着，这个家里能被称为"臭小子"的，除了他应该也没有别人了，他快速冲掉口中的牙膏沫，开门出去。

云边已经开了房门，瞌睡懵懂地看着外公："外公，什么事啊？"

外公探头探脑地望进去："那小子呢，躲哪儿去了？"

"谁？"云边揉眼睛，蒙了。

"你还装傻。"外公一个眼刀飞过去，痛心疾首，"我一晚上不知道起来了多少次，就早上睡着了疏忽一会儿，谁知道这就让他钻了空子。"

"外公。"边赢在老爷子背后，一字一句地开了口，然后老头的背影肉眼可见地僵成一根棒槌。

边赢大获全胜，心里一万个庆幸，昨晚没着了云边的道。

边赢和云边去学校，边闻想送边赢过去，云笑白也想去看看云边即将生活的校园和城市。

虽然边赢和云边劝说父母不必大动干戈，他们可以自行前往，但两位家长都挺重视开学陪孩子一起报到。

实在是盛情难却。

不忍拂了任何一人的好意，云边打电话给边赢跟他商量："要不我们分开飞？"

反正肯定不能四个人一起在飞机上同一个空间待十几个小时，那画面光是想想都让人头皮发麻、五趾抓地，演电影都不带这么精彩的。

边赢没有异议："看来也只能这样了。"

假期期间，边赢和云边正式订婚，但整个沟通的过程，云笑白和边闻几乎没有任何正面的交锋，全权通过子女和中间人传达。不过所幸两家人没什么需要扯皮的事，云笑白没图边家什么，而边闻对云笑白的愧疚，一并补偿在云边身上，方方面面考虑得周全。

这对昔日夫妻只在订婚宴上碰了次面,双方为了子女,都表现得落落大方,面带微笑,也互相礼貌问候,隔着两位儿女入席,不远不近的距离,就好像这场途经二十年岁月的纠缠根本就不存在,他们是再普通不过的亲家关系,一个是边赢的爸爸,一个是云边的妈妈,站在这里的唯一原因,就是因为儿女要结亲。

订婚宴只邀请了双方至亲参加,只是天下没有不透风的墙,两家订婚的消息一经传开,免不了遭受流言蜚语。

云边对此深感内疚,云笑白却淡定许多,从她答应边赢和云边在一起开始,这就是她预想到的后果,早有心理准备。

开学日期近了,云边和云笑白先行一步。

三万英尺之上,飞机穿梭于密实云雾之间,俯瞰下去,地表的高楼大厦繁华城市仿佛徒手可捏,青山娇不盈握,这片土地上的悲欢离合,都像渺小不值一提。

云边的离愁很快散去。

抵达美国,云笑白帮着云边置办了所有能想到的日用品,然后里里外外收拾了房屋。

云边的房子是假期间云笑白联系多家中介综合对比选出来的,前前后后花费了不少精力。房子距离学校很近,可以步行抵达的距离,环境和条件也都不错。

当时云笑白费尽心思帮忙挑选的时候,云边数度欲言又止——去了美国,她必然和边赢一起住,他们两个在外面读了四年大学,更何况婚都订了,她以为这是默认的。当时跟边赢两个人合起伙来说要分开住,也就骗骗外公外婆这种单纯老人,没想到妈妈居然也信了。

这些年云笑白赚钱很辛苦,手里有不少积蓄,够支撑云边出国留学的费用,但云家毕竟不是什么大富大贵的家庭,远不到无视支出的地步,在纽约,学校附近的房子租金很高,而且中介要求一年一次付清,综合下来是一笔相当昂贵的费用。

如果云边住到边赢那里去，那这笔租金完全就是浪费。

眼睁睁看着云笑白和中介一步步谈妥，箭在弦上不得不发，云边终于按捺不住，顾不上尴尬，忐忑地告诉云笑白："妈妈，其实我和边赢打算一起住的，你不用给我租房子。"

云笑白云淡风轻："我知道啊。"

云边傻眼："那你怎么还给我租房子？"

云笑白："你们两个都是年轻气盛的时候，有的时候免不了会吵架，一旦吵架，你这个脾气肯定不愿意在他那里住下去，你有个去处，我才放心。"

不只是云边在美国的住处，还有在国内，云笑白也拿出毕生积蓄，为云边置办了婚前房产。她知道边闻当初给了云边不少钱和房子，现如今更没有要求任何婚前协议，总的来说给的保障还是很充足的，但云笑白坚持女生要有属于自己的安全感。

云笑白帮云边收拾好房子，一起在学校和周边四处逛逛看看熟悉环境。两天后，云笑白返回锦城。

等到边赢那边也送走了边闻，两人会合。按照原计划，他们要去边赢外祖家玩两天，二老年事已高，没能回国参加他们的订婚宴，这趟过去，算是正式带云边见老人。

云边好久没见边赢的外公外婆了，上次见面还是那年暑假一群人过来旅行，后面放假了边赢再叫她来，她死活都不肯，因为一想到上回的经历，她就恨不得跳江自尽。

俗话说，没有什么是永恒的。

除了尴尬。

尴尬历久弥新。

故地重游，她在车里深呼吸两口才装作若无其事的样子下车。

他们到的时间比预计的要早，外公还没回来，他去超市了，外孙和外孙媳妇上门,他要买最新鲜的食材和水果。

老人变化不大,依然和蔼可亲,别墅依然充满乡村风情,马场又新添一匹小马。

如果没有上次的倒霉事,在这儿玩两天不知道有多惬意。

跟边赢的外婆寒暄完毕,两人带着行李上楼。

但是在房间选择上产生了分歧。

毕业至今三个多月,两人忙于办理烦琐的出国手续,加之分隔两地,见面机会很少,能够关上房门独处的机会更是少之又少。

所以边赢当然主张睡同一个房间。

但云边谨记前车之鉴,死活不肯。

"你在我家可不是这副嘴脸。"

他在她家完全是"柳下惠"的形象,无论如何都不肯靠近她房门半步,誓要讨得她外公的欢心。

她这提醒得可太到位了,边赢马上以牙还牙:"你在你家也不是这副嘴脸,是谁用尽浑身解数骗我进房间?"

其实两个人的属性极为相似,都是窝里横,仗着受宠,在自己家人面前肆无忌惮,但到了对方家里就犯怂,处处顾及形象、不敢造次,唯恐被扣印象分。

云边:"你有本事不上钩就永远别上钩了。"

边赢:"那你有本事放钩子就永远都别撒钩子呀。"

正闹腾着,边赢的外公带着满满当当的战利品采购归来,隔着窗户隐约能听到楼下院落里的动静。

外公问外婆:"他们两个到啦?"

"到了,在楼上呢。"外婆检查外公采购的成果,很不满意,各种挑刺,"这个葡萄不好吃,上次不是吃过了,你怎么还买?这个猪肉一看就是没放过血的,腥得很……"

没多久，楼梯那边传来上楼的动静。

外公的身影出现在二楼，房间里的两个人已经……在房门外等候了。

"外公。"异口同声的招呼。

外公满脸慈爱："边边，来啦？后面放假了怎么都不肯来，我跟你外婆一直盼着你来呢。"

云边假意道："学习比较忙。"

"那以后常来啊。"外公说，"阿赢是我和你外婆最小的孙子，我们两个老的看到他定下来，终于无牵无挂可以放心了。现在你们都在美国读书，碰上放假多来家里转转，你外婆看见你们特别高兴。"

"欸。"

关心了一大通，外公说重点："边边，房间给你收拾好了，你住三楼，最东边那间，我带你上去。"

边赢的房间在二楼。

边赢马上提出质疑："您老嫌房子太大？"

外婆身体不好，不便爬楼梯，所以二老住一楼，这么一来，等于今晚的三个房间分别散落在三个不同的楼层。

怪不得二楼没有收拾好的客房，合着直接把她安排到三楼去了。

外公置若罔闻，给云边科普她那个房间的好处："你房间的窗户外面是一棵桃树，最近正是结果子的时候，你打开窗户就能摘桃吃，虽然不太甜，但是特别鲜。"

云边乖巧地点头："好的，谢谢外公。"

边赢打断他们的友好对话："云边一个人睡三楼会害怕。"

外公迟疑，这点是他欠考虑了，云边一个女孩子到了不熟悉的环境，一个人住一个楼层确实容易害怕。外公的语气有松缓的迹象，征求云边的意见："边边，你会害怕吗？"

云边毫不犹豫地打脸边赢："外公，我不怕。"

外公瞬间就硬气了。

夜晚,边赢打开微信,点开置顶的云边的聊天框,发了个意味深长的、充满硝烟味的微笑过去。

云边秒回,也回了个微笑。

边赢继续发,发了个微笑挥手的表情。

云边亦然。

一切尽在不言中。

然后边赢就塞上耳机,找朋友组队打手游去了。

游戏进行到最激烈的时刻,微信弹屏,有新消息。

边赢下意识把遮挡视线的弹屏上移,移完那瞬间忽然有种强烈的预感。

果然是云边的消息。

云边不输:【想跟你说个事,但怕你打我。】

边赢冒着坑队友的风险,抽空回了个问号。

云边不输:【我害怕。】

边赢冷哼,该。

如是想着,还是拨了个语音过去。

云边接起来,已经没有半分先前大义凛然的"外公,我不怕"的勇猛了,她自知理亏,在电话那头不吭声。

边赢晾了她大概三分钟,终于压低嗓音问了一句:"这下知道怕了?"

云边顿了两秒,很委屈地应:"嗯。你在玩游戏吗?"

她听到他手指不断点击屏幕的声音了。

"嗯。"边赢一心二用,跟她聊天完全没影响他在游戏里奋勇杀敌的英勇,"要不要一起?下把拉你。"

"不要。"云边在游戏这方面没什么天赋,亦没什么兴趣,"你玩吧。"

她在他点击屏幕的"咚咚"声中找到莫大的安全感,先前不知名的恐惧烟消云散,虽然他没说什么话,但她感受到了他的陪同,就不再害怕。

边赢那边很快完成了一局游戏,拒绝了队友接下去一局的邀约,退出游戏,轻声问:"睡着没有?"

"没有。"云边的声音还很清明,没有睡意。

边赢找话题跟她聊天:"你摘桃子了吗?"

点击屏幕的声音不见了,云边问:"你不打游戏了?"

边赢:"嗯,打完了。"

云边知道他是为了专心陪她。

这是他们两个在游戏中自发找的平衡。男生爱打游戏是引发情侣之间吵架的头号杀手,但他们两个很少因为边赢打游戏而闹矛盾。

除非紧急事件,否则边赢不会为了她中断已经开场的游戏坑队友,她也不会如此要求他,知道他在打游戏,就自觉不去打扰他。

她体谅他,他同样也有分寸,知道她需要他陪的时候,他不会晾着她。

他很体贴,她也不赖。

云边回到桃子的话题:"没摘桃子,太远了我够不到。"

"明天我给你摘,但是没什么甜味,就图个好玩。"边赢说起这棵年龄比他还大的桃树,想起了童年往事,"我小时候这棵桃树还很矮,我爬上去还摔下来了。"

云边难以想象:"你还有这样摸爬滚打的童年呢。"

边赢笑起来:"不然你以为我的童年是什么样。"

云边:"就跟电视剧里有钱人家的少爷一样,打扮得人模狗样参加各种宴会。"

边赢:"我妈给了我一个快乐的童年,从来没逼我上任何兴趣班,也不强求我的学习成绩,允许我疯玩。我摘桃子摔下来,就是她怂恿我爬上去的。"

转眼间冯越离去快七年,边赢在不知不觉间走出了痛失至亲的阴影,但在很多时候,提起她,他依然能感受到摧心折骨的难过和想念。

云边感受到他情绪的骤然低落,连忙安慰他:"以后我也会像阿姨一样宠你。"

"阿姨?"边赢纠错。

他们两个订了婚,自然要跟着对方称呼对方的家人,他的妈妈,现在也是云边的妈妈了。

云边跟着边赢一起去给他妈妈扫过好几次墓,最近的那一次是订婚宴过后,她改口喊冯越"妈妈"。

云边对所有边赢在乎的人都能做到打心眼里的重视和尊重,除了边奶奶,她永远不会忘记这个老太太曾如何羞辱过妈妈。不阻止边赢尽孝陪伴,已经算是她最大的忍让。

"不好意思,妈妈。"云边纠正,"一时嘴快,忘了我是有婚约在身的人。"

她不提还好,一提边赢又给记起来了:"至少我妈妈绝对不忍心我放着好好的女朋友睡三楼。"

云边摸了摸鼻子,心虚之余又觉得自己没有做错:"那当着你外公的面我能怎么办。反正就两天,就当哄你外公开心嘛。"

"这不是几天的问题,这次开了这个头,以后但凡我们过来,你都只能住三楼。"边赢恐吓起人来一套一套的,"等到冬天,这里荒郊野岭的,风大得要死,吹起来狼嚎鬼叫,希望不会吓死你。"

…………

边赢和云边在美国的同居生涯正式开始,学校距离外公家虽然不算近,两人差不多一个月就会过去一趟。

如边赢所说,因为云边的一次妥协,后面但凡过去,她就只能住在三楼。

很多事情都是如此,源头没控制好,后面再想改变就难了。

外公非要跟外孙挤一个房间,美其名曰培养祖孙感情,实则监视。

但凡边赢提出异议,外公用一句话就能让他闭嘴:"外公都这把年纪了,你以为外公还能在这个地上待几年,你以后想要跟外公一起睡都没机会了。"

冬天来临的时候,乡村没有高楼大厦的遮挡,风来得肆无忌惮,在窗外猎猎作响,云边能屈能伸,虽然知道要遭到边赢的奚落,但识时务者为俊杰,她还是厚着脸皮打电话给他让他陪。

两个人长期住在一起,分居一两天对边赢不造成什么影响,一两天睡不好也勉强能够忍受,但他从没打消过争取和云边一起过夜的念头。

想不想是他的自由,他可以不想,但不可以是不能。

这是他的个人权利。

边赢从小到大,一直是读书期间在国内,放假了去美国陪外公外婆,去美国读书以后,他在国内外的时间就调转了过来,变成假期在国内陪家人。

圣诞和元旦假临近结束,两人返校。

离春节还有一个礼拜,边赢的外公就开始打电话给云边,邀请他们到时候一起过年:"边边,你想吃什么?外公都给你买好。"

云边比边赢乖比边赢听他的话,所以现在老爷子有什么事都联系的云边而不是边赢,待云边比待边赢还亲。

他越是这样,云边就越不好意思违抗他,每次过去都主动睡三楼,都不用外公耳提面命。

次日就是大年三十,边赢第八百遍撺掇云边叫她见了外公说她一个睡三楼害怕,也第八百遍遭到她的拒绝。

边赢恨铁不成钢:"老太公那是道德绑架你懂吗!你怎么这么容易着别人的道,随便给你点小恩小惠就能收买你,被人卖了还乐颠颠给别人数钱。"

"你为什么非要跟我一起睡?"云边坚决不让步。

边赢走开了。

过了一会儿,云边听到他打电话:"妈妈。"

他们两个人现在加起来只有一个妈妈,所以边赢打电话的对象毫无疑问是云笑白。

云边起身,打算凑过去听妈妈说话,结果低头穿拖鞋的时候听到边赢说了一句话,她脚一软,差点一个趔趄摔到地上。

边赢:"妈妈,我和云边可不可以明天注册结婚?"

云边都惊呆了,就为了去外祖家能住到一起?

这人怎么这么不择手段啊。

自进入大学以后,云边、边赢和高中那群朋友各奔东西,散落天涯,再也不能天天待在一起,虽然仍是互相惦记的好朋友,不过久而久之,联系渐渐少了,肯定不如高中时代来得亲密。

等到大学毕业之后,有人读研,有人出国,有人开始工作,也有人早早结了婚,生活圈子和环境越发截然不同,想要聚齐更是难上加难。

聚得最齐的往往是婚礼。

云边和边赢的婚礼自两人留学的最后一年,两家人就开始着手准备,预备等他们回国就举办,毕竟几位老人年事都高了。在长辈心里,一张结婚证总比不得婚礼来得正式,看到孩子体体面面办个婚礼,宴请四方宾客,是他们内心的执念和期盼。

待确认了婚礼时间和地点,两人早早给散落在世界各地的朋友们发去请帖,好让他们提前安排好时间。

婚礼锦城一场,临城一场,前后间隔一天,都是风光大办。

共同好友两边都被邀请。

平时较为冷清的各个群开始热闹,互相询问好友们回不回来、什么时候回来,以及着手安排碰面后流水线般络绎不绝的聚会,过不了几分钟就几百条未读信息,一如从前还天天厮混在一起时闹哄哄的模样。

哈巴在英国,颜正诚和他的女朋友在澳大利亚,叶香去了奥地利,仇立群已是家喻户晓的游泳明星，迷妹众多。周宜楠是所有人里面结婚最早的一个，她在家人的安排下，大三开始乖乖相亲，一毕业就嫁给了父母满意的男人，并且很快就有了孩子，现在孩子都快周岁了。

至于周影，边赢他们从临城五中毕业以后，她也关闭了"美滋滋奶茶店"。她生性自由，不甘心被束缚，跑去玩起了乐队，她当主唱。近几年来，她的行踪最是神秘。

也不知道谁发问的：【你们都几个人回来啊？】

其实就是换个法子打听情感状况。

哈巴说自己一个人回来。

颜正诚：【哈总前段时间不是说交女朋友了吗？】

哈巴打马虎眼：【她忙，就不带了。】

越长大，喜欢就越难纯粹，男女双方互相有点好感就足够成为男女朋友，在一起之后无法全情投入，互相慰藉着过日子，分手了也无需太难过，体面告别，转身回归人海。

哈巴从前是对待感情特别认真的人，他没想过有朝一日自己会那么随便对待感情这件事，明明是正牌女朋友，但他提不起半分带她给老友们认识的渴望，对方也未必愿意长途跋涉几千公里只为喝一个喜酒。

颜正诚和他的女朋友一如既往的坚定：

【2。】

【2。】

接连着跳出来的两个答案。

哈巴：【冒昧问一下，你们的"2"是同一对人吧？】

颜正诚甩了他一个暴打的表情包。

他和女方早已在澳大利亚注册结婚，不过他们正攻读博士，所以暂时还没有把婚礼提上日程。

叶香和仇立群都回了个"1"。

这两个人暧昧了那么久，在一起却仅仅维持了不到三个月，这段感情就以失败告终。

也许有些人天生不适合在一起。

倒是周宜楠，明明结了婚的人了，而且人就在临城，却答了个"1"，不带丈夫，也不带孩子。

理由很简单，细想了却有些现实的无奈——她想自由两天。

至于周影，所有人都习惯了她活在过去之中无法自拔，结果她出乎所有人意料地回了个"2"，并大大方方地补充：【到时候带我的男朋友一起来。】

众人炸了锅，替她高兴的同时，好奇是何方神圣能够将周影从过去的阴霾中拉出来。周影懒得说太多：【到时候你们就知道了。】

她的航班晚点半天，她一直等到婚礼接近尾声才匆匆赶到。

一同前来的还有她的神秘男友。

见到她男朋友的瞬间，边赢有一瞬的沉默，但随即又了然。

周影虽然给其他几个男生也看过照片，不过仅此一次，大家早已忘却，纷纷恭喜她，还一窝蜂灌她男朋友喝酒。

唯独边赢发现她的新男友长得有几分像易安。

周影注意到边赢的眼神不对劲，她知道边赢在想什么。敬新人酒的时候，她跟边赢及云边碰了个酒杯，对边赢说："打住，请你的小脑袋瓜停止联想那些'抓马'剧情，我没无聊到玩什么替身游戏，我只是单纯喜欢这种长相，不行吗？"

因为双方父母关系的特殊性，云边和边赢的两场婚礼都摒弃了与父母互动相关的环节，免得给别人带去更多饭后茶余的八卦话题。

两天的婚礼声势浩大地结束。

新人结婚，最操劳的莫过于双方的父母。

边闻和云笑白都是单亲家庭，没有另一半能够分担，各自操心几个月为儿女举办了一场婚礼，忙的时候不觉得，待到婚礼结束的那一刻，终于后知后觉地体会到精疲力竭的滋味。

边闻找了个露台想松一口气，意外地发现云笑白也在。

他颔首示意，知道她不想见到他，打算自觉离开。

"累坏了吧。"倒是云笑白主动开口了，话里甚至带着些许笑意。也许是因为双方子女的事尘埃落定，她也终于能将往事翻页，更接受他们两个亲家公与亲家母的身份，并在这个身份之内浅浅地表达一点客套的关心。

女方婚礼比男方的早一天，所以男方的临城婚礼结束的时候，云笑白已经恢复得差不多了。

边闻受宠若惊地说"是"。

"辛苦了，接下来终于可以松一口气了。"云笑白点头，然后率先离开了露台。

这是他们分手后，私下里第一次和平地相处，想必以后这样的和平会越来越多。

边闻其实想问问云笑白，这么些年为何孑然一身，也想劝劝她，操心完了孩子的终身大事，是时候考虑一下她自己了。

但这些话由他说出来未免敏感。

他同样一直没再找。

他和云笑白没有了可能，他大概不会一直单下去。

但至少，等她找到归宿了，他再找也来得及。

云边和边赢结婚后，意料之外得到边闻的松口，让边赢负责锦城那边的产业。

这意味着边赢会长时间待在锦城而非临城。两人在锦城单独住，过二人世界，距离云边的娘家很近，所以两个人吃饭都去云家，一大家子一到饭点就热热闹闹。

云边私下里偷偷问边赢:"你说爸爸是为了我妈妈吗?怕她舍不得我,所以让你过来锦城。"

很早之前,云笑白就说过舍不得云边远嫁,从锦城嫁到临城算不上远嫁,但也近不了。

"应该是。"边赢摸摸她的脑袋,"开心吗?可以天天见到妈妈和外公外婆。"

"开心的。"云边说,"不过爸爸一个人在家很孤单,我们要多去看看他。"

"好。"

两人没有再揣测父母的感情。

不管怎么说,虽然过程惨烈,但边闻终究还是尽他所能,给了他和云笑白的感情一个体面的善终。

毕业以后,边赢不再是学生,纵然不是普通的工薪阶级,但还是被工作绊住了自由,没法再像读书时一样,有超长假期陪在外公外婆身旁。

他和云边的婚礼,也因为外婆的身体原因,二老没有前来参加。

两位老人熬夜看了视频直播,看到外孙完成人生中最重要的事。

但视频终究只是视频。

婚后,云边和边赢抽空去了趟美国,带上了云边最隆重的那套婚纱,惊喜现身外祖家。

"外公外婆,我们穿结婚礼服给你们看。"

极为简单的婚礼,只有新人二人和两位宾客,弥补了边赢的外公外婆没能亲眼看见外孙婚礼的遗憾。

这种场合,两位老人在欣慰和感动的同时,不免想到自己那英年早逝的女儿,没有机会亲眼见到儿子的婚礼,是永永远远的缺憾。

最简单的婚礼也最煽情。

把又哭又笑的两位老人安顿好,边赢和云边一起上楼休息。

这一次,外公终于没有阻拦他们一起过夜了——之前边赢为了争一口气,经过云笑白的允许以后第二天就带着云边去了相关部门注册登记结婚，结果拿着结婚证明到了外祖家，外公还是不认，他说他只认经过证婚的婚礼。

差点没把边赢给气死："怎么的，您老比法律还大？"

外公不管他怎么说，反正不认。

时至今日，边赢终于咸鱼翻身，正大光明地带云边回了自己的房间。

舟车劳顿，本来只打算安安分分睡一觉，因为明天一大早又得赶飞机离开，他们两个工作都很忙，百忙之中才抽了几天时间出来哄老人开心。

云边也没想到边赢这种时候居然还有兴致。

她不是很愿意配合，但抵不过他的力气，被迫就范。

她顾及着这是他外祖家，不敢闹出太大的动静。

但边赢却故意跟她作对似的，云边好几次没忍住。

"你干吗啊？"她气急败坏地打他，"让你外公外婆听到怎么办？"

边赢说气话："听到就听到，听到最好。"

云边品了一会儿，终于品出来了，合着这人寻衅挑事呢。

他也太记仇了吧！

夜深了，云边紧紧依偎在边赢怀中，安心睡去。

终于不用一个人听着窗外的呼啸风声，胆战心惊了。

他们一步步走到今天，公开，与父母摊牌，结婚，到现在占领最后一片尚未收复的失地。

从今以后，全世界都不会阻拦他们了。

（正文完）

番外 · 纪念日

从前边赢来锦城都是小住，游客性质，始终是个外乡人，只有朝夕生活在这里，被这一方水土长久地滋养，才能和这座城市的骨血相融合。

渐渐地，他开始熟悉这里，走遍交错的大街小巷，了解锦城二十几年来的变迁历史。

原来荒凉破败的城南曾是繁极一时的市中心。

新开的商场以前是云边的小学所在地。

高峰期的时候，下班不能走看似最近的路回家，得绕两个大弯避开拥堵，费时反而短。

城东的老巷子里那家看似不起眼的小餐馆，能做一绝的红糖糍粑和海鲜粥。

当然，其实一切并没有那么新鲜，因为每个地方都是这样，有着久居的人才能嗅出的地理气息。

但因为是云边长大的地方，他总是很乐意去感受，想象那些年，还不认识他的，或者没有他陪伴的云边是如何生活。

这一天，两人早早下班，看外头天气不错，就一起散步。

十月，深秋的气息已经很浓郁，凉爽的风里带着万物成熟的香气，吹在身上很舒服，西天的半壁晚霞格外艳丽，给快节奏的生活带来一抹难得的消遣似的。

"我小时候的家就在这一带，大概那里，还有一条河，夏天我喜欢抓小蝌蚪玩。"云边指着某处平整宽敞的路面，如今已经完全看不出居民楼和河道存在过的痕迹，"我还掉下去过，水都没过了头顶，幸亏路过的叔叔救了我。"

边赢扭头看她，英俊的脸庞被夕阳照成淡淡的橙红色，连面颊上细小的容貌也纤毫毕现："真的假的？"

"当然是真的了，那个叔叔把我送回家，我外婆都吓死了，往我头上狠狠敲了一下，我长这么大她就跟我翻过这一次脸。"

话音未落，边赢也抬起手，屈指用指关节在她脑门上敲了一下。

"啊……"云边吃痛，捂住自己的脑袋，扭头一看，发现边赢居然还瞪她。

她埋怨："你干吗啊？"

"你说我干吗？"边赢凶巴巴地反问。

就算是担心她，也不至于下这个狠手吧。云边埋怨："早知道就不告诉你了，都过去那么多年了好不好。"她不领情，"大惊小怪。"

边赢又敲了她一下。

"大惊小怪？我差点没老婆。"

"少来了。"云边喊冤，"没有我，你会有别的老婆。"

边赢说："我不要。"

云边起了逗他的心思："比我漂亮哦。"

边赢说："不用，像我老婆这么漂亮就够了。"

云边："比我温柔。"

边赢："不用，无福消受。"

云边："很会打游戏，能陪你超神。"

边赢顿一下，经过很认真的考虑，说："这个可以有。"

云边有时候不让他玩游戏，正玩到兴头上呢，她就上纲上线地提醒他已到约定时间，这让他有点苦恼。

云边一听他真想换老婆，顿时脸色大变："边不输你找死！"

边赢早有预料，尾音未落就已经跑开好几步。

两人在青石板铺成的人行道上嬉闹着追逐了一段，没跑多久，云边就停了下来，弓下腰用手撑着膝盖大喘气。

边赢回头看到这幅场景，奚落着走回来："就你这体力，怕是连鸡都比不过，跑了有两百米吗？"

他警惕心很强，在三五米开外停下来，以防她使诈突击。

云边任他嘲讽，抬手召唤他："扶我一把，我累死了。"

"那你保证不打我，也不骂我。"

无聊，幼稚。云边没好气，险些翻白眼："我保证，行了吧。"

于是，边赢就回来了。

云边当机立断，抬腿就给了他一脚。她答应不打不骂，但她没答应不踢啊。

"我就知道你。"边赢一手搀住她，一手掸了掸自己裤子小腿处的脚印，"小肚鸡肠，睚眦必报。"

云边还不解气："我让你说想换老婆。"

"不知道这事这辈子能不能过去。"边赢嘟囔，做出一副后悔的模样，"真是祸从口出。"

既然他这么说，云边当然顺水推舟："不能。"

"那我给你赔礼道歉，你原谅我吧。"

云笑白打电话催他们回去吃饭，两人一路吵吵闹闹回到云边娘家，还是没就赔礼道歉达成一致。

云边拿着鸡毛当令箭，不管边赢说什么，她都不肯"原谅"他。

"差不多行了啊。"云笑白假装板起脸唬她，"阿赢上一天班都累死了，回来还要被你作。"

云边"震惊脸"，过了好一会儿，才为自己鸣冤："那我也是上了一天班回来累死了啊，你怎么就心疼他一个？"

云笑白一个劲给边赢夹菜，看都不看她一眼："知道累还不消停点。"

云边深深地叹了一口气，哀叹说："胳膊肘往外拐，你可真是我亲妈。"

自两人结婚以后，云笑白就明显偏袒边赢，惹得云边好几次半真半假地吃醋，不过其实她心里是明白的，做家长得偏向不是自家的那个小辈才对，这样有利于维持和睦团结，就像边叔叔，以及边赢的外公外婆也都偏向她。

尤其边赢背井离乡，更需要家庭的温暖。

其实她希望全世界都喜欢她的边不输。

果然,被云笑白保护的边赢满脸得意之色,看向她的眼神暗藏挑衅。

云边只得自己动手,丰衣足食,自己给自己夹菜,顺带威胁他:"你有丈母娘罩着了不起吗?你有本事住在这里,别跟我回去。"

家还是要回的,边赢终于不逗她了:"那我们出去旅游吧?"

云边就等他这一句话,当即笑靥如花地答应下来:"好,原谅你了。"

云笑白觉得两人不务正业,有点无奈:"你们不是才刚去旅游过吗?"

十一国庆黄金周的时候,两人为了图个清静,专门选了小众旅游地散心,结果假期前半个月,一个微博大V出了那个地方的旅游攻略,引发一波热潮,前往的游客呈喷发式暴增。

云边和边赢面对着摩肩接踵的人潮,简直生无可恋。不想出门被人挤,就只能待在酒店消磨时间,七天的假期就这么报废了。

这是一次无效旅游。

这种道理跟大人讲不通,云边现如今已经放弃扭转云笑白的心态,尽管现在生活条件好了,但云笑白还是改不了节俭朴实的习惯,在她看来,他俩过于铺张浪费,享乐主义。

不符合中华传统美德。

得改。

云边给边赢使了个眼色,他会意,给出了一个看似非常合理的解释:"妈妈,我们去过节。"

她和边赢一年到头要过很多个节,生日、恋爱纪念日、领证纪念日、婚礼纪念日、儿童节、情人节、圣诞节之类的自然不必多说,除此之外,各种大大小小的节日他们都要掺和一脚。

虽然没有孩子,但连父亲节和母亲节都要过,美其名曰提前演习。

既然提前演习,那重阳节也要安排上。

植树节、青年节、建党节、建军节……就没有他们找不到的理由。

云笑白有时都怀疑这两个不省心的家伙连清明节都想凑一凑热闹。

听到边赢又说要过节,她在心里快速盘算了一番日历,最近的节日是11月11日光棍节,她又好气又好笑,倒是要看看这两人能编出什么借口过这个与他们全然无关的节日。

对于这个光棍节,云边和边赢确实一筹莫展,他们天天黏黏糊糊,如胶似漆的,跟光棍八竿子打不着边。

总不能说,我们想短暂分开几天,回味一下单身时光吧?

就在云边以为这趟旅行要在母亲大人的镇压下泡汤之际,就听一旁的边赢说:"今天是我和云边在支付宝合种冷杉树苗的一周年,我们想去怒江看看它。"

云笑白震惊了。

云边也震惊了。

还能这样的?

边赢,一个平平无奇的找借口小天才。

他都把借口找到这个份上了,丈母娘大人就算有一千个不信一万个不信,也只能放行。

次日,两人就带着为数不多的行李直奔机场,在候机室里,想着那个理由,都不禁笑起来。

笑着笑着,云边脸上奸计得逞的得意之色淡下来,笑容里带上温柔而怀念的色彩。她捣了捣边赢的胳膊:"欸,边不输,你真的做到了。"

边赢还没反应过来:"嗯,什么?"

云边亲昵地伸手摸摸他的脸:"每天都是纪念日。"

婚礼的誓言环节,他曾说过:

"未来的每一天都是我们值得庆祝的日子,你可以在每一个看似平常的日子里,向我索要惊喜和浪漫。"

"不然你以为呢,只是场面话吗?"边赢拉下她的手,攥在自己掌心慢慢摩挲,"都是肺腑之言好不好?"

那天他面对着他身披白纱的新娘所起的誓言，每一句都会落实。

他真的会一直保护她，也会一直宠她。

还有，他会永远爱她。